普通讀者

Virginia Woolf

維吉妮亞・吳爾夫◎著

劉炳善、石雲龍、許德金、趙少偉、黃梅、李寄◎譯

The Common Reader &
The Second Common Reader

全新典藏版

吳爾夫閱讀隨筆集

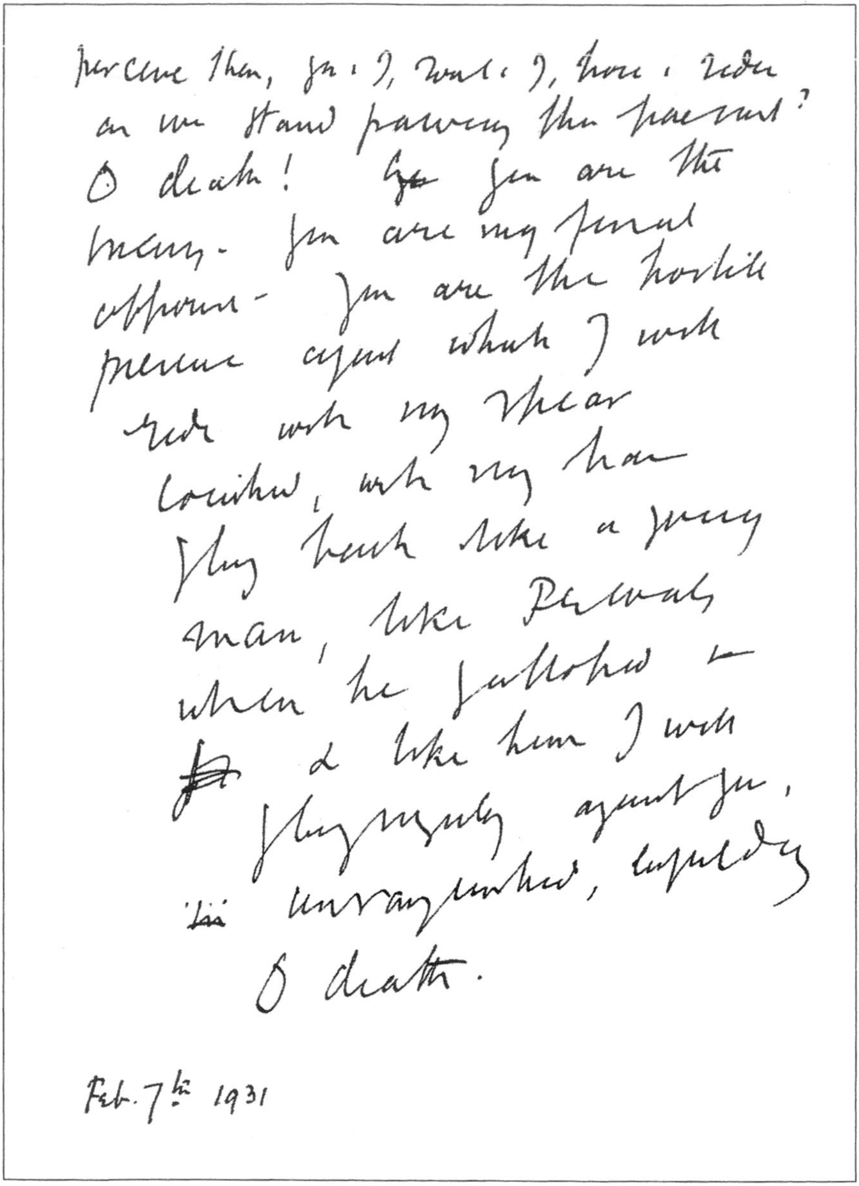
perceive then, for I, what I, how I ride
as we stand passing the present?
O death! ~~Ye~~ You are the
enemy. You are my final
opponent. You are the hostile
presence against whom I will
ride with my spear
couched, with my hair
flying back like a young
man, like Percival's
when he galloped to
~~Ft~~ & like him I will
fling myself against you,
unvanquished, unyielding
O death.

Feb. 7th 1931

維吉妮亞・吳爾夫親筆手稿。

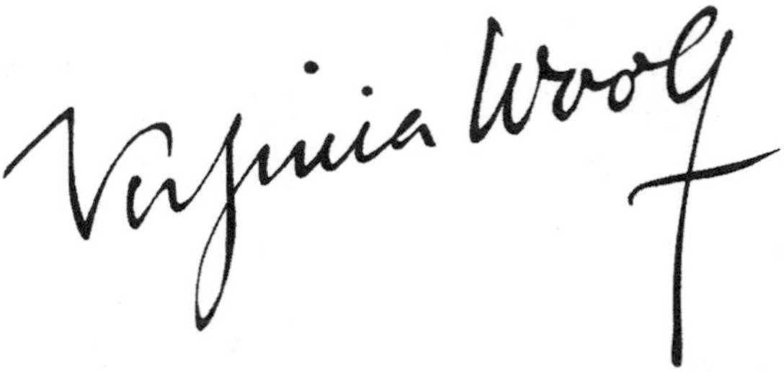

維吉妮亞．吳爾夫的簽名。

《海浪》書影。維吉妮亞．吳爾夫的作品封面繪圖大多出自她姐姐凡妮莎的手筆。

《幕與幕之間》

《瞬間集》

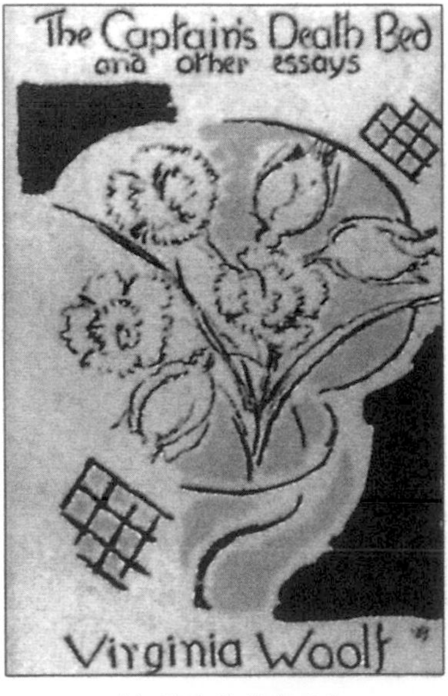

《上尉臨終的眠床》

《歲月》

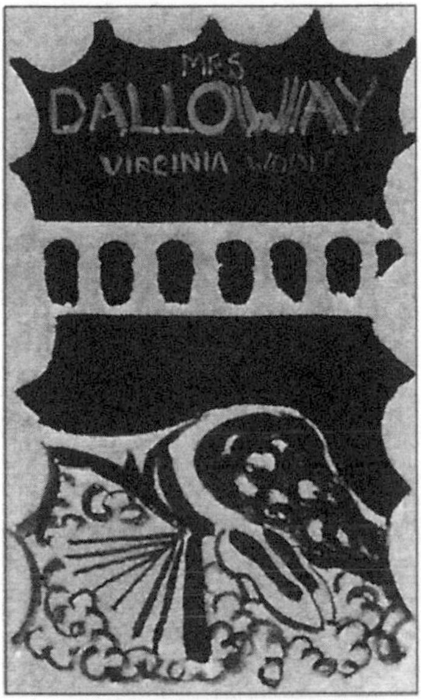

《戴洛維夫人》

《三枚金幣》

《一個作家的日記》

《自己的房間》

維吉妮亞．吳爾夫的書桌。

目錄
contents

第一輯

087
伊麗莎白時代戲劇劄記
這裡沒有隱私。門永遠洞開著，永遠有人進來。一切都被分享，一切都讓人看得見、聽得著，富於戲劇性。

100
蒙田
「……我愈思考與瞭解自己，就愈對自己的畸形感到驚訝，就愈不懂自己。」觀察，不斷地觀察，只要還有墨水和紙，蒙田就會「不停頓，不勞累」地寫下去。

112
紐卡斯爾公爵夫人
她對條理、連貫和邏輯發展一無所知。她的創作大膽而且一往無前。她既有孩童式的不負責任，又有公爵夫人的傲慢不恭。

123
漫談伊夫林
他寫日記，他的日記寫得特別好。甚至在我們昏昏欲睡時，這位昔日的紳士發出清晰可辨的丁零聲，不強調任何特別的東西，停下來幻想，停下來歡笑，停下來只去看一看。

132
狄福
街角手持紫羅蘭花、衣衫襤褸的女孩，拱門陰影下耐心地攤開火柴、鞋帶飽經風霜的老嫗，都好像是他書中的人物。他屬於克雷布、吉辛一派，不是他們的同學，是他們的開路先鋒。

141
艾狄生

第二輯

【導讀】

讀者共和國的導遊

莊信正

作家身後的名譽往往因一時的風尚而或升或降，在兩輯《普通讀者》中吳爾夫夫人屢屢談到這個現象。一九二八年指出二十年前梅瑞狄斯從最高峰急劇下跌，已經看不出繼起的小說家受過他什麼影響。一九三一年她注意到白朗寧夫人生前位高望重，凌駕克麗絲蒂娜．羅塞蒂，過世後則被打入冷宮，反而屈居羅塞蒂之下。「命運對她很不好」。

正好相反，命運——我們姑且借用這個措辭——對吳爾夫很好。六十多年來她的各種遺著大都既叫好也叫座，盛行不衰。小說有幾種已被搬上銀幕，小冊子《自己的房間》（*A Room of One's Own*）和《三枚金幣》（*Three Guineas*）成為女性主義者必讀的典範。她已被公認兼為卓越的散文家和批評家，現在美國坊間到處可以買到她的日記五卷、書信六卷、論文六卷，以及單行本的評論和回憶錄等。（傳記已有多種，一九九六年還出了一本，長近九百頁。）《普通讀者》（一九二五）和《普通讀者第二輯》（一九三二）尤其始終為人傳誦。（一九四〇年底曾計劃編寫第三輯，因自殺而未成。）

吳爾夫小時候沒有受過正式教育，而在家中學習（像與她同世紀生的女作家如白朗寧夫人和羅塞蒂等）。父親斯蒂芬（Leslie Stephen）在她誕生那年擔任多卷皇皇鉅著《國家名人傳記詞典》（*The Dictionary of National Biography*）的創始主編，這位大學者藏書豐夥，吳爾夫隨母親課讀之餘主要待在父親的書房，得以博覽群籍；終其一生手不釋卷。斯蒂芬生前嘗自編一本文集《書房時光》（*Hours in a Library*），他女兒也寫過一篇文字用同樣標題。這個背景直接影響吳爾夫的寫作，連小說都帶濃重的書卷氣。《普通讀者》書名起初想直截了當就叫《閱讀》，其實叫《書房時光》也未嘗不可；至終根據約翰生博士〈格雷評傳〉（Life of Gary）一個片段定名，並臨時撰一導言鄭重地放在第一輯前面，引了該片段，第二輯乾脆印在扉頁，開宗明義表示她心目中的對象不是專家學者，而是兼具「創造本能」和想像力、洞察力及判斷力的「普通讀者」。這在很大程度上決定了她下筆的態度：通常夾敘夾議，像約翰生那樣討論作品時不忘介紹作者；深入淺出（幾乎從來不用批評術語），使文章富有情趣，使讀者愛不釋手。吳爾夫對傳記始終極感興趣，承認其不可抗拒的誘惑力，指出人們往往耽讀作家生平而忽略作品本身。但是看她的文章時我們倒會不僅對作家也對作品興起強烈的好奇心。

除上述兩本女性主義論著以外，吳爾夫的批評文字談女作家者也特別多（報刊約稿時難免會考慮到她的性別）。她指出直到維多利亞社會「女子無才便是德」的傳統仍積重難返，如勃朗特姐妹和喬治．愛略特發表文章都使用男性筆名，儘管她們才高八斗，絲毫不遜於大男子。她屢用「完美」這類字眼極力譽揚珍．奧斯汀，斷言她的小說沒有一部失敗，都可永久傳下去。她在推崇夏洛蒂．勃朗特之餘認為她不如妹妹愛彌麗，並預言後者的詩可能比小說傳世更久（到目前為止尚未成為事實）。有的論者視吳爾夫為愛略特最真實的繼承者。為了寫專文她花了幾個月工夫重讀這位前輩的著作，仍覺興趣盎然，使她驚喜交集。《米德爾馬奇》（*Middlemarch*）尤為圓熟之作，堪稱給成年人看的少數英國小說之一。美中不足的是愛略特的人物太過狹隘，對話往往太多太久，遣詞造句也欠精當。

但是完美也有其束縛性。吳爾夫發現愛略特、梅瑞狄斯和哈代等人縱然不完美，卻勇於突破、實驗，而這是必要的。做為現代主義的重要前驅，她同貝內特進行論戰時責備他、威爾斯和高爾斯華綏固步自封，她自己和喬伊斯、T．S．艾略特等人寧願另闢蹊徑。〈論現代小說〉可能是她最有影響的論文，相當於一篇宣言，其中著重批評了三位已成大名的傳統作家，重中必須創新，必須走出一條新的道路。隔了八十多年，現在已經證實了她的遠見。

這裡有另一著名的公案。吳爾夫與喬伊斯同屬現代主義陣營（兩人生於同年歿於同年），她卻斥《尤利西斯》（*Ulysses*）「一塌糊塗」，使她感到「困惑、厭煩、失望，彷彿面前是個坐立不安抓撓粉刺的大學生。」後來自承或許有失公正，但仍反對艾略特把《尤利西斯》與《戰爭與和平》比美。在日記中反來覆去表示對這本現代主義代表作之一的矛盾心情。更耐人尋味的是《戴洛維夫人》（*Mrs. Dalloway*）比《尤利西斯》晚出三年，而二者相似之處不像是巧合，例如背景都是一個城市（都柏林／倫敦），情節都發生在六月的一天之內，技巧都著重利用內心獨白，都有瑣屑雜碎之嫌。無形中顯示了她對喬伊斯的肯定。

自己就是一流小說家，吳爾夫討論小說時常常入木三分。她主張必須含蓄幽婉，切忌淺露。喬叟敘事曲折跌宕，只提出問題而不提供解答，他的著作賴以長遠保持新鮮感。奧斯汀不同凡響的藝術技巧是不寫之寫，留下想像空間讓讀者心領神會。哈代最成功處在於給讀者一些印象（impressions），最失敗時淪為辯論（argument）。夏洛蒂・勃朗特在這方面勝過哈代，因為她對人生的種種問題不做解答。梅瑞狄斯則壓制不住自己的意見，動輒通過人物進行說教。

本書大都談英國文學（第二輯全是），但特別使我感動的是關於外國文學的三篇。吳爾夫論蒙田一文提出許多精闢的看法，讚他不走極端，拒絕說教，堅持自己與常人無異；最後引蒙田有名的座右銘作結：「Que sais je ?」（「我知道什麼呢？」）。是否成熟是她進行評論時不斷強調的標準之一。在她看來，英國作家與法國作家相比，前者是小孩子，後者是成年人。蒙田和錫德尼間似乎長幼有別，後者寫名著《阿卡狄亞》時是不到三十歲的貴族青年，常常予人率爾操觚的感覺。與赫茲利特站在一起蒙田顯得胸懷遠大，對萬物抱著同情心而廣為容納。吳爾夫常舉法國諸大家如拉布呂耶爾、盧梭、福樓拜等做為本國同胞的榜樣。〈論不懂希臘文〉（她十五歲起鍥而不捨學希臘文，頗有造詣）提到讀荷馬《奧德賽》時我們急於看後事如何而像小孩子般不能釋手，「但是裡面沒有任何不成熟之處；裡面全是成年人。」

她那時候俄國作品英譯不多，讀者相當陌生。她對契訶夫、杜思妥耶夫斯基和托爾斯泰的論析再度顯出真知灼見。契訶夫也只鋪陳問題而不解答，這就同維多利亞時代大多數英國小說的「大團圓」結局大異其趣；效果很好，讀後餘音繞梁，不能忘懷。杜思妥耶夫斯基筆鋒如驚濤駭浪，洶湧澎湃，令人難以抗拒，反應緩慢的英國讀者會感到惶惑不安。至於托爾斯泰，吳爾夫譽為最偉大的小說家；他有廣大的包容力，眼觀八方，洞察秋毫，遂能得心應手，揮灑自如。

經典著作非讀不可。在本書所收或未收的文章中，吳爾夫都強調評價新近作品必須拿經典——如莎士比亞和彌爾頓——做為準繩。兩輯內容大體按時間排列。前輯開頭是喬叟、希臘文學、伊麗莎白時代（兩篇）和蒙田。後輯首篇談伊麗莎白時代，是為出書而特別寫的，形同序言；隨即是約翰・鄧恩和錫德尼，依次談到當代。儘管如此，無書不讀的吳爾夫對許多次要作家也瞭若指掌，談起來娓娓動聽。她相信開卷有益，甚至說壞書也使我們獲益良多。她討論的對象有的並非重要作家或作品，但是不要緊，我們照樣樂於欣賞她——吳爾夫夫人——的文章、看法。她說散文的主要宗旨是娛悅心神；《普通讀者》就是這位博學深思的小說家、散文家和讀書人殷殷為她所謂「偉大的讀者共和國」留下的雅俗共賞的床頭書。

（本文作者為美國印第安大學比較文學博士。著有《異鄉人語》《尤利西斯評介》《海天集》《流光拋影》《文學風流》等書。）

【推薦序】

並不普通的讀者

朱嘉漢

長久以來，我一直深愛著大讀者型的作家。譬如艾可、波赫士、納博可夫、季聶、大江健三郎，我感覺，不論作家的性格表現如何地與世隔絕或孤高、其作品如何地晦澀難懂猶如行走於無人之僻徑，在閱讀上他們都是豐富而多彩的，且擅於交流，並珍視他人的作品勝過自己。

我喜歡作者之餘，除了網羅作品之外，也試圖窺看這些作者的書架。無論從演講集、日記或訪談，去試圖建立秘密的書單、思想的系譜傳承，理解他們的品味、評價，再猜想一個作家是如何煉成的。

吳爾夫當然是如此。作為讀者，我們幸運之處在於，《普通讀者》裡，不僅可以看到她讀了什麼書，如何看待與品評作品。我們亦可以知道她如何閱讀蒙田、珍．奧斯丁、狄福，或是知道她如何看待當代的文學。甚至再靠近一點，告訴我們「如何閱讀一本書？」，知道她在怎樣的姿態下閱讀，並手把手帶領讀者一起體驗文學的可親之處。

是以，「普通讀者」一詞，不僅是吳爾夫的自謙之詞。重要的是她這些文字所訴說的口吻，是面對著「我們」這些普通讀者，並且彷彿她站在我們身旁。

單論文學成就而言，或是文學的識見而言，吳爾夫絕不是普通的讀者。然而，還原她的策略，所謂「普通」，是相對於專家與專業。由於專家意見，對文本的詮釋背後，充滿著權勢，藉以建立自身不容挑戰的話語權，才使得其他非專業讀者變得普通。吳爾夫則站在反面，高唱普通讀者的權利，因而讓普通讀者也變得不普通：做為讀者，我們完全有權利獨特，因為我們如此普通。

過往在閱讀《普通讀者》時，我每每想到吳爾夫也熱愛的蒙田。同時，我也認為，蒙田所奠立的隨筆（essay）傳統，《普通讀者》的書寫形式，也繼承了當中最精粹的部分。如同蒙田，吳爾夫的大部分教養來自家庭，他們並未受惠於體制教育，更偏向個偉大的自修者。他們對於體制裡的知識與慣習，種種作態與僵化的思想毫無興趣，因此，如此採取隨筆這種自由卻誠實，貼近於自身生命對讀者訴說的文體，最適宜展現吳爾夫的文字與思想魅力。

在隨筆中，我們見到吳爾夫平易近人的一面，如此聰慧、博學、優雅且意外的幽默。如果還沒太多機會閱讀她的隨筆作品，《普通讀者》是最好的入門。

只要我們開始閱讀，確實會發現，如同吳爾夫所說的，我們能以我們的方式，以我們的想法與這些書本對話。

的確，做為讀者，沒有需要什麼額外的獎賞，因為我們熱愛閱讀。

（本文作者為作家）

【推薦序】

「我恨，我愛」：閱讀的喜怒哀樂

鄧鴻樹

一九九六年美國杜克大學英文系有位名師發表一篇標題聳動的文章〈一位前文學批評家的遺囑〉[1]，公開宣示「他熱愛文學」。

文學家愛文學應是理所當然，為何要自我爆料才能引人注目？原來，一九七〇年代以來，文學理論席捲美國學界，作品被化約成「病徵」，要靠理論才能「揭發」，閱讀成為一種反動，沒人在乎作品賞析。這位教授喜愛閱讀，受不了公式化閱讀的歪風。他一針見血點出：「跟我說你的理論門派，我就能預測你對任何一部文學作品會有什麼看法，尤其是你不曾讀過的作品。」近幾年，許多學者驚覺文學理論反客為主取代文學的地位，呼籲導正閱讀的情感教育，重視閱讀的樂趣，以傳承文學價值。

「閱讀樂趣」正是《普通讀者》的關鍵詞。本書集結上個世紀初吳爾夫發表於報章雜誌的書評短文，訴求明確，百年後仍與當代讀者密切相關：「我們應當怎樣對這個紛繁渾沌的世界加以梳理，以便從我們的閱讀中獲取最深刻、最博大的樂趣呢？」

吳爾夫口直心快，既讀書也讀人，毫不隱瞞自身好惡。例如，她從《魯濱遜漂流記》一個不起眼的陶罐看出作者的特殊視野：「還有什麼理由不感到完全的滿足呢？」她認為《傲慢與偏見》展露作者「既是刀子嘴、又有軟心腸」的矛盾性格，不禁感嘆：珍・奧斯汀若能多活幾年，很可能會以更完美的手法「寫出生活的本質」。她對《簡・愛》既愛又恨，卻很肯定作者的成就：「內心之火搖曳不定的紅光照亮了她的書頁。」《咆哮山莊》「似乎把我們所知道的人類特徵都撕個粉碎，然後再對這些無法辨認的碎片注入強勁的生命氣息」。《黛絲姑娘》能讓讀者「從生命強加給我們的束縛和瑣屑中掙脫出來」。

早在現代小說萌芽之初，吳爾夫已有先見之明：普通讀者是文學的守護人。這群人讀書「是為了自己高興，而不是為了向別人傳授知識、也不是為了糾正別人的看法」。這是《普通讀者》最發人深省之處。

沒有讀者就不會有文學。普通讀者「為了愛讀書而讀書」，對作者具有潛移默化的影響力；他們閱讀的喜怒哀樂是文學滋長的必要養分。因此，吳爾夫以身為讀者為榮：「正因為我們會愛會恨，才使得我們與詩人和小說家之間的關係密切到難以容忍第三者在場的程度。」

滿腦子文學理論的批評家是否聽得進這番箴言？沒關係，讓我們循著吳爾夫的腳步投入普通讀者的懷抱。雖然在文學的世界有時會鬧不愉快，卻有彼此相伴，不怕會有無心閱讀的第三者前來搗亂。

（本文作者為臺東大學英美語文學系副教授）

1 Frank Lentricchia, "Last Will and Testament of an Ex-Literary Critic," Lingua Franca, September 1996, 59-67.

【推薦序】

閱讀的華麗冒險

鄧宜菁

何謂閱讀？該怎麼閱讀？如何看待讀者與作家和作品間的關係？對於這些問題，吳爾夫的《普通讀者》給了我們最具詩意的答案。

書中論及許多知名的英國作家：喬叟、狄福、華滋華斯、司各特、珍．奧斯汀、勃朗特姊妹、喬治．艾略特等。除了過往的作家，吳爾夫也關心同時代的作家，像是康拉德、喬伊斯。討論英國作家之餘，吳爾夫亦顧及外國作家（蒙田、托爾斯泰）。她特別關注女性作家，尤其是她們筆下的女性人物，比如喬治．艾略特小說中的「婦女的世界」。

《普通讀者》雖然聚焦於小說，但也討論其他的文學類型，如詩歌、戲劇、隨筆、書信、傳記，並適時點出其特徵。值得注意的是，吳爾夫特別強調隨筆必須「純淨」，但是又不能「流於單調、死板」。

本書展現了吳爾夫不隨波逐流、人云亦云的性格。她總是大膽真切地表露自己的品味與好惡。舉例來說，她在字裡行間充分流露對哈代的敬重與喜愛。而另一方面，她對同時代文學的弊病亦直言不諱：「當代作品的許多精華似乎是在壓力之下，用單調乏味的速記記錄下來的。」吳爾夫勇於挑戰主流價值，並且慧眼獨具，挖掘作家相對邊緣的作品，像是珍．奧斯汀晚年的小說《勸告》（*Persuasion*），從中看到作家的轉變與種種發展的可能。

吳爾夫不會套用特定的方法或模式去強加在作品之上，只是盡可能貼近作品，傾聽作品。她抱持開放的態度，每每總能根據個別作品的屬性，見招拆招，找出適當的切入點，做出合宜的判斷和評價。

極其風格化的書寫是吳爾夫式閱讀的一大特色。在分析小說或其他文學類型時，她大量借助各種修辭譬喻（明喻、隱喻、擬人法……）。她尤其偏好隱喻的串聯。常常多個相關的隱喻接續出現，創造出絢爛眩目的畫面。例如，「讀著〔史蒂文生〕的隨筆，我們不免擔心：這種題材，在這位匠師巧手的擺弄之下，恐怕會有耗光用盡之時。鑄塊如此之小，加工卻一直不停」。書中的許多片段乍看之下猶如小說的敘述或描繪，生動活潑，輕快中帶著詼諧，十分引人入勝。

細讀《普通讀者》，我們不難發現吳爾夫提出的論點和現代、當代批評間的緊密連結。雖然使用的語彙不同，但許多的概念頗為類似。她對作家生平的關注，對創作活動和創作動力的觀察可以與佛洛伊德相互呼應。她注意到小說演進和現實再現的問題，特別是人和世界的關係、大自然的角色和物質的意義（尤其是在她討論《魯濱遜漂流記》的文章中）。其中不少關切的要點接近瓦特（Ian Watt）《小說的興起》（*The Rise of the Novel*）和羅伯（Marthe Robert）《起源小說與小說起源》（*Roman des origines et origines du roman*）。

吳爾夫剖析小說敘事時觸及諸多面向，像是情節鋪陳和敘述視角的問題。但，毫無疑問，她的人物研究遠較其他部分更為重要。她認為每位作家有獨特的營造人物的方式。比如，「康拉德的人物基本上都是簡單的、英雄式的」。她也注意到人物的生成，認為人物可以道出作家的欲望。這解釋為何喬治・艾略特的人物身上出現「作者的影子」。欲深入理解《普通讀者》中吳爾夫對人物形塑、人物類型和功能的想法，我們不妨參酌佛斯特（E. M. Forster）的《小說面面觀》（*Aspects of the Novel*）和普洛普（Vladimir Propp）的《民間故事形態學》（*Morphology of the Folktale*）（這三本書問世的時間亦相去不遠）。

除了分析小說，書中還有不少篇幅闡述作者和讀者的關係。吳爾夫點出作者和讀者間存在愛恨交錯的親密關係。在她看來，作家「鄙視讀者」，卻又「渴望讀者」，在寫作時會將讀者納入考量，會不斷「意識到讀者的存在」。她希望讀者揚棄先入為主的看法，「嘗試著去適應〔作者〕，成為他的創作伙伴和助手」。吳爾夫關切閱讀主體、閱讀行為、閱讀時投注的情感和欲望，尤其閱讀作品所帶來的愉悅。這種種都不禁讓人想到巴特的《S/Z》和《文本的愉悅》。

《普通讀者》收錄的文章包羅萬象，十分豐富，可以看出吳爾夫涉獵之廣、著力之深。淵博的學識讓她能夠旁徵博引、觸類旁通。書中討論文學作品和創作活動的各個面向，兼顧內緣研究和外緣研究，不僅是作家學思歷程的記錄，更可作為書寫和創作的指南。

作為一個讀者，吳爾夫親身實踐了她所宣揚的理念。她不斷透過反覆閱讀同一作品以及大量閱讀不同的作品來磨練及檢驗其判斷力。時間的淬鍊再加上敏銳的洞察力和恣放的想像力讓她總是能抽絲剝繭，直指核心，看到作品的獨特性。她讓我們領略到，每次的閱讀都像是一場新奇的探索和冒險。吳爾夫喜歡閱讀也享受閱讀。當她以深入淺出的方式，生動的語彙和譬喻，創造出一個又一個動人的場景，讀者亦如沐春風，不由自主沉浸其中，感受到閱讀的樂趣和愉悅。無庸置疑，《普通讀者》的確是普通讀者的良師益友，持續鼓舞著每一個閱讀的心靈。

（本文作者為清華大學英語教學系副教授）

第一輯

普通讀者[1]

在那些設備寒傖，稱不上圖書館，而收藏的書籍倒也不少，可供平民百姓閱覽求知的地方，很值得把約翰生博士〈格雷評傳〉[2]（Life of Gray）裡的一句話特別抄寫出來：「能與普通讀者的意見不謀而合，在我是高興的事；因為，在評定詩歌榮譽的權利時，在高雅的敏感和學術之後，最終說來應該根據那未受文學偏見污損的普通讀者的常識。」這句話定義了普通讀者的性質，賦予他們的讀書目的以一種神聖意味，並且使得這麼一種既要消耗大量時光，又往往看不出實效的活動，由於這位大人物的讚許而受到認可。

約翰生博士心目中的普通讀者，不同於批評家和學者。他沒有那麼高的教育程度，造物主也沒有賞給他那麼大的才能。他讀書，是為了自己高興，而不是為了向別人傳授知識，也不是為了糾正別人的看法。首先，他受一種本能所指引，要根據自己能得到手的一星半點書本知識，塑造出某種整體——某位人物肖像，某個時代速寫，某種寫作藝術原理。他不停地為自己搭起某種建築物，它東倒西歪、搖搖欲墜，然而看來又像是真實的事物，能引人喜愛、歡笑、爭論，因此也就能給他帶來片刻的滿足。他一會兒抓住一首詩，一會兒抓住一本舊書片段，也不管它從哪兒來的，也不管它屬於何等品類，只求投合自己的心意，能將自己心造的意象結構圓滿就成了，又總是這麼匆匆忙忙，表述又不準確，而且膚淺——所以，以批評家來看，他的缺陷是顯而易見，無需指出了。但是，既然約翰生博士認為，在詩歌榮譽的最終分配方面，普通讀者有一定的發言權，那麼，將自己這些想法、意見記錄下來，也還值得一做，因為，它們本身儘管微不足道，卻能影響如此重要的結果。

（**劉炳善 譯**）

---

1 這篇小文原來放在《普通讀者》第一輯的開頭，實際上即是維吉妮亞·吳爾夫的自序。

2 約翰生博士（Samuel Johnson, 1709 -1784），英國十八世紀的學者、作家。〈格雷評傳〉是其著作《英國詩人傳》（*The Lives of the Poets*）裡的一篇。

帕斯頓家族[1]和喬叟

凱斯特（Caister）城堡那九十英尺的鐘樓仍然高高矗立；拱門也依舊挺拔，當年約翰·福斯塔夫（John Fastolf）爵士的駁船曾經從這裡起錨去為這座宏偉的城堡尋找石料。然而現在寒鴉已在鐘樓上築巢，曾經占地六英畝的城堡也只剩下斷壁殘垣。牆上的洞眼和牆頭的角樓仍在，只是牆內的弓箭手和牆外的大炮已無處尋覓。至於那「七個僧人」和「七個可憐人」，這個時候原該在為約翰爵士和他家人的亡魂祈禱，卻也連同禱告聲一起消失了蹤跡。這是一片廢墟。尋訪古蹟的人們猜測著，爭論著。

不遠處還有一片廢墟——布羅霍姆（Bromholm）修道院的遺址。約翰·帕斯頓（John Paston）就埋葬在這裡。這也是很自然的事，因為他的家就坐落在諾伊奇以北二十英里的海濱低地上，離此地不過一英里多一點，海岸地形險峻，直到今天，這裡仍是人跡罕至的地方。儘管如此，布羅霍姆那一小片碎木頭，真十字架的殘片，還是為修道院引來了川流不息的朝聖者；使他們告別時個個都眼界大開，手腳僵硬。然而其中有些人在剛剛開闢的眼界裡發現了一個可驚的景象——布羅霍姆修道院裡約翰·帕斯頓的墳上竟連一塊墓碑都沒有。這個消息在鄉間傳開了。帕斯頓家衰敗了；他們曾經顯赫一時，如今卻買不起一塊墓碑立在約翰·帕斯頓的墳頭上。他的遺孀瑪格麗特無力還債；長子約翰爵士在聲色犬馬上耗盡了家財；而同名約翰的次子雖然資質較高，卻醉心於放鷹逐犬，對田莊的收成漠不關心。

這些朝聖者自然都說了假話，被所謂真十字架的碎片開了眼界的人也是完全有權利這麼做的。儘管如此，他們捎來的消息還是很有價值。帕斯頓家有過發跡的歷史。人們說，不久以前他們還是農奴呢。有些在世的老人還記得，約翰的祖父克來門特是個在自家地裡埋頭苦幹的農夫；他的兒子威廉做了法官，買了地；威廉的兒子約翰辦了一門稱心如意的親事，買了更多的地，後來又繼承了凱斯特新建的龐大城堡，外加約翰爵士在諾佛克和沙福克的地產。據說，他偽造了老爵士的遺囑。那麼，他沒有墓碑又有什麼好奇怪的呢？不過，若是考慮到約翰的長子約翰・帕斯頓爵士的品行，他的教養和環境，以及從家人的信件中透露出來的父子關係，我們就能理解他們之間的感情是多麼疏遠，為父親立墓碑這種事，也就難怪被疏忽了。

試想，在今天英格蘭最荒僻的地方，新建了這麼一座樸拙的房子，沒有電話，沒有浴室和排水管，也沒有扶手椅和報紙，或許有一架子書，既笨重，又昂貴。窗戶正對著三、四畝農田，十來間茅舍，再過去一邊是海，一邊是沼澤。沼澤裡孤零零的一條路穿過，路中間卻有一個坑，據一個農夫說大得可以吞沒一輛馬車。而且，他還說，那個瘋子泥水匠湯姆・托

1 The Pastons，十五世紀英格蘭諾佛克的一個上流家庭，其家族內部的五百多封信件保存至今，成為反映玫瑰戰爭時期（1455-1487）英國家庭生活、財產管理、地方糾紛和國內政治情況的史料。

普克羅夫特又逃出來了，半裸著在野地裡亂跑，威脅說誰靠近來就要誰的命。這座偏僻的房子裡人們晚飯時談論的就是這些事，而同時煙囪陰森森地冒著煙，穿堂風掀起了地毯。主人下了命令，日落後就要鎖上所有的門，當漫長陰鬱的黃昏疲憊地隱去，這些被危險包圍的男男女女，就跪下來做起簡單嚴肅的祈禱。

然而，在十五世紀時這荒涼的風景卻突兀地被大片的磚石建築打破了，顯得非常怪異。在諾佛克海岸的沙丘和灌木之上聳立起一大片石林，好像是建在海濱勝地的摩登旅館；但是這裡沒有彩車遊行，沒有客棧，那時候雅茅斯也還沒有造起大堤來，城外的這座巨宅裡只孤零零住著一個無兒無女的老先生——參加過亞金科特[2]戰役，掙得一筆家財的約翰·福斯塔夫爵士。他參加了亞金科特戰役，卻不曾得到什麼獎賞。沒人聽從他的意見。人們在背後說他的壞話，他心裡也很明白；因此他的脾氣也好不起來。他是個脾氣暴躁的老人，強悍有力，因為覺得受了冤屈而心懷怨恨。但是，不管是在戰場上還是在宮廷裡，他無時無刻不想著凱斯特，想著有一天職務允許，他可以在父親的土地上安頓下來，住進一幢自己造的大房子。

龐大的凱斯特城堡在不遠處建造時，小帕斯頓們還是孩子。他們的父親約翰·帕斯頓負責部分的工程，孩子們從聽得懂話的時候起，就聽人談論石頭和造房子，談論駁船去了倫敦還沒回來，談論二十六個私人房間、大廳和小教堂；談論地基、尺寸、粗魯的工人。一四五四年房子竣工，約翰爵士搬了進來度過餘生，那時孩子們也許親眼看見過那裡囤積的大筆財富：桌上堆滿了金銀碟子，衣櫥裡塞滿了天鵝絨和緞子的長袍、織金布料、斗篷、裘皮披肩、貂皮帽、皮外套和天鵝絨背心；就連床上的枕套用的都是綠色和紫色的絲綢料子。畫毯到處可見。床上鋪著的，臥室裡掛著的，描繪著攻城、狩獵、放鷹、釣魚、射手彎弓搭箭、女子彈奏豎琴，逗弄鴨子，或者是個巨人，「手裡捧著一條熊腿」。這些都是充實人生的碩果。買地，造大房子，在房子裡塞滿金銀碟子（儘管廁所可能是在臥室裡），仍是人類的正當目標。帕斯頓夫婦同樣把大部分精力都花費在這種事業上。既然人人都有獲取的渴望，人也不能長久地安享自己的財產。諾佛克公爵也許會覬覦這座豪宅，沙福克公爵則看中另一座。憑著些莫須有的理由，比如帕斯頓家原本是農奴之類，他們就有權利在主人外出時奪了宅子，拆了屋舍。而帕斯頓、莫特比、德雷頓和格雷舍姆的主人又怎能同時照看五、六個地方呢？何況他如今擁有了凱斯特城堡，又必須在倫敦奔走好讓國王承認他的那些權利。據說，國王也瘋了[3]；據說，他不認得自己的孩子；還有人說國王逃走了；要麼就說內戰已經爆發。諾佛克一直是最不幸的郡，這裡的鄉紳一直是人類中最好爭吵的一群。事實上，要是帕斯頓太太願意的話，她本可以告訴孩子們，她還年輕的時候，一千個揮舞著弓箭和火盤的

2 亞金科特（Agincourt），法國北部村莊，一四一五年英王亨利五世在此重創數倍於己的法軍，史稱亞金科特戰役。

3 指亨利六世（1421-1471），一四二二至一四六一年與一四七〇至一四七一年在位，生性懦弱，一四五三年起精神病時常發作，次年約克公爵以攝政王的名義奪取了權力，引發玫瑰戰爭。

男人是怎樣衝進了格雷舍姆，砸破大門，挖穿了牆，而她就在屋裡獨自坐著。不過女人們經過的事還有比這糟得多的哩。她並不悲泣命運，也不覺得自己是英雄。她費了很大的工夫，用清晰又歪歪扭扭的筆跡給出門在外的丈夫（他總是出門）寫去長長的信，信中並不談她自己。羊群太費乾草。海登和圖登漢姆的男人都出來了。有人拆了一處圍欄，偷走了一隻小牛。他們很缺糖漿，還有，她真的急需料子來做衣服。

然而帕斯頓太太並不談她自己。

就這樣，孩子們看著母親書寫或口述長長的信，一頁又一頁，一小時又一小時，一個做父母的這樣煞費苦心地寫著這樣重要的事情，即便只是打斷她一下也是一種罪過。孩子們的天真言語，嬰兒室或教室裡講述的故事，沒有在這些巨細無遺的信上留下痕跡。大部分她的信都是忠心耿耿的管家對主人做的報告，說明，請示，通消息，報帳。發生了搶劫和殺人；租金老也收不回來；因為忙著這個那個，瑪格麗特又沒顧上照丈夫的意思盤貨。老母親阿格尼斯從遠處憂鬱地打量著兒子的生意，勸告他說：「你可以少做一些事；你父親說，少做事，便可多休息。世界不過是一條大道，鋪滿了苦難；我們離開時能帶走的只有行過的善和惡。」

因此他們想起死亡的念頭就不寒而慄。家財萬貫的老福斯塔夫看到了地獄之火，尖叫著要他的遺囑執行人去發放救濟，還要人「接連不斷地」祈禱，好讓他的靈魂免受煉獄的煎熬。威廉·帕斯頓法官也急著要留下諾伊奇的修道士，「永遠」為他的靈魂祈禱。靈魂並非一縷輕煙，而是實實在在的身體，會遭受永恆的折磨，毀滅靈魂的烈焰也正像塵世的爐火一般灼熱。諾伊奇鎮和修道士將永遠存在下去，連同諾伊奇鎮上的聖母院。他們對於生和死的觀念都是理所當然的，積極的，一成不變的。

在這樣一種生氣勃勃的人生觀之下，孩子們當然是要挨不少打的，男孩女孩都要學習認清自己的位置。他們須獲得田產，但是必須聽從父母的教導。如果姑娘家不守規矩，做母親的一個星期要拿棒子打她三回，打得頭上出血。阿格尼斯·帕斯頓這位出身高貴又有教養的夫人打女兒伊麗莎白。好心腸的瑪格麗特·帕斯頓因為女兒愛上了老實的管家理查德·卡爾而把她趕出了家門。弟兄們不許姐妹下嫁給身分不如自己的男子，「到法拉姆靈厄姆去賣蠟燭和芥茉。」父親和兒子爭吵，母親在兒女之間更疼愛兒子，但囿於禮教，還得遵從丈夫的意思，想要讓兩邊和好又左右為難。儘管瑪格麗特費盡苦心，還是管不了長子約翰的魯莽行徑；也擋不住他父親怒氣沖沖的指責。他是「蜂群裡的一隻雄蜂」，他父親發作道：「別的蜜蜂都辛勤地在田野裡採蜜，這隻雄蜂卻無所事事，只顧享用。」他對待父母傲慢無禮，在外頭又擔當不起什麼職責。

然而這場爭執不久就因做父親的約翰·帕斯頓在倫敦去世（一四六六年五月二十二日）而告終結。遺體被送回布羅霍姆安葬。十二個窮人一路上在旁邊打著火把。施捨分發過了；彌撒和輓歌唱過了。喪鐘敲過了。大盤大盤的豬肉、羊肉、雞肉、蛋、麵包和奶油吃光了，大桶大桶的啤酒和葡萄酒喝乾了，一把把的蠟燭燃盡了。為了驅散火把的煙氣拆下了兩扇教堂的窗玻璃。黑色的喪服分發了出去；一盞燈點亮了安放在墳頭。但是繼承人小約翰・帕斯頓遲遲不給父親置辦墓碑。

小約翰當時是個年輕人，大概剛過二十四歲。刻板艱苦的鄉村生活使他厭倦。他離開家，似乎是為了進入宮廷。老實說，不管他們的對頭怎樣懷疑帕斯頓家的血統，約翰爵士可是個地地道道的紳士。他繼承了屬於他的土地；工蜂辛苦採得的蜜如今是他的了。小約翰的天性更重於享樂而不是索取，把母親的克勤克儉和父親的雄心勃勃古怪地混合在一起。他很討女人的歡心，喜歡交際和遊藝，傾心於宮廷生活和賭博，有時候甚至還喜歡讀書。如今約翰・帕斯頓已長眠於地下，生活在迥然不同的基礎上從頭開始。實在來說，從外表看不出什麼變化。瑪格麗特仍舊主持家務。她發號施令安排小孩子的生活，一如當年安排年長的那一代。男孩子還是得挨了老師的打才肯讀書，女孩子依然愛上不該愛的男人，又不得不嫁給合適的人家。租子總得收；福斯塔夫產業的那場官司無休止地拖延下去。仗打過了；約克和蘭開斯特的玫瑰輪番地謝了又開[4]。諾佛克鎮裡擠滿了等著申冤的窮人，而瑪格麗特為兒子忙碌著，正如從前她為丈夫忙碌一樣。只有一點重要的區別，過去她對丈夫說心裡話，現在則向自己的牧師討主意。

然而內在的東西發生了變化。似乎那外層的硬殼終於完成了自己的使命，內裡生出了一種敏感、懂欣賞、愛享樂的東西。不管怎樣，約翰爵士給家裡的弟弟寫信時，有時會偏離正題講個笑話，傳個閒言碎語，或是體貼地甚至是巧妙地教導弟弟怎樣戀愛。「對待做母親的要畢恭畢敬，可是對那姑娘不要低聲下氣，事情順遂時不可太得意，落敗時也不可太沮喪。不論是在家，或是她到此地，我都會為你助一臂之力。預計我至多六天就趕回家了。」然後是有一隻鷹要買，新帽子或是絲綢花邊要送給諾佛克的約翰——他正在打官司，放著鷹，相當賣力又不怎麼誠實地管理著帕斯頓家的產業。

約翰・帕斯頓墳頭的燈火早已熄滅。但是約翰爵士還是拖延著；沒有用墓碑去代替它們。他有他的托辭：什麼還在打官司，宮廷裡有事情，內戰正亂著，他的時間不寬裕，手頭也緊。然而，這也許是因為約翰爵士自己發生了奇怪的變化，也不僅僅是在倫敦遊手好閒的約翰爵士，這種變化同樣影響了和管家戀愛的姐姐瑪吉瑞、在伊頓公學做拉丁詩的沃爾特、和在帕斯頓放鷹的約翰。生活有了更豐富的歡樂。他們不再像老一代那樣，對人的權利、上帝應得的敬奉、死亡的恐怖和墓碑的重要性確信無疑。可憐的瑪格麗特・帕斯頓覺察到了這種變化，她拿起曾辛苦跋涉過許多篇幅的筆，惴惴不安地吐露了心底的煩惱。讓她憂心的不是這場官司；如果必要，她會以自己的雙手來保衛凱斯特，「雖然我沒有能力指揮和統領士兵。」只是自她的丈夫兼主人死後，家裡有什麼地方不對頭了。也許是她的兒子沒有盡心侍奉上帝；他太傲慢，太揮霍；或許是他對窮人不夠慈悲。不管是因為什麼過錯，她只知道約

4 白玫瑰和紅玫瑰分別是金雀花王室的兩個對抗支系約克家族和蘭開斯特家族的標誌，玫瑰戰爭因此而得名。

翰和父親相比，花錢總是事倍功半；他們要是不賣地、林子和家裡的東西，就幾乎還不起債（「我一想起這個就難過得要死」）；而每天鄉人都說三道四，批評他們讓約翰．帕斯頓的墳頭空著不添置墓碑。本可以用來置辦墓碑，或者購買更多的土地、高腳杯和壁毯的錢，約翰爵士拿來買了鐘錶和小玩意兒，還請了人抄寫騎士論和其他諸如此類的文字。這部書佇立在帕斯頓的宅子裡一共十一冊，其中還有利德蓋特[5]和喬叟的詩，在這灰暗陰鬱的房子裡散發著奇異的氣息，吸引著人們投向懶惰和虛榮，誘使他們的思想偏離正道，使他們不僅疏忽了自己的利益，而且也忽略了死者應得的哀榮。

有時，約翰爵士不騎著馬視察莊稼或和佃農討價還價的時候，他會在大白天坐下來讀書。就在這個毫不舒適的房間裡，坐在那張硬椅子上，當風掀起了地毯，煙氣刺痛他的眼睛，約翰讀著喬叟，任時間流逝，做著夢——還是他從書本中獲得了奇異的陶醉感？生活是粗糙，憂鬱，令人失望的。一年中每一天都在可憎的生意經中白白蹉跎，像橫掃著窗玻璃的雨絲。他的生活不像父親那樣有目的；他沒有那些迫切的需要，得建立家庭、為還沒出世、或者出世後也沒有權利跟隨父親的姓的孩子爭取顯要的身分。然而，利德蓋特和喬叟的詩像是一面鏡子，鏡中的人影簇擁在一起晃動著，輕快，靜默。他看見的是自己所熟悉的天空、田野和人們，但是更加生動和完整。不用慵慵地等待從倫敦來的消息，也不用從母親的閒言碎語裡拼湊關於鄉間愛情和嫉妒的悲劇，就憑著寥寥幾頁文字，所有的故事都在他面前展開了。此後，當他策馬前行或在餐桌旁落坐時，會因眼前的情景而想起某一段貼切的描述議論，或為一串詞句而心動，於是就會擱下手中的事，急急地趕回家去，在椅子裡坐下，把故事念完。

把故事念完，喬叟仍然能讓我們有這樣的欲望。他具有傑出的說書人的天賦，對於今天的作家這大概是最難得的一種天賦了。我們的祖輩經歷過的事情，再也不會以同樣的方式在我們身上發生；很少有什麼重要的事件；就算我們把它們記述下來，其實也並非真的相信；也許我們有更有趣的事情可講，而正是為了這些緣故，像加內特先生那樣天生善說書，又不像梅斯菲爾德[6]先生一般造作的人，已經寥寥無幾了。因為說書人講故事的時候不僅要對事實有無比的熱忱，還要有技巧，不可過於賣力或過於激動，不然我們就會囫圇吞棗，把各個部分胡亂拼湊在一起；他必須讓我們能夠駐足停留，給我們時間思考和觀察，而又能說服我們不斷前行。喬叟能做到這一點，多少要歸功於他所處的時代；此外，比起現代人他還享有另一種優勢，是今後的英國詩人再也無緣的。那時的英格蘭是一片未經踐踏的土地。喬叟的眼前展開的是一片處女地，草木連綿不斷，只點綴著小市鎮和零星的一、兩座建造中的城堡。肯特郡的樹叢後面沒有別墅的屋頂探頭窺探；山坡上沒有工廠的煙囪冒著煙。考慮到詩

5 利德蓋特（Lydgate, 約 1370-1451），英國詩人，主要作品為敘事詩《特洛伊記事》等，深受喬叟影響。

6 加內特（David Garnett, 1892-1981），英國 Bloomsbury 團體的作家，著有《狐女》《動物園裡的男人》。梅斯菲爾德（John Masefield, 1878-1967），敘事詩人。

人怎樣投身自然，就算不直接訴諸筆墨，也要把她化入自己的形象和比喻，鄉村的狀況是件頗為要緊的事情。她的開墾或野性狀態給予詩人的影響遠比其給予散文家的要深刻。就現代詩人而言，面對著伯明罕、曼徹斯特和倫敦這樣巨大的城市，鄉村成為他們的避難所，其高尚的道德和罪孽深重的城市形成了對照。鄉村是隱居之地，是謙卑和美德的居所，人們躲避在這裡修身養性。華滋華斯[7]崇拜自然，丁尼生[8]更是在玫瑰花瓣和酸橙樹的葉片這樣的細微之處傾注無比的熱情，這其中蘊涵著一些病態的情緒，似乎是要避開與人類的接觸。不過，他們都是偉大的詩人。在他們的手中，鄉村不只是首飾鋪子，或是陳列著奇珍異寶的博物館，要用更奇異的文字來描繪。如今，鄉間的風景已經面目全非，灌木叢生的荒原和陡峭的山崖都要被花園或草坪代替，天分稍遜的詩人現在只能拘束在狹小的天地裡，在鳥巢上、在鐫刻著一道道歲月皺紋的橡果上作文章。那更寬廣的天地已經失落了。

但是對喬叟來說，鄉村太廣闊，太荒蕪了，並不是一幅處處討人歡喜的圖畫。他似乎曾受過大自然的苦，於是本能地從風暴和岩石轉向了明媚的五月和亮麗的山水，從嚴酷的和神秘的轉向了歡快的和確定的。他沒有一絲一毫現代人堆砌辭藻的看家本領，而可以在寥寥幾筆，甚至不發一言，就在我們眼前勾勒出野外的氣氛：

看那鮮美的花朵怎樣招展。（譯按：選自《坎特伯雷故事集》中〈修女院教士的故事〉）

——這就夠了。

這不妥協、不馴服的自然，不是映照喜悅面龐的鏡子，或安撫悲傷心靈的懺悔神父。她就是她自己；因此，她有時是相當嚴厲而樸素的，但在喬叟的字裡行間，她總是帶著實實在在的堅硬和新鮮。然而，很快我們就注意到，有一點比中世紀快樂美妙的外表還要重要——那使它血肉豐滿的堅實感，那使人物栩栩如生的信仰。《坎特伯雷故事集》（*Canterbury Tales*）顯示出驚人的多樣性，然而在深一層次，全文貫穿著一個始終如一的典型。喬叟自有自己的世界；他有自己的小伙子；有自己的姑娘。如果在莎士比亞的世界裡遇見他們，我們認得出他們是喬叟的人物，而不是莎士比亞的。他想要寫一個女郎，就這樣描述她的模樣：

她頭巾上的褶皺再妥貼不過，
她的鼻子形狀優美；灰色眼睛鏡子般清澈；
她紅紅的小嘴十分溫柔；
還有著非常飽滿的額頭；
足足有一掌寬，我可以擔保，

---

7 華滋華斯（William Wordsworth, 1770-1850），英國浪漫主義詩人，著有《序曲》《抒情歌謠集》等。

8 丁尼生（Alfred Tennyson, 1809-1892），英國詩人，著有《悼詩》等。

瞧她的體態絕對不算瘦小。（譯按：選自《坎特伯雷故事集》中〈引言〉）

接著他進一步展開對她的描寫；她是個姑娘，一個處女，有處子的冷漠氣質：

你曉得，我仍然陪伴在你身邊，
是個處女，喜歡追逐狩獵，
寧願在茂密的叢林間遊戲，
絕不肯做人妻子，養兒育女。（譯按：選自《坎特伯雷故事集》中〈騎士的故事〉）

然後他就自言自語地說道：

她答問時總是態度嫻雅；
雖然像雅典娜一樣聰明，
說起話來卻簡潔，平實又溫柔，
她不靠堂皇的詞語來炫耀學問；開口時
從不虛張聲勢；字字句句都透露出
她的美德和教養。（譯按：選自《坎特伯雷故事集》中〈醫生的故事〉）

事實上，上面的這幾段分別引自不同的故事，但是我們覺得它們都屬於同一個人物，也許，她就是喬叟想到年輕姑娘的時候腦海裡出現的形象，所以，她以不同的名字在《坎特伯雷故事集》裡進進出出，而性格始終如一，只有當詩人對年輕姑娘的形象已確定無疑以後，才能做到這一點；當然，他同時對姑娘生活的世界，它的結局，它的性質，以及他自己的技藝確定無疑，才能在描寫的物件上傾盡心力。他從未想到他的格麗西達可以再潤色或改動。她周身沒有一點模糊的地方，沒有猶疑；她不證明什麼；她滿足於成為自己。因此，我們的頭腦可以不知不覺地輕鬆下來，憑著各種暗示和線索，自然地為她添上許多並沒有明示的個性品格。這就是說服力，一種寶貴的天賦，與我們同時代的康拉德（Joseph Conrad）在他早期的小說中顯示出的天賦一樣。這是一種至關重要的天賦，因為它是整個建築的重心所在。一旦我們信服了喬叟的小伙子和姑娘，就再也不需要說教或抗議了。我們知道他認為什麼是善的，什麼是惡的；說得越少越好。讓他接著說他的故事吧，接著勾畫騎士和鄉紳，描寫或好或壞的女子、廚子、水手、教士吧，我們可以補上風景，為他的社會補上信仰，補上對生死的看法，把前往坎特伯雷的旅程變成一次心靈的朝聖。

那時，對自己的思想保持單純的忠誠比現在要容易，這至少有一個原因，那就是喬叟可以坦率直陳的事情，我們卻得閉口不談，要不就閃爍其詞。他可以讀出這種語言裡所有的音節，而不會發現其一大部分精華已經因疏於使用而黯啞，就算有大膽的手再把它們彈撥，也只發出一陣雜亂刺耳的巨響，同其他的音節格格不入。喬叟的許多文字——大約每個故事裡有那麼幾行——是不恰當的，使我們讀的時候有一種奇怪的感覺，像是長時間悶在舊衣服裡之後在露天裡赤裸了身體。並且，由於有一種幽默是需要毫不忸怩地說出身體的各個部位和功能而產生的，所以高雅的出現奪去了文學的一隻臂膀。它就此再也無力創造巴斯的女人[9]、朱麗葉的保姆[10]，以及雖然已經顯得有些蒼白，但和她們的模樣還很相似的親戚莫爾．弗蘭德斯[11]。因為懼怕流於粗糙，斯特恩[12]被迫選擇了粗魯。他必須顯得機智而不是幽默；必須暗示而不能明言。而我們面對著喬伊斯（James Joyce）的《尤利西斯》（*Ulysses*）時，只好相信那昔日的笑聲再也無從尋覓了。

可是基督啊！當我從頭想過，
回憶起少女時代的歡樂，
就從心坎裡覺得溫暖。
如今我還能振作起精神
每當想到我也有過恣意放縱的時候。（譯按：選自《坎特伯雷故事集》中〈巴斯女人的故事〉）

這老婦人的聲音已經沉默。

但是《坎特伯雷故事集》之所以具有這樣驚人的明快風格，依然感人至深的歡樂情緒，還有另一個更重要的原因。喬叟是個詩人，但是他面對眼前生氣勃勃的生活從不退縮。農家場院、稻草、牛糞、公雞母雞，（我們以為）並不是詩的主題；似乎詩人要麼完全不考慮場院，要麼就要求它坐落在色薩利[13]，連院裡的豬都不是肉體凡胎。但是喬叟直截了當地說：

> 她有三隻結實的肥豬，
> 三頭母牛，還有一隻綿羊叫做莫爾；（譯按：選自《坎特伯雷故事集》中〈修女院教士的故事〉）

或是：

> 她有一座圍欄，四周
> 攔著木樁，外面繞著一道溝。（譯按：選自《坎特伯雷故事集》中〈修女院教士的故事〉）

9《坎特伯雷故事集》中的人物，是一個靠屢次出嫁，控制丈夫博取財物的女子。
10 莎士比亞戲劇《羅密歐和朱麗葉》中人物。
11 狄福同名小說 *Moll Flanders* 中身世坎坷離奇的女主人公。
12 斯特恩（Laurence Sterne, 1713-1768），英國作家，生於愛爾蘭。主要作品為《項狄傳》和《感傷之旅》。
13 色薩利（Thessaly），希臘東部富庶的農業區，盛產穀物。

喬叟毫不靦腆，無所畏懼。他總是貼近描寫的物件，比如一個老人的下頦：

濃密堅硬的鬍鬚，
好像鯊魚皮，扎人似荊棘；（譯按：選自《坎特伯雷故事集》中〈商人的故事〉）

或是老人的脖頸：

他一唱起歌來
頸上鬆弛的皮膚不住地抖動；（譯按：選自《坎特伯雷故事集》中〈商人的故事〉）

他還要告訴你他的人物的衣著、外貌和飲食，似乎詩歌女神可以不弄髒雙手，就整理好一三八七年四月十六日星期二[14]這一天的某個時刻裡的種種瑣碎事實。他有時回溯到希臘人和羅馬人的年代，但這只是因為他的故事需要他寫到那裡。他不想把自己裹在古人的氣息裡，不想從古代尋找庇佑，也不想迴避雜貨鋪老闆講的英文。

因此我們說自己已經知道旅程的結尾的時候，很難具體指出是憑著哪幾行而得知的。喬叟的目光注視的是眼前的路，而不是未來的世界。他幾乎從不陷入虛無的冥想。他帶著一種特有的狡黠，反對與學者和牧師論爭：

答案我留給神學家去找尋，
但我深知這人世充滿了苦痛。（譯按：選自《坎特伯雷故事集》中〈騎士的故事〉）

這是怎樣的世界？人們企求什麼？
忽而與愛人相伴，忽而身處冰冷墳墓
孤孤單單，沒人陪伴，（譯按：選自《坎特伯雷故事集》中〈騎士的故事〉）

殘忍的神靈啊，你們統治著
這個世界，有永恆的旨意將它管束，
在石碑上刻下你們的願望和永恆的詔令，
人類對你們算得上什麼，豈不就是
畜欄裡瑟縮的羔羊？（譯按：選自《坎特伯雷故事集》）

各種問題壓迫著他，他提出這些問題，但做為真正的詩人他並不給答案；他任由它們懸而不決，不被一時的解決之道所約束，因此它們對於他身後一代又一代人歷久彌新。他在世

---

14 這一天通常被認為是喬叟開始寫作《坎特伯雷故事集》的〈前言〉的日期。

時，要標明他是屬於哪一黨哪一派，民主黨人還是貴族，也是不可能的。他是忠實的教徒，卻嘲笑教士。他是能幹的公務員和侍臣，對性道德的觀點卻分外馬虎。他同情窮人，卻從未動手改善他們的命運。可以說，喬叟的文字，不曾產生過一條法律；也不曾搬動過一塊石頭；然而，我們閱讀喬叟的時候，全身心地在吸取道德意義。因為作者分為兩類：一類是神父，拉著你的手引你直走向謎底；一類是普通人，把教義原則都寄寓在血肉之軀裡，造就一個完整世界的模型，並不剔除壞的，也不突出好的方面。華滋華斯、柯立芝[15]和雪萊[16]屬於教士；他們給予我們數不盡的篇章可以裱掛在牆上；數不盡的警句可以鐫刻在心頭，像護身符一般消災除難：

別了，別了，孑然生活的心（譯按：選自華滋華斯《輓歌》）

深愛萬物，無分大小
愛得最深者祈禱得最誠（譯按：選自柯立芝《古舟子詠》）

這種規勸和命令的文字立刻閃現在腦海中。但是喬叟讓我們沿著自己的路走下去，一路和平凡的人做著平凡的事情。他的道德教訓蘊涵於男男女女彼此相處的方式。我們看著他們聚宴，飲酒，歡笑，戀愛，於是不用說一個字我們就知道他們的標準是什麼，深深地瞭解了他們的道德觀。再也沒有別的什麼可說，我們不是接受嚴肅的說教，而是四處漫遊，打量，靠自己體會出其中的意義。正如父母和圖書館員非常正確地判斷的那樣，凡人俗事的道德，小說的道德，遠比詩歌的道德更有說服力。

所以，我們闔上喬叟的書時，覺得儘管一語未發，但其中的議論已經完成；我們所言、所思、所讀、所為都已經過了評判。雖然我們強烈地感覺到是與良伴相處，並且習慣了與他們為伍，但我們的感受不止這些。我們彷彿是慢跑著穿過一片活生生的、樸素的田野，伙伴們一個又一個輪流說著笑話，或是唱著歌，我們明白這個世界雖然看起來和我們日常的世界相似，其實並非同一物。這是詩的世界。和現實和散文相比，這裡發生的一切都更迅速、更激烈、更有條理；這裡飄蕩著一種特別的單調氣息，而這正是詩的魔力；有的詩行在我們開口前半秒鐘說出了我們想說的話，好像我們在未受文字拖累之前就讀到自己的思想；有的詩行能吸引我們回過頭來咀嚼，它們特出的質地和魅力久久在腦海中閃耀。而作品的整體渾然不動，豐富的內容和種種跳躍發揮之處靠著一種最突出的力量組織在一起，那就是創造力，是建築師的力量。然而喬叟與眾不同的地方是儘管我們能立刻感到這種加速，這種魅力，卻

15 柯立芝（Samuel Taylor Coleridge, 1772-1834），英國詩人、批評家，著有批評論集《文心留影》、詩集《古舟子詠》等。

16 雪萊（Percy Bysshe Shelly, 1792-1822），英國浪漫詩人。

不能確切地引出某行某句來證明它。對大多數詩人而言引證顯然都是輕而易舉的事情；突然閃現了某個隱喻，有幾段文字和其他部分格格不入。但是喬叟的筆法是均衡的，勻速的，比喻的分量非常輕。如果我們截取六、七行，以為可以表現他的特性，它就跑得無影無蹤。

主人，你曉得你是從我父家
使我掙脫了襤褸衣裙，
好心腸為我盛裝打扮；
上帝作證，我什麼也不曾給您，
只有忠貞，赤誠，和處子的心靈。（譯按：選自《坎特伯雷故事集》中〈學者的故事〉）

這段話在上下文中讀來不僅令人感動難忘，和出色的美文相比也不遜色。如果把它割裂下來單獨地看，就只是平常樸素的文字。看來，喬叟有一種本領，他把最平常的詞句和最單純的感情排列在一起，各自都熠熠生輝；如果拆開來，就會光彩頓失。因此，喬叟給予我們的愉悅和其他詩人不同，因為它和我們的所感所見更加貼近。吃，喝，好天氣，五月，公雞母雞，磨坊主，老農婦，花朵——看到這些尋常事物這樣排列在一起令人有特殊的感動，因為它們如同詩一般觸動我們，而又像野外所見一般鮮明、清晰、準確。這種非修辭的語言散發著一種辛辣的氣息；那無所遮掩的詞句彼此相連，彷彿身披輕紗的女子，走動時看得見身體的線條，有著莊嚴的令人難忘的美：

她便把水壺放下，

擱在牛棚的門檻邊。（譯按：選自《坎特伯雷故事集》中〈學者的故事〉）

於是，當隊列這樣行進的時候，後面隱隱現出了喬叟的面龐，和眾多的狐狸、驢子、母雞在一起，嘲笑著生活的浮華和虛榮——詼諧，智慧，帶著法國人的特徵，而同時建立在英國式幽默的基礎之上。

就這樣，約翰爵士在不舒服的房間裡讀著喬叟，任風吹著，煙氣刺痛他的眼睛，父親的墳頭空著。但是沒有什麼書本，或者墳墓，能長久地吸引住他。他就是那種雄心勃勃的人，在時代與時代融合的邊界徘徊，哪一邊都不能安居。他一會兒全心全意地要買便宜書；一會兒又到了法國，告訴母親道：「現在我的心思不全在書本上。」在自己的家裡，他找不到安寧或者舒適，母親瑪格麗特永遠在盤點存貨或者和格羅伊斯神父談心。她總有道理；她是個勇敢的女人，看在她的面子上大家不得不忍受神父的傲慢，就算抱怨爆發成公開的謾罵，雙方在屋子裡激烈地互相指責「你這個傲慢的神父」或「你這個傲慢的先生」，也得按捺下心頭怒火。所有這一切，再加上艱苦的生活和軟弱的天性，迫使他到更舒服的地方去遊蕩，拖延著不回家，拖延著不寫信，年復一年地拖延著不為父親打造墓碑。

可是約翰·帕斯頓如今已經在空空的墳土下躺了十二年了。布羅霍姆修道院的院長傳了話來，說墳頭的布已破爛不堪，他甚至自己動手試著縫補過。對瑪格麗特·帕斯頓這樣一個驕傲的女人來說，更糟的是鄉民總嘀咕著說帕斯頓家不虔誠；她還聽說其他地位不比自己高的家族獻出善款來修建教堂，而她丈夫正冷冷清清地躺在那裡。終於，約翰爵士把心從錦標賽、喬叟和情婦安·豪特上收了回來，他想起有塊織金布料，原是蓋在父親靈柩上的，現在正可以拿來支付他的墓碑費用。這塊料子好好地保存在瑪格麗特那裡；她一直精心珍藏著，還花了二十個馬克來修補它。她心裡抱怨；卻無能為力。她把料子給了約翰，但對他是否真心付諸實現，有沒有這個能力，還是將信將疑。「如果你賣了它來用在別的地方，」她寫道：「我發誓有生之年再也不相信你。」

但是，這最後的一幕，正像約翰爵士一生中上演的眾多段落一樣，沒有完成。一四七九年，他和沙福克公爵發生了糾紛，不得不在流行病猖獗的時候訪問倫敦；就在那裡，在骯髒的客棧裡，獨身一人的約翰，一直爭吵到了最後，為錢財奔波到了最後，他在那裡死去，埋葬在倫敦的懷特弗萊爾。他留下一個非婚生女兒，以及大量的書；但是，父親的墳上依然空空如也。

然而，帕斯頓家厚厚的四冊書信，像大海淹沒雨珠一般，吞沒了這個不得志的人。因為它們就像所有的書信集一樣，似乎暗示著我們不用過分操心個人的命運。不管約翰爵士是生是死，家族還在延續。重要的是他們在年復一年咿呀轉動的生活中，是如何把不可計數的細枝末節聚積起來，成為一堆堆瑣細的、常常是黯淡的塵屑。然後突然間塵灰燃燒起來；在我們的眼前展開了當天的情景，燦爛，完整，生動。清晨，陌生的男人對擠奶的女人低聲耳語；黃昏，在教堂門前瓦恩的太太對老阿格尼斯．帕斯頓發了火：「讓地獄裡的魔鬼一起來把她的靈魂拖到地獄裡去吧。」一會兒又是八月的諾佛克，西西莉．達恩來到約翰爵士的面前苦苦地討衣裳穿：「而且，老爺您大概知道寒冷的冬天就要來了，要是您不賞賜我，我就沒有什麼可穿的了。」那久遠的日子就在這裡，每個時辰都一一展現在我們眼前。

然而，所有這些都不是為寫作而寫作；這支筆並非是用來怡情取樂，也不像後來眾多的英國書信一樣，傳遞著深深淺淺數不清的疼愛和親密情緒。只是偶爾，大多是在怒氣沖沖的時候，瑪格麗特．帕斯頓才會激動起來，傾瀉出尖刻的切齒詛咒：「我們種了樹，別人卻來乘涼……我們種了田，收穫的卻是別人……這簡直像拿針扎我的心。」這就是她的文采和她的痛苦。的確，兒子們落筆的時候更加自如。他們的玩笑十分牽強；暗示也很笨拙；他們嘲笑神父發怒時候出的洋相，像是演拙劣的木偶戲，私底下也坦白那麼一、兩句。但是喬叟在世的時候聽到的必定就是這種語言，實實在在，不加修飾，當做敘述比當做分析合適得多，可以表達嚴肅的宗教情緒，也能表達通俗的幽默，但是男男女女面對面搭話的時候，這些話就顯得生硬，不宜出口。簡而言之，從帕斯頓書信中可以清楚地看到為什麼喬叟沒有寫出《李爾王》（*Lear*）或者《羅密歐與朱麗葉》（*Romeo and Juliet*），而是《坎特伯雷故事集》。

約翰爵士下葬了，他的弟弟約翰接替了他。帕斯頓書信還在繼續；帕斯頓家的生活也幾乎一如既往地進行下去。所有這一切之上醞釀著一種不舒服和赤裸的感覺；好像是骯髒的手腳伸進了華美的袍袖；在穿堂風裡飄動的壁毯；隱秘的臥室；風捲過還沒有被藩籬和城鎮分割的田野；占了六英畝土地、用結實的石頭砌成的凱斯特城堡，以及面目平庸的帕斯頓家族，不知疲倦地聚斂財富，奔波在諾佛克的道路上，不屈不撓地，憑著一種頑強和勇氣不懈地裝點荒蕪的英格蘭。

（許德金 譯）

論不懂希臘文

說什麼懂得希臘文是張狂愚蠢的，因為我們無知得簡直像是講堂上最蹩腳的學生。因為我們不知道怎樣拼讀這些詞語，不知道什麼時候該發笑，也不知道演員怎樣表演，這個異族與我們之間不僅有種族和語言的差異，還橫亙著一道傳統的鴻溝。因此而顯得更加奇怪的是，我們竟然渴望懂得希臘文，試圖去懂得希臘文，總是被希臘文深深吸引，總是猜度揣摩著希臘文的意思，究竟有誰知道，我們的材料是多麼零碎雜亂，我們的猜測距離希臘文真正的涵義相去多麼遙遠？

首先，希臘文學顯然是一種非個人化的文學。約翰·帕斯頓和柏拉圖、諾伊奇和雅典之間相隔不過數百年，但其間的距離卻是歐洲洶湧紛紜的議論評說永遠無法逾越的。閱讀喬叟時，祖先的生活會像河水一般不知不覺地把我們湧向他，而且，隨著記錄的增加和記憶的延伸，幾乎沒有哪一個人物沒有自己層層疊疊的關係，自己的生活和書信，妻子和家庭，房子，個性，和自己或幸福或悲慘的命運轉折。但是希臘人固守著自己的天地。命運在這一點上也是慈悲的。她使他們免於流俗。歐里庇得斯[1]是被狗吃掉的；艾斯克拉斯[2]是被石頭砸

1 歐里庇得斯（Euripides, 西元前 485-406），古希臘三大悲劇作家之一，據傳寫有悲劇九十餘部。其劇作對羅馬及後世歐洲戲劇有深遠影響。

死的；莎孚[3]則跳崖而死。關於他們我們只知道這些，僅此而已。

但也許這並不是、也永遠不會是全部真相。隨便翻開索福克勒斯[4]的劇本，讀一下這樣的句子：

那我們昔日在特洛伊的統領之子，阿伽門農之子[5]，

立刻，我們的心靈就自動想像出當時的環境來。它為索福克勒斯構造出一些哪怕是非常簡陋的場景；想像出一個村子，坐落在海邊一處偏僻的鄉野。時至今日，在英格蘭比較荒涼的地方還能找到這樣的村子，當我們走進那裡時，不禁感到在這一簇簇遠離鐵路和城市的村莊裡，具備了完美生活的一切要素。這裡有教堂，有莊園宅邸，有農場和茅舍；教堂可供禮拜；會所可供聚談；板球場可供娛樂。這裡的生活被簡單地分門別類歸入幾個要素。男男女女都有工作做；個個工作都是為了大家。個性融合在芸芸眾生裡；大家都知道神父的行為乖僻；貴婦都有怎樣的壞脾氣；鐵匠和送奶人結下了怨；青年男女怎樣戀愛。幾百年來，這裡的生活都遵循著同一條軌跡；風俗形成了；山丘和孤零零的樹木被附上了傳說，而村子也有了自己的歷史，自己的節日，自己的矛盾。

無法處理的是氣候。如果要把索福克勒斯搬到這裡，就得抹去煙塵、潮氣和溼漉漉的濃霧。我們得把山丘都削出稜角。我們得想像出一片石頭和土地組成的風景，而不是綠草碧

樹。有了暖和的陽光和連續好幾個月的晴朗天氣，生活自然立刻變了樣；一切都在戶外進行，而其結果是去過義大利的人所共知的：瑣碎的事情不是在客廳裡，而是在街上辯論，於是愈發激烈；人們因此變得健談；培育出了南方民族所特有的嘲諷、歡笑、機智和辯才，與慣於大半年都生活在室內的人們那種遲緩，保守，含蓄，充滿內省的憂鬱，二者迥然不同。

這就是希臘文學給我們的第一印象，閃電般迅捷的嘲諷和戶外的風格。從最宏大到最細微處都十分明顯。我們可以想像，索福克勒斯悲劇中的皇后和公主，像村姑一樣站在門口唇槍舌劍，似乎是盡情揮灑著語言，把詞句削成碎片，一心要占得口舌之勝。這些人的幽默不像我們的郵差和計程車司機那樣善意。街角閒蕩的男人鬥起嘴來有一些既殘忍又機智的味道。希臘悲劇的殘忍和我們英國式的殘暴頗為不同。比如在《酒神的伴侶》（*Bacchae*）裡，那位非常可敬的潘修斯，在死去之前不是就被嘲笑了一番嗎？當然，這些皇后和公主其

2 艾斯克拉斯（Aeschylus, 西元前525?-456），古希臘三大悲劇作家之一，現存作品有《被縛的普羅米修斯》《阿伽門農》。

3 莎孚（Sappho, 約西元前612-?），古希臘女詩人，作品有抒情詩九篇，哀歌一卷，僅有殘篇傳世。

4 索福克勒斯（Sophocles, 西元前496?-406），古希臘三大悲劇作家之一，傳世劇作有《奧迪帕斯王》《安提戈涅》等七部。

5 選自索福克勒斯《埃勒克特拉》（*Electra*）。邁錫尼王阿伽門農被不忠的妻子克呂墨斯特拉夥同姘夫謀殺，阿伽門農的兒子奧瑞斯忒斯後為父報仇。埃勒克特拉是阿伽門農之女。

實身在戶外，蜜蜂嗡嚶著飛過她們身邊，斑駁陰影從她們身上掠過，風掀動著她們的華服。在這樣一個晴朗的南國天氣，她們正對著簇擁在身邊的一大群聽眾講話，陽光這樣熾烈，而空氣又是這樣清爽。因此，詩人想到的題目不是拿來在緊閉的居室裡讀上幾個鐘頭的，而是一些有力、熟悉、簡短的東西，可以立刻直接傳達給也許有一萬八千名之多的聽眾，他們的眼睛和耳朵都熱切而專注地等待著，如果一動不動地坐得太久，他們的身體會變得僵硬。詩人會需要音樂和舞蹈，自然他會選擇像我們的特里斯坦和伊思忒[6]一樣情節為人熟知的神話，這樣，一腔激情早已備好，而每個新的地方、新的詩人都能再把它激發出來。

比如，索福克勒斯採用了埃勒克特拉（Electra）的古老故事，但是立刻烙上了自己的印記。雖然我們的心靈虛弱而扭曲，但是除了這種印記，我們現在還能見到什麼呢？他首先是具有登峰造極的才華；他選擇的這種佈局，一旦失敗，就會敗得頭破血流，而不僅是不痛不癢地損失一些細枝末節；而一旦成功，每一筆都入木三分，彷彿每個指印都鐫刻在大理石上。他的埃勒克特拉被捆綁得緊緊的，站在我們面前，只能向這裡那裡挪動一寸。但是每個動作都必須表達最大的內容，否則，她受那樣的束縛，不能使用任何線索、重複或暗示，就只淪為一個五花大綁的木頭人。事實上，她在緊要關頭的言語自然是直白的；純粹是絕望、歡樂或仇恨的呼喊：

> 啊！我是多麼悲慘！此刻我已經迷失。（譯按：選自《埃勒克特拉》）

然而這些呼喊賦予了這齣戲角度和輪廓。就是以這種方式，珍．奧斯汀（Jane Austen）塑造了英國文學中的小說，儘管程度上相差懸殊。在某一個時刻——「我想和你跳舞」愛瑪說。它超越於其他時刻之上，儘管它本身並不激昂，也不因文字之美而動人，但它承載著整本書的分量。珍．奧斯汀的作品要鬆弛得多，但我們感覺到，她的人物同樣也被限制了手腳，只能做幾個確定的動作。她同樣採用了謙遜的日常語言，從而選擇了一種若失足便成千古恨的藝術方式。

但是，要弄清是什麼使埃勒克特拉那慘痛的呼喊具有這樣切膚刻骨的感染力，並非易事。部分原因是我們瞭解她，在曲折迂迴的對話中有一些暗示使我們領會了她的個性，以及因為個性而被她忽略了的外貌；我們領會了她內心經受的苦難，在激憤之下她已耗盡了心力，然而，正如她自己知道的那樣（「我的行為很不恰當，與我的身分不相符」），一個未婚女子，目睹母親的邪惡行徑，用幾近粗俗的嘶喊向世人揭發，這種可怕的處境帶來的是冷落和羞辱。還有一部分原因是，我們憑著同樣的方式知道克呂泰墨斯特拉並非罪大惡極。她說道：「做母親的有一種奇異的力量。」這個死在大義滅親的奧瑞斯忒斯手下的女人，埃勒克特拉要求奧瑞斯忒斯徹底毀滅的女人，並不是一個十惡不赦的謀殺犯：「再刺一刀吧。」

6 特里斯坦（Tristram）是英國亞瑟王傳奇中著名的圓桌騎士之一，因誤食愛情藥與康沃爾國王馬克之妻伊思忒（Iseult）相戀。

不；觀眾面前這些站在陽光照耀的山坡上的男男女女是活生生的，有著細膩的感情，他們不只是角色，不只是活人的石膏模型。

他們令人難忘，不僅僅是因為我們可以用感情來分析他們。六頁普魯斯特的作品，其中包含的情感比整部《埃勒克特拉》都要複雜豐富。《埃勒克特拉》和《安提戈涅》（Antigone）打動我們的是不同的東西，也許是更感人的東西，那就是英雄主義，忠貞。儘管有種種艱難和辛苦，我們就是因這些品質一而再、再而三地被希臘人所吸引；這裡可以找到堅實的、不變的、最初的人。激烈的情感才能驅使他採取行動，但一旦受到了死亡、背叛或其他原始災禍的刺激，安提戈涅、阿賈克斯和埃勒克特拉就會採取我們自己受到這樣的打擊時也會採取的做法；這也一向是每個人都採取的做法；因此我們理解了他們，比理解《坎特伯雷故事集》中的人物更容易，更直接。前者是原型，而喬叟的人物是人類的變異。

當然，這種種男女的原型，這些雄赳赳的國王、忠實的女兒、苦命的皇后，遊蕩過幾百年都沒有挪動地方，總是出於習慣而不是激動用同樣的姿勢抖動衣袍，是世界上最乏味、最令人沮喪的同伴。有艾狄生（Joseph Addison）、伏爾泰（Voltaire）和其他許多人的劇作為證。但是到希臘文來和他們見面吧。即使學者告訴我們，索福克勒斯素以含蓄和技巧嫻熟著稱，他的人物仍然是堅決、不依不饒、直截了當的。我們覺得他們的言語掰下一塊來就能使這齣可敬的劇本中的海洋變色。我們在這裡與他們相遇，此時他們的激情還沒有被磨得千篇一律。這隻夜鶯的歌聲迴蕩在整個英國文學的世界，而我們則在這裡傾聽著它以自己的希臘語歌唱。奧爾菲斯頭一次以魯特琴的旋律吸引了人和獸來追隨。他們的聲音高亢清越；我們看得見那些毛茸茸的古銅色身體在陽光閃耀的橄欖樹林間玩耍，而不是陳列在大英博物館黯淡的走廊裡，在花崗石座上擺著優雅的姿勢。於是突然，在這鮮明緊張的氣氛裡，埃勒克特拉似乎突然拉上面紗，不讓我們再去琢磨她，而講起了那隻夜鶯：「那傷心錯亂的鳥兒啊，宙斯的使者。啊，你悲傷的女皇，尼奧比，我心中的神——在石墓中哭泣的你啊。」

於是，在愁怨平息之後，她再次用詩和詩的本性這個不解之謎來為難我們；唉，她說這番話的時候，她的言語都帶上了不朽的氣息。因為它們是希臘文；我們不知道如何拼讀它們；它們摒棄了打動人心的簡便辦法；它們的感染力不用歸功於什麼誇張的表述，它們絕對不反映說話人或作者的個性。但是它們保存下來了，已經說出了口，就將永世長存。

但是，在一齣戲劇裡，演員活生生地站在那裡，他們的身體和面龐都順從地等待著被利用，那麼這種詩，這種從個別遁入一般的做法，必定是多麼危險啊！正是為了這個原因，莎士比亞後期詩歌多於行動的作品更適合閱讀而不是觀看，避開真人比眼前看著真人的種種聯繫和行動更有助於理解。然而，如果可以找到一種辦法，抒發一般的和詩意的評論，而不是行動，能夠在不影響整體節奏的條件下得到自由，戲劇是可以擺脫其難以容忍的束縛的。這就是唱詩班的作用；還有那些不參與戲劇情節的老翁老嫗，那些在管樂聲暫歇的時候像鳥兒一樣歌唱的模糊聲音；他們能夠做出評論或者總結，或讓詩人表達自己的心聲，或提出反面的觀點來做對比。在想像力豐富的文學中，角色為自己說話，作者並不出場，我們總是可以感覺到需要這種聲音。因為雖然莎士比亞沒有起用唱詩班（除非我們認為他劇中的小丑和瘋子充當了這種角色），小說家卻總是琢磨出替代方法來——薩克雷[7]親自出來講話，菲爾丁[8]在啟幕之前走出來對整個世界發言。因此，要理解一齣戲的意思，合唱部分至關重要。我們只有能夠不費力地轉入這些忘情地、激動地、貌似不著邊際的詠嘆，這些有時顯而易見的尋常語言，才能判斷它們到底相不相干，才能發現它們和整個作品的關係。

我們必須「能夠不費力地轉入」，當然，這正是我們做不到的事情。因為在大多數情形下合唱部分過於晦澀，所以必須非常清楚地念出來，從而損害了其對稱性。不過，我們猜想得到，索福克勒斯使用合唱並非要說明劇本之外的事情，而是要頌揚劇中提到的某些美德或某處美景。他挑選出自己想要著重表達的東西，唱出白色的科洛諾斯[9]和那裡的夜鶯，或是戰爭也無法征服的愛情。他那可愛、清越、寧靜的合唱是從當時的情景中自然地生成的，它們改變的不是觀點，而是情緒。然而，在歐里庇得斯身上，情景並不是自歸圓滿的；它們散發著一種懷疑、暗示和質問的氣息；而當我們為了理解它們而轉向合唱的時候，常常不能得到明示，反而更困惑了。《酒神的伴侶》使我們一下子進入一個心理活動和懷疑的世界；在這個世界裡，心靈對事實加以扭曲和改變，使生活中熟悉的各方面顯得陌生而可疑。酒神是誰？諸神又是什麼人？人對他們負有什麼樣的責任？人那精妙的大腦具有什麼樣的權利？對於這些問題，合唱要麼是沒有回答，要麼回答時語帶嘲諷，或者言辭隱晦，似乎因為戲劇的形式直截了當，誘使歐里庇得斯來違反它，好卸下思想的重負。時間這麼緊，而我有這麼多話要說，除非您允許我把兩句貌似不相干的話放在一起，靠您把它們拼合起來，不然您也許就不得不滿足於只從我這裡聽到這齣戲的大概了。這就是他的說法。歐里庇得斯的作品因此比索福克勒斯和艾斯克拉斯受的罪要少，它們不必被關在屋子裡朗讀，照不到山坡上的陽光。他的作品可以在頭腦裡上演；他可以評論眼前的種種問題；世代交替中他的受歡迎程度會比其他人有更大的起落。

如果說索福克勒斯的戲劇以人物本身為中心，而歐里庇得斯的涵義要從零星的詩和遙不可及、沒有答案的問題中去尋找；那麼艾斯克拉斯靠著把每個詞語都伸展到極致；靠著使它隱喻的方式流淌向前；靠著把它們召喚起來，盲目地、昂首闊步地穿過舞台，使這些短小的戲劇（《阿伽門農》〔*Agamemnon*〕有一、六六三行，《李爾王》有二、六〇〇行）變得宏大了。要懂得他，不需要懂得希臘文，而需要懂得詩。需要不依靠語言的扶持冒著危險躍向半空，正和莎士比亞要求於我們的一樣。因為當語言和這樣豐富激烈的意義衝突的時候，語言必須讓步，必須被炸得東倒西歪，留下零散的軟弱的詞語，失去了表達的能力。一旦在頭腦中電光石火間把它們聯繫起來，我們就立刻本能地知道它們的涵義，卻不能把這個意思再

---

7 薩克雷（William Makepeace Thackeray, 1811-1863），英國寫實主義小說家，代表作為《浮華世界》。

8 菲爾丁（Henry Fielding, 1707-1754），英國寫實主義小說家，劇作家，是英國現代小說的奠基人之一。

9 科洛諾斯（Colonus），雅典西北郊地名。

用別的詞語表達出來。這裡有著一種屬於最高級的詩歌的模糊；我們不能確切知道它的涵義。以《阿伽門農》中的一句為例：

> 雙眼飢餓的時候，愛的魔力蕩然無存

其中的意思是語言所不能表達的。這正是我們在極度激動和緊張的時刻，心裡看到但無法以語言表達的涵義；是杜思妥耶夫斯基（雖然他受著散文的限制，而我們受著翻譯的限制）領著我們通過驚人的過程歷經種種不同程度的情感而到達的涵義，他向他們指出來，卻不能明示；是莎士比亞成功地捕捉了的意義。

因此，艾斯克拉斯並不像索福克勒斯一樣真切地寫出人們可能說過的話，只是通過一些不為人知的安排使它們具有了一種普遍的力量，一種象徵性的力量；他也不像歐里庇得斯那樣融合不和諧的因素來擴展自己狹小的空間，好像狹小的房間因為角落裡安了鏡子而顯得寬敞。他大膽地使用一連串的隱喻，把他心裡以為某一事物所造成的回響和反射放大了給予我們，而不是事物本身；他的描述貼近原型，近得足以說明它；而又保持著足夠的距離將其昇華，擴展，塑造得燦爛奪目。

因為這些劇作家中誰也不曾像小說家那樣，在某種意義上來說像所有出版作品的作者那樣擁有一種權利，可以用無窮無盡的細微筆觸來雕琢自己的意思，只有靠安靜仔細地閱讀，有時要讀上兩、三遍，才能正確地領會。劇中每個句子都必須在觀眾耳邊爆炸，儘管文字可以緩慢而優美地落在心頭；儘管其最終的意義可能是不解之謎。如果在《阿伽門農》中，在我們同那赤裸裸的呼喊中間插進了任何最微妙和精美的意象或暗示，那麼任何豐富燦爛的隱喻都拯救不了這部作品了：

災難，災難，災難啊！
哦，阿波羅！阿波羅！

這呼喊必須不惜任何代價追求戲劇性。

但是冬天降臨這些村莊，黑暗和嚴寒籠罩了山坡。一定有一些室內的場所，人們在隆冬和炎夏可以退居其中，可以坐下來飲酒，可以隨意地躺下，可以交談。當然，是柏拉圖展示了室內的生活，描述了一群朋友聚會在一起，用過了簡樸的一餐，喝了一些紅酒，此時有個英俊的少年怎樣冒昧提出了一個問題，或引述了一種意見，蘇格拉底又是怎樣接過這個問題，感覺它，揣摩它，從各個角度審視它，迅速地剝去了它的矛盾和虛妄，漸漸地使所有人都和他一起看清了真相。要全神貫注地抓住字詞的確切意義；要判斷每一種認識意味著什麼；要緊緊地追隨著一種觀點，看它在充實起來成為真理的時候的凝縮和變化，同時抱著批評的態度；這是個殫精竭慮的過程。樂與善是相同的嗎？美德可以教授嗎？美德是知識嗎？

在這無情的詰問之下疲倦或虛弱的頭腦很容易失足；但是不論頭腦怎樣虛弱，人人都能夠變得更熱愛知識，即使不能從柏拉圖那裡學到更多的東西。因為當論辯一步步深入，普羅塔哥拉[10]步步退讓，而蘇格拉底層層推進的時候，重要的與其說是我們到達的終點，不如說是我們達到它的方式。那是人人都能感覺到的——不可阻擋的誠實，勇氣，以及對真理的熱愛，它們把蘇格拉底和緊隨其後的我們引向巔峰，若是我們也能夠在那裡站上一會兒，就能享受到我們所能企及的最深厚的幸福。

然而這種說法似乎不能恰當地描述一個在艱苦論辯之後得見真理的學生的頭腦。不過真理是變化多端的；真理以不同的假象來到我們面前；我們要發現它，靠的不僅僅是智慧。它是冬日的夜晚；阿伽松的房子裡餐桌已經擺好；姑娘吹奏著長笛；蘇格拉底已經沐浴過，穿上了便鞋；他在客廳裡停了下來；人們來請他入座的時候他拒絕了。這會兒蘇格拉底已經說完；他調侃著阿爾西比阿德；阿爾西比阿德則拿來一條布帶纏在「這個了不起的傢伙頭上」。他讚美蘇格拉底說：「他不喜歡單純的美，而鄙視一切身外之物，無論是美，財富，榮耀，或是任何人擁有之後得到眾人欣羨的東西，其程度超出任何人的想像。他認為這些東西和我們這些景仰它們的人都不值一文，他生活在眾人之中，而把人們羨慕的物件都當做冷嘲熱諷的玩物。但是我不曉得，當他嚴肅地袒露自己的時候，你們中間是否有人曾看見過他內心那些神聖的影像。我見過它們，它們是那麼無與倫比地美麗，那麼燦爛，神聖和精采，足以使人相信應該像聽從神諭一樣聽從蘇格拉底的一切指示。」這一切在柏拉圖的論辯之上飄蕩著笑聲和動作；人們起床，出門；時間流逝；有人怒火爆發；有人講著笑話；天空漸漸破曉。真理看上去是變化多端的；真理需要我們以整個身心去追逐。是不是因為熱愛真理，我們就必須摒棄友誼的種種愉悅、溫存和輕浮？是不是我們不再聽音樂，不再飲紅酒，漫漫冬夜不再暢談通宵而是埋頭大睡，就能更快地找到真理？我們並不是與世隔絕，變成嚴守清規戒律的孤獨苦修者，而是要培養光明健康的天性，要成為能盡情發揮生活的藝術的人，絕不壓抑任何方面的成長，而又知道有些事情永遠比其他的更寶貴。

於是，這些對話使我們能夠用全部身心去尋求真理。因為，柏拉圖無疑具有戲劇天才。通過這種手段，這樣一門藝術，能夠寥寥一、兩句就勾勒出情景氣氛，以無懈可擊的靈巧悄悄融進論辯的經緯，而不失生動優雅，繼而又收縮成純粹的敘述，接著層層上升，擴展，直衝最激昂的詩句才能觸及的雲霄——正是這種藝術，能夠同時以如此眾多的方式觸動我們，把我們的心靈推向狂喜，這種狂喜只有當各種力量都調動起來把能量匯聚在一起的時候才能達到。

但是我們一定要留心。蘇格拉底不喜歡「單純的美」，也許，他指的是做為裝飾的美。像雅典人那樣一個用耳朵來判斷的民族，在露天裡坐著看戲、或者在市集上聽人辯論的民族，不像我們那樣擅長給句子分段，把它們從上下文中抽出來理解。對他們來說，沒有什麼

---

10 普羅塔哥拉（Protagoras, 西元前 490?-420?），希臘的智者，著有《論神》等。

哈代[11]的美，梅瑞狄斯[12]的美，或喬治・愛略特（George Eliot）的名言。作者不得不更多地想到整體，更少關注局部。自然地，由於生活在戶外，能打動他們的不是嘴唇或眼睛，而是身體的姿態和比例。因此，我們如果引用或截取希臘文，對希臘作品造成的傷害要超過英國人的作品。希臘的文學有一種樸素和突兀的風格，會刺激習慣了精妙深奧的印刷書籍的脾胃。我們不得不展開想像力，來抓住一個既無漂亮的細節，又無慷慨陳詞的整體。希臘人習慣於從正面大而化之地觀看，而不是乜斜著眼睛細細打量，因此，他們能夠步入濃郁得足以使我們這樣的時代頭暈目眩的情感裡去。在歐洲大戰那場浩劫中，我們必須先把情感從身上剝離下來，放在一定距離之外的某個角度，才能允許自己在詩歌和小說中感受它們。一切符合這一宗旨的詩人們，運用的都是側面的、諷刺的手法，比如維爾弗雷德・歐文[13]和西格弗雷德・薩松[14]。他們若要直截了當，就難免流於笨拙；若要單純地談感情，就難免流於多愁善感。但是希臘人可以說：「他們雖然死了，卻不曾真的死去。」好像是第一次有人說出這句話。「如果說高貴的死是優秀品質的一部分，命運女神在芸芸眾生中單單給了我們這種結局；為了奔去給希臘戴上自由的冠冕，我們帶著永遠年輕的讚美倒下了。」他們可以筆直地向前行進，睜大著眼睛；當希臘人這樣無畏地走近了情感，情感停住了腳，接受了人們的注視。

不過（這個問題屢屢出現），這樣說的時候，我們閱讀的真是當年寫下的希臘文嗎？當我們讀著某塊墓碑上鐫刻的隻言片語，合唱中的某一節，柏拉圖的一段對話的開頭或者結尾，莎孚的殘篇；當我們絞盡腦汁揣摩著《阿伽門農》裡某個深奧的隱喻，而不是像閱讀《李爾王》時那樣把花瓣層層剝開，我們真的不曾誤讀嗎？真的沒有在紛繁交疊的聯繫中喪失敏銳的觀察力嗎？是否我們在希臘詩歌裡讀出的是我們所缺少的，而不是它們所擁有的？希臘文學的字裡行間，難道沒有矗立著一個完整的希臘嗎？它們指引我們望向一片未經踐踏的大地，未經污染的海洋，成熟而並未馴服的人類。每個單詞都充滿生機，傾瀉出橄欖樹、神廟和年輕人的身體。夜鶯只等索福克勒斯來給牠命名，牠即放聲歌唱；樹叢只需被他稱為「人跡罕至」，我們可以想像它們盤繞的枝葉和絢麗的紫羅蘭。我們愈來愈深地受到吸引，沉浸在也許不過是現實的影子、而不是真正的現實裡；沉浸在北方的隆冬中想像出來的夏日裡。造成這種魅力或者誤解的主要根源是語言。我們永遠不能指望像領會英語那樣完全領會一句希臘文的涵義。我們聽不到它是怎樣忽而刺耳忽而和諧地在書頁上從一行跳躍到另一

---

11 哈代（Thomas Hardy, 1840-1928），英國小說家、詩人，著有《黛絲姑娘》《無名的裘德》《嘉德橋市長》等。

12 梅瑞狄斯（George Meredith, 1828-1909），英國小說家、詩人，擅長心理描寫，著有小說《利己主義者》、詩作《現代愛情》等。

13 歐文（Wilfred Owen, 1893-1918），英國詩人，作品控訴戰爭的殘酷，表達對死難者的哀憫，戰死於一戰結束前夕；作品有《詩集》。

14 薩松（Siegfried Sassoon, 1886-1967），英國詩人，小說家，以反戰詩《老獵人》《反攻》著稱。

行。我們不能百分之百地指出使一個句子暗示、轉折和生動的所有細微的訊號。但這仍是最能使我們折服的一種語言；對它的渴望總是誘使我們不停地回到它那裡。首先是緊湊的表達方式。雪萊（Percy Bysshe Shelley）用了二十一個英文單詞翻譯十三個希臘詞：一旦被愛打動，人人都成為詩人，就算以前從沒受過訓練。

每一盎司脂肪都被削掉，留下的是結實的肌肉。然而，儘管希臘文是這樣簡潔和樸素，卻沒有任何其他語言能比它行動更靈活，能這樣舞蹈，搖動，生氣盎然，又進退有度。還有文字本身，其中有如此之多已經被我們用來表達自己的情感：海，死亡，花朵，星星，月亮——這只是首先想到的幾個；這種語言這樣清晰、堅硬、緊湊、平實而貼切，而又絲毫也沒有遮住輪廓或深度。希臘文是唯一的表達方式。所以，通過翻譯閱讀希臘文是徒然的。譯文只能給我們一種似是而非的替代品；它們的語言不得不充滿了反覆和聯想。馬可黑爾教授[15]一說「憔悴」，伯恩—瓊斯[16]和莫里斯[17]的時代立刻浮現在眼前。還有那細微的著重之處，詞語的飛躍與墜落，哪怕是最嫻熟的學者也不能捕捉：

……你這永遠在石墓中哭泣的人啊

並不等於

而且，在我們研究這些疑難之處時，還有另一個重要的問題，讀希臘文時什麼時候該笑？在《奧德賽》裡有那麼一段，讓我們不禁要發笑，不過要是荷馬在一旁看著，我們大約應該覺得最好壓下心裡的歡喜。只有英文才能讓我們立刻就發笑（雖然阿里斯托芬[18]也許算得上是個例外）。畢竟，幽默感是和身體的感覺緊緊連結在一起的。我們因威徹利[19]的幽默而發笑時，是在和那個結實的農夫的身體一起笑，他來自青翠的田野，是我們共同的祖先。而法國人、義大利人和美國人的身體承繼自截然不同的祖先，他們會稍作停頓，就像我們讀

15 馬可黑爾（John William Mackail, 1859-1945），古典文學家，牛津大學詩歌教授，曾把《希臘文集》譯成英文。

16 伯恩—瓊斯（Burne-Jones, 1833-1898），英國畫家和工藝設計家，作品追求前拉斐爾風格，代表作有油畫〈創世〉〈維納斯的鏡子〉等。

17 莫里斯（William Morris, 1834-1896），英國作家。著有取材於古希臘傳說的長詩《傑遜的生與死》以及模仿喬叟的《人間樂園》。

18 阿里斯托芬（Aristophanes, 西元前 448?-358?），古希臘詩人、喜劇作家，有「喜劇之父」美稱，現存作品有《蛙》《阿卡奈人》等。

19 威徹利（William Wycherley, 1640-1716），英國詩人，劇作家，著有喜劇《鄉下女人》《直率人》等，作品富幽默和機智。

荷馬的時候停頓一樣，而這種停頓是致命的。故而幽默是翻譯成外文時首先損失的風味，而當我們把希臘文學譯成英文的時候，似乎是在長久的沉默以後，一陣嘩笑迎來了我們這個偉大的時代。

這就是種種困難，是誤解、扭曲、浪漫、卑屈或傲慢的感情的根源。然而即使對於沒有學問的人也存在著一些確定的因素。希臘文學是非個人化的文學；它同時也是宏篇巨著的文學。這裡沒有流派，沒有先驅，沒有繼承人。我們看不出有一個漸進的過程，經過許多人不完美的探索，終於在某個人身上得到了恰當的表達。同樣，希臘文學總是散發著勃勃生機，彌漫在一個「時代」中的生氣，不論這是艾斯克拉斯的、拉辛[20]的、還是莎士比亞的時代。在這個幸運的時代裡，至少有一代人被托舉為登峰造極的作家；達到了一種因為意識被刺激到極致而產生的無意識狀態；超越了瑣細的勝利和探索性實驗的圈囿。於是我們有了修辭如繁星的莎孚；敢於在散文中狂放地做詩的飛翔的柏拉圖；凝重洗練的修昔底德斯[21]；像一群鱒魚般靈活地游動，無聲無息，看似不動，突然銀鱗一閃就游到遠處的索福克勒斯。而《奧德賽》仍然是我們所有敘事文學的最高境界，是關於世間男女命運的最明白而又最浪漫的故事。

《奧德賽》不過是一個探險故事，是一個海上民族天生就會講述的故事。因此我們開始讀它的時候可以念得飛快，好像小孩子一樣急著要看後來發生了什麼。但是它絲毫沒有生澀的地方；其中的人物成熟，靈巧，感情複雜而激烈。這個世界本身也不狹小，因為隔著座座小島的大海要靠手工製造的小船來穿越，距離要靠海鷗的飛行來丈量。的確，小島上人口並不稠密，儘管一切東西都要手工打造，人們並不是整天忙於工作。他們有時間來培育出一個非常尊貴堂皇的社會，維持它的是一套古老的傳統風尚，使一切關係都能馬上服帖，自然，充滿了含蓄。潘納洛普穿過了房間；泰勒馬修斯上床睡覺；諾西卡洗著自己的內衣；他們的一舉一動都似乎充滿了美感，因為他們天生擁有這些財富，對這種美並不知覺，他們像孩子一樣不造作，然而又通曉幾千年前在這些小島上的一切知識。海濤聲在他們耳邊回響著，葡萄架、草地和小河在他們身邊環繞著，他們甚至比我們更瞭解命運的無情。生活的深處藏著一種悲哀，而他們不想化解它。他們清楚地知道，自己正站在陰影裡，但是他們能感受到生命的每一絲顫動和閃光，他們就這樣堅持著。當我們厭倦了含糊，厭倦了混亂，厭倦了基督教和它的種種慰藉，厭倦了我們自己的時代，我們就會轉向希臘。

（**許德金 譯**）

---

20 拉辛（Jean Baptiste Racine, 1639-1699），法國悲劇詩人，作品多取材於希臘傳說，著有《愛絲苔爾》等。

21 修昔底德斯（Thucydids, 西元前 455-400），古希臘史學家，著有《伯羅奔尼撒戰爭史》。

伊麗莎白時代[1]的雜物間

這些宏篇巨著如今可能常常讀不完。它們的部分魅力存在於這樣的事實：哈克盧特[2]的作品與其說是一本書，不如說是一大捆鬆散綁在一起的商品，一座大百貨商店，一個堆滿古舊粗布袋、廢棄航海用具、大包羊毛、小袋紅寶石綠寶石的雜物間。

人們不斷在這裡打開這個包裹，瀏覽那裡的一大堆貨物，拭去某幅巨型世界地圖上的灰塵，在朦朧中坐下來聞那絲綢、皮革和龍涎香的怪味，而外面翻滾的則是那深不可測的伊麗莎白時代大海的巨浪。

因為這些雜亂的種籽、絲綢、獨角獸的角、象牙、羊毛、普通的石頭、女用頭巾和金條，這些或價值連城或一文不值的零碎，是伊麗莎白女王治下無數次航海、交易和發現未知大陸的成果。這些探險隊由英格蘭西南諸郡「機靈的年輕人」組成，偉大的女王本人資助了部分款項。據弗羅德[3]說，這些船並不比現代快艇大。船隊聚集在格林威治附近河裡，靠近王宮。「樞密院官員朝宮廷的窗戶外面望去……船上隨即鳴放火炮……水手歡呼吼叫，天空因而回響起不尋常之聲。」而且，當船隻順流而下時，水手紛紛走過艙口，爬上纜索、站在主帆的桅橫杆上，向朋友揮手做最後道別。許多人從此再也沒有回來。因為，一旦英國和法國海岸消失在地平線下，船隻便駛入了陌生海域，空中有其聲響，大海有其凶險，有烈焰的蒸騰和漩渦的騷動。不過，上帝倒也靠得很近，雲彩遮不住神聖的上帝，撒旦的肢體幾乎清晰可見。英國水手放肆地拿他們的上帝與土耳其人的上帝相比，認為後者「從不會為土耳其人說一句話，更不會在這樣艱險的情況下幫助他們……但不管他們的上帝表現得怎麼樣，我們的上帝確實表現得像真止的上帝……」漢弗萊・吉爾伯特爵士在經歷風暴時說，上帝在海上和在陸地上離人一樣近。突然，一盞燈消失了，吉爾伯特爵士沒入波濤之下；清晨降臨時，人們搜尋他的船隻，但毫無收穫。休・威羅比爵士航海意在發現西北通道，卻一去不復返。坎伯蘭伯爵的水手被逆風困在康瓦耳海岸外兩星期，在極度痛苦中他們舐乾了甲板上的泥水。有時，一個衣衫襤褸、疲憊不堪的人來到英國鄉下一座屋前敲門，自稱是多年前離家去航海的那個男孩：「他的父親威廉爵士和他的母親（我的女主人）都不認得這個兒子，直到發現了一處隱秘印記，即他膝蓋上的疣後才確認他是他們的兒子。」不過，他帶來一塊含有金脈的黑石頭，或一支象牙，或一塊銀錠，激勵村裡的年輕人說，那裡黃金遍地，就像英

1 指英國伊麗莎白一世（Elizabeth I，1558-1603）在位期間。在此時期有一批傑出的作家活躍於文壇，如錫德尼爵士、斯賓塞、馬婁，特別是莎士比亞。伊麗莎白時代的詩壇妍麗多姿，更是戲劇的黃金時代。

2 哈克盧特（Richard Hakluyt, 1552-1616），英國地理學家、西北航道公司創始人之一，在其《英格蘭民族重要的航海、航行和發現》等著作中向政府提出各項建議，屢受英王讚許。

3 弗羅德（James Anthony Froude, 1818-1894），英國歷史學家，著有《從沃爾西陷落到擊敗西班牙無敵艦隊的英國史》《卡萊爾傳》等。

國田野裡到處有石頭一般。一次探險可能失敗，不過，倘若通往傳說中那有數不清財寶之地的航道就在海岸往北一點的地方怎麼辦？倘若已知世界僅僅是那更輝煌前景的序幕怎麼辦？當船隻經過長期航行後錨泊在南美洲的拉巴拉他河，船上人去那起伏不定的土地上探險，驚起正在吃草的鹿群、看到樹縫中露出野蠻人的肢體時，他們將或許是寶石的卵石或是金子的砂粒塞進口袋；抑或有時，他們繞過一個海岬，看到遠處有一長隊野蠻人，他們頭上頂著或肩上扛著為西班牙國王準備的沉重貢品緩緩地走到海灘。

這些是在西方國家十分盛行的故事，用來欺騙那些在碼頭附近閒蕩、時刻準備丟下魚網和魚去找金子的「機靈的年輕人」。不過，航海人當中也有嚴肅的商人，心中裝著英國商業利益和英國工人的福利。人們提醒船長們：為英國羊毛找到海外市場，找到製造藍色染料的香草有多麼必要。最為重要的是，既然蘿蔔籽榨油的一切嘗試均告失敗，那麼，就應該探究產油新法。人們提醒他們記住英國窮人的苦難，貧窮導致的犯罪使他們「每日都被斷頭台吞噬」。人們提醒他們不忘在過去的日子裡，英國的土地怎樣因旅行者的發現而變得富饒的；李納卡（Linaker）博士是怎樣引進紅玫瑰籽和鬱金香根莖的，野獸、植物和藥草是怎樣從國外逐漸傳入英國的，「沒有這些，我們的生活可用野蠻來形容。」在尋找市場、貨物以及成功帶來不朽名聲的過程中，這些機靈的年輕人航行去北方，被留在那裡，一小群孤單的英國人，周圍是冰雪和野人的棚屋，在夏日船隻返航帶他們返家之前，任由他們做些交易、獲取任何可能的知識。他們在那裡熬下去，一小群孤立的人在黑暗的邊緣發光發熱。其中有一個人，帶著他在倫敦商號的契約，深入內陸來到莫斯科，在那裡見到了「頭戴皇冠、左手持金棒、端坐在寶座之上的」皇帝。他精心記下了親眼目睹的一切儀式。這個英國商人首次見到的景象，有著剛剛出土並在陽光中豎立片刻的羅馬花瓶的光彩，直到暴露在空氣中，被千百雙眼睛看過以後，失去了光澤並漸漸地崩裂。那裡，數百年來，在世界的邊緣，莫斯科的榮耀、君士坦丁堡的榮耀在未受世人注意中輝煌起來。英國人衣著華麗去出席盛會，牽著「三條兜著紅布的漂亮猛犬」，帶著伊麗莎白女王的一封信，「那信箋散發著濃濃的樟腦與龍涎香味和地道麝香墨跡」。有時，由於家人熱切地等待著來自令人稱奇的新世界的紀念品，以及獨角獸、龍涎香塊、鯨魚生育的美妙故事，象與龍的血混合會凝結成朱砂的「爭論」。於是，人們將一個鮮活的樣品，一個在拉布拉多島（Labrador）海岸外某個地方抓到的未開化活人送去英國，將他像野獸一般四處展覽。次年，他們將他帶回，並捉到一個女野人與他作伴。他們見面時，臉刷地紅了。他們面紅耳赤，水手們儘管注意到了，卻不知為什麼。後來，這兩個人在船上成了家，她專心致志地滿足他的需求，他則在她生病時看護她。不過，水手們還注意到，這兩個野蠻人竟然十分純潔地生活在一起。

所有這一切，新的詞語、新的思想、波浪、野蠻人、冒險等等都自然地進入了戲劇。這些戲劇在泰晤士河兩岸上演，觀眾敏捷地抓住了這多姿多彩、美妙動聽的戲，很快將那些：

純塞辛原木板鋪底，

與他們自己在海外的兒子、兄弟的冒險聯想在一起。例如，維尼家有個無法無天的男孩，他出去當海盜，成了土耳其人，客死異鄉；讓人送回克雷登來當做遺物的是一些絲綢、一條穆斯林頭巾和一根朝聖用的手杖。一道鴻溝橫陳在巴斯頓婦女簡樸持家之道與伊麗莎白宮廷貴婦人高雅趣味之間，哈里森說，這些貴婦人年事高時，將時間花在讀史上，「或者創作她們自己的書卷，或者將他人作品譯成英語或拉丁語」，而年輕的貴婦則彈奏魯特琴和西塔琴，在欣賞音樂中度過閒暇時光。因此，隨著歌聲和樂聲，產生了伊麗莎白時代特有的奢華，格林[4]的海豚和伏爾特舞，班．瓊生[5]的誇張手法（一位簡約的作家如此誇張令人驚異）。因此，我們發現，整個伊麗莎白文學撒滿了金銀、充滿有關圭亞那珍稀的討論，並且涉及到那個美洲——「哦，我的美利堅！我新發現的大陸」——那不僅僅是地圖上的一塊土地，而且象徵著精神上未知的領域。所以，在海峽另一邊，蒙田（Michelde Montaigne）對於野蠻人、食人者、社會與政府浮想聯翩。

不過，提到蒙田就使人想起，儘管大海與航行、充滿海獸、號角、象牙、舊地圖與航海工具的雜物間，為英國詩歌的偉大時代提供了靈感，但對英國散文並沒有什麼益處。諧韻與格律幫助詩人將紛亂的感受排列有序。不過，散文作家卻沒有這些限制，他堆砌詞句，漸趨消失在冗長不堪的各類目錄中，穿行、迷失在自己編織的華麗飾物之中。伊麗莎白時代散文是多麼不稱職，而法國散文又是多麼美妙地適應，這可以通過比較一段錫德尼[6]的《詩辯》和一段蒙田的散文看出。

他不從晦澀的定義開始，這樣的定義一定會使頁邊塗滿詮釋，使記憶充滿疑問；而是以組合優美的詞接近你，不是伴隨著或是備有迷人的音樂技巧，他帶著一個故事走近你，一個吸引住孩子忘記玩耍、老人離開壁爐邊的故事；他不再裝腔作勢，確實企圖將人們的思想從惡引向善；正如常讓孩童去取最有益的物品，卻先將它們藏於趣味高雅的其他物品之中：如果人們應該開始讓他們知道他們該接受的「蘆薈」或「大黃根」的性質，那就是向他們耳朵裡灌輸瀉藥知識，而不是向他們口裡灌瀉藥，成人也是一樣（在最美好的事物上，大多數人十分稚氣，直至他們躺入墳墓），他們十分樂意聽大力士海克力斯的故事……

就這樣不停地往下寫，後面還有七十六個詞。錫德尼的散文是一種不間斷的獨白，有時突然閃現出精妙的語句，這種獨白適用於悲悼和說教，適用於長期積累和圖書目錄，但獨白

4 格林（Robert Greene, 1560?-1592），英國劇作家，代表作有《僧人培根與僧人邦格》《詹姆斯四世》等。
5 班．瓊生（Ben Jonson, 1572-1637），英國劇作家，代表作有《煉金術士》《巴托洛繆市集》等。
6 錫德尼（Philip Sidney, 1554-1586），英國詩人，作品有傳奇故事《阿卡迪亞》、短劇《五月女郎》及文學評論《詩辯》等。

不徐不疾，從不口語化，無法緊緊抓住思想，無法靈活而準確地適應思想的無常變化。相比之下，蒙田則精湛地掌握一種文體，熟知自身的能力與局限，能夠巧妙地進入詩歌無法企及的冷僻角落，能夠寫出聲音的抑揚頓挫並且不失優美，能表現出伊麗莎白時代散文全然忽略的微妙之處和藝術激情。他在考慮某些古人面對死亡的方式：

……他們日常生活懶散，並且使這種散漫之風流行於一般人與好友之間，沒有任何慰藉的話語，沒有提及遺囑，沒有不斷的矯情，沒有談及未來情形，但在這些規則之間，有的是筵席、戲謔，有的是一般、通俗的談話，有的是音樂和愛情詩。（譯按：選自蒙田〈論虛榮〉）

錫德尼與蒙田似乎隔了一個時代。英國人與法國人相比猶如孩童與成人的比較。不過，如果說伊麗莎白時代散文作家有著年輕人的雜亂無章的話，他們也有著年輕人的大膽創新精神。在同一篇文章裡，錫德尼按照自己的愛好，輕鬆自如、嫻熟巧妙地調整語言，自由自在、極為自然地運用暗喻。要使這種散文日臻完美（德萊頓[7]的散文幾近完美），只需舞台的訓練和自我意識的發展。只有在戲劇中，尤其在戲劇的喜劇性片段中，才能看到伊麗莎白時代最優美的散文。舞台是散文學會獨立的溫床，因為在舞台上，人們得見面，得說出俏皮話，得忍受話語中斷，得談論日常瑣事。

克萊爾：她那漸趨衰老臉上的痘瘡，她那滿是孔眼的美貌！沒有任何男子能接近她，除非她準備就緒，除非她塗過脂粉、噴過香水，洗過擦過，但是，這個男孩，她卻將那滿是口紅的豐唇在他臉上摩來擦去，恍若海綿一般。我已就這一主題寫了一首歌（就請您聽一聽）。

〔侍從唱〕還要更整潔，還要再打扮……

特魯：顯然我的看法相反：我喜歡精心修飾一番，走到世上的任何美人面前。哦，女人就像一座精緻的花園，而且並非一成不變，她可能每個鐘點都在變，常常照鏡子，選擇最佳形象。如果耳形漂亮，展示出來；一頭秀髮，披散開來；一雙美腿，穿上短裙；纖纖玉手，常常顯露。利用一切技巧來調節呼吸，清潔牙齒，修飾眉毛，巧施脂粉，展現美貌。

談話就這樣在瓊生的《沉默的女人》（*Silent Woman*）中進行著，經一次次中斷而成形，一次次碰撞而更清晰，從來不容停滯，不容混亂。但是，舞台的公開性和一位第二者的永久存在不利於個人自身意識的發展，不利於孤獨中對靈魂神秘的思索，隨著歲月的流逝，

---

7 德萊頓（John Dryden, 1631-1700），英國劇作家及桂冠詩人，著有劇作《一切都是為了愛》、詩集《亞歷山的饗宴》等。

這些神秘在尋求表達方式並且在托馬斯・布朗[8]的卓越才華中得到淋漓盡致的發揮。他強烈的自我中心為所有心理小說家、自傳作家、懺悔錄作者以及處理我們私生活中奇妙差異的人鋪了道路。他是從人與人之間的接觸轉向人們內心的孤寂生活的第一人。「我的世界就是我自己，我將目光投向我自身的微觀世界；至於別的，我只會當做我的地球儀，有時為了娛樂將它撥動旋轉。」當第一個探險者提著燈籠走進地下墓穴時，一切都是神秘，一切都是黑暗。「我有時覺得自己內心是地獄；撒旦盤踞在我心中；古羅馬軍團在我心裡復活。」在這種孤寂中，沒有嚮導，也沒有同伴。「世界上沒有任何人瞭解我，最親近的朋友也只能矇矓地注視我。」他工作的時候，最不可思議的思想與想像對他產生影響，從外表看來他是個最清醒的人，被視為諾伊奇最偉大的醫生。他渴望死亡。他對一切已經產生了懷疑。倘若我們都在這世上酣睡，倘若生活中的突發奇想不過是白日夢，那該怎麼辦？小酒館的音樂、祈禱的鐘聲、工人從田野裡挖出的破罐——這些形象和聲音，他立即止步，恍若被他想像中展開的驚人遠景攫住一般。「我們身上攜帶著我們在身外尋求的奇蹟，我們心中裝著整個非洲及其奇觀。」一道奇蹟的光輝環繞著他所見到的一切，他將自己的眼光漸漸地轉向腳邊的鮮花、昆蟲和青草，不想在它們生活的神秘進程中打擾它們。他懷著同樣的敬畏，還夾雜著極度的自負，記錄了自己的品質和成就。他寬厚慈悲、勇敢無畏、沒有什麼不喜愛的。他對別人充滿感情，對自己卻十分嚴酷。「我與所有人的會談，像陽光一樣，對好人壞人都友善相待。」他通曉六種語言，熟悉一些國家的法律、習俗和政策，熟悉所有星座的名稱以及國內的大多數植物，但是他的想像力如此豐富，他看到這個小小的身影在其中漫步的天地如此廣闊，「據我看來，我的知識還不如只知道一百樣東西時多，我走過的地方幾乎沒有超過奇普賽德街[9]。」

他是第一位自傳作家。他在最高處飛翔，突然間，他愛意洋溢地俯就自身的細節。他告訴我們，他中等身材，兩眼炯炯有神，皮膚黝黑，卻常常因害羞而臉發紅。他衣著樸素。他極少開懷大笑。他收集硬幣，在盒子裡養蛆，解剖青蛙的肺，不怕鯨腦油的惡臭，容忍猶太人，為蟾蜍的醜陋而辯護，並且在對大多數事物持科學和懷疑態度的同時，又不幸地相信巫術。簡而言之，正如我們忍不住被自己所欽佩的人的古怪行為逗笑時所說的那樣，他是一位有個性的人。他是第一個使我們感到人類想像中最崇高的思辯竟出自一個獨特的、一個我們可以熱愛的人的腦子。在嚴肅的《甕葬》（*Urn Burial*）中，當他談到苦惱導致麻木時，我們微微一笑。當我們讀出《虔誠的麥第奇》（*Religio Medici*）中華麗的排場、令人稱奇的推測時，微笑變成哈哈大笑。他寫的一切都烙印著其自身特有的風格。我們第一次意識到那種雜質，後來將文學染上種種奇異色彩，我們無論如何努力，都很難確定自己看到的是一個人還是他的作品。如今，我們面對超常的想像，漫遊於世界上最好的雜物間之一，一個從地板

8 托馬斯．布朗（Thomas Browne, 1605-1682），英國作家、醫生，著有《一個醫生的宗教信仰》等。
9 奇普賽德街（Cheapside），倫敦街名，伊麗莎白時期詩人與劇作家聚會場所。

到天花板都塞滿了象牙、廢鐵、破罐、甕、獨角獸的角的房間，還有發出綠寶石光、神秘莫測的魔鏡。

（石雲龍 譯）

伊麗莎白時代戲劇箚記

必須承認，英國文學中有一些令人望而生畏的地帶，其中首先是伊麗莎白時代戲劇那一片草莽、叢林和荒野。出於種種原因，這裡並不一一列舉。莎士比亞鶴立雞群，成為自他那個時代至今一直光彩照人的莎士比亞，成為其同時代人仰視的莎士比亞。但是，伊麗莎白時代冒險闖入那種荒野的次要作家格林、德克[1]、皮爾[2]、查普曼[3]、博蒙特和弗萊徹[4]的劇作，對普通讀者來說是痛苦的考驗、一種令人不安的經歷，閱讀過程不斷產生問題、疑竇叢生，讀者時而欣喜若狂，時而痛苦萬分。因為，我們往往只閱讀過去時代的名著，極易忘記一種文學作品具有多麼大的強迫力，它如何不甘讓人被動地閱讀，而是抓住我們、閱讀我

---

1 德克（Thomas Dekker, 1572-1641），英國劇作家，其喜劇《鞋匠的假日》以栩栩如生地描繪倫敦日常生活而聞名。

2 皮爾（George Peele, 1558-1597），英國劇作家，主要作品有《巴黎審判》與《老太太的故事》等。

3 查普曼（George Chapman,1559-1634），英國劇作家、翻譯家，以譯荷馬史詩《伊利亞德》和《奧德賽》聞名。

4 博蒙特（Francis Beaumont, 1584-1616），英國詩人、劇作家，與劇作家弗萊徹（John Fletcher,1579-1625）合寫了多部浪漫悲喜劇，如《少女的悲劇》《紈褲子弟》及《馬耳他騎士》等。

們；它藐視我們的成見、質疑我們習以為常的原則；實際上，在我們閱讀時將我們分裂成兩半，迫使我們在享受的同時，或放棄或堅持自己的立場。

我們在讀伊麗莎白時代劇作之初，就深深感到那個時代與我們之間對現實看法的巨大差異。簡略地說，我們已經習以為常的現實基於某個叫做史密斯的騎士之生與死。他繼承父業，做起礦坑頂木進口、木材買賣、煤炭出口生意，在政界、戒酒團體和宗教界頗為知名，為利物浦的窮人做了許多事，上周三在穆斯威爾山看望兒子時死於肺炎。那就是我們知道的世界。那就是我們的詩人、小說家必須詳細闡述的現實。就這樣，我們打開隨手拿起的第一部伊麗莎白時代劇本，讀到：

年輕時在亞美尼亞的旅途中
我確實曾經看到
一隻憤怒的盛年獨角獸
疾風般衝向一個珠寶商
珠寶商盯著牠額頭上的寶物
沒等他躲藏到大樹背後
已被牠珍貴的角將他釘在地上

史密斯在哪裡？利物浦在何方？我們問。伊麗莎白戲劇之林迴蕩著「哪裡？」之聲。能自由自在徜徉在獨角獸、珠寶商的地域，而公爵與顯貴們、岡薩羅們和貝利姆佩里亞們則在謀殺與陰謀中度日，他們女扮男裝、男扮女裝、看見鬼魂、喪失理智，為一點小事而慷慨赴死，倒地時還發出強烈的詛咒或絕望的哀嘆。這種旅行一開始是非常歡樂、輕鬆的。不過，很快我們就聽到低沉無情的聲音（我們若想辨別清楚就必須假設自己是典型的研究現代英國文學、法國文學和俄羅斯文學的讀者）在問，既然有這一切令人激動、令人陶醉的東西，為什麼這些老劇本長期以來一直如此枯燥無味、如此令人難受？如果要讓我們集中注意力讀完五幕或三十二章，難道文學不該或多或少以史密斯為基礎、觸及一點利物浦、掙脫現實飛上它樂意的高度？我們並沒有愚鈍到認為，一個人因為名叫史密斯、住在利物浦，就是「真實的」。我們確實知道，這種真實具有反覆無常的特徵。我們對幻想的東西習慣後，它常常最接近真實，而合理的東西離真實最遠。證明作家偉大最有效的辦法是看他利用浮雲、遊絲般的東西強化情節的能力。我們想說的只是：在空中某個地方有個位置，可以最清楚地看到史密斯與利物浦。偉大的藝術家是知道怎樣把自己的位置提升在變幻的場景之上的人，他從不忽略利物浦，又絕不會把它給看走樣。伊麗莎白時代的劇作家使我們厭煩，因為他們的史密斯們都變成了公爵，他們的利物浦都變成了熱那亞傳說中的島嶼和宮殿。他們沒有在生活之上保持一種恰當的姿態，而是直上數英里入雲霄，那裡雲層密佈、翻騰不已，而雲景最終卻無法滿足人類的眼睛。伊麗莎白時代的劇作家使我們感到乏味，因為他們窒息而非啟動我們的想像。

然而，雖然對伊麗莎白時代戲劇的厭煩情緒頗為強烈，但是它又完全不同於十九世紀戲劇、丁尼生戲劇或亨利·泰勒（Henry Taylor）戲劇引起的那種厭煩。形象的繽紛雜亂、語言的流利暢達，伊麗莎白時代的劇本中令人膩厭的東西，都像是微弱的火苗被一張報紙引燃那樣喧騰起來。即使在最糟的劇本裡，也時或有種活力，使我們在安靜的扶手椅中感受到，這是馬夫、賣橘女在拾起詩行、隨即丟棄，發出噓聲抑或跺腳喝倒彩。但是，維多利亞時代深思熟慮的劇本顯然是在書房裡寫成的。它向觀眾展示了滴答作響的時鐘和一排排半摩洛哥皮裝訂的古典作品。沒有跺足聲，沒有喝彩聲。它雖然有許多缺憾，但不用激情去改變大眾，像伊麗莎白時代的觀眾那樣。行文辭藻華麗、言過其實，在匆忙狂放中寫就，達到即興創作之妙，給人豐富多姿、出乎意料之感，這在演說中有時達到的效果，而今天我們孤獨的筆卻難做到。事實上，人們感到在伊麗莎白時代，劇作家的工作一半是由公眾完成的。

不過，要確定一個事實，公眾的影響在很多方面是可惡的。他們造成伊麗莎白時代戲劇最大的負擔——情節。那種連續不斷、荒謬滑稽、難以理解的狂笑，可能會滿足劇院未受過教育、容易激動的現場觀眾的精神需求，但這只會使一個面前放一本書的讀者感到困惑和疲倦。毫無疑問，一部戲一定得發生點什麼事；無庸置疑，一部什麼也沒有發生的戲是不可能的事。但是，我們有權要求（因為希臘人已經證明那是完全可能的），發生的事要有一個印象深刻的結局。它要激發起強烈的情感，眾生銘刻在心的場景，激發演員說出沒有這種刺激說不出的話來。沒有人能夠忘記《安提格涅》的情節，因為發生的事與演員的情感如此緊密地交織在一起，我們一下子就記住了人物、記住了情節。但是，誰又能說出《白魔》（*White Devil*）或《少女的悲劇》（*Maid's Tragedy*）中發生的事，除了記住其中缺乏激情的故事？至於伊麗莎白時代如格林和基德[5]這樣的次要作家，他們的劇本情節錯綜複雜，劇情要求的暴力十分激烈，以致演員都被遺忘了；而情感（至少根據我們的習慣）值得最仔細地去研究，最精細地去分析，這裡卻被抹得一乾二淨。其結果是必然的。除了莎士比亞可能還有瓊生外，伊麗莎白戲劇中沒有人物，只有暴力角色，我們對他們知之甚少，也無法關心他們的遭遇。以那些早期戲劇中任何男女主角來說——《西班牙悲劇》（*Spanish Tragedy*）中的貝利姆佩里亞會與任何其他人一樣——我們能否坦誠地說，我們有一點點關心那位經歷了人類所有的苦難最後自殺身亡的不幸女士嗎？我們一定會回答，我們對她的關注一點也不會多於一把能動的掃帚。在一部涉及男人與女人的作品中，有這麼多掃帚是一種缺陷。但《西班牙悲劇》公認是未成熟的開山之作，其主要價值在於：這樣質樸的傑作展示出令人生畏的框架，偉大的劇作家可以修改這種框架，但不得不使用它。據稱，福特[6]屬於斯湯達爾（Stendhal）和福樓拜一派；福特是心理學家。福特是善於分析者。「這個人」，哈夫洛

5 基德（Thomas Kyd, 1558-1594），英國劇作家，作品有《西班牙悲劇》等。

6 福特（John Ford, 1586-1639），英國劇作家，著有《可惜她是妓女》等。

克・埃利斯（Havelock Ellis）先生說：「寫女性時不是以戲劇家或情人的身分，而是一個認真調查研究過，並且對她們的內心世界帶著本能的同情的人。」

這種論斷主要依據的劇本《可惜她是妓女》（*'Tis Pity She's a Whore*），向我們展示了安娜貝拉經歷了一連串的巨大滄桑。首先，她的兄弟告訴她，他愛她；接著，她坦承了她對他的愛情；然後，她發現自己有了他的孩子；後來，強迫自己嫁給索倫佐；接下來事實大白；然後懺悔；最後被殺，是她的情人兼兄弟殺了她。要描述這種危機和災難可能使一個具有正常感受力的女性產生的情感，要追循情感的軌跡，可能要寫出好幾卷書。當然，劇作家不必寫得那麼長，他不得不壓縮。即使這樣，他也能給人啟示，給我們足夠的暗示猜出其他的內容。但是，如果不用顯微鏡和細到毫髮的分析，那麼，我們究竟對安娜貝拉的個性瞭解多少呢？從當丈夫辱罵她時她會奮起反抗，她會斷斷續續哼唱義大利歌曲，她聰明機智，她簡單愉快的示愛，我們摸索著勾畫出她是一個活潑的女孩。不過，就我們理解的「性格」這個詞而言，還沒有任何痕跡。我們不知道她怎樣得出結論，只知道她已經有了結論。沒有人描寫她。她總是處於激情之巔，從不在其感情產生的過程中。將她與安娜・卡列尼娜相比。這位俄羅斯女人有血有肉、有膽量有性格，她有感情、有思想、有肉體、有靈魂，而這位英國女孩則扁平粗糙，恍若一張印在紙牌上的臉，她沒有深度、缺乏廣度，遑論複雜性了。不過，在我們這樣說時，我們知道遺漏了點什麼。我們讓戲劇的意義從指縫間溜走了。我們忽視了在不斷積累的情感，因為這種情感在我們沒有期待發現的地方積聚著。我們一直在將戲劇與散文做比較，而這部戲畢竟是詩體劇。

我們認為，戲劇是詩，小說是散文。讓我們設法抹去細節，將兩者並排置於我們面前，就我們所能去感受二者的角度與界限，就我們所能從整體上來回憶。這時，主要的差異立即顯現：長篇的、從容積聚的是小說；短篇的、刻意壓縮的是劇本。小說中，情感全部分離、消散，然後編排在一起，緩慢而逐漸地聚合成一個整體；而劇本中，情感得到濃縮、概括、昇華。戲劇投向我們的是多麼情感熾熱的瞬間、多麼優美驚人的辭句！

哦，我的老爺，
我只是用滑稽的動作欺騙了您的眼睛，
當一則接一則消息直逼過來，
死亡！死亡！死亡！我依然輕快向前。

或

為了這兩瓣嘴唇，你常常
忽略了肉桂，忽略了春天紫羅蘭
自然的芳香：它們還未怎麼枯萎。

雖然安娜．卡列尼娜真實感很強，但她絕不會說：「為了這兩瓣嘴唇，你常常忽略了肉桂。」因此，一些最為深刻的人類情感她是無法企及的。情感的極致不屬於小說家；感覺與聲音的完美結合不屬於小說家；他得將敏捷變成緩慢，必須將眼光盯在地面而不是天上，必須通過描寫給人暗示，而不是通過解釋來揭示事物。他不會唱出：

獻上一只花環
在我那陰暗的紫杉棺木上；
少女們手持柳枝；
說我已魂歸黃泉。

他必須列舉出在墳墓上枯萎的菊花，以及抽著鼻子乘四輪馬車通過的喪事承辦人。我們怎麼能將這種遲緩而笨拙的藝術與詩歌相比呢？儘管小說家具有很多小技巧讓我們瞭解個體、認識真實，劇作家卻超越單一與個別，向我們展示的不是戀愛中的安娜貝拉，而是愛情本身，不是安娜．卡列尼娜投身於火車輪下，而是毀滅與死亡，以及：

……靈魂，像黑暗風暴中的一艘船，
……我不知要被吹向何方。

所以，當我們闔上伊麗莎白時代的劇本時，我們可能會帶著可以原諒的不耐煩驚呼。但是，我們闔上《戰爭與和平》時又能驚呼什麼呢？絕不是失望；作品沒有讓我們因淺薄而痛惜，沒有給予我們譴責小說家藝術陳腐的機會。相反的是，我們比以往任何時候都更清醒地意識到了人類永不枯竭的豐富情感。在戲劇中，我們認識了普遍性，而在小說中，我們則認識了特殊性。這裡，我們將所有精力聚集在一起然後爆發；這裡，我們不斷拓展並且從四面八方匯集審慎的印象、累積的資訊。人的腦海中充滿這麼多感受，語言已如此不足，我們不是將一種文體剔除或判定它比其他形式拙劣，而是抱怨它們還不能與豐富的題材同步，並急切地等待著創造出新的形式，來解除我們未曾表達的經驗的重負。

因此，儘管伊麗莎白時代次要作家的作品枯燥無味、言過其實、花言巧語、混亂不堪，但是，我們仍然在閱讀，仍然發現自己在珠寶商和獨角獸的地域上冒險。利物浦那些熟悉的工廠漸漸消失在稀薄的空氣之中，貓頭鷹在常春藤中號叫，公爵夫人在一群女人嚎哭聲中生下死嬰，公爵像羅馬人一樣拔劍自殺，我們很難辨識那位進口木材、在穆斯威爾山死於肺病的騎士和那個亞美尼亞公爵之間有任何相似之處。要將那些區域連結起來並且從不同的偽裝中認出同一個人來，我們必須做些調整和修正。對我們的觀念做必要的改變，收回現代人發展得如此細微的情感，使用現代人如此忽略的聽覺與視覺，聽那些人大笑大叫時說出的詞語，而不是白紙黑字印在書上的字句，看你眼前男男女女不斷變幻的臉和活生生的軀體。簡而言之，將你自己置身於一個完全不同、但並非閱讀發展更為基礎的階段，那樣，伊麗莎白時代戲劇的真正價值就會顯現出來。整體的力量是無庸置疑的。它們的力量即造詞的才能，恍若思想一頭扎入詞的海洋，冒上來時水滴直往下淌。它們的力量在於那基於身體裸露的、無所顧忌的幽默，這種幽默，無論現代社會的人多麼熱情地嘗試，都是無法企及的，因為他們的軀體是包裹在衣服裡的。那麼，在這些背後，不強求統一性而強調某種穩定性，是我們可以簡稱為上帝存在的意思。企圖將任何信條強加於大量形形色色的伊麗莎白時代劇作家頭上，此人一定是大膽的批評家，但如果我們想當然地認為，具有共同特徵的整個文學是一種高尚精神的消散，一種賺錢的事業，一種環境有利就會成功的僥倖思想，那麼，這也未免有膽怯的意味。即便在叢林和荒野中，羅盤依然會指南。

「主啊，主啊，我死啦！」

他們不斷地呼號。

哦，舒適自然的死亡
你與酣眠是孿生兄弟——

世間盛大慶典奇特非凡，但世間盛大慶典又充滿了虛榮。

人類偉大的榮耀
不過是令人愉悅的夢幻
幻影很快衰退：不朽的
舞台上，我的青春已經演出
幾場虛榮的情節

死亡、擺脫一切是他們的願望；在劇中始終鳴響死亡和醒悟的鐘聲。

生命只是尋找歸宿的漫遊，
當我們逝去之時，就到了那裡。

毀滅、消沉、死亡、永恆的死亡，陰森森地直立面對伊麗莎白時代戲劇的另一種存在，即人生：充滿快帆船、冷杉樹和象牙，充滿海豚、七月花汁，充滿獨角獸乳汁和美洲豹牙，充滿珍珠串、孔雀腦和克里特島葡萄酒的人生。為此，在人生最無所顧忌、最豐富多彩的時刻，他們回答：

人是一棵樹，憂慮沒有頂，

安逸沒有根；他全部活力
無謂地付出，最終卻傷悲。

這種共鳴不斷地從戲劇的另一側傳來，即便它沒有名義，卻有上帝存在這樣的效果。所以，我們漫步走過伊麗莎白時代戲劇的草莽、叢林和荒野。所以，我們結識了國王、小丑、珠寶商和獨角獸，並且為戲劇中一切光輝、幽默和想像而大笑，感到歡欣和好奇。幕落時，我們被一種崇高的激情所攫住；我們也覺得厭煩，那些令人生厭的陳舊花招和夸夸其談讓人作嘔。十來個成年男女之死竟不如托爾斯泰筆下一隻蒼蠅的遭罪容易感動我們。漫步在那不可思議、冗長乏味的故事迷宮裡，突然間，某種強烈的情感攫住了我們；某種崇高的事物使我們興奮；某首歌音調悅耳的片段使我們著迷。這是一個充滿乏味與快樂、愉快與好奇、充滿狂笑、詩意與壯觀的世界。不過，逐漸地一種感覺襲上心頭，我們感到缺少什麼呢？我們如此堅持想要得到、而且除非立刻得到否則我們就得去別處尋找的究竟是什麼呢？是孤獨。這裡沒有隱私。門永遠洞開著，永遠有人進來。一切都被分享，一切都讓人看得見、聽得著，富於戲劇性。同時，大腦彷彿厭倦了交際，它悄然離開，在孤獨中沉思；它思索而不行動，評論而不分享；它在探索自身的黑暗，而非別人光輝燦爛的外表。它轉向了鄧恩[7]、蒙田，轉向托馬斯．布朗爵士，轉向掌握孤獨之鑰的人。

（石雲龍 譯）

7 鄧恩（J. Donne,1572-1631），英國玄學派詩人、神學家，著有《靈詩》等作品。

蒙田[1]

有一次，蒙田在公爵酒吧看到一幅西西里國王勒內的自畫像，問道：「為什麼不允許大家用文字來給自己畫像，就像用畫筆那樣？」人們可能會立即回答，不但允許，而且再簡單不過了。別人可能不好畫，但是，我們對自己的特點簡直太熟悉了。我們開始吧！然而，當我們試圖開始這項工作時，我們手中的筆卻滑落了。這是一樁深奧、充滿神秘、極度困難的事情。

總之，在整個文學史上，多少人用筆成功地描繪了自己？可能只有蒙田、佩皮斯[2]和盧梭[3]。《虔誠的麥第奇》是一面有色鏡，人們透過它可以朦朧地看到疾飛的星辰和奇異而騷動的靈魂。在那部著名傳記中，一面明亮的鏡子照映出在別人肩膀之間窺視的鮑斯威爾[4]的臉。但是，這種議論自己、追蹤自己的奇思異想描繪出個人靈魂的圖像、重量、色彩和邊界，包括其迷亂、多姿和瑕疵——這種藝術只屬於一個人，即蒙田。數百年來，那幅畫前總聚集著一群人，他們凝神入畫，看到自己的臉映入畫中，注視愈久體味愈深，但永遠說不清楚他們看到的是什麼。新的版本證明其持久的魅力。這裡是英國納瓦爾社（Navarre Society）重印的五卷精美的科頓[5]；而在法國，路易·科納德（Louis Conard）公司發行了《蒙田全集》，這部全集彙集了各種不同版本，阿曼古德（Armaingaud）博士為此項研究付出了畢生心血。

要如實地講述自己，發現自己近在咫尺，委實不易。

我們聽說只有兩、三位古人嘗試過這條路（蒙田語），以後便無人問津。這是一條崎嶇的路，比表面上更坎坷不平，去追尋一種如魂靈般雜亂無定的節奏、去穿透其複雜內部迂迴曲折的黑暗深處、去選擇並掌握如此多的敏捷小動作；這是一種新奇的任務，它使我們脫離世界上普通然而最受推崇的工作。（譯按：選自〈論身體力行〉）

首先，是表達的困難。我們都沉溺於那稱之為思維的奇怪而愉快的過程中，但是，當輪到表達思想時，即便對不同意見者，我們能表達的又是何其少！這種幻影在我們捕捉到它之前就掠過腦海、飛出窗戶，或者緩緩下沉，回到黑暗深處，以迷漫之光照亮片刻。面容、聲

1 蒙田（Michel de Montaigne, 1533-1592），法國人文主義作家，著有《隨筆集》。

2 佩皮斯（Samuel Pepys, 1633-1703），英國文學家兼海軍行政長官，以所寫日記聞名。

3 盧梭（Jean Jacques Rousseau, 1712-1778），法國思想家、文學家，其思想和著作對法國大革命和十九世紀歐洲浪漫主義文學產生巨大影響。著作有《民約論》、小說《愛彌爾》和自傳《懺悔錄》等。

4 鮑斯威爾（James Boswell, 1740-1795），蘇格蘭傳記作家，著有《約翰生傳》和《科西紀實》等。

5 指英國詩人科頓（Charles Cotton, 1630-1687）所譯的蒙田《隨筆集》，一六八五年初版。

音及口音彌補了我們文字的不足，突出了言語的弱點。但是，筆是一種刻板的工具，它無法說什麼，有著自身不同的習慣和儀式。它還很專橫，總是讓普通人變成預言家、將人類自然結巴的話語改造成莊嚴堂皇的文字。正因為如此，蒙田以其揮灑自如的愉悅在無數古人中脫穎而出。我們絕不會有絲毫懷疑，蒙田的書即他自己。他不肯說教、不肯佈道，他總是說他和別人一樣。他做的一切努力就是將他自己寫出來，將情感傳達給別人，將真情和盤托出，那是一條「崎嶇不平的路，比表面上更加坎坷」。

因為，除了表達自己的困難外，最為困難的是做自己。這種靈魂，我們的內在生命，與外在的自我一點也不吻合。如果人們有勇氣問他在思考什麼，他總是會說出與眾不同的話來。譬如，別人很久以前就堅定地認為，體弱多病的老紳士應該待在家裡，以琴瑟和諧的形象去教育他人。蒙田的靈魂恰恰相反，認為老年人應該出遊，而那極少建立在愛情基礎之上的婚姻，在晚年往往成為形式上的束縛，不如把它打破。再論政治，政治家總是讚美大英帝國的偉大，竭力鼓吹開化野蠻人的義務。但是，看看西班牙人在墨西哥的作為，蒙田怒不可遏地喊道：「這麼多城市被夷為平地，這麼多種族被殺盡滅絕……世界上最為富饒、最美麗的地方為了辣椒與珍珠交易被攪得天翻地覆！老一套的勝利！」接著，當一群農民來告訴他，他們發現了一個受傷瀕死的人，因唯恐司法部門會歸罪而沒有救他，蒙田問：

我能對這些人說什麼呢？毫無疑問，這種人類政策機構會找他們麻煩。……沒有什麼會

比法律的錯誤更多、更大、更普遍了。（譯按：選自〈論經驗〉）

這裡，漸漸難以駕馭的靈魂在痛斥那些明顯引起蒙田不安的常規和禮儀。不過當他在塔樓內室面對火爐沉思時，請注意他。那座塔樓雖與主樓並不相連，但面對莊園，視野開闊。確實，他是世上最不可思議的怪物，全然不具備英雄氣概，像風向標一樣變化無常，「羞怯、傲慢；貞潔、貪婪；絮絮叨叨、沉默寡言；矯揉造作、精美雅典；機靈、遲鈍；憂鬱、快樂；謊話連篇、真實可信；見多識廣、孤陋寡聞；慷慨大方、貪求垂涎、揮霍無度」，總之，異常複雜、飄忽不定，與他在公眾面前盡職的那個版本極少吻合，以致人們會傾其一生全力去追逐他。追逐的樂趣補償了可能影響某人塵世前程的任何損失。意識到自我存在的人從此成為獨立自主者。他從不會感到厭倦生活，只是人的生命過於短暫，他深深地沉浸在深刻而節制的快樂之中。他隻身一人生活著，而其他人則為禮教所累，讓生活在一種夢幻中悄然流逝。一旦趨同，一旦因別人做什麼而做什麼，那麼，冷漠懶散就會悄然籠罩上靈魂那纖細的神經和感官。她變得外向炫耀、內部空虛；沉悶、無情、而且冷漠。

那麼，如果我們向這位生活藝術大師討教他的秘訣時，他會勸告我們隱身塔樓內室，在那裡打開書頁，追尋一個又一個幻想，隨它們相互追逐上煙囪，將世事留與他人治理。退隱與冥思，必定是他處方中的主要成分。不過，這並不真實，蒙田一點也不直露。若想從那個捉摸不定、半含微笑、半顯憂鬱、眼簾重垂、面帶一副夢幻般探詢表情的人那裡得到簡明扼要的答案，簡直比登天還難。事實上，鄉村生活中雖然有書本，有蔬菜和花朵，但常常極端單調枯燥。他從來就沒發現，自家的青豆比其他人的要好得多。巴黎是他在整個世界上最熱愛的地方，「甚至它的瑕疵和缺陷」。至於閱讀，他讀任何書一次都不超過一小時，他的記憶力很差，從一個房間踱到另一個房間時，就把頭腦裡的東西忘得一乾二淨。書本知識沒有什麼值得自豪的。至於科學方面的成就，它們相當於什麼呢？他總是與睿智者交往，他父親十分敬重他們，但他注意到，雖然他們有出類拔萃的時刻，有狂熱也有眼光，但最聰明的人往往在愚蠢的邊緣震顫。注意觀察一下你自己：一時間你意氣風發，另一會兒，一面破鏡就讓你緊張不安。一切極端都是危險的。最好取中庸之道，走在常見的車轍中，無論多麼泥濘。寫作時，選擇常用詞，避開狂言與雄辯——不過，詩歌確實美妙無比，最美的散文是韻味十足的散文。

那麼，我們似乎要追求一種平民化的簡單。我們可以享用塔樓中屬於自己的房間，四壁粉刷一新，書櫥寬大明亮。不過，樓下花園裡，有人在掘土。他今天早晨埋葬了父親，是他那樣的人在過著真實的生活、說著真實的語言。那裡確實有一定的真理。席上地位較低的一邊有很多精妙的談話。無知者可能比博學者有更多重要的素質。然而，烏合之眾是多麼可惡啊！「無知、不公和易變的根源，睿智者的生活依賴於蠢材的評判，這難道合理嗎？」他們的精神柔弱，缺乏反抗能力。必須讓他們知道一些他們容易知道的事，他們不能直接面對事實。真理只有生來高貴者才能懂得。那麼，這些生來高貴者又是誰？我們將會追隨什麼人？

但願蒙田能更加明確地給我們啟示。

可是，蒙田並沒有。「我不指點，我敘述。」畢竟，當他無法清晰明瞭、言簡意賅地說出自己的精神，他如何去詮釋別人的精神呢？事實上，他的精神確實變得一天天模糊起來。可能有一種特性或原則——人們不應當立下種種規則。人們引以為榜樣的那些人，如艾蒂安．德拉．波埃蒂[6]，總是適應性特別強。「如果只是出於需要，人們不得不依附在一起，那麼，這僅僅是一種生存，而不是真正意義的生活。」法律只是慣例，完全無法與人類複雜的衝動與騷動混為一談；風俗習慣是為支援那些缺乏自信心、不敢放任精神自由的人設計出來的便利手法。不過，我們都擁有個人生活，並且絕對珍視個人生活，懷疑的只是一種態度。一旦我們開始抗議，開始採取某種姿態，開始訂立法律條文，我們就腐朽了。我們不是為自己而是為了別人而生存。我們必須尊重那些為公眾事務犧牲自己的人，給他們榮譽，為他們容忍無可避免的妥協而憐憫他們；不過，對我們自己而言，讓我們將名聲、榮譽以及使我們背負義務的一切職位統統丟給別人。讓我們在碩大的鍋上熬煎自己的迷亂、衝動的雜燴以及永恆的奇蹟——因為精神無時無刻不在創造奇蹟。運動與變化是人類的生命的本質，僵化意味著死亡，順從意味著死亡。讓我們隨心所欲地說話，重複自己說過的話，前言不搭後語，說最不著邊際的話，追尋最奇異古怪的幻想，不論別人怎麼做、怎麼想，也不論別人怎

6 艾蒂安．德拉．波埃蒂（Etienne de la Boétie,1530-1563），法國人文主義作家，蒙田的好友。

麼說。因為，生活是最要緊的，當然，秩序也很重要。

於是，這種自由——我們生命的本質，就不得不受到限制。但是，既然對個人意見或公眾法律的任何限制都受到人們的嘲弄，而且蒙田從未停止過譏諷人類本性的悲慘、弱點和虛榮，那麼，要找到能夠幫助我們的力量就十分困難。因此，或許轉向宗教尋求指引可能會更為妥善？「或許」是他最喜歡用的辭彙之一；他喜歡「或許」、「我想」以及那些用來修飾人類無知草率假設的所有辭彙。這樣的詞幫助人抑制率直說出卻可能不當的意見。因為，並不是什麼話都要說出來，有些東西暫時只有暗示最好。人們為理解他們的少數人寫作。當然，竭盡全力尋求上帝的指引，但是對於那些過著與世隔絕生活的人來說，他們還有一個監督者，一個無形的內在審查者，「一個內在的主人」。他的指責比任何其他人的批評要可怕得多，因為他知道真相；不過，世上也沒有任何東西比他的讚美更加悅耳動聽。這是我們不得不服從的裁判，這是會幫助我們實現天生高貴靈魂所能達到的那種秩序，因為「這是一種美妙的生活，即便是私生活都井然有序。」但是，他會根據自己的見解行事，根據某種內在平衡會獲取那種不確定的、不斷變化的均衡，它能夠控制而又毫不阻礙靈魂自由地去探索、去試驗。如果沒有指引，沒有先例，毫無疑問，過好隱秘生活要比公眾生活困難得多；這是一種每個人都必須獨自學會的藝術，雖然可能有兩、三個人，諸如古人中的荷馬、亞歷山大大帝[7]和伊巴密濃達[8]，和現代人中的波埃蒂，他們的榜樣可能會給我們幫助。但是，這是一門藝術，作用其中的材料千變萬化、錯綜複雜，並且確實神秘莫測，那就是人性。對於人性，我們必須密切關注：「……必須存在於活生生的人中間。」我們一定會對任何將我們與同類隔離的怪癖或考究感到恐怖。令人愉悅的是那些與鄰居輕鬆地聊起他們的運動、住房或者爭執的人，那些真正欣賞木匠和園丁談話的人。交流是我們主要的事務；社交與友誼是我們主要的樂趣；讀書不是為獲取知識，不是為謀生，而是為擴大自己交際的時間與空間。世界上存在這樣的奇蹟，神翠鳥與尚未發現的土地，那裡有長著狗頭、眼睛長在胸前的人，他們有著自己的法律和習俗，這些法律和習俗很可能要比我們自己的優越得多。可能我們在這個世界上還處於睡眠狀態，可能還有某種貌似人類的生物，他們有著我們現在缺乏的感官。

另外，除了所有矛盾、一切限制，還有些無可爭議的內容。這些隨筆試圖揭示一個靈魂。在這一點上，他至少是明確的。他追求的並不是名聲，不是未來歲月裡人們是否會引用他的語錄，他沒有在市場上樹立任何塑像；他只是想揭示他的靈魂。交流是健康，交流是真實，交流是幸福。分享是我們的職責，勇敢地往下發掘，將那些隱藏的思想、最病態的觀念暴露出來，絲毫不隱瞞，一點也不做作；如果我們無知，坦言相告；如果我們熱愛朋友，讓他們知情。

7 亞歷山大大帝（Alexander the Greater, 西元前 356-323），馬其頓國王（西元前 336-323），即位後，先後征服希臘、埃及和波斯，並侵入印度，建立亞歷山大帝國。

8 伊巴密濃達（Epaminondas, 西元前 420?-362），希臘底比斯將軍，兩次擊敗斯巴達，建立反斯巴達同盟，稱霸希臘，後進軍伯羅奔尼撒，在曼提尼戰役中陣亡。

「……因為，當你失去朋友時，最大的安慰都莫過於我們不曾忘記與他們和諧交流，這是親身體驗後得出的結論。」（譯按：選自〈論父子情〉）

有人在旅行時將自己偽裝起來，「用沉默與懷疑來使自己免於失禮。」他們吃飯時，一定會選用和家裡一樣的食物。任何與自己家鄉不同的景色和習俗都是壞的，他們旅行的目的在於返回，那是一種徹底的錯誤。我們出發時不應抱有任何固有想法，不要想到將在哪裡過夜，或者打算什麼時候返程，旅行自身就是一切。最為必要但又最難得的是，我們應該在出發前找到與自己性情相投的旅伴，這樣，途中我們可以不假思索地把頭腦裡出現的想法與他分享。因為快樂只有在分享時才有樂趣。至於風險——我們可能會感冒或頭疼——為了愉快，冒一點生小病的危險是值得的。「快樂是有益的。」另外，我們做自己喜愛做的事，那麼，我們總是在做對自己有益的事。醫生和聰明人可能會反對，不過，讓這些醫生和聰明人去研究他們沉悶乏味的哲學吧！對於我們自己——普通的男人和女人，讓我們充分利用大自然賜予的每一種感覺，感謝大自然的慷慨，竭力改變我們的狀態，不斷轉變，接近溫暖，在日落之前全力欣賞青春的愛撫，欣賞美妙歌聲吟唱卡圖盧斯[9]。每一個季節都是可愛的，無論是晴空萬里還是雨雪連綿，無論是飲用紅葡萄酒還是白葡萄酒，無論是濟濟一堂還是獨居一隅。即便是那減少了生活樂趣的睡眠，也可能充滿夢幻；最普通的行為——散步、交談、在自己的果園裡獨處——也可以變得多姿多彩，並且因聯想更閃現光彩。美無處不在，美與善僅咫尺之遙。因此，為了健康與理智，讓我們不要糾纏於旅程的終點。讓死亡降臨正在種植白菜的我們身上，降臨正在馬背上馳騁的我們身上，或者讓我們悄悄地走近某個農舍，在那裡讓陌生人合上我們的眼睛，因為抽泣的僕人或手的輕輕觸摸會使我們崩潰。最好讓我們死在平常的工作崗位上，死在不會抗議、不會哀嘆的女孩子和好伙伴中間；讓我們「在歡娛、盛宴、嬉笑、交談、喜愛的活動、音樂和情詩」中死去。但是，不要再談死亡了，要緊的是生命。

當這些隨筆全速地接近它們的懸念而非目標時，愈來愈清楚地顯現的卻是生命。當死亡臨近時，生命變得愈來愈誘人，人的自我，人的靈魂，活著的每個事實：一個人冬夏皆穿絲襪，在酒中摻水，正餐後理髮；一定用玻璃杯喝酒，從不戴眼鏡，有著大嗓門，手中拿著一根鞭子，咬舌頭，不安地移動雙腳；常常抓撓自己的耳朵，喜歡肉的味道濃郁；用餐巾擦牙（感謝上帝，牙齒還健康）；一定要床罩；令人好奇的是，開始喜歡小蘿蔔、接著又討厭它們，現在又喜歡了。沒有任何事實微小到可以讓它從指縫間流走，除了對事實本身的興趣外，我們還有那種通過想像改變事實的奇異力量。觀察精神一直在怎樣投射光和影，使真實變得空虛，脆弱變得堅固；使大白天充滿夢幻；鬼影與現實一樣使精神激動，在死亡那一

9 卡圖盧斯（Gaius Valerius Catullus, 西元前 84?-54?），古羅馬抒情詩人，尤以寫給情人莉絲比婭的愛情詩聞名，詩作對文藝復興和以後歐洲抒情詩的發展具有影響。

刻，嘲弄瑣細事務。再觀察她的兩面性、她的複雜性。她得知朋友死去，十分同情，但是在別人的悲痛中卻有一種又甜又苦的惡意快樂。她相信，同時她又不相信。要觀察她，尤其在青春期對印象特別敏感。一個富人盜竊，是因為小時候父親經常讓他缺錢用。某人建造這堵牆不是為了自己，而是因為父親喜歡造房子。總而言之，靈魂與魄力和同情心都交織在一起，影響她的每一個行動，但是，甚至在現在，一五八〇年，還沒有人清楚地知道——我們如此膽小怕事，又是多麼愛好穩當的傳統方式——靈魂是怎樣發揮作用的，甚至不知道她究竟是什麼，只知道她在一切事物中最為神秘，人本身是世界上最大的怪物、最大的奇蹟。「……我愈思考與瞭解自己，就愈對自己的畸形感到驚訝，就愈不懂自己。」觀察，不斷地觀察，只要還有墨水和紙，蒙田就會「不停頓，不勞累」地寫下去。

但還有最後一個問題：如果我們能使他從那迷人的工作中抬起頭來，我們就想向這位生活藝術大師請教。在這些非同尋常的卷冊中，在那些短小零碎、冗長博學、邏輯性強、前後矛盾的陳述中，我們聽到了靈魂的搏動與節律，一天又一天、一年又一年地在一層面紗後面跳動，隨著時間的推移，這層面紗變得幾乎透明。這裡有人在生活的冒險事業中成功了，他為國服務並活到退休；成了房東、丈夫、父親；他款待過國王，熱愛女性，獨自一人數小時地對著古書沉思冥想。通過不斷試驗，通過對最微妙事物的觀察，他最終成功並神奇地調節了所有組成人類靈魂的這些難捉摸的成分。他用雙手抓住了世界之美，獲得了幸福。他說，如果他要再活一次，那麼，他還會用同樣方式重新生活。但是，我們著迷地注視著一個靈魂在我們眼前公開地生活時，問題浮現出來了，快樂是一切的目的嗎？對靈魂本性的這種壓倒一切的興趣從何而來？為什麼會有如此不可抑制地與別人交流的願望？這個世界上的美就足夠了嗎？別處還有什麼對這種神秘的解釋？對此，可能會有什麼樣的答案？沒有答案。只有最後一個問題：「我知道什麼呢？」

（石雲龍 譯）

紐卡斯爾公爵夫人[1]

「……我渴求的只有名聲」，紐卡斯爾公爵夫人瑪格麗特・卡文迪什（Margaret Cavendish）寫道。她在有生之年實現了自己的願望。她衣著豔俗、性情古怪、品行端正、說話刺耳，在有生之年成功地博得了大人物的奚落和博學者的喝彩。不過，如今一切喧囂均已塵埃落定，她只活在蘭姆[2]在她墓上撒播的幾個光彩奪目的詞句中。她的詩歌、她的戲劇、她的哲學、她的演講、她的論文——她曾宣稱其生命消耗其中的所有對開本和四開本——在陰暗的公共圖書館中腐朽，或被傾注入微型小杯，只能盛放原來豐富內容的六滴。甚至連好奇心十足的學生，在蘭姆話語的鼓舞下，戰戰兢兢地來到她那大而陰森的建築前，走進去凝神環顧四周，卻很快地退出來，「砰」地關上大門。

不過，那匆匆一瞥已經向他展示了一個難以忘懷人物的輪廓。一六二四年瑪格麗特出生（據推測），是一位名叫托馬斯・盧卡斯的人家最小的孩子。她自幼失怙，將她一手帶大的是母親，一位性格超凡的女性——威嚴高貴、具有「時間無法摧毀」的美。「她善於租賃、安排地產、管理庭院、指揮管家以及有關事務。」她沒有將這樣積累的財富花費在未來的嫁妝上，而是花在豐富多彩、令人愉快的消遣上，「她認為，如此十分拮据地將我們養育大，有可能使我們養成貪婪狡詐的性格。」她的八個子女從未挨過打，總是受到說理教育。他們穿著精緻華麗，禁止與僕人交談，這不是因為他們是僕人，而是因為僕人「大多數出身卑微又缺乏教養」。女兒們學會了一般的閨中技藝，「與其說是為了獲利，不如說為了禮節需要」，她們的母親認為，性格、幸福與誠實對女子來說要比吹拉彈唱或者「會說幾種語言」有價值得多。

瑪格麗特已經渴望利用這種縱容來滿足自己的某些愛好。她喜歡閱讀甚於女紅，喜歡穿戴打扮、「開創時尚」甚於讀書，最喜歡的倒是寫作。十六部沒有標題的平裝本，以枝枝蔓蔓的書信形式寫成，因為她的思維奔湧往往超過下筆速度。這些作品證明她充分利用了母親的開明。她們家庭生活的快樂還產生了其他結果。她們是充滿摯愛的一家人。瑪格麗特特別提到，他們各自成家後許久，這些漂亮瀟灑的兄弟姐妹形體優美、皮膚光潔、頭髮棕褐、牙齒齊整、嗓音「悅耳」、說話率直，總是「相聚在一起」。陌生人在場會使他們緘口不語。但是自家人在一起時，無論是在春之園還是在海德公園散步，無論是在聽音樂還是在水上遊艇裡品茗，他們都有說有笑，他們「快樂無比，……盡情地評論、褒貶。」

---

1 有關本文的書單：《紐卡斯爾公爵威廉．卡文迪什等人生平》（*The Life of William Cavendish, Duke of Newcastle, Etc.*），C.H. Firth 編輯；《詩歌和幻想集》（*Poems and Fancies*），紐卡斯爾公爵夫人著；《世界文藝雜集》（*The World's Olio*）、《潛水者演說集》（*Orations of Divers Sorts Accommodated to Divers Places*）、《女性演說集》（*Female Orations*）、《戲劇集》（*Plays*）等等。

2 蘭姆（Charles Lamb, 1775 - 1834），英國作家，《伊利亞隨筆》作者。

愉快的家庭生活對瑪格麗特的性格產生了影響。孩提時，她會獨自一人散步數小時，沉思冥想，與自己討論「她意識中出現的一切」。她對任何活動都不感興趣。玩具不能使她開心，她既不會學外語，又不像其他人那樣穿著打扮。她最大的樂趣在於發明自己穿戴的服飾，而別人卻不會模仿，「因為，」她說：「我總喜歡標新立異、甚至在穿衣習慣也是如此。」

這樣既封閉又自由的培養本該造就出一位有文化教養、樂於獨處的老處女。她可能會寫出文學巨著或翻譯古典名作，讓我們時常引用以證明我們的女祖先多麼有學問。不過瑪格麗特有一種任性的特質，她喜愛華麗的服飾、奢侈鋪張，喜歡出名，這就不斷地攪亂了自然的有序安排。當她聽說，自英國內戰爆發以來，女王的侍女比平常少了許多，她就「非常渴望」去當女王的侍女。家裡人清楚地知道，她從沒有離開過家，幾乎沒有離開過他們的視線。他們有理由認為她可能在王宮裡表現不好。在其他人一片反對聲中，母親還是讓她去了。「我確實表現得不好，」瑪格麗特坦言，「因為我離開了母親、兄弟姐妹就感到害羞……我既不敢正眼看人，又不敢說話，一點也不善於交際，以致別人認為我是一個天生的傻瓜。」侍臣們取笑她，她則以直來直往的方式反擊。人們愛挑剔，男人妒忌女人有頭腦，女人則懷疑同性的才智。她完全有理由提問，還有什麼其他女人散步時會思考事物的本質、思考蝸牛是否長牙的問題。但是，這種哄笑使她心煩意亂。她懇請母親讓她回家，遭到拒絕，事實證明此舉是明智的。她又待了兩年（一六四三—一六四五），最後隨女王去了巴黎。在巴黎，來覲見女王的流亡者中就有紐卡斯爾侯爵[3]。令眾人驚異的是，這位王侯般的貴族曾經在不懂任何技巧的情況下，僅憑一腔大無畏的熱情，率領國王的軍隊戰至慘敗，可他卻愛上了這位文靜、羞怯、穿著怪異的女王侍女。這不是「情欲之愛，而是誠實、高尚之愛」，瑪格麗特這樣認為。她並不是出色的對象，而且出了名的拘謹、怪異。那麼，是什麼使這樣一位顯貴拜倒在她的裙下？旁觀者竟眾口一辭地嘲弄、毀謗、中傷。「恐怕，」瑪格麗特給侯爵寫信說：「別人預料我們將會不幸，雖然我們不這樣認為，否則的話，要解開我們之間的情感之結就不會這麼痛苦了。」她還寫道：「聖日耳曼區是一個充斥詆毀誹謗之地，並認為我太常寫信給你。」「請考慮一下，」她警告他：「我有不少敵人。」但是，這樁婚姻顯然是完美的。公爵喜愛詩歌、音樂和戲劇創作，對哲學感興趣，相信「沒有人明白或能夠明白任何事物的起因」，他性情浪漫，慷慨大方，自然受到這位自己也寫詩，又具有同樣思想的女性的吸引；她不僅在他身上傾注了一位同行藝術家的仰慕之情，而且還表現了一個受其高尚行為庇護和拯救的敏感生靈的感激之情。「他確實讚許，」她寫道：「許多人譴責的那些羞怯恐懼……儘管我懼怕婚姻，並盡最大可能逃避與男性接觸，但是，我……沒有力量拒絕他。」她陪伴著他度過了漫長的流亡歲月；她懷著同情——如果說那不是理解的

3 紐卡斯爾侯爵，後升為紐卡斯爾公爵，英王查理一世的統帥，在內戰中戰敗流亡歐洲，英國王政復辟後返回英國。

話，分享了他馴馬的表現和技巧，這些馬被他馴得如此完美，以致西班牙人看到牠們直立跳躍、突然後腿站立旋轉時竟連連劃十字，驚呼「不可思議！」她相信，這些駿馬甚至會在他來到馬廄時歡喜得使勁「蹬地」。在攝政期間，她為他在英國的事業申辯；當王政復辟使他們能夠回到英國時，他們心滿意足地一起住到最隱秘的窮鄉僻壤，胡亂地寫劇本、詩歌、哲理作品，相互間歡天喜地慶賀大作完成，毫無疑問，他們還議論著自己偶然遇見的自然界奇觀。他們受到同時代人的取笑，霍瑞斯．沃波爾[4]就譏笑過他們。但是，毫無疑問他們是真正幸福快樂的。

此時，瑪格麗特已經能夠不間斷地投身於創作。她為自己、為僕人設計時裝。她會愈來愈狂亂地用手指塗寫，寫出來的字也就愈來愈讓人無法辨認。她甚至奇蹟般地使她的劇本在倫敦上演，讓那些博學者畢恭畢敬地研讀她的哲學作品。她的作品一卷又一卷地豎立在大英博物館內，充滿了彌漫的、不安的、扭曲的活力。她對條理、連貫和邏輯發展一無所知。她的創作大膽而且一往無前。她既有孩童式的不負責任，又有公爵夫人的傲慢不恭。她的腦海裡會出現最不切實際的幻想，而她隨著它們走遠。我們似乎聽到她思潮洶湧時呼叫手持鋼筆端坐在隔壁的約翰快來，「約翰，約翰，我有構思了！」接著傾瀉而出——無論是理智的還是非理性的；有關婦女教育的某種奇想——「婦女像蝙蝠或貓頭鷹一樣生活，像牲畜一樣勞動，像蠕蟲一樣死去。……教養最好的婦女是那些思想開化的人。」可能是那天下午獨自漫步時的突發奇想——為什麼「豬會得囊蟲病」，為什麼「狗興奮就搖尾巴」，或者星體是什麼構成的，女傭帶給她、她放在房間角落保暖的這個蝶蛹是什麼。她的思緒不斷地從一個主體跳到另一個主體，從不停下來更正，「因為提出問題比更正更加有趣」，她自言自語地說出所有那些充滿她的腦海，使她永遠歡娛的事物——有關戰爭、寄宿學校、伐樹、語法與道德、怪物與英國人、少量鴉片是否會對精神病人有益、為什麼音樂家都瘋狂。她仰望天空，依然雄心勃勃地在思索著月球的性質，星球是否為發光的膠狀物；俯視大海，她想知道魚兒是否明白海水是鹹的；認為我們頭腦裡充滿了小精靈，「因為我們和上帝如此親近」；她還想到，在我們的世界之外是否還有其他世界，想像下一艘船可能會給我們捎來另一個世界的消息。總之，「我們處於一片混沌之中」。同時，思想是多麼讓人著迷。

當巨著在韋爾貝克那莊嚴的隱避處問世時，通常書刊審查者會表示出例行的異議。她會在情緒不同的情況下在每一部作品前言中或作答、或鄙視、或爭辯。除了其他評價外，別人還說，她的書並不是她自己的，因為她使用了她學到的術語，「寫了許多她知識領域以外的事物。」她匆匆去向丈夫求援，後者以特有的方式回答說，公爵夫人「除了與她兄弟和我以外，從未與任何專家學者交談過。」而且，公爵的學識有點與眾不同。「我已經在這個偉大的世界上生活了很久，並且想到理智給我帶來的要遠遠超過靠博學的談話所得到的，因為我

4 霍瑞斯．沃波爾（Horace Walpole, 1717-1797），英國歷史學家，其信件與自傳成為瞭解該時代的寶貴資料。

不喜歡被權威、古人牽著鼻子走，武斷的結論對我不起作用。」接著，她又拿起筆，帶著孩子般的驕蠻和輕率任性，繼續向世人保證，她的無知具有可以想像得出的最好質地。她只見過笛卡爾[5]和霍布斯[6]，卻沒有向他們提問過。她確實邀請過霍布斯來吃飯，但他卻沒有能出席；別人對她說話，她常常一個字也不聽；她雖然在國外生活了五年，卻連一句法語都不懂；她只讀過斯坦利[7]先生文章中的那些老哲學家；笛卡爾的作品，她僅讀過半本他談論激情的書，霍布斯的作品只讀過「那本叫做《公民》（*De Cive*）的小書」，所有這一切都完全歸功於她天生的智慧。她十分聰穎，外界的援助會使她痛苦；她十分誠實，不會接受任何人的提攜。從那完全蒙昧的平原上，從她自己的意識裡那未開墾田野上，她計劃建立起一套哲學體系，以取代其他哲學。其結果並不十分愉快。在這樣巨大的架構壓力之下，她的天賦、那種引導她在第一卷裡極為生動地描寫了麥布女王[8]及仙境的鮮活精美想像不復存在。

女王居住的宮殿，
盡由蝸牛殼來建；
彩虹簾帷薄如絲，
首次進入真神奇；
琥珀居宅明又亮，
爐邊陣陣傳清香；

櫻桃核床盡雕刻，
蝴蝶展翼來留連；
床單可愛又輕柔，
紫色花蕾臥枕頭。

她年輕時會這樣寫。但是，她的小精靈如果確實倖存下來的話，也長成了河馬。她的祈禱得到了過於慷慨的回報。

賜予我自由而高尚的風格，
它儘管狂放，卻看似無拘無束。

她開始退化、歪曲、做作，以下是最短詩中的一首，但還不是最恐怖的。

5 笛卡爾（Descartes, Rene du Perron, 1596-1650），法國哲學家、自然科學家、解析幾何學的奠基人。
6 霍布斯（Thomas Hobbes, 1588-1679），英國政治哲學家。
7 斯坦利（Thomas Stanley, 1625-1678），英國學者，著有《哲學史》。
8 麥布女王（Queen Mab），愛爾蘭和英國神話傳說中的仙子。

人腦可比作一座城：
嘴裡塞滿時是集市開張，
嘴裡空時，交易完成；
城裡的河渠有兩個出口，
就是鼻子上的一對鼻孔。

她使用比喻常充滿活力，不太和諧卻永恆不變。大海成了草坪，水手變成牧羊人，桅杆成了五朔節花柱。蒼蠅是夏日之鳥，樹木是參議員，房屋是輪船，除公爵外，甚至連她最喜歡的那些精靈都變成了鈍原子或銳原子，並參與到她樂於調度的宇宙演習之中。確實，「我的無與倫比小姐有種不可思議、漫無邊際的才智」。更糟的是，她沒有任何戲劇細胞，卻轉向劇本創作，這是一個簡單的過程。在她頭腦裡翻來覆去的那些難以駕馭的思潮被取名為金富先生、卑賤女人、幼犬先生等等，圍繞著聰明博學的女士，喋喋不休地爭論靈魂的要素，或道德是否優於財富的問題，她用我們似曾聽過的腔調長篇大論地回答他們的問題，糾正他們的謬誤。

不過，公爵夫人有時也會外出走動。她會穿上褶裙，戴上珍寶飾物，以恰當的身分出訪鄰近紳士的家。她的筆迅速記錄了這些旅行經歷。她記下C．R女士如何「在公眾集會上鞭打她丈夫」；「我很遺憾地聽到」F．O爵士「如此貶低自己的出身和財富，竟然與幫廚女工結婚」。「P・I小姐已經成了聖潔的化身、宗教上的姐妹，她已經不再捲髮，黑色美人斑令她憎厭，繫帶的鞋子和高幫套鞋是通向驕傲的台階——她問我，祈禱時採用什麼姿勢最好？」她的回答可能讓人無法接受。「我不會輕率地再去那裡，」她在一次這樣的「閒聊」中說道。我們可能有些冒昧，但她不是一位受歡迎的客人，也不是一位好客的主婦。她有一種「自吹自擂」的習慣，往往嚇跑了來訪者，而且，她看到別人離開也不覺得歉意。威爾貝克對她來說確實是最好的地方，她自己是最為志趣相投的伴侶，性情溫和的公爵帶著他的劇本、他的思索，不時漫步進出，總是樂意回答問題或反擊造謠中傷。儘管她舉止高雅，但可能就是這種孤獨導致她使用後來令埃格頓・勃萊吉斯爵士大為不安的語言。他抱怨說，她使用了「就像宮廷長大的顯貴女性言談中流露出來的極粗俗的表達與意象。」他忘記了，這位與眾不同的女性已經很久不常進宮了。她主要與精靈為伍，而她的朋友都是辭世者。那麼，她的語言自然就粗俗一些。雖然她的哲學徒勞無益，她的劇本令人無法忍受，她的詩歌大多枯燥乏味，但是公爵夫人的大部分作品都為才具的真正火焰所照亮。人們禁不住去追尋她那在書頁中漫步、閃爍、飄忽不定、十分可愛的人格魅力。她既狂亂、浮躁，又有些高尚、唐吉訶德式的精神。她十分直率，思維異常敏捷，對精靈與動物真正充滿了溫柔的同情。她具有小精靈的任性頑皮，也有某種非人類的不負責任、無情和魅力。儘管「他們」，後來嘲弄她的那些可怕的批評家，從她還是個在宮中不敢抬頭的羞澀少女時就不斷地嘲笑她，但是，畢竟鮮有批評家費神去思考宇宙的性質，鮮有批評家關心被捕捉的野兔的苦楚，或者像她那樣渴望與「莎士比亞筆下的弄臣」交談。現在，至少嘲笑聲並不全在他們那一邊。

但那時他們確實在嘲笑。當消息傳開，說那個性情古怪的公爵夫人要從威爾貝克來宮廷覲見時，人們湧向街頭去看她，佩皮斯先生的好奇心驅使他兩次來到公園看她通過。但她馬車周圍的人群太擁擠了，他只瞥見銀色馬車中的她，僕人都穿著天鵝絨。她頭上戴一頂絨帽，短髮及耳。他只能在片刻從白色車簾間看到「一位十分標緻的女人」的臉。她的車往前行，穿過瞪大眼睛的倫敦佬人群，那些人爭先恐後地想看一眼那位浪漫夫人。她立在威爾貝克的一幅畫中，一雙大而憂鬱的眼睛，儀態中有著某種過分講究和奇異的東西，纖長的手指尖輕觸桌上，帶著自信流芳百世的平靜。

（石雲龍 譯）

漫談伊夫林[1]

如果你想確信你的生日三百年後會有人慶祝，那麼，最好的辦法無疑就是寫日記。只是首先要肯定你有將自己的天才妥善地藏在一本私人筆記的勇氣，而且還要有滿足於名聲只有死後才屬於你的心情。因為一個好的日記作者不是只替自己寫作就是替遙遠的後代寫作，這樣，讀者可以有把握地聽到每個秘密並且恰如其分地掂量出每個動機。對於這樣的讀者，既不必要裝模作樣，也不必要閃爍其辭。讀者要求的是真誠，還有細節和數量。寫作技巧固然有用，卻不必才華橫溢；天才甚至會成為妨礙。如果你懂得要領，並且堅定果斷地完成了它，後代就會讓你與偉人相提並論，敘述著名事件，或者讓你與國家的第一夫人埋葬在一起。

我們正在紀念其誕辰三百周年的約翰・伊夫林的日記就是一個適例。它有時詳寫得像一部回憶錄，有時略記如日曆；但是，他從來就沒有在日記上透露他內心的秘密，他所寫的一切都可在晚上心平氣和地朗讀給孩子聽。於是，如果我們納悶，為什麼我們仍然會費神去讀

1 伊夫林（John Evelyn, 1620-1706），英國作家，他的日記發表於一八一八年，為該時代有歷史價值的記錄。

我們認為是好人的平凡之作呢？我們得承認，首先，日記總是日記，是我們在養病期、在馬背上、在死亡的陰影下的讀本；其次，這種人們已經做過許多美好描述的讀物，大部分只是黃粱美夢與虛度時光；手捧一本書躺在椅子裡，注視著大麗花上的蝴蝶；一種全然無益的消遣，沒有任何批評家費心去研究，只有道德家會為它說些好話。因為他會承認它是一種無害的活動；而且補充說，儘管幸福出自平凡，但可能比哲學或傳道士更能防止人類改變信仰、弒殺國王。

在深入閱讀伊夫林作品之前，最好先想一下我們現代的幸福觀與他的觀點有什麼不同。無知，無知想必是其根源；他的無知和我們的相對博學。閱讀伊夫林的外國遊記的人，首先無不羨慕他的思想純樸，其次羨慕他的活動。舉一個他與我們之間差異的例子——那隻蝴蝶在園丁推著手推車經過時，靜靜地停在大麗花上，但如果他用草耙的影子輕拂蝴蝶的雙翼，蝴蝶就飛走了，牠向上飛去，時刻戒備著。所以，我們想，蝴蝶看得見，卻聽不見；這一點，我們無疑與伊夫林十分相似。至於像伊夫林那樣走進房間拿來一把刀，並用那把刀解剖一隻紅紋麗蛺蝶的頭，二十世紀沒有任何一個心智健全的人會欣賞這樣的計劃。個別而論，我們可能與伊夫林知道得一樣少，但總體來說，我們卻知道很多，沒有什麼能刺激個人去從事發現。我們去找百科全書而不是剪刀；我們在兩分鐘內就能知道伊夫林花了一生才知道的東西，而且了解到知識的規模如此巨大，不值得去擁有哪怕是滄海一粟。伊夫林無知然而又十分自信地認為，他用自己的雙手不僅可以提高自己的知識，而且可以增進人類的知識，於是，他涉獵一切藝術和科學，在歐洲大陸奔忙了十年，以不疲倦的熱情凝視長髮女人和講道理的狗，並做出推斷和猜測，而這些推斷與猜測如今聽起來只堪與圍著鄉村井邊老婦的閒聊相提並論。她們說，今秋月亮比平常大了許多，蘑菇長不出來，木匠的女人會生雙胞胎。於是，伊夫林，皇家學會的會員、一個具備高級文化和智力的紳士，卻小心翼翼記錄了所有的彗星與凶兆，並且認為鯨魚溯流而上泰晤士河是不祥之兆。一六五八年也見過一條鯨魚。「那年克倫威爾（Oliver Cormwell）死了。」大自然似乎決意要通過展示她目前收斂的暴力和古怪來激發她十七世紀崇拜者的獻身精神。暴風雨肆虐，旱澇災害橫行；泰晤士河凍得嚴嚴實實，彗星在空中掠過。如果一隻貓在伊夫林的床上生小貓，這些小貓就一定會有八條腿，六隻耳朵，兩個身子和兩條尾巴。

還是回到幸福話題上來。有時看來祖先與我們之間如果說存在著無法調和的差異，那麼，這種差異就是：我們從不同的源頭獲取幸福；我們以不同的價值觀來評價同樣的東西。我們可能將此歸因於他們的無知和我們的知識。但是，我們是否該認為無知改變了精神與感情？我們是否該相信如果讓我們與伊麗莎白時代的人隨意地生活在一起，那將會是一種無法忍受的懲罰？我們會覺得有必要因為莎士比亞的習慣而離開屋子，拒絕接受伊麗莎白女王的宴請嗎？可能會的。因為伊夫林是一位教養有素的、嚴肅冷靜的人，也擠進了一間酷刑室，就像我們蜂擁著去看餵食獅子一樣。

……他們首先用一根粗繩或小鋼索繩縛住他的雙腕，繩的一端綁在一個離地面約四英尺的牆壁鐵環上，然後用另一根鋼索繩縛住他的雙腳，繫在約比他身高還要長五英尺處另一隻鐵環上。這樣斜吊在那裡，他們在縛住他雙腳的繩下塞進一隻木馬，使繩子綳得特別緊，以致那傢伙的關節在痛苦中脫臼，最後，用一種異乎尋常的方法將他拉出來，他那赤裸的身體上只有一條亞麻布內褲……

諸如此類。伊夫林一直看到結束，然後他說：「這種景象太令人難受了，我無法再看一次。」正如我們會說獅子咆哮聲太大，啖肉的樣子令人不舒服，我們還是去參觀企鵝吧。考慮到他的不安，他的痛苦與我們的有很大的差異，足以使我們想知道，我們是否在用同樣的目光看待事實，出於同樣的動機與女人結婚，或者根據同樣的標準來評判行為。當肌肉撕裂、骨頭斷裂時冷漠地坐著，當木馬進一步提高、行刑者取來一隻牛角，往這人喉嚨裡灌下兩桶水時也不畏縮，因為此人否認涉嫌搶劫而遭受這樣的酷刑——所有這些似乎將伊夫林置於一個那樣的籠子裡，那裡我們在思想上依然認為是隔離懷特查浦爾[2]的下等人的地方。只不過我們顯然有點弄錯了。如果我們能夠堅持認為，我們對苦難的敏感和對正義的熱愛證明所有人類本能都同樣得到充分發展，那麼，我們就能說，這個世界得到了改善，我們也隨之得到進步。不過，還是讓我們繼續談日記吧。

一六五二年，當事情似乎很不幸地平靜下來，「一切完全落入了反叛分子之手」時，伊夫林偕妻子帶著他的血管圖表、威尼斯玻璃杯以及其他種種珍藏回到英國，在德特福德過一種對保皇主義者懷著深深同情的鄉紳生活。考慮到上教堂、進城、清理帳目、在園中種植——「我在塞斯宅邸種植果園；新月，西風」——他的日子過得與我們並無很大不同。不過，有一個區別很難以引用一、兩句話來說明的，因為證據全都散佈在那些不太重要的短語中。給人的總體印象是，他使用自己的眼睛，有形的世界總是離他很近。有形世界卻遠離我們而去，以致我們聽到一切有關建築物、花園、塑像、雕刻的議論都好像很陌生，彷彿事物的外形困擾著室內室外所有人，而且那還不局限於掛在牆上的幾小塊畫布。毫無疑問，我們有一千條藉口，但迄今為止，我們還在一直為他尋找藉口。無論在哪裡看到朱尼奧・羅馬諾（Julio Romano）、波利多（Polydore）、瓜多（Guido）、拉斐爾（Raphael）或丁托列托（Tintoretto）的畫，一座建得精緻的別墅，一處美景，或者設計高雅的花園，伊夫林都要停下馬車來觀賞並打開日記，寫下他的觀點。八月二十七日，伊夫林與列恩爵士[3]及其他人在聖保羅教堂，勘察「這座古老而神聖教堂的衰敗狀況」；和列恩爵士持有與眾不同的判斷，意欲將它建成「一個高貴的穹頂，一種英國還未曾見過但優美無比的教堂建築」，在這個問

---

2 懷特查浦爾（Whitechapel），倫敦東部一區名。

3 列恩爵士（Sir Christopher Wren, 1632-1723），英國建築師，曾重建倫敦五十二座教堂，其中最著名的即聖保羅大教堂。

題上，得到列恩的贊同。六天以後，倫敦大火改變了他們的計劃。又是伊夫林，他獨自一人散步，偶然從「我們教區田野中一座孤苦伶仃的茅房」的窗戶裡看了進去，看到那裡有一個年輕人正在刻十字架。於是，他興致勃發，將格林甯．吉本斯（Grinling Gibbons）及其雕刻帶進宮廷，這為他帶來了榮譽。

確實，顧及蠕蟲的痛苦，對女傭的欠款很敏感，這些都很好，但是，如果一個人閉上眼睛能夠說得出一條又一條街上的漂亮房子，那又該是多麼愉快。花是紅的，蘋果在下午的陽光中鍍了一層玫瑰色；畫是迷人的，尤其當它表現出祖父的性格，並且使從這嚴厲面孔繁衍下來的家庭顯得尊嚴時；不過，這些是零碎片段，一個變得單調得無法形容的世界上殘存的美。面對我們指責他殘酷，伊夫林可以指著貝斯沃特以及克拉厄姆郊區回答；但如果他斷言現今一切都沒有性格或信仰，英國沒有農民睡覺時會在身旁放一口空棺來提醒自己死亡之數，我們卻不能有效地反駁。確實，我們熱愛這片土地，伊夫林從來不仰望天空。

言歸正傳。王政復辟以後，伊夫林取得了即便在我們這個專家的時代也顯得十分出色的各種成就後嶄露頭角。他應聘擔任公共事務工作，他是皇家學會的秘書；他創作劇本和詩歌；他是英國第一位園林方面的權威；他提交了一份改建倫敦的方案；他調查減少煙塵的問題——據說，聖詹姆斯花園裡的酸橙樹便是他思考的結果；他受命寫一部英荷戰爭史——總之，他完全超出了《公主》[4]中那位在許多方面與他相似的鄉紳——

擁有膘肥牛和羊的地主
大西瓜和松樹的種植者
約三十個慈善機構的贊助人
肥料與糧食方面的小冊子作者
無人匹敵的季審法庭庭長

他集所有這些於一身，而且還具有一個丁尼生沒有提及的與沃爾特爵士相同的特點。我們不禁猜測，他是有點令人討厭，有點喜歡吹毛求疵，有點屈尊俯就的模樣，對自己的優點有些過於自信，而對別人的長處則有點遲鈍。是什麼抑制我們的同情心？這可能因為某種反覆無常，用「虛偽」這樣激烈的詞來說可能是太嚴厲的矛盾。儘管他譴責自己時代的罪惡，他卻從來沒有能夠脫離罪惡的中心。宮廷「奢侈荒淫」，「內利太太」[5]目光越過花園圍牆，與在下面綠地上散步的查理國王進行「十分親昵的談話」的情景，引起他強烈的厭惡，但他卻從來沒有決心與宮廷決裂，隱退到「我那簡陋但平靜的小屋」，那小屋當然是他最珍愛的，也是英國的遊覽勝地之一。接下來，雖然他很愛女兒瑪麗，但是他對瑪麗去世的悲痛

4《公主》（*The Princess*），丁尼生的作品。
5 內利太太（Mrs Nelly），英國女演員，英王查理二世的情婦。

卻沒有能夠阻止他計數前來參加瑪麗葬禮的每一輛六匹馬拉的空車。他的女性朋友品貌兼備，以致我們無法再相信她們還有智慧。至少他在一部真誠而動人的傳記中讚美可憐的戈朵爾芬太太，她「喜歡出席葬禮」，並且習慣地選擇「最乾瘦的肉塊」，這些可能是天使的習性，但並不讓人覺得她和伊夫林的友情有多吸引人。不過，是佩皮斯概括了我們對伊夫林的微辭，佩皮斯在接受一個早晨的款待之後說：「總而言之，他是一個極為優秀的人，一定得稍微諒解他那小小的自負；但他完全可以這樣，因為他高高地在眾人之上。」這些話確實擊中要害，「他是一個極為優秀的人」，但有一點自負。

佩皮斯還引起了我們的另一種想法，這種想法是無可避免的，沒有必要的，可能是不友善的。伊夫林不是天才。他的作品並不明白曉暢，而且晦澀難懂，我們在他的作品中看不到任何深度，也看不到任何隱秘的思想或心靈活動。他不能讓我們超越理智憎恨弒君者或喜愛戈朵爾芬太太。但是，他寫日記，他的日記寫得特別好。甚至在我們昏昏欲睡時，這位昔日的紳士發出清晰可辨的丁零聲，跨越三個世紀來建立交流，不強調任何特別的東西，停下來幻想，停下來歡笑，停下來只去看一看，我們也一直注意了。例如，他的花園——他對自己花園的貶抑多麼令人愉快，他對別人花園的批評又是多麼尖刻。那麼，我們可以肯定，賽斯宅邸的母雞下的蛋是全英國最好的；當沙皇[6]駕著獨輪車走過他的樹籬時，那是多麼大的災難；我們可能猜得出伊夫林太太怎樣撣灰塵和擦拭；伊夫林本人怎樣抱怨；他是如何審慎、高效率、值得信賴；他是如何樂於提出忠告，樂於大聲朗讀自己的作品；他是多麼深情，多麼痛苦悲傷但不過度——因為這個面孔嚴肅而敏感的人從來就不過度——小天才理查德的夭折，記錄了「晚禱之後，我的孩子埋在他的兄弟附近——我親愛的孩子們。」他不是藝術家，腦海裡沒有辭句盤桓，記憶中沒有段落自然生成，但是做為一種藝術方法，詳盡地記敘一天的故事，引入只出現一次的人物，導向從沒有發生的危機，介紹托馬斯．布朗卻從不讓他說話，這種情況也有其魅力。他的作品自始至終，好人、壞人、社會名流、無名小卒不斷走進房間，又走出去。我們卻極少注意到數量有多大，門朝他們關上，他們消失了。但是偶爾一閃而逝的燕尾服後襬比整個人靜坐在亮處給人更多的聯想。可能我們是無意中看到了他們。他們也沒想到，三百多年後有人看到他們翻過大門，或者像阿傑爾的老侯爵那樣，發現鳥舍中的斑鳩是貓頭鷹。我們的目光從這一個轉向另一個人身上，我們的情感在這裡或那裡停留，例如脾氣暴躁的雷船長，他極易發怒，他的狗咬死一隻山羊，他想射殺山羊的主人，他的馬墜下懸岩時又想開槍射馬；我們看到薩拉丁先生、薩拉丁先生的女兒；看到雷船長逗留在日內瓦，向薩拉丁先生的女兒求愛；我們看到更多的是伊夫林自己，他變得蒼老了，在他沃頓的花園裡散步，他的悲傷平息了，他的孫子給他帶來了榮譽，拉丁文引語恰如其分地從他口中流出，他的樹木生長茂盛，蝴蝶也在他的大麗花上飛舞。

（石雲龍 譯）

---

6 指俄國彼得大帝，他曾在一六九八年訪問英國。

狄福[1]

百年紀念的記錄者一直唯恐自己在盱衡一個正在消逝的幽靈，而且不得不預告它正在接近消亡。這種恐懼對於《魯濱遜漂流記》（*Robinson Crusoe*）不僅不存在，而且連有這種念頭都顯得十分可笑。可能是真的，《魯濱遜漂流記》到一九一九年四月二十五日就有兩百周年的歷史，但至於人們現在還讀不讀這本書，將來是否繼續讀它這樣耳熟能詳的推測卻無人提起，兩百年周年令我們感到驚奇，不朽之作《魯濱遜漂流記》竟然才存世那麼短的時間。這本書像是人類的佚名作品，不像某個人的傑作；慶祝它的百年，我倒寧願去慶祝史前巨石群[2]的百年，我們可能將此歸因於這個事實：早在孩提時代，我們就都聽過《魯濱遜漂流記》的朗誦，因此對狄福及其故事的看法就像希臘人對荷馬的看法一樣。我們從未想過有狄福這麼一個人，要告訴我們《魯濱遜漂流記》是一個人用筆創作出來的，我們會感到不舒服，或是覺得掃興。兒時的印象最為深刻也最為持久。現在仍然覺得丹尼爾·狄福這個名字無權出現在《魯濱遜漂流記》的封面上，如果我們紀念這本書的兩百周年，彷彿有點不必要地暗示它像史前巨石群一樣依然存在。

這部書的鼎鼎大名對它的作者有些不公。因為當它給了他一種匿名的榮耀時，它也掩蓋了他還寫過其他作品的事實。而其他作品，比較肯定地說，小時候並沒有人大聲朗讀給我們聽過。為此，當《基督教世界》（*Christian World*）的編輯於一八九〇年呼籲「英國的男孩和女孩們」在一道閃電劈壞的狄福墓前立上一塊紀念碑時，人們便刻了這塊大理石碑來紀念《魯濱遜漂流記》的作者。沒有提及《莫爾·弗蘭德斯》（*Moll Flanders*）。鑑於那本書和《羅克珊娜》（*Roxana*）、《辛格頓船長》（*Captain Singleton*）、《傑克上校》（*Colonel Jack*）等作品中的主題，對於這樣的疏漏，我們不必驚訝，雖然我們感到憤慨。我們可能會同意狄福的傳記作者賴特（Thomas Wright）先生的意見，這些「不是為客廳閒談而寫的作品」。但是，除非我們贊成讓那件有用的家具做為最終審美判斷，否則我們一定會對這個事實感到遺憾：那些作品表面上的粗糙，或者說《魯濱遜漂流記》的廣泛名聲，使它們遠遠沒有得到應得的聲譽。在任何不愧對碑名的墓碑上，《莫爾·弗蘭德斯》和《羅克珊娜》的名字至少應該與狄福的名字刻得一樣深。它們屹立在我們能稱之為無可爭議的巨著的幾部英國小說中間。它們那名聲更大的同伴的兩百周年紀念盛會引導我們思索，這些作品的偉大與作者的偉大有著許多共通之處，因此可能發現其偉大的所在。

狄福轉向小說創作時已經不再年輕，他的小說創作先於理查森[3]和菲爾丁許多年，對小

---

1 狄福（Daniel Defoe, 1660-1731），英國小說家，以《魯濱遜漂流記》一書聞名，此文係吳爾夫於一九一九年為紀念《魯濱遜漂流記》出版兩百周年而撰。

2 英國南部索爾斯伯里（Salisbury）附近的史前巨石遺址。

3 理查森（Samuel Richardson, 1689-1761），英國小說家，其書信體小說《帕美勒》等作品，對西歐文學影響深遠。

說的形成和發展他確實是一位拓荒者。不過，這裡並沒有必要評述他的先行這個事實，倒可以說，他懷著某些藝術觀點來進行小說創作，而這些觀點一部分可以追溯到他本人就是藝術先行者之一的事實。這部小說不得不通過敘述一個真實的故事、宣講一種完美的道德來證明其存在的合理性。「這種提供虛構故事的做法當然是最醜惡可恥的罪過，」他寫道：「是一種謊言在心中造成了一個大洞，透過它，一種說謊的習慣漸漸地鑽了進來。」因此，他在每一部作品的前言或正文中，都煞費苦心地強調說，他一點也沒有運用虛構手法，而是完全依賴事實；他一直追求崇高的道德，熱望轉變邪惡者、警示天真者。幸運的是這些原則與他的性情和天賦十分吻合。在他開始寫小說之前，六十年的豐富閱歷已將許多事實播撒在他心田。「不久前我以這個對句概括了我的生活，」他寫道：

誰曾品嘗過更為罕見的時運，
我已十三次經歷富有與赤貧。

他在紐蓋特監獄待過十八個月，與盜賊、海盜、攔路搶劫者以及鑄偽幣者交談過，接著開始寫作莫爾．弗蘭德斯的故事。但是，憑藉生活和事件將事實強加於人是一回事，如饑似渴地將它們囫圇吞下，然後保留其中難以磨滅的印象卻是另一回事。狄福不僅瞭解貧困的重壓，與貧困的受害者交談過，而且那種受環境影響、被迫獨立謀生而且沒有保護的生活強烈地感染了他，使他極富想像力地將這種生活當做他的藝術素材。在他那些重要小說的開頭幾頁，總是讓他的男女主人公淪落到孤立無援的痛苦狀態，他們的生存必定是不斷地掙扎，他們能否存活下來都是幸運和自身努力的結果。弗蘭德斯生於紐蓋特監獄，母親是一名罪犯；辛格頓船長孩提時代被人拐賣給吉普賽人；傑克上校「雖然出身高尚，卻被送到扒手那裡當學徒」；羅克珊娜開始時運氣好些，但十五歲結婚後，她目睹丈夫破產，留下她與五個孩子，「處境苦不堪言」。

因此，這些男孩和女孩一開始就要在世界上掙扎，為自己奮鬥。如此營造的局面完全合乎狄福的口味。他們中最為有名的莫爾．弗蘭德斯一出生，或者最多過了半年就受到「貧困，那個最可惡的魔鬼」的驅使，從她剛學會縫紉就被迫自謀生路，不得不到處流浪。她不奢望她的創造者提供那種微妙的家庭氣氛，實際上狄福也不可能提供，而是靠他展示異鄉人和異國習俗。從一開始，證明自己生存權利的重任就落在她肩上。她必須完全依靠自己的智慧和判斷，憑藉自己頭腦裡形成的經驗法則或道德觀來應付一個突發事件。這個故事輕鬆活潑，部分是因為弗蘭德斯在很早時候就超越了那些公認的法則，因而獲得了棄兒的自由。唯一不可能發生的事是，她竟然過舒適安定的生活。不過，作者獨特的創造才能從開始起就顯示出來，這就避免了落入冒險小說明顯窠臼的危險。他讓我們懂得，弗蘭德斯是一位獨立的女性，而不僅僅是一系列冒險事件中的素材。為了證明這一點，她像羅克珊娜一樣開始感情熾熱地——雖然是不幸地——陷入戀愛之中。她必須振作起來，嫁給別人，她熱切地盼望著成婚和美好前程，這一切並不是蔑視她的熱情，而應歸咎於她的出身。像狄福作品中的所有女性，她是一個具備健全思維能力的人。因為既然謊言對她有用，她就無所顧忌地撒謊，所以她說的真話中有一點無可否認的東西。她沒有時間浪費在精細的個人情感上；淚流了，一時的絕望發生了，然後「故事繼續」。她有一種喜歡勇敢面對暴風雨的精神，她在行使自己的權力中取樂。當她發現在維吉尼亞嫁的那個男人是自己的兄弟時，她感到萬分憤慨，堅持要離開他；但是一到布里斯托，「我轉道去巴斯，因為既然我還正當年輕，我那總是十分快樂的性情，依然如故。」她並不絕情，也沒有任何人能指責她輕浮；但生活使她快樂。一個生氣勃勃的女主人讓我們大家跟隨著她。此外，她的抱負中有一種輕微的想像力，使其可以列入崇高的情感。她精明而且講究實際，但她還是常常渴望浪漫，和她心目中紳士應當具備的品質。「他真是一個俠義的人，這對我來說更加痛苦。被一個正直的人毀了與被惡棍毀了相比多少還有一點安慰。」當她欺騙了一個攔路搶劫者，談到她的命運時她寫道。這與她的性情相符，她該為她最後的伴侶而自豪，因為他到達種植園後不肯幹活而寧可打獵，她一定十分高興，為他買了假髮和銀柄劍「使他看上去像一個舉止優雅的紳士，因為他實際上就是。」她對炎熱天氣的酷愛也與此一致，是她親吻兒子走過的土地時的那種激情，是她那高尚的寬容精神，她寬容各種各樣的錯誤，只要錯誤不是「精神上完全的卑鄙」，不是「位顯時專橫跋扈、殘酷無情，位卑時卑躬屈節、一蹶不振」。對於世上其他人，她只有善意。

既然這位飽經風霜的老罪人的品格和美德還沒有列完，我們完全可以理解，博羅[4]提到的倫敦橋上賣蘋果的女人怎麼會稱她為「神聖瑪麗」，並且把她的書看得比她攤上的蘋果都重要，博羅將書帶進貨棚深處，直讀到眼睛發疼為止。不過我們在大談性格特徵時意在證明，弗蘭德斯的作者並不像他受到指責的那樣，不僅僅是精確地記錄事實而不懂心理學概念的記者。確實，他筆下人物性格自由地形成、發展，彷彿不管作者的態度，也不全合作者心意。他從來不花時間在強調任何微妙之處或令人憐憫的地方，而是沉著冷靜地一往無前，彷彿那些人物是在他不知不覺中來到那裡的。像親王坐在他兒子的搖籃邊，羅克珊娜發現他如何「喜歡看他睡著的樣子」這樣的一點想像，似乎對我們比對他自己意味更加深長。他寫到需要把重要的事情告訴另一個人，以免像紐蓋特監獄裡的賊那樣會在睡夢中講出來，在這段現代得令人驚奇的論述之後，他對自己的離題表示了歉意。他似乎已經將人物深深地印在腦海裡，把他們描繪得栩栩如生，自己卻不甚明白如何完成的；他像所有無意識的藝術家一樣，在作品中留下許多有待後人開掘的金礦。

因此，我們對他的人物所做的闡釋可能使他感到困惑。我們為自己發現了他精心掩飾、甚至瞞過他自己的內涵。因此，出現了這樣的情況：我們欣賞弗蘭德斯遠甚於對她的批評。我們也無法相信，狄福對她罪過的程度有了準確認識，或者說，他沒有意識到在考慮被遺棄者的生活時，提出了許多深刻的問題，並且暗示了如果沒有直接陳述的話，與他所表白的信

---

4 博羅（George Borrow, 1803-1881），英國散文作家，代表作有《萊文格羅》《吉卜賽男人》等。

仰有很大出入的答案。從他那篇論文〈婦女教育〉（Education of Women）提供的論據，我們知道，他對婦女能力的評價很高，並鞭撻婦女所遭受不公待遇問題已經有深刻的、超越時代的思索。

> 我常常認為這是世界上最野蠻的習俗之一，自認為是文明的基督教國家，但我們卻否認學習對婦女有好處。我們每天指責婦女愚蠢、荒謬，我自信地說，如果她們與我們一樣平等受教育，那麼她們受這種指責的機會比我們要少得多。

女權的倡導者可能不會把弗蘭德斯和羅克珊娜當做她們的典範，但十分清楚的是，狄福不僅想讓她們就這個話題討論一些十分現代的觀點，而且把她們置於特定環境之中，使她們特殊的苦難以這種方法展示出來以引起我們的同情。弗蘭德斯說婦女所需要的是勇氣，還有「自立」的能力，並隨即對這樣做的益處做出實際的證明。羅克珊娜，一個具有同樣信念的女人，更加巧妙地批駁了受奴役的婚姻。那位商人告訴她，她「開創了世風之先」，「這是對常規做法提出異議的方式」。不過，狄福是最不會有赤裸裸說教嫌疑的作家。羅克珊娜吸引我們，因為她一點也沒有意識到，她在任何意義上會成為女性的楷模，並且因此能夠承認，她的部分論點「情調高尚，起先其實根本不存在我頭腦裡，一點也不。」知道自己的弱點，並因此誠實地反思自己的動機，產生了令人滿意的結果：當這麼多問題小說的殉道者和開拓者畏縮不前、束手無策地退到他們各自信條的支撐點時，她卻保持青春活力，保持住人的本性。

但狄福得到我們的欽佩並不僅僅因為他早於梅瑞狄斯表達了某些觀點，也不因為他寫的一些場景可能已經被易卜生[5]改成了劇本（這種奇怪的建議已經提出來了）。無論他對婦女地位持何種看法，那都只附屬於他主要的優點，他論述事物重要而持久的一面，而非過眼煙雲式的瑣細方面。他常常顯得枯燥；他會模仿科學的旅行家那種切合實際的精確，直到我們懷疑他的筆能否勾畫，或者他的大腦能否構想出那算不上事實的東西來緩解其枯燥的內容。他省略了植物界和大部分的人性。對於這一切我們可能都會予以承認，儘管我們不得不承認他與我們稱之為「偉大」的作家一樣也有許多嚴重的不足。但那並不損害其餘獨特的優點。由於開頭就限制了範疇和抱負，他獲得了真知灼見，那要比他聲稱追求的客觀真實的目標更為珍貴、更加經久。弗蘭德斯及其朋友把自己託付給他，不是因為她們如我們說的那樣「別具一格」，也不是因為她們像他所斷言的那樣是公眾可以從中獲益的墮落人生實例，而是艱難生活孕育出的那種自然真實激起了他的興趣。對她們來說，沒有任何藉口，沒有任何善意的庇護掩蓋得住她們的動機。貧窮是她們的主人，狄福只是口頭上評判她們的缺點。但是，

5 易卜生（Henrik Ibsen, 1828-1906）是挪威重要的劇作家，代表劇作有《社會棟梁》《玩偶之家》《群鬼》及《人民公敵》等。

她們的勇氣、謀略和頑強卻使他興奮不已。他發現她們的社會充滿有益的話題、令人愉悅的故事、相互的信任和一種自行制定的道德準則。她們的命運多種多樣，他在自己生活中讚美、欣賞並驚訝地注視過這些命運。總之，這些男男女女能隨心所欲地公開談論那些開天闢地以來就感動了人類的情感和欲望，因此，甚至現在他們還保持著活力，絲毫未減。坦率看待的任何事物都有其尊嚴，甚至連在他們經歷中如此重要的金錢，在不是為了安逸和顯要，而是為了榮譽、誠實和生活本身時，也變得不再可鄙，而成為可悲。你可能不同意狄福單調的觀點，但絕不能說他只注意瑣細小事情。

確實，他屬於那種偉大而樸素的作家，他的作品建立在認識到人性中最持久、儘管不是最有吸引力的東西。從洪格福德橋上看到的倫敦景色讓人想到他，灰濛濛的，莊嚴雄偉，充滿交通與商貿的騷動，若不是輪船的桅杆、城市的尖塔和圓頂，它會顯得平淡無奇。街角手持紫羅蘭花、衣衫襤褸的女孩，拱門陰影下耐心地攤開火柴、鞋帶飽經風霜的老嫗，都好像是他書中的人物。他屬於克雷布[6]、吉辛[7]一派，不是他們的同學，是他們的開路先鋒。

（石雲龍 譯）

---

6 克雷布（George Crabbe, 1754-1832），英國詩人，主要作品有《村莊》《教區記事錄》等。

7 吉辛（George Gissing, 1857-1903），英國小說家，作品以否定現實生活的態度反映倫敦下層生活，代表作有《新寒士街》。

艾狄生[1]

一八四三年四月，麥考利勛爵[2]發表意見認為，約瑟夫・艾狄生以其「生命力與英語一樣長久」的作品豐富了我們的文學寶庫。不過，當麥考利勛爵發表意見時，那絕不僅僅是一家之言。即便在七十六年後的現在，這些話似乎還是發自人民選出的代表之口。這些話有一種權威，有一種洪亮的音調，有一種責任感，使我們想到這是一位首相代表一個偉大的帝國發佈公告，而不是一個記者在為一家雜誌寫有關逝去文人的文章。這篇論及艾狄生的文章確實是著名散文中最具活力的一篇。其辭句絢麗多姿又確切可信，好像建起一座豐碑，既寬厚結實又裝飾得富麗堂皇，只要西敏寺存在，它就會為艾狄生遮蔭。不過，雖然我們可能已經無數次地（我們談任何東西超過三遍就會這麼說）閱讀並欣賞這篇獨特的散文，但非常奇怪的是，我們卻從來也沒想到去相信它是真實的。那特別容易發生在對麥考利散文傾倒的讀者身上。在為散文的華麗、生動、多姿感到興奮，發現每一個判斷，無論多麼有力，都恰如其

---

1 艾狄生（Joseph Addison, 1672-1719），英國散文作家，對十八世紀英國輿論有極大影響力，其聲名幾乎建立於他參與創辦的《旁觀者》《閒話報》雜誌上發表的文章；另有劇作《卡托》等。

2 麥考利勛爵（Lord Macaulay, 1800-1859），英國歷史學家、政治家，著有《英國史》《古羅馬之歌》，曾撰寫論文〈艾狄生的生平與作品〉。

分時，我們很少會想到將這些絕對的斷言和無庸置疑的判斷，與任何一個像人類這樣微不足道的東西連結在一起。艾狄生就是如此。「如果我們希望，」麥考利寫道：「要找到比艾狄生最美的描述更為生動的東西，我們必須去讀莎士比亞或塞萬提斯。」「我們絲毫不懷疑，如果艾狄生根據宏大規劃寫出一部小說，那麼，這部小說會優於我們擁有的任何小說。」另外，他的散文「使他完全能夠列入偉大詩人之林」；為使這座大廈更加完美，我們宣稱伏爾泰為「滑稽之王」，並與斯威夫特[3]一起被貶抑，這樣，艾狄生就以幽默作家凌駕他們之上。

這種華麗的修飾分開來檢視，看似十分奇異怪誕，但是，在其位置上——這就是設計的說服力——它們是裝飾的一部分，使這座豐碑完整無缺。無論是艾狄生還是另外一個什麼人埋葬其間，這都是一座很好的墳墓。既然艾狄生的遺體在夜色蒼茫中安置在教堂地底下已經過去了兩個世紀，我們儘管自身並沒有什麼功績，但還是有些資格來檢驗那座假想墓碑上的華麗辭藻，雖然那墓碑可能空空如也，我們卻已經以非常正規的方式表示敬意長達七十六年。艾狄生的作品將會與英語同在。由於每時每刻都證明，我們的母語比種種嚴肅、高雅的語言都更加生機勃勃、充滿活力，所以我們只需要關注艾狄生作品的生命力就行了。「生機勃勃」、「充滿活力」都不是我們用來描述《閒話報》（*Tatler*）和《旁觀者》（*Spectator*）現狀的形容詞。做個粗略的調查可以發現，一年中有多少人從公共圖書館借去艾狄生的作品，一個例子顯示了不大令人鼓舞的訊息：九年中每年有兩人借閱《旁觀者》的第一卷，第二卷比第一卷需求更少。這種調查結果並不令人振奮。從一些眉批和鉛筆記號中看來，這些稀有的熱心人士只從中尋覓名句，並且習慣性地在一些我們斗膽認為最不值得讚美的詞句下做上記號。不！如果艾狄生的作品有活力，它就不在公共圖書館，而是在非常幽僻、與世隔絕的私人藏書室裡，丁香樹蔭下，已經泛黃的對開本中，他仍然在有規律地輕微喘息。如今任何人，若想在六月陽光從天空消失前，用艾狄生的作品來愉悅自己，那麼，他就應該選擇這種愜意的隱避場所。

不過，在全英國，相隔不太遠的地方，也可能有一定的距離，我們可以肯定，無論在哪一年或哪一季節，都有人在讀艾狄生的作品。因為艾狄生的作品非常值得閱讀。要抵制閱讀波普[4]論艾狄生、麥考利論艾狄生、薩克雷論艾狄生、約翰生論艾狄生而不去讀艾狄生本身作品的誘惑，因為如果你研究《閒話報》和《旁觀者》，看一下《卡托》（*Cato*），並瀏覽那不太厚的六卷作品的其他部分，你就會發現艾狄生既不是波普筆下的艾狄生，也不是任何其他人筆下的艾狄生，而是一個獨立的個人，仍然能在西元一九一九年將自己清晰鮮明的形象投射到人們動盪紛亂的意識中。確實，次要作家的命運總是有點不確定。他們會很容易失去光彩或者被扭曲。要珍惜並採取人道主義態度對待一個對我們可能沒有什麼益處的二流作

3 斯威夫特（Jonathan Swift, 1667-1745），《格列佛遊記》作者。

4 波普（Alexander Pope, 1688 -1744），英國詩人，作品有《群愚史詩》《人論》等。

家常常讓人覺得不值得，這些作家身上已佈滿了塵土，他們的面目已經被人遺忘，我們最終能擦拭乾淨的並非最佳時期的一個頭像，而只是一個古缽的殘片。不過，對於次要作家，主要的困難不僅僅在於作品，而是我們的衡量標準已經改變，他們的愛好並非與我們一致，其作品的魅力更多依賴於情趣而非信仰，所以，生活方式的改變常常足以使我們與他們完全脫離關係，那是我們與艾狄生之間最為棘手的障礙之一。他認為某些品質十分重要，對我們用來稱男人或女人「高雅」的東西有十分明確的概念，他特別喜歡說男人不應該成為無神論者，女人不應該穿寬大的襯裙，這讓我們感覺到的與其說厭惡，不如說是差異。我們忠實地充分發揮想像力去設想這些戒律所針對的讀者。《閒話報》創辦於一七〇九年，《旁觀者》則晚一、兩年問世。在那個時代的英國狀況如何？為什麼艾狄生如此熱心堅持認為嚴肅而愉快的宗教信仰的必要？為什麼他如此堅定且基本善意地強調女性的性格弱點及其改良的必要？為什麼他對政黨政治的弊端印象如此之深？任何歷史學家都可以解釋，但是，不得已求助於歷史學家總是件不幸的事。作家應該給我們直截了當、確信無疑的事實；解釋好比往酒裡摻進大量的水。實際上，我們只能感覺到，這些建議針對的是那些穿襯裙箍的女士和戴假髮的男士——不復存在的讀者群，這些人記住了教訓後一去不復返，而那位說教者也一起走遠了。我們只能微微一笑，對那些衣服感到驚異，或許也感到佩服。

那並不是閱讀的方法。如果認為逝者應受到這些責難，讚賞這種道德，把我們覺得索然無味的雄辯奉為精闢，把我們覺得淺薄的哲學視為深刻，如果對這類古代的痕跡有收藏家的愛好，那就是將文學看成是一個年代無可否認但美感卻令人生疑的破罐，應該將此罐置於玻璃櫃裡。使《卡托》依然有可讀性的魅力就在於此。當西法克斯大聲說：

這樣，在廣袤的努米底亞沙漠延伸的地方，
突然，颳起了迅疾猛烈的颶風，
在空中旋轉，形成盤旋的漩渦，
撕開沙地，掃過整個曠野，
孤立無援的旅人，非常詫異，
看到乾燥沙漠在四周升起，
在沙塵暴中窒息而死。

我們不禁想像那擁擠不堪的劇院裡的尖叫聲，女士頭上的羽飾上下有力地擺動著，紳士傾身向前輕擊手杖，人人都對鄰座大聲說，那真是太精采了，並且大呼：「好啊！」但是，我們怎麼激動得起來呢？赫德（Hurd）大主教和他的筆記也是如此——他那「犀利的觀察力」、「在情感和表達方面驚人的準確」，他平靜自信：當「如今過度崇拜莎士比亞的情緒過去」時，《卡托》被「所有公正明智的批評家高度推崇」的時代就會到來。這無論對於祖先思想中褪色的虛飾，還是對於我們自己思想的充實，都十分有趣，並會產生令人愉快的想像。但是，這不是平等的交流，更不是將我們置於與作者同時代的地位，讓我們相信他的目標與我們相同的交流。在《卡托》中，人們偶爾會發現幾行不那麼陳腐的詞句，但大多數時候，這部約翰生博士認為「毫無疑問是艾狄生天才的傑作」的悲劇已經成了收藏家的文學。

可能大多數讀者接近這些散文時還帶著某種疑慮，是否需要在思想上俯就。要提出的問題是，既然艾狄生喜愛上流社會的某些準則、道德和情趣，那麼，他有沒有成為那些具備典範性格、溫文爾雅的人物，使人只能和他談談天氣，而無法談任何其他振奮人心的事呢？我們心存疑惑，《旁觀者》和《閒話報》只不過是用完美的英語表現的談話，話題涉及今年晴朗天氣的天數與前年陰雨天氣的天數比較。要與他平等交流是相當困難的。這種困難在《閒話報》中一則寓言裡看得出來，「一個智力平平但朝氣蓬勃的年輕紳士，他……學得一鱗半爪的知識，僅夠充作無神論者或自由思想者，還稱不上哲學家或智者。」這位年輕紳士去探望在農村的父親，開始「拓展鄉村狹隘的觀念，他做得十分成功，餐桌上的閒談迷住男管家，令他的大姐不知所措……直到有一天，談到他的狗……說他不懷疑特雷與家裡任何人一樣不朽；在激烈的爭論中他對父親說，對他來說，『他希望像一條狗那樣死掉。』為此，老人大發雷霆，喊道：『那樣說來，小子，你就該像狗一樣活著！』而且操起手中拐杖，將他沒頭沒腦狠揍一通。這對他產生了很好的效果。他從此開始讀好書，現在成了中殿律師學院的主管委員。」那個故事有很多艾狄生的影子：他對「令人不安的黯淡前景」的厭惡，他對「支援一切公共社會和私人榮譽、幸福原則」的敬重；他對男管家的關注；他的信念，即讀好書、當上中殿律師學院主管委員，對朝氣蓬勃的年輕紳士來說是恰當目標。這位艾狄生先生娶了一位女伯爵為妻，「制定他的小小參議院法則」，派人請來年輕的沃里克勛爵，做出那個關於看基督徒如何死去的著名評論，在今天這墮落的時代，我們同情的是那愚不可及、酗酒成性的年輕貴族，而對那位躺在病床上，臨終之際還表現出最後一陣自滿的紳士卻冷漠無情。

讓我們刮去這樣的積垢——它們是波普才智銹蝕或維多利亞時代中期哀痛的積累，看一看時代為我們留下了什麼。首先，散文在經歷了兩個世紀後，還保存了不可藐視的長處——可讀性。艾狄生完全可以自豪地認為其作品具備如此優點。接下來，在優美流暢的散文進入高潮時，悄然進入的是小漩渦、小瀑布，這就使光滑的表面蕩起了令人愉悅的漣漪。我們開始注意到這位散文家記錄了奇想、空想、怪癖，使那古板、無瑕的道學家臉上發亮，我們相信，無論他的嘴噘得多高，眼睛卻炯炯有神，而且沒有任何淺薄神情。他十分警覺，小皮手筒、銀色吊襪帶，緣飾手套吸引了他的注意；他帶著敏銳的目光善意地觀察，作品中消遣成分多於責難。可以肯定，那年頭蠢事橫行。咖啡館裡充斥著政客，他們肆意議論著國王皇帝，全然不顧自己小小的事務。眾人每晚都在為義大利歌劇喝彩，但他們一個詞也聽不懂。批評家在論述著三一律。人們出價一千英鎊去買一把鬱金香根莖。至於婦女——或者「美麗的性別」，艾狄生喜歡這樣稱呼她們——她們的蠢事無法計數。他竭盡全力去記錄，真是煞費苦心，做得詳細精確，卻引得斯威夫特火冒三丈。不過，艾狄生的工作做得十分美好，他對此有天生的愛好，正如下面這段文字所示：

我認為女人是美麗、浪漫的動物，可以用毛皮與羽毛、珍珠與鑽石、礦石與絲綢來裝飾。猞猁會將牠的皮投到她腳下，為她做披肩；孔雀、鸚鵡和天鵝會為她禦寒的手套貢獻羽毛；搜索大海中的貝殼，高山中的寶石；大自然的每一部分都為妝扮一個生靈而奉獻出自己的力量，而那個生靈又是大自然最完美的傑作，我會讓她們縱情享受這一切。但是，至於我提到的襯裙，我既不能也不會允許它出現。

在所有這些問題上艾狄生都表現得有理智、有情趣、有教養。在每個時代都有不引人注目而又不可或缺的一小群人，他們觀察、區分、批評和欣賞，體會到藝術、文學、音樂的重要性。艾狄生就是其中之一，他出類拔萃並與我們出奇地相通。可以想像，得到他一份手稿會是一件非常愉快的事，他的意見對我們會是極大的啟迪，也是極大的榮幸。不管波普怎麼說，人們認為，他的評論可能會是對最正常狀態的批評，他對新事物既坦率又慷慨，但最終在標準上堅定不移。他在為《徹維山追獵》（*Chevy Chase*）而辯中，表現的大膽充分證明了他的活力。對於什麼是「優秀作品的精神與靈魂」，他有著十分清晰的概念，能夠追尋它進入一個古老粗俗的民謠，也能在「那部神聖的作品」《失樂園》中重新發現它。此外，他遠非僅會鑑賞過往靜態的、永恆的美，而且他對現在有清醒的認識，是一位具有「哥德式情趣」（Gothic taste）的苛刻批評家，警覺地保護著語言的權利與榮譽，堅決贊同簡潔平和。這裡，我們看到了在威爾咖啡館和勃頓咖啡館的艾狄生。他深夜不眠，喝了過量的酒，然後漸漸打破沉默，開始說話。他「抓住了每個人的注意力」。「艾狄生的談話，」波普說：「比我在其他任何人身上發現的都更具吸引力。」人們盡可以相信這種評論，因為艾狄生最好的散文保持了談話的節奏。輕鬆自如、張弛有度——哈哈大笑之前一定會有節制的微笑，思想輕巧地避開淺薄或抽象，觀點自然地湧現，明快、新穎、活潑。他彷彿想到什麼就說什麼，從不費神提高嗓門。但是，他將自己描述成具有魯特琴的特點，而其他任何人的描寫遠不及他。

> 魯特琴的特點與鼓正好相反，它在獨奏或在小型音樂會上演奏非常悅耳。它的音調特別甜美，特別低柔，在許多樂器聲中很容易被淹沒。除非你特別注意去聽，否則它甚至在幾件樂器合奏中會被蓋過去。魯特琴聲在五個以上的人群中就很難聽到，而鼓則可在五百人的集會上顯出自己的氣勢。因此，魯特琴彈奏者都具有傑出的才華、非凡的見解、恭謙有禮，主要受到風雅人士敬重，唯有他們才能恰如其分地鑑賞如此怡然、輕柔的美妙音樂。

艾狄生是一位魯特琴演奏者。的確，沒有什麼讚美之辭比麥考利勛爵的評論更不恰當了。以艾狄生的散文而稱其為偉大詩人，或者預言說，如果他根據一個宏大計劃寫出一部小說，那麼，這部小說將會「優於我們所有的小說」，這是大吹大擂地將他混淆了。這不僅僅是過分讚美他的優點，而是忽略他的長處。約翰生博士以其一貫的風格莊重而全面地總結了艾狄生的詩才：

> 他的詩歌應該首先得到尊重。必須坦率地承認，他的詩並非常常具有那些使柔情生輝的巧妙用語，或者具有使語言充滿生機的情感活力；詩中鮮有熾熱、熱烈或狂喜，鮮有崇高意識，並不常卓越典雅。他正直地思索，但思索時常缺乏熱情。

羅傑．德科弗利爵士[5]系列文章表面上看是他最接近於小說的作品。但優勢在於，它們並不暗示或開創或期待什麼；它們自成一體，完美無缺。如果要把這些文章做為內含未來偉大萌芽的實驗來讀的話，那麼，你就可能錯過文章的獨特之處。它們是一個冷眼旁觀者從外部做的研究。放在一起讀，它們就會表現出這位鄉紳的全貌以及他周圍人物的肖像——有的拿著釣竿，有的帶著獵犬——但每人都可以和其他人分開，而不會損壞整個構圖或他自己的形象。在小說中，當一章承接前一章，或啟轉下一章時，這種分離無法容忍。節奏、複雜性、構思會變得支離破碎。艾狄生可能欠缺這些特殊的品質，但無論如何，他的方式有很大的優勢。每一篇這樣的散文都是精心之作。一系列精練筆觸確定了所有角色。不可避免的是，在狹小的篇幅裡——每篇散文長度僅三、四頁紙——沒有寫得精深、複雜細膩的餘地。

從《旁觀者》上摘取的這段極好地說明艾狄生如何以機智詼諧、乾淨俐落的方式，繪製出一幅畫，填補上這小小的畫框。

松布里亞斯是悲哀之子，認為自己有義務悲哀、鬱悶。一陣突如其來的大笑在他看來是違背洗禮時的誓言，天真無邪的俏皮話如褻瀆神靈使他驚愕不已。告訴他誰晉升了，他會舉起雙手，瞪大眼睛；對他描述一個典禮，他會直搖腦袋；給他看一輛裝飾華麗的馬車，他會在胸前直劃十字。生活中一切小裝飾品都屬浮華與虛榮。歡笑是任性，機智是瀆神。青年人的活潑、孩童的頑皮使他大為憤慨。他坐在命名儀式或婚禮上時，彷彿是出席葬禮；聽到一個歡快的故事結尾，他長嘆一聲；周圍其他人快活時，他變得虔誠。總而言之，松布里亞斯是一位教徒，如果他生在基督教普遍受到迫害時，他一定會十分循規蹈矩。

小說不是從那種模式發展出來的。因為，沿著這些詞句不可能有任何發展。這樣的人物描寫在同類中是完美無缺的。當我們發現《旁觀者》和《閒話報》中遍佈著短小精悍、風格相同的想像與軼事時，對篇幅狹小的疑慮就不可避免。散文的形式容許它達到自身的完美；

5 羅傑．德科弗利爵士（Sir Roger de Coverley），艾狄生在《旁觀者》雜誌上所刊載文章中的虛構人物，是十八世紀理想化鄉紳的典型。

如果一切都很完美，那麼，其完美的大小就變得不重要了。總的來說，人們很難決定，自己是否喜歡雨點甚於泰晤士河。當我們盡情地批評——許多文章枯燥乏味，另一些文章草率膚淺，寓意陳腐不堪，虔誠屬因循守舊，道德說教是老一套——事實依然存在：艾狄生的散文是完美的散文。任何藝術的最高峰，總是在彷彿一切都在合力幫助這位藝術家時。他的成就達到一種自然的妙境，在後代人看來他似乎是半不自覺的。因此，艾狄生日復一日地寫作，一篇接一篇地寫。他本能地、準確地知道如何寫。此事高尚還是低下，史詩意義更深遠抑或抒情詩更富激情，無疑取決於艾狄生。散文如今並不無聊乏味——讓智力平常者能夠把自己的思想傳達給世人的文體。艾狄生是一位碩果纍纍的可敬前輩，隨便拿起一份周刊，談論「夏日樂趣」或「步入老年」的文章裡就有他的影響。不過，文章也會顯示，除非我們孤獨的散文大家馬克斯．比爾博姆先生[6]在文章上簽上大名，我們的散文寫作藝術可能已經失傳。含有我們的觀點、我們的美德、我們的激情、我們的深邃思想，容納了蒼穹、包容了人生五彩斑斕夢幻的優美銀色水滴，如今只不過是一種安有把手的手提箱，裡面裝滿了匆匆塞進的行李。即便如此，散文作家也會（可能無意識地）奮力像艾狄生那樣去寫作。

艾狄生不只一次以他溫和而理智的方式，饒有興味地思索其作品的命運。他對自己作品的性質和價值有正確的認識。「我重新磨礪了所有嘲諷的槍尖，」他寫道。但是，由於如此眾多的投槍指向暫時的愚行，「荒唐的時尚、可笑的習俗、做作的說話方式」，他認為，可能一百年後就輪到他自己的散文「像許多舊盤子一樣，有價值的會保留下來，流行一時的會消失殆盡」。兩百年過去了，盤子已經磨平，盤上圖案幾乎蕩然無存，然而盤子的質地是純銀的。

（石雲龍 譯）

6 比爾博姆（Max Beerbohm, 1872-1956），英國漫畫家、作家。一八九八年繼蕭伯納為《星期六評論》戲劇評論人，主要作品有《二十五個紳士的漫畫》和長篇小說《朱萊爾．多布森》等。

凡人瑣事

或許只需五先令就能終生借閱這座業已陳舊的老式圖書館書刊。該館除了從地方財政獲得一點撥款，主要圖書來源是牧師遺孀的書架以及鄉紳的捐贈；這些鄉紳繼承了太多的書籍，他們的妻子都懶得撣掃。寬敞通風的屋子中間擺放著一排花瓶，花瓶中擺放著當地花草的樣本，每個樣本下面都標了名字。屋子的窗戶正對著大海，不時地傳來下面鵝卵石街道上沿街叫賣沙丁魚的呼喝聲。老年人、孤單的人、無聊的人翻閱著一張張的報紙，或坐在那兒埋頭讀著《倫敦插圖新聞》（*The Illustrated London News*）以及《衛斯理新聞報》（*Wesleyan Chronicle*）的舊報。打從一八五四年開館以來就沒人在此大聲說過話。那些默默無聞的書躺在牆上，無精打采地擠靠在一起，似乎睏得站不住了。它們的封皮正在脫落，書名常常看不見了。為什麼要打攪它們休息？為什麼要重新打開那些平靜祥和的墓地？圖書管理員從眼鏡上方瞧著你，似乎在責問。對他做的工作感到惱火；從一堆無名的墓碑中找出一七六三、一〇八〇及六〇六號的確是夠煩瑣的了。

一、泰勒和埃奇沃思

浪漫的人喜歡充當救世主，舉著燈光走過歲月的廢墟去拯救某個受困的鬼魂——某位皮爾金頓夫人、亨利・埃爾曼牧師、安・吉爾伯特夫人[1]——他們在愈來愈深的黑暗中等待、懇求，卻被遺忘。他們大概是聽到了腳步聲。於是他們騷動起來、梳理打扮，翹首等待。古老秘密湧到他們的嘴邊。他們馬上就可以得到交流的美妙解脫。風水輪流轉，該吉爾伯特夫人了——一旦接觸生活則即刻受益。不管吉爾伯特夫人在做什麼，她可沒在想著我們。壓根兒就沒有。一八〇〇年的科切斯特對於年輕的泰勒兄弟來說就是「極樂世界」，就如肯辛頓是他們母親的天堂一樣。斯特拉特家、希爾家，以及斯特普頓家都在那兒；此外還有詩歌、哲學及雕刻。由於年輕的泰勒兄弟從小就學會了吃苦耐勞，因此即使在為其父親的畫作勞累了一天之後，他們溜出去與斯特拉特兄弟小酌幾杯，也是合情合理的。他們已獲得達頓和哈維（Darton and Harvey）袖珍書的幾次大獎。斯特拉特家有人認識詹姆斯・蒙哥馬利[2]，於是在那些喜慶的宴會上全是摩爾人的裝扮和各式各樣的貓，人們在交談著。因為老本・斯特拉特可是個怪人：既不與人來往，也不讓他女兒吃肉，難怪她們都死於肺結核。席間人們也

---

1 吉爾伯特夫人（Ann Gilbert, Taylor, 1782-1866），童詩作家。

2 蒙哥馬利（James Montgomery, 1771-1854），蘇格蘭詩人。

談到聯手印刷《吟遊詩人》的事，即使羅伯特自己不投稿，詹姆斯也會投。斯特普頓家也頗具詩意。莫伊拉和比西亞常常在鮑肯山的舊城牆下來回走動，藉著月光朗誦詩歌。也許一八〇〇年的科切斯特詩意有點太濃了。回顧一生中意氣風發的歲月，安同時為許多未竟的事業以及未實現的理想而痛惜。斯特普頓家的人英年早逝，自甘墮落，淒慘難言；雅各布「面色黝黑、玩世不恭」，曾誇下海口要整夜不睡在街上為安尋找失去的手鐲，如今卻不見了，而「我最後聽說他在羅馬的廢墟中遊蕩——他自己早就是廢人了」。至於希爾家，他們的命運最為悲慘。接受公開洗禮已有點不尋常了，而嫁給姓M的上尉則令人匪夷所思！所有人都會勸美麗的法妮．希爾小姐不要嫁給那個M上尉，但她卻坐上他漂亮的四輪敞篷馬車走了。多年來一直沒有她的消息。突然有天晚上當已搬到昂加的老泰勒夫婦坐在爐火邊，正在考慮是否像他們允諾的那樣，望著月亮想念不在身邊的孩子——因當時是九點鐘，又是滿月。這時傳來一陣敲門聲。泰勒夫人下去開門。那個站在門外衣衫襤褸、臉容哀怨的婦人是誰呢？「哦，你難道不記得斯特拉特和斯特普頓家族了嗎？難道你不記得是如何勸我別嫁給M上尉了嗎？」法妮嗚咽著說。原來是法妮，可憐的法妮，一臉的憔悴、落魄；可憐的法妮，過去可是生氣勃勃的。她就一個人住在離泰勒家不遠的地方，被迫為她丈夫的情人做苦工，因為M上尉把她的財產揮霍一空，毀了她的一生。

當然啦，安嫁給了G先生，當然。這樣的話不斷地在這些不顯眼的卷冊中迴蕩著。而在回憶錄作家把我們領進的這片廣闊的世界裡，存在著某種無法逃避的東西，一股在脆弱的船隊底下聚集並推動其前進的海浪，它們自有一股莊嚴感。由此讓人想起一八〇〇年的科切斯特。寫詩，讀蒙哥馬利的書，他們就這樣開始了；希爾家族、斯特普頓家族、斯特拉特家族各奔東西，然後消失，人們早料到會有這麼一天；但是，瞧，多年以後安仍在吟詩作賦，最終，瞧，詩人蒙哥馬利親自來到她家裡，於是她央求他抱一抱她的孩子，讓孩子沾沾詩人的靈氣，他拒絕了（因為他還是單身漢）；但他帶她去散步，他們聽到了雷聲，她以為那是炮聲。於是他用一種讓她永遠也無法忘懷的聲音說道：「對！是天堂的炮聲！」這就是無名大眾的迷人之處，他們數量眾多，範圍廣闊；與名人不同，他們不想與眾不同，反而似乎相互交融；他們的封面、書名頁以及扉頁正在消融，無數的書頁也正融進綿延不斷的歲月長河中，使我們能夠躺著閱讀無數謎一般的生活，毫無阻礙地從一個世紀跨入另一個世紀，從一種生活進入另一種生活。生活的景象自動呈現出來。我們看到的是群像。瞧，在布萊頓年輕的埃爾曼先生正在與比芬小姐談話。她既沒有胳膊也沒了雙腿，由男僕背著她進進出出。她教他妹妹畫袖珍畫。隨後，他上了四輪馬車與紐曼[3]一起去牛津。紐曼什麼也沒說。而埃爾曼則在想他認識他那個時代所有的偉人。如此這般來來回回，他一直在索塞克斯的原野上踱步，直到他老態龍鍾，坐在他的教區長的宅院裡想起了紐曼，想起了比芬小姐，同時也在為傳教士編織網袋，這是他最大的安慰。然後呢？繼續瞧。沒什麼故事發生。但是，昏暗的燈

3 紐曼（George Newman, 1801-1890），英國神學家，牛津運動創始人之一。

光讓眼睛非常舒服。讓我們來看看嬌小的弗倫德小姐與她父親在斯特蘭德大街漫步的情景。他們碰見一個男人，他的眼睛炯炯有神。「布萊克先生，」弗倫德先生招呼道。在克利夫酒館為他們斟茶是戴爾夫人。查爾斯·蘭姆先生剛離開那兒。戴爾夫人說她之所以嫁給喬治是因為他的洗衣婦欺騙他。你們想喬治為他的襯衫付出了什麼代價？她問道。恰如宜人傍晚的雲彩，無名之輩優雅而悄無聲息地再次掠過天際，這種無名並非空洞，而是佈滿了無數的生活所留下的星塵。突然，中間出現了一道裂縫，於是我們看到了一艘殘破的小郵船在十九世紀中期駛離了愛爾蘭海岸。有關水手與多毛海怪的故事明顯帶著一八四〇年的氣息。身披油布雨衣的多毛海怪在傾斜的甲板上方潛行和發號施令，但對身披方巾，頭戴闊邊女帽，凝視著遠方的孤獨的年輕女人卻不可謂不和善。不，不，不！她不願離開甲板。她要站在那裡直到天完全黑了下來，謝謝你的好意！「對大海的熱愛……時而不可抵抗地驅使這位賢妻良母離開家庭。除了她丈夫，無人知曉她去了哪兒，而兒女們直到後來才得知，在她突然消失的幾天的那些時候，她是在海上作短程航行……」她以在英格蘭中部窮困人群中幾個月的辛勞工作來贖罪。接著在她心中就會產生一種渴望，她就會把這種渴望私下裡向丈夫傾訴，然後，再次出走——她就是喬治·紐恩斯爵士[4]的母親。

要不是有那些突然出現的驚人幽靈在作怪——他們直勾勾地盯著我們，臉色蒼白，神情緊張，決心要永遠不被遺忘，是那些與名望失之交臂的人，強烈渴望得到補償的人——像海登、馬克·帕蒂森以及布蘭克·懷特牧師，要不是他們，我們會認為人類是幸福的，因為人生來就不知道命運，就對自己所從事的活動樂此不疲。很可能全世界中只有一個人有時會抬頭思索，試圖在人類的注意力沒有被眾多的瑣事、多樣的面孔、迴蕩的聲音、飛揚的裙襬以及迅速消失在灌木叢小徑中的帽帶分散之前，想為氣勢洶洶的面孔、憤怒揮舞的拳頭尋找答案。舉例來說，十八世紀在伯克郡從山上奔馳而下的巨大車輪是什麼？它愈滾愈快，突然有個年輕人從中跳了出來；緊接著它越過一個石灰坑的邊緣，撞成了一堆碎片。這就是埃奇沃思的傑作，我們說的是理查德・洛弗爾・埃奇沃思[5]，一個自命不凡、令人生厭的傢伙。

他在其兩卷的回憶錄中就是這麼衝著我們而來的——拜倫之所厭、托馬斯・戴（Thomas Day）之友、瑪麗亞之父，那個差一點發明電報而事實上發明了切蘿蔔機，爬牆機，過窄橋能收縮、遇障礙能讓車輪飛過的機器的男人——一個值得稱讚、勤奮而先進的男人。但是，當我們通讀其回憶錄時，便能發現他主要還是個令人生厭的傢伙。他天生具有壓制不住的能量。血在他血管裡流動的速度至少比常人快二十倍。他面色紅潤、豐圓活潑。他的腦筋轉得飛快。他的嘴總是說個不停。他結過四次婚，共有十九個孩子，包括小說家瑪麗亞。而且，他還人人都認識，事事都做過。他的能量撬開了最為秘密的大門，穿透到最為隱秘的部分。

---

4 喬治・紐恩斯（George Newnes, 1851-1910），英國出版商，《趣聞》（*Tit-Bits*）雜誌創辦人。

5 理查德・洛弗爾・埃奇沃思（Richard Lovell Edgeworth, 1744-1817），愛爾蘭作家，小說家瑪麗亞・埃奇沃思（Maria Edgeworth）的父親，兩人曾合寫《實際教育》（*Practical Education*）。

舉個例子，他妻子的奶奶每天都會神秘地失蹤。埃奇沃思竟鬼使神差碰到了她，她白髮飄飄，淚眼婆娑，正在十字架前祈禱。那時她還是羅馬天主教徒，為什麼要懺悔呢？不管怎樣，他得知她的丈夫在一場決鬥中死去，她則嫁給殺了丈夫的那個人。「宗教給人安慰，也帶給人同樣的恐怖。」埃奇沃思邊思索著，邊躊躇著退了回去。瞧，在多菲內叢林的古堡內還躺著一位年輕美貌的姑娘。她半身不遂，說話的聲音小如蚊蠅。當埃奇沃思闖入之時，她正在讀書。古堡牆上的掛毯啪啪作響，五萬隻蝙蝠——「醜惡的動物臭氣熏天令人作嘔」——在底下的洞穴裡成堆地懸在那裡。當地無人能夠聽懂她一句話。但對著這個英國佬，她卻連續幾小時滔滔不絕地談論書籍、政治及宗教。他傾聽著；當然，他也講話。他坐在那裡目瞪口呆。可是又能為她做些什麼呢？好了，他必須把她留在釘耙、老人以及石弩中間不停地讀啊，讀啊，讀啊。因為他已受雇從事隆河改道。他必須回去工作。他會這麼想：「我一定要持之以恆地培養我的理解力。」

他對自己身處浪漫的情景無動於衷。每個經歷只不過讓他的性格變得更為堅毅。他天天都在觀察、思考、天天都在進步。你們生活的每一天都會進步，埃奇沃思先生常常這樣教導他的孩子。「他常常說，有了這股進步的力量，他們日後將有所作為；要是沒有它，他們未來勢必一事無成。」沉著冷靜、不屈不撓、日漸剛毅自信，他具備一個自負者的所有天分。當他在人生的道路上匆忙地奔走時，他拯救了那些怯懦畏縮的人，沒有他，他們就會淹沒在黑暗之中。那個被他打斷了私下裡苦修的老婦人只是一連串人物中的一個。他們從一開始就看著他進步，他們啞口無言、驚詫莫名，以一種即使現在看來都很明白無誤的方式表示他們的驚異之情：這個心懷好意的男人強行闖進他們的書房，打斷了他們的祈禱。我們通過他們的眼睛看穿了他；我們在他不想被看穿時看穿了他。他對第一任妻子是多麼的殘暴！她忍受了多少非人之苦！但她隻字不提。是埃奇沃思本人講述了她的故事，而他全然不知。「我的妻子性格古怪，她對我與弗朗西斯・德拉維爵士的往來密切毫不在意，卻對戴先生十分反感。一個是英格蘭最危險、最具誘惑力的伙伴，而另一個則是英格蘭最正經、最上進的同伴。」這的確是夠古怪的了。

因為埃奇沃思的第一任夫人身無分文，是一位破落的鄉村紳士的女兒。她父親常常坐在爐火旁一邊從壁爐旁撿起未燃盡的木炭扔進爐火中，一邊不時發出「嗯！嗯！」聲，原來又想到一個發財的計劃。她沒受過教育。一個巡迴的寫作教師教過她寫過幾句話。埃奇沃思還在讀大學時，一次從牛津駕車路過此地，她愛上他並嫁給他，以逃脫窮困又悲慘的生活，同時也希望能像其他女人一樣有丈夫和孩子。但結果呢？巨大的車輪從山上滾下，泥瓦匠的兒子藏在其中。飛快的馬車開始騰飛，幾乎撞壞了四輛公共馬車。機器確實能夠削蘿蔔，但效率並不高。她讓小兒子在鄉村裡遊蕩，就像窮人家的孩子一樣，光著腳，沒受過教育。而戴先生呢，大清早過來吃早飯一直待到晚餐，一直不停地爭論科學原理和自然法則。

但這裡我們碰到了在被遺忘的大人物中間夜遊時的陷阱之一。在談論基本上是真人真事的時候，我們必須嚴格尊重和依照事實，但這太困難了。如果歷史能夠重演，我們很可能就會發現許多場景細節都是不確切的，但要是不去描述這些場景細節，也太困難了。尤其是像戴先生這樣的人物，他的經歷已令人無法置信，我們發覺自己滲出驚詫，就如一塊海綿，吸足了水分而開始滴水。有些細節描寫很有趣，但與其說它是嚴肅的事實倒不如說它虛構的成分多。比如說，我們為可憐的埃奇沃思夫人擬造了戲劇化的日常生活；她的困惑、孤獨、絕望，以及她一定納悶為什麼人們需要爬牆機器，並對那位紳士說切蘿蔔用刀要比用機器切得快。如此這般，她說錯了話、做錯了事並為此受到了冷落。她開始害怕見到幾乎每天都來的那個高個子青年，他的臉憂鬱而又自負，因天花而佈滿了麻點；沒梳過的一頭濃密黑髮；手腳和整個人卻拾掇得過分乾淨。談起哲學、大自然和盧梭來，他就一連好幾個小時口若懸河滔滔不絕。但這是她的家；她必須照看他的飯食；儘管他吃飯時像在打瞌睡，胃口卻大得很。她向丈夫抱怨是沒有用的。埃奇沃思常說：「她對瑣事斤斤計較。」接著又說：「與我們生活在一起的女人斤斤計較會使家庭不溫馨的。」隨後，他很遲鈍卻貌似開明地問她要抱怨些什麼。他曾丟下過她不管嗎？在他們五、六年的婚姻生活中，他只有五、六次夜不歸宿。戴先生可以作證。戴先生能為埃奇沃思先生所說的每一件事作證。他慫恿他繼續做實驗。他讓他不管兒子的教育。他根本就不管亨利市的人說什麼。簡言之，他真是荒唐和奢侈到了極點，這使埃奇沃思夫人的生活對她而言成了一種負擔。

讓我們再來看看生活中的另一幕——可憐的埃奇沃思夫人即將看到的人生最後幾幕之一。她從里昂返回，由戴先生陪同。他站在把他們載回多佛的輪船甲板上，非常高，非常挺拔，一個指頭放在胸口的衣襟上，任風把他的頭髮吹散；穿著儘管十分時髦，卻顯得古怪：狂放浪漫，同時又威嚴華麗，簡直令人無法想像；而這個奇怪的傢伙，憎恨女人，卻負責照看一個即將臨盆的婦人；他還收養了兩名孤女，並決心要討伊麗莎白．斯內德女士的歡心。為此他每天在木板中間一站六個小時只為了學會跳舞。他不時將腳尖擺出嚴格準確的姿勢；然後，他突然從陰沉的烏雲、奔湧的海水以及遠方地平線上英格蘭的影子所帶給他的美夢中驚醒，他以一個見過世面男人精明、做作的語調發號施令。水手們盯著他看了看，但他們還是遵從了。他身上有一種真誠，一種驕傲地對別人想法無動於衷的東西。是的，他的身上也有某種令人欣慰和人道的東西，這讓埃奇沃思夫人決心以後不再笑話他了。但是，男人是奇怪的；生活是艱難的，可憐的埃奇沃思夫人發出一聲困惑的，或許是解脫的嘆息，抵達了多佛，產下一名女嬰之後死了。

與此同時，戴則繼續前行到達利奇菲爾德。當然，伊麗莎白．斯內德拒絕了他——大聲拒絕了他，人們說。她大聲說，她曾經愛的是那個惡棍戴，而憎恨那個紳士戴，然後就從屋裡衝了出去。戴先生在盛怒之下想起了那個孤兒，薩波麗娜．錫德尼，他收養她是為了將來做他的妻子；於是他到薩頓寇德菲爾德去看望她；一看到她他就大發雷霆，對著她的裙子開了一槍，把融化了的封蠟潑到她的胳膊上，還打了她一耳光。「不，我絕不會做出那種事，」當埃奇沃思先生聽人說起這一幕時，常常會這麼說。後來，直到晚年，每當想起戴時，他都沉默無語。他的一生——如此偉大，如此充滿激情，又是如此矛盾——是個悲劇。

而想起他的朋友，他一生最要好的朋友時，埃奇沃思就沉默無語了。

這幾乎是他保持沉默的唯一記錄。沉思、懺悔、默想是與他的本性相悖的。他的妻子、朋友和孩子的形象通過喋喋不休的談話而鮮明地顯現出來。沒有其他背景能讓我們如此清楚地看到他第一任妻子的如生片段；或那位矛盾的哲學家戴的性格中的陰影與深度：既是人道的又是殘忍的，既先進又墨守成規。而他的能力並不局限於對人物的描寫；風景、群體、社團，即使他做了描寫，也與他徹底分離而被投射到遠方，這樣我們就只能趕在他前頭，等候他的到來。他的評論常常前後極為不一致，這種極端不一致表明了他的存在。因著這種不一致所有的一切就愈加生動地被表現出來。與埃奇沃思相比，他們的生活另有一種特殊的美：精彩、嚴肅而又神秘，埃奇沃思本人全不具備這些特質。值得一提的是他為我們描繪了切斯郡的一個花園，一個古老而寬敞的教區牧師宅裡的花園。

推開一扇白色的門，就置身於一片如茵綠草中了。雖然面積不大但修整得很好，玫瑰簇擁成堆，葡萄藤蔓從牆上垂下。喂，等等，草地中央那些到底是什麼東西？透過秋天黃昏的暮色，一個巨大的白色球體發射出光芒。環繞在它四周的是大小不同的球體——看起來像是行星及其衛星。然而是誰把它們放到那兒呢？為何緣故？屋子裡一片沉寂，窗戶緊閉，沒人在走動。此時，一張老人的面孔突然從窗簾背後偷望過來。他面貌英俊、頭髮凌亂、眼神狂亂，而後一閃而過，消失了。

人類以某種神秘的方式把他們的奇思怪想加於大自然上。飛蛾和鳥兒在飛過這個花園時一定是壓低了聲音；花園裡的一切想必都籠罩著這種奇妙的平靜。這時，那個紅臉、饒舌、愛打聽的埃奇沃思又闖了進來。他看了看那些圓球；他相信這些球體「設計精確，做工精巧」。他上前敲門。他又敲了幾下。沒人過來開門。最後，在他就快要失去耐心的時候，門閂拉開了，門緩緩打開；一位牧師出現在他面前，粗枝大葉、衣冠不整，但仍有紳士風度。埃奇沃思自我介紹了一下，於是他們就來到了一間客廳，客廳裡書和報紙丟得滿地都是，貴重的家具也開始破落。終於，埃奇沃思再也按捺不住他的好奇心，問起花園裡那些球體是些什麼？頃刻間牧師就萬分激動起來。是他的兒子建造了這些東西，他嚷道；一個天才少年，一個最勤奮的少年，品德和學識遠超過其年齡的好少年。但是他死了。他的妻子也死了。埃奇沃思想換個話題，可是沒用。那個可憐的老人滿懷激情、語無倫次地繼續講他的兒子，他的天分，他的死。「我感到他的悲傷損害了他的理解力，」埃奇沃思說。而他愈來愈坐不住了；這時門開了，一個十四、五歲的女孩端著茶盤進來了，這突然轉移了主人的話題。她很漂亮；一身白衣；鼻梁也許高了點。哦，不，她的身段比例十分完美。「她是個學者和藝術家，」牧師在她離開後大聲說道。但她為何要離開呢？如果她是他女兒，為何她不留下來招呼客人呢？她是他情婦？她是誰？為何屋子裡這般零亂、破落？為什麼大門上鎖？為什麼牧師像個囚犯，他又有些什麼秘密呢？埃奇沃思坐著飲茶時，一連串的問題湧進他的腦海；但他只能搖搖頭，最後冒出這麼一句話：「恐怕有些東西不對勁。」他一邊這麼想著，一邊關上身後的小門，把那個瘋了的牧師和可愛的女孩永遠拋在為行星及其衛星包圍著的那間髒亂屋子裡。

二、利蒂希亞・皮爾金頓

讓我們再次麻煩圖書管理員，請他彎腰拿出那邊那本棕色的小書，拂去灰塵，遞給我們。皮爾金頓夫人回憶錄，三卷合訂本，都柏林 Peter Hoey 出版，一七七六年。最深的晦澀掩蓋著她；她墳上積了厚厚的灰塵——就是說，有一塊木板鬆動了。已經很久沒有人讀她了，還是在上個世紀初，一位讀者，大概是位女士，不知道是對她的猥褻感到厭惡還是猝然身亡，只讀了一半，以一張褪色的購物清單做了記號。如果一個女人需要一位英雄，那麼利蒂希亞・皮爾金頓[6]顯然就是。那麼她到底是何人？

你能想像介於弗蘭德斯和里奇（Ritchie）夫人之間，有時搖頭擺尾、沒個正經，有時又雍容文雅、風度翩翩這麼一個人物嗎？皮爾金頓就屬於這類人——捉摸不定、反覆無常、勇於冒險，同時卻又像薩克雷的女兒，像米特福德小姐、像賽薇涅夫人[7]、珍・奧斯汀以及瑪麗亞・埃奇沃思等人一樣遵從這一性別的舊傳統寫作，即寫作就如她們的談話，是為了取悅於人。通讀她的回憶錄我們就再也不會忘記娛樂是她的願望，哭泣是她命運不濟。她輕輕擦了擦雙眼，抑制憤怒，然後請求我們原諒她嚴重的失禮，這種失禮只有一生的苦難、P-n 先生令人髮指的迫害、C-t 女士惡毒的（她一定要說 h-h）刁難才能夠解釋。因為又有誰能比基爾馬洛克伯爵的曾孫女更明白女士的職責就是要掩蓋她的苦難？由此可見，皮爾金頓屬於英國女作家中傳統的一部分。她的職責是取悅別人；她的本能是要掩飾。儘管她靠近倫敦交易所的家破舊不堪，桌上鋪的是演出海報而不是桌布，黃油是放在一隻鞋子裡，那天早上湊巧的是沃斯戴爾先生是用茶壺帶來一點啤酒，她依然招待客人，依然強顏歡笑。她的語言可能有些粗俗。但她的英語是誰教的？是那位偉大的斯威夫特博士。

無論是在她漂泊的日子裡（這種漂泊是家常便飯），還是在她失意的歲月裡（那些失意都很慘重），她總是回想早年在愛爾蘭度過的日子。那時斯威夫特嚴厲地教會她正確地說話。他因為她亂翻抽屜而打過她；他用燒焦的軟木塞炭塗抹她的臉來磨練她的性情；他命令她脫掉鞋襪，背靠牆壁讓他量身高。一開始她拒絕了；後來還是屈服了。「啊，」教長說道：「我懷疑你穿著破襪子，或是有腳臭。要不然，你肯定早就樂意脫掉了。」他公佈她的身高是三英尺二英寸，儘管皮爾金頓抱怨說斯威夫特按在她頭上的手的重量已使她的身高縮到原來的一半。但她這麼抱怨是愚蠢的。她所以能與斯威夫特如此親密或許是因為她身高只有三英尺二英寸的緣故。斯威夫特的一生都活在巨人之中，現在覺得侏儒自然有一種吸引

6 利蒂希亞．皮爾金頓（Laetitia Pilkington, 1712-1750）。

7 賽薇涅夫人（Madame de Sevigne, 1626-1696），法國作家，著有《書簡集》，反映了路易十四時期的宮廷生活和社會狀況。

力。他把這個小傢伙帶到他的圖書館。「『瞧，』他說：『我把你帶到這兒是要你看看我在內閣時掙得的所有財富，但不許偷拿。』『先生，放心吧，我不會的。』我回答說。於是他打開了一個櫃子，讓我看了看那一堆空空的抽屜。『老天保佑，』他說：『錢已飛走了』。」她的驚訝中自有一分嫵媚；她的低聲下氣中也有一分嫵媚。當他聾了以後，他可以打她，使喚她，讓她喊叫，逼迫她丈夫喝葡萄酒的酒渣，付他們車費，把金幣塞進一塊薑餅中，而後卻突然令人吃驚地大發慈悲，似乎一想到讓這麼一個愚蠢的侏儒開始有自己的生活和想法對他來說是一件大快人心的樂事。因為與斯威夫特在一起，她就是她自己；這是他的天分所致。如果他讓她脫掉襪子，她就必須照辦。因此，儘管他的譏諷嚇壞了她，儘管她也發覺與他一起在教長的寓所共進晚餐，看著他從特意安裝在他前面的一面大鏡子中觀看男管家從餐櫃中偷拿啤酒，是一件很不愉快的事情，她也清楚與他一起在花園中散步是一種特權：聽他談波普，引用〈休迪布拉斯〉[8]中的話；然後在雨中被匆忙催回以省去雇車的麻煩，還有坐在客廳裡與管家布倫特夫人閒聊教長的古怪和慈善，聊起他是如何省了六便士車費，送給街角賣薑餅的跛腳老人；而教長本人猛衝上前門樓梯，又從後樓梯衝下樓，讓她擔心他會摔倒弄傷自己。

但是，對偉大人物的回憶並非是包治百病的良藥。他們就像燈塔發出的光照耀著人生歷程。他們一閃而過、舉世震驚、揭露真相，然後消失。須知，當厄運不斷地降臨到皮爾金頓的身上時，斯威夫特可是幫不上半點忙的。皮爾金頓先生為了名為 W-rr-n 的寡婦而拋棄她。

她的父親——親愛的父親——也死了。地方的官員侮辱她。她被遺棄到一座空房子中，還有兩個孩子要養活。茶葉盒被抵押了，花園的門也上了鎖，一堆帳單待付。但她依然很年輕，很有吸引力，也很快活，尤其對寫詩和讀書懷著近乎狂熱的熱情。正是這種過分的熱情導致她的厄運。書很有趣但天色已晚。那位先生不願把它借出去，但願意留下來等她看完再走。他們坐在她的臥室裡。她承認，這很不得體。突然，十二個守夜人從廚房破窗而入，於是皮爾金頓先生出現了，脖子上繫著紗布手巾。劍拔了出來，於是頭破血流。至於她的解釋，你想想皮爾金頓先生和那十二個守夜人怎麼會相信呢？只是在看書！這麼晚還不睡僅僅是為了看完一本新書！皮爾金頓先生和那十二個守夜人用他們這種男人的想法來解釋這種情形。但她堅信，熱愛學習的人會理解她的這份熱情，哀嘆這樣的後果的。

現在，她該怎麼辦呢？看書坑害了她，但她仍然可以寫作。的確，自從她學會創作，她以驚人的速度、優雅的文筆寫過致霍德利小姐、都柏林的法官，以及戴藍尼博士在國家中的地位問題等數量眾多的頌歌、講演及讚語。「啊，幸福的德爾威爾，多麼令人欣喜的地方！」「有個男人堅定執著的目光——」這些詩句無論在哪種場合都很容易廣為流傳。於是，瞧，她現在渡海來到英格蘭，貼出廣告，只要十二便士現錢，恕不賒帳，代寫法律之外

8〈休迪布拉斯〉（Hudibras），十七世紀英國詩人塞繆爾．巴特勒（Samuel Butle, 1612-1680）用仿英雄體諷刺詩形式寫成的諷刺清教徒的詩。

任何內容的書信。她住在懷特巧克力店的對面。當她晚上在鉛皮屋頂上澆花時，馬路對面窗戶裡的那位紳士為她的健康乾杯，送給她一瓶法國葡萄酒；後來她聽到老上校喊著：「天哪，跟著我慢點，跟著我慢點，」他正在領著 M-lb-gh 家的 D 走上她家漆黑的樓梯。那位可愛的紳士，他穿戴整齊以維護他的頭銜，吻了吻她，讚揚了她幾句，打開錢包，為弗朗西斯·蔡爾德爵士給她留下五十英鎊的鈔票。這樣的禮物激勵她的筆，即興迸出驚人的感激之情。但如果一位紳士拒絕了她，或一位女士暗示寫得不得體，這支生花妙筆就會痛苦地扭曲成仇恨與謾罵。「我說過你的 F-r 是咒罵著上帝而死的。」她的一篇譴責就是這樣開頭的，但其結尾就不宜刊印了。貴婦被指責在墮落，牧師都遭到不斷的批評，除非他們對詩歌的品味無可指責。她永遠也無法忘記，皮爾金頓先生是位牧師。

一個緩慢但確定無疑的趨勢是，基爾馬洛克伯爵曾孫女的社會地位在下降。她離開聖詹姆斯街，及其高貴的主顧，搬到格林街與斯泰爾大人的貼身男僕及其為名人洗衣的妻子住在一起。過去她與公爵們打交道，如今為了找伴也高興地與男僕、女工及潦倒文人玩玩紙牌。他們喝黑啤酒，品綠茶，吸菸草，閒扯有關主人及其情婦極其庸俗下流的故事。他們下流的話語與粗俗的舉止交相輝映。從他們那裡，皮爾金頓撿起了偉人的奇聞軼事，這些帶著破折號的奇聞軼事充滿她的書頁，當訂閱量下降以及女房東蠻橫無理時這些奇聞軼事也能幫她度過難關。確實，生活是很艱難的——頂著雪徒步到卻爾希，身上只穿著一件印花布袍，結果卻被漢斯·斯隆爵士用半克郎[9]像乞丐一樣打發走了。接下來走到奧蒙德大街，從可憎的米德博士那兒討了兩個基尼。高興之下，她把金幣拋向空中，結果滾進了地板縫中。她曾被男僕侮辱過，也曾用開水佐餐，因為女房東肯定不知她連一小撮茶葉都買不起了。曾經兩次在月夜，酸橙樹的花季，她獨自一人在聖．詹姆斯公園徘徊，在羅斯蒙德池塘考慮自殺。還有一次，她在西敏寺的墓地中沉思時，門被鎖上了，她只好在佈道壇的底下過夜，裹著從聖餐餐桌上取下的桌布以免遭老鼠的襲擊。「我渴望聆聽目光明亮的小天使的聲音！」她喊道。但等待她的卻是完全不同的命運。儘管科利．西伯先生[10]和理查森先生一開始為她提供金邊信紙，然後是小亞麻紙，但那些狠毒的惡婦人，她的女房東，在喝了她的啤酒，吃光了她的大蝦，常常一連幾年不梳頭後，終於成功地把斯威夫特的朋友、伯爵的曾孫女送進了馬夏爾西監獄[11]，與一般的負債者關在一起。

悲痛中，她詛咒她的丈夫，是他讓她變成一個四處歷險的婦人，而不是本性所願的那樣成為「一個溫柔無害的家鴿」。她愈來愈瘋狂地絞盡腦汁搜尋各種奇聞軼事、回憶、醜聞以及關於大海的深不可測、大地的反覆無常的觀點——任何東西只要能填滿一頁紙，為她賺來一個金幣就行。她記得曾與斯威夫特一起吃過鴿的蛋。「瞧，赫西就是一個鴿蛋，」他說

9 克郎（crown），英國舊制五便士硬幣。

10 科利．西伯（Colley Cibber, 1671-1757），英國劇作家、演員。

11 馬夏爾西（Marshalsea）監獄，位於倫敦，主要囚禁負債的人，一八四二年廢除。

道：「威廉國王過去常常為一個雞蛋付好幾個克郎……。」她記得斯威夫特從來不笑。他常常用吸腮幫來代替笑。她還記得什麼？許多紳士，許多女房東；在她父親死了之後窗戶如何被迅速關上，而她姐姐帶著糖罐走下樓梯，滿面笑容。她喜愛莎士比亞、認識斯威夫特，在一生的歷險過程中歷盡坎坷、變遷時仍保持樂觀的精神，維持女士的那份教養、勇敢，這種精神、教養和勇敢在她短暫一生的最後日子裡，讓她能夠談笑風生，享受她的鴨肉，雖然死亡在她心中，催債者圍在枕邊。除此之外，她的一生都是在傷痛和掙扎中度過。

（許德金 譯）

珍・奧斯汀[1]

倘若卡桑德拉・奧斯汀小姐[2]任著性子一意孤行的話，珍・奧斯汀所寫的東西，除了她那幾本小說以外，我們怕是什麼也看不到了。珍只對她姐姐一個人推心置腹，把自己的願望以及（如果傳聞屬實的話）她一生中最的大挫折[3]，都寫信告訴了她。但後來卡桑德拉老了，她妹妹名聲也大了，她擔心有一天會有人來刨根問底，學者們也要揣測，於是，她不顧個人巨大的損失，狠下心把凡是能夠滿足這些人好奇心的一切信件都燒了，只留下在她看來瑣瑣碎碎、不引人注意的東西。

這麼一來，我們對珍・奧斯汀的瞭解是從一些流言、幾封書信和她的幾本書中得來的。不過，說到流言，能夠從過去流傳到現在的流言倒也未可小覷——只要把它們稍加整理，對我們就非常有用。比如說，小費拉德爾菲亞・奧斯汀（Philadelphia Austen）談到過珍，說她

---

1 珍・奧斯汀（Jane Austen, 1775-1817），英國小說家，主要作品有《理智與情感》《傲慢與偏見》《曼斯菲爾公園》《愛瑪》《諾桑格爾寺院》《勸告》。

2 卡桑德拉・奧斯汀（Cassandra Austen, 1773-1845），珍・奧斯汀的姐姐，也是她最親密的朋友。兩人都未結婚。

3 指戀愛婚姻上的挫折。

這位堂姐「一點也不漂亮，還非常古板，不像個十二歲的女孩……珍脾氣怪，愛裝模作樣。」有位米特福德太太，在奧斯汀姐妹年輕時候就認識她們，認為珍是她「印象中最漂亮、最傻氣、最愛裝腔作勢、一心想找丈夫的花蝴蝶。」還有米特福德小姐的不知名的朋友——「她到珍這裡來串門子，說她已經變成了一個最古板、拘謹、沉默寡言的『老小姐』，要不是《傲慢與偏見》（*Pride and Prejudice*）顯示出在這個堅硬外殼包藏著一顆多麼寶貴的明珠，她在社會上就像一根撥火棍或者防火板那樣，絕不會受人注意的……」這位好女士接著說：「現在大大不同囉。她還是一根撥火棍，然而是個人人害怕的撥火棍……一位一聲不響、專寫別人的才女，當然叫人害怕！」此外，還有奧斯汀家裡，這一家人本來不愛張揚，但人們說，珍的哥哥們「非常喜歡她，並以她為榮。他們因為她的天才、她的美德、吸引人的舉止而喜愛她。後來，他們每個人都愛設想某個侄女或者女兒在哪一點跟自己親愛的妹妹珍相像，但能夠和她相比的人，怕是再也見不到了。」既是性格可愛、又有古板脾氣，受家人喜愛而令陌生人畏懼，既是刀子嘴、又有軟心腸——這些明顯的差異出現在她身上倒也不算水火不容。若是讀她的小說，我們也會為作家的這種複雜性而感到迷惑。

首先，費拉德爾菲亞眼裡的這個脾氣古怪、裝模作樣、一點也不像十二歲孩子的一本正經的小姑娘，很快就寫了一本令人吃驚、毫不孩子氣的小說《愛情與友誼》（*Love and Friendship*）[4]，說來叫人難以置信，這竟是她在十五歲寫的東西。它被寫出來顯然是為了在書房裡逗樂；其中一篇故事以假裝鄭重地題獻給她的兄長；其中一篇由她的姐姐靈巧地畫了一些水彩頭像做為插圖。我們感到，這些都是只供家裡傳閱的作品，其中的諷刺很能打中要害，奧斯汀家的孩子都愛嘲笑那些上流社會婦女，因為她們動不動就「唉聲嘆氣，然後一頭暈倒在沙發上」。

兄弟姐妹聽著珍大聲朗讀她對於大家所厭惡的惡習的絕妙諷刺，肯定哈哈大笑：「為了奧古斯都去世，我傷心死了。一次致命的暈倒，簡直要我的命。親愛的勞拉，對於暈倒可要當心呀……發瘋多少回都隨你的便，可千萬不要暈倒……」她就這樣信筆寫下去，能寫多快就寫多快，簡直來不及把字母拼寫清楚，講述關於勞拉和索菲亞、費蘭德爾和古斯塔夫，以及每隔一天駕著馬車在愛丁堡和斯特林兩地往返的那位紳士，關於放在桌子抽屜的財物失竊，以及扮演《馬克白》一劇的那一家挨冷受餓的母子的種種難以置信的奇遇。毫無疑問，這本小說一定在書房裡引起他們縱聲大笑。然而，再明白不過的是：這個十五歲的女孩子坐在起居室她自己的角落裡寫東西，絕不僅僅是為了博得兄弟姐妹一笑，也不僅僅是為了家庭消遣。她既是為所有人、又不為任何人而寫；既為我們這個時代、也為她自己那個時代而寫。換句話說，珍．奧斯汀早在她的少年時代已經在寫作了。這一點，我們從書中那些語句的節奏、條理和嚴整，就可以看得出來。例如：「她不過是一位好脾氣、有禮貌、待人殷勤

4 奧斯汀從十二歲到二十歲期間寫了一批劇本、詩歌、小說，抄在三個筆記本裡。小說《愛情與友誼》是第二本中的一篇。

的年輕女孩，對這種人我們很難說是不喜歡她——她只是被人藐視罷了。」寫出這種句子，自然不是光為了在耶誕節裡好玩。活潑、輕鬆、充滿妙趣，無拘無束到了接近胡鬧的地步，《愛情與友誼》的內容不過如此。但是，在全書之中，清楚而嘹亮地響著一種調子，一直未被淹沒的又是什麼呢？那是笑聲。這個十五歲的女孩子從自己的角落裡笑著這個世界。

十五歲的女孩子總是愛笑。賓尼先生要吃糖卻錯吃了鹽，她們要笑。湯金斯老太太一屁股坐在貓身上，她們更是笑得要死。可是，過了一會兒，她們又哭了起來。她們還沒有一個固定的立足點，從那裡可以看到人性中永遠惹人發笑的東西；在男人和女人身上總有某種癖性，永遠引起我們的諷刺。她們不知道格雷維爾夫以白眼待人，可憐的瑪麗亞遭人白眼，是每個舞廳裡永恆的角色。但是，對於這一點，珍．奧斯汀好像生來就知道了。她一生下來，好像就有一位守在她搖籃邊的仙女帶領她飛翔巡遊全世界；當她再躺進搖籃裡，她不僅已經明白世界是什麼樣子，而且已選擇了自己的王國，只要能牢牢控制這個領域，她對別的什麼就再無所求。因此，到了十五歲，她就對於別人很少抱有幻想，對自己更是沒有。這時，她的作品已經寫得精緻而優美，而且寫作中不是以該教區為著眼點，而是與全世界相關聯。她冷靜客觀，莫測高深。當作家珍．奧斯汀在書中最出色的一篇特寫裡寫下格雷維爾夫人的一段談話時，絲毫也沒有流露出牧師女兒珍．奧斯汀由於自己曾經受人冷落而心懷怒氣的痕跡。她的目光緊盯住自己的目標，而我們也瞭解她那目標在人性坐標上的確切方位。我們所以能夠瞭解，是因為她遵守自己的決定，從不超越自己的界限以外。即使在十五歲，正當感情脆弱之年，她也從不會因對於要寫的東西感到難為情而轉過身去，在一陣憐憫心的發作之中抹去諷刺的鋒芒，也不會讓熱情的迷霧模糊了事物的輪廓。她像拿著一根棍子指點說：興奮和狂熱的發作到**此**為止，界限分明，不容混淆。但是，她也不否認：月亮呀、山峰呀、城堡呀——在界限的那一邊存在著。她甚至還寫過一部傳奇[5]。那是為蘇格蘭女王[6]寫的。她確實對她佩服極了。她稱她為「世界上一位第一流的人物，一位令人心醉神迷的女王，她在生前唯一的朋友是諾佛克公爵，而在今天她的朋友只有韋特克先生、列夫洛伊太太、奈特太太[7]和我自己了」。這些話乾淨俐落地給她的熱情畫了一個範圍，最後以一笑收場。如果我們再回想一下不久之後年輕的勃朗特姐妹在她們北方教區用什麼樣的字眼談論威靈頓公爵[8]，那倒是挺有趣的。

這位一本正經的小姑娘長大了。她成為米特福德太太印象中那個「印象中最漂亮、最傻氣、最愛裝腔作勢、一心想找丈夫的花蝴蝶。」然後，不知怎麼地，她又成為一部叫做《傲慢與偏見》的小說作者。這部稿子，是她躲在一扇吱吱作響的門背後偷偷寫出來的，沒法出

---

5 這部傳奇題為《英國歷史》。

6 指蘇格蘭的瑪麗女王（Mary Queen of Scots, 1542-1587），她為伊麗莎白女王所囚禁並處死。下文的諾佛克公爵是當時的一個英國貴族，曾表示願和瑪麗女王結婚而被伊麗莎白阻止，後來且因此被殺。

7 這些人都是奧斯汀的親友。

8 威靈頓公爵（Duke of Wellington, 1769-1852），在滑鐵盧之戰中打敗拿破崙的英國將軍。

版，一擱幾年。稍後，據說她又動手寫了另一部小說《沃森一家》[9]，可是，因某些原因不滿意，沒寫完就撂下了。大作家的二流作品值得一讀，因為它們可為他的傳世傑作提供最好的評比材料。在這部書稿，她的寫作難點更加明顯，她為了克服這些難點的方法也掩飾得沒那麼巧妙。首先，開頭幾章寫得那樣生硬、樸拙，證明她屬於那種在初稿先把事件粗略地列出來，然後一而再、再而三地加工，給它添上血肉、氣氛的作家。這到底如何進行——刪掉什麼，增添什麼，用了哪些藝術手段——我們不得而知。但是，奇蹟總會出現，十四年單調的家庭生活經歷會變成小說中既絕妙又不見鑿痕的序幕，而我們又絕對猜想不出珍．奧斯汀為了這幾頁開場白曾經付出多大苦工進行反覆修改。這樣，我們看到她畢竟不是魔術師。像其他作家一樣，她必須創造出某種氛圍，好使得自己獨具的天才能夠結出果實來。她在摸索；我們也在等待。突然，局面打開了；於是，情節像她想望的那樣發展起來。愛德華一家參加舞會去了。陶林森一家的馬車開過去了。她還告訴我們：「給查理準備了一副手套，叫他好好戴上。」湯姆．慕思格雷夫帶了一大桶牡蠣，退居到僻靜的角落，十分愜意。她的天才解放出來了，活躍了。同時，我們在她影響之下，心中也產生一種特殊的緊張強烈之感。但是，這裡的情節寫的究竟是什麼呢？不過是村鎮上的一次舞會；幾對舞伴在廳堂裡相見、拉手；再吃點兒什麼、喝點兒什麼；最大的不幸事故僅僅是某個小伙子遭到一位姑娘的白眼，又受到另一位姑娘垂青。沒有悲劇，也沒有英雄壯舉。然而，不知因為什麼這個小小場面具有與表面上那種隆重氣氛極不相稱的動人魅力。小說使我們看到既然愛瑪在這個舞廳裡就這樣舉止大方，那麼，當她處在人生關鍵時刻，對人又會多麼體貼入微、一片柔情；在我們眼前，這一切都是必然是發生的。這麼說，珍．奧斯汀實際上比表面看來要更為通達人情。她激發我們把小說裡沒有寫出的東西補充起來。表面上，她寫的是瑣碎小事，然而這些小事又包含著一點什麼——它在讀者心中擴大發展，變成具有永恆形態的生活場景。重點總是放在人物性格上面。我們很想知道：當奧斯朋勛爵和湯姆．慕思格雷夫在三點差五分來訪，瑪麗也將茶盤和刀叉盒端進來的時候，愛瑪究竟會如何舉措？這是個十分尷尬的場面。這些少爺一貫講究高貴派頭，愛瑪說不定會表現得缺乏教養、粗俗不堪、一無可取。對話曲折反覆，更叫我們提心吊膽。我們的注意力一半放在此刻、一半放在未來。所以，到末了，當愛瑪應對自如，絲毫不辜負我們最高的希望，我們竟受到了感動，好像見證了某個天大事件。的確，這部未完成、基本上屬於次品的小說裡，已具備了構成珍．奧斯汀的偉大藝術的所有要素。它具備了文學永久性。即使不提書中熱鬧的表面氣氛和栩栩如生的描寫，仍然還有對於人的流品精微過人的識別，那能給讀者帶來更深的樂趣。如果連這一點也不予考慮，我們還可以懷著極大的滿足對於舞會場景從純藝術的角度加以細細品味——其中的情感是那樣豐富多變，各個角色之間又安排得那樣妥貼，我們可以像欣賞詩歌一樣單獨欣賞它本身，而不是把這個場面當做故事發展的一個環節。

9《沃森一家》（*The Watsons*），奧斯汀一部早期的小說，未完稿。

但是，流言說珍．奧斯汀脾氣古板、拘謹、沉默寡言，是「人人害怕的撥火棍」。關於這一點，也有跡可尋：她下筆夠辣，是整個文學史上最一貫的諷刺作家。《沃森一家》開始那粗拙的幾章，表明她並非多產的天才，不像愛彌麗．勃朗特，只要打開一條門縫，個人才華就全都暴露出來。她小心而快樂地採集築巢用的樹枝和稻草，把它們排列得整整齊齊。這些樹枝稻草還帶點兒乾枯和灰暗。大戶人家和小戶人家；茶會、宴會、偶爾的野餐；靠著尊貴的親戚朋友充裕的收入過日子；泥濘的道路，濺溼的腳，總感到日子膩煩的太太們；而支撐著這種生活的，是鄉下的中上階層家庭所共同享有的信條、權勢和教養。罪惡，冒險，激情都被排擋在這種生活以外。但是，對於這種平凡、瑣屑的生活，她什麼也不迴避，什麼也不曾被她忽略過去。她耐心地、準確地敘述他們如何「一路不停，一直走到紐伯利，在那裡舒舒服服吃了一頓，接著還有宴會和晚餐，一天的歡樂和疲憊這才收場。」對於傳統習俗，她不是光在口頭上讚賞，她不僅接受它們，而且心悅誠服地相信。當她要描寫像艾德蒙．貝蘭特那樣一位牧師或者一個什麼水手的時候，礙於他們神聖不可侵犯的職責，才似乎不得不將自己最拿手的本領——詼諧的天才，稍稍加以收斂，因此，也就只好進行一番四平八穩的讚頌或者平鋪直敘的描述。但是，這些只是例外。就一般而論，她的大度讓人想起了那位不知名的女士的突然說出：「一位一聲不響、專愛寫別人的才女，實在叫人害怕！」她既不想匡正，也不想消滅，只是沉默不語，那確實也夠叫人害怕的。在她筆下創造出一個又一個蠢人、自命不凡者、世俗之徒，像考林斯先生、瓦爾特．艾略特爵士、班乃特太太之類。她使用鞭笞般的語言，抽打著他們，削出他們永恆的剪影。對於他們，既沒有原諒，也沒有慈悲。對裘麗亞和瑪麗亞・貝特蘭，寫過之後，了無痕跡可留；但是，貝特蘭夫人卻永遠地「坐在那裡，喊叫著帕格，不讓牠闖到花壇裡去。」而且，賞罰公正而神聖。格蘭特博士一開始愛吃嫩鵝肉，結果「由於一周連赴三次盛大宴會以致中風不起。」有時候，我們覺得她筆下那些人物似乎一生下來就是為了讓珍・奧斯汀對他們痛加鞭笞，以此做為最大的快樂。對此，她感到心滿意足；所以，對於他們中的任何人，她都不願動一根汗毛，也不願挪動這個世界裡的任何一塊磚、一片草葉，因為這個世界給她帶來妙不可言的愉快。

而且，我們也不想改變。儘管自尊心受傷的痛苦或者義憤引起的激情，驅使我們要去匡正這個充滿了惡意、卑劣和愚蠢的世界，這種任務也是我們力所不及的。人們就是那個模樣，那十五歲的小女孩明白這一點；成年的婦人更證實了這一點。當此時刻，某位貝特蘭夫人正在阻止哈巴狗闖進花壇裡去；她遲遲地派恰普曼去幫助范妮小姐。作者眼力準確，貫穿在作品裡的諷刺也十分恰當，不過我們很容易把它看漏過去。沒有一點瑣碎、沒有一絲惡意的暗示把我們從沉思中驚醒。喜悅奇妙地與好笑混合。美，把這些蠢人也照得光豔奪目了。這種難以捉摸的性質是由許多差別極大的成分所組成的，需要特殊的天才把它們結合起來。與珍・奧斯汀的才智相配的還有她成熟的鑑賞力。在她筆下，蠢人之為蠢人，勢利小人之為勢利小人，是因為他偏離了她心目中的精神健全和理智正常的規範。這一點，在她使我們發笑的同時，也明白無誤地傳達給我們了。沒有小說家像她這樣充分利用自己對於人的不同流品無可挑剔的感受力。以自己準確無誤的心靈、無懈可擊的品味、近乎嚴峻的道德概念為鑑別標準，她揭發那些背離仁慈、誠實、真摯的行為，這些是英國文學中令人喜愛的主題。她刻畫《曼斯菲爾公園》（*Mansfield Park*）中瑪利．克勞福那種年輕婦女善惡交錯的性格時，所使用的就完全是這種方法。珍．奧斯汀讓她喋喋不休地說她反對當教士、贊成做一個准男爵並且擁有每年一萬英鎊的收入，談得興致勃勃；但作者有時自己插一句話，話說得十分平靜而又非常協調，於是，克勞福的嘮嘮叨叨，儘管依然使我們覺得可笑，卻一下子變得索然無味了。正是為此，她筆下的種種場面才具有深度、美感和複雜性。通過諸如此類的對比，產生了某種美、甚至莊嚴——這不僅和她的才智一樣值得注意，而且是她才智中的不可分割的一部分。在《沃森一家》中，作者向我們預示了她這種才能使我們感到詫異，為什麼一件平常的善行，由她描述出來會變得那麼意味深長？在她那些傳世傑作之中，這種天才發揮到了極致。作品裡並不存在什麼不尋常的事件，不過是在北漢普頓郡的一個中午，一個呆頭呆腦的小伙子站在樓梯上，向一個樣子柔弱的女孩談著話——他們正要上樓去換上赴宴穿的衣服，女僕從他們身邊走過。這一切平凡又瑣碎。但是，他們說的話突然變得大有涵意，而這次談話也就成為他們一生中最難忘的時刻。這個場面一下子有了實在的內容，它發出光亮，在我們眼前飄動，頃刻之間變得意味深長，顫動著，又平靜下來；接著，女僕來了，於是，全部人生幸福凝聚於這一滴水珠，便悄悄沉入生活的海洋，化為平凡人生潮汐中的一部分了。

珍．奧斯汀既具有這種洞察人物內心奧秘的眼光，那麼，她選定了日常生活中的平凡瑣事，描寫社交宴集、郊遊野餐、鄉村舞會之類，做為她的寫作內容，豈不是很自然的事嗎？攝政王或者克拉克先生「有意請她改變寫作路子」的建議引不起她的興趣[10]；浪漫傳奇、冒險故事、政界動態、男女偷情等等，根本不能和她親眼所見的鄉間別墅裡樓梯間的生活相比。確實，攝政王和他的圖書管理員碰了一個大釘子；他們竟然企圖支配一顆不受腐蝕的良心，攪亂作家那絕對可靠的判斷力。這位作家，當她還是十五歲小女孩的時候，就寫出細膩優美的文章，而且一生從未停止寫這樣的文章；她從來不為什麼攝政王和他的圖書管理員寫作，只為廣大世人寫作。她完全明白自己的能力所在，明白做為一個對於自己的作品持有高標準的作家，適合處理什麼樣的題材。有些生活印象不在她的寫作範圍之內；有些情感，無論她怎樣努力、用什麼辦法，都無法給它們披上適當的外衣、找到適當的表現形式。譬如說，她不會讓一個女孩熱烈地談論旗幟和禮拜堂。她也不會傾全部心力去描寫某個浪漫的時刻。她有各種方法來迴避激情的場面。對於大自然及其種種美景，她以一種獨特的側面方式來處理。她描寫一個美麗的夜晚，可以一字不提月亮。然而，我們讀著她以嚴整的寥寥數語寫到「晴空無雲的明朗夜晚，襯托著森林深幽的陰影」，立刻感到那夜晚正像她簡單明瞭寫

10 指喬治四世，他喜歡讀奧斯汀的小說，曾指使其圖書管理員克拉克寫信給奧斯汀，示意她寫作歌頌王室的歷史小說，為奧斯汀拒絕。

的那樣「莊嚴、寧靜、明媚可愛」。

她的多種才能保持一種圓滿的平衡。她完成的小說都沒有敗筆，也沒有哪一、兩章寫得不如其他各章。但是，不管怎麼說，她畢竟在四十二歲就死了。她在才華巔峰時期死去。她未曾經歷創作事業還可能發生種種變化、最引人注意的作家晚年。珍．奧斯汀性情活潑，不愛拘束，有充沛的創造力，假如她能再多活幾年，毫無疑問，她定會寫出更多的作品；這就使我們不禁猜想她會不會寫得不一樣。界線是已經劃定，月亮，山峰，城堡，都在她寫作範圍外。但是，她有時候不也想越界一下嗎？她不是已經開始高高興興、才氣煥發地構思著一次小小的探奇攬勝的航行了？

讓我們舉出她最後一部完成的小說《勸告》（*Persuasion*），來看看假如她再活幾年，可能寫出什麼樣的作品。在《勸告》中既有特殊的美，也有特殊的枯燥。這種枯燥往往是兩個創作時期之間的過渡階段的特徵。這時候，作家有點寫膩了。她對自己圈子裡的一切都熟透了，寫起來再也感不到新鮮。小說裡的喜劇場面也給人疾言厲色之感，表示作者對於沃爾特爵士的浮華、艾略特小姐的勢利，失去了興味。諷刺變得生硬，喜劇場面變得粗糙了。她不再能新鮮活潑地體察出日常生活中的種種妙趣。她的心思無法集中到自己所描寫的對象上。儘管我們感到珍．奧斯汀曾經這樣寫，而且寫得很好，同時，我們也感到她已經打算嘗試從未做過的事情。在《勸告》中已經有了某種新的因素、新的特點，也許正因為如此，休厄爾博士[11]才興奮地堅持說這部書「是她最美的作品」。她開始發現世界比她原先所想像的更為廣闊、更為神秘、更有浪漫情調。我們感到她對安妮的描寫也同樣適合她自己：「年輕時，她被迫要謹言慎行；及至年齡漸長，她才懂得浪漫。這是從不自然的開端所導致的自然結果。」於是，她頻頻談論大自然的美和憂傷，往日習慣於描寫春天，現在則常常談論秋天。她寫到「鄉間秋天季節裡既令人愜意又令人憂鬱的感染力」。她注意到「黃褐色的葉子，乾枯了的籬笆」。她還說：「人不會因為在某個地方受過苦就不愛這個地方。」我們還發現她這種變化不僅體現於對大自然的敏感，連她對於人生的態度上也發生了變化。在大半部小說裡，她通過一個女人的眼睛去觀看人生，這位婦女由於自己身遭不幸，對於別人的幸福和不幸都懷著一種特殊的同情，而且，一直到小說末尾，她只能在默默中對一切暗自品評。因此，這種觀感不像通常那樣從事實中獲取，而是從個人情感出發的。音樂會那一幕和關於女人對愛情的堅貞的著名談話，都明白表達出這麼一種感情，不僅證明珍・奧斯汀曾經戀愛這一條傳記材料，而且從美學意義上證明她不再害怕承認這一點。切身的人生經驗，必須沉得很深，只有經過時間的推移將其淨化，她才允許自己在小說中加以處理。但是現在，一八一七年，她準備就緒。從外部來說，她的處境也很快就要發生變化。因為，她的名聲增長得很慢。「我懷疑，」奧斯汀—利先生[12]寫道：「能否再指出另外哪位著名作家，像她那

---

11 休厄爾博士（Dr. William Whewell, 1794-1866），十九世紀劍橋大學的倫理哲學教授。

12 奧斯汀—利（J. E. Austen-Leigh），珍・奧斯汀的表侄，他寫過《珍・奧斯汀傳略》（*A Memoir of Jane Austen*）。這句話即引自該書。

樣完全在默默無聞之中過日子。」假如她能多活幾年，一切就會改變。她可能要到倫敦去住一住，接受宴請，跟別人共進午餐，會見有名的人物，認識新朋友，讀書，旅行，然後，帶著積累的觀察所得回到安靜的鄉間小屋裡，在閒暇時慢慢回味。

這一切會對她沒有來得及寫出的六部小說產生什麼樣的影響呢？她肯定不會寫關於犯罪、情欲和冒險的作品。她也不會由於出版商的糾纏和親友的恭維而趕稿子，以致弄得潦草終篇或者寫下違心之作。但是，她會瞭解得更多。她的安全感會動搖。她作品中的喜劇情調將會減損。為了使我們對於她的人物有所瞭解，她可能不再那樣依靠對話（這一點，從《勸告》中已經可以看得出來），而更多地依靠反省深思。原來那些令人驚奇的談話片段，在短短幾分鐘聊天中把我們所需要知道的關於某位克羅夫特海軍司令，或慕斯格羅夫夫人的一切都簡單扼要地概括出來；像那樣以速記方式的淡淡幾筆來代替幾個章節心理分析的辦法，這時已經顯得過於粗糙，容納不下她現在對於錯綜複雜人性的觀察結果了。她會想出新的手法，還像以往那樣條理分明，但是更深入、更富有暗示性，不但能夠表現人們說出的話，而且也能表達出人們沒有說出的心意；不但能寫出人物是什麼樣的人，也能寫出生活的本質。她會離開她的人物稍稍遠一點，更把他們當做一個群體來看待，而不是個人。她的諷刺手法也許不再那樣頻繁地使用，卻會變得更尖銳、更有力。她可能成為亨利．詹姆斯[13]和普魯斯特[14]的先驅。但是，不必再說了。這些推測都是徒勞的。這位在女性中最精湛的語言藝術家，寫出不朽作品的作家，「正當她對自己的成功感到自信的時候」與世長辭了。

（劉炳善 譯）

13 亨利·詹姆斯（Henry James, 1843-1916），美國小說家、評論家，晚年入英國籍。主要作品有《一位仕女的畫像》《鴿翼》、文學評論《小說的藝術》等。

14 普魯斯特（Marcel Proust, 1871-1922）法國小說家，著有《追憶逝水年華》等。

論現代小說

對現代小說做任何考察，哪怕是最隨意最粗疏的瀏覽，也難免產生想當然的看法，以為這門藝術在現代的實踐中總會比從前邁進一步。憑著當時各人的簡單工具和原始材料，可以說菲爾丁做得很出色，珍·奧斯汀更勝一籌。可是你把他們成功的機會跟我們的比比看！他們的傑作確實都有些如今罕見的質樸風味。但把文學比做（挑個例子說吧）汽車生產過程，乍看還像，再看就不行了。經過了一、兩個世紀，我們在製造機器方面學到了很多東西，在文學創作方面我們是否有所長進，還有疑問。我們的寫作並不比前人高明，只能說我們不停地時而朝這方面，時而在那個方面稍有進展，可是，若站在足夠的高度來觀察整個發展過程，卻有點循環往復的趨勢。不消說，我們並不自認為（即便只是暫時地）處於那樣優越的地位。站在平地上，擠在人叢裡，風沙瞇眼，我們懷著豔羨的心情，回顧那些比我們幸運的、打了勝仗的名將猛士，他們的業績帶著大功告成、安詳的氣派，使我們不禁要竊竊私議，推測他們當年的戰鬥不像我們現在這麼激烈。這要等文學史家來裁決，由他來說究竟我們是處於一個偉大散文小說的開端、末尾還是中間，因為我們置身於山下平原，視野不夠廣。我們只知道某些感謝和敵意的態度在激勵我們，只知道有幾條小路似乎通向沃土，另一些通向荒原和沙漠；而這方面的情況也許值得試述一二。

我們並非挑剔古典名著；如果講到對威爾斯[1]、貝內特[2]和高爾斯華綏[3]三位先生的挑剔，有一部分指的是，單單因為他們都還健在，他們的創作就仍有一種鮮活、呼吸、經常呈現的缺陷，使我們敢於放肆地任意對待它們。然而確實如此：我們雖然感謝他們的諸多饋贈，卻將我們無限的感激留給哈代，留給康拉德，在小得多的程度上也留給那位寫《紫色土地》（*The Purple Land*）、《綠色大廈》（*Green Mansions*）和《從前在遠方》（*Far away and Long ago*）的赫德森[4]。威爾斯、貝內特和高爾斯華綏三位先生激起了人們的很多希望，又不斷使這些希望落空，所以我們的感激主要是由於他們揭示了他們也許能做卻沒有做的事，揭示了我們肯定做不了但也許同樣肯定不想去做的事。對於篇幅如此巨大，素質如此多樣、優劣不齊的這些作品，我們的指責和不滿絕不是片言隻語概括得了的。要是我們試圖用一個詞來表達自己的意思，就要說這三位作家都是唯物主義者（materialist）。他們之所

1 威爾斯（Herbert George Wells, 1866-1946），英國作家，以科幻小說著名，代表作有《時間機器》《星際戰爭》等。

2 貝內特（Arnold Bennett, 1867-1931），英國作家，《老婦譚》為其成名作。

3 高爾斯華綏（John Galsworthy, 1867-1933），英國作家，著有《福塞特家族》等，一九三二年獲諾貝爾文學獎。

4 赫德森（William Henry Hudson, 1841-1922），英國自然學家和作家，作品有《綠色大廈》《從前在遠方》等。

以使我們感到失望，因為他們關心肉體而不是心靈，並使我們感到英國小說愈早（盡可能有禮貌地）轉過身來背離他們，大步走開（即使走進荒漠去也無妨），就愈有利於拯救英國小說的靈魂。自然，三個分別的靶子，不可能一語中的。就威爾斯先生而言，這個詞偏離目標甚遠。不過，即便用到他身上，我們認為這個詞也點出了夾在他天才中的有害雜質，同他的純淨靈感混在一起的大量泥沙。但是三個人當中最壞事的恐怕要數貝內特先生，因他是技藝超群的能工巧匠。他寫起書來結構精緻，技法嚴密，就是最苛刻的批評家也感到無懈可擊。窗框間甚至沒有一處透風，牆板上也見不到一點縫隙。話又說回來，如果生命不肯在那樣的屋子裡逗留呢？這是一種風險，寫出《老婦譚》（*The Old Wives' Tale*）以及喬治．坎能和愛德溫．克雷漢厄等等角色的創造者很有理由說他已經克服了這種風險。他筆下的人物日子過得豐衣足食，甚至出人意外，可是仍然得問問：他們是怎麼生活的，他們為什麼活著？我們愈來愈發現，他們連「五鎮」[5]上精美的別墅都丟下不住，鑽進火車上的頭等軟席車廂，按著數不清的電鈴電鈕當消遣；而他們這番豪華旅行去奔赴的命運也愈來愈明白，那就是到布萊頓最講究的旅館裡長住下來，快活逍遙。但不能這樣評論威爾斯先生，說他之所以被稱為唯物主義者是他太喜歡把他的故事編寫得緊湊嚴密。他太富於同情心，不允許自己花很多時間來給樁樁件件事情安排得井井有條，扎扎實實。他的偏重物質完全是出於好心，把本該政府官員去辦的事都承攬了下來，因此在他思考的種種設想種種事實的重壓下，無暇顧及或忽略了他的人物寫得多麼生硬粗糙。可是，對於他籌建的人間和天堂，還有什麼批評能比這兩個地方將要經受的考驗——要交付給他的瓊和彼得做今生與來世居住之用的考驗——更為厲害呢？他們秉性的低劣豈不要玷污他們的創造者慷慨設置的任何制度和理想嗎？此外，我們雖然深深尊敬高爾斯華綏先生的正直和仁愛，但在他的作品裡也找不到我們尋求的東西。

所以，如果我們給這些書都貼個標籤，標上「唯物主義」一詞，我們是藉此表示這些書上寫的事都無關緊要，而他們卻花了很大的技巧和很多心血，使得雞毛蒜皮轉眼即過的東西看起來真實經久。

我們必須承認我們太苛求；再者，我們也得要講清楚我們究竟要求什麼，來證明我們不滿得有理，這還很困難。每次情況不同，我們想到的問題也不同。但是當我們嘆口氣放下剛讀完的一部小說，問題就緊跟著再度產生——這部小說值得寫嗎？全書好在哪兒？難道是由於人的心靈常常要犯的那種小差錯，使得貝內特先生帶著他那套捕捉生活的良好技術裝備來追蹤，方向稍稍追偏了一、兩英寸嗎？結果讓生活逃掉了；而沒有生活，恐怕其他一切都不值得去寫。我們不得不借用這樣一個比喻，也就是老實招認自己的見解模糊，但是我們如果不提生活而採用批評家的慣技，改說現實，也不見得濟事。讓我們在承認整個小說批評還失之模糊的同時，冒昧發表一個意見：目前依我們看來，最流行的那一類小說把我們尋求的東西真正抓住的時候少，錯過的時候多。無論我們管它叫生活還是心靈，叫真實還是現實，這

5 貝內特小說中的地名，指英格蘭中部五個製陶市鎮。

個根本的東西已經跑掉了，或者說繼續往前跑了，它再也不肯讓我們縫製的不合身材的衣服拘束它。偏偏我們很固執很盡職地死守著愈來愈背離內心認識的一套模式，來編造我們的三十二章長篇小說。因此，為了證明故事的可靠逼真而付出的大量勞動，有很多不但是白費力氣，而且力氣用錯了地方，錯到遮暗了思想的光芒。作家似乎是被逼——不是出於他的自由意志，而是被某個奴役他的強大專橫暴君逼著——去提供故事情節，提供喜劇、悲劇、穿插愛情，提供一副真像那麼回事的外表，像得足以保證一切都無懈可擊，以致他所寫的人物倘若真的活了，就會發覺自己已經穿戴整齊，連外衣的每個鈕扣都符合當時的時裝式樣。暴君的意旨得到遵從；小說烹製得恰到火候。但是，看著一頁頁書都按多年習見的方式填滿，我們有時候（而且隨著時間的推移愈來愈頻繁）也產生片刻的懷疑、一陣反抗的情緒。生活果真如此嗎？小說必須如此嗎？

往深處看，生活似乎遠非「如此」。仔細觀察一下一個普通日子裡一個普通人的心靈吧。心靈接受千千萬萬個印象——瑣碎的、奇異的、倏然而逝的或者是用鋒利的鋼刀銘刻在心頭的印象。這些印象來自四面八方，宛然一陣陣不斷墜落的無數微塵；當它們降落，當它們構成星期一或者星期二生活的時候，著重點和從前不同了，要緊的關鍵不在於此而在於彼，這一來，如果作家是個自由人而不是奴隸，如果他能寫他想寫的而不是寫他必須寫的，如果他的作品能依據他的切身感受而不是依循傳統，結果就會沒有情節，沒有喜劇，沒有悲劇，沒有已成俗套的愛情穿插或是最終結局，也許沒有一顆鈕扣釘得足以達到邦德街裁縫的標準。生活並不是一副副左右對稱的馬車車燈，生活是一圈光暈，一個始終包圍著我們意識的半透明層。傳達這變化萬端的，不可名狀，難以界說，不管它會顯得多麼脫離常軌、錯綜複雜，而且如實傳達，盡可能不羼入它本身之外的雜質，難道不正是小說家的任務嗎？我們不僅呼籲要有勇氣和誠意；我們還認為，小說的恰當素材有點不同於習慣風尚所灌輸給我們的見解。

無論如何，我們是企圖用諸如此類的方式，來說明幾位青年作家的作品，與前輩作家的作品判然有別的特色，其中最值得注意的是詹姆斯．喬伊斯[6]。他們試圖更接近生活，更真誠更準確地保存那些使他們關切和觸動的東西。為了做到這一點，他們必須拋棄一般小說家所遵循的大部分常規。讓我們在萬千微塵紛墜心田的時候，按照落下的順序把它們記錄下來，讓我們描出每一事每一景給意識印上的（不管表面看來多麼互無關係、全不連貫的）痕跡吧。讓我們不要想當然地認為，通常所謂的大事要比所謂的小事包含更充實的生活吧。無論誰讀了《一個青年藝術家的肖像》（*The Portrait of Artist as a Young Man*）或是那部目前正在《小評論》（*Little Review*）上連載，可能更有趣的作品《尤利西斯》（*Ulysses*），都會冒險提出此類性質的理論來解釋喬伊斯的意圖。就我們來說，因為眼前只看見作品的一小部分，所以與其說我們的理論是確有把握的還不如說是冒險嘗試；然而，姑不論全書的意圖

6 喬伊斯（James Joyce, 1882-1941），愛爾蘭小說家，著有《都柏林人》《一個青年藝術家的肖像》《尤利西斯》等。

如何，有一點卻毫無疑問：這意圖是極為真誠的，而依此意圖寫出的成果，雖然我們可能覺得晦澀難讀或令人不快，卻有不容否認的重要性。和那些我們稱之為唯物主義作家恰成對照，喬伊斯是偏重精神的；他決意不管付出多大代價，都要揭示能夠把資訊飛速遞送腦際的那一團內心火焰怎樣不斷地明滅顫搖，為了給那火焰留下記載，他十分勇敢地撇開一切他認為是外來的因素，無論是好幾代以來，每逢作品要讀者想像他們摸不著看不見的事物，就用來給他們的想像加以指點的哪一種路標——無論是真像回事的外表也好，是連貫性也好，還是任何別的什麼也好。例如墓地那一場，連同它的光彩、它的粗俗、它的缺乏連貫、它像閃電般突然耀現的意義，都無可懷疑地給人以切身感受的體會，以致初次（至少在初次）讀了，很難不稱讚它是傑作。如果我們要的是生活的本來面目，我們在這裡確實找到它了。可我們要是想說說自己還盼望別的什麼，想說說這樣創新的一部作品為什麼還比不上（因為我們必須用高水準的範例來比較）《青春》（*Youth*）或者《嘉德橋市長》（*The Mayor of Casterbridge*），那我們就會真的發覺自己苦於摸索，講不清道理了。它所以比不上，是因為作家的頭腦比較貧乏吧——我們可以簡單這麼一說就算了事。但是也可以再進一步追問：我們覺得彷彿待在一間明亮卻又狹窄的屋子裡，感到局促閉塞而不是開闊自如，因為我們不僅受到作家思想上，也還受到寫作方法帶來的某種限制的緣故。是寫作方法束縛了創造力嗎？是寫作方法使我們覺得既不開心也不胸懷寬廣，只集中於一個自我，而這自我儘管感受細膩入微，卻從來不領會也不體現它本身以外，超越它本身的事物嗎？是由於側重（也許是為了警世）摹寫猥鄙，結果作品成了枯燥而偏狹的東西嗎？或者寧可說，這無非是因為人們，尤其是同時代的人們，對於此類創新的任何努力，要覺察它的短處，遠比指出它的長處來得容易嗎？不管怎樣，置身事外來探討各種「方法」是個錯誤。如果我們是作家，任何凡是能夠表達我們想表達的意思的方法，都是對的；如果我們是讀者，那麼任何方法，凡是使我們更明白小說家意圖的，也都不壞。這個方法的優點，是讓我們更接近我們打算稱之為生活本來面目的東西。可是讀著《尤利西斯》，不是使人感到有大量的生活被排除在外，或者說遭到忽視了嗎？翻開《項狄傳》（*Tristram Shandy*），甚至翻開《潘旦尼斯》（*Pendennis*）不也叫人大吃一驚，因而深信生活不但有別的方面，而且還是些更重要的方面嗎？

此事如何且不論，現在——過去想必也是一樣——小說家面臨的問題，是想方設法自由放手地寫下他想寫的東西。他必須有勇氣說，他所關切的不再是「這個」而是「那個」；他必須單單用「那個」來構成他的作品。就現代人說來，「那個」——即所關切之點——很可能在於心理的陰暗面。因此側重點立刻和以往稍有不同，強調至今還被人忽略的某些方面；立刻就需要有個不同形式的輪廓，不同得叫我們難以掌握，更叫我們的前輩無法理解。除了現代人以外，也許除了俄羅斯人之外，誰也不會對於契訶夫在他題為〈古塞夫〉（Gusev）的一個短篇小說裡寫的情景感到興趣。有些俄國兵病倒在一艘送他們回國的輪船上。我們聽見了他們零零星星的幾段談話，知道了他們的一些思緒；接著他們當中有一個人死了，給人抬走了；其餘幾個繼續談了一會兒，最後古塞夫本人也死了，看上去「活像胡蘿蔔或大蘿萄」那樣給扔進了海裡。作者的重點放在意想不到的一些地方，乍看簡直看不到寫什麼重點似的；再看下去，因為眼睛習慣了昏暗已經能辨認屋子裡各種物體的形狀，我們才看出這個短篇多麼完美，多麼深沉，才看出契訶夫多麼忠實地按照自己的體會見解選擇了這一點、那一點和其他細節，把它們集合起來組成了有新意的東西。但是可不能說「這一點是喜劇性的」或「那一點是悲劇性的」，同時由於向來的教導都認為短篇小說應當簡短而有結論，所以我們也不敢斷定這個含混而不見結論的作品該不該叫做短篇小說。

即使就現代小說發幾句最起碼的議論，也難免多少提起俄國人的影響；而一提起俄國人的影響，很可能會令人覺得除了他們的小說而外，寫文章品評任何小說都是浪費時間。如果我們要瞭解人的心靈，另外還有什麼地方可以看到對心靈比較深刻的瞭解呢？如果說我們厭煩自己的唯物主義的話，那麼他們最不足道的小說家對人類精神也有一種天生的崇敬。「學會使你自己與人們痛癢相關。……但不要僅在思想上同情，因為思想上同情是容易的，要出自內心，要懷著對他們的愛。」[7]對別人苦難的同情、對別人的愛、為了達到不愧為精神上最嚴格要求的某種目標所做的努力，如果這一切都是神聖的話，那麼在每位俄國偉大作家身上，我們似乎都能看出宗教聖徒風貌。正是他們身上的那種聖徒心懷使我們痛感自己由於缺少宗教熱忱的輕飄浮淺，使我們很多著名長篇小說相形之下顯得華而不實，玩弄技巧。俄國人的頭腦既然如此廣包博容，體恤不幸，頭腦中醞釀的種種結論也許不可避免是極其悲傷的。更確切些，我們不妨說，俄國人的思想並不作什麼結論。他們給人一種沒有答案的感覺；如果誠實地體察生活，生活會提出一個又一個問題，等到故事結束以後，問題一定還會留在耳邊再三盤問，毫無解決的希望——就是這種感覺使我們充滿了深深的（而最終可能變成怨恨的）絕望心情。也許他們做得對；他們無疑比我們看得遠，在他們眼前沒有像我們有遮蔽視線的重大障礙。然而，也許我們也見到一點逃過了他們目光的東西，否則他們抗議的聲音為什麼竟與我們的憂悶呼應融合呢？他們抗議的聲音是另一個古老文明發出的聲音；這種文明傳播過來，似乎在我們身上培養起一種去享樂、去戰鬥，而不是要受苦和瞭解的本能。英國小說，從斯特恩到梅瑞狄斯，都說明我們生性喜歡幽默和喜劇，喜歡大地的美，喜歡智力活動，喜歡身體強健。不過，我們把南轅北轍的兩國小說加以比較，從中引出的任何推論都是徒勞的，除非引出的推論確實使我們得以充分想見藝術的無限可能性，並且提醒我們：天地廣闊無邊；沒有什麼東西——沒有什麼「方法」，沒有什麼實驗，即使最想入非非的——不可以允許，唯獨不許偽造和做作。「小說的恰當素材」並不存在；一切都是小說的恰當素材，一切感情、一切思想、頭腦和精神的一切屬性都聽候調遣，一切感官和觀念也都合用。倘若我們能想像小說藝術有了生命，活在我們中間，她一定會叫我們對她尊重喜愛，也對她狠衝猛打，因為這樣才能恢復她的青春，確保她的崇高地位。

（趙少偉 譯）

7 列夫．托爾斯泰語。

《簡・愛》與《咆哮山莊》

自夏洛蒂・勃朗特[1]誕生以來，一百年過去了，她已經成為這麼多傳說、熱愛和著述的中心，但是她只活了三十九歲。假如她能活到一般人的壽命，這些傳說又會有什麼變化，想來真是不可思議。她也許會像同時代的某些名流那樣，成為常在倫敦和別的什麼地方出頭露面的人物，成為無數的畫面和軼事的主題，成為多部小說，也可能是回憶錄的作者，但是跟我們難免有些疏遠，以一位聲名顯赫的中年人留在我們的記憶裡。她可能很富裕，也可能諸事順遂吧。但事實還不是這樣。我們一想到她，就得想像出一個在現代世界中時運不濟的人；就得讓我們的頭腦退回到上個世紀的五十年代，退回到在約克郡[2]偏僻荒原上的那座牧師住宅。而她就一直待在那座住宅裡、那片荒原上，她不幸又寂寞，永遠處於貧窮和精神奮發的狀態。

這些情況既然影響了她的性格，想必也在她的作品當中留下痕跡吧？我們想：一位小說家，自然會使用許多難以經久的材料來構築他的作品，這些材料一開始雖能給他的作品增添真實性，到後來可就要變成累贅無用的東西了。當我們又一次打開《簡・愛》（*Jane Eyre*），心裡不禁懷疑：她用自己的想像所創造出來的會不會只是一個陳舊的、過時的、維多利亞中期的世界，就像荒原上的那座牧師住宅，只有好奇者才去參觀、只有虔誠者才會保存呢？我們就是抱著這種心情打開《簡・愛》的。可是，僅僅讀了兩頁，一切疑慮就一掃而光了。

起著皺褶的猩紅色帳幔遮住我右方的視線；左邊，明淨的窗玻璃保護著我，卻不能使我與十一月陰淒淒的日子隔開來。我一面翻動著書頁，我不時抬起頭來思索這冬日下午的景色：遠處呈現出一片灰濛濛的霧靄；眼前是溼淋淋的草地和受風吹雨打的灌木叢，而那綿綿不停的雨，在久久哀號的狂風吹送下，唰唰唰地飄向遠方。

再沒有什麼東西比書裡的荒原更不經久、比那「久久哀號的狂風」更趕時髦了。同樣，還有什麼東西比這種興奮狀態更為短暫易逝？但它竟然催著我們一口氣把書讀完，不容有時間去思考，不容我們的眼光離開書頁。我們被小說如此強烈地吸引，假如有人在房間裡走動，那動作也好像是發生在約克郡，而不像是在你的房間裡。作者拉住我們的手，迫使我們跟她一路同行，讓我們看她所見到的一切；她一刻也不離開我們，不許我們把她忘記。最後，我們就完全沉浸在夏洛蒂・勃朗特的天才、激情和義憤之中了。與眾不同的面孔，輪廓

1 夏洛蒂・勃朗特（Charlotte Brontë 1816-1855），英國小說家，主要作品有《簡・愛》《薛莉》等。
2 勃朗特姐妹的家鄉是英格蘭北部約克郡的哈渥斯小鎮。

突出、性情乖戾的人物，都在我們眼前閃現；但是，這些都是通過她的眼睛我們才能看見的。她一走開，這一切也就不復存在。想到羅契斯特，我們同時也就想起簡．愛。想到荒原，簡．愛又浮現在我們眼前。甚至，想起書裡的客廳，那些「好像覆蓋著鮮豔花環的白色地毯」，那淡白色的巴洛斯壁爐架，上面鑲貼著「紅寶石一般鮮紅的」波希米亞玻璃片，以及那「雪白與火紅相間的混合色彩」[3]——要是沒有簡．愛的話，這一切又算得了什麼呢？

簡．愛的缺點是不難找的。總是做家庭女教師、總是墜入情網，這在一個許多人既不當家庭女教師、又非情人的世界裡，畢竟是一個嚴重局限。與此相比，像奧斯汀或者托爾斯泰那樣的作家筆下的人物都具有數不清的側面。他們活得生氣勃勃，對於許多不同的人產生錯綜複雜的影響，而這許多人就像鏡子一樣從多方面映照出他們的性格。他們隨意在各處走動，不管作者是否在觀察他們；在我們看來，他們生活於其中的世界是獨立存在的，而這個世界一旦由他們形成，我們也可以進去見識一番。從個性的力量和眼界的狹窄來看，哈代和夏洛蒂．勃朗特倒是接近的。但是，兩個人的差別也很大。我們讀《無名的裘德》（*Jude the Obscure*），不會急急忙忙一口氣看到結尾，我們往往掩卷沉思，生出一連串題外的念頭，在小說人物的周圍形成一種疑問和諷喻的氣氛，那是他們渾然不知的。儘管他們不過是些純樸的農民，我們卻不得不向他們提出種種事關重大的難題和疑問；因此，在哈代的小說裡，最重要的人物彷彿就是那些無名的人。這種本領，這種推理的好奇心，夏洛蒂．勃朗特是一點也沒有。她並不想去解決那些人生問題；她甚至根本就沒有覺察那些問題的存在；她的全部力量——那是愈受壓抑就愈顯示其強大——都投入這種斷言之中：「我愛」，「我恨」，「我受苦」。

那些以自我為中心、受自我限制的作家都有一種為那些氣量寬宏、胸懷闊大的作家所不具備的力量。我們所感受到的印象都是在他們狹窄的四堵牆裡稠密地積累起來並牢牢地打上了戳記的。他們的心靈所產生的一切無不帶著他們自己的特徵。他們很少從別的作家那裡學習什麼，即使採取一點兒什麼，也消化不了。哈代和夏洛蒂．勃朗特的風格似乎都是以一種拘謹而莊重的報章文體為基礎建立起來的。他們筆下的散文往往板滯而不靈活。但是，他們兩位通過長期專注的努力，對於自己的每一構思都推敲斟酌直至為它打造出確切的語言，終於鑄造出自己所需要的那種散文——它能把他們心靈所熔鑄的形象原原本本地描摹出來，而

3 作者註：夏洛蒂和愛彌麗．勃朗特都有幾乎相同的色彩感。「……我們看到了（啊，那真美！）一個光彩奪目的地方，地上鋪著猩紅的地毯，桌椅上罩著猩紅的套子，純白色的天花板鑲著金邊，從天花板中央用銀鏈子懸掛著一大束玻璃吊飾，上邊還插著小小的蠟燭在閃閃地發出柔光。」（以上摘自《咆哮山莊》）

「然而，這不過是一間非常漂亮的客廳，裡邊還套著一間閨房，都鋪上了白色的地毯，上面好像覆蓋著鮮豔的花環；兩間房子的天花板上都有雪白的葡萄藤和葡萄葉的紋樣，與地下的猩紅睡榻和矮腳墊恰好形成色彩鮮明的對照；同時，那淡白色的巴洛斯壁爐架上的飾件又是用波希米亞玻璃製成，像紅寶石一般鮮紅、發亮；而在各個窗戶之間的一面面大鏡子又把這一大片雪白與火紅相間的混合色彩反覆映照出來。」（以上摘自《簡．愛》）

且具有獨特的美、力量和敏銳。夏洛蒂．勃朗特至少沒有從廣泛閱讀中得到好處。她從來不像職業作家寫得那麼流暢，也不像他們那樣博採辭彙、運用自如。「我無法滿足於跟那些力量雄厚、心思細密、情趣高雅的人們交往，無論他們是男是女。」她如此寫道，口氣像是某地方報紙的社論作者；接著，她又恢復了自己那火辣辣、急切切的口吻，說：「除非我首先衝破傳統保留下來的週邊工事，跨過了自信的門檻，並在他們心中的爐火邊贏得了一席之地。」她也恰恰就在那裡找到了自己的地位；正是那內心之火搖曳不定的紅光照亮了她的書頁。換句話說，我們讀夏洛蒂．勃朗特的書，不是去找對於人物性格的細緻觀察——她的人物都是既生氣盎然而又性格單純的；不是去找喜劇性的情節——她的情節既嚴酷又粗糙；不是去找關於人生的哲學觀點——她的觀點不過是一個鄉村牧師女兒的見解。我們讀她的書，只是為了其中的詩意。或許，一切像她這樣個性特強的作家都是如此吧。正如我們在實際生活中常說的：他們只要把門打開，別人就能把他們的一切看個一清二楚。他們身上有一種桀驁不馴的氣質，跟既定的事態總是格格不入——這促使他們渴望立即投入創作而不肯耐心觀察。這樣的創作熱情，抗拒半暗半明，排除小障礙，飛越過常人瑣事，一下子就抓住了作者自己也還說不大清楚的七情六欲。這使得他們成為詩人，即便他們想用散文寫作，也不受這文體的約束。因此，愛彌麗[4]和夏洛蒂兩人常常求助於大自然。她們都感到需要借助於某種比人的語言行動更為強大的象徵力量，來表達人性當中那許許多多還在沉睡的情感和激情。夏洛蒂的最好一部小說《維列特》（*Villette*）就是用了一段關於暴風雨的描寫來收尾的：

「天空低垂，陰霾密佈——一艘破船自西方駛來；雲彩變幻成種種奇形怪狀。」她就這樣借助大自然把無法用其他方法表達的心情描寫出來。但是，對於大自然，這姐妹倆哪一個也沒有桃樂絲・華滋華斯[5]觀察得那麼準確，也沒有丁尼生描繪得那麼細緻。她們抓住的只是大地上某些與她們親身感受到或者轉嫁在人物身上的東西非常近似的方面，因此，她們筆下的暴風雨、荒原、夏日的美好天氣，都不是為了點綴枯燥的文字，或者顯示作者的觀察能力，而是用來貫通作者的情感，顯明書中的意圖。

常常，一部書的意圖既不在於發生了什麼事，也不在於說了什麼話，又不在於作者從那些各不相同的事物當中看出了什麼關聯，這麼一來，瞭解起來自然很難。特別當一位作家像勃朗特姐妹那樣具有詩人的氣質，她的意圖和她的語言難解難分，而且只是一種情緒，並非什麼獨特的觀感，要瞭解就更難了。《咆哮山莊》是一部比《簡・愛》更為難懂的書，因為愛彌麗是一位比夏洛蒂更偉大的詩人。夏洛蒂寫作的時候，總是帶著雄辯、光彩和激情說道：「我愛」，「我恨」，「我受苦」。她的感受雖是非常強烈，卻和我們的感受處在同一個水平上。但是，在《咆哮山莊》裡既沒有「我」，也沒有家庭女教師，又沒有雇主。那裡面有的是愛，但不是男女之愛。愛彌麗的靈感來自某種更為廣闊的構思。促使她創作的動力

4 愛彌麗・勃朗特（Emily Brontë 1818-1848），夏洛蒂・勃朗特之妹，主要寫詩，但以《咆哮山莊》成名。
5 桃樂絲・華滋華斯（Dorothy Wordsworth, 1771-1855），英國詩人威廉・華滋華斯的妹妹。

並不是她自己所受到的痛苦或傷害。她放眼身外，但見世界四分五裂、陷入極大混亂，自覺有力量要在一部書裡將分裂的世界重新合在一起。這種雄心大志在整個小說裡處處可以感覺出來——它是一場搏鬥，雖然遭受挫折，仍然信心百倍，她要通過人物之口說出一番道理，那不僅僅是「我愛」，「我恨」，而是「我們，整個人類」，「你們，永恆的力量……」，但這句話並沒有說完。情況如此，也不奇怪；令人驚奇的倒是她竟然能夠使我們感覺出來她心裡想說的到底是什麼。在凱瑟琳・恩蕭那只說出一半的話裡所透露的就是這種心情：「如果其他一切都毀滅了，只要**他**還存在，我就能繼續活下去；如果其他一切都還存在，而他卻被毀滅了，那麼，這個世界對於我來說就變得完全陌生，我似乎也不再是它的一部分了。」這種心情當著死者面前又一次流露出來：「我看到一種無論人間還是地獄都不能破壞的安寧，我感覺到對於那無窮盡、無陰影的來世的確信——相信他們已進入了永生——在其中，生命無限長久，愛情無限和諧，歡樂無限圓滿。」由於這部書暗示了在人性的種種表象下面所潛伏的力量，能將它們提升到崇高的境界，這才使得它與其他小說相比具有非凡的高度。但是，對於愛彌麗・勃朗特來說，僅僅寫幾首抒情詩，發出一陣叫喊，表達一種信念，自然是不夠的。因為，關於這件事，在她的詩歌裡已經徹底做過了，而她的詩也許要比她的小說更能傳諸久遠。然而，她不僅是詩人，還是小說家。她還得擔負起一件更為艱巨又不討好的任務。她必須正視其他各種生存狀態，與種種客觀事物的表面結構打交道，以可以識別的方式把農莊和房舍建造起來，還要把在外界獨立存在的男人女人的談話記錄下來。因此，我們得以攀登上這些感情的巔峰，不是由於什麼豪言狂語，而是因為聽見了一個女孩坐在樹枝間一面搖搖蕩蕩、一面吟唱古老的歌謠，看見了荒原上的羊群正在啃草皮，傾聽著柔和的風正拂過草地。農莊上的生活，連同其中發生的種種荒誕無稽傳說，就赫然呈現在我們眼前。我們有了充分的機會，可以將《咆哮山莊》與一座真正的農莊、將希斯克利夫與一個真實的人物加以比較。她允許我們提出疑問：既然這些男男女女跟我們看見的人如此不同，那麼，真實性、洞察力，或者說細微的感情又在哪裡呢？可是，即使這樣問了，我們仍然看到希斯克利夫畢竟是一個只有天才的姐妹才能識別出來的兄弟；我們可以說他叫人討厭極了，然而，在文學領域中又有哪個少年人物能像他這樣形象鮮明生動的呢？凱瑟琳母女也是這樣；我們可以說任何女人都不會像她們那樣感受、那樣行動的。但她們仍然是英國小說中最可愛的女人。作者似乎把我們所知道的人類特徵都撕個粉碎，然後再對這些無法辨認的碎片注入強勁的生命氣息，於是這些人物就飛越在現實之上。這是一種極其罕見的本領。她能把生命從其依託的事實中解脫出來；寥寥幾筆，就點出一副面貌的精魂，而身體倒成了多餘之物；一提起荒原，颯颯風聲、轟轟雷鳴便自筆底而生。

（劉炳善 譯）

喬治・愛略特[1]

細心讀一讀喬治・愛略特的書，你就會明白我們對她瞭解得多麼少。同時，也明白了我們曾經半自覺地還不無惡意地接受了維多利亞後期[2]的觀點，認為她本來就是一個受人迷惑的女人，但又像幽靈一般支配過比她更受迷惑的人們——這樣的輕信只說明我們的眼光並不怎麼高明。至於她的蠱惑力究竟是在什麼時候、用什麼辦法打破的呢——這很難斷言。有人說：她的傳記一出版，就造成了這種結果。梅瑞狄斯談起過「活潑矮小的表演主持人」以及那個講壇上「誤入歧途的女人」，也許這句話為許許多多喜愛放箭而不會瞄準的人磨尖了箭頭、塗上了毒藥。這麼一來，她就變成了年輕人的笑柄，變成一群嚴肅人物的一個方便的象徵，這些人都犯了偶像崇拜的錯誤，可以用同樣的輕蔑一笑把他們打發掉。阿克頓勛爵[3]曾說她比但丁還要偉大；斯賓塞[4]在倫敦圖書館把全部小說一律取締的時候，唯獨對她的小說另眼看待，好像它們並不是小說似的。她是女性中的驕傲和典範。此外，關於她的私人生活的記載也不比她的公開經歷更有動人之處。如果有誰被要求把小修道院[5]裡某天下午的情形描述一番，他一定會暗示說關於那些一本正經的星期天下午的回憶只能讓他覺得忍俊不禁。他看見坐在矮腳椅子裡的那位板著面孔的太太簡直被嚇了一跳，他本來急著要說點什麼聰明話的。那裡的談話確實非常嚴肅，對這一點，這位大小說家寫的一張筆跡纖細、清晰的字條就可作證。字條是在一個星期一上午寫的，上面說她責備自己事先未經適當考慮就談起了馬里沃[6]，其實她想說的是另外一個人，不過，她說，聽者當然已經自行糾正過了。但是，回想起某個星期天下午向喬治・愛略特談論馬里沃仍然算不得富有浪漫色彩的回憶。況且，隨著歲月的流逝，這回憶早已沖淡了。它不可能變得像畫一般美妙。

確實，我們不能不相信：在那些還記得喬治・愛略特的人們心中，留下的令人洩氣的印象太深了，所以，一打開她的書，那一張滿臉嚴肅和不高興、簡直馬臉似的長長的、憂鬱的面孔就從字裡行間出現。不久前戈斯先生[7]曾經這樣描述她坐在一輛敞篷馬車裡從倫敦街頭

---

1 喬治・愛略特（George Eliot, 1819-1880），英國女小說家，本名瑪麗・安・伊凡斯（Mary Anne Evans），成名作為《教區生活小景》，其他代表作有《亞當・比德》《弗洛斯河上的磨坊》《織工馬南傳》《米德爾馬奇》等。

2 指大約十九世紀後半的英國。

3 阿克頓勛爵（Lord Acton, 1834-1902），英國學者。

4 斯賓塞（Herbert Spencer, 1820-1903），英國哲學家和社會學家，曾在倫敦圖書館館務委員會任職。

5 小修道院（Priory），倫敦地名，喬治・愛略特與其情人喬治・亨利・路易士從一八六三年起居住於此，並常於每周日下午在此會見客人。

6 馬里沃（Marivaux, Pierre Carlet de Chamblain, 1688-1763），法國喜劇家和傳奇作家。

7 戈斯（Edmund Gosse, 1849-1928），英國學者和文學批評家。下引文出自他在一九一九年寫的文章〈喬治・愛略特〉。

馳過的情形：

一位體格敦實的西彼拉[8]，神情恍惚地正襟危坐，她厚實的臉龐從側面看去表情有點嚴厲，很不調和地配上一頂時興的巴黎式女帽，而且，按照那個年月的風尚，在帽子上還插著一根巨大的鴕鳥羽毛。

里奇夫人[9]用同樣熟練的文筆留下了一幅稍為細緻的室內畫像：

她身穿一件漂亮的黑緞長袍坐在爐邊，在她身旁的桌子上有一盞帶綠罩的燈，我瞅見桌上還放著一些德文書、小冊子和象牙裁紙刀。她有一雙神色堅定的小眼睛、一副甜甜的嗓音，表情非常安詳而且高貴。我一面打量著她、一面覺得她是一位朋友，自然算不得個人知交，但不失為一種善良仁慈的鼓舞力量。

她的一個談話片段保存下來了：「我們應當重視自己的影響。」她說：「既然我們從親身經驗中知道別人曾經怎樣深刻地影響我們的生活，那麼，我們也該記住：我們對於別人也一定產生過同樣的影響。」聽了這話，像得了什麼寶貝似地小心翼翼地謹記在心的人，你可以想像，三十年以後，回憶起這個場面，把這話重述一遍，卻突然間哈哈大笑起來。

看了這些記載，我們感到：記錄者即使在現場，也總是保持著自己的距離、保持著頭腦的冷靜的，而且，在以後的歲月裡，當他讀著喬治・愛略特的小說，也從來不覺得有一種栩栩如生、令人迷惑或者美麗動人的個性之光在他眼前閃動。在小說裡本該是個性畢露的，缺乏魅力是一大缺點；而批評家（他們當中大多數當然屬於男性）或許出於半自覺，都對她表示不滿，說她偏偏缺少眾所公認女人應具有的吸引人素質。喬治・愛略特並不是嬌媚的女人；她沒有強烈的女性氣息；她缺乏許多藝術家的那些怪脾氣和變異性格——那會使他們顯得像孩子般天真可愛。我們覺得，對於多數人來說，就像對於里奇夫人一樣，她「算不得個人知交，但不失為一種善良仁慈的鼓舞力量」。可是，如果我們對這些畫面細加考量，我們會發現它們全都描繪著一個上了年紀的女人，身穿黑緞衣服，坐在四輪馬車裡，她歷盡艱辛才出人頭地，然後懷著強烈願望想有助於人，但是並不想與人親密交往，除非是那些在她青年時代就熟悉她的那個小圈子裡的人。我們對她青年時代的事情知道得很少；不過，我們確實知道她的文化素養、哲思、名望和影響，都是從一個非常卑微的基礎上建立起來的，她是個木工的孫女。

8 西彼拉（Sibyl），原指古羅馬的女預言家，此處用來比喻喬治・愛略特。

9 里奇夫人（Lady Ritchie），本名安妮・伊莎貝拉・薩克雷（Anne Isabella Thackeray, 1837-1919），英國小說家薩克雷的長女，她本人也是作家。引文出自她的講稿《論近代的西彼拉》。

她的傳記第一卷是一部叫人感到沮喪的記錄。從書裡我們看到她怎樣在鄉村狹隘無聊的社會風氣下，經過不斷的呻吟和掙扎，把自己培養起來（她的父親發跡之後，躋入中產階級，但生活是缺乏意趣），成為倫敦一家具有高度才智的評論刊物的助理編輯，成為斯賓塞受尊重的同伴。克羅斯先生[10]責備她以悲傷的獨白來講述自己的生平歷史，但它畢竟還是透露出她所經歷過的那些痛苦階段。在她很年輕的時候，就有人注意到她「一定會很快地把一家服裝俱樂部的事情弄好」；以後，她又製作了一張教會史圖表，藉此為重修一座教堂而籌募基金；接著，她失去了對宗教的信仰，這使她父親大為惱火，不肯再跟她住在一起。接踵而來的便是為翻譯斯特勞斯的苦鬥[11]。這本書本身已經夠沉悶無趣、「令人心靈麻木」，何況她還要承擔女人通常要做的家務和照顧病危父親的苦差；此外，她十分依戀手足之情，由於她成為女學者，她就要失去弟弟對她的敬意。她說：「我像一隻貓頭鷹那樣走來走去，受到我弟弟的憎厭。」一位朋友看見她面前擺著一座基督復活的雕像、苦苦翻譯著斯特勞斯，這樣寫道：「不幸的人！我有時候覺得她真可憐，她臉上帶著蒼白的病容，頭疼，還得為她父親擔心。」不過，當我們讀到這段往事，雖然禁不住產生一種強烈心願，希望她人生歷程的各個階段倘若無法稍稍輕鬆，至少也該變得更為美麗動人才好，但是，她向著文化堡壘一直攀登的頑強決心，卻是大大超越了我們的憐憫心。她的發展道路雖說非常緩慢而且坎坷，卻有一種根深蒂固的高尚抱負，做為不可抗拒的動力推動她。到後來，一切障礙都從她前進的道路上推開了。一切人，她都認識了；一切書，她都讀了。她那驚人的理智力量取得了勝利。青春已經消逝，那充滿苦難的青春時代。然後，到了三十五歲，在她才華茂盛的頂峰，在她享受到充分自由的時候，她做出了不僅對她自己至關重要、甚至直到現在還影響著我們的決定——她單獨跟隨喬治．亨利．路易士[12]去了威瑪。

在她和路易士結合之後，不久即創作出來的那些作品，充分證實了個人的幸福給她帶來的極大自由。它們為我們提供了精神上的盛宴。同時，在她文學事業的開端，我們從她的生活境遇中發現種種影響，這些影響使她的心思離開了現在，離開了她自己，而轉向過去，轉向農村，轉向平靜、美好、天真的童年時代的回憶。這樣，我們就明白了她的第一部作品為什麼是《教區生活小景》（*Scenes of Clerical*）而不是《米德爾馬奇》（*Middlemarch*）。與路易士的結合使她沉浸在愛情的溫暖中，但由於社會環境和傳統習俗，她被孤立起來了。她在一八五七年寫道：「我希望得到理解；凡是不先要求我向他發出邀請的人，我絕不會邀請

10 克羅斯（John Walter Cross），喬治．愛略特的第二任丈夫。他曾根據她的書信日記編寫一部《喬治．愛略特傳》。吳爾夫此文即主要取材於此書。

11 喬治．愛略特從一八四四年與人合作，譯出德國唯心主義哲學家斯特勞斯（David Friedrich Strauss, 1808-1874）的三卷《耶穌傳》。

12 喬治．亨利．路易士（George Henry Lewes, 1817-1878），英國維多利亞時代的編輯和學者，思想開明、學識淵博。他本有妻子但感情不睦，後與喬治．愛略特結合。在他鼓勵引導下，喬治．愛略特走上小說創作的道路。

他來看我的。」後來，她還說，她「被這個世界所排斥」，但她並不為此而遺憾。這麼一來，她先是因周圍的環境、後來又因為出了名，不可避免地為人所矚目，結果她就失去了默默無名時與人們平等往來的能力，而這對於一個小說家來說是嚴重的損失。不過，當我們沐浴在《教區生活小景》的燦爛陽光中，感覺到那個博大、成熟的心靈帶著放縱的自由心情，在她那「極其遙遠的往昔」的世界裡展示出來，這時候談什麼損失似乎不大合適。對於這麼一種心靈，一切都是收穫。一切經驗透過一層又一層的知覺和思考，豐富和滋養了這個心靈。我們根據對她生平的點滴瞭解，來闡述她對小說的態度時，充其量只能說：她對於某些教訓縈懷在心——即使她獲得了這些教訓，卻不是很早就獲得。而在其中她銘記最深的也許是那種容忍的憂鬱美德；她總把同情放在普通人這一邊，她也最善於詳細描寫平凡生活中純樸的快樂和煩惱。她沒有強烈的浪漫，這態度與個人意識相關聯，它永不滿足、不受壓抑，而又將自己的鮮明形象刻畫在世俗的背景上。一位脾氣急躁、只會對著一杯威士忌沉思夢想的老牧師的愛情與煩惱，比起簡・愛那火辣辣的自我中心主義又算得了什麼呢？但是，喬治・愛略特最初那幾部作品：《教區生活小景》、《亞當・比德》（*Adam Bede*）、《弗洛斯河上的磨坊》（*Mill on the Floss*），又是非常優美的。她筆下的波伊塞、陶德森、吉爾飛、巴爾頓以及其他一些人物的成就，連同他們周圍的環境和相關事物，我們很難充分估量，因為他們有血有肉，我們在他們當中活動著，有時感到厭倦，有時滿懷同情，但對於他們的言語行動，我們都毫不懷疑地接受，我們只把這種信任給予偉大的、有獨創性的作品。

回憶和幽默風趣潮水似地自然而然傾注於一個個人物、一個個場面，最後，古老的英國鄉村社會的全景便在讀者面前復活了，這過程與自然歷程如此相似，我們簡直想不到還有什麼可批評的。我們接受了；我們感受到只有偉大創造性的作家才能給我們帶來的那種妙不可言的溫暖和輕鬆。而且，當我們在久違多年之後重溫這些作品，它們出乎我們意料之外，仍然傾洩出豐富的活力與熱度，因此，我們首先想的是躲在它們的溫暖之中懶洋洋待一會兒，就像我們想在果園的紅牆上折射下來的陽光中曬曬暖。假如說，對英格蘭中部的農夫和他們妻子的幽默脾氣如此傾倒，包含著某種不動腦筋聽之任之的成分，那也是這些詳情細節自然引起的。對於我們所感到如此博大而具有深刻人性的東西，我們簡直不願意進行分析。當我們考慮到希佩頓和黑思洛普的世界從時間上脫離我們那麼遙遠，那些農夫和雇工的思想和喬治·愛略特的大多數讀者之間又是那麼遙遠，我們竟能在書中的宅院和鐵匠鋪、農家的起居室和牧師的庭園之間輕鬆自在、喜悅地漫遊，這只能歸功於這個事實，即喬治·愛略特使得我們帶著同情而非屈尊或獵奇的態度來參與他們的生活。她不是個諷刺作家。她的思想活動緩慢而滯重，無法賦予作品以喜劇性。但是，她那廣闊的胸懷掌握了人性中的主要因素，她用一種寬容而健全的諒解態度將它們鬆散地聚集在一起，而我們經過反覆閱讀，不僅發現她那些人物生動活潑，而且還意外地發現它們能夠控制我們的歡笑和眼淚。波伊塞太太就是一個著名的例子，當然，對於這個人物的特殊癖性很容易過分渲染，而且事實上，喬治·愛略特在這一方面頻頻尋找笑料已經使她自己反成笑柄。但是，當我們閱讀完畢把書闔上，就像現實生活中有時發生的那樣，記憶還可以挖掘出在閱讀時由於被某種更為顯眼的特點所掩蓋、我們未曾注意到的那些細緻微妙之處。我們想起來了：她身體不好。有些場合，她默默無語。在一個有病的孩子面前，她簡直百依百順。她溺愛托蒂。對於喬治．愛略特筆下的人物，我們都可以如此這般思量、琢磨一番，而且，即使在那些非常次要的人物身上，也有廣闊的餘地讓這些性格特點潛伏，而她不必從朦朧晦暗之處把它們顯示出來。

但是，即使在她的早期作品當中也有一些意義更為重要的內容，穿插在一切的忍耐與同情之中。她的胸懷寬闊，足以包容一大批傻瓜和失敗者、母親和孩子、狗和作物茂盛的中部田野、精明能幹或喝得醉醺醺的農夫、馬販子、旅店老闆、助理牧師和木匠。他們全都籠罩著一種浪漫情調，那是喬治．愛略特允許自己唯一加以渲染的浪漫情調——往昔的浪漫情調。這些作品具有令人驚異的可讀性，既無華麗藻飾，也不矯揉造作。不過，讀者若能從她早期創作的全局著眼，也會明顯看出：回憶之霧逐漸地在消散。這並非說她的才能衰退了，因為，在我們看來，她的才能在技巧純熟的《米德爾馬奇》一書中才發展到極致，這部氣魄宏大的作品雖說帶有不少缺點，卻屬於屈指可數的幾部為成年人所寫的英國小說之列。但是，田野和農莊的世界已經不能滿足她了。在現實生活中，她已經在另尋出路；儘管回顧過去能夠使人平靜、得到安慰，但即使在那些早期作品裡也有痕跡顯示已經存在著一個煩惱不安的靈魂，存在著一個既嚴察明辨、不斷懷疑，而且感到困惑不安的人，那也就是喬治．愛略特本人。在《亞當．比德》中的黛娜身上，有作者的影子；在《弗洛斯河上的磨坊》中的麥琪身上，她更為坦率全面地表露自己。她也是《珍妮特的悔悟》（*Janet's Repentance*）中的珍妮特，以及羅摩拉，還有那個一心尋求智慧、在與拉迪斯洛的婚姻裡尋求人們幾乎不能理解的東西的多蘿西婭。我們傾向於這樣的想法，那些攻擊喬治・愛略特的人，意見都是衝著她那些女主人公而來的。這也很有道理，因為，毫無疑問，她們使她顯出了自己最糟糕的一面，使她陷入困難的境地，使她自我意識太強、喜歡說教、有時候還顯得粗俗。然而，假如你把這整個的婦女社會從她的書裡統統刪掉，那麼，你就只能留下一個非常狹小而低劣的世界——儘管它在藝術上更為完美，而且歡樂和快慰得多。在說明她的缺點（就缺點本身而論）的原故時，我們想起了她在三十七歲以前從未寫過小說；到了三十七歲，她才帶著痛苦、怨恨交集的心情細細思量自己。有很長一段時間裡，她寧願完全不想自己。可是，當創造力的第一次高潮退落下來，她有了自信之後，她愈來愈從個人的觀點來從事寫作；不過，她這麼做也並不像年輕人那樣任性恣肆。當她那些女主人公說出了她自己想要說的話，她的自我意識也就顯露出來了。她想盡一切可能的方法來加以掩飾。此外，她賦予她們美貌和財富；更希罕的，她還虛構出一種對白蘭地的愛好。但是，她受自己天才威力所驅使，逕自走進那具有清靜的田園風味的場景中，仍是一件令人困惑、帶有刺激性的事實。

那位堅持出生在弗洛斯河上磨坊的高貴而美麗的女孩是一個明顯的例子，說明一個女主人公能夠惹出什麼亂子來。只要是她年紀還小、跟吉卜賽人逃走一陣子或者往玩具娃娃身上敲進幾個釘子就心滿意足時，她就很幽默、人也可愛。但是，小孩子是要長大的；喬治・愛略特還不知道怎麼回事，這位女主人公就長成一個女人了，這時候不管是吉卜賽人、玩具娃娃，還是聖奧格鎮，都再也滿足不了她。於是，為了她先寫出一個菲力普．維根，後寫出一個斯蒂芬．蓋斯特。不過，常常有人指出前者病弱，後者粗魯；但是這兩個人物，病弱也好，粗魯也好，與其說喬治．愛略特無力描繪一幅男人的肖像，不如說當她要為女主人公構思一個合適的伴侶時，由於拿不準、不堅定的、把握不足的摸索使她的手發抖。首先，她被迫離開了她所熟悉和熱愛的故鄉，走入中產階級的客廳；在那裡，年輕男子整個夏天早晨放聲唱歌，年輕女子則坐著為義賣而刺繡吸菸帽[13]。喬治．愛略特來到這裡，覺得渾身不自在，這裡有她對她所說的「上流社會」的笨拙諷刺為證：

上流社會有自己的紅葡萄酒和絲絨地毯，有一連六個星期不斷的宴會約請，它的歌劇和仙境一般的舞廳……科學由法拉第[14]來研究；宗教，有那些出入豪門的高級教士給他們送來；它哪裡還需要什麼信仰和強調呢？

這段文字，絲毫沒有幽默感和洞察力，我們只感到一種出自個人怨恨的報復心理。不過，儘管我們社會結構的複雜性，強逼著這位在兩個世界邊緣上徘徊不進的小說家一定得拿出非凡的感應力和辨別力，但是麥琪．杜立弗不僅要把喬治．愛略特從她原來所熟悉的環境裡拉出來，還逼她寫出強烈的、熱情奔放的場面。她一定要談情說愛；她一定要遭到失望；

她一定要緊緊抱著她的哥哥葬身洪流之中。我們愈是細讀這些強烈的、熱情奔放的場面，就愈加緊張不安地預感到烏雲正在醞釀、凝聚、密佈，到了緊要關頭，一場幻夢破滅加上煩絮描述的陣雨就要突然降落在我們頭上。這一方面因為她對並非以方言寫出的對話掌握得不怎麼好，另一方面也因為她出於中年人畏懼疲勞的心情，害怕那種需要感情高度緊張集中的寫作努力。她讓她的女主人公說得太多了。她的作品少有雋言佳句。她缺乏那種準確的鑑別能力——選定一個句子，將整個場面的要點壓縮進去。「你要跟誰跳舞？」奈特利先生在威斯頓家裡的舞會上這樣問道。愛瑪回答：「和你跳，假如你邀請我的話。」她這樣說就足以表達她的心情了。如果換上卡索朋太太，她會說上一個鐘頭，我們就只好把眼睛望向窗子外面。

然而，若是真把那些女主人公不同情地打發掉，只讓喬治·愛略特蟄居於她那「極其遙遠的往昔」的農村世界，那麼你不僅會把她的偉大縮小，而且會連她那真正的風趣也失去。對於她的偉大，我們已不能有任何懷疑。那廣闊的視野，那粗獷有力的主要人物面貌輪廓，那些早期作品中的朝氣蓬勃的光彩，那些後期作品中的深邃的洞察力和內容豐富的反思，都吸引我們超出自己的局限在其中徘徊留連不已。但是，對於那些女主人公，我們還想再看最

13 smoking-cap，維多利亞時代男性在吸菸時會戴的一種小圓帽，目的是防止菸味沾染頭髮。
14 法拉第（Michael Faraday, 1791-1867），英國物理學家。

後一眼。「從我是一個小女孩的時候起，」多蘿西婭．卡索朋說：「我就一直在尋找自己的宗教。過去我常常祈禱，現在我幾乎不再祈禱了。我盡量消除那些僅為了自己的欲望……」她這話是代表她們大家說的。這是她們共同的問題。沒有宗教，她們活不下去，所以，從她們還是小女孩的時候就開始尋找自己的宗教。她們每個人都具有女性對美德的深切熱愛，這就使得她帶著渴望和痛苦佇立的地方——像禮拜堂一般寂靜和隱蔽——成為作品的中心，但是，她已經不知道應該向誰祈禱。為了追求自己的目標，她們從事學習，從事婦女的一般事務，從事女性的更廣泛的活動。但是，她們所追求的東西沒有找到，對此，我們並不感到奇怪。那古老的婦女意識，飽含著苦難的感受而又在許多世代得不到發言的機會，這時似乎充塞在她們身上、再也包藏不住，並且提出了某種要求——究竟要求什麼，她們自己也不大清楚——而所要求的東西可能與人類生存的實際狀況格格不入。但是，喬治．愛略特的理智太堅強了，她不肯去篡改事實；她的心地太廣闊了，她不肯去緩和真相——儘管這真相是嚴峻的。她那些女主人公奮發努力、表現出極大的勇氣，但她們奮鬥的結果不是悲劇就是妥協，那比悲劇還要叫人難過。不過，她們的故事也是喬治．愛略特本人經歷的不完整版本。對她來說，婦女的沉重負擔和複雜境遇也不能讓她滿足；她要伸出手去，越過聖堂，採摘那奇妙而光輝的藝術與知識之果。她把它們緊抓在手中，很少婦女像她抓得那麼緊；她絕不放棄自己所繼承的東西——不同的觀點、不同的標準——也絕不接受任何不恰當的報償。這樣，我們看見了她，一個令人難以忘懷的人物，曾經受到過分的讚揚，在盛名之下連她自己都敬謝不敏；她心灰意冷，沉默寡言，戰慄著退到愛情的懷抱裡，彷彿只有在那裡才能感到心滿意足、無罪無尤；在此同時，她懷著一種「要求過高又無法滿足的雄心壯志」伸出手來，要求生活為一個自由、不斷探索的心靈提供一切東西，並且以她女性的理想抱負直接面對男性的世界。那結果，不管對她的作品有何影響，對於她個人來說總算是成功的。當我們回想起她所敢於承擔和業已完成的一切，回想起她曾經怎樣不顧一切障礙——性別，健康，傳統——追求更多的知識和自由，直到身體在雙重負擔的重壓下筋疲力盡而倒下，我們自當獻出我們的心意，當做桂冠和玫瑰花，安放在她的墳頭上。

（劉炳善 譯）

俄羅斯人的觀點

即使我們常常懷疑，與我們有這麼多共通之處的法國人或美國人是否能夠理解英國文學；我們得承認，雖然英國人熱情可嘉，但他們是否理解俄羅斯文學，則更令人生疑。至於我們說的「理解」是什麼意思，人們一定會爭論不休。大家都想起那些美國作家的例子，特別是那些在他們的創作中對英國文學和英國人都極有見地的作家，他們在我們當中生活了一輩子，最終通過法律程序成為喬治國王的臣民。儘管如此，他們理解我們了嗎？他們有沒有直到生命的盡頭依然還是外國人？看亨利．詹姆斯的小說，有誰能夠相信作者是在他描述的社會裡長大的？看他對英國作家的批評，誰能相信評論者是在讀莎士比亞時，沒有感到他的文化和我們的文化之間隔著大西洋和兩、三百年的時間？這位外國人往往會有特別的敏銳和超然的視角，但他沒有那種全不自覺、從容自在，那種親切和沒有隔閡的快速交流。

我們和俄羅斯文學不僅有這些隔閡，而且我們還有一個更為嚴重的障礙——語言差異。在過去二十年裡欣賞托爾斯泰、杜思妥耶夫斯基和契訶夫的作品的所有讀者之中，用俄語讀懂他們的可能不超過一、兩個人。我們對這些大家作品的評價來自於從未讀過一句俄文、沒有去過俄羅斯，或者甚至沒有聽過俄國人說俄語的批評家。這些批評家不得不盲目地、絕對地依賴翻譯作品。

這麼說來，我們欣賞的是一整批失去原來風格的文學作品。當你將句子中每一個詞都從俄語譯成英語，意思改變了一些，完全改變了相互關係中詞的發音、重音以及語調，這時，除了原文粗略的翻譯外，什麼也沒留下。經這樣處理後，偉大的俄國作家彷彿經歷了一場地震或鐵路事故，不僅失去了所有衣服而且失去了一些微妙且更為重要的東西——他們的個人風格、他們性格中特有的氣質。保留下來的，正如英國人經由狂熱崇拜而證明的，是一些生命力旺盛、感人肺腑的東西，但鑑於這些支離破碎的譯文，很難肯定我們能在多大程度上相信我們沒有主觀想像、曲解，不在這些作品中讀出錯誤的重點。

我們說過，他們已經在某種可怕的災難中失去了衣服，因為某個如此的形象可以用來描寫那種純樸、富於人性的品質，這種品質擺脫了企圖隱藏、偽裝其本性的一切努力而在驚慌失措中流露出來，這是俄羅斯文學給我們留下的印象，無論這是出於翻譯或者是更為深刻的原因。我們發現，無論是主要作家還是次要作家，他們作品中的這些特徵都十分明顯。「學會使自己與人們痛癢相關。我甚至還要補充一句：使自己成為他們不可缺少的人物。但不要僅在思想上同情，因為思想上同情是容易的，要出自內心，要懷著對他們的愛。」無論你在什麼地方偶然讀到這段引文，你會立即就說：「出自俄羅斯人的手筆。」純樸的風格、流暢的文筆，在一個多災多難的世界上，我輩要做的主要是理解受苦受難的同胞，「但不要僅在思想上同情，因為思想上同情是容易的，要出自內心。」這是籠罩在整個俄羅斯文學上空的雲彩，它誘導我們離開自己灼人的輝煌和烤焦的大道，在它的蔭蔽下舒展，後果當然是不堪設想。我們變得尷尬、拘束，我們否定自己的特質，用一種裝腔作勢的仁善和純樸進行創作，這是極令人作嘔的。我們無法坦然地與人「兄弟」相稱。高爾斯華綏有這樣一個故事，故事人物之一就這樣稱呼另一個人（兩人都深陷不幸之中）。突然之間，一切都變得緊張做作。「兄弟」（brother）的英語對應詞是「伙伴」（mate），那是個完全不同的字，有一點諷刺的內涵，有種難以確切表達的幽默意味。儘管這兩個英國人同處不幸之中，但我們相信，相互之間這樣搭訕的兩個人會找到工作，會發財致富，晚年生活奢侈，並留下一大筆錢來預防窮鬼在倫敦泰晤士河河堤上互稱「兄弟」。不過，正是那種共同的苦難，而不是共同的幸福、努力或欲望產生了那種兄弟情誼。就是海格伯格．懷特[1]博士發現的俄羅斯人特有的這種「深深的悲傷」創造了他們的文學。

當然，即便這種概括在應用於文學主體時有幾分真實，但一個天才作家在它的基礎上開始創作時，它會發生深刻的變化。其他問題很快出現。看來，一種創作「態度」並不簡單，它錯綜複雜。人們在鐵路事故中驚嚇得不知所措，失去了外衣，失去了風度，他們談論難以忍受的事、難聽的事、不愉快的事、棘手的事，即使他們說話時帶著孕育了災難的恣意與坦率。我們對契訶夫的第一印象不是直率而是困惑。這是什麼意思？為什麼他從中創作出一個故事？當我們讀著一個又一個故事時我們會問。一個男人愛上一個已婚女子，他們別後重逢，最後將他們的境況留與別人議論，通過什麼方式，他們才能掙脫「這種忍無可忍的束縛」。

「『怎麼辦?怎麼辦?』他緊抱著頭問道。……看來好像很快就會找到解決方法,接著,就會開始一種光彩奪目的新生活。」那篇小說到此結束。郵差駕車送一個學生去驛站,一路上這個學生設法讓郵差說話,但後者一直緘默不語。突然間,那郵差出乎意料地說:「郵車帶人是違反規定的。」他一臉憤怒,在月台上踱來踱去。「他跟誰生氣?跟人、貧窮,還是秋夜?」那個故事又結束了。

我們會問:難道這就是結局嗎?我們總有跑在休止符之前的感覺,或者說,就像一首曲子在預料中的和弦尚未奏出,就戛然終止了。我們說,這些故事沒有結論,接著我們開始假設,短篇小說應當以一種我們認可的方式來結尾,在這種基礎上構成我們的批評。這樣一來,就提出了一個問題:做為讀者我們這樣是否恰當。在主題十分熟悉、結尾非常突出的地方,正如大多數維多利亞小說那樣,有情人終成眷屬,惡棍狼狽不堪,陰謀得以敗露,我們很少會出差錯;但是,在主題不熟悉,結尾如契訶夫小說那樣具有質疑意味或者僅僅告訴讀者他們繼續說下去的時候,我們就需要一種大膽活躍的文學感來讓自己聽到這種曲調,尤其是那些使一切和諧的最後曲調。我們大概得閱讀大量故事才能感覺到(這種感覺對我們的滿意度十分重要)我們將各個部分串連起來,感覺到契訶夫並非文筆散漫、毫不連貫,為了完整地表達他的作品意義,有意識地一會兒敲擊這個琴鍵,一會兒又敲擊那個琴鍵。

1 海格伯格・懷特(Hagberg Wright, 1862-1940),英國俄羅斯文學專家。

我們不得不仔細搜尋，去找出這些奇異故事的重點到底在哪裡。契訶夫自己的話給我們指引了正確的方向。「……我們之間的這樣一種對話，」他說：「在我們的父輩看來是不可思議的。夜晚，他們緘默不語，但睡得很熟。而我們，我們這一代，睡眠不好，煩躁不安，但卻談得很多，總是試圖解決我們是對還是錯的問題。」我們的社會諷刺文學和心理描述技巧都來自於永不安寧的睡眠、無休止的談話；但是，契訶夫與亨利．詹姆斯之間，契訶夫與蕭伯納之間畢竟有很大的差異。那是顯而易見的，但是，這種差異從何而來？契訶夫也意識到了這種社會狀況中的罪惡與不公；農民的狀況使他震驚，但是，改革者的熱情並不是他的熱情——那並不是讓我們停止的信號。他對心靈產生了巨大的興趣，他是人類關係最微妙精巧的分析者。不過，我們又要說，結論不在於此。難道他的主要興趣不在於心靈與其他心靈的關係，而是在於心靈與健康的關係、心靈與向善的關係？這些故事總是在向我們展示某種假模假樣，裝腔作勢，言不由衷。某個女人遇上了虛偽的親戚，某個男人由於環境的殘酷而墮落了。心靈受了傷；心靈的創傷治癒了；心靈的創傷沒有痊癒。這些是他故事中的重點。

一旦人的眼睛適應了這些陰影，小說的半數「結論」就會逐漸消失；它們像身後有一盞燈的透明體那樣顯現——華而不實、豔麗奪目、粗略膚淺。小說最後一章的一般性結局，以書中人物締結良緣、死亡，或者大肆吹播作者的價值觀成了最基本的類型。我們覺得，什麼問題也沒有解決，什麼也沒有恰如其分地加以歸納。另一方面，開頭顯得如此漫不經心、沒有結論、耽於瑣細的方法，如今看來是一種極具獨創性、極其考究的情趣產生的結果，它大贍選擇題材、恰當安排佈局，並且受制於一種真誠。這種真誠除了在俄羅斯人中，別處無法找到足以媲美的品質。這些問題可能沒有答案，但同時，讓我們不要偽造證據，來創造某種恰當的、得體的、能滿足我們虛榮的東西。這可能並不是吸引公眾注意的方法，公眾畢竟習慣於更高亢的音樂、更強烈的韻律，但是，這支曲子既然這樣演奏，他就得如實寫下。結果，當我們讀到這些沒有結論的小故事時，眼界卻開闊了，心靈獲得了一種令人驚異的自由感。

在讀契訶夫作品時，我們發現自己在一遍又一遍地重複「靈魂」這個詞。它點綴在書頁之中。老酒鬼肆意地使用它，「……你高居行政機構的上層，高不可攀，但是沒有真的靈魂，我親愛的孩子……靈魂裡毫無力量。」確實，靈魂是俄羅斯小說中的主要角色。在契訶夫的作品中，靈魂是微妙精細，易受各種情緒與興致的控制；在杜思妥耶夫斯基作品中則更具深度、更有分量，它容易引發極度不安和狂躁，但它仍占主要地位。可能這就是為什麼英國讀者要花費那麼大的努力來讀兩遍《卡拉馬佐夫兄弟》（*The Brothers Karamazov*）或《群魔》（*The Possessed*）。這個「靈魂」與他格格不入，甚至令人反感。它幾乎沒有幽默感，沒有任何喜劇感。它沒有定形，與知識界鮮有來往。它混亂、散漫、騷動，彷彿不甘受詩歌的邏輯或規則約束。杜思妥耶夫斯基的小說是沸騰的漩渦、旋轉的沙塵暴，是嘶嘶作響、翻騰不已、把我們吸進去的龍捲風。它們完完全全由靈魂的材料構成。違背我們的意願，我們極不情願地被吸進去，旋轉起來，被攪得頭昏眼花、透不過氣來，與此同時又充滿眩暈的欣喜。除了莎士比亞作品之外，不再有比這更激動人心的讀物。我們打開大門，發現自己進入一個屋子，那裡盡是俄羅斯將軍、俄羅斯將軍的家庭教師、他們的繼女和表親，以及形形色色的人群，他們正竭盡全力大聲議論自己最隱秘的私事。可是，我們究竟置身何地？當然，小說家有責任告知我們是在飯店、公寓還是來到了租賃的寓所裡。沒有人想到需要給予解釋。我們是靈魂，受折磨、不幸的靈魂，唯一職責就是談論、揭露、懺悔，從肉體與神經的傷口中把那些在我們心底的沙灘上爬行、難以捉摸的罪孽抽曳出來。但是，當我們傾聽時，我們的混亂心情慢慢地平靜下來。一根繩子向我們扔過來，我們抓住了一段獨白；我們用牙齒咬住繩子，被匆忙從水裡拖過去；我們狂亂地向前奔跑，時而浸沒在水中，時而又浮於水面，理解了更多我們不曾理解的東西，得到了我們以前慣於在生活最大壓力之下才獲得的啟示。我們飛奔前進時，看清了這一切——人們的名字和他們之間的關係，他們正待在盧登堡一家店裡，波麗娜被捲入了一場與格里奧克斯侯爵有關的陰謀之中——但與靈魂相比，這些是多麼微不足道的東西啊！要緊的是靈魂，是它的激情、它的騷動、它的美與醜驚人的混合。如果我們突然尖聲狂笑，抑或被最為劇烈的啜泣所震懾，那麼，還有什麼比這更加自然的嗎？——這幾乎不會引起議論。我們生活的節奏非常快，我們飛奔向前時，車輪一定會擦出火花。此外，當速度變得如此之快，靈魂的要素不是像我們遲鈍的英國腦袋想像的那樣毫不相干地出現在幽默的情境，或充滿激情的場景中，而是夾雜其間，深陷其中，無法擺脫地混成一體時，這就揭示出人類思想的一種嶄新全景。古老的界限完全融合了。人既是惡棍又是聖賢；他們的行為既美好又令人厭惡。我們在同一時間既愛之深又恨之切。我們所熟悉的善惡之間不再有明確的分界。我們最愛的那些人常常是最嚴重的罪犯，最卑劣的罪人卻深深觸動了我們，使我們產生強烈的崇敬和熱愛之情。

猛然沖上浪尖，又被捲入海底撞得粉身碎骨，這對一個英國讀者來說是很難感到閒適自如的。他在英國文學中所熟悉的那種過程被顛覆了。如果我們想要敘述一位將軍的愛情故事（首先我們覺得很難不去取笑一位將軍），那麼，我們應該從描述他的住房開始，我們該使他的環境具體化。只有當一切就緒時，我們才應該來設法處理將軍本人。另外，在英國占主導地位的不是俄式茶湯壺而是英國茶壺；時間有限，空間擁擠；別人觀點的影響、別的圖書的影響，甚至其他時代的影響都會顯現出來。社會劃分為低、中、高等，每個階層都有自己的傳統、自己的風格，而且，在某種程度上還有自己的語言。無論他願意與否，英國小說家不斷受到壓力，讓他認識到這些障礙，最後，就把某種秩序和某種形式強加到他頭上；他傾向於諷刺而非憐憫，傾向於仔細觀察社會而非理解個體。

杜思妥耶夫斯基卻沒有這樣的限制。無論你是貴賤、流浪漢還是貴婦人，對他來說都一樣。無論你是誰，你是容納這種錯綜複雜的液體，容納這種模糊的、動盪的、珍貴素質——靈魂——的器皿。靈魂不受障礙限制。它四處洋溢，大量湧出，與其他靈魂交織在一起。一個買不起酒的銀行職員的簡單故事，我們明白發生什麼事之前，就蔓延到他岳父以及他岳父粗暴對待的五個情婦的生活、郵差的生活、打雜女傭的生活，以及居住在同一公寓街區的公主的生活，因為杜思妥耶夫斯基的作品無所不包；他疲倦時，並不停止，而是不斷向前。他不能限制自己。它跌落到我們身上，熱切、辛辣、混雜、奇異、可怕、沉重，這就是人類靈魂。

剩下來尚未討論的是最偉大的小說家，因為除此之外我們還能怎樣稱呼《戰爭與和平》（*War and Peace*）的作者呢？難道我們也將發現托爾斯泰是一位異己、難懂的外國人？無論如何，在我們成為他的門徒、失去自己的方向前，他的視角中有什麼奇特之處使我們在懷疑與困惑中與他保持一定距離嗎？從他最初的話語中，我們至少可以肯定一件事：這裡有一個人，他見到我們見過的東西，並像我們所習慣的那樣繼續觀察下去，不是從內向外，而是從外向內。這裡有一個世界，那裡，晚上八點聽到郵差的叩門聲，人們在十點至十一點之間就寢。這裡還有一個人，他並不粗暴無禮，不是自然的寵兒，他受過教育，有著各種各樣的經驗。他是那些用足了特權的天生貴族中的一員。他是大都市人，不是郊區居民。他感覺敏銳、十分理性、很有教養。來自這樣的思想、這樣的軀體對生活的抨擊，有點令人自豪，堪稱一流。似乎什麼也逃不過他。沒有什麼從他面前掠過而不留下記錄。因此，沒有人能夠如此精確傳達運動的興奮、駿馬的優美、世人的強烈渴望對一位壯實青年感官的影響。每一條樹枝、每一根羽毛都吸附上他的磁鐵。他注意到兒童衣服上的藍色或紅色，注意到駿馬的擺尾方式、咳嗽的聲音，注意到試圖將雙手插入已縫合的口袋裡的男人的一舉一動。他準確無誤的眼睛記錄一次咳嗽或兩手的細微動作，他準確可靠的大腦則指向隱藏在人物性格中的某種因素，這樣，我們就瞭解了他的人物，不僅僅通過他們戀愛的方式、他們的政治觀點以及靈魂的不朽，而且通過他們打噴嚏、噎到的樣子。甚至在譯文中，我們感到自己到達了一座山巔，一副望遠鏡塞到了手中。一切都是令人吃驚地清晰，一切都是絕對地鮮明。然後，突然之間，正當我們在歡呼雀躍，在深深地呼吸，感到既振奮又得到淨化時，某個細節，可能是一個人頭，以一種令人驚恐的方式從那幅圖景中來到我們面前，彷彿它生命本身的力量突顯出來。「突然間，一件奇怪的事發生在我身上：首先，我看不見周圍的東西，接著，他的臉好像消失了，只剩下眼睛對著我的眼睛閃閃發亮，接下來，那雙眼睛似乎進了我的腦袋，然後，一切都變得混亂不堪，我什麼也看不見，不得不闔上眼睛，為的是擺脫他的凝視在我身上產生的那種既快樂又恐怖的感覺……」一次又一次地，我們分享《快樂家庭》（*Family Happiness*）中瑪莎的感覺。人們閉上眼睛來逃脫這種既快樂又恐怖的感覺。最明顯的感覺往往是快樂。就在這個故事裡，有兩處描述，一處是一個女孩夜晚與戀人在花園裡散步，另一處是一對新婚夫婦在客廳裡輕快地走動。這些描述把強烈的幸福感成功地表達出來，使我們閤上書以便更好地去品味這種幸福。但是，總有一種恐懼成分使我們像瑪莎一樣渴望逃避托爾斯泰凝視我們的眼光。難道他描寫的這種幸福過於濃烈以致不能持久？我們處於災難的邊緣，就是真實生活中可能煩擾我們的這種感覺嗎？抑或，我們的這種十分濃烈的快樂難道不有點令人生疑，並使我們與《克麗采奏鳴曲》（*Kreutzer Sonata*）的勃茨涅謝夫一起發問：「但是，為什麼要活著？」生活主宰了托爾斯泰，就像靈魂主宰了杜思妥耶夫斯基。所有絢麗燦爛的花瓣中央總是有一隻蠍子，「為什麼活著？」書中總有某個叫奧列寧、或皮埃爾、或列文的人，他集所有經歷於一身，將世界玩弄於指掌之間，而且從不停止發問，即便他在享受生活時也要問：生活的意義到底是什麼，我們的人生目標應該是什麼。能夠最有效地破滅我們各種欲望的並不是牧師，而是瞭解這些欲望並且熱愛過這些欲望的人。當他也來嘲弄這些欲望時，確實，這個世界在我們腳下變成了塵土。因此，恐懼與快樂融合在一起。三位偉大的俄羅斯作家中，正是托爾斯泰最吸引我們，也最讓我們不快。

但是，我們的思想從它的誕生地就帶上了偏見，毫無疑問，當它涉及到像俄羅斯文學這種異己的文學，必定離開真相甚遠。

（石雲龍 譯）

輪廓

一、米特福德小姐

坦率地說，《瑪麗・羅素・米特福德及其環境》[1]（*Mary Russell Mitford and Her Surroundings*）不是一部好書，它既不能開闊視野又不能淨化心靈。書中沒有寫首相，也沒有怎樣描寫米特福德小姐。不過，當一個人準備開始說真話時，他必須承認，有一些書是無需用思想也不用心靈去讀的，但依然可以獲得相當多的樂趣。切入正題，這些剪貼簿（它們很難稱得上傳記）最大優點在於它們聽任謊言流行。人們無法相信希爾小姐對米特福德小姐的描述，因此我們可以任意地創造自己心目中的米特福德小姐。我們一點也不指責希爾小姐說謊，那種弱點完全是我們自己的。譬如，「艾爾雷斯福德是她的出生地，她對大自然的熱愛鮮有人能及，她的作品『散發著乾草地的氣息和山楂枝的香味』。」看來向我們飄送了

1 米特福德（Mary Russell Mitford, 1787-1855），英國作家，她有關鄉村生活的雜誌文章收在《我們的村莊》。本文即作者依據 Hill Constance 所撰寫的這本傳記寫成。

「徐徐清風，吹過金黃色麥田，吹過雛菊遍野的草地」。一點也不假，米特福德小姐出生在艾爾雷斯福德，然而，如果那樣一寫，我們就懷疑她究竟有沒有出生。希爾小姐說她確實出生了，是生「在一七八七年十二月十六日，『真是一座舒適的房子，』希爾小姐寫道：『早餐廳……是一間高大而寬敞的房間』。」所以，米特福德小姐大約在一個雪日早晨八點半，博士喝第二和第三杯茶之間誕生在早餐廳。「請原諒。」米特福德夫人說，臉色變得有點蒼白，沒有嘔吐，卻沒有忘記在丈夫茶裡加上適量的奶油，「我覺得……」那就是謊言開始的方式。她的方式似乎有理，甚至很巧妙。比如，關於奶油可能稱得上基於史實，因眾所周知，瑪麗在愛爾蘭中彩得了兩萬英鎊時，博士將它統統用來買威基伍德瓷器，中獎號碼印在湯盤上一把愛爾蘭豎琴圖案中央，覆蓋著米特福德紋章，約翰．伯特倫（John Bertram）爵士的格言環繞四周。伯特倫爵士是征服者威廉（William the Conqueror）的騎士之一，米特福德家族聲稱有其血統。「注意，」謊言說：「博士以什麼樣的姿態在飲茶，而她，可憐的女人，在離開房間時又是如何努力行屈膝禮。」茶？我詢問道，博士儘管身形俊偉，但已經臉色醬紅，像一隻紅公雞，在他那漂亮的襯衫褶邊上面大發雷霆。「自夫人們離開房間後」，謊言開始說，繼續捏造出一堆假話，只為了證明米特福德博士在累丁地區養了一個情婦，並且以投資德．查瓦尼斯侯爵（Marquis de Chavannes）發明的照明供熱新法的名義付錢給她。最後，殊途同歸，進了高等法院監獄；但謊言沒有讓我們聯想到該地與文學和歷史的關係，就漫步到了窗口，又用陳詞濫調轉移我們的注意力，說還在下雪。古代的暴風雪中有十分迷人的東西。天氣在歷史上幾乎和人類變化得一樣多。那時候的雪更加有稜有角，而且比我們的雪柔軟得多，正如一頭十八世紀的母牛不像當代的牛，而更像伊麗莎白時代牧場那種紅潤而暴烈的牛。在文學中的這方面很少受到注意，而無可否認的是，它有一定的重要性。

我們聰明的年輕人在尋找主題時可能會做得很糟，還不如花費一、兩年在文學中的母牛、文學中的雪，在喬叟和考文特瑞·帕特莫爾[2]作品中的雛菊上。無論如何，雪下得很大。樸茨茅斯郵車已經迷了路，數艘船隻沉沒了，瑪蓋特碼頭已完全毀壞。在哈特菲爾德·帕瓦瑞爾二十頭綿羊被活埋，儘管其中一頭靠啃食附近的甜菜支撐了下來，很令人擔心法國國王的馬車已經陷在通往科切斯特的路上。這是一八〇八年二月十六日。

可憐的米特福德太太。二十一年前她離開了早餐廳，到現在還沒有聽到她孩子的消息。甚至連謊言也感到有些害臊。她拿起《瑪麗·羅素·米特福德及其環境》，向我們保證，只要我們有耐心，一切都會正常，法國國王的馬車往勃金途中，勃金住著查爾斯·墨里·安斯利勛爵和夫人；查爾斯勛爵生性靦腆。查爾斯勛爵總是很靦腆。有一次，瑪麗·米特福德五歲時，即失去羊隻、法國國王去勃金的十六年前，瑪麗「跑到他的椅子前，錯把他當做我爸

2 考文特瑞·帕特莫爾（Coventry Kersey Dighfon Patmore, 1823-1896），英國詩人，中年皈依天主教，作品歌頌夫婦之愛和神之愛，主要作品有長詩《家裡的天使》、詩集《無名的愛神和其他頌歌》等。

爸，使他氣惱得面紅耳赤」。他確實得離開這間屋子。希爾小姐有點異乎尋常地發現查爾斯勛爵及夫人的社交圈令人愉快，不甘心不「引進一個與發生在一八〇八年二月有關的事件」就離開。但是，米特福德小姐與它有關係嗎？我們問，因為無聊的話總該有個盡頭吧。在某種程度上，那查爾斯夫人是米特福德家的表親，而且查爾斯勛爵很靦腆。即便根據這些條件，謊言完全準備好去應付「這個事件」。但是，我們重申，我們已經受夠了無聊的話。米特福德小姐也許不是一位偉大的女性，因為就我們所知，她甚至不是個好女人，但做為評論者，我們有些責任是不會迴避的。

首先，是英國文學。自然的美感從來就沒有在英國詩歌中完全喪失過，無論母牛如何隨時代而變化。然而，在這個方面，波普與華滋華斯的差異是巨大的。《抒情歌謠》（*Lyrical Ballads*）於一七九八年出版，而《我們的村莊》（*Ours Village*）一八二四年問世。一是以詩體寫成，另一是以散文揮就，沒有必要費心去加以比較，但這種比較不僅包含公正的成分，而且包含許多書冊的種子。米特福德小姐和她的祖先一樣，喜歡鄉村更甚於城市；因此，或許不妨來談一談薩克森王（King of Saxony）、瑪麗·阿寧（Mary Anning）和魚龍。不用提瑪麗·阿寧和瑪麗·米特福德有同樣的教名這件事，進一步聯繫她們的是很難稱之為事實，但說是可能性也許沒有危險。米特福德小姐在萊姆·雷吉斯尋找化石時，比瑪麗·阿寧找到化石只早了十五年。薩克森王一八四四年參觀萊姆，在瑪麗·阿寧的窗戶裡看到了魚龍的頭，就請她趕往皮尼去探勘岩石。他們在尋找化石時，一位老婦人坐進國王的馬車裡，她是瑪麗·米特福德嗎？事實迫使我們說，她不是；但是毫無疑問，我們說這話時並沒有開玩笑，瑪麗·米特福德常常表示但願她認識瑪麗·阿寧，不過非常遺憾地，我們不得不承認她從來就不認識後者。因為，我們已經研究到一八四四年；瑪麗·米特福德五十七歲，而且迄今為止，由於謊言及其閒扯的方式，我們對她所有的瞭解只是她不認識瑪麗·阿寧，沒有找到魚龍，沒有在暴風雪中出門，而且沒有見到法國國王。

現在是擰住這個怪物脖子，從頭開始的時候了。

那麼，當希爾小姐決定寫《瑪麗·羅素·米特福德及其環境》時，是出於什麼考量呢？有三種因素比較突出，可能至關重要。首先，米特福德是位淑女；其次，她出生於一七八七年；第三，出於某種原因，能讓女性寫傳記的名女人愈來愈少。例如，關於涉孚人們知之甚少，即便那為人所知的點點滴滴也不完全屬於她。珍·格雷夫人[3]有價值，但卻無可否認晦澀難懂。至於喬治·桑[4]，我們知之愈多就愈難苟同。喬治·艾略特被引向了邪路，並非所有她的哲學可以開脫。無論我們如何盛讚勃朗特姐妹的天才，她們都缺乏淑女特徵的那種難

3 珍·格雷（Jane Grey, 1537-1554），英國「九日女王」，愛德華六世指定的王位繼承人，登上王位九天後，即為瑪麗一世取代，被控叛國而斬首。

4 喬治·桑（George Sand, 1804-1876），法國女作家，著有《我的一生》《一個旅行者的書信》等。

以描述的東西；哈里特．馬蒂諾[5]是一個無神論者，白朗寧夫人[6]是已婚婦女；珍．奧斯汀、范妮．伯尼[7]和瑪麗亞．埃奇沃思已經被研究過了，這樣，考慮到種種因素，瑪麗．羅素．米特福德是僅剩的一位婦女。

當我們看到一本書的背面印有的「環境」這個詞時，就不必大談日期的重要性了。人們指稱的環境即十八世紀的環境。這個詞涉及到「看著從樓上房間通下來的台階，我們幻想看到了那個微小人形從一個台階跳向另一個台階」；談到那個詞（我們當然會談到）時，我們的情感受到最大的傷害就是，別人告訴我們那些台階是雅典式、伊麗莎白時代式的，或者是巴黎式的。它們當然是十八世紀的台階，從那有鑲板的古老房間通向濃蔭的花園，在那裡威廉．皮特[8]玩著傳統的彈子遊戲，或者，如果我們想像再豐富一點，那麼，在那裡靜靜的夏日中，我們幾乎可以幻想聽到法國海岸上拿破崙的戰鼓聲。拿破崙是想像一側的極限，正如蒙默思[9]是另一側極限。如果想像拿愛伯特親王[10]或者約翰王來消遣，那會帶來致命的後果。不過，幻想有自知之明，不用強調她的位置在十八世紀。另一點更加模糊。必須是位淑女。但是，那意味著什麼以及我們是否喜歡它意味的東西，都有些令人生疑。如果我們說珍．奧斯汀是淑女，夏洛蒂．勃朗特不是，這就等於我們需要做必要的定義工作，而不表示偏好哪一方。

毫無疑問，正是由於她們的緘默，希爾太太站到了夫人們一邊。她們遇到事情只是嘆息或是微笑，但從來不會抓住銀桌腿不放，也不會將茶杯猛擲到地上。在許多方面，能相信某人一輩子都不會提高嗓門，是很大的方便。十六年是相當長的時間，但對於一位夫人，這樣說就足夠了：「在這裡，瑪麗．米特福德度過了十六年歲月，在這裡，她開始懂得並愛上了自己美麗的土地，而且還愛上了周圍綠樹成蔭街巷的每一個轉彎處。」她的愛是寬泛的，她的街巷是陰涼的。當然，她在珍．奧斯汀和舍伍德太太受過教育的學校裡受了教育。她參觀了萊姆．雷吉斯，還提到了科布。她在聖保羅教堂的頂上俯瞰倫敦，那時的倫敦比現在可要小得多。她從一棟迷人的房屋搬進另一棟，好幾位著名的文人恭維過她，並來參加茶會。餐廳天花板落下來時，沒有砸在她的頭上；她買彩票就中獎。如果在上述句子裡有任何兩個以上音節的詞，那都是我們的錯，與希爾小姐無關；要公正地對待那位作家，書中有許多完整的句子不是從米特福德小姐處引用的，就是克里西先生（Mr. Crissy）的權威性引文提供

---

5 哈里特．馬蒂諾（Harriet Martineau, 1802-1876），英國作家，著有《政治經濟學的解說》。

6 白朗寧夫人（Elizabeth Barrett Browning, 1806-1861），英國詩人，著有《詩集》及小說《奧羅拉．李》。

7 范妮．伯尼（Fanny Burney, 1752-1840），英國小說家，以其詼諧而世故的書信和日記著名。

8 威廉．皮特（William Pitt,1759-1806），曾任英國首相。

9 蒙默思（James Scott Monmouth, 1649-1685），英王查理二世私生子，參與輝格黨反對查理和詹姆斯的陰謀（1682-1683），為謀王權率農民軍反叛詹姆斯二世（1685），兵敗被俘斬首，稱號為蒙默思公爵（Duke of Monmouth）。

10 愛伯特親王（Prince Albert, 1819-1861），維多利亞女王的丈夫。

的。

但是，生活是多麼危險的事情！誰能肯定非純紅木製成的東西會在陽光下閒置到底？甚至連碗櫥也有鮮為人知的彈簧，希爾小姐肯定是漫不經心地碰觸到它時，說起來很可怕，一個矮胖的老先生竟倒了出來。用簡明的英語說，米特福德小姐有個父親。其實那真沒有什麼不妥的，許多婦女都有過父親。但米特福德的父親是關在碗櫥裡的；那就是說，他不是一位可愛的父親。希爾小姐甚至猜測當「由鄰居和朋友組成的壯觀隊伍」送他到墓地時，「我們不禁想到，這與其說是對他表示特殊敬意，毋寧說是向米特福德小姐表示同情和敬重。」儘管這種評判十分苛刻，這個貪吃貪喝又貪色的老人做了該受報應的事，對他談論得愈少愈好。只是，如果從童年時代起，你的父親就先用你母親的、然後用你的財產去賭博、投機，花光你賺的錢，逼你去掙更多的錢又把它花光；如果他在年老時躺在沙發上堅持說新鮮空氣對女兒有害，如果他在彌留之際，遺留下只有賣掉你所有的一切、依靠朋友救濟才能還清的債務，那麼，任何女性都會偶爾提高嗓門的。米特福德小姐曾說過一次：「離去是件痛苦的事；在那裡我辛勤地勞作、努力奮鬥，嘗到了許多婦女常遭遇的極大憂慮、恐懼和希望。」對一位貴婦人而言，這是什麼樣的語言！一個還擁有一把茶壺的淑女。在那書頁下端還有一把茶壺的素描。不過，現在談論它已經沒有用了，米特福德小姐已經把壺打得粉碎。那是寫婦女時最壞的描述，她們有茶壺也有父親。另一方面，米特福德先生的一些威基伍德食具殘片猶在，瑪麗讀書時得到的獎品——《亞當地理學》——「暫時在我們手裡」。如果這個建議沒有什麼不妥的話，下一部書是否可以專寫他們？

二、本特利博士[11]

當我們信步走過本利特博士曾經主宰過的那些聲名顯赫的庭院時，我們有時會看到一個身影快速地走向小教堂或禮堂。人影消失時，我們的思緒熱烈地跟隨他而去。據說，那人對索福克勒斯瞭如指掌，熟知荷馬；讀品達[12]作品猶如我們讀《泰晤士報》（*Times*）。他除了短暫外出吃飯和禱告外，終其一生都與希臘作品為伴。確實，我們教育的種種薄弱環節使我們無法欣賞他那本該得到獎賞的校勘，他一生的工作對我們來說好比一本封緘的大書；不過我們依然銘記他那黑色長袍的最後閃現，感覺到彷彿一隻極樂鳥在我們身邊掠過。他精神的羽衣十分鮮亮，在十一月一個傍晚的朦朧之中，我們有幸看到它飛進來棲息在開著不凋花和魔草的原野。在所有人中，偉大的學者最神秘、最有威嚴的。既然我們無法與他們深交，也不可能常見到他們，或只看到他們在黃昏時走進庭院的黑色長袍，那麼，我們能做的就是

11 本特利博士（Richard Bentley, 1662-1742），英國牧師、古典學者，以其《致約翰．穆勒書》著稱。

12 品達（Pindar, 西元前 518?-438?），古希臘田園詩人，作品完整保存至今的僅有《競技勝利者頌》四十五首，品達體頌歌即因其得名。

閱讀他們的傳記，譬如，芒克（James Henry Monk）主教寫的《本特利博士傳記》（*Life of Dr Bentley*）。

在那裡，我們會發現許多怪事，幾乎找不到令人安心的內容。他是我們最偉大的學者，讀起希臘文就像我們當中學識最淵博者讀英文那樣，不僅能準確地理解語義和語法，而且感覺如此精微而廣博。他感知到語言中的關係和暗示，能補上湮沒的詩行，並能為殘存的片段注入新生命。他應深受美的薰陶（如果他們對古典名著的評價屬實的話），就像蜜罐充滿了糖一般。然而，恰恰相反，我們發現他卻是最愛爭吵的人。

「我想沒有多少人像他那樣，三年內在高等法院打過六場官司。」他的傳記作者寫道，並補充說本特利打贏了所有官司。很難否定他的結論，儘管本特利博士可能是一流的律師或偉大的戰士，但「這種炫耀適合任何人，就是不適合博學而莊嚴的牧師」。但是，並非所有的爭論都出自他對文學的熱愛。他不得不親自辯駁的那些指控，矛頭指向他擔任劍橋大學三一學院院長而提出的。他習慣性地不去小教堂，他用在建築和家庭生活的開銷過大，他在沒有達到法定十六人出席的會議上使用學院印章，諸如此類。簡而言之，三一學院院長的經歷即一連串不斷的進攻和挑釁的經過，其中本特利博士對待三一學院董事會就像一個成人對付一伙難纏的街頭流浪兒童。他們敢暗示院長住宅能容四人並排走的樓梯已經足夠寬了？他們不批准他花錢造新樓梯嗎？一天晚上禮拜儀式結束後，他在大法庭會見了他們，繼續彬彬有禮地向他們詢問。他們拒絕讓步。這時，本特利突然變了臉色，並提高嗓音問是否「他們忘記了他那柄生了鏽的劍?」」，那劍的分量早已壓在邁克爾．哈欽森先生及其他人的背上，他們對上級施加了壓力。二百五十英鎊的帳單付了，他們的晉升也就有了保障。但是，本特利沒有坐等他們屈服才來建成他的樓梯。

於是，此事年復一年地進行。他設想的事物壯麗而實用，諸如建立後花園、天文台、實驗室，但這並不能說明他舉止傲慢就有理。他還以同樣的專橫跋扈來滿足更多的欲望，有時他需要煤炭，有時要麵包和啤酒；而且，本特利太太派女傭手持象徵權威的鼻煙盒，由學院付帳從食品庫房取走了這些物品，數量遠遠超過學院認為本特利博士的需要。另外，他家曾有四個學生寄宿，他們付足了膳食費，但在鼻菸盒的指令下，學生的食物又從學院免費取來。人們可能期待院長遵守「溫文儒雅」的原則（他是大學者，沉浸在經典作品的芬芳中），卻沒有作用。他爭辯說，自己掏錢在那四位貴族房間裡裝的三扇推拉窗，足以抵過他們吃的「幾塊學院麵包」，但他的說辭並沒有說服校董事，一七一九年三一節，當董事們發現聞名遐邇的學院啤酒不合胃口時，僕役長告訴他們這是根據院長的指令，啤酒是用貯藏在院長庫房裡的麥芽釀造的。雖然麥芽被「一種叫象鼻蟲」的昆蟲蛀過了，但院長還是要求按非常昂貴的價錢支付。

有關麵包和啤酒的爭鬥還只是瑣碎小事、家庭瑣事。他職業生涯中的行為會使我們的調查更加清楚，因為從磚塊和建築、麵包與啤酒、青年學子與窗子中解脫出來，我們可能會發現，他在荷馬、賀拉斯[13]和馬尼里烏斯[14]的藝術氛圍中拓展，並在研究中證明了那些經過世代飄送到我們身邊的影響的良善本質。但是，這種證據對那些僵死的語言更加不利。大家公認，他在法拉利斯（Phalaris）文學的大辯論中表現十分出色，他的性情溫和，學識淵博。隨著成功而來的是一連串爭執，強加給我們那種學者和天才、權威和神權之爭的非凡壯觀場面。他們為希臘、拉丁文本而爭吵，互相謾罵，完全像賽馬場上的賭徒或是後巷裡的洗衣婦。因這種脾氣的暴烈和語言的惡毒不僅限於本特利一人，令人遺憾地它們似乎成了這個行業的特點。早在一六九一年，他的弟弟牧師霍迪因為他寫 Malelas 而不是霍迪喜歡的 Malela 而與他發生爭吵。在這場爭吵中，本特利展現了學識和才智，霍迪寫了連篇累牘的反對意見，激烈抨擊那個多加的 s。霍迪被擊敗了，「有太多的理由可以相信，這個小事造成的傷害後來從沒有癒合過。」確實，修改一行詩就要破壞一段情誼，萊登的格羅諾維亞斯（James Gronovius）——本特利說他是「學識平庸，沒有才氣的侏儒」——攻擊了本特利十年，因為本特利成功地校正了他沒有能訂正的卡利馬科斯[15]的殘篇。

但是，格羅諾維亞斯不是唯一怨恨對手成功的學者，連頭髮斑白、經典作品校勘耗掉四十年時光，都不能使這種積怨釋懷。當一種新理論或者新版問世時，歐洲所有主要城鎮裡居住著像烏特勒支的德．鮑烏（de Pauw）這樣臭名昭著的人，「公認是害群之馬、給文學界帶來恥辱的人」，就聯合起來嘲弄、羞辱學者。「……他的所有作品」，芒克主教評論德．鮑烏時說：「證明他缺乏公正、誠實、風度，缺乏紳士情感：他身上集合了批評家或評論家所有的缺陷和惡劣品質，並且又加上他自己獨特的一點，經常使用下流的暗示。」有這樣的性情，這樣的習慣，難怪那個時代的學者有時會用自己的雙手結束因為痛苦、貧困和疏忽而無法忍受的生活，如約翰生，他一生致力於尋找釋義的細微錯誤，後來精神失常，在諾丁漢附近大草原上淹死了。一七一二年五月二十日，三一學院震驚地發現希伯來語教授賽克博士「今晚掌燈時分前某個時候，在窗框裡」上吊身亡。庫斯特死時，有報導說他也是自殺而亡的。在某種意義上可以這麼說。因為，當他的遺體被解剖時，「在他下腹部發現了一塊沙狀結石，我認為，起因是他幾乎慣於弓著身子，在一個非常矮的桌上寫作，地上圍著三、四圈書，我們通常見到他時就是這樣。」窮教師的思想由於一輩子被忽略，一生從事研究而被扭曲了，譬如反對國教的學園派的約翰・克爾，他因為能與本特利博士在院長住宅共進正餐而感到非常滿足。席間，他們談到了 equidem 這個詞的用法，他回家收集了有關 equidem 與博士觀點截然相反的所有用法，回到院長住宅，他天真地以為會受到熱烈的歡迎。他剛好遇上博士正要出門去與坎特伯雷大主教共進正餐，於是不顧後者的冷漠和惱怒，跟隨他上了街。博士甚至連一句道別的話都沒有對他說，他回家思量著受到的傷害，等待復仇之日。

13 賀拉斯（Horace, 西元前 62-8），羅馬抒情詩人，其《頌歌》和諷刺作品對英國詩歌有重大影響。

14 馬尼里烏斯（Manilius, 創作時間在一世紀初），羅馬勸世詩人，生平不詳。

15 卡利馬科斯（Callimachus, 西元前 305?-240?），古希臘學者，亞歷山大派代表詩人，創作了大量散文和詩歌作品，以闡釋風俗、節慶、名稱的傳說起源的長詩《起源》最著名，但作品大多失傳。

但是，在處理自己的事務中，博士自己沒有刻意消除而是誇大了對小人物的爭執與敵意。他在早年辯論中表現出的謙恭和涵養已經消失了。「……多年來在辯論中遭遇的極度敵意和無節制的憤怒，破壞了他的情趣與評判能力」，儘管爭論的主題是希臘《聖經·新約》，他還是墮落到稱他的敵手為「蛆」「害蟲」「齧齒鼠」「笨蛋」，來指對手膚色的灰暗，影射別人精神錯亂，並強調他那當牧師的弟弟留齊腰鬍鬚這件事來支撐。

本特利博士被暫停了學位，剝奪了院長職務，他大發雷霆、勇於爭鬥、肆無忌憚，終於挺過這些風暴和焦躁，在院長住宅泰然入座。他在室內戴著寬邊帽來保護眼睛，抽著菸斗，欣賞著自己的避風港，向朋友闡述著他的哲理，本特利活了八十年，他說那八十年足夠「讀遍任何值得讀的書」。他以特有的方式補充說：

> 然後我地下的形象將會偉大（譯按：引自維吉爾《伊尼亞德》）

一小塊方石標誌著他在三一學院的墓，但董事們不願在上面記載他曾是他們的院長這一事實。

但是，這個奇異的故事中最不可思議的格言還是不得不寫出來，芒克主教將它記錄下來，就好像它是一件普通的事，無需任何評論。「因為一個既不是詩人、又無詩歌鑑賞能力的人，竟去從事這項工作，不是普通的自大。」這項工作就是查找《失樂園》（*Paradise*

Lost）的每一個語病以及一切低級趣味和錯誤意象的例子。其結果無可避免地令人悲哀。但是，我們不禁要問，它與本特利為人稱頌的表現有何不同呢？如果本特利無法欣賞彌爾頓[16]的詩，那麼，我們怎麼能夠接受他對賀拉斯和荷馬的判斷呢？如果我們不能絕對信任學者，如果人們認為希臘文學研究會提高修養、淨化靈魂——可是，夠了。我們的學者從禮堂回來了，他的燈已經點亮；他的研究得以繼續；現在該結束我們那些不恭的遐想了。再說，這一切發生在很久、很久以前。

三、桃樂絲・內維爾夫人

她在公爵家裡以低下的身分待了一個星期，親眼目睹了大量打扮考究的人成雙成對地下樓吃飯，成雙成對地上樓睡覺。她從畫廊裡悄悄觀察到公爵本人在為玻璃匣裡的小塑像拂塵，而公爵夫人則讓手中鉤針編織品落下地，彷彿全然不相信這個世界會需要鉤針編織品。她透過一扇上層窗戶極目遠眺，看到礫石小徑繞著綠色小島突然轉彎，消失在小樹林裡，它可提供涼蔭又沒有森林的嚴肅。她看到公爵的馬車輕快地駛出，返回時常走與出去不同的路。她的評論是什麼？「精神病院」。

16 彌爾頓（John Milton, 1608-1674），英國詩人，著有《失樂園》。

確實，她是夫人的侍女，但是桃樂絲·內維爾夫人（Lady Dorothy Nevill）如果在樓梯上碰到她，定會找機會指出那與做一位夫人是完全不同的。

我母親總是指出，女工、女店員等等相互之間稱「夫人」是愚蠢的。所有這種事情在她看來只不過是低級趣味的欺騙。她從來就是這麼說。

我們能向桃樂絲·內維爾夫人指出什麼呢？她雖然具備了種種優勢，卻從來沒學會拼寫？不會寫出一個符合語法的句子？她雖活了八十七歲，但所做的一切只不過是將食物送進嘴裡，將金戒指戴在手指上？沉浸在義憤中雖很痛快，但如果我們像侍女那樣認為出身高貴是一種天生的瘋狂，患者只是繼承了祖先的痼疾，並且大多數時候在那被委婉地稱做英國豪宅的陳設舒適精神病院裡，十分淡泊地忍受這些痼疾的折磨，那我們就錯了。

此外，沃波爾家族並非公爵門第。賀拉斯·沃波爾（Horace Walpole）的母親是蕭特（Shorter）家的小姐。在本卷中沒提到桃樂絲夫人的母親，不過她的曾祖母是女演員奧德菲爾德夫人（Mrs Oldfield）。值得大書一筆的是，桃樂絲夫人對此感到「特別自豪」。因此，她並不是典型的貴族，她是被關在鳥籠裡而不是精神病院。通過柵欄看到人們自由自在地散步，有一、兩次她令人驚異地飛到戶外。很難看到比她更快樂、輕鬆、活潑的籠中物；所以，有時人們不禁要問，我們所說的籠中生活是不是被迫旅居世上的智者會選擇的命運。自由自在畢竟意味著被關在外面，意味著浪費大半生去獲取錢財購物、積聚時間享受桃樂絲夫人們第一次睜眼就發現堆在搖籃裡的東西，她的雙眼是一八二六年在伯克利廣場十一號睜開的。賀拉斯・沃波爾曾在那裡住過。在她出生一年後，父親奧福德勛爵（Lord Orford）在一夜狂賭中將它輸掉了。但是，諾佛克的沃爾特登府邸到處都是雕刻和壁爐台，花園裡還有珍稀樹種和一片遠近聞名的大草坪。如果小說家要寫兩個小女孩，她們正在成長，身處幽境但野性十足，與家庭女教師在一起讀波舒哀[17]，投票日騎上小馬走在佃戶前面，他將無法找到比這更迷人、更浪漫的環境。也沒有人能夠否定，某人祖先中是下面這封信的作者一定會無上榮耀。這封信是寫給諾伊奇聖經研究會的，該研究會邀請奧福德勛爵擔任主席。

我長期沉溺於賭桌，最近又迷上了賽馬。我恐怕還經常褻瀆神靈。但我從未散發宗教傳單。這些你們和研究會都明瞭。儘管如此，你們還認為我是主席的合適人選。願上帝原諒你們的虛偽。

在那種情況下，在鳥籠中的不是奧福德勛爵。不過，哎！奧福德勛爵在多塞特郡還擁有

17 波舒哀（Jacques Benigne Bossuet, 1627-1704），法國天主教主教，擁護天主教統治，宣揚天主教教義，反對基督教新教，著有《根據經文論政治》等。

一處鄉村別墅——伊爾新頓府邸，在那裡，桃樂絲夫人第一次接觸到桑樹，後來接觸了哈代，而且我們第一次瞥見了柵欄。我們並不假裝對一般的水手宿舍有興趣；無疑桑椹看起來更加可愛；但當她罵那些砍桑樹建房的人為「野蠻人」，讓人用桑木來製作腳凳，刻上字說「喬治三世曾多次」坐在這上面喝茶，我們就要提出異議——「你一定是指莎士比亞吧？」。不過，由於她後來有關哈代先生的議論證明，桃樂絲夫人並不是指莎士比亞。她「十分欣賞」哈代先生的作品，常常埋怨「郡中世家太愚蠢，無法充分欣賞他的天才」。喬治三世喝著茶，郡中世家不能欣賞哈代先生：桃樂絲夫人無疑是在樊籠之中。

但是，沒有什麼比查爾斯・達爾文（Charles Darwin）和毛毯的故事，更能說明我們此後看到存在於桃樂絲夫人與外部世界之間的屏障。在桃樂絲夫人的消遣中，有養蘭花的嗜好，因此就接觸到那位「偉大的博物學家」。達爾文夫人邀請她去作客，十分坦率地說，她聽說在倫敦社交圈裡周旋的人喜歡被人裹在毛毯中拋起。「我恐怕，」她在信末尾寫道：「我們很難為您提供那種東西。」事實上，把桃樂絲夫人用毛毯裹起來拋起的必要性有沒有在唐恩嚴肅地辯論過，達爾文太太是否含混地暗示她感到丈夫與這位蘭花夫人之間有某種不協調，我們不得而知。但是，我們感到兩個世界在衝撞；而且，衝撞後浮現的殘片並不是達爾文的世界。我們愈來愈多地看到，桃樂絲夫人從一根棲木跳上另一根棲木，在這裡啄啄千里光，在那裡啄啄下大麻籽，沉浸在精美的顫音和華彩樂句中，在一個裝飾華麗自由自在的大鳥籠裡，在大塊糖上磨尖她的喙。鳥籠裡充滿了迷人的消遣活動。她一會兒裝飾那形容枯稿的樹葉；一會兒又對改良驢種產生了興趣；接著她又開始對養蠶事業發生興趣，差一點使澳大利亞蠶農受到威脅，並且「實際上收穫了足夠的蠶絲做一件衣服」；她還是第一個發現花些費用就能將那種腐朽潮溼的木頭做成小箱子的人；她探討真菌的問題，確立了被人忽略的英國塊菌的功效；她引進了珍稀魚類；白費大量精力企圖誘引鸛和康瓦耳郡的紅嘴山鴉到蘇塞克斯來繁殖；在瓷器上作畫，裝飾盾形紋章；將哨子繫在鴿子尾巴上，當牠們飛過天空時，產生「空中交響樂一般」的奇妙聲響。研究天竺鼠烹調方法的這份榮耀當屬撒摩塞特郡的公爵夫人，但桃樂絲夫人則是在查爾斯大街午餐時首批享用這種小生物做成菜餚的人之一。

但鳥籠的門始終是微開著的。內維爾先生所稱的「高級波希米亞文化界」受到了襲擊；桃樂絲夫人偕「作家、新聞記者、男女演員和其他令人愉快的、言談風趣的人」從那裡返回。桃樂絲夫人的判斷得到了證實，他們很少行為失禮，一些人確實變得相當有教養，給她寫了「文采十分優美的信」。但有一、兩次她自己逃出了鳥籠。「這些令人恐怖的人，」她說，暗指中產階級，「是這麼聰明，而我們是這麼愚蠢；不過，看看他們受到多麼好的教育，而我們的孩子除了會花父母的錢以外，其他一無所成。」她為這個現實擔憂。什麼地方出了差錯。她太精明、過於正直，不會至少部分地歸咎於她自己的階層。「我猜想她剛剛學會閱讀吧？」她評說一個自稱有文化修養的夫人；而對另一位則說：「她確實好奇心很強，很適合露天市場。」但在我們看來，她最不尋常的一次飛翔是她去世的前一、兩年，在維多利亞和愛伯特博物館（Victoria and Albert Museum）：

我十分同意你的觀點——儘管我不該這麼說——上層社會非常……我不知道該說什麼，他們好像對什麼都不感興趣，除了打高爾夫球等。有一天，我在維多利亞和愛伯特博物館只看到稀稀落落幾條腿，因為我肯定他們看上去太過輕浮，沒有身體與靈魂會連在上面——不過，讓我的目光變得溫和的是兩個小日本佬全神貫注拿著手冊在每一件作品前細看……，而我們的人在傻笑，什麼也看不到。更糟糕的是，看不到一個上層社會的人：事實上，我從未聽說過他們中任何人知道這個地方，而我們在這上面花了數百萬——這一切太令人痛心了。

這一切太令人痛心了，她覺得斷頭台隱隱約約就在前面。她躲過了那場大災難，因為誰會想去砍掉一個尾巴上繫著鳴哨的白鴿的腦袋？不過，如果整個鳥籠被打翻了，空中交響樂團發出呼嘯、振翼飛過天空，我們可以肯定，正如張伯倫（Joseph Chamberlain）先生告訴她的，她的行為將成為「英國貴族的驕傲」。

四、湯姆遜大主教

湯姆遜大主教（Archbishop Thomson）生平不詳。他的叔公「可以合理地推測」曾經是

「為中產階級增添光彩的人」。他的姑媽嫁給了目睹瑞典古斯塔夫斯三世[18]遇害的一位紳士；他的父親八十七歲時因在清晨踩上一隻貓後去世。這段軼事暗示的勃勃生機與大主教的非凡才智相結合，預示他無論從事什麼職業都會成功。在牛津大學，他似乎可能致力於哲學或科學。在攻讀學位時，他抽時間寫出《思想規則大綱》（*Outlines of the Laws of Thought*），該書「立即成為牛津大學的教科書」。不過，儘管詩歌、哲學、醫學和法學都對他有很大誘惑，但他把這些念頭置於一旁，從不考慮它們，因他一開始就下定決心獻身神職。他在這個更為崇高的領域內的成功有下列事實來證實：一八四二年二十三歲時被委任為執事；一八四五年成為牛津大學女王學院院長和財務長，一八五五年當上教士長；一八六一年成為格洛斯特和布里斯托主教，一八六二年當上約克郡大主教。因此，在四十三歲這樣年輕時，他就僅次於坎特伯雷大主教了；人們普遍但錯誤地期待著他最終也會獲得那個高位。

無論你懷著敬意還是帶著厭煩讀這一年譜，無論你把大主教的帽子看做是王冠還是滅火器，這都是一個氣質和信仰問題。如果像現在的評論家那樣，你願意相信外在品級與內在品級一致的單純信念，即牧師是好人，大教堂教士是更好的人，大主教是最好的人，那麼，你就會發現研究大主教的人生是特別有吸引力的事。他已經拋開了詩歌、哲學和法學，專修德

18 古斯塔夫斯三世（Gustavus，1746-1792），瑞典國王（1771-1792），建立國王全權統治，結束瑞典史上的「自由時代」，實行多種改革，如擴大自由貿易、給予出版自由等，因屬行專制遭貴族反對，被刺殺。

行。他把自己獻給神的事業。他在宗教方面進步很大，在短短二十年的時間內，從執事升到院長，從院長到主教，從主教到大主教。由於全英國只有兩位大主教，從推論的結果看來，他是英國第二好的人，他的帽子證明了這一點。即便從物質的角度看，他的帽子也是最大的之一，比格雷斯頓[19]先生的大，比薩克雷的大，比狄更斯的大；事實上，製帽匠告訴他，我們也願意相信，他的帽子「整整八號」。不過，他像其他人一樣起步。他曾經一怒之下揍過一個大學生並被遣送到鄉下；他寫過一本邏輯教材，還划得一手好槳。但是，在他被授予神職後，他的日記顯示，專業化的過程開始了。他思考了許多有關靈魂的狀態，思考「買賣聖職的毒瘤」，思考宗教改革，思考基督教的意義。「捨己為人，」他得出結論：「是基督教和基督道德的基礎。……最高智慧指的是能夠加強與培養這種捨己為人精神的智慧。由此（不同於庫辛[20]）我認為，宗教遠高於哲學。」日記上有一處提到化學家和毛細作用，但是，即便在這樣的早期階段，科學和哲學也有被擠出的危險。日記很快便改變基調。「在他看來，」他的傳記作者說：「好像已經沒有時間將他的思想寫在紙上。」他只記錄他的活動，而且他幾乎每天晚上外出赴宴。他在一次宴會上結識的亨利・泰勒爵士（Sir Henry Taylor）將他描述成「簡樸、穩健、和善、有才幹而令人愉快」。可能是他的穩健加上他「非常科學」的思想轉變、和藹可親的態度以及魁梧的身材，打動了那些偉大人物，使他們相信基督教會已經找到了一位必要的捍衛者。他「有力的邏輯性」和魁梧的身材使他適合承擔即使最強壯者都感吃力的工作——如何調和當代科學發現與宗教，甚至要證明科學發現是

「真理最強有力的見證」。如果有人能做這件事，湯姆遜就能，他那不受神秘或夢幻意向左右的實際才幹，已經在處理大學事務中得到證實。他幾乎很快就從主教升任大主教；在當上大主教的同時他成了英格蘭首席主教、倫敦查特豪斯公學和國王學院主管、一百二十個聖職授予人，他有權任命約克、克萊夫蘭和東區的副主教，掌握著約克大教堂裡牧師的薪俸。主教府本身是一座巨大的宮殿；他很快就遇到了那個「難題」，是要買整套新家具——「其中很多家具都破舊不堪」，還是重新裝修房子，那會耗費大筆開支。而且，花園裡有七頭母牛；不過，這些可能要被托兒所裡的九個孩子消耗掉。後來，威爾斯親王和王妃來此逗留，大主教自己負責裝修王妃房間的任務。他去倫敦買回八盞調節燈，兩個插蠟燭的西班牙塑像，並提醒自己要買「王妃用的肥皂」。同時，更為重要的事情需要他全力以赴。他已經受到敦促，要「運用你強有力的邏輯去反擊」《論文與評論》（*Essays and Reviews*）作者的「詭辯」，並在一部名叫《信仰的輔助手段》（*Aids to Faith*）中提出回應。附近的謝菲爾德鎮因受教育不足的工人很多，是懷疑與不滿的溫床。大主教把它當做自己的特別職責。他喜歡觀看輾軋裝甲板，並常常對工人大會講話。「這些虛無主義、社會主義、共產主義、芬尼

19 格雷斯頓（William Ewart Gladstone, 1809-1898），英國自由黨領袖，曾四次任首相，實行無記名投票，對外推行殖民擴張政策，出兵侵占埃及，著有《荷馬和荷馬時代研究》等。

20 庫辛（Victor Cousin, 1792-1867），法國哲學家、教育家、歷史學家，創立系統折衷主義，著有《論真、善、美》《現代哲學史教程》等。

亞共和主義和秘密社團是什麼東西?它們到底意味著什麼?」他質問道。「自私自利,」他回答說:「主張一個階級反對其他階級是他們的根本主張。」有一種自然法則,他說,工資根據這個法則上下調整。「你必須接受這種上揚與下降……我們只要能夠讓人們瞭解到那一點,那麼,事情就會好辦得多,順利得多。」謝菲爾德工人的回應是他們送給他五百件鑲銀的食具。不過在湯匙和叉子中間,大概有一定數量的餐刀。

然而,科倫索主教要比謝菲爾德的工人們難纏得多,而且,那些重禮崇義者不斷為難他,以致他那巨大的能量也感受到了壓力。那些提請他決定的問題特別適用嘲弄、惹惱甚至他那樣身材魁梧、性情溫和的人。一個被發現死在溝渠裡的醉鬼或者一個從天窗掉下摔死的竊賊是否應該享受喪葬儀式?別人問他。點蠟燭的問題「最為棘手」;彩色聖帶的佩戴和混用餐杯的管理使他大為頭痛;最後還有約翰·珀查斯牧師,他身穿斗篷式白長袍,頭戴四角帽,「斜橫」繫著聖帶,點燃蠟燭並「毫無來由地」將蠟燭統統吹滅;將黑色粉末注入一隻容器,把黑粉塗在他教區內全體教徒額頭上;在聖餐桌上方懸掛「一座雕像、一幅畫像,或者製成標本的鴿子,蕩來蕩去」。大主教通常性情豁達不易激動,可他卻被大大激怒了,「會不會有一天,使英國國教做為代表民族常識的努力也被認為是罪過?」他問道:「恐怕會的,但我不會見到。我已經經歷了許多,但我並不為我盡了最大努力而後悔。」如果,大主教自己能夠提出這樣的問題,我們必須得承認完全被搞糊塗了。我們這位最好的人情況怎樣呢?他受到折磨和拖累。他花費時間去解決有關製成標本的鴿子和彩色短裙的問題;有時在早飯前寫八十多封信，幾乎沒有時間去巴黎為女兒買一頂帽子；最後，他不得不問自己，這些天當中是否有一天他的行為會被人認為是罪過。

那是罪過嗎？如果是，那是他的過錯嗎？難道他不是一開始就信仰基督教與自我克制息息相關，並不完全是一種常識問題？如果榮譽與義務、浮華與財富積累纏住了他，那麼，身為大主教，他怎麼能拒絕接受呢？王妃必須要有肥皂，宅邸得有家具，孩子們要有奶牛。看上去似乎很可憐，他從來沒有失去對科學的興趣。他隨身攜帶計步器，他是最先使用照相機的人之一；他相信打字機的前景，晚年曾嘗試修過一只破鐘。他還是一位給人快樂的父親；他寫過許多妙趣橫生、行文簡潔、合情合理的書信；他那些出色的故事都十分切題，他死在工作中。當然，他是一個有才幹的人，但如果要堅持說好人——一個好人當大主教容易嗎？可能嗎？

（石雲龍 譯）

贊助人與番紅花

初涉寫作的青年男女常常聽人說，要盡量寫得簡短，寫得清晰明白，只要準確地表達內在思想，不要有其他雜念。這種忠告貌似有理卻完全不實用。在這件事上，從來沒有人補上一條必要條件：「務必要明智地選好贊助人」，儘管那是整個問題的關鍵。因為，書總是寫給人讀的，贊助人不僅僅是給錢的人，而且對於寫作是微妙而隱秘的鼓勵者和啟發者，所以他是否理想至關重要。

這麼說來，誰是那位理想的人呢——能最大限度地誘發作者大腦內涵，幫助作者寫出最豐富多彩、最富活力作品的贊助人？不同的時代有不同的答案。大致來說，伊麗莎白時代的人選擇了貴族和劇院觀眾。十八世紀的贊助人既是咖啡屋才子，又是格拉布街[1]的書商。在十九世紀，大作家為售價半克朗的雜誌和有閒階層寫作。當我們回顧並為這些不同聯盟所帶來的碩果喝彩時，這一切與我們應該為誰而寫的困境相比顯得簡單得令人羨慕，簡直太平常了。因為，目前贊助人史無前例的多，令人眼花撩亂。那裡有日報、周刊、月刊；英國讀者和美國讀者，暢銷書讀者和滯銷書讀者；知識分子讀者和頭腦簡單的讀者；他們現在都組織起自我意識很強的實體，能夠通過各種的喉舌宣傳他們的需求，把他們的讚賞或不滿表達出來。因此，在肯辛頓花園看到第一朵番紅花就感動的作者，在下筆之前，必須要在一群競爭者中選擇最適合他的贊助人。說「把他們都打發掉，只考慮你自己的番紅花」是無濟於事的，因為寫作是一種交流的方式，番紅花只有在人們分享它時才是一朵完美的花。世上第一個人或最後一個人可以只為他自己寫作，但他是一個特例，畢竟不值得羨慕，如果鷗鳥能讀書，作者會對所有的鷗鳥都表示歡迎。

那麼，假定每一位作者在其筆端都有一些讀者或其他人，清高者會說他們應該是順從的讀者，順從地接受作者願意的賜予。雖然這種理論聽起來似乎有理，卻有巨大的風險，因為這樣作者一直意識到讀者的存在，但又自覺比他們優越，這令人不安又令人遺憾，塞繆爾・巴特勒[2]、喬治・梅瑞狄斯和亨利・詹姆斯的作品可用來證明。他們都鄙視讀者，他們都渴望讀者，但他們都沒有贏得讀者，而且相繼將自己的失敗發洩到讀者頭上。逐漸地，他們的作品愈來愈生硬、晦澀而做作。任何作家，如果贊助人與他是地位平等的朋友的話，都會覺得沒有必要忍受這種作品。結果，他們的番紅花是經受扭曲的花朵，雖然美麗鮮亮，卻扭歪了脖子變成畸形；一邊已經枯萎，另一邊則開得過盛。曬曬陽光可能對它們大有好處。那麼，我們是否要走到另一極端去接受（只是想像）《泰晤士報》和《每日新聞》（*Daily*

1 格拉布街（Grub Street），倫敦一條舊街，為潦倒文人聚居之處。

2 塞繆爾・巴特勒（Samuel Butler, 1835-1902），英國作家，以諷刺維多利亞時代英格蘭家庭生活的半自傳體小說《眾生之路》著名。

News）編輯可能向我們提供的優厚條件呢？「二十英鎊現金買你的番紅花，一千五百字整，讓它明天早晨九點鐘之前在全國從南到北的每一張餐桌上開放，署著作者的名字。」

但是，一朵番紅花就足夠了嗎？要照耀得這麼遠，這麼昂貴，還要署上作者名字，難道不需要一朵十分鮮豔燦爛的金黃色番紅花嗎？報刊無疑是繁殖番紅花的專家。但如果看一看這些植物，我們就會發現，它們和每年早春三月在肯辛頓花園草叢中探出頭來的野生小黃花、小紫花關係非常疏遠。報紙的番紅花令人驚奇，是一種異乎尋常的植物，它完整地填補了分配給它的空間。它放出了一道金色的光芒，溫和宜人、熱情友好。它優美精緻，以免有人認為《泰晤士報》上「我們的劇評家」和《每日新聞》上林德先生[3]的藝術是輕而易舉之事。讓一百萬人的大腦在早晨九點鐘啟動，向兩百萬隻眼睛提供生機盎然、輕鬆活潑、趣味橫生的東西，這並不是什麼卑鄙的事。但是，夜晚來臨，這些花朵凋謝了。碎玻璃片從大海裡撈出來就會失去光澤；如果你將高貴的女歌手關在公用電話間裡，她們會像鬣狗一樣嚎叫；最才華橫溢的文章，一旦脫離了適當的環境，也會變成塵土、沙子和秕穀。保存到書裡的報刊文章是不堪卒讀的。

於是，我們需要的贊助人是願意幫助我們使鮮花常開不敗的人。但由於他的特點隨時代而變化，這就需要有相當的正直和堅定的信仰，不被虛榮所迷惑，不為大量競爭者遊說所蒙蔽。尋找贊助人是創作活動的考驗和磨難之一。知道為誰而寫就知道怎樣寫。不過，現代贊助人的特徵相當明顯。顯而易見，現在作者要的贊助人要有讀書的習慣而非看戲的習慣。他還必須學會其他時代和其他民族的文學。此外，我們所特有的弱點和脾性對他們還有其他要求。例如，猥褻的問題困擾、迷惑著我們甚於困擾、迷惑伊麗莎白時代的人。二十世紀的贊助人必須泰然處之。他必須切實有效地區分出這糞塊是番紅花必然沾上的，還是虛張聲勢而故意黏在花上的。他還必須裁定那些必然在現代文學發揮重要作用的社會影響，判斷出哪些使作品成熟並強化，哪些抑制和致使貧乏。再者，他要對情感有所判斷，他要支持作家既不流於多愁善感，又要敢於表現自己的情感，沒有比這更有用的工作了。他會這樣說，懼怕感情要比過多訴諸感情更為糟糕，而且事實上可能更加常見。他可能會補充一些語文的意見，指出莎士比亞使用了多少詞，莎士比亞打破了多少語法規則，而我們儘管一絲不苟地地將手指按在鋼琴黑鍵上，但卻沒有寫出超越《安東尼和克麗奧帕特拉》（*Antony and Cleopatra*）的作品來。他會說如果你能完全忘記你的性別，那就更好了，作家沒有性別。但這一切都是順帶說說的，都是基本問題而且還頗有爭議。贊助人的主要特徵因人而異，大概只能用那個既方便又涵蓋廣泛的詞——氛圍來表示。贊助人有必要將番紅花置於一種氛圍之中，使它顯得像是最重要的植物，這樣，描寫得不好是在墳墓裡也不能原諒的罪過。他必須讓我們感覺到一株番紅花，如果它是真的，對他來說已經足夠了；他不想聽說教，被昇華，受指導或得

3 林德（Robert Wilson Lynd, 1879-1949），《每日新聞》的文學編輯。

到改善；他為迫使卡萊爾[4]大聲喧嚷，威逼丁尼生寫田園詩，逼得羅斯金[5]精神失常而感到遺憾；他現在樂於根據作家的要求或隱沒或顯現自己；他與作家以比血緣更加牢固的關係維繫在一起；他們是真正的孿生兄弟，一損俱損、一榮俱榮；文學的命運依賴於他們的愉快結盟——這一切的一切證明，正如我們開始說的那樣，選擇贊助人是至關重要的事。但是，如何去正確地選擇？怎樣寫出好的作品？這些都是問題所在。

（石雲龍 譯）

4 卡萊爾（Thomas Carlyle, 1795-1881），英國歷史家、批評家和散文家，著有《法國大革命》《論英雄與英雄崇拜》等名著。

5 羅斯金（John Ruskin, 1819-1900），英國作家與藝術評論家，著有《現代畫家》等。

論當代散文[1]

瑞斯先生[2]說得對：隨筆散文的歷史和起源——它究竟肇始於蘇格拉底[3]或是波斯人西拉尼[4]——是不必深究的，因為像所有生物一樣，它的現在比它的過去更重要。而且，這種文章族類繁衍甚廣，其中某些支派雖已躋身上流，戴上了華貴的冠冕，另外一些支派卻流落在艦隊街頭[5]，只能混個朝不保夕的日子。何況，隨筆這種形式可長可短，它能容納的內容又是千變萬化，可以高論上帝和斯賓諾莎[6]，也可以漫談海龜和奇普賽德街。不過我們若是翻一翻收錄了從一八七〇年到一九二〇年英國隨筆作品的這部五卷小書，我們可以看出仍有

1 此文是作者於一九二二年寫的對五卷《現代英國隨筆選：一八七〇—一九二〇》（*Modern English Essays, 1870 to 1920*）的評論，文中所引的片段均摘自該書。作者在此文中概述英國隨筆在十九、二十世紀之交的盛衰及其原因，對這個時期的一些英國隨筆作家進行評價，並對隨筆這一文學形式的基本特徵提出看法。英國文學中的 Essay，自五四以來曾有「散文」「論文」「美文」「隨筆」「小品文」等譯名。本書暫用「隨筆」名之。

2 瑞斯（Ernest Rhys, 1859-1946），英國作家、編輯、著名的「萬人叢書」（Everyman Library）主編。吳爾夫在此文中評論他編的《現代英國隨筆選：1870-1920》。

3 蘇格拉底（西元前約 470-399），著名希臘哲學家。

4 波斯人西拉尼（Siranney），此人於史無考，可能是作者杜撰。

某些原則控制著這混沌狀態，而我們在這一段短短的時間內發現某種類似歷史發展的現象。

然而，在所有的文學形式之中，隨筆是最不需要使用長單字的。支配此道的根本原則只有一條：它必須給人樂趣；而促使我們從書架上拿下隨筆的目的也只是為了獲得樂趣。在一篇隨筆中，一切都要服從於這個目的。它開頭第一個字就要引我們入迷，直到看完最末一個字才讓我們清醒過來，感到神清氣爽。而在這之間，我們會經歷種種的感受：歡樂、詫異、趣味、憤慨等等。我們也許會隨同蘭姆（Charles Lamb）飛向幻想的高空，隨同培根[7]潛入智慧的深淵，但是我們切不可從這些境界被人喚醒。隨筆，就是要把我們團團圍住，用一道帷幕將現實世界遮擋在外。

這樣的絕藝，很少有人能夠達到。不過，問題既在作家那一邊，也在讀者這一邊——習慣和惰性使他的品味遲鈍了。小說裡有故事，詩歌裡有韻律；但是，隨筆作家在這些小品文裡要運用何等的藝術手段才能使我們清醒地入迷，處於一種出神的狀態，那不是睡眠，而是一種生命力的強化；或者說，使得我們在全部感官都保持活躍，沐浴在愉快的陽光中呢？他必須精通——這是最要緊的——寫作之道。他的學問即使像帕蒂森[8]那樣淵博，也得借助於寫作的幻術將它融在自己的隨筆中，不讓哪一件事實顯得突兀，也不讓哪一句教條撕破文章結構的表層。在這一點上，麥考萊[9]以一種方式，弗羅德又以另一種方式，多次達到了盡善盡美的地步。他們在一篇文章裡所傳播給我們的知識，比上百部教科書裡無數的章節還要多。但是，當帕蒂森要用三十五頁的篇幅向我們講述蒙田的時候，我們卻感到他並沒有把格侖先生寫的東西事先加以消化[10]。格侖先生寫過一本很糟的書。格侖先生和他這本書應該封存在琥珀裡，以供我們慢慢揣摩。但這種加工過程太繁重了，帕蒂森既沒有那個時間，也沒有那個耐心。於是，他就把格侖先生原封不動地端出來了，就像燒熟的肉裡夾著一顆硬乾果，磕得我們牙疼。這話差不多也同樣適用於馬修·阿諾德和某位斯賓諾莎的翻譯者[11]。盡講大道理，或者為了讓一個罪犯改惡從善而盡挑他的毛病，這樣的口吻在隨筆中都不合適，因為隨筆裡的一切都應該為讀者而寫，而且還是為了世世代代的讀者，並不是單單為了《雙周評論》三月號[12]。在這個小小的園地裡，千萬不要讓斥責人的厲聲厲色出現。同時，還有另一種聲音，也像一場蝗災，作者漫無目的地抓一些模糊概念，像沒睡醒似地東一搭西一

5 艦隊街（Fleet Street），倫敦地名，英國各大報社多集中於此，遂轉義為「英國新聞界」的象徵。
6 斯賓諾莎（Benedictus de Spinoza, 1632-1677），荷蘭哲學家及神學家，著有《倫理學》。
7 培根（Francis Bacon, 1561-1626），英國哲學家，著有《隨筆集》。
8 帕蒂森（Mark Pattison, 1813-1884），英國學者、教育家和傳記作者。
9 麥考萊（Dame Rose Macaulay, 1881- 1958），英國女作家，著有《無事忙》《危險時代》等小說。
10 瑞斯《現代英國隨筆選》，收入帕蒂森所寫《蒙田》一文，其中評論了法國作家格侖（M. Grün）的《蒙田傳》。
11 馬修·阿諾德（Matthew Arnold, 1822-1888），英國詩人、批評家。此處涉及的是他所寫的《斯賓諾莎》一文。翻譯者指斯賓諾莎《神學政治論》一書的英譯者羅伯特·威利斯（Robert Willis）。
12《雙周評論》（*Fortnightly Review*），十九世紀的著名英國刊物，創辦於一八六五年。

搭、磕磕巴巴地說下去，譬如下面引的哈頓先生[13]這段文章就是這樣一種腔調：

除此以外，他的婚姻生活非常短暫，僅有七年半的時間，就突然中斷了；他對於亡妻記性和天才的熱烈崇敬（用他的話說，那簡直成了「一種宗教」）就形成那麼一種情感（他自己也一定清清楚楚意識到了），它一旦流露於外，就不免表現得過分，至於在世人眼裡所引起的錯覺就更不必說了；然而，他還被一種無法遏制的渴望緊緊地糾纏著，想把這種感情用飽含柔情且又熱烈奔放的誇張筆法描寫下來；因此，想到這麼一位靠著自己的「理智之光」而贏得個人聲譽的人物，竟然還寫得出這些話來，真叫人為之惻然，而且不能不感覺到穆勒先生一生中遭遇的這些事件實在是非常不幸的。

這樣的一陣風，對於一部書來說也許還受得了，可是它能把一篇隨筆毀掉。把這些話寫進一部兩卷的傳記裡倒還合適，因為，在那種書裡（我指的是維多利亞時代的那一類老版書）容許出格的自由很寬，對於題外的細節隱約暗示一下或者偶然一瞥，也都屬於精神享受之列。因此，書裡夾雜些乏味的內容、浮誇的話不算多大問題，說不定還有特殊的積極價值。但是，這種由於讀者的個人意願，盡量從一切可能的來源非法塞進書裡的價值，在隨筆裡卻必須排除。

隨筆裡容不得任何文學雜質。無論用什麼辦法，刻意求工也好，渾然天成也好，結合兩者也好，隨筆總要寫得純淨才是——純得像水，純得像酒，但不可流於單調、死板，也不可含有外來的異物。在第一卷裡所收錄的作者當中，沃爾特・佩特[14]對這一艱巨任務完成得最好，因為，在他動手寫他那篇文章（〈論里奧納多・達・文西箚記〉）之前，他已想辦法把素材進行了融化。他自然是一位淵博的學者，但是常留在我們印象中的並不是他關於里奧納多的學問，而是那種遠見卓識，正像我們讀過一部好小說，感到其中的一切都使我們看清了作者的整個見解。不過，在這篇隨筆裡，由於範圍嚴格限制，引證材料又要悉如原狀，只有像佩特這樣的真正作家才能使得這種種局限反而產生獨具的優點來。真實能給文章以權威；範圍狹小，正便於給文章定形並進行精雕細鏤；何況，這麼一來，為舊時代作家所喜愛而為我們所鄙薄，稱之為「小零碎」的某些修飾成分也就失去容身之地。如今，誰也沒有勇氣去模仿曾經大大有名的關於蒙娜麗莎的描寫：

通曉墳墓的奧秘；她曾經潛入深海，對潮水漲落習以為常；又曾與東方商人貿易，換得

---

13 哈頓（Richard Holt Hutton, 1826-1897），英國十九世紀刊物《旁觀者》的編輯，下面一段引自他寫的《穆勒的〈自傳〉》一文。穆勒（John Stuart Mill, 1806-1873），英國政治、經濟、倫理學家。

14 沃爾特・佩特（Walter Pater, 1839-1894），英國批評家和散文家，著有《文藝復興史》《論鑑賞》等。

奇妙的織物：她就像麗姮[15]，特洛伊海倫的母親；是聖安妮[16]，聖母瑪麗亞的母親……

這段文章掉書袋氣太重，不會是信筆寫下來的。當我們突然又讀到了「女人的微笑和大海的波動」，讀到了「充滿死者的優雅，穿著暗土色的衣裝，安放在灰白色石塊中間」，我們馬上想起來自己也有耳朵、也有眼睛，也想起了不計其數的英文辭彙曾經充塞於一排排大部頭的卷冊之中，而其中的許多單詞又不只一個音節。而在當代活著的英國人當中，只有一位具有波蘭血統的先生[17]才看過這些書。自然，這種語言上的節制也使我們免掉了許多大塊文章、虛飾字面，免掉了許多神氣活現的擺架子、雲天霧地的說空話；為了當前占優勢的嚴謹而冷靜的文風，我們得甘心情願地捨棄布朗爵士的華麗辭采、斯威夫特的遒勁氣勢。

儘管隨筆比起傳記和小說理當擁有更多的神來之筆和明譬暗喻的自由，而且還可以不斷潤色，直到文章表面上的每一點都閃閃發光為止，但這也包含著種種危險。首先，我們很快就看到了雕飾。文章的氣韻——本來是文學的生命線——流動得緩慢了；而且，語言本應像流水一樣從容不迫、波光粼粼地向前移動的，那樣才使人感到一種深邃有力的激動，卻一下子凝結成冰花——就像聖誕樹上的葡萄，只能在一夜之間光彩奪目，到第二天就顯得灰暗無光俗不可耐了。題目愈是微不足道，在字面上修飾的誘惑就愈大。試問：你愛徒步旅行，或者愛在奇普賽德街散步，看一看司威丁商店櫥窗裡的幾隻海龜，以資消遣——這怎麼能讓別人發生興趣呢？對於這些日常瑣事的題目，斯蒂文生[18]和塞繆爾・巴特勒採用了兩種截然不同的辦法來引起我們的興趣。斯蒂文生是按照傳統的、十八世紀的方式將他的素材加以修飾、點綴、潤色的。在這方面，他寫得很出色。不過，讀著他的隨筆，我們不免擔心：這種題材，在這位匠師巧手的擺弄之下，恐怕會有耗光用盡之時。鑄塊如此之小，加工卻一直不停。因此，結束語裡說：

> 寂然獨坐，陷入沉思——想起了一個個女人的面孔而無動於衷，為許多男子赫赫功績所感動亦無妒忌，在同情中成為一切事物，置身一切地方，而又滿足於保持自己，留在原處——

這就給人一種空虛之感，表明到了文章結尾，作者再也沒有什麼實在的內容可寫了。巴特勒採取的是截然不同的寫法。他彷彿說：按照你自己的思路去想，然後盡量樸實地把你的想法說出來，就行了。在櫥窗裡陳列的這些海龜，從硬殼裡向外伸頭露爪的，象徵著對於某種既

---

15 麗妲（Leda），希臘神話中的斯巴達王后，主神宙斯化身天鵝與她親近，生下海倫與波呂克斯。
16 聖安妮（St. Anne）據《聖經．外傳》為聖母瑪麗亞的母親。
17 指英國小說家康拉德（Joseph Conrad），原籍波蘭。
18 斯蒂文生（R. L. Stevenson, 1850-1894），英國小說家和散文家，最著名的小說有《金銀島》《化身博士》及《誘拐》等。

定概念的忠實信守。這樣，冷冷淡淡地從一個概念跨到另一個概念，我們穿過了一大片土地；一會兒，看到那個求婚者的傷勢嚴重；一會兒，又想到蘇格蘭的瑪麗女王曾經穿著一雙特製短靴，在托騰南法院路的蹄鐵鋪附近大發脾氣；一會兒，又想：現在怕是沒有人真把艾斯克拉斯放在心上了，如此等等，穿插著許多好笑的遺聞軼事和一些意味深長的思考，然後，下結論說：他既受人囑咐，在奇普賽德街的觀感不得超出《萬象評論》（*Universal Review*）中十二頁的篇幅，他還是就此打住為妙。然而，很明顯，巴特勒也像斯蒂文生一樣照顧著我們的情趣；而且，把文章寫得恰如自己的脾性而又不把這個叫做寫作，比起寫得像艾狄生的筆調而稱之為優秀作品，其實是更艱難的風格訓練。

但是，無論維多利亞時代的那些隨筆作家之間的差別如何地大，他們仍然具有一點共同之處。一般來說，他們的隨筆篇幅比現在的寫得要長，因為他們的讀者不僅有時間坐下來認真閱讀刊物，而且還有很高的（儘管是純屬維多利亞時代所特有的）文化水準足以來評斷它。因此，那時候在隨筆裡就重大問題放言高論也還值得；盡自己力量把文章寫好，也沒有什麼不對，因為先從雜誌上高高興興讀這篇隨筆的讀者，再過一、兩個月還要從書裡將它仔細讀一遍。但是，讀者層漸漸從一小部分有教養的雅士變成一大批不那麼有教養的普通人。對於這種變化也不能完全說它不好。在第三卷裡，我們看到貝瑞爾先生[19]和比爾博姆先生的文章。我們簡直可以說老式的寫法又回來了，隨筆雖然縮小了篇幅，文章也不那麼講究聲調鏗鏘，但它更接近了艾狄生和蘭姆的作品。無論如何，貝瑞爾先生論卡萊爾的文章，和卡萊爾可能寫的論貝瑞爾先生的文章之間一定會有很大的距離。比爾博姆寫的〈圍裙之雲〉（A Cloud of Pinafores）和列斯里・斯蒂芬[20]寫的〈一個玩世不恭者的自辯〉（A Cynic's Apology）之間也很少有類似之處。但隨筆一道仍然生機勃勃，沒有理由灰心喪氣。只是情況變了，隨筆作家對於輿論既像含羞草一樣敏感，自然是要順應潮流的，不同的僅僅在於：一個好作家就盡往好處變，一個壞作家就盡往壞處變。貝瑞爾先生當然是好作家，因此我們就看到：雖然他大大壓縮了隨筆的篇幅，他的抨擊倒更能命中要害，他的筆更靈活自如了。那麼，比爾博姆先生對於隨筆到底貢獻了什麼、又接受了什麼呢？這倒是一個複雜得多的問題，因為這位作家潛心隨筆寫作，而且無疑是這一行裡的名手。

比爾博姆先生貢獻出來的，當然就是他自己。自從蒙田的時代以來，作者的自我斷斷續續附著在隨筆身上。可是，自蘭姆作古，就再也見不著它的影子。對於讀者來說，馬修・阿諾德從來也不會是「Matt」[21]，沃爾特・佩特也從來沒有被千家萬戶親熱地簡稱為「Wat」。他們曾經給了我們不少東西，但他們給我們的可不是這個。這樣，到了上個世紀九〇年代的某個時候，已經習慣於告誡、灌輸和指責的讀者，突然聽見了跟他們同樣並非大

19 貝瑞爾（Augustine Birrell, 1850-1933），英國政治家和散文家。
20 列斯里・斯蒂芬（Leslie Stephen, 1832-1904），英國評論家和傳記家，維吉妮亞・吳爾夫的父親，寫過隨筆。
21「Matt」為馬修（Matthew）一名的暱稱，下文「Wat」是沃爾特（Walter）的暱稱。

人物的一位作者用親切的口氣跟他們談話，當然是要感到驚奇。這位作者只談他如何為了個人私事而高興、而煩惱，既不宣講教義，也不傳授學問。簡單直接地說，他就是他自己，並且一直保持著自己的本色。我們再一次碰上了一位隨筆作家，他能夠運用隨筆作家本該擁有同時也最危險、最難駕馭的工具。他並非無意識、也非泥沙俱下，而是自覺而又純粹地把個性帶進了文學。我們簡直說不清在隨筆作家麥克斯和比爾博姆先生這個人之間到底有什麼關聯。我們只知道個性的靈氣滲透在他所寫的每一個字上。這個勝利乃是風格的勝利。因為，個性雖是文學中必不可少之物，同時也是它最危險的對手；你要想在文學中充分發揮你的個性，首先必須深諳寫作之道。千萬不可是你自己而又永遠是你自己——這就是問題所在。老實說，瑞斯先生收入這部文集中的某幾位隨筆作家並沒有圓滿地解決這個問題。我們只看到許多瑣屑無聊的個人癖性在沒完沒了的印刷品中一點點地分解，實在厭煩透了。假如說是聊天，那當然不壞，這時候作家還不失為啤酒桌上的好伙伴。但是，文學是嚴格的。有趣、高尚，甚至博學有才氣，都沒有用，除非——她彷彿再三重申——你首先滿足她提出的第一個條件：深諳寫作之道。

這種本領，比爾博姆先生已經掌握到了爐火純青的地步。不過，他並沒有到字典裡去尋找多音節辭彙。他也沒有造出嚴密有力的長句子，也不用交錯的韻律、奇妙的音調來吸引我們的耳朵。而他的一些朋友，譬如說漢萊[22]和斯蒂文生，也許比他更能造成一時轟動的印象。然而，〈圍裙之雲〉卻寫得那樣靈活、那樣熱鬧、那樣意味深長，就像生活本身一樣。

這樣的作品，你不會讀過一遍就丟開，正如你跟好朋友一時分手並不等於交情結束一樣。生活中總有些東西不斷湧現、不斷變化、不斷增添。即使在書櫥裡，有生命的東西也總是有變化的；我們總想再看看它們，看到了又覺得它們跟過去有所不同。因此，我們回過頭來，重讀比爾博姆先生所寫的一篇又一篇文章，心想到了九月以至於明年五月，我們還會坐下來談論這些文章的。然而，在所有作家中，隨筆作家對於輿論是最敏感的。現在又時興在客廳裡看書，比爾博姆先生的隨筆作品由於靈敏地適應了環境的要求，於是就擺到客廳的桌上了。客廳裡不會有杜松子酒，不會有氣味嗆人的菸草，不會有雙關俏皮話，不會有酗酒和瘋狂舉動。而且，女士先生們在這裡見面談話，有些事情自然是不便說出來的。

但若是把比爾博姆先生關在一間客廳裡是愚蠢的，那麼讓這位為我們拿出自己最好作品的藝術家，做為我們這個時代的代表，則不幸是更加愚蠢。在這部文集的第四、第五兩卷裡根本未見有比爾博姆先生的作品。他的時代彷彿有點遠了，客廳裡的那張桌子已經挪開，看去倒像是往日的一個神壇，人們曾經在那上面擺過祭品——自己果園裡的果子，或是親手雕刻的禮物。如今，環境再次變了。讀者仍像往日那樣需要隨筆，甚至或許需要得更多。那些不到一千五百字、在特殊情況下也不超過一千七百五十個字的輕鬆小品文，在報刊上大有供不應求之勢。過去蘭姆只寫一篇文章、比爾博姆也許會寫兩篇文章的材料，如今到了貝洛克

22 漢萊（William Ernest Henley, 1849-1903），英國作家，斯蒂文生的朋友。

先生[23]手裡，粗略估計一下，也許會寫出三百六十五篇文章來。這些文章當然很短。可是，這位隨筆能手又是多麼巧妙地利用這短短的篇幅啊，他從頂欄的地方開始，一下子就進入正題，看準文章該寫到什麼程度，什麼時候轉彎，然後，一點也不糟蹋版面，把筆收回來，恰恰落在編輯所限定的最後一個字眼上！這種文字技巧的絕活，真該好好觀摩一番。但是，在這麼一種寫作過程中，貝洛克先生，正如比爾博姆先生，所賴以存在的個性就不免受到了損失。它不是用一種像自然說話時圓潤嘹亮的聲音傳達到我們這裡來，倒像是一個人在颳風天站在麥克風後面，向一大群人叫喊那樣顯得聲音單薄、裝模作樣。「小朋友，我的讀者們，」他在題為〈陌生的國度〉（An Unknow Country）的一文中如此寫道，接著告訴我們：

> 幾天前，在芬頓集市上出現了一個牧羊人。他是帶著羊群從東方、經由路易斯那邊來的。他的眼睛裡還流露出對遠方地平線的回憶，使得牧羊人和山民的眼神跟其他人都不相同……。我跟著他走，想聽聽他要說些什麼，因為牧羊人談起話來也跟別人不一樣。

不過，即使照例有啤酒一杯提神，這位牧羊人對於「陌生的國度」還是談不出什麼來。這樣也好，因為從他談出來的一點話語看來：他不過是一個二三流的詩人，不適合照看羊群；再不然，他只是拿著自來水筆的貝洛克先生所冒充的人物。這是專業隨筆作家如今必須受到的懲罰。他必須偽裝。因為他一沒有工夫寫他自己，二沒有工夫寫別人。他只好浮光掠影地擷取一點思想的表層，稀釋強烈的個性。他只能每周給我們拿出一枚磨損的半便士銅幣，而無法每年給我們拿出一塊成色十足的金幣。

但是，受當前環境影響的也不只是貝洛克先生一個人。收入這部文集以一九二〇年為下限的隨筆文章，可能不是這些作家的最佳作品。不過，我們若把像康拉德和赫德森這樣偶爾寫寫隨筆的作家排除在外，而專門注意那些以隨筆寫作為專業的人們，則可以看出他們因環境變化受到了相當大的影響。他們每周寫，每天寫，寫得要短，要為那些在早晨匆匆忙忙趕火車的人們而寫，也要為那些在傍晚筋疲力盡回到家裡的人們而寫，這對那些能鑑別好壞文章的人來說，是一件傷心的事。他們這麼寫著，但是本能地把一切可能會由於跟讀者接觸而受到損失的寶貴內容統統抽出來，免遭傷害，同時也抽出了那些可能刺疼讀者的東西。這麼一來，如果我們把魯卡斯、林德或者斯考爾[24]的作品全拿來讀一讀，就會感到一種灰暗情調籠罩一切。他們跟佩特的精美絕倫、跟斯蒂芬的直言無忌都相距甚遠。本來嘛，要把美和勇氣塞進一欄半的篇幅裡，就如同將危險的酒精裝進一支小瓶子裡一樣；要把思想納入短文章裡，也像把牛皮紙包硬塞入背心的小口袋裡，一定會把文章的勻稱毀掉。這些作者是在為一

---

23 貝洛克（Hilaire Belloc, 1870-1953），英國批評家和散文家，著有《壞孩子的動物圖書》等。

24 魯卡斯（E.V.Lucas）、林德（Robert Lynd）、斯考爾（J.C.Squire），均為英國散文家。

個友善、疲勞而冷漠的社會寫作。奇蹟在於儘管如此，他們至少仍然還在不停地為寫出好的作品而進行嘗試。

但是，說到隨筆家這種條件的變化，我們卻不必為此而對克魯頓—布洛克先生[25]表示憐憫。顯然，他已經充分利用他的處境，而非為環境所限。因為，他這麼自然地實現了從個人隨筆作家到公眾隨筆作家、從客廳到愛伯特紀念堂的轉變，我們簡直不知道該不該說他在這件事上一定進行過有意識的努力。不可思議的是：篇幅縮小了，倒引起了個體的相應膨脹。麥克斯和蘭姆的「我」不見了，只剩下代表公眾團體和某些顯赫人物的「我們」：「我們」去聽《魔笛》[26]，「我們」理當從中獲得好處；而且，實際上，也是「我們」以全體的資格，在從前某個時候用一種神秘的方式把它寫出來的。音樂、文學、藝術必須歸入這個總體之中，否則它們就無法傳送到愛伯特紀念堂的每個角落。克魯頓—布洛克先生真誠無私的聲音既然傳播得那麼遙遠，影響了那麼多人，又不去遷就大家的種種缺點和癖好，對這件事我們理當心滿意足才是。然而，「我們」滿足了，「我」——人類關係中這個不聽話的伙伴——卻陷入了絕望。對於事事物物，「我」都要親自去想一想，親自去感受一番。倘若這一切只能經過沖淡之後才能與那許多教養良好、心懷善意的男女共同分享，對他來說乃是極大的苦惱；當我們其他人等正專心致志傾聽著這個聲音並感到獲益匪淺的時候，「我」卻悄悄地溜到樹林、田野中，對著一片草葉、一顆馬鈴薯而欣然自樂。

從這部現代隨筆選集的第五卷看來，我們在欣賞樂趣和寫作藝術方面有了一定進展。但是，為了公平對待一九二〇年的隨筆作家，我們必須肯定：我們頌揚名人，並不是因為他們已經受到別人頌揚；我們讚美死者，也不是因為我們再也無法在皮卡迪利大街上看到他們穿著鞋套散步。我們也必須知道：我們說他們能寫並且給予我們樂趣的時候，這話是有明確涵意的。我們要對他們加以比較，好把他們的特點突顯出來。我們要指出這一段，說它不錯，因為它寫得準確、真切而富有新意：

不，人們想退休的時候不能退，到了理該退休的時候，他們卻不願意隱退；他們不甘寂寞，儘管人老體衰，需要一個隱退之所。就像有些鎮上老人，坐在家門口，這麼一來，就把他們的龍鍾老態擺在外面，讓人嘲笑。（譯按：引自培根〈論高位〉）

我們還要指出這一段，說它不好，因為它寫得鬆散、似是而非、俗氣：

嘴角上帶著有禮而又玩世不恭的神情，他回想著清靜的少女的臥室，在月光下潺潺的流水，從陽台上發出如泣如訴清幽的樂曲聲，響入開闊的天空，那端莊的主婦伸出防護的手

25 克魯頓—布洛克（Arthur Clutton-Brock, 1868-1924），英國評論家和散文家。

26《魔笛》（*Magic Flute*），莫札特的著名歌劇。

臂、帶著警戒的眼神，在陽光下酣睡的田野，以及炎熱的海港，華麗而又散發出香氣⋯⋯

（譯按：引自斯考爾〈一個死者〉）

文章這麼一直寫下去。可是，種種噪音震得我們暈頭轉向，什麼也感覺不到、什麼也聽不見了。對比之下，我覺得寫作藝術正是以對某種思想的強烈執著為其支柱的。正是依靠著某種思想，某種為人深深相信、確切領會並因而獲得文字表達形式的思想，那些性情各異的作者，包括蘭姆和培根、比爾博姆和赫德森、維爾農．李[27]和康拉德，還有斯蒂芬、巴特勒和佩特才能到達那遙遠的彼岸。各種不同的天賦，幫助或阻礙了將思想轉化為文字的過程；有人慘澹經營、勉強通過；有人憑藉好風、直上青雲。但是，貝洛克先生、魯卡斯先生和斯考爾先生對於任何思想都缺乏熱烈的執著。他們面臨了當代共同的困境，即缺乏一種頑強的信念——只有它才能將短暫人生的聲音從眾人語言所形成的煙霧迷濛的領域，提升到永恆聯姻、永恆融洽的國度。儘管一切定義都是含混不清，但一篇好的隨筆必須在我們身邊拉下一道帷幕，但這帷幕一定得把我們圍在其中，不是將我們擋在外面。

（劉炳善 譯）

27 維爾農．李（Vernon Lee, 1856-1935），英國女作家。

約瑟夫・康拉德[1]

沒有給我們時間整理思緒或準備措詞，客人突然間離開了我們。他的不告而別與他多年前來到這個國家一樣神秘莫測。他的周圍總有一種神秘的氣氛。這部分緣於其波蘭血統，部分由於他令人難以忘懷的容貌，部分是因為他喜愛住在聽不到饒舌者流言蜚語、不受女房東干擾的窮鄉僻壤；因此，若想得到他的消息，人們只能依靠慣於按門鈴直接闖入的拜訪者提供的證據，他們描述這位不熟悉的主人時說，他言行舉止完美無缺，雙眸晶瑩發光，說起英語來帶有濃重的外國口音。

雖然，激發我們的記憶並使記憶清晰的是死亡本身，但康拉德的天才有著某種本質的而非偶然的因素，使人無法接近。他晚年的聲譽，除了一個明顯的例外，毫無疑問在英國是最高的。可是，他並不是大眾化的作家。他的作品一些人讀來充滿激情、異常興奮，而其他人則認為索然無味、毫無華彩。他的讀者群有著截然不同的年齡層次和完全不同的觀點。十四歲的學童，讀過馬里亞特[2]、司各特[3]、亨蒂[4]和狄更斯的作品，讀康拉德作品時也毫不例

1 康拉德（Joseph Conrad, 1857-1924），波蘭裔英國小說家，主要作品有《黑暗之心》《吉姆爺》等。

2 馬里亞特（Frederick Marryat, 1792-1848），英國小說家，曾在英國皇家海軍服役，退役後創作冒險小說《傻子彼得》《海軍候補生伊齊先生》以及兒童讀物等。

外地囫圇吞下；而那些老練、挑剔的讀者，在歲月流逝過程中，已經進入了文學的核心，並在那裡反覆思考一些十分珍貴的小問題，他們一絲不苟地把康拉德作品置於宴會桌上。困難與爭執的源頭，正如人們向來認為的那樣，在其作品的美。人們打開他的書會像海倫照鏡子時感覺到、意識到，無論她做什麼，她在任何情況下都不會被當做普通的女人。康拉德天賦很好，他自學成才，這就是他對外語的義務，為了拉丁特色而非撒克遜特色，他以獨特的方式追求它，對他來說似乎不可能用筆寫下醜陋或毫無意義的詞句。他的情人——他的風格——在恬靜中有時會令人昏昏欲睡。但是，如果讓人與她交談，她以何種風采、什麼樣的成就、何等尊嚴給人留下深刻生動的印象！然而頗有爭議的是，如果康拉德隨心所欲地創作、無需不斷留意形式的話，他一定會既獲得聲譽又受大眾歡迎。形式阻滯、妨礙、分散了藝術效果，評論家指著那些著名的段落，將這些段落從上下文中取出，和其他攀折下並在英語散文之花一起展覽，已成了一種慣例。他們抱怨說他自我意識很強，作品生硬造作，把自己的聲音看得比人類苦惱的呼喊更重要。這種批評耳熟能詳，很難駁斥，就像《費加洛的婚禮》（*The Marriage of Figaro*）上演時聾子的議論一般。他們看見交響樂團表演，遠遠地聽到一點沉悶無趣的刮擦聲，自己的談話被打斷了。非常自然地，他們得出結論，如果那五十名小提琴手不刺耳地拉莫札特的曲子而去敲石頭鋪路，對生活會更有好處。那種美可以講解，那種美可以訓練，既然美的傳授與其嗓音不可分，而他們又聽不見，那麼我們如何讓他們信服呢？去閱讀康拉德吧，不要淺嘗即止而是整批地讀；雖然從表面上看，康拉德只關心向我們展示海上夜之美，誰要是在那生硬陰鬱的音樂中聽不出它的意蘊、它的驕傲、它的廣闊和不可改變的誠實，感覺不到善怎麼比惡好，忠誠、正直和勇氣是善，那麼他是沒有把握住康拉德文字的意義。不過，要從作品的成分中捕捉這樣的暗示是件很糟糕的事。它們在我們那小小的盆碟中乾枯了，沒有了語言的魔力與神秘，失去了使人激動、感到刺激的力量；失去了康拉德散文永恆品質的巨大能量。

正是因為他身上某種激烈的東西，一個領袖和船長的品質，康拉德吸引了青少年。直到他的《諾斯特羅摩》（*Nostromo*）寫成，年輕人很快發現，康拉德的人物基本上都是簡單的，英雄式的，無論作者的思想多麼微妙，表現手法多麼曲折迂迴。他們是水手，習慣於孤獨與沉默。他們與大自然衝突，但與人類和平相處。大自然是他們的對手，是大自然給他們帶來了榮譽、崇高、忠誠這些人應有的品質；是大自然在受到庇護的海灣將美麗的女孩培養出端莊穩重、深不可測的女子特質。首要的是，大自然產生了像惠利船長和老辛格頓這樣久經考驗的乖戾人物，他們令人費解，但在這種費解中，卻顯得十分壯觀。他們對康拉德來說是人類的精華，他從不吝於讚美他們：

3 司各特（Sir Walter Scott, 1771-1832），蘇格蘭小說家、詩人、歷史小說首創者，浪漫主義運動的先驅，主要作品有長詩《瑪密恩》《湖上夫人》和歷史小說《威弗利》《艾凡赫》等。

4 亨蒂（George Alfred Henty, 1832-1902），英國兒童冒險故事作家，作品表現英勇、剛毅的男子氣概，有《小號手》《印第安人與牛仔》等約八十部。

他們十分強壯，是既不知懷疑又不知希望的人那種強壯。他們缺乏耐性卻十分堅韌，騷動不安卻富於獻身精神，難以駕馭卻忠心耿耿。善意的人們曾形容這些人每吃一口飯都要發牢騷，害怕生活而忙於工作。但事實上，他們是那種熟知勞作、貧困、暴力，狂飲暴食的人——只是不知恐懼為何物，心中沒有惡意。他們是難以駕馭卻易於受鼓動的人；沉默的人，但有男子氣概，從內心鄙視那些哀嘆命運乖蹇的人。這是一種獨特的命運，他們自己的命運，忍受這種命運的能力對他們來說似乎是上帝選民的特權！他們是一群不善言辭而又不可缺少的人，不知道情感的甜蜜，不知道家庭的庇護，死時免遭狹窄墳墓的威脅。他們是神秘大海永生的孩子。

這就是早期作品——《吉姆爺》（*Lord Jim*）、《颱風》（*Typhoon*）、《「水仙號」上的黑鬼》（*The Nigger of 'Narcissus'*）、《青春》中的人物；這些作品儘管經歷了各種變遷、各種風尚，最終仍在我們經典作品中占有一席之地。但它們之所以達到這種高度，憑藉的是如馬里亞特或弗里莫爾．庫柏[5]所說的簡單冒險小說所不具備的特色。顯而易見，要浪漫地、全心全意帶著情人般的熾熱感情去崇拜、頌揚這樣的人物，這樣的行為，必須具備雙重的視角，必須同時內外兼顧。要讚美他們的沉默無語，人們必須具有說話能力；要欣賞他們的忍受力，人們必須對勞累敏感。人們必須有能力以惠利和辛格頓這樣的人相同的條件生活，並且避開他們懷疑的目光，把你之所以能夠理解他們的那些特性隱藏起來。只有康拉德能夠過那種雙重的生活，因為康拉德是由兩個人組成的複合體；與海船船長相處的是他稱之為「馬洛」的那位神秘、有教養又挑剔的分析家。「最為謹慎而善解人意的人」，他這樣評論馬洛。

馬洛是那種天生的觀察家，在退休生活中最為快樂。馬洛最喜歡在泰晤士河某個氤氳的港灣，坐在甲板上邊抽菸邊回憶，邊抽菸邊沉思；在吐出一個個美麗的菸圈時娓娓而談，直到整個夏夜因煙霧而變得朦朧。馬洛也對與他同行的水手懷有深深的敬意，他能看出他們的幽默。他瞭解並以絕妙方式描寫那些成功地掠奪了笨拙老兵的膚色發青怪物。他對人類的缺陷別具慧眼；他生性喜愛譏諷。馬洛也不完全生活在自己的雪茄菸霧之中。他往往會突然睜開眼睛，看看垃圾堆，看看港口，看看商店櫃檯，然後在燃燒菸圈的火光中完整地描述那在神秘的背景前閃亮的事物。馬洛兼善反省與分析，他意識到了這個特點。他說那種能力突然降臨他的身上。譬如，他可以偶然聽到法國軍官咕噥：「我的上帝，時間過得真快！」

沒有什麼（他評論說）比這種話更平淡無奇了，但是這種話對我來說與瞬間想像一致。特別之處在於，我們怎麼眼睛半睜、耳朵閉塞、思想蟄伏著度過一生？……然而，當我們在

5 庫柏（James Fenimore Cooper, 1789-1851），美國小說家，開創了美國文學史上三種不同類型的小說，即美國革命歷史小說、邊疆冒險小說和海上冒險小說，代表作為《皮襪子故事集》《最後的莫希干人》。

一剎那間看到、聽到、理解一切時，幾乎所有人都有過這種稀有的清醒時刻，接著我們重新落入那種怡人的昏睡狀態。他說話時我睜開眼，我看到他，彷彿從前從未見過他似的。

他就在那昏暗的背景上描畫著一幅幅畫面。首先是船，停泊的船，在暴風雨前飛速向前的船，泊在港灣的船；他描寫日落與黎明，描寫黑夜，描寫大海的各種狀態；他描寫東方各港口的俗豔光彩，男男女女，他們的房屋和他們的人生態度。他是一位精確而堅定的觀察者，練就了「絕對的忠於自己的感覺，」康拉德寫道：「這是一個作者在他創作最得意的時刻應該緊緊攫住不放的東西。」馬洛有時十分平靜又極悲憫地說出幾句墓誌銘式的詩文，提醒我們在眼前一片美景和光明時，不要忘記黑暗的背景。

因此，我們可以粗略地區分說，康拉德創作，馬洛評論。康拉德告訴我們，我們意識到處境危險時，會引導我們詮釋那種變化，那種變化在他完成《颱風》卷中最後一個故事時發生了——「在類似靈感方面的微妙變化」——根據兩個老朋友關係上的某種變動。「……不知是怎的，世界上似乎再也沒有好寫的了。」這就是康拉德，讓我們假設，作者康拉德帶著歉意的滿足感回顧他敘述故事時說的話，覺得自己可能再也不能超過《「水仙花」號上的黑鬼》中的暴風雨的描繪，或比《青春》《吉姆爺》中完成的對英國水手品格更為真誠的頌詞。就在那時，評論者馬洛提醒他，在大自然的進程中，人終究會變老，會坐在甲板上抽菸，放棄航海。但是，他提醒康拉德，那些奮發的歲月積澱在人們記憶中；他甚至可能暗示，儘管最後的話可能涉及到惠利船長和他與宇宙的關係，但是，陸地上還有許多男人和女人，他們的關係雖然更加隱秘，但還是值得探尋的。如果我們進一步猜想，船上有一部亨利·詹姆斯的作品，馬洛將此書讓他的朋友帶上床，那麼，我們就可以從一九〇五年康拉德寫這一篇很好的論文評論這位大師的事實中得到論證。

多年來，兩位搭檔中是以馬洛為主。《諾斯特羅摩》《機遇》（*Chance*）、《金箭》（*The Arrow of Gold*）代表了那種聯盟時期，有人不斷地發現這是最為豐富多彩的時期。他們會說，人心比森林更複雜，它有自己的風暴；它有自己黑夜的怪獸；如果你是一位小說家，想要檢驗處於所有關係中的人，那麼，合適的對手就是人；對他的嚴峻考驗在於社會群體，而不是在孤獨中。對他們來說，書本中總有一種獨特的魅力，那些明亮的目光不僅落在那片汪洋之上，而且落在那茫然的心上。然而，必須承認，如果馬洛因此建議康拉德轉變視角，這種建議是大膽的。因為小說家的視角是既複雜又專門化的，複雜是由於在他的小說人物之後和人物之外，必須樹立一些穩定的東西，他們都與它相關；專門化是因為他是一個人，只有一個人的感受，生活中他所能確信的方面就很有限。這種平衡十分微妙，極易打破。中期以後，康拉德再也沒能將他的人物與背景完美地融合在一起。他再也不像相信他早期的水手那樣相信他後來的、更加複雜成熟的人物。當他不得不指明這些人物與小說家的另一個看不見的世界——價值和信仰世界——之間的關係時，他對那些價值觀遠不如之前那麼自信。於是，「他小心翼翼地掌舵」這句話反覆出現在一次風暴結束時，其中就內含完整的道德說教。但在這個更加擁擠、複雜的世界上，這種言簡意賅的句子愈來愈不合適了。多種興趣和關係複雜的男女不甘屈從於如此扼要的判斷，或即使接受這樣的判斷，他們身上許多重要成分卻會從中流失。可是對於康拉德那豐富浪漫的天才而言，很有必要制定某種法則來檢驗其創作。基本上——他依然相信——這個由文明和自覺的人組成的世界建基於「一些非常簡樸的思想」；但在這個充滿思想和人際關係的世界上，我們到哪裡去尋找它們？客廳裡沒有桅杆；颱風不能檢驗政客和商人的價值。尋找這樣的支援但沒有發現，康拉德的後期世界有一種不自覺的晦澀，一種不確定性，幾乎是一種幻滅，使人困惑、令人困倦。暮色中，我們只掌握了古老的高尚情操和冠冕堂皇的言辭：忠誠、憐憫、榮譽、服務——永遠美麗動聽，但現在有一點無聊重複，彷彿時代已經變了。也許是馬洛的錯。他的思維習慣有點一成不變。他坐在甲板上時間太久了，他的獨白異常精采，卻拙於對談交流；那些瞬間閃現又消失的「片刻的洞察」不能做為穩定的光源，來照亮生活的漣漪以及漫長的歲月。也許最重要的是，他沒有考慮到如果康拉德要創作，他首先必須要相信。

因此，儘管我們要去探究他的後期作品，也會得到奇妙的收穫，但它們的大片土地是我們大部分人未曾涉足的。我們會通篇閱讀的是早期作品《青春》《吉姆爺》《颱風》《「白水仙」號上的黑鬼》。它們彷彿在講述非常古老而正確的東西，過去藏而不露，而如今已大白於天下。當人們問起，康拉德的什麼作品會留存於世，我們會把他置於小說家行列中的什麼位置時，這些書將會浮現我們的腦際，使這樣的問題和比較顯得有點微不足道了。它們完整而平靜，簡潔樸實而又無比優美地在我們的記憶中升起，恍如在這些炎熱的夏夜，一顆又一顆星星緩慢而莊嚴地顯現。

（石雲龍　譯）

一個同時代人的看法

首先，對同一時間同坐一桌的兩個評論家對同一本書會發表截然不同的觀點，現代人不會因此感到驚奇。右邊的這位宣稱這是英國散文中的傑作，而左邊的那位則認為它只是一堆廢紙，如果爐火未熄，應該把它扔進火中。但是，兩位評論家對彌爾頓和濟慈的意見卻不謀而合。他們表現出敏銳的感受，無疑具有真正的熱情。只有在討論當代作家作品時，他們才互相攻擊。爭論中的這本書大約兩個月前出版，它一方面被認為是對英國文學的一種永久貢獻，另一方面卻被視為矯揉造作、平庸無聊的大雜燴。這就說明了他們為何意見分歧。

這是個奇怪的解釋。就讀者而言，他想要在當代文學的混沌無序中得到判明形勢的指南；對作家而言，他自然渴望知道自己在幾乎完全黑暗中承受痛苦創作出來的作品，能否在英國文學的恆星中交相輝映，還是只能使那火花熄滅。但是如果我們站在讀者這一邊，首先探究他們的困境，那麼我們的困惑是很短暫的。類似的事從前經常發生。自從《羅伯特．艾爾斯米爾》[1]或史蒂芬．菲力普斯[2]以某種方式使這種風氣盛行以來，我們平均每年會有兩次在春秋季聽到博學之士對新作品評價不一，對舊作品表示贊同。在成年人中對這些書也一樣有不同的意見。說來奇怪，如果兩位先生意見一致，說布萊克的書無疑是一部傑作，因而讓我們決定是否要用十先令六便士來支持他們的判斷，那會更加不可思議而且確實更令人不安。兩人都是知名評論家，他們在此提出的意見將會強化成嚴肅的專欄散文，來維護英美文學的尊嚴。

那麼，一定是某種固有的譏諷嘲弄，對當代天才持有某種心胸狹窄的猜疑，使我們在談話過程中自動地斷定，即使他們取得共識（看來毫無此跡象），為當代人的熱情花上半個金幣的代價，也太浪費了。去辦一張圖書館借書證就夠了。問題依舊存在，讓我們勇敢地將它擺到批評家面前。做為一個讀者，對逝者的尊崇並不亞於任何人，但不安地懷疑對尊崇逝者與對生者的理解密切相關，難道就找不到任何指導嗎？兩類評論家在迅速審視後達成了共識：不幸的是，這樣的指導並不存在。因為就新書而言他們的評判價值幾何？當然不是十六個便士。他們根據積累的經驗，列舉過去所犯錯誤批評、失誤的例子，如果他們反對死者而非生者，這些罪過就會使評論者失去工作並危及聲譽。他們唯一能夠提供的建議就是尊重自己的直覺，無所畏懼地追尋直覺，不要將直覺交予批評家或評論家去控制，應該透過反覆閱讀過去的傑作來檢驗直覺。

我們謙恭地感謝他們，同時又不禁想到情況並不總是這樣。我們應該相信，曾經有過一種規則、一種行為準則，以現在不為人所知的方式控制著讀者大眾。那並不是說偉大的評論

1《羅伯特．艾爾斯米爾》（Robert Elsmere）為漢弗萊．沃德夫人（Mrs Humphry Ward）最為人所知的小說。

2 史蒂芬．菲力普斯（Stephen Phillips, 1864-1915），英國詩人、劇作家。

家——德萊頓、約翰生、柯立芝、阿諾德等——對同時代作品的評價從無錯誤，他們的評判給作品打上難以磨滅的印記，省卻了讀者自己評估的麻煩。這些偉大人物對他們同時代人犯下的錯誤眾所周知，不值得記錄。不過，他們的存在這個事實就有一種集中的影響力。這樣認為並不荒唐，因為事實本身就可以抑制餐桌上的爭執，賦予有關某本新書的漫談現在完全找不到的權威意見。不同的派別可能會像往常一樣激烈爭論，但在每個讀者思想深處可能會有這樣的意識：至少有一個人牢牢記住文學的主要原則，如果你向他展示當代的某種異常表現，他就會將它與永恆相比較，並且在一片讚揚和指責的嘈雜聲中以自己的權威觀點來界定它[3]。但是，說到要造就一位批評家，需要大自然的慷慨和社會的成熟才行。現代社會散亂的餐桌，我們時代中各種潮流的追逐與漩渦，只有神話般的巨人才能夠控制。即便我們有權期待，那種巨人又在何方？我們有評論者，但沒有批評家；有一百萬個工作勝任、奉公廉潔的警察，但沒有法官。有情趣、有學識、有能力的人總是在告誡年輕人，讚美逝者。但是，他們那出色、勤勉的創作卻經常將活生生的文學肌體壓縮成瘦骨嶙峋的骨架。我們無處尋覓德萊頓那非凡的氣勢，找不到姿態自然風格優美的濟慈及其深邃見解和明智，找不到福樓拜及其狂熱的巨大能量，更找不到柯立芝，他在頭腦中醞釀整個詩歌，並且不時發出深刻而全面的議論，心靈會在閱讀激發出火花時捕捉到這些議論，彷彿它們是書的靈魂一般。

對於這一切，批評家大度地表示同意。他們認為，偉大的批評家是罕見的。但是，如果奇蹟般出現了偉大批評家的話，我們該如何維護他、我們該為他提供什麼樣的食糧？偉大的批評家，如果他們自身不是大詩人，是需要時代的繁華來培養的。要有偉人得以維護，有學派得以建立或摧毀。但是，我們的時代已枯竭到了匱乏的邊緣。沒有出現任何主宰，沒有產生年輕人引以為豪、樂於在其工作室學習的大師。哈代先生已經離開這個舞台很久，康拉德的天才有些異國情調，沒有產生受人尊敬、崇拜的偶像那麼大的影響，倒使他卓爾不群，與眾不同。至於其他人，儘管他們數量很多、精力充沛、處於創作活動的高峰，卻沒有人能夠真正影響同時代人，抑或越過我們時代影響到我們樂於稱之為不朽的未來。如果我們以一個世紀做為檢驗標準，設問當今英國創作的作品有多少會流傳到百年之後，我們將不得不回答，我們不僅無法對同一本書持有相同觀點，而且還會十分懷疑這樣的書是否存在。這是一個片段的時代。幾行詩節、幾頁記錄、這裡一章、那裡一章、這部小說的開頭、那部小說的結尾，可與任何書頁和作者的精華相媲美。但是，我們怎能帶著一札鬆散的書頁去交給下一代，或者要求那時候的讀者在整個文學面前去篩選大量的垃圾堆以獲取我們那極其微小的珍珠？這些就是批評家可以有權向餐桌旁的朋友、那些小說家和詩人提出的問題。

3 作者註：下面兩段引文可以顯示這種讚揚與指責是多麼強烈。「〔一個白癡說〕應該像閱讀《暴風雨》《格列佛遊記》那樣來閱讀這本書，因為如果麥考萊小姐的詩才不如《暴風雨》的作者那樣卓越，她的反諷不如《格列佛遊記》的作者那樣絕妙，她的公正和智慧就絲毫不比他們遜色。」（《每日新聞報》）第二天我們讀到：「此外你只能說，如果艾略特先生願以通俗英語寫作，就不會有《荒原》。因為除了人類學家和文人，它對所有人來說只是一堆廢紙。」（《曼徹斯特衛報》）。

起初，悲觀的重量足以壓倒一切反對意見。不錯，這是一個荒蕪的年代——我們重申，它的匱乏有許多理由，但坦率地說，如果我們拿一個世紀與另一個相比，這種比較似乎完全不利於我們。《威弗利》（*Waverley*）、《遠足》（*The Excursion*）、《忽必烈汗》（*Kubla Khan*）、《唐璜》（*Don Juan*）、《赫茲利特論文集》[4]《傲慢與偏見》《許珀里翁》（*Hyperion*）以及《解放了的普羅米修斯》（*Prometheus Unbound*），都是在一八〇〇年至一八二一年間出版的。我們這個世紀並不缺乏勤奮，但如果要找傑作，看樣子悲觀主義者是對的。一個天才的時代好像一定會有一個勤奮的時代相隨，混亂而奢侈的時代之後一定是整潔和艱苦奮鬥的時代。當然，所有的榮譽歸功於那些犧牲了自己不朽名聲來進行必要改革的人。但如果我們要求傑作，那麼該去何處尋覓呢？我們可以確信，一些詩歌會流傳下來，濟慈、戴維斯、德拉·梅爾[5]的一些詩歌會繼續存在。當然，勞倫斯有時是偉大的，但也有十分異常的時候。比爾博姆以自己的方式創作十分成功，但不是一種偉大的方式。《從前在遠方》中的段落無疑會完整地傳給後代。《尤利西斯》是一場值得紀念的災難——勇氣大得無限、災難令人毛骨悚然。因此，挑挑揀揀，我們一會兒選擇這個，一會兒又選擇那個，將它高舉出來展示，聽憑人們為之辯護或對其嘲弄，最終不得不面對反對意見，即便這樣，我們也不過是同意批評家的意見，這是一個無法持久努力的時代，充滿殘篇片段的時代，無法真正與過去的時代相比。

不過，正當某種觀點盛行，而我們也對其權威性表示附和時，我們有時才強烈地意識到自己說過的話完全不可信。我們重申這是一個貧乏而枯竭的時代，我們必須懷著羨慕的目光回顧過去。同時，這又是初春晴朗的日子。生活並不完全缺乏色彩。那打斷嚴肅的會談、打斷了重要評論的電話機，它自身就有一段傳奇。沒有機會成為不朽因而能直抒胸臆的人們，他們的漫談背景常常由燈光、街道、房屋、人組成。無論美與醜，他們會將自己永遠融入這一時刻。不過，這是生活；而我們所談的是關於文學。我們必須設法將這兩者分開，並且為樂觀主義的輕率辯護，來反對悲觀主義的貌似有理、炫耀式特性。

再者，我們的樂觀主義主要出於本能。它來自晴朗天氣、醇香美酒和愉快談話；來自於這樣的事實：當生活每天獻出這樣的珍品，每天使人想起的東西比最健談者所能表達的還多時，儘管我們對死者欽佩之至，我們還是更喜歡生活的現狀。雖然我們有機會選擇過去時代的生活方式，但我們仍然不會用現在去交換。有諸多不完美之處的現代文學對我們有同樣的影響，同樣的吸引力。它就像一個我們每天都苛責的親戚，但畢竟缺其不可。它具有同樣令人喜愛的品質，無論怎麼可敬，沒有成為我們的異己，需要從外部去觀察，而是成了我們自身，成了我們的創作，成了我們的歸宿。沒有任何一代比我們更要珍惜同時代作家。我們與

---

4 赫茲利特（William Hazlitt, 1778-1830），英國作家、評論家，著有《莎劇人物》、評論集《英國戲劇概觀》及散文集《席間閒談》《愛情書簡》等。

5 德拉．梅爾（Walter John Dele Mare, 1873-1956），英國詩人、小說家，主要作品有詩集《聆聽者》《兒童故事集》、小說《歸來》等。

先輩之間有著明顯的分界線。稍微移動刻度表——長期以來用以定位的物體突然滑動，自上而下撼動了結構，使我們疏遠了過去，並且使我們強烈地意識到現在。我們發現自己每天做的、說的、思考的事對父輩來說完全是不可能的。我們對還未被人注意到的差異，要比已經十分完善地表述的相似之處感覺敏銳得多。我們常不由自主地去閱讀新書，希望它們會反映我們態度的調整，這些景象、思想和不和諧事物看似偶然的組合，帶著如此強烈的新穎感影響著我們，正如文學那樣，讓我們完整地、充分理解地將其保存下來。在此，我們確實有充分的理由樂觀。沒有任何時代比我們這個時代有更多的作家決意表現他們與舊時代區隔的差別，而不是要表現將他們和舊時代聯繫在一起的相似之處。提及姓名會令人反感，但涉獵詩歌、小說、傳記的最不經意的讀者也不會不被那種勇氣、真誠，簡言之，我們時代普遍存在的那種獨創性所感動。然而，我們的興奮之情不可思議地被剝奪了。一本又一本書給我們留下了同樣的感覺：許諾沒有兌現、智力貧乏、生活中的輝煌未能轉化為文學。當代作品的許多精華似乎是在壓力之下，用單調乏味的速記記錄下來的，以驚人的技巧記錄了這些人物走過螢幕時的動作與表情。但是，這種閃光瞬息即逝，留給我們的是深深的不滿足。惱怒與愉悅同在，一樣強烈。

於是，我們畢竟回到了開頭，從一個極端游移到另一極端，一會兒熱情高漲，一會兒又悲觀失望，對我們同時代的人無法得出任何結論。我們已經請求批評家給予幫助，但他們卻對此表示反對。現在是接受他們的建議、參考昔日名著來糾正這些極端做法的時候了。我們確實感受到這些傑作的吸引，這不是出於冷靜的判斷，而是由於某種迫切需求，我們只有從這些可靠的作品上找到一個錨定點。不過，過去與現在令人震驚的對比，起初的確是使人困窘的。華滋華斯、司各特和奧斯汀的作品中，一頁頁透著泰然自若，平靜到近乎沉睡。機遇出現，他們視而不見。微妙差異累積起來，他們全然不予理會。他們似乎刻意不去滿足那些被現代人激發得生機勃勃的感覺；視覺、聽覺、觸覺——人的感覺，感知的深刻與多樣，人的複雜和混亂，簡單地說即人的自我。華滋華斯、司各特和奧斯汀作品中幾乎沒有這一切。可是那種逐漸、令人愉悅、完全地征服了我們的那種穩定感又從何而來呢？是他們信仰的力量——堅定的信仰在影響我們。在哲理詩人華滋華斯的作品中，這是顯而易見的。但這也同樣適用於在早餐前構思他的空中樓閣，草草寫出想像豐富傑作的司各特；適用於溫柔謙遜的奧斯汀，她含而不露、靜靜地創作，為的只是給人快樂。他們都自然地相信生活有著某種品質。他們有著自己的行為評判標準，知道人類相互間的關係以及對宇宙的關係。對於這一點，他們沒有直率地發表看法，但關鍵就在於此。我們聽到自己說，只有相信，其餘一切均會自然出現。只有相信，舉一個簡單的例子，以最近出版的《沃森一家》來說，一個可愛的女孩會本能地設法去撫慰一個在舞會上受到冷落的男孩，如果你毫無保留、毫無疑問地相信這個故事，那麼你不僅會使一百年後的人們感受到同樣的事，而且你會使他們覺得這是文學。因為，這種確信就是使創作成為可能的條件。要相信你的印象對別人有益，就要從個性的束縛和桎梏中跳脫出來。正如司各特是自由的一樣，我們應該無拘無束地、帶著仍然使我們入迷的氣勢去開發那冒險的、傳奇的整個世界。這也是那種神秘進程中的第一步，在這種進程中奧斯汀是一位大家。那一丁點兒體驗一旦被遴選出來，被人相信，就可能會被準確地安排到位。於是，她就通過一個分析家永遠無法窺破其奧秘的過程，自如地將它寫成那完整的敘述，即文學。

這樣，我們的當代作家之所以使我們苦惱，是因為他們不再相信。他們中最誠實的人只會告訴我們發生在他身上的事情。他們不能創造一個天地，因為他們無法擺脫其他人。他們不會講故事，因為他們不相信故事是真實的。他們無法概括。他們依靠自己的感覺和情感，因為它們的證據是可信的；他們不依賴自己的才智，才智的啟示是模糊不清的。他們不得不放棄一些他們技巧中最為有力、最為精巧的武器。他們背後有著英語這種巨大的財富，他們卻只是謹小慎微地手把手、書對書地傳遞一些最卑賤的銅錢。被安放在那永恆風景前一個嶄新的角度，他們只能匆匆拿出筆記本，痛苦地記錄飛逝的閃光，這些閃光照亮了什麼？那瞬息即逝的光輝可能什麼也構不成，諸如此類。但是，就在這裡，批評家提出異議，似乎還蠻正確的。

他們說，如果這種描述適用，而且很有可能並不完全依賴我們在餐桌上的座次，以及與芥末瓶和花瓶的某些純私人關係的話，那麼，評判當代作品的風險就比以往任何時候更大。如果他們評得離譜，他們就有各種理由；毫無疑問，最好是像阿諾德建議的那樣，從現今爭執激烈的地方撤退到過去安全平靜的地方。「我們走進了一片燃燒的土地，」阿諾德寫道：

「當我們面對當代詩歌時，像拜倫、雪萊和華滋華斯那樣的詩，做出評論常常不僅涉及到個人，而且涉及個人情感。」他們提醒我們，這是在一八八〇年寫下的。他們說，要謹防將綿延數英里的緞帶截取一英寸置於顯微鏡下的做法。如果你們等一等，事情自然會分曉；中庸節制、研究經典作品值得推薦。況且，生活是短暫的，拜倫的百年誕辰紀念在即，當前激烈爭論的焦點是，他有沒有娶自己異父異母的姐姐？概括地說，如果大家都在談論而且該離開的時候還有可能得出結論的話，對當今作家來說聰明的做法似乎是不必奢求創作出傑作。他們的詩歌、劇本、傳記、小說不是書而是筆記；時間，像一位優秀教師，會將它們拿在手裡，指著上面的污漬、潦草模糊的筆跡和擦痕，把它們撕成兩半，但他不會將它們扔進廢紙簍。他會留下它們因為其他學生會覺得很有用，正是從現代筆記本中將產生未來的傑作。文學，正如批評家所說，有悠久的歷史，經歷了許多變遷，只有短視、狹隘的人才會誇大當前這些騷動的重要性，無論它們會怎樣搖撼此時在海上顛簸的小船。風暴與浸漬只在表面，深層是連貫與平靜的。

至於那些以評論當代圖書為己任的批評家，他們的工作，我們應該承認，是艱難的、危險的，並且常常是索然寡味的。讓我們請求他們慷慨一些，多給些鼓勵，但要節制花環與桂冠，因為花環桂冠很容易扭曲、枯萎，會使佩戴者在半年後顯得有些滑稽可笑。讓批評家對現代文學採取一種更加廣闊、較少個人色彩的角度，將作家看做是在從事建築廣廈，而廣廈的建設是合力完成的，做為個體的工匠就不妨默默無聞。讓他們將那些酒足飯飽的有閒階層拒之門外，至少一段時間內不再討論拜倫是否娶了姐姐那樣有趣的話題，並且從我們坐著閒聊的餐桌後退一點距離，談一些有關文學本身的趣事。在他們要告辭時，讓我們挽留他們，請他們想想那位憔悴的貴族，海斯特．史坦荷普夫人[6]。她將一匹乳白色駿馬留在廄中，為彌賽亞準備著，並且不斷掃視山巔，心急如焚但又充滿信心地等待祂的降臨。讓我們請求他們以她為榜樣，仔細眺望遠處的地平線，將過去與將來聯繫起來，為未來的傑作鋪平道路。

（石雲龍　譯）

6 海斯特．史坦荷普（Hester Stanhope, 1776-1839），據說她盼望基督降臨，因此養著一匹駿馬，隨時準備獻給祂使用。

第二輯

古怪的伊麗莎白時代人

沒有什麼比回到三、四百年前，至少在想像中做一個伊麗莎白時代人更有意思的事了。毋庸置疑，想像畢竟只是想像，要想真的「變成一個伊麗莎白時代人」，要想像閱讀我們這個時代作品那樣流暢、肯定地閱讀十六世紀的作品，那也只是一種幻想。伊麗莎白時代人很可能會發現，我們說他們的語言，他們卻根本聽不懂。我們津津樂道，想像中的伊麗莎白時代的生活會引發他們開起粗俗的玩笑。儘管如此，把我們吸引到他們那裡去的衝動依然那麼強烈；翻開他們的書頁，那種撲面而來的新鮮和活力依然那麼甜美，以至於我們寧願冒著被嘲笑、當面出醜的危險，去會一會伊麗莎白時代的人。

如果要問，為什麼我們會在這個英國文學的特定領域比在其他任何領域更容易迷失方向，回答顯然是：伊麗莎白時代的散文儘管優美而豐富，但它遠非完美的文學載體。它幾乎不能滿足散文的基本功能之一，即讓人們簡潔自然地談論平常的事情。在我們這樣一個語言文字功利化的時代裡，我們準確地知道人們是怎樣度過從早飯後到睡覺前這段時光的；我們準確地知道，當人們既不這樣也不那樣，既不氣惱也不愛戀，既不高興也不痛苦的時候，他們是怎麼做和怎麼想的。詩歌就忽略了這些次要的生活層面。從莎士比亞的劇作中，社會學者幾乎找不到任何日常生活的事實。如果我們再不能從散文中獲得啟示的話，那麼，我們接觸另一個時代男男女女的途徑就全被堵塞了。伊麗莎白時代的散文幾乎很難從詩歌體中剝離開來，它自然會高談闊論那些重大題材——人生如何短暫，生死如何無常，春光如何美好，寒冬如何嚴酷——或許，事實上，以辭藻華麗為尚的伊麗莎白時代之所以巍然屹立於簡單的陳腔濫調之上，正是由於它不屑於以日常瑣事為題材。但是為這種耀眼的輝煌付出的代價，可從它在涉及實際事務時顯出的窘困中看出端倪。例如，當錫德尼夫人發現自己受不了夜的寒冷時，不得不去找張伯倫勛爵要一間更好的臥室。在這種時候，任何跟她同齡的女僕都可以把她的情況說得更簡潔、更有力。因此，如果我們去伊麗莎白時代散文作家那兒去尋找伊麗莎白時代詩歌的輝煌世界，就像我們今天去我們的傳記作家、小說家、新聞記者那兒去尋找波普、丁尼生和康拉德的世界一樣，我們的尋求會因困惑而永遠不得其門而入。我們會問：在莎士比亞時代，一個普通的男人和女人的生活究竟是什麼樣的？即使當時關係親密的人之間的信件也不能給我們多少幫助。亨利．沃頓爵士[1]用辭虛誇，讓我們難以接近。他們的歷史書裡回響著鼓聲和號角。他們的印刷品中迴蕩著對死亡的冥想和對靈魂不朽的思忖。他們要窺見他們的真容、能夠較為親近地接觸他們的最佳機會得從一個生性恬淡的人那裡去尋找。他躋身於那些著名的聚會的邊緣，聆聽，觀察，時不時做一點筆記。但是這樣的人難以

1 亨利．沃頓爵士（Sir Henry Wotton, 1568-1639），外交官、詩人。

找到。加布里爾·哈維[2]或許就是這樣一個合適的人選。他是斯賓塞和錫德尼的朋友。不幸的是，當時流行的價值觀驅使他去寫虛誇的文字，去寫托馬斯·史密斯[3]，用拉丁文去寫伊麗莎白女王。他覺得寫這一切比記錄斯賓塞和菲利普·錫德尼爵士的餐桌漫談更有價值。但是，他在某種程度上具有現代人記錄身邊瑣事、抄錄信件、在書頁邊記錄下突上心頭的點滴想法的習慣。如果我們在這些片言隻語中搜索，我們就會偏離正道，或多或少地從酒館門縫裡聽到詩人們飲酒作樂的陣陣轟笑聲；或者遇到下層的人們在忙著擠牛奶、談戀愛而絲毫沒有意識到這就是偉大的伊麗莎白時代；或此時莎士比亞正沿著斯特蘭德大街漫步，如果有誰拉住他的衣袖，他就會獻上一首十四行詩，告訴他《哈姆雷特》的寓意所在。

我們遇到的第一個人確實是擠奶女工——加布里爾·哈維的妹妹梅茜（Mercy）。這是一五七四年的冬天，她與一位老婦人一起，正在沙芬瓦登（Saffron Walden）附近的田野裡擠奶。這時候，一個男人走上前來，給她奉上蛋糕和馬姆齊甜酒。他倆在小樹林裡吃著喝著，老婦人則慢慢走開去撿樹枝。他開始解釋他的使命。他從薩里爵士那兒來。薩里爵士是一個與梅茜年齡相仿的青年，即十七、八歲，已婚。前些天，薩里爵士在玩滾木球時看到了這個擠奶女工。她的帽子颳飛了，「她的臉微微一紅」。簡言之，薩里爵士狂熱地愛上了她。於是他就派這個人來送給她手套、絲腰帶和一枚銘文搪瓷戒指——這是他的姑媽W夫人另有企圖送給他的，他特意從帽子上摘下來送給她。一開始，梅茜堅持她的看法。她是個可憐的擠奶女工，而他是一位尊貴的紳士。但最後她同意在村裡她家裡見他。於是，在聖誕節前不久一個大霧瀰漫的夜晚，薩里爵士和他的僕人來到了沙芬瓦登。他們朝麥芽作坊裡看，只看到她的母親和姐妹；他們又朝客廳裡窺視，只看到她的兄弟。梅西本人不見蹤影。「束手無策而又疲憊不堪」，他們只好騎馬回家。最後，經過再一次商談，梅茜答應午夜時分在一個鄰居的屋裡單獨見薩里爵士。她發現他在小客廳裡，「穿著緊身衣褲，襯衫扔在一旁」。他試圖將她按倒在床上，但是她大聲喊叫。按照事先約定的那樣，好心的鄰居主婦過來敲敲門，說有人找她。薩里爵士沒有如願以償，非常生氣，連聲咒罵著：「真見鬼！真見鬼！」出於誘惑的目的，他把口袋裡的錢全部掏了出來——零零碎碎一共十三先令——讓她用手摸摸。但是梅茜碰都沒碰一下，依舊走了，條件是她在聖誕前夜再來。但是當聖誕前夜破曉時分，她早早起床，早晨六點時已離開沙芬瓦登七英里了。儘管天下著雨和雪，洪水氾濫，那位僕人P後來還是穿著木底鞋小心地涉過水，晚了一點到達約定地點。聖誕節就這樣過去了。一個星期之後，就在保全她的面子的緊要關頭，整個故事非常奇怪地被發現了，才告結束。新

2 加布里爾．哈維（Gabriel Harvey, 1550-1631），伊麗莎白時代著名作家、古典學者。他因與詩人斯賓塞（Edmund Spenser, 約 1552-1599）長久的友誼及牽涉無數文學糾紛而引人注意。其著作有經後人編輯的《加布里爾．哈維著作集》（*The Works of Gabriel Harvey*）、《加布里爾．哈維書信集》（*Letter-Book of Gabriel Harvey*）等。

3 托馬斯．史密斯（Thomas Smith, 1513-1577），政治家，劍橋大學學者，哈維的贊助者。史密斯去世時，哈維以拉丁文寫了一系列輓歌悼念他。

年除夕夜，她的哥哥加布里爾，朋布洛克學院年輕的研究員，正騎馬返回劍橋。路上，他遇到一位在父親家中曾見過的純樸的鄉下人。他們一起騎馬而行。說了幾句鄉里閒話之後，那個鄉下人說他口袋裡有一封給加布里爾的信。一點沒錯，信是寫給「我親愛的兄長加布里爾．哈維先生」的。但當加布里爾就在路上打開信時，他才發現信封上耍了花招。原來這封信不是他妹妹梅茜寫來的，而是別人寫給他妹妹梅茜的。「我的小親親梅茜，」——信是如此開頭的。最後這樣署名：「不僅是他自己的、更是你的菲爾。」讀著讀著，加布里爾有點控制不住自己了——「我幾乎不能掩飾突然想到的種種情況，壓抑內心的憤怒。」因為這不僅僅是一封情書——遠非如此——它還談到根據約定應該占有梅茜。夾在信紙裡的還有一枚漂亮的英格蘭金幣。在那個鄉下人面前，加布里爾盡力克制自己，把書信和金幣交還給他，囑他交給在沙芬瓦登的妹妹，還附了以下的口信：「在跳下去之前要三思，她自己會讀懂其中的意思。」於是他繼續策馬赴劍橋。後來，他給那位年輕的爵士寫了一封長信，很有禮貌而措辭含糊地告訴他遊戲已經結束了。加布里爾．哈維的妹妹不可能成為一位已婚貴族的情婦；相反地，她應該成為奧德利豪宅史密斯夫人府上一個「勤勉溫順、可以信賴的」女工。梅茜的浪漫史就此結束。大幕重新垂下。我們再也看不到擠奶女工、老婦人和那個帶著甜酒、蛋糕、戒指和絲帶來誘騙可憐女孩的陰險男僕了。

這很可能只是一個普通的故事。該有多少擠奶女工，當她們給母牛擠奶時，她們的帽子被風吹落；該有多少爵爺目睹此情此景，心裡為之一動，然後便從帽子上摘下珠寶，遣僕人去為他們牽線搭橋。但是一個女孩自己的信件被保存下來，在她兄長的要求下被迫講述自己的故事，這種情形又實屬罕見。然而，當我們嘗試透過擠奶女工的文字去瞭解伊麗莎白時代的田野，伊麗莎白時代的房屋、起居室的時候，我們會遇到同樣的困惑。儘管有雨，有霧，有洪水，我們還是很容易想像出擠奶女工和草坪，以及轉身去撿樹枝的老婦人。對於這種慣用的特殊伎倆，伊麗莎白時代的詩人已經告訴我們夠多了。但是，只要我們抵擋一下把讀到的東西看成是歷史真跡的衝動，就會發現，梅茜本人幾乎不能給我們什麼幫助。她是一個擠奶女工，躲在閣樓上藉著廉價的燭光寫下一封封情書。可是，伊麗莎白時代的文風如此盛行，行文如此工於技巧，以至一位擠奶女工的情書也寫得那麼雍容典雅，即使說它們出自一位出身高貴、受過良好文學訓練的貴婦人之手也不為過。當薩里爵士逼她就範時，她回答說：

我的老爺，您說的事是對神極大的褻瀆，是對世俗極大的冒犯，給我的朋友帶來巨大的悲傷，給我本人帶來巨大的恥辱，竊以為，也給尊貴的閣下帶來巨大的名譽損失。我曾聆聽家父訓示，貞潔是少女花園中最美麗的花朵，貞操是貧家女兒最昂貴的嫁妝……人們說，貞潔就像時光一樣，一旦逝去，永遠也不能找回。

鏗鏘的話語在她的耳邊回響，似乎她實實在在地享受著寫作的樂趣。當她希望他明白她只是一個貧窮的鄉下姑娘，而非像他的夫人一樣是尊貴的女士時，她這樣寫道：「天哪！您府上有高貴雅致的器皿，竟會到外面來尋覓質樸的鄉下貨什！」信中她甚至放慢節奏，押起韻來，雖然不及她寫的散文那樣響亮，但也證明了寫作是一門藝術，而不僅僅是傳遞事實的工具。如果她希望更直截了當，更有說服力，她在家中從父親那兒聽來的諺語就來到筆端，《聖經》中的意象就化成她耳邊的音響：「倘使那樣，我，一個可憐的女孩，就要被懸吊起來，做老鷹腹中的美餐。這對於我，是徹底的毀滅；對於我的朋友，是巨大的悲痛。」簡言之，這位擠奶女工梅茜的文風天然的雍容而華貴，沒有絲毫的粗俗，同樣也沒有半點親切感。人們可以感覺到，對於梅茜來說，沒有什麼比當著她的情人來一段辭藻華麗的演講——什麼輝煌的虛空呀，貞操的可愛呀，命運的跌宕呀等等——更容易的事了。至於說到那一位特定的梅茜與特定的菲爾之間的特定情感，我們偏又無跡可尋。當輪到要用寥寥數語準確地表述某一件日常事務時，例如當亨利・錫德尼爵士的妻子，諾森伯蘭公爵的女兒，不得不提出要更換一個更好的房間睡覺時，她寫的東西——在全世界讀者看來——簡直像出自一個大字不識的女傭之手。她既寫不全一封信，也拼不對單詞，更不能一句接一句流暢地表達自己的意思。她莫名其妙地爭辯，喋喋不休地絮叨，簡直使我們失去了耐心。其結果是，對於那位行文漂亮的擠奶女工梅茜・哈維，和那位信寫得拙劣的公爵女兒瑪麗・錫德尼，我們所知甚少。我們無法瞭解伊麗莎白時代人的生活場景。

但還是讓我們隨著加布里爾·哈維去劍橋走一遭吧。在那裡，或許我們可以隨手撿到一點通俗、口語的玩意兒，讓我們和那些古怪的伊麗莎白時代人更親近一點。加布里爾在盡了兄長的責任之後，似乎全心投入一位青年學者的生涯，決心在世間闖出一條自己的路。他非常勤奮，幾乎沒有什麼娛樂，以至於成為同伴間不受歡迎的人。顯然，要想兼顧對鑽研英國詩歌未來的濃厚興趣、英語能力的濃厚興趣以及打牌、縱狗鬥熊等消遣活動，那也確是非常困難的。顯然，他也不會把亞里士多德所說的一切看成是福音般的真理。但很清楚的他是心甘情願一小時接著一小時地、一整夜接著一整夜地為著詩歌、為著格律而爭辯，為著把受人鄙視的英語、貧乏的英國文學提升到世界上偉大的語言和文學之林而辯證。有時候，當我們「傾聽」他的爭辯時，會覺得這樣的爭辯跟在美國新成立的大學中進行的爭辯何其相似！這位年輕的英國詩人以洶湧澎湃的狂妄宣稱：「英格蘭，正因為是英格蘭，從來沒有像現在這樣產生這麼多尊貴的頭腦，這麼多富於冒險精神的心靈，這麼多勇猛無畏的手，這麼多才華橫溢的機智。」但此時，帶有英格蘭味甚至被視為一種罪惡——「沒有什麼比帶英格蘭味的東西更被視為如此可鄙，如此卑下，如此惡毒。」他們對未來寄予希望，對更古老的文明非常敏感。伊麗莎白時代人顯示出當今比較年輕的國家所顯現的、有時令我們十分困惑的大致相同的敏感。他們的腦子裡思索著什麼樣的事將要發生，什麼樣不為人知的領域他們將要涉足。這樣一種感覺極像當代科學在富有想像力的英國作家中引發的激動不安。不過，無論我們怎麼想像一五七〇年在劍橋大學房間裡的唇槍舌劍該是多麼刺激，我們得承認有條理地閱讀哈維的書幾乎是現代人無法承受的事。他的文字火一般地熾熱，狂放不羈，以致我們痛苦地叫喊著希望能領悟到一個確切的涵義。同一個思想，他會翻來覆去地寫道：

在大自然的無限傑作中，哪一個花園沒有野草？哪一個果園沒有害蟲？哪一塊玉米地沒有麥仙翁？哪一個魚池沒有青蛙？哪一塊天空沒有黑暗？哪一扇知識之鏡沒有愚昧？哪個世人沒有弱點？哪種貨物沒有無用之處？

就這樣沒完沒了。當我們像磨坊的驢子轉了一圈又一圈時，我們覺察到我們的耳朵裡滿是嗡嗡的聲音，因為我們正讀著原本該聽到的東西。誇張和重複，就像拳頭捶著講道壇邊的強調一般，都是為了滿足既遲鈍又敏感的聽覺效果。耳朵總是喜歡賣弄官能，陶醉於音響之中——它在傳達口頭語言的同時，還一併帶來說話者的面孔和手勢，這就使他所說的話產生戲劇般的效果，給滔滔不絕的空話增添幾許節奏，讓它插上翅膀準確地飛向聽者的心房。因此，當我們將哈維對於納許（Nash）的抨擊或他寫給斯賓塞關於詩歌的信件僅僅置於視覺之下時，我們就會迷失方向，幾乎無法取得任何進展。我們就像一個溺水的人抓住一塊木板一樣，抓住任何一個浮出表面的簡單事實。例如那位送信的人叫柯克太太；例如佩爾納為取樂在彼得豪斯的屋子裡養了一頭幼獸；例如「你的上一封信……遞給我的時候，我正待在壁爐旁，我的身邊是一群女侍應生，四周擠滿了一群誠實忠厚的好伙伴。在那個時候，他們都是理智誠實的痛飲者。」例如格林臨死之際，懇求伊薩姆太太給他「一壺廉價的馬姆齊甜酒」；當他自己的襯衣拿去洗的時候曾借過伊薩姆太太丈夫的襯衣；格林昨天以六先令四便士的價格葬於貝德拉姆附近新關的墓地。黑暗中似乎見到了曙光。但是且慢。正當我們想要伸手抓住莎士比亞大衣的後襬時，正當我們想要聽到斯賓塞厲聲的話語時，哈維滔滔不絕的煙霧又一次升騰而起，我們再度懸浮在爭論和雄辯之中，空洞無物，夸夸其談，長篇大論，陳腐不堪。人們會發問，當我們翻過這些頁面時，我們怎麼能夠指望把握伊麗莎白時代人的脈搏呢？不過，當我們再翻一翻，跳著看，說不定從跌宕起伏的書頁中，從滔滔不絕的宏論中，能夠發現某種東西——一個人的身影，一張臉的輪廓，他並不是「一個典型的伊麗莎白時代人」，而是一個有趣的、複雜的、個性獨特的人。

首先，我們從他處理妹妹的事件中認識了他。我們看到他做為劍橋大學的研究員策馬赴劍橋，此時他的妹妹正在田野裡與窮老婦人一起擠牛奶。我們十分有趣地注意到他覺得什麼樣的舉止才適合她——劍橋學者加布里爾・哈維的妹妹。教育在他和他的家庭之間架立了巨大的鴻溝。他的父親在家裡結繩，他的母親在麥芽作坊裡勞作，他就從這座村落街道的房子裡出發赴劍橋。儘管他出身低微，儘管他有往上爬的意識——正因為如此他才局促不安，浮華自負，以自我為中心，對妹妹近乎苛求，對大人物討好奉承，但他從來沒有因他的家庭而感到羞愧。這位父親能把三個兒子送到劍橋，對自己的手藝毫無自卑之感，甚至讓人將他本人結繩的樣子雕成塑像鑲嵌在壁爐上方，這就證明這位父親絕不是一個普普通通的人。隨加布里爾之後去劍橋的兩兄弟，也是加布里爾在學校最好的盟友，引以為傲的好兄弟。他甚至也能為梅茜而自豪。她的美貌使得一個尊貴的貴族子弟摘下他帽子上的珠寶。毫無疑問，他為自己感到自豪。這是一個靠自己奮鬥成功的人的驕傲。當別人在打牌時，他一定在讀書。他對權威無需表達無緣由的忠誠，甚至可以表達與亞里士多德相左的觀點，由此使得他在劍橋不受歡迎，幾乎丟了學位。但正是這一不幸的機遇使他早年就懂得捍衛自己的權利，維護自己的長處。而且，正是由於他確實比別人更聰敏、更能幹、更有學問，人也長得很俊帥，所以連他的敵人也不能否認他理應獲得成功（納許就承認：「這傢伙在春風得意時還真有點人模人樣的。」），不過由於他的同事的忌妒和陰謀他才功虧一簣。一個時期，依靠拉幫結派和苦心經營，他在學位問題上戰勝了他的敵人。他發表演講。當伊麗莎白女王御駕親臨奧德利豪宅時，他應邀參加御前辯論會，甚至還受到女王的青睞。「他看上去像個義大利人。」當他引起女王的注意時女王這麼說。即使在這榮耀的時刻，他倒運的端倪也清晰可見。他沒有表現出應有的自尊和克制。他讓自己顯得滑稽可笑，讓他的朋友感到不安。當我們讀到他如何精心打扮，「穿著皺巴巴的天鵝絨禮服」心裡如何七上八下的時候；當我們讀到他一會兒卑躬屈膝，一會兒又「故意擋住菲利普．錫德尼爵士的去路」的時候；當我們讀到他一會兒跟女士們調情，一會兒又「讓她們猜淫猥謎語」的時候；當我們讀到他在受到女王誇讚時高興得忘乎所以，滿嘴義大利口音的沙芬瓦登英語的時候；我們可以想像私下裡敵人會如何嘲弄他，而他的朋友又如何為他感到臉紅。所以，儘管他有諸多長處，他的厄運開始了。他沒有受萊斯特勛爵聘用；他沒有成為校方發言人；他沒有被任命為三一學院院長。但是在一個領域他成功了。在那間狹小的煙霧彌漫的屋子裡，斯賓塞和其他年輕人正討論著詩歌、語言和英國文學的未來。在那裡，哈維沒有受到嘲笑。相反地，他的觀點受到嚴肅的注意。對於這些朋友來說，他跟他們當中的任何一位同樣偉大。他註定是那些使英國文學顯赫輝煌人物中的一員。他對於詩歌的鍾愛是不帶偏見的。他的學識是精深的。當他滔滔不絕地談論音節的長短、韻律的鏗鏘的時候，當他滔滔不絕地談論希臘人寫了什麼、義大利人寫了什麼、英國人可能寫什麼的時候，毫無疑義，他為斯賓塞營造了這樣一種充滿希望的氛圍，增添了以良好學識為基礎的強烈好奇心，從而激發了一位年輕作家的想像力，使得寫出來的每一首清新的詩似乎是一群有著同樣追求的冒險者的共同財產。因此，斯賓塞這樣看他：

哈維，你是一個比最快樂的人還要快樂的人。
在這個世界大舞台上，你總是靜坐旁觀。
用批評家的筆，評評點點，
剖析著社會的每一個弊端。

詩人需要這樣的旁觀者，需要一個站在瞭望台上觀察戰場做判斷的人。他提出警告，他有先見之明。聽哈維侃侃而談，對斯賓塞來說一定是件愉快的事；然後，不聽了，他讓那些激烈刻薄的聲音繼續響下去，一邊由理論滑向實際，在大腦裡構思幾行他自己的詩歌。但是這位旁觀者可能坐得過久了，一發起宏論來就稀奇古怪，盛氣凌人，以至於損害了他自己的創作能力。他可能使他的理論太嚴密了，以致不能容納人生的無序。因此，當哈維停止理論闡述，嘗試著進行創作時，他寫的東西只能是一些了無生機、枯燥無味的詩歌，或者是矯情媚俗的冗長頌辭。正像他沒有成為政治家、教授和院長一樣，正像他所做的一切似乎都不能成功一樣，他最終並沒有成為詩人。唯一的例外是他贏得了斯賓塞和菲利普．錫德尼爵士的友誼。

但是，幸運的是哈維身後留下一本札記。他有個習慣，一邊讀書一邊在書的空白處做筆記。由此及彼，從他公眾的形象到私下的自我，我們看到了這兩面生活映照出兩副不同的面孔，這種面孔的變化我們在伊麗莎白時代人的身上極少看到。我們覺察到在表面的哈維背後，還隱藏著另一個哈維——滿臉的疑慮、努力和沮喪。幸好，這本札記篇幅都不長，即使是伊麗莎白時代的對開本也很狹窄，因此哈維只好記得非常簡略。因為只是寫給自己看，所以他只在有難忘的回憶或經歷不得不寫時才下筆，就像跟另一個自我交談一樣。「確實如此。」他會這麼說。「這倒提醒了我。」他會那麼說。「我要是早這麼做該多好！」他會反覆這樣說。於是，我們結識了兩個相互衝突的矛盾體：一個在眾人面前頻頻出錯的哈維，一個頭腦清醒、坐擁書城的哈維。那個四處活動、遭受苦難的哈維在向這個讀書、思考的哈維傾訴衷腸，從中尋求忠告和安慰。

誠然，對他來說兩個哈維都需要。對於第一個哈維，他的人生充滿了衝突和挫折。這位結繩者的兒子可以鼓足勇氣，直面這一事實；但在與尊貴的紳士為伍時，低微的出身依然使他感情受到傷害。然後，那個坐擁書城的哈維就來給他忠告：想想那些默默無聞最終取得成功的人物吧；想想吧，「那個亞歷山大算什麼，一個沒有經驗的毛頭小子」；想想吧，那個大衛，「一個直率的年輕人，居然征服了一位巨人」；想想，朱迪斯和若安教皇，他們的輝煌成就；尤其是，想想吧，「那位豪爽的女俠……貞德，一個最有價值、勇敢、年輕的女孩……一個強有力的、富於冒險精神的女孩能做的，一個勤奮、精於算計的男人又有什麼不能做呢？……」緊接著，那位時髦的劍橋青年似乎又來嘲笑這位結繩者的兒子缺乏紳士應有的技能。「停止寫作吧，」加布里爾向他建議說：「這無謂地消耗了大量的時間……你已經這樣折磨自己了。」「讓你自己成為雄辯和勸導的大師吧，」加布里爾向他建議說：「走出書齋，步入世界吧，學會劍術、騎術和射擊吧，一個星期三種技藝便可學會。」還有，這位雄心勃勃又不安的年輕人發現異性很有魅力，便就愛情問題向他的精明的、坐擁書城的另一個自我討教。另一個哈維這樣認為：在跟女人打交道時，態度非常重要，一定要慎重、自制。這位顧問繼續說道：一位紳士以「善於跟太太和仕女周旋」著稱，「無需殷勤的致意，無需太多的尊重和禮儀。」這無疑是針對那一次在奧德利受冷遇有感而發。健康和保健至關重要。「我們的學者總是讓我們的身體和腦袋出洋相」。男子漢「起床時應該精力充沛，一年到頭每天早上都如此」。飲食上應當節制。積極活動，正常鍛鍊，就像H老弟一樣，「每天至少溜一次狗」。不應當「嘀嘀咕咕或冥思苦想」。一個有學識的人也應當是個入世的人。將「鍛鍊、大笑、放膽去做」當做你的「每日必修課」。如果你的折磨者對你咆哮、咒罵、冷嘲熱諷，最好的回答是「機智而豁達的反諷」。在任何情況下，不要怨天尤人。「無端地時而抱怨這，時而抱怨那，是絕對的愚蠢行為，是剛愎自用的惡劣表演」。如果久未能晉升；如果沒能力支付帳單；如果被投進牢房；如果得忍受女房東的奚落和侮辱，更要記住：「樂於貧困並非真正的貧困。」如果隨著光陰的逝去，爭鬥在增加，似乎「人生即戰場」；如果有時候飽受挫折的人不得不承認，「要不是存有希望，你的心就會破碎」；賢明的書齋顧問更會讓他不要認輸，「忍受苦難最多的人隱藏得最深。」他對自己如是說。

就這樣，我們想像中的兩個哈維的對話在繼續：一個是積極主動的哈維，一個是消極被動的哈維；一個是愚鈍的哈維，一個是智慧的哈維。從表面上看，這兩個一半儘管一道商量，但給整個人帶來的只是令人遺憾的結果。對於這位充滿自負和憧憬、給妹妹提出忠告、策馬赴劍橋的年輕人來說，他最終還是兩手空空回到了土生土長的故鄉小村。他最後的漫長歲月完全是默默無聞地在沙芬瓦登度過的。表面上看來，他在附近地區為窮人行醫看病。他過著極貧困的生活，靠塗奶油的塊莖和羊蹄子為生。但即便如此，他還有他自己的安慰，他自己的夢想。他穿著那套據納許說沒付帳的破舊黑天鵝絨禮服在園子裡漫步，滿腦子是權力和榮耀，是斯圖克萊和德雷克[4]，是「黃金的擁有者和佩戴者」。對於往昔，他有太多太多的回憶——「往昔最美好的東西，如果不常常重新喚起它，就會從記憶中消失。」他這樣寫道。但是，在他的內心深處，仍攪動著急切不安的衝動，激盪著對行動、榮耀、生命和冒險的渴求，不許他完全沉湎於過去。「只關心現在式，」他在一則筆記中這樣寫道。但他並不以學問的灰燼來欺騙自己。像一個真正的讀者一樣，他愛好書籍。他不是把書籍看成是掛起來展示的獎盃，而是將它當成活生生的東西。書籍「應當被思考，被實踐，融於我的身體和靈魂」。這位年老力衰、飽經失望的學者心中留存著一種對學問非常有人情味的看法。「學習一切知識的唯一大膽的方法就是不要書齋，這樣才能獲得極大的快樂。」他如是說。夢想成為黃金的擁有者和佩戴者，夢想著行動和權力，對於一個無法付帳的老乞丐來說，對於一個在茅舍裡搗藥草為生、以塊莖為食的人來說，儘管顯得荒唐古怪，但這一夢想仍活在他的心中，這時候他的肌肉萎縮，皮膚「像一張烤焦了的羊皮紙，滿是窟窿和褶皺」。然而，就終極意義而言，他還是勝利者。他比他的朋友和敵人——斯賓塞和錫德尼、納許和佩爾內（Perne），都活得更長久。做為一位伊麗莎白時代人，他享年很高，活到八十一或八十二歲。當我們談到哈維的生活時，我們的意思是，他爭吵過，厭倦過，出醜過，奮鬥過，失敗

4 斯圖克萊（Thomas Stukeley, 1525?-1578），冒險者、海盜。德雷克（Sir Francis Drake, 1543?-1596）英國海軍司令官，曾航行全球，使英國博得「水手國家」的稱譽。

過，有著和我們一樣的面孔——一張隨時變化的、凡夫俗子的面孔。

（李寄 譯）

鄧恩[1]三百年祭

當我們想到，過去三百年中，在英格蘭寫出來、印出來的文字何止百萬計，但其中絕大多數早已湮沒無聞，沒留下一絲痕跡；然後再來尋思一下，鄧恩的文字究竟有何特質，以至於我們今天仍能清晰地聆聽到他的聲音，這無疑是件非常有誘惑力的事。儘管恰逢三百年祭（一九三一），大大讚頌一番是可以諒解的事，但我們絲毫無意暗示，鄧恩的詩歌正廣為傳誦。譬如說，地鐵裡我們從一位女打字員身後看過去，發現她下班回家的路上正讀著鄧恩的詩章。不過，鄧恩依舊有讀者，人們依舊可以聽到他的聲音——新的版本和不時可見的評論文章便是明證。也許值得分析一下，他的詩歌對於今天的我們究竟具有什麼樣的意義；他的聲音究竟是如何從伊麗莎白時代歷經三百年風風雨雨依然重重地撞擊著我們的耳膜的，同樣值得探究。

然而，鄧恩詩歌吸引我們的第一個特質，並非他的意義，儘管他的詩歌蘊涵深意，而是

1 鄧恩（John Donne, 1572-1631），玄學派詩人，詩作大多在死後才印行。他熱烈的情詩和早年的哀歌、諷刺詩雖未付梓，但其手稿在伊麗莎白和詹姆斯時期的倫敦知識界廣為流傳。鄧恩在受忽略兩百多年後，二十世紀又為評家所重視，對現代英美詩人影響良深。

某種更加純粹、直覺的東西。他的詩歌劈頭就具有極強的震撼力。沒有開場白，不兜圈子，以最迅捷的方式徑直躍入詩的境界。一個短句就取代了所有的鋪陳：

我期望與舊情人的魂魄交談。

又如：

他瘋狂了，誰又能說，
他的激情轉瞬即逝。

我們馬上就被吸引住了。立定站好，他在發號施令：

立定站好，我的愛人。
讓我給你上一堂愛情的哲學課。

立定站好，我們只能這麼做。僅僅是起首一句就讓我們全身顫慄。我們的知覺剛才還那麼遲鈍、痲木，在顫慄間猛地復甦了。我們的聽覺、視覺，立刻敏銳起來。「一圈圈光亮的頭髮」在我們的眼中燃燒。但是，更難得的是，我們不僅僅感受到那些難忘的美麗詩行，我們還感受到我們正在身不由己地被推入一種特定的心境。正常的生活溪流中分散獨立的各種元素，在鄧恩這種令人震顫的激情撞擊下，重新組合成和諧的整體。這個世界剛才還那麼單調乏味，缺少特色和變化，轉瞬之間便消解了。此時此刻，我們完全置身於鄧恩的世界裡。其他感覺驟然中止。

在突然間使讀者震驚，並征服讀者，在這方面鄧恩比大多數詩人更為出色，這也是他與眾不同的特質。正是這一特質抓住了讀者，也正是我們能夠精練地概括有關他詩歌的精髓。這一精髓就是一種本質，在我們的頭腦裡分裂為許多相互衝突的古怪的小玩意兒。隨即我們便開始探尋，這種精髓究竟是由什麼構成的，又是如何構成的，竟給人留下如此深刻而複雜的印象。在他的詩歌的表層就散佈著一些明顯的線索。例如，當我們閱讀他的《諷喻組詩》（*Satyres*）時，我們無需外在證據便可以判定這些詩是一位年輕人的作品。它們具有青春特有的咄咄逼人的冷峻與明晰，憎惡中年的愚蠢以及陳規舊俗的荒唐。討嫌的人，撒謊的人，阿諛奉承的人——這些可鄙的騙子和偽君子，何不用寥寥幾筆勾勒出他們醜惡的面目，然後大筆一揮將他們從地球上一掃而去？鄧恩激情滿懷地鞭撻著這些該死的傢伙。他猛烈的抨擊和青春的蔑視流露出他的生命中太多的希望、太多的信念和太多的樂觀。然而，當我們繼續往下讀時，我們不禁開始對這位臉上掛著好奇而複雜表情——大膽而精細，肉欲而緊張——具有卓爾不群特質的年輕人起了疑心。在我們最初的印象中，他感性強，但有點神經質，並不僅僅是難以言傳的青春的忙亂和壓力驅使他過早地追求典雅和明晰的風格。他在創作中大刪大削，出其不意地把各種意念疊加在一起，似乎隱含著更深層的不滿，而不僅僅是年輕人對時代的不滿，誠實的人對腐敗者的不滿。鄧恩是位叛逆者，他不僅反對比他年長的人，也反對時代風習中一切使他反感的東西。那個時代的許多詩歌拒絕使用流行的語彙，而他卻故意反其道而行之。他的詩歌像那些無視輿論壓力的詩作一樣，天馬行空，汪洋恣肆，為了怪誕而怪誕，結果是有時人們簡直無法對他的詩歌進行評價。鄧恩屬於不謹遵傳統的詩人，一如白朗寧（R. Browning）和梅瑞狄斯，他們常常隨情任性，無緣無故地追求怪誕，以炫示他們反抗傳統。但是要發現他究竟厭惡他那個時代中的哪些東西，還是讓我們來考察一下對他的早期詩歌創作一定有過的明顯影響吧——讓我們來看一看他讀過哪些書。根據鄧恩自己的說法，我們可以發現他挑選的書中有「一本正經的神學家」的著作、哲學家的著作、「教人如何捆綁一個城市的神秘軀體肌肉的快樂政治家」的著作，以及編年史專家的著作。顯然，他喜歡事實和雄辯。如果他的書單中還有詩人的作品的話，從他以「可笑的怪想家」來形容詩人，我們不難看出他根本看不上這種藝術。他的輕蔑至少表明他非常清楚詩歌中的哪些特質是他所反感的。不過，他有生之年正值英國詩歌的春天。斯賓塞的詩集，錫德尼的《阿卡迪亞》，還有《設計高雅的樂園》[2]（*Paradise of Dainty Device*）及黎利[3]的《尤弗伊斯》（*Euphues*），都有可能擺在他的書架上。他有機會去劇場看戲，去看馬婁（Christopher Marlowe）和莎士比亞的戲劇演出——他顯然確實去過，因為他說：「我跟他提到了新戲。」他離開故鄉在倫敦逗留之際，一定邂逅那個時代的每一位作家——斯賓塞、錫德尼、莎士比亞和瓊森。他一定在這家或那家小酒館中聽到人們談論新上演的戲劇，新出現的詩歌樣式，以及關於英語語法、英國詩歌走向的熱烈而富有學識的討論。但如果去讀他的傳記，我們發現他既未結交同時代的作家，也未閱讀他們的作品。他屬於富於創新精神的獨行客，不善於從當時的創作中吸取營養，反而會因受當時風習干擾而分散其精力。如果我們再度翻閱他的《諷喻組詩》，就很容易看出何以如此。這是一個大膽而活躍的心靈，喜歡以實在的事物為創作題材，竭力將對緊繃的神經撞擊的震撼精確地表現出來。一個討嫌的人在大街上攔住他。他精確地、生動地打量著對方。

他衣著奇特，儘管粗糙；還是黑色，儘管磨損。
那件沒有袖子的緊身皮大衣，
曾經是天鵝絨，
而今變成了塔夫綢。

---

2 一部詩選集，一五七六年由 Richard Edwards 編輯。
3 黎利（John Lyly, 1554?-1606），英國散文家、詩人、劇作家。

然後，他喜歡用時人說的大白話來描述：

他乾澀的聲音像繃緊的魯特琴發出的刺耳聲，哦，老爺！
談到國王，我真高興。在西敏區，我說呀，
那個看管教堂墳墓的人，
每一位來客都得跟他討價還價。
說說我們的哈利們，我們的愛德華們，
從國王到國王，他們所有的親屬都能行走；
除了國王，你什麼也聽不到；除了國王，
你什麼也看不到。去那兒的路，就是國王大街。

他的長處和缺陷都可在此尋見。他挑選出一個細節，凝思良久，然後凝煉成幾個詞表述它的古怪：

像一捆破爛的蘿蔔
你患風溼痛的手紅腫的手指。

但是將它當做一個整體來觀察，他做不到。他不能站遠一點端詳大致的輪廓，以致總是其瞬間效果強烈，而難得一見全面的描述。自然而然，他覺得很難運用以人物衝突為特徵的戲劇表現手法。他只能以自我為中心進行獨白，進行諷刺，進行自我剖析。斯賓塞、錫德尼和馬婁沒有能給這位從這某一視角觀察事物的詩人提供有益的示範。典型的伊麗莎白時代的人喜歡氣勢磅礴的文辭，渴望嶄新的語彙，善於誇張，善於概括。他們喜歡廣袤的風景，英雄的美德，處於衝突中心而只有大致輪廓的英才俊傑。即使散文作家也有誇張的習慣。當德克著手描寫伊麗莎白女王在春天去世的情形時，他不是專門去寫女王的死亡和那個春天，而是大而化之，縱談所有的死亡和春天：

……杜鵑啼血（像個孤獨的小提琴手，從一家小酒館拉到另一家小酒館）；小山羊，小羚羊，在山谷裡、山坡上，上下來回，奔走跳躍；牧羊人坐在那裡抽著菸斗，鄉下姑娘在放聲歌唱；小伙子為他們的情人寫十四行詩，女孩為心上人編花環；鄉村一片嬉鬧，城市一片歡騰……午夜，沒有尖叫的貓頭鷹去嚇唬傻乎乎的鄉下人；中午，沒有鼓聲去嚇唬城裡人；但是，一切都比一池清水更為寧靜，沒有一絲聲響，就像天神在一起無聲地嬉戲；總而言之，天空像宮殿，大地像天堂。但人類的快樂是多麼短暫！啊，世人，你們的快樂如過眼雲煙，微不足道！

——簡言之，伊麗莎白女王死了，問德克為他打掃房間的老婦人說了些什麼，或是有誰碰巧擠在人群中，問那天奇普塞德街像什麼樣子，問了也是白問。他一定會誇張，一定會概括，一定會美化。

鄧恩的天才恰恰與此相反。他進行縮減，他精確描寫細節。他不僅注意到損壞了的優美輪廓上每一個斑點和皺紋，他還以極大的好奇心記錄自己對這種鮮明對比的反應，並迫切地把兩種相互衝突的表象放在一起，任它們顯出不和諧。正是這樣一種在崇尚絢爛的時代表達赤裸的欲望；正是這樣一種不是去記錄構成一個完整的、合宜的整體相似處，而是去表現破壞那個相似處不協調矛盾的決心；正是他同時讓讀者感受到愛、恨、笑不同情感的能力，使鄧恩不同於他同時代的作家。如果那個時代日常生活發生了什麼事，例如被一個討厭的人強留住長談，被一個律師推入陷阱，受到一個諂媚者的故意怠慢，給鄧恩留下如此強烈印象的話，那麼陷入情網的效應之大無疑是無與倫比的。對鄧恩來說，戀愛意味著一千件事。它意味著受到折磨，招人討厭，幻想破滅和狂喜；但也同時意味著說實話。鄧恩的愛情詩、輓歌和信札顯現出他與典型的伊麗莎白時代愛情詩人迥然不同。那樣一種用數十支富有激情的筆塑造出來的偉大理想人物，仍舊在我們的眼中燃燒、發亮。她的身體潔白如玉，她的腿有如象牙，她的頭髮宛如金絲，她的牙齒就像東方的珍珠。她的聲音像音樂一樣悅耳，她的步履莊重而典雅。她敢於愛，敢調情，會不貞，屈從，殘忍，率真；但她的感情是單純的，這才符合她的身分。而鄧恩的詩歌則刻畫了一位不同特質的女士。她膚色棕褐但同樣美，她性情孤獨但也合群；她既有農村土氣又喜歡城市生活，既懷疑宗教又非常虔誠，既富有激情又內斂保守，簡言之，她就像鄧恩本人一樣複雜而多彩。至於挑選一個完美的人，把自己的愛獻給她，而且只獻給她一個人，鄧恩以及任何放浪形骸並老老實實記錄自己情感經歷的人怎麼能夠如此約束自己的天性、說這樣的謊言以迎合傳統和正統呢？「多姿多彩」難道不正是「愛情最甜蜜的成分」嗎？「在音樂、快樂、人生和永恆中，變化是溫床。」他歌唱道。那個時代怯懦的時尚可能讓有情人只擁有一個女人。而對他來說，他豔羨、妒忌古人「他們可以有許多次愛情而無罪」：

但是自從這個尊貴的術語被使用以來，
我們虛弱的輕信就一直被踐踏。

我們從高貴的地位摔落下來；自然的黃金法則不起作用了。

所以透過鄧恩詩歌這面鏡子——它時而模糊不清，時而光亮清晰——我們依次看到他愛過恨過的許多女性：他所瞧不起的那個平凡的朱莉婭；他向她傳過愛的藝術的傻大姐；那個嫁給「困在輪椅中」的病丈夫的女人；那個只有用計謀、冒風險才能和她戀愛的女人；那個夢見他、看到他在翻越阿爾卑斯山時被謀殺的女人；那個他不得不勸阻她不要冒險愛他的女人；最後還有那位與其說是他愛她不如說是敬她的已值人生之秋的貴婦人。所有這些女人都歷歷在目——尋常的與稀有的，單純的與世故的，年輕的與年長的，尊貴的與粗俗的——每個人都有不同的魅力，引出一個不同的情人，儘管這個男人還是同一個男人，而這些女人也許只是某個女人的不同側面，而不是各自獨立、各不相同的女人。在晚年，這位聖保羅大教堂的教長也許願意修改其中的一些詩，禁止發表有關其中一個情人的詩——大抵由於這些詩作涉及「上床」和「愛之戰」的緣故。但果真這麼做這位教長就錯了。正是如此多的不同欲望的合一賦予了鄧恩的愛情詩生機活力，而且是在傳統、正統的戀人中難以表現得如此有力的特徵——心靈之戀。如果我們不愛那肉體，我們又怎麼能愛那心靈呢？如果我們不能自由地愛不同的對象，承認這樣或那樣的誘惑，我們又怎麼能最終挑選出愛情中最重要的特徵並矢志不渝，從而在相互衝突的特質中達到平衡以進入一種「平常男女關係」的境界呢？即使當他處於情感極易變化的時候，即使當他最充分地展示青春欲望的時候，鄧恩也能夠預測到他的成熟季節將會到來。到那個時候，他會以不同的方式，痛苦而艱難地愛著一個人，只愛一個人。即使當他嘲笑、責難、詛咒的時候，他也能預期到另一種超越變化和分離的關係。有了這種關係，甚至在沒有肉體接觸的情況下，也能達到心靈的契合與交流——

即使把我們撕裂，你也不可能將我們分開；
即使把我們的軀體分開，但我們的靈魂仍綁在一起。
我們依舊可以相互愛戀，通過書信，通過禮物，通過思想，通過夢境。

又如：

他們倆，相依為命
永不分離。

再如：

無論是男是女都一樣，
我們同樣要出生，要死亡。
只有這種愛，才是神秘的。

這樣一種更悠遠、更美好的境界的暗示和預兆不斷驅使著他，讓他永無寧日，對現實永不滿意。他受到這樣一種感覺的撩撥：存在一種超越短暫快樂和苦惱的奇蹟。戀愛中的人能夠——至少是在很短的時間內——超越時空、超越性愛、超越肉體，從而達到合一的境界。終於，在最後一刻，他們達到了這種合一。〈狂喜〉（Extasie）中，他們一起躺在河岸上，

整整一天，我們保持同一姿態，
我們什麼也沒說，整整一天……

這種狂喜讓人清醒，
（我們說）告訴我們我們愛的是什麼；
我們看到的並不是性愛，
我們看到了，真正令我們動情的東西……

然後，我們知道，
這種新的靈魂是什麼樣的，
我們又是由什麼構成的。
我們藉以生長的原子，
就是靈魂，任何變故無法侵入。
啊，我們的肉體如此悠長，如此遙遠，
我們為什麼還要忍耐？……

然而，哎呀，他突然打住。這些詩行提醒我們，無論我們多麼希望鄧恩保持一種風格，這麼做確是違反了他的天性，因為正是在這些〈狂喜〉似的詩歌中，一行行純淨的詩歌忽然間汩汩流出，彷彿冰塊被一股巨大的熱流融化。或許這也是違反自然天性的。鄧恩抓住了藝術的核心，因為他意識到必須變化的變化，必須中斷的不和諧。

然而，環境使他無法長期處於狂喜的境地。他秘密地結了婚；他成了一群孩子的父親。不久，我們就會注意到，他雖窮困潦倒，但仍雄心勃勃，帶著一群未成年的孩子全家住在密切姆一座潮溼的小屋子裡。孩子們不斷生病。他們哭哭鬧鬧，哭喊聲穿過偷工減料的房子薄薄的牆壁，干擾他的創作。自然而然，他要在其他地方尋求庇護所；當然他又必須為這種解脫付出代價。那些尊貴的女士——貝德福德夫人、杭廷登夫人、赫伯特夫人——她們擁有滿桌菜餚的宴席和美麗的花園，他得逗她們眉開眼笑。他還得去討好那些禮物堆滿屋子的有錢人。因此，在尖刻的譏諷者鄧恩和傲慢的情人鄧恩背後的是一個奴顏婢膝、諂媚逢迎的鄧恩。他是大人物忠實的奴僕，小女人的慷慨讚美者。我們與鄧恩的關係突然發生了變化。在他的諷刺詩和情詩中，有一種特質——某種心理的衝擊和複雜性，比起他同時代的詩人讓我們覺得親近。他們似乎處於一個與我們不同的世界，他們似乎對我們的種種困惑無動於衷。他們具有磅礴的激情，我們只能仰慕而無法感受。儘管極易誇大共同點，我們仍舊可以說我們與鄧恩相當接近。一方面，我們與鄧恩都樂意承認存在鮮明的反差，都渴望坦白胸襟；另一方面，我們與鄧恩都承認人類心理的複雜——這正是小說家用他們遲緩的、微妙的、分析性的散文體文筆所教導我們的。不過此時，隨著鄧恩亦步亦趨，他卻讓我們陷入了困境。他變得比其他伊麗莎白時代的詩人更遙遠，更難以接近，更陳腐。彷彿他所蔑視、嘲笑的那個時代的精神突然顯示了力量，使叛逆者變成了它的奴隸。我們再也見不到那個憤世嫉俗、直言不諱的年輕人，再也見不到那個滿懷激情、努力與他的愛人達到某種神秘契合的有情人。此時，我們便自然會詛咒當時的贊助人和贊助人制度，是它們誘騙、腐蝕了原來最無法腐蝕的人。然而我們這麼做或許過於輕率。每位作者心目中都有預期的讀者。貝德福德、德魯里、赫伯特是否比今天取代了贊助人的圖書館和報紙擁有者的影響更壞，這是很值得懷疑的。

不錯，這種比較有很大的困難。給鄧恩的詩歌帶來如此奇怪成分的夫人小姐的形象，僅曲折地反映在詩歌本身裡。回憶錄和書信體的時代尚未到來。如果她們自己寫自己的話——據說朋布洛克女士和貝德福德夫人就頗有詩才——她們也不敢在她們的作品上署名；而且即使真的寫過點什麼也早已湮沒無聞。但是偶爾倖存下來的日記讓我們可以更近距離地、更實際地觀察這些女贊助人。例如，其中有一位安·克利福德（Ann Clifford）女士，據說是某位克利福德和某位拉塞爾的千金，活躍而務實，雖然沒有受過多少教育——她沒有能夠「學習任何語言，因為她父親不允許」——但從她的日記大膽的話語中，我們可以推斷出，她感到她對文學以及文學的創作者負有責任，正如她的母親在她之前所做的那樣。她的母親就曾是詩人丹尼爾[4]的贊助人。身為一個尊貴的女繼承人，她的身上沾有那個時代對土地和房產的狂熱。儘管忙於追逐財富和守住財產，她依舊閱讀了上乘的英文書籍。她這麼做自然而然，就像她享用上好的牛肉羊肉一樣。她讀過《仙后》（*The Faery Queen*）和錫德尼的《阿卡迪亞》。她演過班．瓊生的宮廷假面戲劇。做為一個浸於風尚的女子，她敢於閱讀像喬叟這樣一位舊日品行不端的詩人作品，而不怕被人譏諷為女學究，這就證明了她對學識的敬重。這個習慣構成了她那雍容華貴的日常生活的一部分。甚至在她成為一位女莊園主並籲求更龐大產業的時候，她也能一如既往保持閱讀的習慣。她住在諾爾時，一邊做著針線活兒，一邊讓人大聲為她朗讀蒙田隨筆。她的丈夫忙於工作時，她坐在那裡沉浸在喬叟的書中。後來，當經年累月的紛爭和孤獨使她深感悲哀時，她又重讀喬叟。她滿足地深深舒了一口氣，這樣寫道：「……要是沒有出色的喬叟的書安慰我的話，這樣數不清的麻煩事會使我處於可憐的境地。然而，每當我看入了迷，我就看淡了那些問題。他美好精神的一小部分融入我的心裡。」說這樣話的女人覺得她有義務尊重那些出身低微、沒有財產但能寫出《坎特伯雷故事集》和《仙后》的文人，儘管她從來沒有嘗試建立一個沙龍或一座圖書館。在諾爾，鄧恩當面為她講道。在西敏寺，為斯賓塞立的第一塊墓碑，就是她付的錢。當她為她昔日的恩師立碑時，當她著意渲染她自己的美德和頭銜時，她依舊承認，即使像她這樣一位極為尊貴的夫人也應向書籍的創作者表示謝意。她房間的牆壁上釘著人作家的箴言，在裡面她忙碌的永遠是做生意，在她辦理事務時這些箴言就圍繞著她，就像蒙田在勃艮地住的塔樓一樣。

4 丹尼爾（Samuel Daniel, 1562-1619），伊麗莎白時代詩人，著有《王室操戈記》（*The Civil Wars Between Lancaster and York*）、《詩簡》（*Epistles*）等。

因此，我們可以推斷出，鄧恩與貝德福德伯爵夫人的關係和今天可能存在的某一位詩人與某一位伯爵夫人的關係大不相同。他們那種關係距離較遠且講究禮節。對於鄧恩來說，她「就像一位遠方的富有美德的王子」。除了她的個性外，她的尊貴地位使他對她充滿敬意，正如她的禮物賞賜讓他謙卑一樣。他是她的桂冠詩人，他寫詩稱頌她。他應邀赴特威克漢姆陪她小住做為報償，與那些權勢顯赫的大人物友好相處。這些顯貴可以輕易提攜一個胸懷大志的人。鄧恩就是這樣一位雄心勃勃的人，他追求的實際上不是詩人的名聲而是政治家的權勢。因此，當我們讀到貝德福德夫人是「上帝的傑作」，她「勝過一切時代的一切女性」這樣的詩句時，我們便意識到約翰．鄧恩並不是在讚頌露茜．貝德福德，這是詩歌在向社會地位致敬。這種距離感激發的是理性，而非激情。貝德福德夫人若從她的僕從那裡獲得即時的、令人陶醉的快樂，她肯定是深得神學奧秘極聰穎的女人。事實上，蘊涵於鄧恩獻給他的贊助人的詩歌中的精美與博學似乎是為了表明，為這樣一位讀者寫作，其效果就是要誇大詩人的才情。他寫的並不是單純意義上的詩歌，而是絞盡腦汁的艱難之作，這可以向贊助人表明詩人是在為了她而展示技巧。再說，一首學識高深的詩在政客和官員手裡傳來傳去，以證明這詩人不僅僅是玩弄辭藻的高手，而且能夠辨差事、負責任。但這種創作動因的改變抹殺了幾多詩人——丁尼生和他的《國王頌歌》（*Idylls of the King*）——適足激發了鄧恩多邊的個性和多面心靈的另一面。當我們閱讀名義上稱頌貝德福德夫人或伊麗莎白．德魯里的長詩（如〈世界之剖析〉（An Anatomie of the World）和〈靈魂之進步〉（Progresse of the

Soul））的時候，我們一定會想到，隨著愛情季節的過去，一個詩人還有多少東西可寫呢？當青壯年過去之後，大多數詩人停下手中的筆。他們不再歌頌青春，因為青春已逝。然而，鄧恩卻憑藉智識的敏銳和熱忱度過了中年的危機。「當敦促我用文字去嘲弄一切的好色之火」熄滅之後，當「我的繆斯（我曾有一位）因為我的冷淡離我而去」之後，他依舊能夠轉而去寫萬物的本性並加以剖析。即使在青年時代激情似火的歲月裡，鄧恩也一直是一位善思的詩人。他曾剖析他自己的愛。從解剖自己到解剖世界，從解剖個人到解剖眾生，這是個複雜的自然發展過程。在人到中年以及與世人交流的影響下，他的心靈轉向這一新的角度，開始釋放在先前描寫某個憎惡的朝臣或某個女人時被壓抑的能量。此時，他的想像力似乎掙脫了枷鎖，以磅礴的氣勢火箭般升騰起來。就這樣，這枚火箭爆炸了，碎裂成細小的微粒——古怪的想像，瑣細的比較，過時的博學；但頭腦和心靈，理智和想像的雙重壓力給它插上翅膀，遠遠衝進更美好的天空，他為他自己對那個死去的女孩過度的讚美所激勵，疾馳而去：

我們駕著星星，追趕著它們一路奔馳
對此，它們同意或不同意，倒都從命
但地球是否保持渾圓的均衡
特納里夫島，或是更高的山丘
像岩石一樣高聳，讓人想到

飄浮的月亮會不會觸礁或下沉？
海洋這麼深，中了魚叉的鯨魚，今天
也許明天，不會在中途死去
海底才是牠們希望的歸宿，
為探測海深，人們放下那麼多繩索，
有理由認為繩索的盡頭
地球的另一面，會有一處與此相對的地方。

在另一首詩中，伊麗莎白．德魯里死後，她的靈魂逃逸了：

她沒有飄浮在空中
因為空中是流星的領地。
她不想知道，也不想感受，
其中間地帶是否如此濃烈。
她也不知道，火的煉獄，
她是否曾經經歷。
她不是在誘惑月亮，也無意於此

她不知道在那個新的世界裡，
人們是活著還是死去。
金星無法擋住她的歸路，
詢問她是否願意成為一顆星星；
迷惑百眼巨人的人，甜蜜的水星
休想迷惑住她，她呀，早已長了一雙慧眼！

就這樣，我們進入了悠遠的境地。這樣罕見而悠遠的遐想與引發激情之火的那位單純少女之死已經相距百萬里計。但是從那些詩歌中摘取片段，這樣做是貶低了詩歌，因為這些詩歌的長處在於它們縝密的結構和持久的力度。這些詩歌我們今天讀是為了把握其整體的精神和活力，而不是去欣賞獨立的詩行。不過，當我們在鄧恩的詩階上攀緣時，照亮這些詩階的正是這些突然閃亮的詩行。

因此，我們終於讀到本書的最後部分——〈神聖的十四行詩〉（Holy Sonnets）和〈聖歌〉（Divine Poems）。鄧恩的詩歌再度隨著環境和年代的變化而變化。不再需要贊助，也不再有贊助。一位更賢明、更遙遠的君主取代了貝德福德夫人的地位。這位聲名顯赫的聖保羅教堂教長轉向那位君主。然而這位大人物的聖詩與赫伯特、沃恩們的聖詩是多麼的不同啊！當他寫作時，自己罪孽的回憶向他襲來。他一直受到「情欲和妒忌」之火的煎熬；他追逐的是世俗的愛；他睥睨一切、善變、激情，又奴顏婢膝、野心勃勃。他實現了他的夢想；但他比牲畜還要虛弱，感覺還要糟糕。此時他也孤獨無助。「既然我的所愛」死去了，「我的好日子也完結了」。最後，他的心靈「完全奉獻於神聖的事物」。既然如此，鄧恩又怎麼能孜孜執著於那個「由奇特元素構成的渺小世界」呢？

矛盾偏偏集於一身，人啊人，
無常卻生出了有常；
當我無法忍受時，
我改變誓言和信仰。

對這位詩人來說，這是不可能的，因為他曾經如此好奇地注意到人生的流動與嬗變，人生的懸殊與差異，他曾經對知識如此渴求，對萬物如此質疑——

明智地去懷疑吧，以獨特的方式；
對真理提出質詢，並不是誤入歧途。
麻木不仁，才是！

——他曾經向那麼多大人物、英國國王、英國國教表示過忠誠。對於鄧恩來說，要像那些對平淡純淨的生活安之若素的詩人那樣，達到天人合一和不疑不惑的境界，簡直是不可能的事。他的忠誠本身是狂熱的、間歇性的。「我的忠誠像奇異的瘧疾一樣來去匆匆。」他的忠誠充滿了衝突和痛苦。正如他最香豔的情詩會突然顯現出「超越世俗的男女情欲之愛」超然結合的渴望那樣，正如他寫給尊貴的夫人最謙恭的書信會突然變成由一個鍾情少男寫給一個懷春少女的情詩那樣，他那些最後創作的聖詩是昇華與墮落、不協調的喧囂與寧靜肅穆的混合物，彷彿教堂的大門開在喧鬧的大街上一樣。這或許就是他的這些詩歌今天依然激起人們的興致與厭惡、蔑視與推崇的原因。對身為教長的鄧恩來說，他依舊保存著年輕時代改不了的好奇心。驚世駭俗、實話實說的誘惑依然在他體內湧動，即使當他獲取這個世界能賦予他的一切時依舊如此。對個人感覺的執著依然困擾著這位老人，打破他的寧靜；在他的青春歲月，他也曾受過這種困擾，因之成為當時最有力的諷刺家和最灼熱的情人。身為一個秉性複雜的人，即使在聲望的巔峰，在墳墓的邊緣，他也依然沒有寧靜，沒有終結，沒有解脫。當他感到死亡迫近時，他所做的準備，眾所周知，就是穿著壽衣躺著，為他的墳墓的雕像擺出姿態。然而，這些準備工作與疲倦的、滿足的人的入睡有天壤之別。他依舊必須出風頭，依舊筆直地站立著——這也許是警示，當然是預兆，但總是自覺地顯示出他獨有的風格。這是我們今天依然在尋覓鄧恩的原因之一；這也是我們在三百年後的今天或更長時間之後依舊可以穿越時空清晰地聽到他的聲音的原因。誠然，當我們出於好奇心去剖析和「審視每個組成部分」時，我們像醫生一樣常常不知其所以然——我們無法明白那麼多不同的特質是如何集中在一個人身上的。但是，我們只能閱讀他，並折服於他那激情四溢、富有穿透力的聲音。他的形象穿過歲月的廢墟，比他自己的時代更加高大巍峨，更加氣度非凡，更加不可捉摸。甚至連大自然都似乎對他表示敬重。倫敦大火毀滅了聖保羅大教堂幾乎所有的紀念碑，而他的雕像卻絲毫無損，彷彿火焰覺得他這個結太難解，他這個謎太難破，他那尊雕像完全是屬於他自己的，不能化為普通的泥土。

（李寄 譯）

《阿卡迪亞》1

一些書的寫作是為了逃避現時（present moment），逃避現時的卑微、腐敗。如果這一說法是真實的話，那麼讀書也是為了逃避的說法無疑也是真實的。拉上百葉窗，關上房門，將街頭的喧囂和各色閃爍眩目的燈光摒在戶外——這是我們的願望。這時候，甚至連像《阿卡迪亞》這樣的大部頭巨著的外觀也平添了諸多魅力，平素這些大部頭巨著似乎太厚重，只能沉在書架的底層。我們喜歡感到現時並沒有結束。我們還喜歡這樣的感受：別人的手已先於我們觸摸過這些書封面的皮革，以至於書角被磨圓磨鈍；別人的手已先於我們翻過這些書頁，以至於書頁都發黃捲曲了。我們希望把讀過這一版本《阿卡迪亞》的老讀者的靈魂召喚到我們面前——譬如理查德．波特（Richard Porter），他在閱讀時，正值伊麗莎白時代文學鼎盛時期；譬如露西．巴克斯特（Lucy Baxter），她是在復辟時期無法無天的歲月裡閱讀

1《阿卡迪亞》是《朋布洛克伯爵夫人的阿卡迪亞》（*Countess of Pembroke's Arcadia*）的簡稱。作者錫德尼（Philip Sidney, 1554-1586），英國詩人、學者。錫德尼因反對伊麗莎白女王和安如公爵結婚，觸怒女王，不得不退隱到鄉間妹妹瑪麗（朋布洛克伯爵夫人）的家裡，並在此地創作這部傳奇作品。這部作品為英國文學中一部重要的散文體小說，情節複雜、離奇，主要描寫愛情，歌頌貴族階級崇高的騎士道德，同時也發表了他對治理國家的見解。

的；又如托馬斯·黑克（Thos. Hake），他在閱讀時十八世紀初露曙光，新世紀的特徵已從他規範得體的簽名中顯露端倪。每個人的閱讀各不相同，帶有那一代人的洞察力和盲點。我們的閱讀同樣只能是片面的。在一九三〇年，我們忽略了大量在一六五五年顯而易見的東西；同樣地我們也會發現被十八世紀讀者忽略掉的許多東西。讓我們延續這一漫長的閱讀隊伍吧；讓我們依次顯現我們這一代人閱讀《阿卡迪亞》的見識和盲點，把我們的視點再傳遞給那些後來的讀者吧。

如果我們選擇閱讀《阿卡迪亞》是因為我們想逃避，那麼這本書給我們的第一印象就是錫德尼寫這本書是出於同樣的動機。「……它是只為你一個人寫的，只獻給你一個人」，他這樣告訴他「親愛的女士和妹妹朋布洛克伯爵夫人」。此時，他想到的不是威爾頓眼前的一切；他在意的不是自己的麻煩；也不把遠在倫敦尊貴女王的騷動心情放在心上。他刻意遠離現時和現時的紛爭。他提筆寫作是為了討他妹妹的歡心，不是為了「更為苛刻的批評家目光」。「你可以親眼目睹創作過程，就撰寫在散頁的稿紙上。大多數在你的面前寫就，其餘都是一寫完就一頁一頁送到你的手裡。」就這樣，與朋布洛克夫人一起坐在威爾頓的草地，他的目光看到了一片遙遠的美麗土地，他稱之為阿卡迪亞。這是一片山谷幽美、草地肥沃的土地。在這片土地上，村莊是「用黃色石頭建成的星狀屋宇」；居民不是尊貴的王子就是卑微的牧羊人；在這片土地上，人們所做的唯一的事情就是去愛，去探險；熊和獅子驚嚇了在玫瑰盛開的田野裡沐浴的仙女；公主被監禁在牧羊人的茅舍裡；偽裝永遠是必要的；牧羊人實際上是位王子，而女人原本是一位男子。簡而言之，在這片土地上，任何情形都可能存在，任何事都可能發生，只不過一切都迥異於一五八〇年英格蘭實際存在的情形和實際發生的事罷了。我們很容易理解，為什麼當錫德尼將這些描寫夢中仙境的書稿遞給他妹妹的時候，他微笑著，請求她的寬容。「在你閒暇的時候，可以讀一讀。你良好的判斷力會發現其中的荒唐之處。不要責難，一笑置之吧！」即使對錫德尼家族和朋布洛克家族來說，生活也太不像書中所描寫的那樣。但是，當我們半閉著眼睛坐在那兒，傾訴無需負什麼責任的夢囈時，從我們虛構的生活中，從我們講述的故事中，也許能體味出某種狂野的美，某種渴求的力，對於這種美和力，我們常常以扭曲而虛飾的形式來顯現我們清醒而隱秘的渴望。《阿卡迪亞》則故意而任性地在割裂與現實的聯繫，藉以營造另一種現實。當錫德尼暗示他的朋友會因其作者的緣故而喜歡這本書的時候，他也許是在說，他們可以從中發現他不可能以其他方式表述出來的東西，正如在溪流邊歌唱的牧羊人「有時表達快樂，有時表達哀傷，有時相互挑鬥，有時隱晦地表達不敢以其他形式表達的東西」。在《阿卡迪亞》的偽裝下，一個真正的人或許才可能悄悄說出內心深處的話。從才翻幾頁就撲面而來的清新氣息中，我們感受到這種偽裝本身就足以令我們陶醉不已。我們發現我們跟牧羊人一起徜徉在春天的「西塞拉島的沙灘上」。瞧呀，什麼東西漂浮在水面上？原來是一個男子軀體，他將一口小小的方形箱子緊緊地抱在胸前；他年輕而英俊——「他赤身裸體，對他來說，赤裸就是他的衣裳」；他的名字叫穆西多魯斯；他失去了他的朋友。牧羊人以柔和的顫音唱著優美的歌，年輕人復活了，於是他們一起乘著一艘三桅帆船從港灣出發去尋找皮洛克爾斯。這時候海面上出現了一個斑點，上面冒著煙霧和火花。原來是兩位王子——穆西多魯斯和皮洛克爾斯乘坐的船著了火，熊熊火焰在海面上燃燒，周圍漂浮著大量精美物品和許多淹死者的屍體。「總之，打了一場勝仗，勝利者在那裡占有了土地和戰利品；沒有遭遇風暴或不利情況而船隻失事；這是一場來自水之深處的毀滅之火。」

在這短短的篇幅中，各種意象交織在一起，組成一幅巨大的畫面。其中有美麗的場景；如詩如畫的寧靜；某種東西向我們漂浮而來，並非猛烈地，而是緩慢地，輕柔地，與牧羊人的甜美顫音融為一體。時而，一個個畫面化成精闢的雋句——「這是一場來自水之深處的毀滅之火」，「他們臉上掛著期盼的苦痛」——在我們的耳邊回響。時而，綿綿細語又化成精采的大段場景描寫：「每片草地上放牧著羊群，牠們寧靜安詳地啃著青草，美麗的小羊羔咩咩絮語，懇求母羊的撫慰。這邊，牧童嗚嗚咽咽地吹著長笛，他似乎永遠也不會變老；那邊，牧羊女一邊編織一邊歌唱，她的歌聲伴著手中的活計，一雙玉手和著歌聲的節拍上下翻飛。」這一段讓我們聯想起桃樂絲．奧斯本（Dorothy Osborne）的《信札》中的一段著名的描寫。

景物之美，動作之雅，歌聲之甜，這一切美好似乎是對為快樂而快樂的心靈最好的回報。我們受吸引著走在這烏有之邦的蜿蜒曲折的小路上，錫德尼心中沒有目的地，只導引我們在漫遊中獲得純粹的快樂。文字的音節組合甚至也能給他帶來最生動的快樂。僅僅我們輕輕吟唱抑揚頓挫的詩句時感到的節奏，就讓他陶醉其中。文字本身就令他愉悅。瞧，當他俯身撿起一大把閃閃發光珠寶般的文字時，他似乎在歡唱；難道地上真有無數美妙的文字可以隨要隨取？何不盡情地、充分地享用它們呢？就這樣，他盡情地揮灑著。小羊羔不是吮吸乳汁，而是在「咩咩絮語，懇求母羊的撫慰」；少女不是在脫衣，而是「褪去服裝的遮蔽」；樹木不是倒映在水中，而是「俯身就流水梳理綠色的髮結」。這樣的描寫是荒誕的；但是像這樣熱情而好奇地關注湧上筆端的意象，與作者遲暮之年文筆乾枯時的行文又何止是天壤之別！瞧，這段描寫多麼靈動激盪，一個更循規蹈矩的年齡原本會寫得勻稱而冰冷：

這個男孩兇悍，儘管美麗；美麗，儘管瀕臨死亡。他無力支撐著站立，跌倒在地。他憤怒地咬齧著泥土，哀嘆自己的厄運。他竭盡全力，抵抗死亡，死神似乎也不願降臨。他長久地掙扎，不願放棄年輕的靈魂。

正是這種不對稱和跳蕩起伏的筆法給錫德尼浩瀚的書頁注入清新的氣息。當我們半是大笑、半是抗議地匆匆瀏覽這些書頁時，我們常常希望徹底關閉理性之門，半躺下來，傾聽著這些不規則的喃喃之聲。這種著了魔的大合唱就像清晨人們起床前房舍周圍歡快的小鳥瘋狂的爭鳴。

但是人們會傾向於過分強調那些令我們愉悅的特質，因為它們已經消失。毫無疑問，錫德尼寫作《阿卡迪亞》，半是為了消磨時光，半是為了練筆，用英語這個新工具去做新的嘗試。即便如此，他依舊不成熟，依舊是一個凡人。即使在阿卡迪亞，道路上也是溝溝槽槽，馬車也是顛顛簸簸，女士們肩膀脫臼；即使是穆西多魯斯王子和皮洛克爾斯王子，也都有激情；即使是帕梅拉和菲洛克莉婭，穿著深藍緞衣衫，髮網上綴滿珍珠，她們仍是能夠去愛的普通女人。因此，我們就會碰到一些不可能一筆帶過的場景。有時候，錫德尼會像其他小說家一樣，停筆思索一下：在這一特定的場景中，現實生活中的男人和女人會說些什麼。有時候，他自己的情感突然浮到表面，好像是一束不和諧的強光照亮了朦朧的田園風景。一瞬間，呈現在我們眼前的是令人驚異的組合：眩目的日光壓倒了銀燈具的微光。牧羊人和公主突然停下他們的喃喃私語，以現實中人的聲音急切地說話。

……許多次，倚在那邊的棕櫚樹上，我豔羨它的幸福，因為它擁有沒有痛苦的愛情；許多次，當主人的牛群新來到這個地方啃青草時，我看到那頭精壯的公牛在示愛；這是個什麼樣的情景啊，帶著驕傲的神情和快樂！哦，可憐的人啊（我自言自語地說），在你們身上，智慧（它本該主宰你的福祉）怎麼反而敗壞了你的幸福？這些牲畜，一個個像是自然之子，默默地繼承了自然的歡樂；而我們，倒像是私生子，被置於戶外，甚至像由痛苦和磨難養大的棄兒。它們的靈魂不會去妒忌肉體的安逸，它們的感官可以盡情享受；而我們卻遭遇了自尊的障礙和良心的折磨。

這些話通過講究吃穿的花花公子穆西多魯斯之口說出來，聽起來有點古怪。其中不無錫德尼本人的憤懣和痛楚。然後，小說家錫德尼突然睜開眼睛。他注視著帕梅拉：她拿起蟹形首飾，「儘管蟹朝著一個方向看，卻往另一個方向爬」，以示儘管他假裝愛莫帕薩，但他在內心裡愛的還是帕梅拉。對於帕梅拉拿著首飾的動作，他是這樣描寫的：

她是那樣的沉著平靜，那樣的漫不經心，任憑手上的每一件東西輕輕地滑落（正像我們對待那種在實質上、容貌上都不屬於我們這類人的講話一樣）。那種超然的冷漠，伴隨著自然、迅捷而優雅的動作，對我來說真是可怕極了。

如果她鄙視他，如果她仇恨他，情況倒好一些。

但是這種難堪的沉默，既非厭惡，亦非討好；優雅，這是一種特殊的優雅；她的舉手投足，都鐫刻著這份優雅，那是她天生的本真，而非為優雅而優雅。她的這份超凡脫俗（按我的話說）……是幾乎不可能企及的。我幾乎開始屈服於絕望的折磨，不知道任何排解的方法……

——這當然是一個體會過上述情景的男人敏銳而細微的觀察。一瞬間，吉納茜婭、菲洛克莉婭、澤爾曼等傳說中蒼白的人物形象頓時鮮活起來；他們模糊的面孔頓時因激情而清晰起來；吉納茜婭，意識到她愛上了女兒的情人，痛苦而瘋狂地哭喊著：「澤爾曼，救救我吧！哦，澤爾曼，可憐可憐我吧！」那個美麗而古怪的亞馬遜人[2]喚起了老國王遲暮的戀情。國王顯得衰老而愚蠢，「非常古怪地端詳著自己，有時拿起一只小廢料桶，彷彿要表示他還帶勁呢。」

這閃亮的一刻使全書大放異彩。隨著這一刻的逐漸消逝，王子恢復了他們的常態，牧羊人重新彈奏起他們的魯特琴。我們更清晰地意識到錫德尼創作的局限。在一瞬間，他可以像任何現代小說家一樣敏銳、準確地注意、觀察和記錄。然後，在朝我們這個方向瞥了一眼之後，他又回轉身去，似乎聽到另一種聲音在召喚他，他必須遵守他們的命令。在散文寫作中，他耽於自己的思緒，筆下人物不能使用日常口語。在故事鋪陳中，他不能讓讀者感覺到王子和公主只是普通的男人和女人。他似乎認為，幽默是農民的天性。農民可以舉止可笑；他們可以隨便說話；像達梅塔這一類人，他們可以「吹著口哨走來，掰著指頭計算十七頭肥公牛一年要吃多少堆乾草」。但是大人物的語言必須總是冗長而抽象，充滿隱喻。此外，他們要麼是白璧無瑕的英雄，要麼是毫無人性的惡棍。至於人性的怪異和渺小，在他們的身上全無蹤影。散文還必須小心翼翼地避免平鋪直敘。有時在凝視自然的一瞬間，你必須找一個合適的詞語來描述看到的場景。當蒼鷺從沼澤中飛起來時，你可以說牠「展翅翱翔」；當水獵捕野鴨時，你可以說牠「屏住呼吸，動作優雅」。但是這種現實化的寫法僅適用於描寫大自然、動物和農民。散文似乎應該用來表現舒緩的、高雅的、普遍的情感，用來描寫廣袤的野外風景，用來轉達任何演講者長達數頁而不被打斷的四平八穩的講話。而詩歌的功用卻大不相同。當錫德尼希望凝煉概括、以激情打動人、留下一幕明確的印象時，他會轉而使用詩歌體——觀察這種文體的變化是出於好奇。《阿卡迪亞》中詩歌的作用有點像現代小說中的對話。它打破了單調，煥發出異彩。散佈在穆西多魯斯和皮洛克爾斯冗長冒險描述中的詩歌片段再次點燃了我們的趣味之火。在令人昏昏欲睡的散文之後，富有現實和生氣的詩歌常常給讀者以強烈的震顫：

如此晦暗無光的宅邸，還需要什麼崇高的精神？
困頓在可憐的人類肉體之中，
除了輝煌的名字，還能指望什麼？
像球體之於星星，像奴隸之於命運，
剛脫離自身的束縛，又困進新的樊籠。
在這裡，生命畏懼死亡，苦痛攫住生命，

2 亞馬遜人（Amazon），希臘傳說中亞馬遜族女戰士。

像演員被置於污穢的舞台……

——人們不禁感到困惑不解：那些慵懶的王子和公主又怎麼能理解如此熾烈的辭藻呢？他們對下面的文字又會作何反應：

一家滿是羞辱的店鋪，一本滿是污跡的書；
這個軀體是……
這個人，這個會說話的野獸，這株會行走的樹。

——就這樣，詩人使他筆下慵懶無生氣的人物活躍起來，似乎他憎惡他們那種沾沾自喜的紈褲習氣，但同時又只能放縱他們。詩人錫德尼眼光敏銳，這一點清晰可見。他提到「狡黠又辛勤的蜜蜂之窩」；他像任何一個在鄉間長大的英格蘭人一樣，知道「牧羊人是如何度日的：射箭比賽，矇眼猜人，或是在平底船上勞作」；但他為了取悅讀者，依舊懶洋洋地敘述普蘭格和埃羅娜的故事，敘述安德羅瑪娜王后的故事，敘述安菲勒斯和他母親塞克羅皮婭之間的陰謀。儘管他們的生活中充滿了陰謀、毒殺和凶險，故事敘述又前後不連貫，但對於伊麗莎白時代的讀者來說，故事再甜膩、再含糊、再冗長都不為過。只有澤爾曼那天早上被獅爪劃傷的情節能夠使故事縮短一些，巴西利厄斯才隱約覺得還是把對克萊休斯的抱怨留到第二天敘述更好。

她發覺這個故事已經耗費了太多的時間，又不知道拉蒙何時才能結束。他此時甚至又開始敘述另一個故事，儘管她對聽到的故事頗感滿意，對他的繼續敘述又不能表示反對。就這樣，他們最終還是將自己託付給死亡這位老兄——停止敘述。

像輕柔飄落的雪花，一片抹去另一片的痕跡，隨著故事情節曲曲折折、一個接著一個地往下發展，我們自己也禁不住像故事裡所描述的那樣了。瞌睡沉重得使眼睛睜不開，並打呵欠，半入夢境，我們打算尋找死亡老兄去了。那麼，最初令人陶醉擺脫一切的瀟灑又到哪裡去了呢？原本希望逃避一切的我們卻又被捉牢，落入新的羅網之中。想當初，為了讓妹妹高興，給她講個故事，這是多麼的舒坦隨意！從此地現時逃避開去，無拘無束徜徉在音樂和鮮花的天地裡，這是多麼激動人心！是，天哪！我們的腳步開始發軟，荊棘絆住了我們的衣衫。我們漸漸地渴望著平鋪直敘的風格，華麗的文風當初是如此地令人陶醉，曾幾何時已變得枯燥無味，陳腐不堪。要找出其中緣由並不困難。情緒亢奮，文思洶湧，錫德尼援筆時太過隨意了。他不清楚他何時出發，目的地又在哪裡。他認為，敘述各種故事就夠了——一個故事接著一個故事永不終結地繼續下去。但是，沒有預見的目標，就沒有吸引我們讀下去的方向感。既然不加區別地把人物寫成簡單的壞人和好人是他計劃中的一部分，他也就不能按照人物本身的複雜性而使人物的面目呈多樣化了。為了呈現變化和動感，他只能借助於神秘化。人物服飾的變化，王子裝扮成農民，男人假扮為女人，作者動用這些手法來取代微妙的心理描寫，來減輕一群人聚在一起而無有趣話題的澀滯。但是當孩童般伎倆的魅力消退之後，他再也無法駕馭他的航向了。誰在說話，跟誰說話，說的是什麼話題，我們不再能把握。事實上，錫德尼對這些散漫影像的把握是如此鬆弛，以致話才說到一半，他已經忘記了自己和他筆下人物的關係——「我」是正在說話的作者呢，還是故事人物的「我」？當作者與讀者之間的關係如此不負責任地被僭奪時，無論該作品多麼雅致、富有魅力，沒有讀者會硬著頭皮往下看的。因此，逐漸地，這部書墮入了易被忘卻的邊緣地帶，亦即到了半被遺忘半被遺棄的境地，那裡野草在坍塌的雕像中生長，雨水滴落，大理石台階長滿了綠色苔蘚，原先的花壇雜草叢生。但偶爾去漫步倒不失為一座美麗的花園。那些可愛的破碎雕像的臉絆倒了行人的腳步，廢墟上點綴著一朵朵盛開的花，夜鶯在丁香樹上歌唱。

因此，當我們讀到《阿卡迪亞》最後一頁的時候——在此之前，錫德尼已決定放棄完成《阿卡迪亞》毫無希望的努力——在我們將這部大部頭巨著放回書架最底層之前，我們不妨暫停下來思索一番。在《阿卡迪亞》中，就像在某個燦爛的天體一樣，孕育著英國小說的所有種子。我們可以追溯到無限的可能性：在許多不同的方向中，英國小說有可能沿著任一方向發展。是仿效希臘風格，聚焦於超凡脫俗、雕塑般的王子和公主；還是崇尚簡樸，展現史詩般廣大的群眾和廣袤的原野？還是細緻小心地關注實實在在的生活？是將達梅塔、莫帕薩這一類主人公寫成出身低微、說話粗俗的普通人，描摹人類生活的正常軌跡，還是突破一切柵欄，深入一個不該愛而愛的不幸女人心靈深處，揭示她的痛苦和複雜心理；深入一個墮入黃昏之戀的老人心靈深處，揭示他飽受激情折磨的荒誕？英國小說是不是註定要關注人物的心路歷程和靈魂的躁動？這些可能性——傳奇手法，現實手法，詩意手法和心理描寫，都存在於《阿卡迪亞》之中。錫德尼彷彿很清楚，他所著手的創作對於年輕的他無法承擔，他把這一份遺產留給後代去繼承，原本打算給他妹妹講個故事，以消磨在威爾頓的漫長時光；現在他只好中途輟筆，讓一切美妙和荒唐留在未盡的作品之中。

（李寄 譯）

《魯濱遜飄流記》

對於《魯濱遜飄流記》（*Robinson Crusoe*）這部經典作品，人們可以從多種途徑來加以探討。但我們該選擇哪一條途徑呢？首先我們是不是該這麼說：自從錫德尼留下未完成的《阿卡迪亞》在聚特芬去世之後，英國人的生活經歷了巨大的變化，而小說則選定了，或者說不得不選定了它的發展方向？一個中產階級已經形成，他們能夠閱讀而且急切想讀的書，不僅僅是王子和公主的愛情故事，還有寫他們自己和他們平凡生活細節的作品。散文，經過千百文人之手的操練，已經能適應這種需求；它比詩歌更能夠表現真實的生活。這當然是探討《魯濱遜飄流記》的一種途徑——從小說發展的角度來探討；但另一種途徑也同樣可取——從作者生平這一角度來探討。在傳記這一極為豐富多彩的園地裡，我們可以花比從頭至尾通讀這本書更多的時間來進行探討。首先，狄福的出生年份就是一樁疑案，究竟是一六六〇年還是一六六一年呢？其次，他將自己的名字拼成一個字還是兩個字[1]？還有，他的祖先是誰呢？據說，他曾經做過襪商；然而，在十七世紀，一個襪商究竟是做什麼的呢？後來，他寫了一本小冊子[2]，因此受到威廉三世的青睞；可是他的另一本小冊子[3]又使他受到帶枷示眾的處罰並被關進紐蓋特監獄。他早先受雇於哈萊（Harley），後來又受雇於戈多爾芬（Godolphin）。他是第一個受金錢雇傭的記者，寫過許多小冊子和文章。他還寫了《摩爾・弗蘭德斯》和《魯濱遜飄流記》。他有妻子和六個孩子。他身材瘦削，鷹勾鼻，尖下巴，灰眼睛，嘴角還有一顆大黑痣。凡是對於英國文學略知一二的人，無需別人指點，都知道探求小說的發展歷史、考察小說家的下巴該消磨掉多少時光，甚至耗費多少人畢生的精力。然而，當我們時不時翻閱傳記、翻閱過傳記再翻閱理論，一種疑慮便自然滋生：即使我們知道狄福的確切出生年月，他所愛是誰又因何而愛；即使我們將英國小說從它在埃及孕育（據說如此）一直到在巴拉圭曠野消亡（或許如此）的整個興起、發展和衰亡史都記得一清二楚，難道我們閱讀《魯濱遜飄流記》的樂趣就能增加一分、對它的理解就能深入一層嗎？

至於這本書，依然如故。在與書本的接觸中，不管我們兜多少圈子，耍多少花招，最終等待我們的還是一場單獨的較量。作者和讀者首先得達成協商，然後才有可能進一步討論；而在這場個人交流中，如果有人在一旁提醒說，狄福曾經賣過襪子，他有棕色的頭髮，曾帶枷示眾，這實在是讓人感到分神和厭煩之舉。我們的首要任務——這個任務往往是非常艱巨的——就在於把握作者的視角。我們必須瞭解小說家是怎樣安排他筆下的世界的；須知那些

1 福，原姓 Foe，不知為了什麼原因一七〇三年後加上法文字 De，成為 Defoe。

2 一七〇一年，狄福寫了《道地的英國人》（*The True-Born Englishman*），反駁那些批評威廉國王的言論而聲名大噪。

3 狄福於一七〇二年寫了著名的《消滅異議分子的捷徑》（*The Shortest Way With Dissenters*）小冊子，諷刺當時的政治現象，一七〇三年因此被判刑戴頸手枷遊街示眾三次。

批評家強加給我們的關於那個世界的種種修飾，傳記家尤為關注的有關作者的冒險經歷，對我們來說都不過是毫無用處的資訊。我們必須靠自己爬到小說家的肩膀上，透過他的目光來觀察世界，直到我們也能理解，小說家是按照怎樣的順序來安排他們要觀察的普遍而重大的素材的：個人與人類，他們背後的大自然，以及凌駕他們之上、為簡便起見我們可以稱之為上帝的那種力量。不過，混亂、誤解和麻煩隨即由此產生。有些事物，在我們看來是如此簡單，而一旦經小說家以其獨特的方式將它們相互串聯起來，就有可能變得誇張而怪異以至無法辨認了。實際情形恐怕確實如此：儘管人們摩肩接踵生活在一起，呼吸著同樣的空氣，但他們觀察世界的比例感卻每每大相逕庭：在一個人眼裡，人類是偉大的，樹木是渺小的；而在另一個人眼裡，樹木是巨大的，人類只不過是映襯於大背景下的無足輕重的小玩意兒。因此，不管教科書裡怎麼說，作家們或許生活在同一時代，但他們眼中的世界各各不同。例如，在司各特眼裡，山峰巍然屹立，因而他筆下的人物也形象高大；珍．奧斯汀摘取茶杯上的玫瑰花與人物的連珠妙語相映成趣；而皮柯克[4]卻以哈哈鏡的目光來俯瞰天地之間的一切，結果一只茶杯看起來像維蘇威火山，而維蘇威火山看起來像一只茶杯。可是，司各特、奧斯汀和皮柯克卻生活在同一時代，他們看到的是同一世界，在教科書裡又把他們列在文學史的同一時期裡論述。他們的不同之處就在於各自的視角不同。因此，只要我們能牢牢把握這一點，我們最終就一定能贏得這一場較量；只要我們能保持與作者的親密關係，我們就一定能夠享受批評家和傳記家慷慨提供給我們的種種樂趣。

但正是在這兒，許多困難浮現出來。因為我們看世界有我們自己的視角，這種視角又是在我們的經驗和偏見中形成的，它自然跟我們自己的自負與愛好緊緊聯繫在一起。假如有人要什麼花招，打亂我們內心的和諧和寧靜，我們就不可能不感到傷害和侮辱。因此，《無名的裘德》或普魯斯特的某卷新作剛剛問世，報紙上就滿是抗議之聲。切爾騰南有一位吉布斯少校說，如果生活真的像哈代所描繪的那樣，那他馬上就用一顆子彈擊穿他的腦袋；漢普斯台德有一位韋格斯小姐肯定會提出抗議，儘管普魯斯特的藝術精妙絕倫，但感謝上帝，現實世界跟一位反常的法國人的歪曲毫無共同之處。這位先生和這位女士都試圖操縱小說家的視角，使之相似於並強加上他們自己的視角。但是，那些偉大的作家——像哈代或普魯斯特——可不管私有財產的權利，而繼續走他們自己的路。他們揩去額頭上的汗水，從一片混沌之中理出頭緒：在這兒栽上樹，在那兒安上人；隨著自己的意願，把他的神塑成遠古的或現代的形象。在那些視角明晰、條理清楚、可以稱得上傑作的書裡，作者總是毫不留情地將他自己的視角強加給讀者，往往使我們感到非常痛苦——由於內心平衡被打破，我們的自尊受到傷害；由於舊的精神支柱被扭曲，我們感到恐懼莫名；我們還感到厭倦——從一個全新的概念裡我們又能汲取什麼歡樂和愉悅呢？然而，正是從這種痛苦、恐懼和厭倦中，有時候

---

4 皮柯克（Thomas Love Peacock, 1785-1866），諷刺作家、詩人。著有《少女瑪麗安》（*Maid Marian*）、《艾爾芬王落難記》（*The Misfortunes of Elphin*）等傳奇小說。

偏偏會產生出一種罕見而持久的樂趣。

《魯濱遜飄流記》或許就是一個典型的例證。它是一部傑作，而它之所以成為一部傑作，主要原因就在於狄福自始至終堅持以自己獨特的視角來審視一切。由於這個緣故，他處處讓我們受到挫折和嘲弄。讓我們先大概、隨意地看一看這本書的主題，然後再將它和我們的預先構想做一番比較。我們知道這部小說講的是關於一個人在經歷了種種危險和奇遇之後，又被孤零零地拋到一個荒島上的故事。一提起危險、孤獨、荒島，就足以讓我們想像在天盡頭有一片遙遠的土地，在那裡，日出日落，人在與人世隔絕之後對社會的本質以及人們古怪的生活方式陷入孤獨的沉思。就這樣，在打開書本之前，或許我們就已經把期待它可能給予我們的樂趣大致勾勒出來了。於是，我們便開始閱讀；但是，每一頁都毫不客氣地與我們的預期相牴觸。在那裡，並沒有什麼日落日出，沒有孤獨，沒有人。相反地，赫然出現在我們面前的只是一只碩大的陶罐。也就是說，作者只告訴我們，故事發生在一六五一年九月一日，故事的主人公名叫魯濱遜・克魯索，他的父親患痛風。既然如此，很顯然，我們就得改變我們的態度。在下面的章節裡，現實、細節和物質主宰著一切。我們必須趕緊徹底改變我們的視角；大自然得脫下她華貴的紫袍，她帶來的只不過是旱災和水澇；人得淪落為為求生存而掙扎的動物；而上帝則萎縮為行政長官，他的領地——實實在在而勉勉強強——只不過稍稍高於地平線而已。為了尋求三大基本透視點——上帝、人類、大自然——的有關訊息，我們的每一次嘗試突破，都被書中板著面孔的尋常描寫頂了回來。魯濱遜想到上帝：

「有時我獨自思忖：為什麼上天要如此毀滅掉祂親手創造的生靈？……但總有一個聲音告誡我不應有這樣的想法。」上帝不存在了。於是，他又想到大自然，原野裡「裝點著花花草草，到處是美麗的樹林」。但值得注意的是林子裡棲息著成群的鸚鵡，牠們可以被馴養，學說話。大自然不存在了。他還想到那些死者，他親手殺掉的那些死者。眼下最緊要的就是趕快將他們埋起來，因為「他們在烈日下曝曬，很快便會發臭」。死亡也不存在了。至此，除了那只碩大的陶罐，一切都不復存在。也就是說，最終我們不得不放棄預設的構想，接受狄福希望給予我們的一切。

讓我們重新回到小說的開篇：「一六三二年，我出生於約克市一個體面的人家。」沒有比這樣的開頭更普通、更如實的了。看到這樣的開頭我們馬上就會清晰地聯想到，如此井井有條、勤勤懇懇的中產階級生活該是多麼的美好。我們確信，再沒有比出生於中產階級之家更幸運的了。那些顯赫之家和貧寒之家都讓人覺得可憐，他們都會心態失衡，局促不安。只有處於卑賤和高貴之間的中間地位才算得上最佳。中產階級的優點——節制、溫和、平和以及健康——才是最令人嚮往的。那麼，當一個中產階級子弟為厄運所驅使，竟傻裡傻氣地迷上歷險時，那是多麼令人遺憾的事！於是，他就平鋪直敘地往下寫，一點一點地繪出他自己的畫像，讓我們永遠不能忘懷——他同樣永遠不會忽略把他的精明，謹慎，他對秩序、舒適和體面的愛好，在我們心上留下不可磨滅的印記。讀著讀著，不知不覺之中，我們發現我們自己也到了海上，處於驚濤駭浪之中；而且，我們也開始用魯濱遜的目光來看待眼前的一切。波濤，水手，天空，船隻——一切都是通過那雙精明的、實際的、中產階級的眼睛觀察出來的。什麼都逃不過他那雙眼睛。天地間的一切都按照呈現在那雙天生謹慎、精明、傳統、實際的眼中的那個樣子，呈現在我們面前。他不可能充滿激情。對於大自然的莊嚴雄偉，他有著一絲天生的厭惡。他甚至懷疑造物主過分誇張。他太忙了，只著眼於主要的事，因此對周圍發生的事只注意到十分之一。他確信，一切事物都能得到合理的解釋，只要他有時間注意它們。看到那些「龐然大物」深夜游水過來包圍住他的小船，我們比他還要驚慌。他馬上端起槍朝牠們開火，牠們隨即游走了——至於牠們究竟是獅子還是別的什麼，他確實也說不上來。就這樣，我們愈來愈輕信，直到有一天，我們對一切奇聞怪事都不假思索地信以為真；而這些奇聞怪事，如果讓一個想像力豐富、夸夸其談的旅行者講給我們聽的話，我們原本會嗤之以鼻的。但是這一位剛毅的中產階級人物所注目的每一件事我們都可以看做是確有其事。他老是在計算他的那些木桶，並且採取合乎情理的措施來維持淡水供應。我們幾乎不可能發現他在細節描寫方面有什麼差錯。我們感到奇怪：難道他忘了他將一大塊蜂蠟留在船上了？不，絕對沒忘。不過，既然他做了不少蠟燭，那塊蜂蠟在第三十八頁自然要比在第三十二頁時小了不少。即使出乎意料，他書中出現個別未能合理解釋的、前後不一致的地方——例如，不光野貓那麼服服帖帖，為什麼連山羊也是那麼怯生生的呢？——我們也不會為此而感到不安，因為我們確信，只要有時間，他會給我們說出其中緣由的，或許還是個相當精采的理由哩。但是，一個人在荒島上孤身奮鬥，這種生活的壓力確實不是一件好笑的事啊！當然，也確實不是一件非哭不可的事。一個人必須關注一切。當電閃雷鳴可能引起火藥爆炸的時候，當務之急是要為火藥尋找一個安全存放的地方，又哪有閒情逸致來欣賞大自然的壯觀景象呢？就這樣，通過忠實地敘述他所面臨的真實情況——憑藉一個大藝術家的藝術敏感，有所摒棄，有所突出，以突顯他最大的長處，即真實感——他終於能將平常行為寫得高貴尊嚴，將平常事物寫得美妙動人。翻掘土地，烘烤食物，種植莊稼，建造房舍，這些簡單的工作在小說家的筆下顯得多麼莊嚴凝重！短斧，剪刀，圓木，大斧，這些尋常物件在小說家的筆下變得多麼美妙動人！小說不為議論所左右，故事情節以恢宏而質樸的風格繼續展開。話說回來，難道議論就能使小說更加動人？確實如此，他走的是與心理學家截然相反的路子——他所描述的是情感對於軀體、而非情感對於心靈的影響。但是，當他說在那痛苦的瞬間，他雙手緊攥足以捏碎任何柔軟東西的時候，當他說「我的上下牙緊緊嚙合在一起，一時無法分開」的時候，這種效果給人印象之深就跟整頁整頁的心理分析差不多。在這方面，他個人的直覺是準確的。「讓博物學家去解釋這些事物，說出其中的緣由和方式吧，」他說道：「對於這些事物，我所能做的只不過是描述事實罷了……」當然如此，假如你是狄福的話，把事實描述出來也就夠了；因為這種事實是真實存在的事實。在描述真實的天賦上，狄福可以跟散文大家相媲美，簡直無人可以企及。「清晨，一片灰濛濛。」寥寥數語，就生動地描繪了一個多風的黎明。對孤獨淒涼的感嘆，對許多人死亡的感嘆，作者是以如此極為平淡的方式表述的：「從此以後，我再也沒有見過他們，或者他們的蹤跡，除了三頂禮帽、一頂便帽和兩隻配不成對的鞋子。」最後，他大聲說道：「瞧呀！我就像個國王一樣單獨用餐，我的僕役（他的鸚鵡、狗和兩隻貓）陪侍在側。」讀到這裡，我們不禁感到好像整個人類都孤獨地待在這個荒島上。不過，狄福有法子給我們的熱情潑點冷水，他馬上告訴我們，那兩隻貓可不是從船上帶來的。船上帶來的早就死了，這兩隻是新來的。事實上，由於貓的繁殖力極強，不久貓便成了島上的麻煩；而狗哩，奇怪得很，竟沒有繁衍後代。

就這樣，通過再將那只普通的陶罐放在前景，狄福引導我們看到那遙遠的島嶼和人類孤寂的靈魂。他固執地相信那確實是一只用泥土做的結實罐子，這就使得其他一切因素都服從於他的意圖——他已經用一根線將整個宇宙和諧地串聯在一起了。因此，當我們闔上這本書的時候，我們不禁要問：這只普通的陶罐，我們一旦能把握其特殊的視角，就像在星光閃爍的天空、高低起伏的山巒、波濤洶湧的海洋的背景下，人類帶著無盡的尊嚴巍然屹立，我們還有什麼理由不感到完全的滿足呢？

（李寄 譯）

桃樂絲・奧斯本的《信札》[1]

隨意瀏覽英國文學的讀者有時一定會強烈地感受到它有蕭索的時期，有些像鄉下的初春時節。群山上樹木光禿禿地挺立著；大地無遮無掩地向遠處綿延，一絲綠意都沒有。我們不禁思念起六月生命的顫慄和呢喃。那時，連最小的樹林中似乎都充滿了活力，人們只需駐足就可以傾聽到靈巧而充滿好奇心的小動物在低矮的樹叢中竄來竄去、覓食嬉戲的響聲和相互間哼哼唧唧的低聲絮語。英國文學也是如此，必須等到十六世紀結束，十七世紀過去相當一段時間，它才會變得生機勃勃，氣象一新。直到此時，在偉大作品誕生的間歇，我們才能聽到評頭論足的喧鬧聲。

無疑，只有在人們的心理發生重大變化和物質條件——扶手椅、地毯、道路——有了明顯改善的情況下，人們才能夠興致勃勃地相互審視，輕鬆愉快地交流思想。我國早期文學之所以獲得輝煌的成就，或許是因為此時寫作還被視為非同尋常的藝術；從事創作並非為了錢財，而是為了聲譽；而且只有不吐不快的天才才能從事。後來，人們的天賦分散消耗於傳

---

1 桃樂絲・奧斯本（Dorothy Osborne, 1627-1695），英國書信作家，其《信札》（*The Letters of Dorothy Osborne to William Temple*）是她婚前與外交官、作家鄧普爾（Sir William Temple, 1628-1699）的通信（七十七封）以及他們婚後的九封信，經人收錄編輯而成。

記、新聞、書信、回憶錄的寫作中，以致任何一方面的創作都削弱了。情形也許如此，確實有文學的蕭條時期，連書信作者和傳記作家都難以尋覓。人物及其性情只有乾巴巴的輪廓。譬如，埃德蒙·戈斯爵士對鄧恩的評價只是高深莫測。這主要是因為儘管我們明瞭鄧恩對貝德福德夫人的看法，而我們對貝德福德夫人如何評價鄧恩卻一無所知。因為貝德福德夫人沒有朋友可以向他（她）描述這位古怪的客人給自己留下的印象；即使她有一位閨中密友，她也說不清鄧恩為什麼對她來說古里古怪。

如果說，鮑斯威爾或霍瑞斯·沃波爾這樣的作家不可能產生於十六世紀，這是客觀條件決定的話，當時條件對女性作家來說顯然還要嚴酷得多。且不說物質條件差——鄧恩在密切姆居住的房子十分狹小，只有薄薄的四堵牆，孩子還在裡面哭鬧；這足以說明伊麗莎白時代人的生活品質是何等糟糕。她們還受到寫作不適合女性身分的觀念約束。偶爾也會有某位貴婦人寫點東西並印出來，那是因為她尊貴的地位會使她免受責難，也可能是身邊奉承拍馬的人慫恿的結果。但是，對於下層婦女，寫作為社會所不容。「毫無疑問，那個可憐的女人一定是有點瘋了；不然，她怎麼會可笑到要去寫書，還用詩寫！」當紐卡斯爾公爵夫人出版一本書時，桃樂絲·奥斯本本人如是大發感慨。至於她自己，她又說：「哪怕兩個星期睡不著覺，我都不會傻到那樣。」這句話令人眼界大開，因為說這話的是一位有非凡文學天賦的女人。假如桃樂絲·奥斯本生於一八二七年，她可能會創作多部長篇小說；假如她生於一五二七年，她很可能連一個字都不會寫。然而，她生於一六二七年；當時儘管寫書對女性而言是荒唐可笑的，寫寫信倒不是什麼見不得人的事。就這樣，沉寂被一點點打破，我們開始聽到女性裙裾在文學叢林中發出的沙沙聲。在英國文學中第一次我們聽到男人和女人圍坐爐旁娓娓絮談。

然而，當時書信藝術剛剛起步，不像後來成為一種獨立的藝術形式，並且結集出版，供人賞讀。那時候，男人和女人彬彬有禮地互稱「先生」「女士」，文字仍舊富麗而生硬，作者尚不能在尺幅之間閃轉騰挪，自由揮灑。書信藝術常常是變相的隨筆藝術。儘管如此，一個婦人尚可涉足於此，不至於被人指責為有失婦道。書信寫作可以利用零星的時間，譬如在父親的病榻邊，寫寫停停，時斷時續。這麼做既不會惹人蜚短流長，又似無名氏之作，還可推說寫信有具體的功用。然而，在數不勝數的信札裡（其中大多數今天已湮沒無聞）又凝聚著多少雙慧眼，多少才智啊！這些慧眼和才智後來以不同的方式出現在《伊芙萊娜》[2]和《傲慢與偏見》裡。雖然不過是書信而已，但在寫作中自然掩飾不了一絲自豪。桃樂絲口頭雖未承認，可是在寫作中下過苦功，對書信藝術的本質發表過獨到的見解。「……大學者未必是一流的作者（我指的是在寫信方面，寫書他們或許在行）。我覺得，書信應像交談一樣隨心所欲，流暢自然。」她的觀點和她的一位年邁的伯父不謀而合。他的秘書不肯老老實實地說「寫」，而偏要說「援筆於紙」，老頭氣得把墨水瓶朝他的頭上砸去。不過，她還認為

2《伊芙萊娜》（*Evelina*）為英國作家范妮·伯尼（Fanny Burney, 1752-1840）的作品。

「隨心所欲，流暢自然」應有限制。「許多雞毛蒜皮的事攪和在一塊」，口頭閒聊比寫在信裡更合宜。這樣一來，我們就有了一種新的文學體式（如果桃樂絲允許我們這樣稱呼的話）。這種體式與其他體式截然不同。很遺憾的是，今天它似乎已離我們而去，而且一去不復返。

桃樂絲坐在父親的病榻或壁爐邊一張又一張寫滿了大大的信箋。她向唯一的讀者，而且是極挑剔的讀者記錄了生活的各方面。她的筆調既嚴肅又調皮，既正經又親切，這是小說家、歷史學家都做不到的。既然把家中發生的一切通報給她的愛人是她分內的事，她自然會為那位一本正經的賈斯汀尼安．艾香爵士——她稱他為所羅門．賈斯汀尼安爵士——留下一幅生動的寫照。這位鰥夫自負傲慢，有四個女兒，在北漢普敦郡有一所陰森森的大宅第，他竟向桃樂絲求婚。「主啊！我多麼希望能把他寫的那封拉丁文信拿來讓你開開眼界。」她不無誇張地寫道。在那封信裡，爵士向牛津的一位朋友把桃樂絲描述了一番，特別誇讚她「係足可閒話的良友」。她自然會寫到患恐病症的表親莫勒，一天早上一醒來就懷疑自己得了水腫病，匆匆趕到劍橋去求醫問藥。她自然會寫到，夜晚，她自己在花園散步，嗅著素馨花的芬芳，「可是心中沒有一絲快意」，因為她的鄧普爾沒有陪伴在她身邊。除此之外，她偶然聽說的閒語她都不忘告知她的愛人，博他一笑。譬如，桑德蘭夫人屈尊下嫁給平民史密斯先生，他簡直把她當公主侍奉；賈斯汀尼安爵士頗不以為然，認為這給女人開了不好的先例。可是，桑德蘭夫人逢人便說，嫁給史密斯是她心太軟，可憐他；對此，桃樂絲評點道：「這是我聽說過最可憐可悲的話。」不久，從她零零星星的描述中我們對她的朋友有了相當多的瞭解，大腦中形成了生動的形象。我們不禁迫切地想知道他們更多的情況。

對十七世紀貝德福郡上流社會的一瞥，正因為時斷時續，才愈發撩撥我們的好奇心。各色人物——賈斯汀尼安爵士、黛安娜女士、史密斯先生和他的伯爵夫人，來來去去，我們永遠無法知曉何時能再次——甚至能否再次——聽到他們的消息。這本《信札》，像所有天才書信作者的書信一樣，儘管看似隨意，卻有著內在的連續性。一頁接一頁地讀下去，我們覺得正探入桃樂絲的心靈深處，一幅幅瑰麗的生活畫卷展現在我們的眼前。這是因為她不容爭辯地擁有一種天賦才能，那在書信寫作中比機智、才華或與大人物的交往更重要。在日常瑣事的娓娓敘述中，她的個性自然而然地流露出來，是那麼不經意，沒有一絲勉強。她的個性既有魅力，又有些捉摸不定。可是只要一句一句讀下去，我們就可以愈來愈真切地觸摸到。在她的信中很少顯示與她的年齡相稱的婦德，對針線活和烤麵包她隻字未提。她生性有些慵懶。她漫不經心地讀了一大堆法國傳奇故事。她在公共草地上漫步，傾聽擠奶女士的歌唱。她在小河邊的花園裡散步，然而「坐下來，真希望你就在我的身旁」。和眾人在一起時，她常常一言不發，對著爐火沉思。有人談起飛行才把她驚醒。她問他們關於飛行究竟說了些什麼，惹得她的兄長哈哈大笑。因為她突然靈機一動，如果她能飛，她就可以守在鄧普爾身旁了。嚴肅、憂鬱融入了她的血液裡。她的母親曾經說過，看她的樣子，人們準以為她的親朋好友都死光了。她常有被命運壓迫之感，覺得萬事皆空，人力難以回天。她的母親和姐姐同樣不苟言笑。她的姐姐也以書信寫作著稱，她喜歡讀書勝過結交伙伴。她的母親「和大多數英格蘭婦女一樣，算得上精明強悍」，而且生就一張刀子嘴。「我活到這個歲數，總算明白把人想得再壞都不過分。你們今後也會明白的。」桃樂絲記住母親發表過這樣的高見。為了出出鬱抑之氣，桃樂絲還真的去過埃普索，喝下浸過刀劍的泉水。

性情若此，她的秉性中冷嘲自然多於機智。她喜歡取笑她的愛人；對生活中的浮華和俗套，她大大地嘲諷了一番。對於以門第驕人，她自然譏誚一通。自命不凡的老頭更是她挖苦的好對象。枯燥乏味的說教會惹得她笑出聲來。她看透了各色聚會；她看透了客套虛禮；她看透了人情世故和擺闊炫耀。但是雖生有這一雙慧眼，依舊有一點她無法看透：她幾乎神經質地恐懼世人的訕笑。姑姑姨媽的干涉，兄弟的專橫，都令她氣惱不已。她說：「要是能避開他們，我寧願住在樹洞裡。」在公眾場合，丈夫親吻妻子在她看來「是最令人作嘔的醜態」。人們誇她美麗動人，誇她機智幽默，她根本不在意，正如「人們認為我叫伊麗莎，或叫多拉」她全不放在心上一樣。但是，只要聽到對她的舉止的一句閒話，她就會直打冷顫。因此，要她在眾目睽睽之下說明她怎麼會愛上一個窮漢並打算嫁給他，這簡直要了她的命。「我承認我的秉性使我無法容忍成為別人取笑的對象。」她寫道。她可以「滿足於生活在與自己社會地位相同的人的狹小空間裡」，但人們的譏笑是她無法忍受的。她循規蹈矩，從不越雷池半步，唯恐招來蜚短流長。對於桃樂絲這個弱點，鄧普爾有時也責備過她。

信一封一封地寫下去，鄧普爾的性格逐漸躍然紙上，這證實了桃樂絲做為書信高手的天賦才能。一位高明的書信作者總是能夠展示收信人的形象。通過閱讀書信，我們可以想像收信人是何許人也。桃樂絲在信中爭辯，在信中說理，在聽到她的聲音的同時，我們幾乎同樣清晰地聽到鄧普爾的聲音。他在許多方面與桃樂絲剛好相反。他責備她性情憂鬱，使她愈發憂鬱；她厭惡婚嫁，對此他予以批駁，惹得她為自己辯解。在兩人中，鄧普爾要比桃樂絲更堅強，更積極進取。他有些嚴厲，有些自負，她的長兄討厭鄧普爾還是有一定道理的。他把鄧普爾說成是「傲氣沖天、盛氣淩人、秉性乖張、空前絕後的壞傢伙」。然而，在桃樂絲眼裡，鄧普爾的優點其他任何追求者都沒有。他不是粗俗的鄉紳，不是板著面孔的治安法官，也不是見一個愛一個的城裡花花公子，更不是四海為家、漂泊不定的法式男人。鄧普爾如果屬於以上任何一類人，桃樂絲憑著對荒唐可笑事物的敏感，根本就不會和他交往。對她來說，鄧普爾有魅力，有同情心，這是其他追求者所沒有的。無論有什麼想法，她都可以寫給他向他傾訴。與他交往，她神采飛揚、狀態極佳。她愛戀他，敬重他。可是，突然她宣稱嫁給他是她不願做的事。她對婚姻極為反感，並舉出一個又一個婚姻失敗的例子。她認為，即使雙方婚前相互理解，也不會白頭到老。激情在人們感官中最不理性，最為專橫。激情使安妮·布侖特夫人成為「大街上販夫走卒、侍從僕役的話柄」。激情導致那位可人的伊莎貝拉小姐走向毀滅——嫁給「那個除了一大片地產外什麼都沒有的畜牲」，再美又有什麼用？她兄長生氣，鄧普爾妒忌，她自己怕人訕笑，她的心都要碎了。萬念俱灰之下，她只願「早日撒手人寰，在墓穴中獲得安寧」。鄧普爾最終打消了她的重重顧慮，她兄長的反對也落了空，這大半要歸功於鄧普爾生性堅強。可是，對此我們不能不深感痛惜；因為桃樂絲一結婚，就從此停下寫信的筆。書信幾乎立刻停了下來。桃樂絲營造的那個完整的世界一夜之間徹底消失了。這時候，我們才意識到那個世界已經變得人物眾多，激動人心，是何等豐滿而完整啊！在對鄧普爾的愛情之火的溫暖下，桃樂絲的筆柔韌自如，曲盡心意。她半夢半醒地坐在父親的病榻邊，隨手拿過一封舊信，在背面奮筆疾書。她的寫作輕鬆而流暢，總是帶著那個時代的莊重典雅。她的筆觸伸向黛安娜夫人、艾香爵士夫婦、她的叔伯姑姨——他們如何來，他們如何去，他們又說了些什麼；以及她是否覺得他們愚鈍、可笑、可愛，還是與常人無異。不僅如此，在向鄧普爾直抒胸臆之時，桃樂絲還曲折地展示了更深切的關係、更私人的情愫，以及她兄長的專斷給她的生活帶來的衝擊和隨後獲得的安慰；她還寫出了她內心的抑鬱和憂思，以及夜晚在花園中散步，在小河邊沉思，期盼來信終於收到時等等的快樂和興奮。這一切都發生在我們耳邊，我們不禁深深地沉浸在這個世界裡，會心地捕捉著言外之意，弦外之音。然而，就在一瞬間，這個世界消失得無影無蹤。她嫁了人，她的丈夫是一位節節升遷的外交官。她得隨丈夫去布魯塞爾，去海牙，去任何他的派駐地，與他同甘苦，共命運。他們生下七個兒女，而這七個孩子「幾乎都夭折在搖籃裡」。無數責任和義務落在這個女人的肩上，過去她曾取笑過浮華和俗套，她生性喜歡獨處，她曾希望棄世隱居，「與子偕老於茅舍」。而此時，她作為她丈夫在海牙官邸的女主人，她的廚房滿是精美的食器，常常大宴賓客；她是丈夫推心置腹的朋友，在外交生涯上遇到的諸多困難他都要向她傾訴；她獨自滯留在倫敦，如果可能的話，交涉拖欠丈夫的薪資問題。當她的遊艇遭到槍擊，她比船長還要鎮靜自若，國王如是評論她的勇氣；總之，大使夫人一切優點她無不具備；一個退休公職人員妻子的一切優點她也一應俱全。可是，各種災禍接踵而至：一個女兒去世了；一個兒子也許繼承了母親的憂鬱性情，把靴子裡裝滿石子後，投泰晤士河自盡。年年歲歲就這樣流逝著；非常充實，非常活躍，又災禍不斷。可是，桃樂絲保持沉默。

多年以後，一個古怪的年輕人來到慕爾莊園，成為她丈夫的秘書。他舉止粗俗，不拘小節，又脾氣火爆，難以相處。他就是斯威夫特[3]，正是透過他的眼睛，我們再次見到了已屆晚年的桃樂絲·奧斯本。「桃樂絲恬靜、平和、睿智，是一位偉大的女性。」斯威夫特如是說。但是，光線照在一個幻影的身上。對這位保持沉默的老婦人，我們感到陌生。我們無法把她與許多年前向愛人傾訴心曲的那位妙齡少女聯繫起來。「恬靜，平和，睿智，偉大」在我們前度「遭遇」她時，我們無法用這樣的字眼去形容她。對這位把丈夫的事業視為自己事業的可敬大使夫人，我們深感敬意。可是，有些時候，我們寧願捨棄三國同盟[4]的利益、尼梅根條約（Treaty of Nimuegen）的榮光，去換取一札桃樂絲未及寫作的信件。

（李寄 譯）

---

3 即《格列佛遊記》的作者斯威夫特。

4 三國同盟，一六六八年，英國、瑞典和荷蘭三國結盟，以對抗法國的發展。

斯威夫特的《致斯苔拉書信集》[1]

在一個高度文明的社會裡，偽裝無處不在，禮貌必不可少。若是能拋開虛禮和陋俗，與一二知己說些體己話，就像一間悶熱的房間吹進一絲清風，是十分必要的。性情內斂的人，位高權重的人，眾生仰慕的人最需要這樣的宣洩。斯威夫特自己就找到了宣洩的機會。這位目中無人、傲氣沖天的人回到住所，避開了圍在他身邊恭維他的顯貴和討好他的美女們，離開了政治陰謀，他把這一切暫時拋在一邊，舒舒服服地坐在床上，噘起平素的刀子嘴，向愛爾蘭海峽彼岸他的「一對小妖精」，他「貼心的哥兒們」，他「淘氣的小頑皮」咿咿呀呀說起了孩子話。

喂，讓我現在再瞧瞧你倆。我的蠟燭快滅了，可是不管它，讓我開始吧。好了，好了，別賣關子，普列斯多先生[2]，對MD的信，你有何高見？快點，省了你的開場白！好吧，我說，你常出門在外，我挺高興。

斯威夫特以這樣漫不經心的筆調給斯苔拉寫信。字跡常常難以辨認，因為「竊以為如果寫得清清爽爽，不知怎麼的，總覺得全世界的人都在看著我們，我們獨自清靜一會兒都不行。胡亂塗鴉方能掩藏我們的悄悄話」。只要斯威夫特寫信不輟，斯苔拉就不必妒羨他人，雖然她正在愛爾蘭消磨著如花似玉的青春年華。她與麗貝卡．丁利（Rebecca Dingley）住在一起，就是那位戴著鉸鏈眼鏡，吸掉大量巴西菸草，走路常踩著裙褶的婦人。此外，這兩位女士的生活方式也惹人閒話。因為斯威夫特一回家，她們總陪伴左右；他出門在外時，她倆就住在他的住所裡。儘管斯苔拉與斯威夫特見面時，丁利太太都在場，她畢竟是位與異性親密無間可又身分不明的女子。但這毫無疑問是非常值得的。郵件不斷從英格蘭寄來，每一頁信箋連頁邊空白處都寫滿了斯威夫特難認的小字（他的字她能夠模仿得惟妙惟肖）。滿紙不著邊際的閒話，只有斯苔拉才懂的大寫字母和暗示，還有要斯苔拉保守的秘密和要她去做的各種小事。寄來的菸草是給丁利太太的，巧克力和絲綢圍裙是送給斯苔拉的。無論人們怎麼說，這一切非常值得。

對於與那位令人生畏的「另一個我」迥然不同的普列斯多先生，世人一無所知。世人只

1 斯苔拉（Stella）即 Esther Johnson（1681-1728），斯威夫特住在鄧普爾的慕爾莊園時，曾擔任她的私人教師（當時她正寄居於此地）。後來，她因經濟問題遷至都柏林，仍與斯威夫特保持聯繫。斯威夫特從英格蘭寄給她的信件，收錄成冊，名為《致斯苔拉書信集》（*Journal to Stella*），在斯威夫特去世後才出版。他與斯苔拉（斯威夫特為她取的名字）的友情持續了她的一生，有人說斯威夫特與斯苔拉曾經結婚，但此說缺乏充分的證據。

2 普列斯多先生（Mr. Presto）是斯威夫特自取的綽號。

知道斯威夫特又跨海到了英格蘭，代表愛爾蘭教會向新近成立的托利（Tory）黨政府請求恢復「早期成果」——他曾經向輝格（Whig）黨人提出過相同的請求，但一無所獲。這件事很快辦成了。哈萊和聖約翰歡迎他的誠懇和熱忱簡直無以復加。即使在拉幫結派、個人英雄至上的年代，世人對這一幕情景也不能不深感震驚——那位幾年前還默默無聞、在咖啡館裡踱來踱去的「瘋牧師」居然成為最機密的國務會議的成員；幾年前威廉·鄧普爾爵士大宴內閣要員時被禁止入席的那位窮小子，居然差遣著王公貴族為他做事。人們紛湧而至，求他幫忙，以致他的僕從主要任務是如何想方設法把客人拒之門外。連艾狄生都是謊稱來付帳才闖進門來的。一時間，斯威夫特無所不能。沒有人能收買他去效力；每個人對他的筆都懼怕三分。他出入宮廷，「我一身傲骨，王公大臣都不禁趨前向我致意。」女王本人希望聽他佈道；哈萊和聖約翰也提出了請求，可是他一律拒絕。一天晚上，國務大臣斗膽向他發脾氣，斯威夫特將他叫住警告他：

> 你絕對不可以給我冷臉瞧，我才不會被人像小學生一樣打發呢……他立即表示接受；說我的話有理……希望在馬香夫人的哥哥家裡設宴向我賠不是；然而，我沒同意。不知為什麼，我不願意。

在致斯苔拉的信中，斯威夫特把這一切都信筆寫下，並非自鳴得意。他能夠對人頤指氣使，與大人物平起平坐，使王公權貴低下高傲的頭顱，無論是他本人抑或斯苔拉都無意多加評述。多年以前，在慕爾莊園，她不就見過他對威廉·鄧普爾爵士大光其火，認為他不是凡夫俗子，並親耳聽到他的雄心抱負嗎？她不是比其他任何人都更瞭解優點和缺點奇怪地集結於他一身，更瞭解他種種的乖張怪癖之處嗎？他宴請權貴之吝嗇，讓客人哭笑不得；他小器得甚至從他的壁爐中撿出煤塊；在車馬費裡他也要摳出半個便士。可是，她知道正是平素的節儉，他才能默默地進行體貼入微的施捨——他送給可憐的帕蒂·羅爾特「一塊金幣，在她下鄉搭伙之際，幫她一把」；他到哈里森[3]居住的閣樓，親手把二十個基尼送到這位生病的青年詩人手裡。只有她才知道，他的言辭雖然粗俗無禮，可是他的行為溫潤體貼；他表面上憤世嫉俗，可是他內心感情之深之誠，是她在其他人身上從未見過的。由表及裡，他們相互太瞭解了，包括好的和壞的，深邃的與瑣細的等等各方面。因此，在夜深人靜和睡夢初醒的寶貴時光裡，所要做的第一件事就是把白天的所見所聞，所思所想——慷慨與吝嗇之舉，情感、抱負還有絕望，統統事無巨細、自自然然、不加遮掩地向她傾訴，這是他的心靈之聲。

這足以證明他的情意。與世上除了自己以外無人知曉的那位普列斯多先生如此親密無間，斯苔拉應無怨無悔。可是，事實也許剛好相反。當她讀著寫得密密麻麻的信件時，她彷彿看到了他，聽到了他的話語，幾乎可以準確地想像出他給那些上流社會的人士留下的印

3 哈里森（William Harrison, 1685-1713），英國詩人、外交官。

象。這樣，她比以前任何時候都更深切地愛戀著他。顯貴討好他，逢迎他；不僅如此，似乎人們一有困難，都向他求援。譬如，那位「年輕的哈里森」疾病纏身又身無分文。斯威夫特為他憂心忡忡，把他送到騎士橋醫院診治，還帶上一百英鎊去探望，卻發現哈里森一小時前去世了。「想想吧，這件事讓我多傷心！我沒有心思與財政大臣共進午餐，到哪兒吃飯我都沒心思。直到傍晚才吃了一小塊肉。」她能夠想見十一月的早晨的那個古怪的場景。漢彌頓公爵在海德公園遇刺身亡後，斯威夫特馬上趕到公爵夫人身邊，陪坐了兩個鐘頭，聽她又哭又鬧又罵，還把她的事務承擔起來，好像這原本就是他的分內事，而且沒有人對他在喪家的身分提出質疑。「我的靈魂都被她撼動了。」他說，當年輕的阿什博南小姐香消玉殞時，他捶胸頓足：「想到人生諸多不測，我簡直憎惡人生。看到成千上萬的壞蛋苟活於世，而像她這樣的好人卻不得長壽，可見上帝從來就沒有準備讓人生有幸福可言。」他的感情又是如此豐富而複雜，在悲憫中他還感到憤怒。他攻擊哀悼者，包括死者的母親和妹妹。在她們抱頭痛哭之際，斯威夫特把她們強行拉開，並抱怨說：「人們裝得比實際上更痛苦。而偽裝削弱了他們真正的傷悲。」

他的抑鬱與憤怒，他的善良與粗俗，他對平凡小人物的溫情愛護，他把這一切盡情地向斯苔拉傾訴。對她來說，他是慈愛的父兄；他笑話她的拼寫，因為她不注意身體而責罵一、兩句，他對她的事情指手畫腳。他和她說閒話談天說地。他們共有一份豐富的回憶，他們在一起度過了許多愉快的時光。「你是否還記得：在一個寒冷的早晨我走進你的房間，你正躺在椅子上，我一面用爐灰把爐火撲滅，一面嘴裡叫著『嗚！嗚！嗚！』，把你從椅子上拉了起來。」她常常出現在他的心上。他出門散步，他思忖著她是否也在散步；當普賴亞笨拙地引用他的雙關語時，他想到斯苔拉的雙關語是多麼拙劣，令人哭笑不得。他常把他在倫敦的生活與她在愛爾蘭的生活做比較，渴望著早日與她重逢。如果這是斯苔拉對在倫敦城終日與眾才子為伍的斯威夫特的影響的話，斯威夫特對孤獨地與丁利太太蟄居在愛爾蘭村莊的斯苔拉影響要大得多。她的那麼一點點學識是多年前他在慕爾莊園教的，當時她還是個小女孩，而他已是個青年。在她身上，他的影響無處不在——她的思想感情，她閱讀的書以及她的筆跡，她交的朋友以及她拒絕的追求者。事實上，對她的現狀他至少要負一半責任。

然而，他選擇的女人並不是唯唯諾諾的女奴。她有自己的個性。她能夠獨立思考。儘管她優雅，富有同情心，但她是一位冷靜嚴厲的批評家。她看上去有些令人生畏，也許是因為她喜歡實話實說，口無遮攔，再就是因為她的脾氣極為火爆。雖然具有不俗的稟賦，她卻默默無聞。她財產微薄，身體纖弱，身分又不明確，她的生活方式非常簡樸。她周圍的朋友來找她，只是為了尋找交談的樂趣。她仔細傾聽，善解人意，言語不多，可是每每開口卻是「眾人中說話最有意味的」，而且聲音悅耳動聽。至於其他，她首先算不上有學問的人。她纖弱的身體使她無法認真鑽研學問；儘管她對諸多學科都有所涉獵，並培養了精緻而犀利的文學趣味，可是她讀過的東西並沒有牢牢地記在心裡。少女時代，她曾大把花錢，四處拋散，直到她恢復了理性。此時此刻，她的日子過得極為儉省。「五個台夫特碟子裝著的五樣小菜」就是她的晚餐。她長著一雙精靈的黑眼睛，一頭烏溜溜的秀髮，她的衣著十分素樸，即使說不上美麗，也有吸引力。她總是千方百計積攢一筆錢去救濟窮人，或者給她的親朋好友們「世上最稱心的禮物」，這是她無法抵抗的奢華之舉。這方面的喜好，斯威夫特認為她無人可比，「儘管這也許和漫漫人生中的大多數事一樣微妙複雜，難以言傳。」此外，她還具有斯威夫特稱為「操守」的純真，儘管身體孱弱卻有「英雄的個人勇氣」。一次，一個盜賊走到她的窗前，她親手開槍把他打穿。這些品德是斯威夫特在寫作時對他產生作用的影響。當他在聖詹姆斯公園看到樹木發芽，聽到政客在西敏廳喋喋不休地爭辯時，他懷念起家鄉拉雷卡的自家果樹、楊柳和鱒魚悠然嬉遊的小溪，更思念隱身其間的斯苔拉。斯威夫特有一個無人知曉的退身之所。如果王公大臣再一次欺騙他，如果他使朋友發財致富而他只能兩手空空地走開的事再一次發生時，畢竟他還可以退隱於愛爾蘭，退隱於斯苔拉身邊。他這麼想，「絲毫沒有顫慄的感覺」。

斯苔拉即使對自己的權益也絕不強求。沒有人比她更清楚斯威夫特熱衷權力，熱衷交遊。儘管有時渴望寧靜閒適，對上流社會表示深惡痛絕；可是骨子裡，他熱愛倫敦城的塵霧和喧囂，遠勝過世間所有的鱒魚小溪和櫻桃樹。他最痛恨的是別人干涉他的生活。要是任何人對他的自由即使只伸出一隻手指，或者對他的獨立即使只暗示一絲絲的威脅，無論是男人還是女人，無論是女王還是廚娘，他都會立刻像野蠻人一樣給予瘋狂的反擊。哈萊有一回竟提出要送他一張鈔票，韋林小姐竟向他暗示他倆婚姻的障礙已經清除。結果兩人都遭到了嚴辭斥責，那個女人更是被罵得狗血噴頭。斯苔拉明白事理，她不會自取其辱。斯苔拉學會了忍耐；斯苔拉學會了謹慎行事。即使在像她應當留在倫敦還是回到愛爾蘭這樣的事情上，她也給他充分選擇的自由。為她自己，她從來沒有要求過什麼，結果她得到比她要求的還要多。斯威夫特對她的這種秉性簡直有些惱火：

……你的寬厚都快讓我發瘋了。我知道從心底說你不願意普列斯特出門在外；他口口聲聲說三個月以後就回來，你心想他又爽約了，他總是玩這樣的鬼把戲。然而，斯苔拉說的是，她看不出我匆匆忙忙的怎能走得開呢，MD滿意了，等等。你真是要我的命的小妖精。

然而，斯苔拉這麼做恰恰守住了斯威夫特。一次又一次，他用充滿激情的語言傾訴著：

再見了，我貼心的哥兒們，我最親愛的人兒，只有與MD在一起才有平安和寧靜……再說一聲再見，我最親愛的小頑皮，除了給MD寫信或想到MD，我從來就沒快樂過……你們對我來說像親人一樣親。我的每一分錢，你們都可以隨意花；讓我難過的是，我沒有太多錢讓MD花用。

只有一點沖淡了這樣的文字給她帶來的快樂。他總是以複數形式稱呼她，總是「貼心的哥兒們，我最親愛的人兒」。ＭＤ代表著斯苔拉和丁利太太兩個人。斯威夫特和斯苔拉從未單獨交流過。也許這僅僅是出於禮貌，丁利太太的出場也僅僅是出於禮貌，她忙著擺弄那一大串鑰匙，侍候那隻哈巴狗，說給斯苔拉的話，她一個字都聽不進去。可是，這種禮貌究竟有什麼必要？為什麼要給她這份壓力，使她損害了健康，沖淡了快樂；這份壓力還使「這對完美的朋友」分居兩地，其實只有在一起，他倆才會心滿意足啊！這究竟為什麼？自然有其原因；有一個斯苔拉知道的秘密，有一個她從未透露的秘密。總之，他們只能身處兩地。而且，正因為他倆沒有相互約束的義務，正因為她不願向她的朋友提哪怕是最微小的要求，在她揣摩他的文字，剖析他的舉動，以便把握他的情緒起伏並瞭解其中最細微的變化時，她一定愈發心存妒意，愈發留意提防。但只要他胸襟坦蕩地把他的「可人兒們」的情況告訴她，只要他把自己描繪成女兒國的專橫君主，女人得主動巴結討好他，對那些尊貴的女士小姐他加以調教，並讓她們和他逗樂，那麼一切正常，斯苔拉不會心生狐疑。貝克萊太太偷了他的帽子，漢彌爾頓公爵夫人向他傾訴苦痛，這些都沒有關係。斯苔拉對同性還是寬厚的，她會時而陪一位女士笑，時而陪一位女士哭。

但是，他的書信中有沒有另一種關係的痕跡呢？這種關係更平等更親密，因而要危險得多。假如，有那麼一位與斯威夫特屬同一階層的女人，一位小女孩，有點像斯威夫特初次見到斯苔拉本人時那樣的小女孩，同樣對日常乏味的生活不滿意，用斯苔拉的話說，同樣渴望明辨是非，同樣天資聰穎，而且同樣尚未接受教育，如果這樣的她確實存在的話，那倒是令人懼怕的對手。究竟有沒有這樣一位對手呢？如果有，顯然在書信中不會提到。相反地，信中會出現猶豫、辯解，偶爾會流露出不安和尷尬。就在他信筆揮灑之際，斯威夫特由於某個難言之隱戛然而止。的確，在他去了英格蘭一、兩個月以後，這樣的沉默惹起過斯苔拉的疑心。她寫信去問他和什麼樣的人比鄰而居，是不是偶爾在一起用餐。「根本就沒有這樣的人，」斯威夫特回信說：「我從來不和寄膳宿人進餐的，哎呀！自從從你身邊離開，你比我還清楚，我每天和什麼人吃飯嘛。你究竟是什麼意思呢？我的小哥兒？」其實，他明白她的意思。她指的是與他為鄰的寡婦范紐默利太太，她指的是她的女兒艾絲特，從那次起，「范家母女」一再出現在書信中。斯威夫特自尊心太強，他不願意隱瞞他常見到她們，但十有八九他都要為自己辯解一番。當他住在沙福克街時，范家母女就住在毗鄰的聖詹姆斯街，因此省得他長時間跑來跑去。當他搬到卻爾希區，她們一定也在倫敦，把他最好的禮袍和假髮寄存在她家剛好方便。有時候，是酷熱讓他待在她家，有時候是因為下雨。有一回，他們在范家玩牌，他覺得在座年輕的阿什博南小姐與斯苔拉十分相像，他就多坐了一會兒給她當參謀。有時候，百無聊賴之餘，他到范家小坐；有時候，他去范家是因為他很忙，她們都是不拘禮節的單純百姓。可是，斯苔拉只要一提到范家母女是無足輕重的小人物，他就會忍不住反駁說：「她們交往的可都是有身分的名媛淑女，就像與我交往的男人……今天下午，我還見到兩位貝蒂小姐造訪范家。」一句話，把事情不打折扣地和盤托出，像先前一樣想到什麼就寫什麼，不再是件輕鬆容易的事了。

他的處境的確相當困難。沒有人比斯威夫特更憎惡虛偽，更熱愛真誠；然而，此時此刻，他只好閃爍其詞，支支吾吾。過去，他渴望有一個「淩亂的小窩」或一間不對外人開放的私室，他可以在裡面放鬆身心，做普列斯多先生，把「另一個我」放在一邊。斯苔拉滿足了他這渴求，這是其他人無法做到的。然而，此時此刻斯苔拉遠在愛爾蘭，而范妮莎就在眼前，她更年輕，更有朝氣，她也自有她的可人之處。她也能像先前的斯苔拉一樣在他的催促甚至責罵下接受教誨，磨礪成為成熟的女人。而且，斯威夫特對她的影響顯然都是良性的。那麼，對於遠在愛爾蘭的斯苔拉和近在倫敦的范妮莎，他為什麼不能享有她們各自給他帶來的快樂，並把自己的恩澤施及她們兩人，同時又不給任何一方帶來嚴重的傷害呢？這似乎可能。無論如何，他默許自己進行嘗試。反正，斯苔拉多年來一直安於命運賦予她的那一份快樂，從不怨天尤人。

然而，范妮莎不是斯苔拉。她更年輕，更衝動，少了一分節制，更少了一分理智。她的身邊也沒有丁利太太調教她的性情。她既沒有往昔的回憶聊以自慰，又沒有逐日的信件捎來問候。她愛斯威夫特，她不明白她何以又說不出口。他本人不就教過她「只要是對的事就去做，不必理會世人的閒言碎語」？因此，當某個障礙擋住她的去路，某個秘密橫亙在他們中間時，她竟傻乎乎地質問：「請問，跟一個不快樂的年輕女子見見面，提點忠告，有什麼錯，我真搞不懂。」「你教我明白事理，」她又衝動地大叫大嚷：「然後你卻任我獨自垂淚！」最後，在極度的痛苦和困惑中，她魯莽地向斯苔拉攤牌。她給斯苔拉寫信，要求知道事情的真相——斯苔拉跟斯威夫特究竟是什麼關係？然後，答覆她的是斯威夫特本人。當他的那雙藍眼睛咄咄逼人幾乎要冒出火來灼傷她的時候，當他把她的信猛地擲在桌面上，狠狠地瞪了她一眼，然後一言不發驅車離開的時候，她的生命實際上就此結束了。她說：「他那要命的，要命的話」比嚴刑拷打她還難受；她哭訴：「你的神情多麼可怕，把我嚇呆了。」這絲毫不是修飾誇大之辭。在那次見面後的數星期，她就死了；她消失了，變成了一個不安的魂魄，時時侵擾著斯苔拉本已憂患重重的生活。

在孤寂中，斯苔拉又可以單獨享有這份親密的友誼了。她活著，繼續實行著自己那些可憐的計謀，以便把她的朋友守護在身邊。後來，由於長期苦熬硬撐，遮遮掩掩，由於丁利太太和她的哈巴狗，由於如影隨形的恐懼和挫折，斯苔拉心力交瘁，她也去世了。當她下葬之際，斯威夫特坐在遠離教堂墓地的幽幽密室裡，為「我，抑或任何人，蒙天主所賜的最真誠，最純潔，最珍貴的朋友」，寫一篇懿行記略。許多年過去了，瘋狂壓垮了他，發作為一陣陣驚心動魄的狂怒。後來，他又逐漸安靜下來。一次，人們偶然聽到他在喃喃自語：「我就是我。」人們聽到他這樣說。

（李寄 譯）

《感傷之旅》

《項狄傳》（*Tristram Shandy*）是斯特恩[1]的第一部小說，寫作之時他已經四十五歲。在這把年紀，許多作家推出的已是第二十部作品了。然而，這部小說已處處顯得成熟。年輕的作家沒有一位敢像斯特恩那樣，對文法、句式、意念、常規以及小說寫法的悠遠傳統肆意違拗。這需要具備中年人特有的強烈自信心和面對責難詬病泰然自若的氣量，才能不惜冒這樣的風險，以不落俗套的風格使文人學士驚詫莫名，以不合規矩的道德觀念讓正派紳士憤慨不已。風險是冒了，而成功也是巨大的。所有的大人物，一切挑剔的批評家，無不為之心醉神馳。斯特恩成了倫敦城的偶像。只是在歡呼作品誕生的笑聲和掌聲的喧囂中，人們尚能聽到純樸的廣大民眾低弱的呼聲：這部書出自一位神職人員之手本身就是一件醜聞，約克大主教至少應予以申斥。然而，大主教似乎沒有採取任何行動。斯特恩本人儘管表面上沒有流露什麼，但他把批評記在心上。自從《項狄傳》出版以來，他的這顆心一直在隱隱作痛，因為他熱戀的對象伊麗莎・德雷珀（Eliza Draper）已經乘船出海，赴孟買跟她的丈夫團聚去了。在他的下一本書裡，斯特恩決意要把他的改變表現出來，以證明自己不僅才華出眾，而且多情善感。用他自己的話說：「我在其中的意圖是告誡人們要更加熱愛這個世界，熱愛人類同胞。」正是在這種動機的激勵下，他埋頭寫作在法國的短篇遊記，名之曰《感傷之旅》（*A*

Sentimental Journey）。

然而，即使斯特恩能夠改變他的舉止，他也不可能改變他的文風。那種文風就像他的大鼻子和他那雙炯炯有神的眼睛一樣，已經成為他的一部分。遊記的劈頭幾個字——「這種事，我說，在法國他們安排得好一點。」就將我們置身於《項狄傳》的世界裡了。在這個世界裡，任何事情都可能發生。我們幾乎不知道，在他那支令人驚嘆的生花妙筆之下，還有什麼樣的俏皮話，什麼樣的譏誚，什麼樣的詩意火花，不能從英國散文密密匝匝樊籬中撕開的豁口中迸裂出來呢？斯特恩本人得為此負責嗎？儘管這一回他決意要循規蹈矩，他真的知道下一句該寫點什麼嗎？他筆下那些跳動而不連貫的句子像一位傑出的健談家的話語，動感十足，無拘無束。就連標點符號也不像是用於文字中，而似穿插於口語中帶著話語的聲響和聯想。各種意念的組合也顯得突兀而離題；雖不符合文學創作的規律，但與現實生活的本來面目相去不遠。他的文字似私室密語，可以隨情任性，侃侃而談而不受責難；然而在大庭廣眾之下去說，就會被人懷疑是否得體了。由於風格獨特，這本書可稱為一個半透明體；在書中，你找不到通常把作者和讀者遠遠隔開來的陳式俗套。就這樣，我們盡可能地貼近了生活。

---

1 斯特恩（Laurence Sterne, 1713-1768），小說家，聖公會教士，其作品《項狄傳》是十八世紀英國經典小說之一。

斯特恩達到這種奇特的效果，完全是因他在創作上不落窠臼，刻意為之。這一點顯而易見，無需去看他的手稿便可以證明。儘管作者時時提醒自己：通過某種方式將寫作的陳式俗套拋在一邊，用口語直接跟讀者侃侃而談，這種可能性一定存在；然而，進行這方面嘗試的作者要麼因一開始就遭遇重重困難，悄無聲息地知難而退，要麼在創作中途陷入了難以言傳的蕪蔓冗長的困境。而只有斯特恩獨闢蹊徑，完成了令人驚嘆的組合。他的文字之奇妙幾乎無人可及。他的筆觸精確無誤地探尋一個人心靈深處的每一個皺褶，傳遞出起伏多變的情緒，描摹出每一絲纖細精微的奇思和衝動。而且，這一切天衣無縫，盡善盡美。在他的筆下，躍動與凝滯並行不悖，相得益彰，恰似奔騰四溢的潮水，在沙灘上留下細碎的波紋和渦流的痕跡，彷彿刻在大理石似的沙上。

當然，沒有人比斯特恩更需要保持個性的自由。世上有一部分作家，他們的天賦是不帶個性特徵的，譬如托爾斯泰，他可以創作一個人物，然後將他留給讀者，作家本人則不再露面。而斯特恩總是情不自禁地走到前場，在讀者與人物的交流中助一臂之力。如果我們將《感傷之旅》中斯特恩的成分全部抽去，這部作品一定所剩無幾了。他並沒有什麼珍奇的資訊要傳遞，也沒有什麼深思熟慮的哲學要灌輸。他是這樣告訴讀者的：他離開倫敦，「非常倉促，連英國正與法國開戰都沒放在心上。」他隻字未提諸如圖畫、教堂、鄉村的苦難或興旺之類的話題。他的確是在法國遊歷，然而路徑卻常常在他心中。他的主要歷險並不是遭遇匪徒，也不是在懸崖峭壁上攀緣，而是他內心情感的跌宕起伏。

觀察角度的改變本身就是大膽的創新。直至此時，遊歷者一直遵循著特定的比例和透視規則。每一部遊記都把大教堂描繪得巍峨壯觀，而人則是這宏大的建築映襯下的渺小生靈。然而，斯特恩出手不凡，他對大教堂忽略不記。一個帶著綠色絲緞手袋的女孩或許比巴黎聖母院重要得多。他似乎在暗示，世界上沒有普遍適用的價值準則。一位女孩可能比一座大教堂更有趣；一頭死驢子可能比一位活著的哲學家更有啟發意義。這完全是個人看法的問題。斯特恩的眼睛經過了調節：小東西往往顯得比大東西還要龐大；一位理髮師關於假髮髮捲的談話要比法國政客的高談闊論更能顯示法國人的性格。

我認為，這些雞毛蒜皮**小事**比所謂的國家大事更能讓我們準確地把握一個國家獨特的民族性。而各國大人物的夸夸其談和高視闊步其實如出一轍。在我看來，簡直一文不值。

所以，對一位多情善感的遊歷者而言，要抓住萬物的精髓，不應在青天白日的寬闊大街上去尋找，而應在無人注意角落的幽暗處探求。他必須學會一種速記的方法，把豐富的表情變化和肢體動作翻譯成明明白白的文字。這種技藝是斯特恩長期練就的本事。

對我自己來說，由於長期的習慣，我總是不自覺地這樣做；當我在倫敦的大街上漫步的時候，我一路走一路在進行翻譯。我不只一次站在一圈人的背後，聽到他們只說了三言兩語。而我能想出二十段不同的對話。我還能清清楚楚地寫下來，絲毫不爽。

斯特恩就這樣把我們的興趣從外部世界轉向人的內心世界。查閱導覽手冊沒有什麼用，只要去拷問我們的心靈就行了。只有我們的心靈才能告訴我們一座大教堂、一頭驢子和一位帶著綠色絲緞手袋的女孩相比之下，哪一個才是更重要的。正是對導覽手冊和通衢大道視而不見，反而專注於人內心世界的曲折騷動，斯特恩才以其相當奇特的方式貼近了我們這個時代。正是對話語忽略不記，反而對沉默興致盎然，斯特恩才成為現代作家的先驅。由於上述原因，比起同時代的大作家理查遜、菲爾丁，斯特恩與我們的關係要親密得多。

然而，差別也是存在的。儘管他熱衷於心靈的探尋，但比起後來形成的定棲派大師，斯特恩畢竟靈巧有餘，深刻不足。他的文筆雖然主觀隨意性強，曲折迂迴，但他依然是敘述一個故事，追憶一次旅行。儘管枝節蕪蔓，在短短幾頁中，我們還是從加萊到達了莫丹。他固然專注於觀察事物的方式，但外在事物本身也激發了他濃厚的興趣。他對描寫對象的選擇雖說隨性、與眾不同，可是他把握瞬間印象的才華與達到的成就，任何一位寫實主義作家也難以望其項背。《感傷之旅》是一系列的人物寫照——牧師、淑女、賣肉末餅的騎士、書店的女孩，穿新馬褲的拉．弗洛爾等等；它也是一系列的風景圖畫。他那難以捉摸的心靈看似一隻蜻蜓飄忽不定，其實人們無法否認這隻蜻蜓的飛行有跡可尋；它所選擇停落的花朵也非隨心所欲，要麼為了形成優美的和諧，要麼為了形成鮮明的對比。隨著書頁的翻飛，我們一會兒歡笑，一會兒哭泣，一會兒嘲弄，一會兒同情；轉眼間，我們從一種情感急轉直下到另一種截然不同的情感。對現實面貌疏而不離的忠實，對敘述順序的忽略，斯特恩幾乎堪稱一位詩人。他善於表達一般小說家通常忽略的思想，他所使用的語言一般小說家即便能夠把握，在其作品中也會顯得不倫不類，難以卒讀。

我穿著滿是灰塵的黑外衣，莊重地走到窗口，透過玻璃朝外望去，只見滿世界穿著黃、藍、綠各色衣衫的人們，紛紛湧向圓形遊樂場，老人手執折斷的長矛，戴著沒有面罩的頭盔；年輕人身著金光閃閃的鎧甲，頭上插著來自東方的鮮豔羽毛；所有的人，所有的人就像往昔參加追逐名譽和愛情的騎士一樣，發了瘋似地朝遊樂場衝去。

在斯特恩的作品中，有許多像這樣堪稱詩歌的段落。可以將它們抽出來單獨欣賞，然而它們又與上下文十分協調和諧，因為斯特恩是位深諳對比藝術的大師。他的清新宜人，他的靈動活潑，他的屢屢讓讀者驚喜莫名的生花妙筆，都是對比藝術高超運用的結果。他把我們導引到靈魂的絕壁邊緣，使我們偷眼瞧了瞧幽暗的深淵；而轉瞬之間，他又讓我們轉過身去，看到另一邊陽光燦爛綠色草地。

如果說斯特恩也讓我們感受到痛苦的話，那是由於另外的原因。而且，這方面的責任至少部分地應落在大眾身上；《項狄傳》出版以後，他們深表震驚，大呼小叫，說作者是個玩世不恭的人，應當免去聖職。不幸的是，斯特恩認為有必要就此回答：

世人想當然地認為「他對謝爾本勛爵說」，既然我寫了《項狄傳》，我本人也一定是項狄式的人了……如果它（《感傷之旅》）不被認為是一本純潔的書，那麼讓主寬恕那些讀者吧，因為他們的想像力實在太豐富了！

因此，在閱讀《感傷之旅》時，我們時時受到提醒：斯特恩首先是位多情善感、富有同情心、人情味濃的好人；他極為珍視莊重得體，以及人類心靈的純潔。然而，一旦作者親自出馬證明這、證明那，我們便禁不住要起疑心。因為一旦刻意突出他希望我們在他身上看到的東西，他反而會將它弄得粗俗不堪、修飾過度。結果，我們看到的不是幽默，而是鬧劇；我們體會到的不是似水柔情，而是濫情造作。結果，我們未能被說服而承認斯特恩有一顆慈愛善良的心——這一點在《項狄傳》中從來就不是個問題，現在我們反而開始對它感到懷疑了。因為，我們覺得斯特恩此時所考慮的已經不是事情本身，而是它在形成我們對他的評價時能產生什麼影響。一群乞丐將他團團圍住，他的施捨比他原先打算給的還要多。可是，這麼做他心中想到的不僅僅是乞丐，一部分倒是思忖著我們會為他的仁慈擊節叫好。因此，為了強調，這一章結尾的這句話：「我覺得他比他們所有的人都更加感激我。」甜膩得令人作嘔，就像沉澱在杯底的糖精似的。的確，《感傷之旅》的主要毛病在於斯特恩過於關注我們是否對他的好心有所好評。這本書雖不失為佳作，但總顯得單調，彷彿作者硬要把個人天然情趣中豐富多彩、生氣勃勃的一面壓下去，唯恐它會惹是非。總之，《感傷之旅》的基調是單一的，只剩下善良、親切、同情；因為過於整齊劃一，顯得極不自然。讀者不禁懷念起《項狄傳》中精采紛呈、銳氣逼人的內容，甚至其中的粗俗調笑之處。他對情感的刻意關注損害了他天生具有的敏銳犀利。謙遜、純樸、美德等靜靜地陳列在那裡供我們欣賞；因為久久凝視，我們只覺得興味索然。

使我們反感的是斯特恩的濫情感傷，並非他的不道德行為；這也說明我們的趣味發生了改變。在十九世紀讀者的眼裡，斯特恩所寫的一切都因他既是丈夫又是情夫的不軌行徑而黯然失色。薩克雷義正辭嚴地鞭撻他：「斯特恩作品中每一頁都隱含著墮落的成分，潛伏著下流污穢，要連根拔除才好！」對今天的讀者來說，維多利亞時代小說家的傲慢驕橫與十八世紀牧師對妻子的不忠一樣，至少應同樣受到譴責。維多利亞時代的人對他的謊言和輕浮深表痛惜，而當代人更關注的是他把人生的磨難化為哈哈一笑的勇氣蘸滿才情的文筆。

的確，《感傷之旅》儘管有其輕浮、機巧的一面，但它從根本意義上來說是建立在某種哲學理念的基礎之上的。當然，這種哲學到了維多利亞時代已經不合時宜；它是享樂哲學，主張事情不分大小都應趨利避害；享樂，即便是別人的享樂，也比受苦受難更符合人類的天性。這位無羞無愧的人大膽坦言，他「這一輩子幾乎不是愛上這位公主，就是愛上那位佳人。」他還說：「我希望一直如此，死而後已。我堅信，我要是幹壞事，那一定是在一段戀情剛結束，另一段戀情尚未開始的空檔。」這傢伙還借他筆下一個人物之口肆無忌憚地歡呼：「享樂萬歲！戀愛萬歲！胡鬧萬歲！」他雖是一位神職人員，當他看到法國農民跳舞時，居然產生了不虔誠的念頭，說他看到了精神的昇華，這與單純娛樂的原因或效果都不相同。「一言以蔽之，我認為我在舞蹈中看到了**宗教**！」

一位神職人員竟然看出宗教和娛樂之間存在著某種聯繫，是夠大膽的了。然而，或許我們可以諒解他；因為對他來說，要想將享樂的宗教付諸實行卻是障礙重重。假如你青春不再，假如你債台高築，假如你的妻子脾氣古怪，假如你在你坐著馬車在法國四處亂逛時可以置你於死地的結核病如影隨形，那麼，尋歡作樂就絕不是件容易的事。然而，只要一息尚存，人們理應追求歡樂。四處走走看看，在這兒跟女人調調情，在那兒賞乞丐幾個銅板，只要找到一塊陽光燦爛的地方就在那兒坐一坐。人們還應當開開玩笑，有傷大雅也不妨事。即使在日常生活中，人們也不應當忘記叫喊一聲：「好啊！生活中還有那麼多讓人愉快的小事，你們讓人生之路平坦通暢！」人們應當——夠了，「應當」並不是斯特恩喜歡使用的語彙。我們在掩卷之餘，回味著它的均衡，它的幽默，它在表現生活不同側面時顯現的純粹快樂，以及將這一切傳達給我們時所使用的流暢之至、優美之至的文字，這時候，我們不得不承認並表示欽佩：作者是有一個信念在支撐他。薩克雷筆下的這個膽小鬼——他不道德地與那麼多女人廝混，在他臥病休息或寫佈道文時還用金邊信箋寫情書——難道不是以他自己獨特的方式，成為一位苦行者，一位道德家，一位導師嗎？別忘了大作家中的大多數都是如此。斯特恩是一位非常偉大的作家，對於這點，我們不用懷疑。

（李寄 譯）

切斯特菲爾德勛爵家書

當馬杭（Mahon）勛爵編輯切斯特菲爾德勛爵[1]的信札時，他認為有必要提醒打算閱讀的讀者：這些信件「絕不適合年幼者或不加辨別地閱讀」。只有「那些思維能力業已形成，信念準則業已成熟的人」才能開卷而無害，這位勛爵大人如是說。這話是在一八四五年說的，而一八四五年今天看來已經有些遙遠。在我們看來，那是一個什麼樣的年代呀：豪宅大院但沒有浴室；在廚娘就寢後，男人才在廚房抽菸；來賓簽到簿擱在客廳的方桌上；窗帷厚重，女人謹守婦道。然而，十八世紀也經歷了變化。對於生活在一九三〇年的我們來說，比起維多利亞早期時代，那個年月並不顯得那麼古怪，那麼遙遠。十八世紀的文明比起馬杭勛爵和他同時代人的文明，顯得更合理，更完備。當時，至少有一小群受過良好教育的人，他們為自己的理想而活。當時的世界雖說更窄小，它也更緊湊；它有自己的理念，自己的準則。當時的詩歌顯現了相同的安全感。當我們閱讀《秀髮劫》[2]（*Rape of the Lock*）時，我們覺得置身於一個安定本分的時代，傑作的誕生是毫不奇怪的。我們可以想見，當時的詩人能夠全身心地致力於創作，因為連女士梳粧凴上的首飾盒都可以成為想像力的豐富素材。一局牌戲、夏日泰晤士河上的泛舟，都足以喚起我們的美感和幻滅感；這與直接訴諸我們最深切情感的那些詩篇賦予我們的感受沒有差異。正像一位詩人可能把自己的全部才華傾注於一把剪刀或一綹鬈髮的描寫上，一位社會地位穩固、對社會的價值準則篤信不疑的貴族可能制定出教育兒子的精細規範。那個世界裡存在一種明確性和安全感，這是我們今天所沒有的。由於種種原因，時代變了。今天閱讀切斯特菲爾德勛爵的信札，不會臉紅，或者說即使臉紅，讓二十世紀的我們臉紅的段落在當時並不會讓馬杭勛爵感到一絲不安。

當書信開始之時，菲利普．斯坦霍普——切斯特菲爾德勛爵與一位荷蘭家庭女教師的私生子，還是一個只有七歲的小男孩。假如我們對這位父親的道德說教有一絲怨言的話，那就是對一位尚在童稚之年的孩子，他的標準定得實在太高。「讓我們回過頭來談談雄辯術，也就是說話得體合宜的藝術，它是不可須臾置之腦後的。」他如是給一位只有七歲的孩子寫道。「一個男人要想在國會、教會或法律界嶄露頭角，不懂雄辯是斷乎不成的。」他繼續寫道，彷彿那位小男孩已經在謀畫前程了。的確，這位父親的毛病（如果可以稱為毛病的話）是顯貴名流的通病；他們覺得自己沒有能夠取得本應取得的大成就，決意給他們的孩子們——菲利普只是其中之一而已——他們自己錯過的機運。隨著一封封信讀下去，讀者不禁感到切斯特菲爾德勛爵翻箱倒櫃，品味自己經歷的事，自己讀過的書，自己對世事人情的感

1 切斯特菲爾德勛爵（Lord Chesterfield, 1694-1773），英國外交家及作家。在荷蘭大使任內，切斯特菲爾德在其子菲利普（Philip Stanhope）七歲時，即開始著手其《致兒書》（*Letters to His Son*），在信中讚揚中庸與謹慎的美德，但對其生性魯莽的兒子卻毫無作用。

2 英國詩人波普的長篇諷刺詩，諷刺十八世紀時髦的上流社會社交界。

悟，既是教育兒子，更是在聊以自娛。這些信件流露出一種渴望，一種興奮，足以證明給菲利普寫信不是苦差，而是一樁樂事。也許是由於公務倦怠，或許是由於仕途失意生出的幾許幻滅，他終於提起筆藉隨性的傾訴放鬆身心；然而，這位大老爺竟然忘記收信人只是個還在上學的孩子，父親的話恐怕一半都還聽不懂。即便如此，切斯特菲爾德勛爵粗略勾畫的那個陌生世界，我們大可不必視為畏途。他竭盡全力保持中庸、寬容、理性。他鄭重告誡說：絕不可以詆毀某個團體所有的成員；要常接觸各個教派，而不應嘲笑任何一方；要耳聰目明，什麼事都要留心。還有，早晨時光要用來學習，夜晚應與上流人士交往。著裝舉止應亦步亦趨地向上流人士學習，絕不可怪異乖張，目空一切，心神旁騖。總之，萬事都要循規合度，每一分鐘都要活得充實。

就這樣，切斯特菲爾德勛爵一步步塑造了一個完人的形象，菲利普可以成為這樣的人，只要他願意；對此勛爵堅信不疑。這時候，他說出了他的教育一貫的關鍵字：培養德行。這種德行起初應小心翼翼地暗自培養。這個男孩首先應培養對女性和詩人的良好感情。切斯特菲爾德勛爵鄭重告誡他要尊重這兩種人。他寫道：「至於我自己，過去當我跟艾狄生先生和波普先生交往時，我像對待歐洲的王公貴族一樣，以長者之禮待之。」然而，隨著時間的推移，人們漸漸認識不到德性的價值，無需刻意留心培養。但德行極為重要，決定著世間人們的生活。其作用不容須臾忽視。不過，立德而行顯然需要付出極大的努力。想一想，這種取悅人的藝術意味著什麼吧。首先，你得學會如何走進一個房間，然後又如何走出去。眾所周知，人的胳膊和大腿常不聽使喚，進進出出這個動作就需要相當的靈巧機敏。你還得學習著裝；穿著既要入時，又不能嶄新得刺目。你的牙齒應美白無瑕，你的假髮應無可挑剔，你的指甲應剪成半圓形。你應會雕刻，會跳舞；此外，學會優雅地坐在椅子上也是不可忽略的大事。上述一切都是取悅於人的藝術的基本要素。下面我們再談談說話。我們應至少能流暢地說三種語言。但在開口之前，我們還應提醒自己，絕不能放聲大笑。切斯特菲爾德本人從不大笑，他總是微笑。當這位年輕人最終可以開口之時，他必須避免使用一切諺語和粗話；他應當發音清晰，文法正確；他不應與人爭辯；他不應當講故事；他不應當談論自己。在掌握了上述所有技藝之後，他才可以學習取悅別人之道最精妙的招數——奉承的藝術。因為每個男人和女人無一例外有按捺不住的虛榮心。觀察，等待，刺探，找出他們的弱點，「然後你就知道魚鉤上用什麼誘餌才能釣到他們。」這就是世間成功的秘密。

正是由於我們所處的時代與當時的差異，我們開始感到不自在。切斯特菲爾德勛爵對於成功的觀點遠比他對愛情的觀點還可疑。這近乎沒完沒了的苦功和自制究竟有什麼樣的回報？我們終於學會了進出房間；刺探他人的秘密；管住自己的嘴巴還有巴結奉承；不與出身卑賤的人交往，以免墮落；不與賣弄小聰明的人交往，以免走上邪路——我們又能得到什麼呢？拿什麼獎勵我們自己呢？回答僅僅是：我們可以飛黃騰達。若進一步追問，回答大致是：你可以受到上流人士的歡迎。可是，如果我們還不滿足，堅持要問那些上流人士又是何許人也，我們就會陷入出不來的迷宮。任何事物的合理性不可以從其自身尋找。什麼是上流社會？就是上流人士認可的社會。什麼是機智？就是上流人士認為機智的東西。一切價值準則依據他人的觀點。因為這種哲學的精髓就是一切事物沒有獨立的存在，而僅存在於其他人的眼中。這是一個鏡子的世界，我們在上面慢慢地爬呀爬，回報不過是鏡中的影像而已。這或許就是我們感到困惑的原因，因為我們一頁一頁翻閱著溫雅有致的書簡，執著地尋覓著可以觸摸得到實實在在的東西，卻一無所獲。它是我們在書簡中絕難找到的。然而，書簡雖然有這樣的缺陷，其中又有多少苛責的道德家常常忽略不計的東西？誰又能否認：至少在切斯特菲爾德對他的影響尚未消褪之時，那些輕飄飄的東西自有其價值，那些裝點門面的德行自有其光彩？下面讓我們瞧一瞧德行給它們忠實的僕從——這位伯爵——帶來了些什麼樣的好處吧。

這是一位失意的政客。未老先衰，官丟了，牙齒也掉了；最倒楣的是，他的耳朵一天聾似一天。然而，他絕不允許自己呻吟一聲，他一點都不遲鈍，不討人嫌，也不邋遢。他的大腦和他的身體一樣總是修飾得整潔光鮮。一秒鐘他也不願意「躺在安樂椅上白白打發」。儘管都是私人信件，而且顯然都是即興寫就，這些書信圍繞著單一話題寫得通脫流暢，左右逢源，讀起來一點都不讓人覺得乏味；更難得的是，一點都不讓人感到可笑。這或許是由於取悅於人之道與書信之道不無共通之處吧。禮貌、體貼、克制、韜晦、掩飾自己的個性而不是咄咄逼人，這一切自然對上流人士有好處，對從事寫作的人同樣不無益處。

對於這種訓練，無論我們如何定義，顯然都可以大大褒獎一番，因為它畢竟促使切斯特菲爾德勛爵描寫他的人物。其中短小精悍的篇章像舊式小步舞一樣精確有禮節。然而，藝術家營造的對稱美十分自然，他可以隨時打破；不會像模仿之作那樣拘謹而刻板。他時而狡黠，時而睿智，時而莊重，但他對時機的把握總是恰如其分，點到為止，從不拖泥帶水。當他提到喬治一世的情婦們時——國王希望她們長得豐滿，他寫道：「有的豐潤可人，有的脹裂了。」又如，在另一篇中他寫道：「他掉進了貴族院——病入膏肓者的醫護所，不能自拔。」他總是微微含笑，從不哈哈大笑。當然這要歸因於他所處的十八世紀的氛圍。切斯特菲爾德勛爵雖然對一切事物，甚至包括星星、貝克萊主教的哲學，都抱著溫文爾雅的態度，身為那個時代的人，他堅定地拒絕萬物無限的概念，也不願相信事物並不像表面現象一樣固定不變。現實的世界夠好夠大。這種平淡的秉性一方面使他具有無可挑剔的常識，一方面又限制了他的視野。他寫不出一句擲地有聲、揭蓋透底的警句；在這方面他遠不如拉布呂耶爾[3]。但是，要將他與那位偉大的作家相比，他本人可能是第一個提出異議的人；而且，要像拉布呂耶爾那樣寫作，你就得有些信仰；那麼，立德而行又會是何等艱難！你也許就得哭，就得笑。而無論哭與笑，都是可悲可嘆的。

當我們談論著這位才華橫溢的貴族以及他的人生觀聊以自娛時，我們又始終意識到通信

3 拉布呂耶爾（Jean de La Bruyére, 1645-1696），法國作家與倫理學家，以散文著稱，著有《本世紀的性格或風俗》《論品格》（*Les Caracteres*）。

的另一方是一位保持沉默但又實實在在的人物，這些信件的魅力很大程度上正源於這種意識。菲利普．斯坦霍普始終不離我們左右。他雖然一句話也沒有說，可是我們能夠感受到他在德雷斯頓，在柏林，在巴黎；他拆開信，專心致志地閱讀，神情憂鬱地望著自從他七歲以來年復一年積累起來的厚厚郵件。他已經成長為一位不苟言笑、矮壯的年輕人。他對外國政治頗有興趣，也喜歡讀一些嚴肅的書籍。每一趟郵差都捎來他的信件——語氣溫和，筆調精美，才情洋溢，懇請督促他學會跳舞，學會雕刻，學會邁步，學會勾引上流社會的名媛淑女。他盡了全力。他在這所修身學校裡苦苦修行，修行的要求實在太高了。通向那個四面嵌滿玻璃的輝煌大廳的樓梯太陡峭了，他爬到半途就累得坐倒下來，他實在無力往上爬。他未能進入下議院，隨後到拉蒂茲朋就了一個無足輕重的職位；最終他過早地去世了。他讓他的遺孀把他既不忍心又沒有勇氣告訴父親的那件事透露出去——他已與一位出身低微的女人結婚多年，並生下幾個孩子。

伯爵像一位紳士那樣接受了這個打擊。他寫給兒媳的信堪稱溫文爾雅的典範。他又開始了對孫輩的教育。但是，從那件事情以後，他似乎不把自己的遭遇放在心上；他也不太關心自己的生死。然而，一直到他最後的日子裡，他依然對德行耿耿於懷。他的遺言就是對德行女神的讚美。在他彌留之際，有人走進了房間。他強撐起身體，說道：「給岱洛爾搬張椅子！」隨後，再也沒有說過什麼話。

（李寄 譯）

兩位牧師

一、詹姆斯·伍德福德[1]

人們可以希望心理分析專家將寫日記做為一個課題進行探討。因為日記記錄了人生神秘的一面，否則人生就會像天空一樣清澈，像黎明一樣直率。伍德福德牧師就是一個典型例子——他的日記是唯一關於他的神秘的東西。長達四十三年，他幾乎每天都坐下來記錄他星期一做了什麼，星期二晚餐吃了什麼，如此等等。但他為誰而寫，為何而寫，誰也無法說得清楚。在他的日記中，他並沒有卸下靈魂的重負，但也不僅僅是日常事務和開銷的記錄。至於文學聲望，沒有跡象顯示他曾考慮過。還有，儘管他本人對萬事萬物持平和態度，但其中仍有一些小小的輕率之處和批評；假使他的朋友讀到了，或許會給他惹來麻煩，因而傷害朋

1 詹姆斯·伍德福德（James Woodforde, 1740-1803），英國牧師，終生未婚，他正是我們所能想像得到的十八世紀神職人員的形象。他的日記在二十世紀二〇年代被發掘出來並出版之前，世人對他並無認識。《伍德福德牧師的日記》（*The Diary of a Country Parson*）不僅具有趣味性，並提供了我們在別處看不到的十八世紀鄉村教區生活的面貌。

友之間的感情。那麼，這六十八本小冊子的意圖又是什麼呢？或許是出於說悄悄話的欲望。當伍德福德展開他光潔的稿紙時，他便開始了與另一個伍德福德的對話。這個伍德福德與到貧民區探望窮人、在教堂佈道的那位牧師和紳士面目並不完全一樣。這兩個朋友說的大多數話全世界的人但聽無妨，但也有一些秘密只由他們兩人共同分享。例如，在聖誕節，當南希、貝西和沃克先生似乎在密謀對付他的時候，他在日記中叫道：「今年聖誕節我得到的待遇，就我的身分而言，真是太可恨了。」從中他便得到很大的慰藉。第二個伍德福德對此表示同情和理解。再如，當一個陌生人辜負了他的殷勤好客時，他會告訴日記中另一個自我說，他將那個人安排在閣樓上睡覺。「有的人如果對他太好，他就會飄飄然，我應該這麼對待他。」這才順了一口氣。由此，我們便很容易理解，在這個鄉村教區的寧靜生活中，這兩個單身朋友隨著時光的推移何以會變得如此難分難解。倘使他被禁止記日記，他本性的一部分就會消亡。事實上，當他意識到他自己處於死神的掌握之中時，他依舊不停地寫呀寫。讀著讀著——如果這裡可以用「讀」這個字眼來表達的話——我們彷彿在傾聽一個人在入睡前的那段寧靜時間裡對自己綿綿細語，嘮叨著白天發生的一切。這並不是寫作，說實話，也不是閱讀。這是溜過半打紙頁，漫步到窗前，朝窗外凝視。這是我們一邊凝望著下面街道上的行人，一邊思索著兩個伍德福德。這是漫步，我們在一邊漫步一邊想像伍德福德的人生和性格。這不是閱讀，更不是寫作，究竟該怎麼稱呼，我們幾乎不知道。

我們可以想像伍德福德是一個面頰光滑、目光凝重、表情嚴肅的人，這自然是他正當壯年的樣子，至於他其他時候什麼樣子我們無法想像出來。他脾氣平和，只是帶有一絲苦澀和過於敏感，這種神色通常在那些年輕時有過失戀經歷、並因此而未婚的人身上可以尋見。可是這位牧師的愛情故事一點都不轟轟烈烈。他年輕時曾住在撒摩塞特郡，喜歡步行到謝普頓去探望住在那裡的某一位「生性甜美」的貝西．懷特小姐。他下定決心要「採取大膽的行動」，請求她嫁給他。「當時機成熟時」，他確實去向她求婚，她也答應了。可是，他延誤了。時光流逝，事實上四年過去了。貝西去了德文郡，遇到一位年薪五百英鎊的韋伯斯特先生，於是她就嫁給了他。當伍德福德在大路上邂逅這對夫妻時，「因為靦腆」，他沒說什麼。可是在日記中，他這樣寫道：「對我來說，她證明了她只不過是一個負心的女人。」無疑這是他事後對這件事的個人看法。

但那時他依舊年輕。隨著時間的流逝，我們不禁懷疑他是否準備把婚姻大事永遠地擱置不談。他與侄女南希一起在韋斯頓—隆格維爾安頓下來，簡單而單獨地打發生活中的每一天，再一次，我們不知道該如何評說。

伍德福德沒有什麼不同尋常之處。生活隨心所欲地主宰著他，他沒有特殊的稟賦，也沒有怪癖或缺陷。說他是熱忱的教士是沒有根據的。天上的上帝和宮廷上的喬治國王對他來說沒有什麼不同，都是仁慈的主。也就是說，在星期天進行佈道和在國王誕辰時對天鳴槍、舉酒祝賀，這兩者對他來說都是盛大的節日。萬一有什麼不幸的事發生，比如一個男孩被馬拖曳而死，他會立即——然而卻是相當敷衍地——大聲說：「我向上帝祈禱，讓可憐的孩子得到快樂！」然後再加上一句：「我們一起唱著歌回家吧！」就像在克里德法官家的孔雀開屏時，他會驚呼：「太尊貴了！上帝的神力體現在每一個生命之中。」但是在伍德福德身上沒有狂熱，沒有激情，沒有詩意的衝動。在這些小本子裡，每一頁都整整齊齊地劃分成幾個欄，每一欄都隨著日子的填滿而被填滿，靜悄悄地不留一點空隙。行文手法沉穩，就像是一匹脾氣溫和的老馬一樣慢慢踱步，人們至多聯想起關於金星掠過時帶有詩味的一個短句：「它就像一個姣好婦人臉上的一個黑斑。」這些話語本身平淡無奇，但是它們像金星的輝煌一樣懸浮於這位牧師散文高低起伏的曠野之上。所以，在沼澤地帶的鄉間，在周圍屋舍的映襯下，一個糧倉，一棵樹，比它們本身顯得大了一倍，但在那個夏日的夜晚，究竟是什麼導致這樣明顯的誇張，我們無法說得清楚。這不可能是因為他喝醉了，他如此尖刻地指責他兄弟傑克的缺點，自己都不感到內疚。從氣質上講，他屬於肉食者，不屬於貪杯的酒徒。當我們想到伍德福德家族的這一對叔叔和侄女時，我們常常想到他們不耐煩地等著吃飯。他們神情嚴肅地注視著大塊肉放到餐桌上。他們動作迅速地拿起刀子，切割多汁的腿肉和腰肉。他們吃著，除了對肉汁和餡料交換幾句看法，他們沒有多加評論。就這樣，日復一日，年復一年，他們不停地咀嚼，直到他們兩人一定要吃掉成群的羊和牛，雞和鴨，數十隻大鵝和小鵝，以及大量的蘋果和梅子。在他們的勺子下消耗了堆成山的、堆成金字塔的、堆成東方寶塔的糕餅和果子醬。沒有哪本書像這本書那樣塞滿了食物。讀著這些認真、仔細列出的食譜，讓人有一種吃飽吃膩的感覺。鮭魚和雞肉，羊肉和豌豆，豬肉和蘋果醬；午餐時大塊肉一塊接一塊地端上桌；晚餐還有更多的大塊肉，毫無疑問，這些都是自家養的，是最多汁、最美味的；都是由女主人親自以最正宗的英式烹調法做成的——正餐在韋斯頓公館享用時除外。卡斯坦斯太太在那種場合總是做一道倫敦美味——一種金字塔狀果凍來讓大家吃一驚，也就是說「看上去就像一道風景」。正餐之後，有時候，卡斯坦斯太太——伍德福德對她有著騎士般的忠誠——會彈奏一曲〈斯蒂卡蒂田園曲〉（Sticcardo Pastorale），「音樂確實非常溫柔」。或者，她會拿出她的針線盒，讓大家看看它設計得何等精緻，除非她又在樓上生孩子。這些嬰兒都由伍德福德牧師主持洗禮，又頻繁地由他主持葬禮。他們死亡的頻率幾乎跟他們出生的頻率一樣高。伍德福德牧師對卡斯坦斯一家懷有深深的敬意。鄉間仕紳的特點他們都有——養情婦便是他們的習慣之一，但鑑於他們對窮人的慷慨，鑑於他們對南希的友善，鑑於他們一有大人物造訪便屈尊邀請牧師作陪，那樣的小過失是可以寬恕的。可伍德福德並不太喜歡大人物。儘管他對貴族深懷敬意，「我必須坦白地說，」他這樣寫道：「與地位平等的人相處要愉快得多。」

伍德福德牧師不僅知道什麼是愉快的，而且大自然還恩賜他另一個同樣難得的贈禮——他想得到的都可以擁有。日子過得挺順利的。星期一、星期二、星期三……，日復一日，每一小欄的記事似乎充滿了滿足。那些日子，不算忙碌，卻又令人羨慕地富於變化。儘管他是新學院的研究生，他做事不僅動腦筋，還親自動手。他生活在牧師寓所的每一個房間裡——在書房寫佈道文，在餐廳裡大吃，在廚房裡烹調，在客廳裡玩牌。然後，他穿上大衣，拿起拐杖，到野外去蹓狗。年復一年，寓所的供給，冬避嚴寒、夏驅乾熱的擔子落在他的肩頭。像一位將軍，他觀察季節的更替，用煤炭、木柴、牛肉和啤酒，來確保他的小小營地的安全。因此，他每天都要忙著雜七雜八的事情。要去行使牧師職責；要去殺豬宰羊；要去探望病人；要去就餐赴宴。死人得掩埋；啤酒得釀造；教士會議得參加；母牛得服大藥丸。生與死，速朽與不朽，這一切的一切堆擠在他的紙頁中，形成一個饒有興味的混合體：「……發現那位老紳士快斷氣了，嗓子裡骨碌骨碌作響，完全沒有了意識。今天正餐是煮牛肉，烤兔肉。」一切該是什麼樣子就是什麼樣子，生活本身就是如此。

毫無疑問，在紛繁的人類生活中，這裡確實是一個可以讓人喘口氣的地方——十八世紀末諾佛克郡伍德福德牧師的寓所。人一旦滿足於命運，就達到一種和諧。寓所正適合於他，樹就是樹，椅子就是椅子，各司其職，各得其所。透過伍德福德的目光，不同人的生活有序而穩定。在遠方，槍炮在轟鳴；一個國王垮台了；但是槍炮聲再大也不足以傳到諾佛克來，嚇著這裡的烏鴉。萬事萬物的大小不盡相同。歐洲大陸遙不可及，看起來只是模糊的一片；美洲幾乎不存在；澳洲則聞所未聞。但是，諾佛克原野的一切都被放大了。在這裡，每一片草葉都清晰可見。我們看得清每一條巷道，每一塊田地；我們看得清馬路上的車轍，農夫的面龐。每一座房舍都獨立矗立在自家的草地上。沒有電線將一個村莊與另一個村莊連接起來。沒有嘯叫聲劃過長空，人的軀體也更實在，更真切，更劇烈地承受苦難。沒有麻醉品減輕生理的疼痛。外科醫生的手術刀鋒利地切割著四肢。嚴寒襲擊著房舍，威力絲毫不減。牛奶凝結在盤子裡；盆子裡的水結上厚厚的冰。冬天，在牧師的寓所裡，人們幾乎不能從一個房間走到另一個房間，貧窮的男女凍死在路上。常常沒有信件，沒有訪客，沒有報紙。伍德福德牧師的寓所孤零零地矗立於冰封的原野中。終於，上帝保佑，生命重新啟動。一個耍猴人牽著一隻馬達加斯加猴子來到門口；另一個人提著一口箱子，裡面裝的是一個長著兩顆完好的頭的孩子；有傳言說，在諾伊奇一個氣球將要飛上天空。每一件小事都輪廓分明地出現在人們面前。甚至駕車到諾伊奇去一趟也成了冒險經歷。駕車人必須跟在馬後面一步步推車前行。但是你瞧，籬笆上的樹木看得分明了；馬車駛過時牛羊緩緩地抬起頭了；諾伊奇的塔尖逐漸顯露在山頂了，接著，出現已經是我們朋友的幾個人臉龐——卡斯坦斯一家人，杜凱納先生，是多麼的清晰和熟悉。友誼，有時間去鞏固，成為永久而珍貴的財富。

誠然，年輕一代的南希時而受到轉瞬即逝想法的困擾：她的生命缺少點什麼，她需要點什麼。有一天，她向她的叔叔抱怨說生活太枯燥無味了，「家裡太沉悶，什麼都看不到，幾乎不去拜訪別人，也幾乎無人來拜訪如此等等。」這種抱怨讓他很不舒服。我們可以就南希想要什麼「如此等等」的蠢事訓誡她一下。我們可以說，瞧，你的那個「如此等等」帶來了什麼。歐洲的一半國家破產了；每一個綠色山坡上連綴起一連串紅色的別墅；你的諾佛克道路漆黑；沒完沒了的「拜訪別人，被人拜訪」。但是南希可以這樣答覆我們說，我們的過去就是她的現在。她說，你認為出生在十八世紀是莫大的殊榮，因人們將流星花稱為高報春，駕著雙輪馬車而不是開著小汽車。她繼續說道，但是你們——你們這些熱衷於回憶的人，完全錯了。我可以向你們說，我的生活常常煩悶得難以忍受。讓你們哈哈大笑的事情我怎麼也樂不起來。當我的叔叔夢到一頂帽子，或者看到啤酒裡冒泡泡時，就說那意味著家裡要死一個人，可是我並不覺得有趣；我過去也這麼認為。儘管穿著緹花絲綢服裝，貝西・戴維還是滿懷傷痛地哀悼小沃克之死。關於十八世紀，說過大量騙人的話。你對舊時代和舊日記的津津樂道，有一半是不純的。你捏造了一些從未發生過的事。我們嚴肅的現實對你來說只是一個夢——南希這樣哀嘆、抱怨著，一天又一天，一小時又一小時，熬過了十八世紀。

如果這是一個夢境，讓我們再沉溺其中更長一點時間吧。讓我們相信一些美好的東西會延續下去，一些地方、一些人不會改變。在一個晴朗的五月的清晨，烏鴉在騰飛，兔子在奔跑，鳥在長長的草叢中鳴叫，一切都引人遐想。是我們在變化，在滅亡。而伍德福德牧師卻永久地活下去。是國王和王后關在監獄裡。是大城市陷入混亂的無政府狀態，但文塞姆河依舊流淌；卡斯坦斯太太又要生另一個孩子。春天來了，飛來新年的第一隻燕子；夏天來了，帶著乾草和草莓；然後，秋天來了，栗子特別的好，梨子卻不怎麼樣；最後，我們邁入了冬季，冬天確實狂暴無比，但是感謝上帝，房子抵禦了暴風雪。周而復始，第一隻燕子飛來了，伍德福德牧師又牽著他的狗出去蹓躂了。

二、約翰・斯金納

生於一七四〇年、死於一八〇三年的伍德福德，與生於一七七二年、死於一八三九年的斯金納[2]，兩人之間相隔著整整一個世界。

因為將兩位牧師隔開來的那幾年，是分別十八世紀與十九世紀的重要年份。喀麥頓位於撒摩塞特郡的中心地帶，是一個歷史悠久的小村莊，這是事實。但是，日記尚未翻過五頁，我們就讀到了有關煤礦的事：因為一個新礦脈的發現，礦場的人們怎樣大聲歡呼，礦主發錢給礦工來慶祝將給村莊帶來繁榮的大事件。儘管鄉紳似乎依然如故，安居於他們的宅邸。事實上，喀麥頓的莊園，連同它的全部權利和義務，已經落在賈勒特家族的手中，他們的財富是靠跟牙買加貿易聚斂起來的。這種伍德福德在世時聞所未聞的新情況無疑讓斯金納本人感到忐忑不安。易怒，神經質，憂慮——甚至在那個時代到來之前，他的身子就包容了我們這個混亂年代的一切衝突與不安。他穿著十九世紀早期古板而不相配的寬圍巾和馬褲，站在岔路口。在他身後，是英雄的往昔時代的秩序和紀律；但當他一離開書房，他就面臨酗酒和墮落；面臨放縱和不信教；面臨衛理公會派（Methodism）和羅馬天主教；面臨選舉修正法案

2 約翰・斯金納（John Skinner, 1772-1839），英國牧師、古文物研究者，並曾以水彩畫描繪喀麥頓的地方風景；其日記經人編輯後出版為 *The Journal of a Somerset Rector*，維吉妮亞・吳爾夫即據此撰寫本文。

和天主教自由法案；面臨鼓譟要自由的暴民；面臨一切體面的、確定的、公正的事物被推翻。飽受煎熬，滿腹怨氣，同時又耿直能幹，他站在岔路上，不願後退一寸，也不能妥協一分，從而變得嚴厲、專橫、憂慮、絕望。

個人的傷痛使得他天生的壞脾氣變得更加乖戾。他的妻子早逝，給他留下四個年幼的孩子，其中他最疼愛的勞拉又過早地夭折——勞拉與他趣味相投，原本會讓他的生活增添些亮色，她已經開始記日記，把一櫥櫃貝殼擺放得整潔有序。遭際這些痛苦照理應該讓他更熱愛上帝，但實際上導致他更憎惡人類。早在一八二二年開始記日記時，他就固執地認為人類是不公正的，是邪惡的，喀麥頓的村民比一般人還要墮落。不過這時候他的職業也固定了下來。他原本在律師事務所就職，伸張正義，填寫表格，一絲不苟地執行法律，這對他再合適不過了；可命運卻使他離開那裡，扎根喀麥頓，與教區執事、農夫、格利克家族和帕德菲爾家族、水腫的老媪、白癡男孩和侏儒為伍。但無論他的任務多麼令人不快，無論他的教區居民多麼令人厭惡，他都得對他們盡責任，他都得與他們朝夕相處。無論他忍受什麼樣的侮辱，他都會堅持自己的原則，伸張正義，保護窮人，懲罰壞人。當日記開始時，這個艱苦而不快的事業正全面展開。

也許一八二二年的喀麥頓村，有了煤礦和由此帶來的混亂，並不是英國鄉村生活的樣板。當人們跟著這位教區長作日常巡迴時，的確很難沉湎於古老英國鄉村生活的優雅和安逸的美夢之中。譬如，他被叫去看望古爾德太太。她是一個意志薄弱的女人，被單獨鎖在她的茅舍，掉進火爐裡，痛苦不堪。「你為什麼不幫幫我？我說呀，你為什麼不幫幫我？」她哭喊著。聽著她的慘叫，教區長明白她落到如此境地並不是她的過錯。她要讓家庭保持完整，這種努力導致她酗酒，最後喪失了理智。由於執行「貧民救濟法」的官員與這個家庭關於哪一方應該養活她發生爭執，又由於她的丈夫揮霍酗酒，致使她無人照顧，掉進火爐燒死。該誰負責呢？是珀內爾先生，那個吝嗇的官員——就是他千方百計削減對窮人的津貼，還是那個濟貧助理希克斯——正是他苛刻成性，惡名遠播？是酒店，還是衛理公會教士？抑或其他什麼人？不管怎樣，這位教區長總算盡了他的責任，無論他可能遭受什麼責難，他總是捍衛受壓迫人們的權利。他總是對人說出他們的缺點，指出他們做了壞事。有一位薩默爾太太，她開了家妓院，還培養女兒也走上這一行。還有一位利皮特農夫，半夜從「紅驛站」出來，爛醉，迷了路，在一個採石場跌倒，死於肋骨折斷。無論到哪裡，哪裡都有苦難；無論往哪裡看，都能看到苦難背後的殘酷。譬如，濟貧助理希克斯夫婦讓一個生病的小孩在濟貧院的地上躺了十天，無人為他治療，「最後他的身上長滿了蛆，蛆在他的身上啃了個大洞」。唯一照看他的是一位老婦人，身體極為虛弱，甚至沒有力氣將他扶起來。幸運的是，這個孩子終於死了。幸運的是，可憐的礦工加勒特也死了。除了酗酒、貧窮以及霍亂的禍害，還有煤礦本身不斷發生的危險。發生事故是正常的，而處理事故的方式是原始的。煤塊墜落砸斷了加勒特的脊背，在鄉村虎狼之醫的治療下，他從一月熬到十一月，最後死亡才讓他得以解脫。公正地說，無論是嚴肅的教區長，和輕浮的莊園夫人，還是樂意花一點小錢，提供一點湯水和藥物，也一定會去病榻探望的。但是，即使把斯金納先生的壞脾氣考慮進去，也還是需要一支生花妙筆和一副慈善的眼光才能將一世紀之前的喀麥頓村生活，描繪成明媚宜人的畫面。一筆筆小錢，一點點湯藥，對緩解惡劣的情形猶如杯水車薪；佈道和指責或許使情形變得更糟。

這位教區長逃避喀麥頓現實的方式既不像他的一些鄰居那樣放浪形骸，也不像其他人那樣借助於體育運動。偶爾，他會駕車去與另一位神職人員一道用餐，但是他又尖刻地寫道，這種招待方式「更適合在格羅夫納廣場，而不適合於在一位教士的寓所——那麼多的法國大菜和法國酒」；在寫說深夜十一點才驅車回家時還特意加了一個驚嘆號。當他的孩子還小時，他有時會帶著他們去田野裡漫步；或者造一隻小船讓他們開心；或藉誰家的寵物狗或馴鴿的墓誌銘來溫習他的拉丁文。有時候，他安靜地靠在椅背上，聆聽芬威克夫人唱莫爾的歌曲，她的丈夫以長笛給她伴奏。但即使是這樣無害的娛樂也因懷疑而被破壞了。當他經過時，一個農民蠻橫地瞪了他一眼，有人從窗戶裡扔出一塊石頭；賈勒特太太熱忱的背後顯然隱藏著某種邪惡的目的。不，逃避喀麥頓的唯一去處就在卡馬洛德姆。他對卡馬洛德姆想得愈多，便愈益肯定，他有著獨特的好運，能夠找到那個心目中的地方——卡拉克塔克斯的父親就住在那裡；奧斯托里厄斯在那裡建立了自己的領地；阿瑟在那裡跟叛徒莫德雷德搏鬥；艾爾弗雷德在不幸中幾乎來到了那裡。喀麥頓無疑是泰西塔斯[3]筆下的卡馬洛德姆。獨坐書房，滿案文稿，不知疲倦地抄寫，比較、論證，這時的斯金納是自信、平靜而欣悅的。他堅信他正在著手一個重大的語源學發現，可以藉以證明「構成塞爾特（Celt）名字的每一個字母」都有不為人知的涵義。居住在金碧輝煌大教堂的大主教沒有一位像獨處陋室的文物工作者斯金納那樣心滿意足。到理查德・霍爾爵士的分封地斯多爾黑德去的少數幾次愉快的旅行也是基於這方面的追求。在那裡，他與秉性相同的人為伴，與考察威爾特郡古籍的先生謀面。無論天氣如何寒冷，路上積雪多深，斯金納還是驅車前往斯多爾黑德，坐在圖書館，摘錄著塞內加[4]、狄奧多・西庫勒斯（Diodorum Siculus）的警句，摘錄著托勒密[5]的《地理學》；或者輕蔑地排除那些輕率的同行所作的關於卡馬洛德姆位在科切斯特的未經證實的斷言——這個時候雖冰寒徹骨，卻是絕對的愜意。他繼續進行他的論據收集，全然不顧教區居民惡意地在紙裡包裹了一根生銹的鐵釘，全然不顧接待他的主人嘲笑般的警告：「哦，斯金納，最終你會使一切都歸於卡馬洛德姆；對你已發現的成果，你該滿足了；如果你臆想得太多，你會削弱事實的權威。」斯金納寫了長達三十四頁的第六封信作答。因為理查德爵士哪

3 泰西塔斯（Cornelius Tacitus, 約西元 55-120），羅馬歷史學家，著有《歷史》（*The Histories*）、《編年史》（*Annals*）等。

4 塞內加（Lucius Annaeus Seneca, 西元前 4?- 西元 65），羅馬哲學家與政治家、作家，著有《論心靈的安寧》《論生命的短促》等。

5 托勒密（Clandius Ptolemaeus, 約 90-168），希臘天文學家、地理學家，著作有《天文學大成》（*Almagest*）、《地理學》（*Geography*）、《天文集》（*Tetrabiblos*）及《光學》（*Optics*）。

裡知道，對於一位不得不與濟貧助理希克斯、地方長官珀內爾、妓院中人、衛公理會成員，以及水腫和爛腿病人打交道的痛苦不堪的人來說，卡馬洛德姆是何等的必要！即使洪水消退了，人們也能夠想到在不列顛人的時代卡馬洛德姆也一定經歷過洪水。

就這樣，他的三個鐵櫃裝滿了九十八卷手稿。但後來，這些手稿並不完全是關於卡馬洛德姆的了；逐漸地，它們變得與斯金納有關。誠然，關於卡馬洛德姆的事實是重要的，但關於斯金納的事實同樣重要。在他故去五十年之後，他的日記發表時，人們不僅能知道斯金納不僅是一位偉大的文物研究者，還是一位飽受委屈、歷經磨難的人。就像日記成就了他一樣，口記也同時是他的密友。譬如，他對日記發問：他難道不是一位極慈愛的父親嗎？他在幾個兒子身上花的時間、操的心，沒完沒了；他把他們送到溫徹斯特和劍橋深造。然而，農民對他輕慢無禮，不願向他支付什一教區稅，他應得的一份卻以一隻斷背的小羊代替，或搪塞敷衍地少給他幾隻公雞。在這個時候，他的兒子約瑟夫卻拒絕幫助他。他的兒子說喀麥頓的人們嘲笑他，說他像對待僕人一樣對待他的孩子；說他老是捕風捉影、疑神疑鬼。有一次，他偶然打開信封，竟發現裡面裝的是撞壞二輪單馬車索賠的帳單。還有一次，他在掛畫，他的兒子們原本可以幫他一把，可他們偏在一旁懶洋洋地抽雪茄。總之，他無法容忍他們住在家裡。在一陣狂怒中，他將他們全趕到巴斯去。在他們離開之後，他又不得不承認也許是他錯了。問題還是出在他乖戾的脾氣上——不過當時的確有太多事情讓他怒火中燒。賈勒特太太的孔雀整夜在他的窗下鳴叫。人們故意撞教堂的鐘，讓他煩躁不安。不過，他會試一試，讓他的孩子們回家。於是約瑟夫和歐文回來了，然而他不耐煩的老毛病又犯了。他「忍不住抱怨」孩子們太懶散，喝太多的蘋果酒，為此父子又大吵一架，約瑟夫把客廳的一把椅子砸壞了。歐文站在約瑟夫一邊，安娜也是，沒有一個孩子關心愛護他。歐文甚至走得更遠，竟說：「我是個瘋子，應派個瘋狂行為委員會來調查我的行為。」這還不算，歐文還肆無忌憚地嘲笑他的詩歌、他的日記和他的考古理論，簡直哪兒痛就往哪兒戳。做父親的說：「沒有人願意讀我寫的廢話。當我提到我在三一學院得了獎……，他的回答是只有最愚蠢的傢伙才會為了得學院的獎而寫作。」再一次，父子大吵一架；再一次，他們被趕到巴斯，身後是父親的詛咒。由於家庭的內耗，約瑟夫落下了病根。做父親的立即充滿了溫情和悔恨。他四處尋醫問藥，並主動提出要帶他由海上到愛爾蘭去旅行。事實上，他確是這麼做了。他把兒子帶到韋斯頓，一道揚帆出海。一家人再一次團聚。可悲的是，這位對孩子關懷備至卻又抱怨挑剔沒完的父親又一次不能自已，以其刻薄的方式惹怒了他深愛的孩子，宗教問題也突顯出來。歐文說他父親比自然神論者或蘇西尼教徒[6]好不到哪裡去。抱病躺在樓上的約瑟夫說他對爭吵已經厭倦，他並不希望父親將繪畫拿給他看；他並不希望父親給他念祈禱文，「他寧願和別人交談，也不願找我。」在這一場人生危機中，父親原本應該是他們最

6 十六世紀義大利神學家蘇西尼（Faustus Socinus, 1539-1604）所創立的教派，其教義否認基督的神性及人類的原罪，以理性解釋犯罪和救贖。

親近的人，可他的孩子們偏偏與他反目成仇。人生在世，還有什麼意義？可是，他究竟做了什麼，讓每個人都如此憎惡他呢？農民為什麼叫他是瘋子？約瑟夫為什麼會說沒有人願意讀他寫的東西？村民為什麼會把罐頭繫在他的狗的尾巴上呢？為什麼孔雀要叫？鐘要鳴？為什麼沒有人對他表示寬恕，表示尊重，表示愛？他在日記中一遍又一遍痛苦地問著這些問題，但是，沒有回答。終於，在一八三九年十二月的一個清晨，這位教區長帶上槍，走到離家不遠的山毛櫸樹林，朝自己開了一槍，自殺身亡。

（李寄 譯）

伯尼博士[1]的晚會

一

那次晚會是在一七七七年或一七七八年舉辦的；詳細月日不詳。那個夜晚天氣寒冷。我們的消息大都來自范妮·伯尼[2]，她當時二十五歲或二十六歲；這取決於我們把晚會日期定在哪一年。不過，想要充分地欣賞這個晚會，還得退回幾個年頭，去認識一下晚會上的賓客。

范妮自幼喜好寫作。她的繼母家在國王林鎮（King's Lynn），住宅花園的盡頭有一間小屋，她常常待在那裡寫上一下午，直到沿河上行和下行的水手的叫罵聲把她趕回大宅裡。但只有在下午躲到僻靜的角落裡，她那半被壓抑的惴惴不安的寫作熱情才能恣意發揮。女孩子

---

1 查爾斯·伯尼博士（Charles Burney, 1726-1814）為當時活躍於英國社交界的琴師和音樂史家。

2 范妮·伯尼（Fanny Burney, 1752-1840），伯尼博士的女兒，又稱「達勃萊夫人」（Madame D'Arblay），著名的小說家，著有《伊芙萊娜》等小說作品和大量的日記、書信。

寫作被認為有點荒唐可笑；而成年女人寫作就更不合時宜了。而且，誰也不知道，如果一個女孩寫日記，她會不會說一些不檢點的話呢——多莉．揚小姐這樣警告過她，多莉．揚小姐雖說相貌平平，在國王林鎮一帶可是公認品格最高的女子。范妮的繼母也不贊成舞文弄墨。但是這其中的樂趣是如此刻骨銘心，「當我記錄自己每時每刻的想法、記錄我與人初次見面產生的看法，我的快樂是無可言傳的。」因此她不能不寫。零星紙頭從她的口袋裡掉出來，被她父親撿了去並閱讀了，這讓她窘困不堪。有一次，她被迫在後花園裡把所有的文字付之一炬。最後，似乎是達成了某種妥協。早晨是神聖不可侵犯的，用於縫紉之類的正經工作；她只有在下午可以在那間臨河的瞭望台裡塗塗寫寫——信件啦，日記啦，故事啦或詩歌之類，直到水手們的咒罵聲把她攆回家。

或許，這也有點奇怪，十八世紀或許是個動不動就詛咒發誓的年代。范妮早年的日記裡滿是這類話：什麼「上帝救我」「天打雷劈」「讓我五臟俱碎」，還有諸多「該死的」「魔鬼般的」之類日復一日、時時刻刻從她親愛的父親和備受尊敬的克里斯普老爹嘴裡吐出來。或許范妮對語言的態度壓根就有點反常。她非常容易被語言的力量觸動，卻不像珍．奧斯汀那麼神經緊張或敏感。她崇拜流暢與熱情奔放、連篇累牘地傾注在出版品中語言的聲音。她讀了《拉塞勒斯》（*Rasselas*）[3]，她稚嫩的筆端立刻生成了約翰生博士式的冗長浮華的句子。她小小年紀就不惜大費周折地避免使用湯姆金斯這類俗名。這樣，不管她在花園盡頭的小屋裡聽到了什麼，對她的影響肯定比對大多數的女孩子強烈，而且很顯然，她既有對聲音敏感的耳朵，更有對意義敏感的心靈。她天生有點過於循規蹈矩。就像她想方設法不用湯姆金斯這種名字，她同樣也努力規避日常生活的粗俗、嚴酷和平庸。在她筆下，噴湧的詞語常常磨平文句的稜角，而甜軟的情緒每每讓思想的線索柔順。這是她那異常生動活潑的早年日記有所減色的主要弱點。這樣，當聽到水手的咒罵聲，范妮的同父異母姐姐瑪麗亞·艾倫可能會留在那裡並向河上的水手送個飛吻，至少瑪麗亞後來的經歷使我們有理由做如是猜想；而范妮返回屋裡。

范妮回到屋裡，絕不是去獨自冥思。不論是住在林鎮還是在倫敦——說來她們家一年裡大多數時候是在倫敦的波蘭街度過的——她家裡都是熱熱鬧鬧。古鋼琴聲；飄蕩的歌聲；書房裡的伯尼博士在一大堆筆記本的包圍下埋頭瘋狂寫字的響聲，如此專注地寫作似乎使整個房子都聽見筆尖劃過紙面的沙沙聲。此外，還有伯尼家的孩子從不同的地方回來，聚在一起時迸發七嘴八舌的閒談和朗朗的笑聲。沒有人比范妮更喜歡家庭生活。因為在家人中，她的靦腆只不過給她帶來一個「老夫人」的綽號；她可以向一幫熟悉的聽眾說俏皮話；她用不著為穿著操心；而且，也許多少因為他們小小年紀母親就過世了，他們常常通過笑話、傳言和私語表達一種親近感（他們會說：「假髮溼了。」並彼此眨眨眼睛）；兄弟姐妹姐妹兄弟間還不斷地閒聊或講知心話。毫無疑問，伯尼家族——蘇珊、詹姆斯、查爾斯、范妮、海蒂和

3 約翰生博士所寫的一篇小說。

夏洛特——是個有才華的家族。查爾斯是學者，詹姆斯是幽默作家，范妮長於寫作，蘇珊有音樂天賦，每個人都能在共有的修養之外各有所長。他們很幸運，除了擁有天賦，父親還是位十分受歡迎的音樂家。他靠自己的才能取得了可羨的社會地位，交遊甚廣，又出身於仕紳人家，因而孩子們不費氣力就可以既和貴族往來又與訂書匠打交道，享受一份世人所可能企及的自由自在的生活。

至於伯尼博士本人，由於時間久遠，有些事今天看來可能讓人覺得有些可疑。我們很難確知，如果我們現在見到他會有什麼樣的印象。但有一件事是肯定的——我們到處都可能遇見他。女主人們會競相邀請他。總是有很多短簡在等他批閱。電話鈴聲將時時打擾他。因為他是大家最需要的大忙人。他總是不停匆匆忙忙地進出。有時他帶盒三明治在馬車上匆匆吃頓飯。有時他早上七點就出門，直到晚上十一點才能教授完他的音樂課回家來。他的社交魅力在於「天生的溫和風範」，這使他人見人愛。他的作風散漫邋遢，他把所有的東西，筆記、錢幣、手稿統統扔在一個抽屜裡；有一回他被搶走了所有的存款，但他的朋友很樂意補償了他的損失。他的經歷有時離奇古怪——不是曾有一次，他顛顛簸簸地乘船渡海回多佛之後酣然入睡又被帶回法國，結果只好再次渡海嗎？正是這些使他得到人們的善待和同情。也許，正因他無處不在，所以形象有點模糊不清。他似乎總在沒完沒了地寫文著書，然後改寫，還要求女兒為他抄寫。在他周圍，未經清點分類、甚至也許根本不曾覽讀過的便箋、書信、宴會請帖劈頭傾瀉而來，他不能銷毀這些東西，打算有一天將它們輯集加註，於是，到最後他似乎消融在一片文字的雲霧中了。當他以八十八高齡辭世之後，即使最忠實的女兒對那一堆字紙也無可奈何，只得一焚了之。甚至連范妮對語言的熱愛都被窒息了。但如果說我們對伯尼博士的情感可能有點含糊，范妮可絕不是這樣。她敬愛父親。不管有多少次她不得不放下自己的寫作來給父親抄稿，她也從不介意。而且她的愛也得到回報。雖然伯尼博士希望范妮在宮廷中嶄露頭角的願望是不明智的，而且可能差點就毀了她的一生，不過，當某個討厭的求婚者窮追不捨時，她向父親哭訴：「哦，父親大人，我別無所求！只要讓我跟著您過就行了！」那位感情衝動的博士回答說：「我的命根兒！只要你樂意，你可以永遠跟我在一起。你總不會以為我是想擺脫你吧？」於是，不僅他的雙眼熱淚盈眶，而且他從此再也不提巴羅先生了。的確，伯尼一家美滿和睦，相反相成搭配奇特；因為其中有姓艾倫的孩子，還有後來出生長大的同父異母的弟妹。

時間流逝，年復一年，伯尼一家已經無法在波蘭街住下去了。他們先是搬到了王后廣場，後來，一七七四年又遷到列斯特田聖馬丁街上那棟牛頓曾住過的房子；在那裡仍可見到牛頓的天文觀測室和畫有儀表板的住房。伯尼們就在這個地處市中心、卻髒亂的街區安家落戶。范妮在這兒繼續塗鴉，偷偷鑽進觀測室，就像在林鎮躲進小木屋那樣。她說：「我再也不能抵制無法抗拒的誘惑，時時把自己的想法記到紙上的快樂。」有那麼多名人到家裡來，有的關起門來和博士在內室談話；有的像加里克[4]那樣，主人在梳理那一頭天生美髮時，在

4 約翰．加里克（John Garrick, 1717-1779），著名演員兼劇作家。

一旁陪坐；有的和這家人一道熱熱鬧鬧地進餐；更常見的則是聚在一起舉行音樂晚會，晚會上全體伯尼家的孩子都參加演出，而他們的父親則在古鋼琴上「緊撥急彈」，也說不定還有傑出的外國音樂家表演個獨唱獨奏什麼的。總之，有那麼多人為這樣那樣的緣故到聖馬丁街的那幢房子來，在那裡，能引人注意的只有那些離奇古怪的人。比如說，我們能記得埃格加莉，那個令人驚異的女高音，原因是她「在襁褓中被豬傷過，據說，因此她身體的一個側邊是銀色的」。而旅行家布魯斯能被人記得，是因為他：

> 有個最奇特的毛病。每當他想說話時，他的腹部就會像風琴箱一樣鼓起來。他倒也不想隱瞞，他說這是在阿比西尼亞染上的毛病。不過，有一天晚上他有點激動，這種狀況持續的時間比平常久得多，在場的人都有點害怕了。

范妮在描述別人時也描繪了自己，我們似乎還記得，她本人總是熱切而又輕手輕腳地在客人中穿進穿出，她的眼睛有如蚊蚋般向外突出，她的舉止靦腆，有點笨拙。但蚊蚋般的眼和笨拙的舉止隱藏著最敏銳的觀察力和最非凡的記憶力。待客人一走，她就溜進觀測室，把每句話、每個場面寫進多達十二頁的長信裡，寄給她遠在切希頓的親愛的克里斯普老爹。那位老隱士——因對社會憤憤不滿退居到田野中的房子裡——說他喜歡地窖中的酒、馬廄中的坐騎，和傍晚一盤雙陸棋勝過世界上所有的高朋佳賓，卻總是迫不及待地想聽新聞。如果他的范妮兒沒有把她所見有趣的事都告訴他，他就要責罵她。而且，若是她沒能在詞句出現在腦海之際立刻火速準確地寫下來，她也要遭他責罵。

克里斯普先生特別想要瞭解「格利維爾先生的情況和他的見解」。因為格利維爾先生實在是最能招惹人們的好奇心。萬分遺憾的是歲月以它的毒塵掩蓋了格利維爾先生，結果只有他最突出的特徵——他的出身、相貌和鼻子——顯露出來。福爾克．格利維爾（Fulke Greville）是菲利普．錫德尼爵士朋友的後裔——這一點曾被多次重複，據此我們猜想那位先生大概著實強調了這一點。實際上，貴族的冠冕「差一點就落到他頭上了」。他身材高大，四肢勻稱。「他的面孔、五官及肌膚無不散發著驚人的男性美。」「他的風度和儀態高貴，流露出自覺的尊嚴」；他的態度「高傲，卻又十分優雅」。除此以外，我們還得說明，他騎馬、劍術、跳舞和打網球的技藝都高明得令人讚嘆。然而，他的缺點抹殺了所有傑出的才能和品格。他目空一利；他自私自利；他喜怒無常。他脾氣暴烈。他最初之所以結識伯尼博士，是因為他懷疑樂師是否適合與紳士為伍。他發現年輕的伯尼古鋼琴彈得出神入化，彈奏時還曲著指頭攏起手掌；而且伯尼對音樂比對贊助者更感興趣，因此回答問題時只簡單地說「是」或者「不」；只有在格利維爾本人憑著記憶固執地撥弄琴弦時，他感到受不了了，才以輕鬆活潑的談話來打斷格利維爾的琴聲——總之，直到格利維爾發現年輕的伯尼既有才氣又有良好的教養，他這個聰明人才不再擺出高姿態。伯尼成了他的朋友和儕輩。實際上，伯尼幾乎成了他的犧牲品。因為，若是說錫德尼爵士朋友的這位後裔有什麼看不起的，那就是「老古板」。在他嘴裡那個生動的字眼指的似乎是謹慎和得體等等中產階級德行，它們和他稱之為「時髦」的貴族美德正好相反。活就得活個倜儻入時，大膽恣肆，就得不停地向人炫耀，即使這種炫耀所費不貲，而且對於炫耀者和那些被他逼迫不得不讚美的不幸客人來說都同樣的乏味——而這後一點恐怕正是那些驚愕地環繞他的庭園參觀並讚美種種改良措施的來賓的感覺。格利維爾絕不容忍自己和他人身上的「古板」。他把默默無聞的年輕音樂家拋進懷特俱樂部和紐馬奇特[5]的生活急流，並饒有興趣地觀看他是沉是浮。伯尼機靈過人，頗能適應，彷彿天生就是游泳好手。錫德尼爵士朋友的後代大為高興。伯尼先是他的被保護人，後來成了他的知己。事實上，那位了不起的紳士雖然派頭不小，還真缺個朋友。因為，如果我們能除盡罩在格利維爾身上所有的毒塵，就會發現他是那些被截然相反的欲望折磨的不幸可憐蟲之一。一方面他欲火中燒，一心想領導時髦潮流把「事兒」辦到，不管那「事兒」多麼費錢而無趣。但另一方面他私下裡又認定「以他的性向和悟性，適合研究形而上學」。伯尼說不定是時髦世界和古板世界之間的連接環節。他是個有教養的人，能和紈褲子弟一道擲骰子、下賭注；同時又是個音樂家，能談論思想文化問題並邀請那些聰明人到家裡作客。

如此這般，格利維爾同樣對待伯尼的家人，上他們家來作客，雖說作客卻常常因為他與和善的伯尼博士本人的激烈爭吵而未能如願。實在說吧，日子一久，沒有人不和格利維爾先生吵過架。他在賭桌上輸掉很多錢。他的社會聲望日漸衰微。他的積習使家人與他疏遠。他妻子瘦骨伶仃，適合坐著讓人畫「犀利、有權勢而又好譏諷的仙后」的肖像，但她其實是生性溫順寬和的。不過即使她也對格利維爾先生的不忠行為感到厭煩。受此激發，她突發靈感寫了一闋著名的〈淡漠頌〉（Ode to Indifference），「被收進所有以英語出版的即興作品文集中」，而且這使（這是達勃萊夫人的話）「她戴上了芳香遠播永不消退的花冠」。妻子的成名大概讓她丈夫更覺芒刺在背，因為他本人也是作家。他曾寫了一部《箴言及人物速寫》（*Maxims and Characters*），過去一直「毫不焦急、不失尊嚴地等待聲譽來臨，他的期待從沒有被懷疑所阻塞」。然而名譽遲遲不來，他可能開始有點著急了。此外呢，他喜歡和聰明人作伴，大半是為滿足他的願望，聖馬丁街的伯尼家才在那個異常寒冷的夜裡舉辦了那次著名的晚會。

二

那時的倫敦還很小，人們想出人頭地比現今要容易得多，他們不用費力氣去保持那個地位，是因眾口一詞的贊同而享有那份殊榮。見到格利維爾太太的人個個都知道並記得她曾寫了〈淡漠頌〉；人人都知道布魯斯先生曾在阿比西尼亞旅行；同樣的，人人都知道斯特里特

5 紐馬奇特（Newmarket）是英格蘭東南部城鎮，以辦賽馬出名。

姆莊園，有幢房子是由一位史雷爾夫人（Mrs Thrale）當家。史雷爾太太是社會名流，卻不曾勞神寫詩，不曾在野蠻人中賭命冒險，也沒有高貴的爵位或萬貫家財。靠運用某些難以言傳的能力，史雷爾太太有了高貴女主人的名氣——要領悟她的那些能力，你必須坐在她的桌邊，觀察她的千百種大膽言行、巧妙周旋和機智的組合，而這些都已隨著特定的時刻而消逝了。她的名聲遠播。從未見過她的人在議論她。人們想知道她到底長什麼模樣；她是否真的機敏俏皮、博覽群書；那是否只是裝裝樣子而已；她有沒有心肝；她愛不愛她那位看來很乏味的酒商丈夫；她為什麼嫁給他；約翰生博士是不是愛上了她；總之，人們想知道她的真實故事，她具有如此魅力的秘訣。因為無可爭議的，她確實有影響力。

也許，即使在當時也很難說清這力量從何而來。史雷爾太太具有某種不可名狀的特質，她擁有某種永遠激發討論的才能。由於這樣或那樣的緣故她成了個人物。比如說吧，伯尼家的孩子從來沒見過史雷爾太太或到過斯特里特姆，而她攪起的騷動波及他們所在的聖馬丁街。當他們的父親去斯特里特姆給史雷爾小姐上了第一堂音樂課回家後，他們全聚集到他身邊聽他講小姐的母親。她真像人們說的那麼出類拔萃嗎？她和善嗎？她待人刻薄嗎？他喜歡她嗎？伯尼博士興致極好——這就證明了女主人的魅力——並回答了問題，我們可以斷定，他並沒有像范妮所記述的，說她是「女才子中最璀璨的明星；天賦超群出眾，龐大家產又使這些才能得以彰顯，為她在世間掙來了顯赫聲名，她不只是名副其實，而且她的『實』遠超過名氣。」寫那段話時范妮的文風陳舊晦澀，它的枝葉簌簌搖動，紛紛墜落在地。我們可以想像，博士輕快地回答說，他在那裡很高興；那位夫人很聰明；她時不時地打斷音樂課；她的嘴巴很尖刻——這一點是毫無疑問的；但他敢打賭歸根結底她是個好心眼的女人。之後呢，他們一定追著問她長什麼樣子。她大約四十歲，但看去比實際年齡要年輕，身材豐腴，個頭不高，碧藍藍的眼睛美麗極了，嘴唇上有道傷痕或裂紋。她的臉頰上了胭紅，其實並不需要，因為她天生膚色紅潤。她給人的整體印象是個忙碌快活好脾氣的人。他說，她是個「勁頭十足」的女人，沒有誰會認為她是個女學究，那類女人是博士先生最受不了的。不那麼明顯的是，她非常善於察言觀色，那些關於她的軼事可為佐證；她能迸發激情，雖然在斯特里特姆時期尚看不出這點。對於自己身為才女或「藍襪子」[6]的成績她耐人尋味地採取一種無所謂的隨和態度，然而有趣的是，她卻因出身於一古老的威爾斯仕紳家族（而史雷爾的家世乏善可陳）而驕傲不已，她時不時地記起在她的血管裡，如紋章院[7]所承認的，流淌著薩爾斯堡的亞當家族血液。

或許許多女人具有上述的品質，卻沒有因此而被人們記住。史雷爾太太除此之外還有一個使她名垂千古的特徵：做為約翰生博士的朋友增加了她的魅力。若沒有這一點，她的生命

6 當時出入於上層社會婦女主持的沙龍的學者和文化人中，有些寒士著藍色毛襪而非時髦黑絲襪，故有「藍襪社」之說。「藍襪子」（blue-stocking）後來成為才女的戲稱或代號。

7 紋章院（College of Heralds），英國一個認定貴族家世的權威機構。

可能嘶嘶燃燒並化為灰燼隨後蕩然無存。但是約翰生博士和史雷爾太太聯合起來就創造出一種在某個意義上像藝術品一樣堅實、耐久而出色的東西。要取得這一成就，史雷爾太太所必須具備的那些能力遠比好女主人的品性要罕見得多。當史雷爾夫婦初遇約翰生時，他的情緒極為消沉，哭訴著絕望而可怕的話語，史雷爾先生不得不用手堵住他的嘴，不讓他說下去。他的身體受著哮喘和浮腫的折磨；他的舉止粗俗，習慣不雅，衣服骯髒，假髮燒焦了，內衣不乾淨；他還是最粗魯無禮的男人。然而史雷爾太太把這個怪物帶到布萊頓去，後來又在斯特里特姆莊園裡給他單獨安置了一個房間，讓他每周在那裡住幾天，最終把他馴化了。當然，有可能這只是一個搜寶獵奇者的熱忱，她肯忍受無數的不快可能只是為了讓家裡有個全英國的人都樂意花錢一睹其風采的獨特的約翰生博士。不過，史雷爾太太的鑑賞力顯然比這勝出一籌。她懂得——關於她的軼事是明證——約翰生博士是奇才，一位重要而給人深刻印象的人，和他做朋友或許不那麼舒服但肯定是一種榮耀。在當時，認識到這一點顯然不像如今這麼容易。當時人們知道的是約翰生博士將要來吃晚飯。而當約翰生博士來吃晚飯時人們就得問問自己還有誰來。因為，如果來的是個劍橋人就可能會有爭吵；如果來個輝格黨人肯定會有一場好戲；如果來個蘇格蘭人，天知道會出什麼事。這些都是他的突發奇想和成見。其次，人們得琢磨，晚宴上該上哪些食物？因為任何食物都一定會遭到他的批評；即使你給他剛從園裡摘的嫩豆子，你也絕不能誇讚它們。這些嫩豆真可口，是吧？史雷爾太太有一次問道。博士吞了一大堆上面有好多糖的豬肉和小牛肉餅，然後衝她開了腔：「對豬來說，它們可能是可口的。」而後，該談些什麼，就成了下一個傷腦筋的問題。如果談繪畫和音樂，他常會輕蔑地打發掉話題，因為他對這兩種藝術不感興趣。如果有哪位旅行家講個故事，他肯定會不屑地「唔，唔」，因為他對非親眼所見的事物一概不信。如果有人當他的面表示同情，很可能會被斥責是不真誠。

有一天，正當我在悲悼一個在美洲死去的表親時，他說：「親愛的，請別裝悲傷了，我倒要請教，要是您所有的親戚都像雲雀一樣被叉住烤了，給普雷斯托做了晚餐，這個世界是不是因此而更糟糕呢？」

總之，那頓飯將吃得困難重重；不定什麼時候就會觸礁。

如果史雷爾太太僅僅是個一般淺薄的獵奇者，她就會拿約翰生炫耀一陣子後就甩了他。但史雷爾太太那時就已經認識到即使約翰生博士譏諷、呵斥、惹惱和得罪了你，你也得忍著點兒，因為，說到底，是什麼力量使像鮑斯威爾那種驕傲魯莽的年輕人，一聽約翰生吩咐就像個挨了揍的小男孩似的重新在自己的椅子上悄悄坐下？她本人又為什麼給他斟茶倒水一直熬到早晨四點鐘？因為他身上有種力量，即使是見過世面的能幹女人也不能不敬畏，即使是老臉厚皮、自以為是的小伙子也不能不折服。他有權利責罵史雷爾太太不仁義，因為她知道他每年只在自己身上花七十英鎊，其他的收入全都用來養活一大家子身體衰弱而又不知感恩的寄居者。如果說他在餐桌上狼吞虎嚥、從圍牆上把桃子摘下來，可他也非常準時地回倫敦查看他那些倒楣的住戶周末時是否確有三餐好飯食。此外，他還是一座知識的倉庫。如果舞蹈師議論起舞蹈，約翰生能比他談的還多。他能一小時一小時地講下層社會的故事讓人聽得津津有味，講那些酒徒和無賴，那些傢伙騷擾他的住所，要求他解囊施捨。他隨口說出的話讓人終生難忘。但也許比所有這些學問和德行更讓人喜歡的是他對享樂的熱愛，是他對書呆子的嫌惡，與他對生活與社交的熱情。此外，史雷爾太太像所有的女人都會做的那樣，因他的勇氣而愛他——他曾在博克萊爾先生的客廳裡把兩隻廝咬成一團的惡狗分開；他曾把一個男人，連同椅子和別的東西，統統扔到劇場正廳的後方；而且，像他那麼個眼力極差四肢痙攣的人，還曾在布萊特斯通丘陵一帶跟著狩獵隊馳騁打獵，好像他是條快活的狗而不是個身軀龐大憂鬱的老人。再有呢，他們兩人天性不無相近之處。史雷爾太太能讓約翰生淋漓盡致地發揮。她使約翰生說出沒有她就不可能說的話；事實上，約翰生曾向她坦述自己年輕時代一些痛苦的秘密，而她對此一直守口如瓶。最重要的是，他們熱衷於相同的事。一說起話來他們就有說不完的話題。

因此，我們可以指望史雷爾太太把約翰生博士帶來；而約翰生博士，當然就是格利維爾先生最想會見的人了。正巧，相隔多年後伯尼博士和約翰生博士重修舊誼：他去斯特里特姆莊園教授第一節音樂課時，約翰生博士也在那兒，並「拿出了他最和藹的面目」。因為他記得伯尼博士，心懷好感。他記得伯尼曾寫信給他稱讚詞典；他還記得伯尼多年以前曾拜訪他，發現他不在家，竟擅自從壁爐掃帚上剪下幾根鬃毛轉送給某個約翰生的崇拜者。當他們在斯特里特姆再次見面時，約翰生立刻就喜歡上伯尼了；不久後史雷爾太太又帶他去看了伯尼博士的藏書；因此，在那一七七七年或一七七八年的早春之夜，由伯尼博士出面，讓格利維爾先生一遂會見約翰生博士和史雷爾太太的大願，並不是什麼難事。日子定下了，萬事都已安排就緒。

不論到底是哪一天，主人在日曆上標出這個日子的時候必定多少心懷疑慮。什麼事都可能發生。這麼多引人注目而且超群出眾的人晤面，可能極為風光也可能是大災難。約翰生博士咄咄逼人。格利維爾先生心高氣傲。格利維爾太太是某一方面的社會名人；史雷爾太太則是另一類名流。這真是一次非凡的聚會。人人都覺得如此。屆時聰明才智備受考驗；人人翹首以待。伯尼博士預見到這些困難並採取了措施來防患未然，不過，我們不免隱約覺得，伯尼博士在有些方面恐怕有點魯鈍。他是個熱心、善良、忙碌的人，滿腦子是音樂滿抽屜是字條，缺少點辨別力。人的性格的精確輪廓往往被隨意飄浮的粉紅煙霧掩蓋了。對於他的天真頭腦來說，音樂就是萬應的靈藥。人人都應像他一樣樂此不疲。如果出現什麼問題，音樂一定會使之化解。於是他邀請了皮奧齊先生（Signor Piozzi）參加晚會。

那個夜晚來了，爐火點燃了。椅子擺好了，客人也到了。如伯尼博士所料，場面相當尷尬。看來確實是從一開始就出了差錯。約翰生博士戴著他的毛紗假髮來了，乾乾淨淨的，顯然準備過一個開心的夜晚。但是，格利維爾先生看了他一眼以後，似乎認為老頭子不是好應付的，最好還是別和他競爭，最好還是當個溫良的好紳士，讓文學先來引發話頭。他似乎嘟囔地說了句牙痛什麼的，一邊「擺出他最高高在上、目空一切的神情站到火爐邊，一動不動，像尊高貴的雕像」。他一言不發。而格利維爾太太呢，雖然她很想出風頭，但是斷定還是應該由約翰生博士先發話，於是她也沒說什麼。本來可以指望史雷爾太太來打破僵局，但她似乎覺得這又不是她開的晚會，該讓那些主要人物採取行動，也決定不開口。格利維爾夫婦的女兒克魯太太可愛又活潑，不過她是來玩樂並接受長輩訓示的，因此自然也不說什麼。誰也不說話。晚會上一片沉寂。這就是伯尼博士聰明地預見到的局面。他向義大利的皮奧齊先生點點頭；皮先生就走到鋼琴旁開始唱歌。他自彈自唱，唱起一曲詠嘆調。他唱得很美，唱出他最好的水平。可是，音樂不僅沒有消除尷尬氣氛讓人開口說話，反而讓人更加拘束。誰也不說話，人人都等著約翰生博士開口。在這件事上，他們暴露了致命的無知，因為，有一件事約翰生博士是從來不做的，那就是領頭說話。得先有人開始，然後他再決定是繼續這個話題呢，還是推翻它。此刻他默默地等待別人向他挑戰。可是他白等了。誰也不說話。誰也不敢說。皮奧齊先生的華彩經過句不受干擾地繼續下去。眼睜睜看著愉快的晚間談話機會被鋼琴的鳴響淹沒了，約翰生便悶不作聲，背對鋼琴坐著，望著爐火發呆。詠嘆調仍不受打擾唱下去。最後，氣氛緊張得讓人無法忍受了。最後，史雷爾太太實在受不了了。顯然，是格利爾先生的態度惹她生了氣。他站在爐火前「古怪地沉默著，譏諷地環視著所有的人」。就算他是錫德尼爵士朋友的後裔，他又有什麼權利看不起與會的其他人而只是一心專注於爐火？她的家族自豪感突然爆發了。她的血管裡流的不是薩爾斯堡亞當的血液嗎？它難道不是像格利維爾家的血統一樣高貴、甚至更加輝煌嗎？在史雷爾太太心裡有時翻騰著一股無所顧忌的勁頭，這時這股勁占了上風，她於是站起來，躡手躡腳地走到鋼琴邊。皮奧齊先生仍舊一邊唱一邊戲劇性地為自己伴奏。史雷爾太太開始滑稽可笑地模仿他的姿勢：她全盤照搬他的動作，聳肩，翻眼，忽而又把頭向一邊傾去。由於這奇異的表演客人開始吃吃竊笑，這是後來被描述為「全倫敦各式社交場合」都爭相傳播的場面，「各種各樣的評論和挖苦接踵而來」。那天晚上看過史雷爾太太表演的人後來永遠不會忘記這就是那樁造孽的戀情的發端，是那場讓史雷爾太太失去朋友和子女敬重、使她極不光彩地離開英國並且幾乎再也不能在倫敦露面的「最不同尋常的戲劇」的第一幕——她後來愛上了那個既是樂師又是外國人的傢伙，而這是那樁最應受譴責、最違背自然的愛情的開始。不過這些事只有老天才知道。當時還沒人知道這位活潑的夫人會做出這麼可恥的事來，她仍是富有酒商受人尊敬的妻子。幸運的是，約翰生博士正衝著爐火出神，對鋼琴邊的場面一無所知。不過，伯尼博士立刻制止了笑聲。在一位客人——就算他又是外國人又是樂師——的背後耍笑他，這讓伯尼震驚不已，他悄悄走到史雷爾太太身邊，低聲在她耳邊說，即使她不喜歡音樂，也應該顧及欣賞音樂的人的情感。他的口氣和藹卻不失威嚴。史雷爾太太接受了指責，點頭默許，回到她的座位，柔順得令人讚嘆。但她的戲已經演完了。此後不可能指望她再有任何舉措了。他們想做什麼就做什麼吧，她可不想摻合了。她坐在那兒，和她自己後來所說的，「像個漂亮的小女孩」，繼續忍受著「她所見識過最沒趣的夜晚之一」。

如果一開始都沒人敢招呼約翰生博士，這時候更不可能有人出頭了。約翰生顯然已經斷定，不能指望這晚會上出現什麼有意思的談話了。如果他沒穿上最好的一身行頭來，口袋裡倒可能會有本書，可以拿出來讀一讀。但現在除了腦子裡的思想就沒什麼別的了。當然了，他腦子裡的存貨也多著呢。當他背對鋼琴坐著的時候，他就在開發這些思想，看上去神態莊重、尊嚴和鎮靜。

終於，詠嘆調結束了。皮奧齊先生看到沒人可以交談，寂寞中打起瞌睡來。到這時候連伯尼博士也一定看出來音樂不是萬能藥了，但事到如今已無計可施。既然人們不肯講話，就只好繼續聽音樂。他叫他的女兒們來了個二重唱。等那結束後又只好再唱一首。皮奧齊先生仍未睡醒，或是仍在裝睡。約翰生博士仍在挖掘自己頭腦中的豐富資源。格利維爾先生仍不可一世地站在爐前地毯上。而且那個夜晚天氣很冷。

不過，如果因為約翰生博士看起來像出神，而且他的視力很差，好像什麼都沒看見，就認為他對房間裡發生的事——特別是那些應該譴責的事情——毫無知曉，那可就大錯特錯了。他的「天眼大開」總是出人意料也往往令人痛苦。在這個場合也是如此。他突然回過神來。他出其不意地站起來。他冷不防地開口說出下面一番話，那是所有賓客等了整整一個晚上的。

「要不是怕妨礙了女士們取暖，」他盯著格利維爾說：「我也想待在爐火前邊呢！」這話出其不意，效果非同小可。伯尼家的孩子後來說它有如一齣喜劇。錫德尼爵士朋友的後代在博士的注視下畏縮了。所有的布魯克斯家族[8]的血液都聚集起來抗擊這一羞辱，得教訓那個書商的兒子明白自己的身分。格利維爾勉強擠出笑容——虛弱而嘲諷的微笑。他努力維持待在自己整晚站立的地方。有那麼兩、三分鐘，他微笑地站著，他站著努力微笑。不過，當他環視房間時，他發現所有的人眼睛都往下看，所有的面孔都因感到有趣而抖動，大家顯然都同情書商的兒子，於是他沒法在那兒站下去了。格利維爾溜開了，甚至垂下他驕傲的肩膀，坐到一張椅子上。不過，他邊走邊「狠狠」地搖鈴，召來他的馬車。

「晚會就這麼散了；在場的人沒有誰曾請求、或希望再舉辦一次類似的聚會。」

（黃梅 譯）

8 不詳，從上下文看應與格利維爾先生的家族有關。

傑克・米頓

你是否好奇，想知道在布萊頓碼頭，鄰座那位躺在帆布椅上的究竟是何許人？那麼，你可以看一下，她隨身攜帶的像法式小麵包一樣放在提包上端的那份《泰晤士報》，她究竟會先讀哪一版。會是政治方面的文章，還是關於耶路撒冷一座神廟的文章？絕非如此——她首先看的是運動新聞。但是，瞧瞧她——靴子、襪子和其他穿著——人們可以斷言，她肯定是哪個部門的公務員，提包裡裝著一份國會法案、一、兩本藍皮書以及當做簡便午餐的餅乾和香蕉。如果她在布萊頓碼頭曬曬太陽，只是為了在重新對我們制度的邪惡進行攻擊之前的自我放鬆而已，就像羅莎爾巴（Rosalba）夫人站在高高的平台上往大海裡跳，只是為了撈幾個硬幣和湯盤。於是，她開始閱讀運動新聞。

也許這根本不足為奇。那些終日坐著不動、連驢子也騎不了的男人，和那些連耗子都淹不死、默不作聲的女人，對於參與各種各樣激動人心的英式體育活動，就和那些穿靴策馬的專業人員一樣的狂熱和積極。他們在想像中狩獵。他們密切關注著伯克利、卡蒂斯托克、夸恩、貝爾沃爾這些想像中獵手的運氣。他們的唇邊滾動著亨伯爾蜜蜂、道德爾小山、加羅林沼地、溫尼茲叢林之類聽上去古怪、晦澀而優美的地名。他們一邊讀，一邊想像（在地鐵中手拉著吊環或者把報紙支在土裡土氣的茶罐上），時而「緩慢而迂迴地狩獵」，時而「讓人眼花撩亂地策馬狂奔」。草地在他們眼中高低起伏，耳邊傳來隆隆的雷聲和馬嘶狗鳴，列斯特郡形態優美的山坡在他們面前舒展開去。在他們的想像中，當夜幕降臨的時候，他們心滿意足地騎著馬回家，看著農舍的窗戶透出燈光。確實，體育報導的作者——貝克福德（Beckford）、聖約翰（St. John）、瑟蒂斯（Surtees）、尼姆羅德[1]的文筆大有可觀。以洋洋灑灑的紳士派頭，他們大膽地駕馭筆頭就如同駕馭馬匹奔馳一樣，他們對英語這種語言有他們獨特的影響。騎馬，摔倒，被風吹走，被雨淋著，被泥水從頭到腳濺了全身——這一切都影響到英語散文的肌理，賦予英語散文以靈動；這些在飛越籬笆和被拋入樹林中刮擦出來的意象未必能使英語超越法語，卻明白無誤地將二者區分開來。英國詩歌究竟在多大程度上得益於英國狩獵，並不是我們在這裡要探討的。莎士比亞是一位勇猛的騎手，如果無需證明一個騎手行蹤不定的話。由此看來，一位英國女士寧願先讀運動新聞而不是政治傳聞，就不會使我們感到驚訝了。同樣地，就在羅莎爾巴夫人跳入海中、樂隊拚命演奏、英吉利海峽粼粼碧波拍打著碼頭裂縫的時候，如果這位英國女士捲起報紙，從提包裡拿出的不是一本藍皮書，而是一本紅皮書，然後繼續閱讀傑克・米頓（Jack Mytton）的故事，我們也不必去責備

1 尼姆羅德（Nimrod）是 Charles James Apperley（1779-1843）的筆名，他是一位運動作家和獵手，維吉妮亞・吳爾夫即依據他所著的 *Memoirs of the Life of John Mytton* 撰寫本文。該書（初版於一八三七年）中附有多幅阿爾肯（H. Alken）和羅林斯（T. J. Rawlins）的插畫。

她。

傑克・米頓絕不是一位值得稱道的大人物。他出生於什羅浦郡古老的米頓家族（這個姓氏一度叫穆頓〔Mutton〕，就像勃朗特〔Brontë〕一度叫普朗蒂〔Prunty〕一樣），從祖上繼承可觀的財產和一大筆收入。這個一七九六年出生的小男孩原本應該體面地繼承其先祖五個世紀以來從政和狩獵的傳統。但家族也像年份一樣有四季之分。在連月的潮溼天氣、綿綿細雨、萬物競生和繁榮之後，蕭瑟的秋風吹過來，樹林終日在咆哮，果實毀壞，花朵枯萎。閃電擊中房子，梁柱毀於大火。確實，大自然和現實社會給一七九六年的米頓的負擔，足以壓垮一個纖弱的靈魂——可是他身強體壯，石人一般；家財萬貫，揮霍不盡。大自然和現實社會的磨難反而激發他蔑視它們的勇氣，他接受了挑戰。他穿著薄薄的絲襪去射擊；他讓大大的雨滴打在他裸露的皮膚上；他在河裡游泳；他衝過柵門；他光著身子蜷伏在雪地上；但是他的身軀依然結實而筆挺。他的馬褲沒縫口袋，一疊疊鈔票在樹林中被撿起，可是他的財富依舊，他生了幾個孩子，把他們拋到空中，對他們扔橘子。他娶了幾房妻室，卻又折磨她們，監禁她們，直到其中一個死了，另一個找到機會逃跑了。當他修面時，身邊放著一杯葡萄酒；隨著一天的逝去，他用成磅的榛果做配菜，喝下五、六瓶酒。他的舉止是如此極端，以致最初只是偶一為之，逐漸演變為家常便飯。這個原始人多毛的身體，加上其怪癖和天性，就像剛從古墓裡爬出來的怪物；原先他曾被大塊大塊的石頭壓在下面，曾以公羊作犧牲，向升起的太陽祝禱，曾與喬治四世時代[2]善飲的獵狐者豪飲，他的四肢比現代人更像是用原始材料雕刻而成。他的五官並不美，舉止也不雅，從身體到心靈都粗暴狂野，但是他自然灑脫，就像人們想像中的一個野人回到自己的領地一樣。正如尼姆羅德所說的那樣，他話語不多，但講起事情來會讓每個人哈哈大笑。可是他的稟賦並不均衡，有些感官異常敏銳，另一些則非常遲鈍。他的耳朵聽不見，這一點就使他不能適應正常的社會生活。

那麼，一個出生於英格蘭喬治四世時期的原始人會做什麼呢？他可以跟人打賭，贏得賭金。那不是一個潮溼的冬天夜晚嗎？他會在月光下駕著二輪馬車驅過原野。不是天寒地凍嗎？他會讓他的小馬伕穿著冰鞋去打耗子。不是有位小心翼翼的客人承認他從來沒有見過馬車翻覆嗎？他立即將車趕到河岸上，然後連人帶車翻倒在馬路上。倘若你將任何障礙物放置在他行進的道路上，他會跳過去，游過去，砸碎它，以這樣或那樣的方式戰勝它——即使付出摔斷骨頭或摔壞一輛馬車的代價。向危險屈服或承認病痛對米頓來說都是不可思議的。就這樣，什羅浦郡的農民對這一位紳士的種種怪異行為驚訝不已（他們的神情我們在阿爾肯和羅林斯的繪畫中見過）——駕著二輪馬車衝過大門；騎著熊在他的客廳裡來回走動；赤手空拳與一隻牛頭犬搏鬥；躲在一匹驚恐不安的馬的四蹄之中；斷了肋骨，還一聲不吭地騎在馬背上，雖然每一根神經都在劇烈地疼痛。鄉下的農民震驚，憤慨。他的古怪，他的不信神，他的慷慨，成了方圓幾十英里內每個客棧、農家談論的話題。然而，不知怎的，四郡沒有法

2 即一八二〇年至一八三〇年間。

警要拘捕他，人們對他的態度就像看著一個遠離正常責任感和快樂的怪物——一尊石碑，一種威懾——目光中透著輕蔑、憐憫，和一絲敬畏。

那麼，傑克．米頓本人感覺如何呢？是絕對滿足的顫慄，是毫無悔恨、毫不遲疑的快樂嗎？這位野蠻人理應感到滿足。但是，就連說不上內省的尼姆羅德也感到困惑不解：「已故的米頓先生如此大把大把地花錢，是不是真正享受人生？」不；尼姆羅德認為並非如此。人心所渴求的一切他都有了，但他就是缺乏「享受的藝術」。他厭倦，他煩惱。「在他身上有類似鬣狗的躁動不安。」他不斷地做這做那，執意去品嘗，去享受。但就在他觸摸這一切的時候，他的快樂不知怎的又被磨鈍，被挫傷。就在他享用精美晚餐之前的兩個小時，他在一家農舍吞吃了肥膩的鹹豬肉和濃烈的麥酒，然後又去責罵他的廚子。可是，儘管他沒有胃口，他還是要吃，還是要喝，只是以白蘭地代替紅葡萄酒來刺激他那萎疲的味蕾。「是一種要毀滅一切的精神在驅動他。」他目空一切，揮霍浪費到了極至。「是野心毀了米頓先生。」尼姆羅德說道：「還有他那睥睨一切瑣屑的傲慢的自尊。」

無論如何，到了三十歲時，傑克．米頓做了大多數人不可能做到的兩件事：他幾乎毀掉了他的健康，幾乎花光了他的錢財。他不得不搬出米頓家族的祖屋。但此時的他已不再是那個洋溢著健康光澤、精力過剩的原始人，而是一個「因飲酒過度而體態臃腫、步履蹣跚的未老先衰的人」了。從此，他加入那些形跡可疑的流浪漢的行列，由於一貧如洗，這些人不得不住在加萊[3]。即使在那樣的環境裡，他依舊背負著重擔；他依舊必須大放異彩；他依舊必須出類拔萃。沒有人不因稱他約翰尼．米頓而不受到他懲罰。即使只有三百碼的距離也得用四匹馬將米頓先生拉到他的住所，否則他寧可步行。後來，他患了打嗝的毛病。他抓起臥室的蠟燭，點燃襯衣，襯衣在熊熊燃燒，他踉蹌著向他的伙伴顯示傑克．米頓是如何治療打嗝的。人們還會向他提什麼要求呢？神還能驅使祂的犧牲做出什麼更瘋狂的舉動呢？既然他活生生地燃燒自己，他就似乎盡到了對社會的責任，這位原始人可以安息了。他也許可以允許另一個精靈——那位與野蠻人如此不協調地聚合在一起的文雅紳士浮現出來了。米頓曾經學過希臘語。此時，他被燒傷，浮腫著躺在床上，嘴裡背誦著索福克勒斯的「美妙的篇章……奧迪帕斯把他的孩子託付給克雷奧恩照管」。他還記得那篇希臘文片段。他們把他抬到海濱，他開始撿貝殼。因為急於「用浸在醋裡的指甲刷」來刷貝殼，他幾乎無法坐在外面吃飯。「整個世界似乎都不足以給他快樂……此時臻於極樂。」可惜的是，貝殼與索福克勒斯，平和與快樂，這一切都無法延緩大限的降臨。皇家本奇監獄拘捕了他。在獄中，他身體全垮了，財產全完了，精神崩潰了，他死於三十八歲。他的妻子哭訴她無法「不愛他，儘管他有缺點」。四匹馬把他拉到墓地，三千窮人為失去他而哭泣，因他曾為了大眾的利益而扮演魔鬼般的角色，那是神靈加到他頭上，為了啟迪人類，也是祂們為了自尋樂趣，為了他無法言說的痛楚。

3 加萊（Calais），法國北部港口城市。

說老實話，我們喜歡人本性的這些展現。我們喜歡看到超越我們這些凡夫俗子的人。譬如傑克．米頓這樣的獵狐者，他為了治療自己的打嗝而自焚；譬如羅莎爾巴夫人這樣的潛水者，她爬得愈來愈高，把自己裹在麻布袋裡，帶著漠視和厭煩的神情彷彿她放棄過某些東西，曾受過折磨，並非為自己的快樂才致力於某種瘋狂的挑戰行為，於是她俯身跳入英吉利海峽，用牙齒叼著一個價值兩個半便士的湯盤重新浮出水面。躺在碼頭上的那位女士感到心滿意足。她說，正因為如此，我愛我的同類。

（李寄 譯）

德・昆西[1]的自傳

讀者一定常會有這樣一種深刻的印象：迄今為止，為英語散文方面寫出的可以稱之為批評的評論文章實在寥寥無幾——我們的大批評家把他們最卓越的才華都傾注在詩歌方面。至於散文為什麼極難誘發出批評家的高超才情，只能吸引他就某個事例爭辯一番，或者討論作者的個性，也就是說只能從作品中抽取一個論題，然後把他的批評變成以此為依據主調的變奏曲——其中的緣故必須從散文作家對自己工作的態度中去探尋。即便他是以藝術家的身分進行創作，不抱什麼實用的目的，他依然把散文視為一種卑微的文體，能容納各種各樣瑣碎零星的題材；他依然把散文視作不潔的物質，任由塵埃、樹枝、蒼蠅棲息其中。不過，在更多的情況下，散文作家抱有一個實際的目的——他要為某個理論辯護，或為某項原由吶喊，因此，他常採納道德家的觀點——悠遠的、困難的、複雜的東西都得拋在一邊。他的職責是面對現世和人生。他自稱是一位新聞記者，並為此而自豪。他必須使用最簡單的語彙，盡可能清晰地表述自己的觀點，把資訊以最淺顯的方式傳達給盡可能多的讀者。這樣一來，他就

1 德．昆西（Thomas De Quincey, 1785-1859），英國散文作家、評論家、傳記作者。以《一位英國吸食鴉片者的自述》聞名。

怨不得批評家了，如果他的創作像牡蠣養殖的刺激物一樣，只能催生其他藝術。他也不必感到吃驚，如果他的作品，一旦傳遞訊息，像其他完成使命的物品一樣被扔進了垃圾堆。

然而，有時候我們甚至在散文中也會讀到出於其他目的驅動而寫的文章。它無意爭辯，也無意改變人的信仰，甚至也無意敘述一個故事。我們的一切快樂均源於文字本身；我們不必在字裡行間探尋深意或者探索作者的心靈之旅，來增加我們的樂趣。德·昆西自然就是這樣一位難得一見的作者。當我們想到他的作品時，首先想起的總是某個恬靜而完美的段落。譬如：

「**生命完結了！**」這是我的心裡暗暗生出的疑慮。因為，對幸福施加的致命創傷，幼小的嬰兒和最成熟的哲人的心靈一樣感受強烈。「**生命完結了！完結了！**」這是潛伏在我的嘆息之後，連我自己都沒有完全意識到的隱含之意。正如在一個夏日夜晚遠處傳來的鐘聲有時似乎就是音節分明的話語，就是不斷四處轟鳴迴蕩的警示。對我來說，一個地下無聲的聲音不停地唱出一句神秘的話語——這句話只有我的心能夠聽到，那就是：「生命之花從此永遠凋謝了！」

像這樣的段落自然地出現在他的自傳式札記中，因為構成這些段落的不是動作或戲劇般的場景，而是幻象和夢想。在我們閱讀之際，我們也不會去想著昆西本人。假如試著分析一下我們的感覺，我們會發現我們彷彿受到了音樂的影響——受到觸動的不是大腦，而是感官。句子節奏的跌宕起伏使我們立刻感受到撫慰，我們被送入了一個悠遠的境地；在那裡，近景模糊了，細節消逝了。我們的心胸因此而開闊，安詳平靜、充滿感悟，欣然將昆西希望我們領會的緩慢而莊重的意念依次地接受下來——人生的圓滿；上天的威儀；花朵的絢爛（這是他「在一個夏日，背對一具死屍，站在開啟的窗口」看到的一幕）。篇章主題得到了支撐和擴展，並被賦予了多樣的變化。急匆匆、悽惶惶地要抓住某種稍縱即逝的意念又加強了清幽和恆久的印象。夏夜聽到鐘聲，風中搖曳的棕櫚樹，不停哀號的風聲，使我們的情感隨之洶湧起伏，而我們的心境卻始終如一。這種情感從來不會直露出來，而是通過不斷重現的意象緩緩地暗示出來；使意義複雜地完全呈現在我們的眼前。

在散文中，這種寫法極少人嘗試過；而且，正因為這種終結的方式，也不適合散文。它沒有明確的目標，除了感受到盛夏、死亡、不朽外，我們無法知曉究竟誰在聽，誰在看，誰在感受。昆西希望把一切都遮掩起來，讓我們看到的只是這麼一幅圖畫：「一個孤苦無依的孩子，他與苦痛孤獨地搏鬥——一片巨大的黑暗，一種無聲的悲哀。」他讓我們去探測揣摩這唯一情感的幽深。這種情緒是普遍性的，不具備個性特徵。因此，昆西就與散文作家的意圖和道德準則背道而馳了。他的讀者捕捉到的是一種複雜的意念，而它在很大程度上只是一種感受。他意識到的不僅僅是一個孩子站在床邊的事實，而更要體認幽靜、陽光、花朵、光陰的流逝、死亡的迫近。而這一切都無法按邏輯順序用簡單的文字表述出來；明晰和質樸只會使這一意念扭曲變形。昆西本人自然充分明瞭他做為一個旨在傳遞這種意念的作家和他同時代的作家之間存在著隔閡。他背離了當時簡潔、精確的風格，向彌爾頓、傑瑞米·泰勒（Jeremy Taylor）和托馬斯·布朗爵士的文風靠攏。從他們那裡，他學會了寫作輾轉騰挪、層層推進把高潮置於句末的長句。此外，他敏銳的聽覺還對音韻的原則提出了極高的要求，譬如節奏的權衡、停頓的考慮、重複的效果、諧音和半諧音的作用。假如一位作家希望把一個複雜的意念完整地呈現給他的讀者，上述一切都是他職責的一部分。

因此，當我們嚴格地去剖析昆西的一個段落為什麼會給讀者留下如此深刻的印象時，我們就會發現它與丁尼生這樣的詩人作品十分相似。同樣注重音韻的運用；節奏的變化如出一轍；句子的長短變化和重心的轉移也基本一致。然而，與詩歌相比，所有這些藝術手段在力度上有所減弱，而且擴散到大得多的篇幅之中；因此，從最低區域向最高區域的過渡是沿著低低的台階逐步向上攀升，我們不會猛然就到達頂點。所以，就像在一首詩中那樣，強調其中某一行有什麼特別之處是困難的；把其中的一個片段從上下文中抽取出來也是徒勞無益的。這是因為它的效果要結合前幾頁裡的暗示才能產生出來。此外，昆西與他私淑的大師不同，他不擅長寫作光彩四射的點睛之辭。他的長處在於他善於隱晦地描寫龐大而籠統的幻象——看不到細節的景致，分不清五官的臉龐，午夜或夏日的清幽，奔逃人群的騷動和悽惶，時起時伏的傷痛，以及絕望中伸向天空的雙臂。

但是，昆西並不僅僅是寫出優美散文片段的行家高手；假如情況是那樣的話，他的成就就遠比現在要小得多了。他還是一位敘事散文作家、自傳作者，而且如果我們考慮到他寫自傳是在一八八三年——還是一位對自傳寫作技藝有獨特見解的作家。首先，他確信坦誠具有巨大的價值。

迷霧常常遮掩了他那隱秘的行為動機和內心秘密，甚至連他自己也身陷其中；假如他真的能夠刺穿那層迷霧，那麼，在理智主宰下的人生，僅僅依靠絕對坦誠的力量，就能夠引起深切的、嚴肅的，有時甚至令人顫慄的興趣。

他心目中的自傳不僅要記錄外在的人生軌跡，而且要記錄更深層、更隱秘的情感歷程。他明瞭進行這種自白的艱難。「……許許多多的人雖然在理智上從自制中解脫出來，但他們依然**無法**向人袒露心扉——摒棄內斂拘謹是他們力所不能及的。」無形的鎖鏈，看不見的符咒束縛、凍結了自由交流的精神。「一個人對於那些使他陷入無能為力境地的神秘力量如果既看不見，又無法衡量，他自然無法採取有效的方法去應付它們。」昆西雖然具備這樣的理解和意願，奇怪的是他並沒有能夠成為我國文學中的一位自傳大家。這自然不是因為他拙於言辭，也不是因為他為符咒所鎮。他未能成功地描繪自我的原因之一也許並不是他缺乏文字的表達能力，倒在於他鋪陳過度。毫無節制，東拉西扯。不著邊際是十九世紀許多英國作家的通病，昆西也難以倖免。羅斯金和卡萊爾的作品雖然也寫得枝蔓叢生、雜亂無章——各種各樣的異質成分夾雜其中，原因倒不難看出。然而，昆西無法像他們那樣找到開脫之辭。先知的重任並沒有落到他的肩上，何況他是一位刻意求工的藝術家。沒有人像他那樣如此細緻而敏銳地調節句子的音韻節奏。但非常奇怪的是，雖然只要有一個音節刺耳，一個韻律失調，他時刻警覺著的敏感就會馬上向他發出警告；然而，一旦涉及整體結構，他的那份敏感就完全失靈了。比例失衡，蕪蔓鋪陳，他都能夠容忍；結果只能是儘管每一個獨立的句子都寫得勻稱而流暢，而全書卻像害了水腫病似的不成樣子。如果採用昆西的兄弟形容他小時候「語不驚人死不休」的生動詞語，他的的確確是一位「歪編胡謅的祖師爺」。他不僅在「每個人的話中找出無意之中留下的破綻，以便做出模稜兩可的解釋」；而且，即便在敘述一個最簡單的故事，他都要修飾圖解一番。添加上額外的枝節；直到最後，他要講清楚的那一點東西老早就湮沒在悠遠的迷霧中了。

除了這種致命的冗贅和結構上的弱點外，做為自傳作家的昆西還因為他愛沉思冥想的脾性吃了虧。他說：「我的缺點是冥想太多，觀察太少。」他的寫作形成一種古怪的形式，使他的夢幻消散成無色調的模糊一片。他在一切事物上都拋灑上他自己夢幻的光澤和茫然冥想的愜意。即使對兩個討人嫌的紅眼睛白癡，他也像對一個誤入貧民窟的尊貴紳士一樣精雕細刻一番。同樣，他輕鬆地滑過了社會等級的鴻溝——以和伊頓公學的貴族青年交談的口吻，與為禮拜日晚餐挑選帶骨肉塊的勞動階級家庭聊天。事實上，昆西為他自如地跨越各個社會階層而感到自豪。他寫道：「……從少年時代開始，我就**像蘇格拉底一樣**，能夠與我偶然邂逅的所有人，無論是男人、女人，還是孩子親切交談，我一直為此自豪。」然而，讀了他對於這些男人、女人和孩子的描寫，我們就會明白：他之所以能夠與這些人輕鬆愉快地交談，是因為對他來說，他們相差無幾，可以用同一種態度去應付所有的人。甚至，在他與最親近的人的交往中，無論是他早年的同學阿爾塔蒙勛爵還是對妓女安妮，他都是同樣客客氣氣、溫文有禮。他摹寫的人物輪廓扁平、像雕像一樣呆板，五官難以區分，酷似司各特筆下的男女主人公。就連昆西自己的面目也是模糊一片。一旦要他袒露自己的真實面目時，他就像一個教養良好的英國紳士一樣驚恐地退縮了。盧梭在《懺悔錄》中表現令我們陶醉的坦率——揭示自己身上荒謬、卑鄙、骯髒東西的決心，對他來說是格格不入的。他寫道：「事實上，對於英國人的感情來說，沒有比展示自己道德上的潰瘍和傷疤更令人厭惡的事了。」

因此，做為一個勤奮寫作的自傳作家，昆西的巨大缺陷是清晰可見的。他的文筆蕪蔓冗長。他性情孤僻，耽於幻想，又受制於陳規舊俗而不能自拔。同時，他會為某些情感的神秘和肅穆而感到震懾，並感受到一瞬間的價值可能超過五十年。為了剖析這些情感，他運用的技巧，甚至連公認的心理分析大家——司各特、珍·奧斯汀、拜倫都不具備。我們發現在他作品中有一些片段在自我意識方面十九世紀的小說中幾乎沒有篇章可以與之媲美。

> 回想起這件事，我忽然感悟到這麼一條真理：我們最深邃的思想和情感中的絕大多數是通過各種具體事物的神秘組合形式傳遞給我們的，是做為糾合在一起**難以破解**的經驗的**結**

（請允許我杜撰這麼一個名詞）傳遞給我們的，而不是通過它們各自抽象的形態**直接**傳達到我們的心裡……人無疑是通過某種微妙的**方式**結合在一起的**整體**；從初生的嬰幼期到老邁昏瞶的晚年，這是一條我們無法認知的完整的鏈條。不過，在人生不同階段由天性會產生出許多不同的情感和欲望；從這個角度看，人**並不是**一個整體，而是一個不斷毀滅又不斷新生的生物。在這個方面，人的整體性只能與產生欲望的某個特定時期相生相伴。某些欲望，譬如性欲，一半來自上天，一半來自獸性和塵世。它們不會超越各自的勃發期而長久地存在下去。只有像兩個孩子之間的那樣一種**完全**聖潔的愛才能突破時空的樊籬，在寂寞和垂暮之年的黑夜中重新閃現出耀眼的光輝。

當我們讀著這樣分析性的段落，當我們追憶之時覺得這樣的心態似乎構成了人生的重要內容，因而值得仔細審視並記錄下來，這實際上顯示十八世紀人們熟知的自傳藝術發生了本質的變化。傳記藝術也經歷了革新。從此之後，誰也不能堅持說不必「穿透那層迷霧」，不必揭示「那隱秘的行為動機和內心秘密」，就可以把人生的全部真相說清楚。不過，外在的事件依然具有相當的重要性。要把自己的一生原原本本呈現給讀者，自傳作者必須設法把生存的兩個層面都記錄下來——其一是事件和行動的匆匆更替；其二則是獨一無二、莊重而專注情感的緩緩展開。昆西的自傳的迷人之處就在於這兩個層面美妙地結合起來，儘管其中有不對稱均衡之處。我們一頁接一頁地讀著他的自傳，彷彿正陪伴著一位有教養的紳士，聽他把自己的所見所聞令人著迷地娓娓道來——驛站馬車、愛爾蘭叛亂、喬治三世的外貌和談吐。然而，流利的敘述突然碎裂開來，在幻覺中，一扇扇拱門次第開啟，閃現出某種東西在不停地飛舞，不停地逃逸，而時間就在那裡凝固了。

（李寄 譯）

四位人物

一、考珀[1]和奧斯汀女士[2]

當然，這已是許多年前發生的事了。但是那次會面一定非同尋常，因為今天人們依然對此津津樂道。一七八一年的夏天，一位年老的紳士在村鎮臨街的窗口朝外張望，看到兩位女士走進街對面的綢布莊，其中一位的外貌讓他著了迷，他似乎也這麼說出了口，因為此後不久便安排了兩人的會面。

生活一定太寧靜、太孤寂了，以至於一位紳士才會在清晨朝窗外張望，看到一張富有魅力的臉而成為一件不同尋常的大事。不過，這件事之所以不同尋常，那部分原因是它喚起了一些快被遺忘、但依舊深刻的回憶。因為考珀過去並不總是站在村鎮臨街的窗口朝外觀望世界。那時候，看到衣著時髦的女士早已是極尋常的事了。在他年輕的時候，一直非常荒唐。他曾經打情罵俏；他曾穿著筆挺地去過沃克斯霍爾和馬利萊波恩花園。他在多家法庭任過職，其草率從事令他的朋友大為吃驚——因為他根本就沒有賴以為生的專長。他還愛上他的堂妹西奧多拉·考珀。他確實是個沒有頭腦、狂放不羈的年輕人。但就在他的青春歲月，就在他恣意歡樂之際，突然間一件可怕的事發生了。在他輕狂的人生態度背後，潛伏著一種病態的憂鬱，它源於人的某種缺陷，也許正是這種缺陷導致了他輕狂的態度，使得行動、婚姻甚至在公共場所露面都成為令人難堪的事。如果被驅使著非做不可的話，他就必須逃避，甚至逃入死神的魔爪。比如說，這時他在上議院獲得一個公職，但他情願跳水自殺，也不肯去赴任。他到了水邊，另一個男人正坐在碼頭上；他要吞食鴉片時，一隻無形的手神秘地將鴉片從他的唇邊推開；他用刀刺向心臟，刀又斷了；他在床柱上上吊，襪帶卻讓他跌落在地。考珀註定要活下去。

到了七月的那個早晨，當他朝窗外望見兩位女士進店購物時，他已經跨越了絕望的鴻溝。他不僅把一個寧靜的村鎮當做安息之所，而且達到了內心的平靜，找到了安定的生活方式。昂溫太太[3]，一個比他年長六歲的寡婦，使他適應了家庭生活。她讓他訴說，傾聽並理解他內心的恐懼，像一位母親一樣，奇妙地讓他逐漸進入心靈的平靜。他們刻板單調地在一

---

1 考珀（William Cowper, 1737-1800），英國詩人，患憂鬱症，不時發作。其代表作有長詩《任務》；詩作中流傳最廣的是〈瘋漢騎馬歌〉（John Gilpin）。

2 奧斯汀女士（Ann Austen, 卒於一八〇二年），羅伯·奧斯汀爵士（Sir Robert Austen）遺孀，一七八一年考珀與她初次見面，後來她改嫁一位法國人。

3 瑪麗·昂溫（Mary Unwin, 1724-1796），考珀與瑪麗及其丈夫莫利（Morley）同住，一七六七年莫利過世後，考珀仍與瑪麗同住，直到她去世。

起生活了許多年。每天以一起讀《聖經》開始；然後去教堂；然後他們各自活動，或去讀書，或去散步；正餐之後他們又聚在一起談論宗教或同唱聖歌；其後，如果天氣晴好，他們就一起散步，如果天氣潮溼，他們就一起閱讀、交談；最後，在一天結束之前，他們再唱幾首聖歌，再做幾遍祈禱。許多年來，這就是考珀與瑪麗．昂溫的生活慣例。當他提筆撰文的時候，筆下是類比聖歌的筆法；如果寫信的話，那肯定是敦促某個誤入迷途的人——例如他在劍橋的弟弟約翰——趕緊懸崖勒馬，接受上帝的拯救。這種緊迫感或許與他年輕時的輕浮不無關係。它也是逃避恐懼、撫慰內心深處不安的努力。突然之間，這種寧靜被打破了。在一七七三年二月的一個夜晚，敵人出現了；它永遠地破壞了他的寧靜。在夢裡，一個可怕的聲音呼喚著考珀。這個聲音宣稱他註定要墮入地獄，宣稱他被上帝遺棄，他臣服於這個聲音。從此，他不能祈禱。當其他人在餐桌上感謝上帝的恩典時，他拿起刀叉表示他沒有權利參加他們的祈禱。沒有人，甚至昂溫太太也不能理解這個夢的可怕寓意。沒有人理解他何以如此與眾不同；沒有人理解他何以從千百萬人中被挑選出來，讓他單獨遭受天譴。但是那種孤獨也有一種奇特的效果——既然他不再能接受幫助和指導，那麼他就是自由自在的。約翰．牛頓牧師[4]不再能夠指導他的筆，給他繆斯的靈感。既然命運已經宣判，在劫難逃，那他就可以去獵殺野兔，種植黃瓜，傾聽村野閒話，編織魚網，製作桌椅。他所能指望的就是打發掉那些可怕的歲月，他再不能啟示別人，也不能拯救自己。他從來沒有像現在這樣如此著魔地、如此歡快地給他的朋友寫信，因為他知道自己已遭天譴。只是當他給牛頓或昂溫太太寫信時，潛伏心底的恐懼才露出可怕的頭，他哀嘆道：「我在虛度時光……大自然可以復甦，而一個曾遭屠戮的靈魂不能再生。」但大多數時候，當他在愉快的消遣中打發時光時，當他興致勃勃地看著下面的街道時，人們會認為他是天底下最快樂的人。瞧，那是吉爾里．鮑爾赴「皇家橡樹」小酌——就跟考珀刷牙一樣地有規律。不過，請看，兩位女士走進了對面的綢布莊，那可是件非同尋常的大事啊！

其中一位，他早已熟識，就是瓊斯太太，附近一位教士的妻子。另一位他不曾謀面。她俏皮而活躍，長著一頭黑髮和圓圓的黑眼睛。儘管是個寡婦，羅伯．奥斯汀爵士的遺孀，但她還年輕，一點也不古板。當她說話時——不久她便跟考珀在一起喝茶了——「她自己大笑，也讓人大笑，輕鬆自如地將談話順利進行下去。」她是一個生性活潑、教養良好的女人，曾在法國生活好長一段時間。她閱歷廣泛，「認為世事荒謬」——這便是考珀對安．奥斯汀的第一印象。而安對於這一對生活在村鎮巨宅裡的古怪男女更感興趣。這是非常自然的事，因為安天性好奇。此外，儘管她到過世界各地，在安妮皇后大街有一幢住宅，但她並沒有意氣相投的親戚和朋友。她的妹妹居住的克利夫頓—雷恩斯是一個野蠻、混亂的英格蘭鄉村，如果一位女士無人照看獨自在家，便會有人破門而入。奥斯汀女士不滿意；她希望交

4 約翰．牛頓牧師（Rev. John Newton, 1725-1806），福音派神職人員，考珀在奥爾尼的好朋友，對考珀的影響既深且遠。

際，同時她也希望定居下來，過嚴肅認真的生活。克利夫頓—雷恩斯和安妮皇后大街她都不中意。這一次，極其幸運又非常偶然，她遇到這一對教養良好、舉止高雅的夫婦。他們能夠欣賞她，也樂意邀請她分享他們所珍視的鄉村寧靜的樂趣，而她具有增添此類樂趣的本領，她讓一起度過的日子充滿活力和歡樂，她策劃了幾次野餐——他們到斯平尼去遠足；在茅舍裡吃飯，在獨輪手推車上喝茶。當秋天到來，夜幕降臨時，又是安讓他們活躍起來的，是她鼓動考珀為沙發寫一首詩。當考珀陷於不時發作的憂鬱症時，她就給他講述約翰．吉爾平的故事，結果他從床上跳了起來，笑得直不起腰。但是在她開朗活潑的背後，他們也高興地看到她本質上還是挺嚴肅的。她渴求平和寧靜，「儘管她活潑開朗，」考珀寫道：「她還是一位偉大的思想者。」

考珀雖有憂鬱的一面，用他自己的話來說，他是個入世的人。正如他自我評價時所說，他在本質上算不上是位隱士。他不是那種消瘦的、孤獨的隱居者。他四肢強健，兩頰泛紅，身子在發福。他在年輕的時候就看透了世事，當然只要你能看透，你總該有話可說。但不管怎樣，考珀對他高貴的出身還是感到一絲驕傲的。即使在奧爾尼，他還是保持了某些紳士派頭。他必須有一個雅致的盒子裝鼻菸；他的鞋子必須有銀扣子；如果他要一頂帽子，它必定「不是我所討厭的帽沿下垂的圓帽子，而必須是那種時髦的向上翹的帽子。」他的信件是一頁頁精妙的、清晰的散文，保存了一種寧靜和安詳，一種良好的感覺，一種隱晦、俏皮的幽默。因為郵差每周只來三次，他有足夠的時間撫平日常生活中的每個細微的皺褶。他有時間去敘述一個農夫是如何從他的馬車上摔下來，一隻寵愛的兔子是如何逃走的；格倫維爾先生來造訪過；他們淋了雨，忠羅克莫頓太太邀請他們去她家避雨——諸如此類的小事每周都可能發生，也正好滿足他的需要。假使什麼事也沒有發生，奧爾尼的日子平淡似水，他就會讓他的腦袋琢磨起外部世界的各種傳言。飛行正成為街談巷議的話題，他會就此寫上幾頁，抨擊這是邪惡之舉；他也會對英國各階層女士的塗脂抹粉發表看法，認為這是淫邪之舉；他還會評論一下荷馬和味吉爾（Virgil），也許嘗試做一些翻譯。當夜幕降臨，他甚至無法在泥濘的道路上艱難前行時，他就會打開一本他喜歡的旅行家的書，夢想著自己和庫克（Cook）或安森（Anson）一起去航海。在想像中，他四處漫遊，而實際上他的足跡從未踏出白金漢到索塞克斯的範圍半步。

他的信件保存了讓他的交往具有魅力的東西。不難看出，他的睿智，他的故事，他的安詳而周到的舉止，一定使得他的上午拜訪令人愉快——他已經養成每天上午十一點拜訪奧斯汀女士的習慣。但是除此而外，在他身上還有更多的東西，他的某種魅力，某種特別的迷人之處，使得他的友誼對他的朋友來說必不可少。他的堂妹西奧多拉曾經愛過他，她仍舊默默地愛著他；昂溫太太愛著他；此刻，安．奧斯汀開始感覺到在她的內心深處，比友誼更強烈的某種情緒在升騰。那種強烈的與也許超乎人的激情，彷彿是一隻天蛾對一朵花、對一棵樹、對一個山坡的癡迷。此情此景難道不是給寧靜的鄉村清晨平添了更大的魅力？不是令與他的交往更加動心，遠勝於一般的男子？「砌在花園牆頭上的每塊石頭都是我親密的朋友」，他寫道：「在田野裡我見到的每樣東西對我來說都是奇妙無比的。在我生命中的每一天，我都可以帶著新的欣喜來觀賞同一條小溪，或同一棵漂亮的樹。」正是這種強烈的視角賦予他的詩歌令人難以忘懷的特質，儘管其間充滿了說教。正是這一點使得《任務》（*The Task*）中的部分篇章像清澈的窗戶鑲嵌在其餘平庸的詩行中。正是這一點賦予他的談吐既有鋒芒又有熱情。突然間，某種更精微的視角攫住他、控制了他，致使漫長的冬日黃昏和清晨的拜訪更具難以言傳的哀婉和魅力。只是，正如西奧多拉告誡安的，他的激情不是針對男人和女人的，那是一種抽象的激情。他是一個不考慮性愛的古怪男人。

在他們相識之初，安就被告誡過。她喜歡她的朋友，她用天生的熱情讚美他們。考珀馬上寫信給她，和善然而很堅定地告誡她這種方式的愚蠢之處。「當我們從想像中攫取美妙的色彩來美化一個生靈的時候，」他寫道：「我們就把他當做偶像來膜拜……除了痛苦地證實我們的錯誤而外，我們什麼也得不到。」安讀了這封信之後勃然大怒，憤而離開鄉下。但不久裂痕就彌合了。她為他縫製了一道飾邊。為了表示感激，他將他寫的書題贈給她。不久，緊緊擁抱瑪麗．昂溫，她重返鄉下，這一次他們之間的關係較先前更密切了。事實上，又過了一個月，她的計劃迅速付諸實行：她賣掉城裡的房子，住進跟考珀緊鄰的教區牧師住宅，並宣稱：除了奧爾尼，她再沒有別的家；除了考珀和瑪麗，她再沒有別的朋友。兩家花園之間打開了一扇門。每隔一天，兩個家庭聚在一起共進晚餐。考珀叫安妹妹，安則叫考珀兄長。還有什麼比這樣的安排更富詩意呢？「奧斯汀女士和我們輪流在各自宅邸裡共度時光。

上午，我和兩位女士中的一位一起散步，下午，一起紡紗。」考珀如是寫道，俏皮地把自己比做大力士海力克斯和參孫。當夜幕降臨時——他最喜歡的是冬日的夜晚——他在壁爐的火花中陷入遐想，看著影子笨拙地跳舞，看著炭煙穿梭柵條。直到油燈端了上來，在勻和的燈光下，他才走出自己編織的幻影。然後，安在古鋼琴的伴奏下唱歌，瑪麗和考珀一起打板羽球或羽毛球。無憂無慮，寧靜平和，純真無邪——哪裡有像考珀所描述過的、在人的快樂旁邊必然有「薊一般多刺的哀痛」呢？如果衝突必然會有，那衝突又從何而來呢？危險或許來自女人。或許是某個夜晚，瑪麗注意到安將考珀的一綹頭髮嵌在鑽石首飾裡。或許是瑪麗發現了一首寫給安的詩，詩中考珀表達了超出兄長之情的愛。她會變得忌妒。因為瑪麗絕不是鄉下傻瓜，她博覽群書，「舉止像一位公爵夫人」；在安到來打破他倆最喜歡的「寧靜的生活」之前，她已經照料、撫慰考珀好多年了。就這樣，兩位女士便會競爭，衝突由此開始。考珀不得不在兩人中間做選擇。

但是，我們並沒有注意到，在那些近乎天真無邪的夜晚消遣的背後，還存在著另一種情形。安可能在唱歌；瑪麗可能在彈琴；壁爐可能燒得正旺；戶外的霜凍和寒風可能使壁爐旁的靜謐更加迷人。但在他們中間，一個陰影在徘徊。在那間寧靜的屋子裡，一道鴻溝形成了。考珀艱難地行走在懸崖邊上，低聲耳語和歌聲混在一起；在他的耳邊各種聲音和末日天譴之聲摻雜在一起。他被一種可怕的毀滅之聲拉扯著。接著，安期望他跟她戀愛！接著，安要求他跟她結婚！這種念頭是不祥的，不體面的，不可忍受的。他給她又寫了封信——這封信不可能有回音。在怨憤中，安將信燒毀了。她離開了奧爾尼，從此他們之間再沒有聯繫過。這份友情就此結束。

不過，考珀並不十分在意。大家都對他極其友善。思羅克莫頓夫婦把花園的鑰匙交給他。一位不知名的朋友——他從不去猜她的名字——每年送給他五十英鎊。另一位朋友送給他一張裝有銀把手的雪松書桌，也不希望人們知道他的名字。奧爾尼善良的人們送給他溫順的兔子多得他照顧不來。但是，一旦你遭天譴，陷入寂寞孤獨，割斷了上帝與人的聯繫，人們的這一切善行又有什麼用呢？「一切都是虛幻……大自然可以復甦，而一個曾遭屠戮的靈魂不能再生。」他陷入愈來愈深的憂鬱，終於痛苦地離開人世。

至於奧斯汀女士，她嫁給了一位法國人。她很幸福——人們如是說。

二、花花公子布魯梅爾[5]

考珀在奧爾尼隱居時，想起德文公爵夫人便氣憤難平。他預言會有那麼一天，「沒有腰帶，只有破布；沒有美麗，只有禿頂。」他這麼說，實際上也就是認可一位他嗤之以鼻的女士能量很大。要不，她的幽靈怎麼能夠在奧爾尼沮喪而孤獨的心靈出現呢？她絲裙的沙沙聲又怎麼會打擾他抑鬱的沉思呢？毫無疑問，公爵夫人是一位非同尋常的幽靈。寫下這個預言許多年之後，公爵夫人已經去世，戴著金銀箔的頭冠安葬入土，她的幽靈卻踏上另一座全然不同的住所台階。在法國卡恩，一位老人坐在躺椅上。門開了，僕人大聲說：「德文公爵夫人駕到！」花花公子布魯梅爾立刻應聲而起，走到門邊，行了一個足以令英國宮廷生輝的躬身禮。然而，不幸的是，根本沒有什麼人。一股寒氣吹上小客棧的樓梯。公爵夫人早死了，布魯梅爾變得又老又癡，恍惚之中他彷彿又回到倫敦，正在舉行一個宴會。這時候，考珀的詛咒對他們兩人都變成了現實。公爵夫人躺在裹屍布裡；布魯梅爾只有一條打滿補丁的褲子，盡可能地掩藏在破爛不堪的斗篷裡——他的衣著曾經讓國王們羨慕不已。至於他的頭髮，已遵醫囑剃光了。

儘管考珀刻薄的預言就這樣實現了，但公爵夫人和這位花花公子都可以宣稱他們曾經風光一時。在他們活躍的年代，他們都曾經是名噪一時的大人物。兩人當中，或許布魯梅爾更可以為他的傳奇經歷而吹噓。他的家世並不顯赫，他的錢財並不豐厚。他的祖父在聖詹姆斯街出租房屋。他剛涉足社會時只有三萬英鎊而已；他的英俊主要在身材並不在容貌，還因為塌鼻子而遜色不少。他從來沒有做過一件轟轟烈烈的大事。儘管如此，他還是大出風頭。他已成了一個象徵，他的幽靈依然與我們同在。他大出風頭的原因現在較難確定。靈巧的雙手和良好的判斷力自然是他的過人之處，否則他就不可能使打領飾的藝術臻於極致。這個故事

5 花花公子布魯梅爾（Beau Brummell），十九世紀英國著名紈褲子弟喬治．布魯梅爾（George Brummell, 1778-1840）的渾名。本文乃作者依 William Jesse 所著的 *The Life of Beau Brummell*（1844）一書而寫。

或許太著名了——他如何抬頭後仰，下巴慢慢往下傾，使領帶的皺褶勻稱而完美。如果一個皺褶太深或太淺，這條領帶就立刻扔進廢物籃，然後重新開始。威爾斯親王連續幾個小時坐在那裡，目不轉睛地注視著他的一舉一動。但一雙巧手和良好的判斷力還不足以說明他的過人之處。布魯梅爾把他的出人頭地歸功於他的睿智、雅趣、高傲、獨立等美德的奇妙的組合——他從來就不是一個阿諛逢迎的人。這種說法自然過於粗糙，不能稱為人生哲學，然而行得通。他曾是伊頓公學最受歡迎的學生，當他的伙伴一致贊成將一位牛津學生扔進河裡的時候，他冷靜地調侃：「我親愛的朋友們，別把他扔到河裡去。這個傢伙顯然渾身冒汗，一下水註定要感冒的。」從早年起，無論處於哪個社會階層，他都應付裕如，如魚得水。當他在第十輕騎兵團擔任上尉時，也不能盡心盡責，只會憑其中一個士兵的「大大的藍鼻子」來認出自己的手下人。這件事一時傳為笑談。即便如此，人們仍舊喜歡他，容忍他。後來，輕騎兵團派駐曼徹斯特，他辭去了職務——「我真的不能去。殿下，請想想，那是曼徹斯特呀！」此後，他在契斯特菲爾德街建了宅邸，成為那個時代最富忌妒心、最尊貴的上流社會的翹楚。譬如，一天晚上，他正在奧爾馬克家與一位勛爵交談。其時，一位公爵夫人陪著她的小女兒路易莎也在場。公爵夫人一眼看到布魯梅爾先生，就告誡她的女兒，如果門邊的那位紳士走過來和她們說話，她得小心謹慎，給他留個好印象。「因為，」公爵夫人壓低聲音悄悄地說：「他就是大名鼎鼎的布魯梅爾先生。」路易莎小姐很可能困惑不解：一位布魯梅爾先生為什麼盡人皆知？身為公爵的女兒為什麼要刻意給一位布魯梅爾先生留下好印象？後來，當布魯梅爾先生果真徑直朝她們走來時，她就立刻全明白了。他的儀態是如此之優雅，他的鞠躬是如此之得體——簡直令人震驚。在他身邊，每個人衣著都顯得要麼過分花俏，要麼過分寒磣，有的簡直污穢不堪。他的衣著做工精緻，色彩協調，整體搭配和諧完美。沒有一絲刻意做作，一舉一動都顯得與眾不同——從欠身鞠躬到打開鼻菸盒——當然總是用左手。他簡直就是清新、整潔、有序的化身。人們完全會相信，他是讓人用椅子把他從梳妝室抬進奧爾馬克家的客廳，因為他的鬈髮一絲不亂，他的鞋子光潔如新。當他實實在在上前搭話時，路易莎小姐先是神魂顛倒——沒有人比他更和藹，更風趣，更殷勤，更迷人——繼而卻感到困惑。很有可能在這個夜晚結束之前，他就會向她求婚。但是，他的舉止甚至連初入社交圈的純情少女也不會相信他是當真的。他那雙奇特的灰眼睛表情似乎和他唇邊的話語不相對應。他的眼神使人對他得體的恭維是否真誠產生懷疑。接著，他便以刻薄的語氣說起其他人。他的談吐確切地說並不機智，當然也不深刻，但表述得如此嫻熟，如此有技巧，其精妙之處直溜進人們的腦海，銘記在心，而把更重要的話都遺忘了。比方說，他用了一句很有技巧的「您那位發福的朋友不知是誰？」就貶低了攝政王本人。對於那些故意怠慢他、或者讓他厭倦而地位又比他低微的人，他總是使用同一種方式來打發。當他向一位女士求婚不成時他向一位朋友解釋說：「哦，我親愛的朋友，除了跟她斷絕關係，我還能做些什麼呢？我發現瑪麗女士竟然吃大白菜！」而當有人不識相，老是追問他的北方之旅時，他便轉身問僕人：「我喜歡哪一個湖呢？」「是溫德米爾湖，老爺。」「哦，是溫德米爾湖。不錯，是溫德米爾湖。」這就是布魯梅爾先生的風格，閃爍其辭，嬉笑怒罵，居高臨下，言不由衷。但是他的話語裡總會蘊涵著某些奇妙的成分，人們據此可以把虛假的布魯梅爾與雖經誇大卻真實可信的布魯梅爾區分開來。布魯梅爾絕不可能說：「威爾斯親王，社交界的驕子。」就像他絕不會穿著色彩鮮豔的短大衣和耀眼的領帶一樣。拜倫爵士對他的衣著評論是「精妙而得體」。他整個人散發出冷峻、高貴和自信的氣息，在諸多紳士中鶴立雞群。那些紳士只會談論狩獵，這是布魯梅爾所討厭的話題；他們身上散發著馬廄的氣味，這是布魯梅爾從不涉足的地方。要給布魯梅爾留下好印象，路易莎小姐很可能得小心翼翼，而布魯梅爾的好印象在路易莎小姐的世界中至關重要。

除非上流社會不復存在，他至高無上的地位可謂堅如磐石。英俊瀟灑，冷峻譏誚，這位花花公子幾乎無懈可擊。他的趣味完美無缺，他的健康令人羨慕，他的身材勻稱挺拔。他在社交界的引領風騷維持了許多年，經歷了諸多世事興衰。法國大革命發生，他毫髮無損；帝國興起，帝國衰亡，全然與他無關，他依舊忙於領飾褶皺的試驗，大衣剪裁的評點。滑鐵盧之役結束了，和平終於降臨了。這場戰爭對他並無傷害，倒是和平毀了他。在過去的歲月裡，他一直在賭場裡贏贏輸輸。哈利雅特．威爾遜（Harriette Wilson）聽說他破了產，但隨後不無失望地聽說他又安然無事了。此時，戰事結束，軍隊解散，倫敦街頭遊蕩著一大批身經百戰的退伍軍人，他們一個個剽悍粗野，決心享受生活，紛紛湧入賭場。他們下的賭注很高，布魯梅爾身不由己參與其中。他輸了，又贏了，發誓絕不再玩，可是不久卻又玩起來了。最後僅剩下的一萬英鎊也輸光了。他四處挪借，直到再也弄不到一個便士。終於，輸光了成千上萬英鎊之後，他丟掉了一直給他帶來好運的一枚中間有個孔的六便士硬幣。他錯把它給了出租馬車夫。他說，那個混蛋羅斯柴爾德得到了它。他的好運從此結束。這是他自己對這件事的說法，而別人對此事的解釋卻不像他這麼簡單。不管怎麼說，那一天終於到來了，確切地說是一八一六年五月十六日，那一天發生的一切都是準確無誤——在瓦捷餐館，他獨自一人吃了一盤冰冷的禽肉，喝了一瓶紅葡萄酒，看了一場歌劇，然後乘馬車赴多佛。一夜之間，他飛快地駕車，第二天抵達法國加萊。他再也沒踏上英格蘭的土地。

從此，一個奇異的毀滅過程開始了。倫敦獨特而十分虛偽的上流社會一直是他的保護屏障，讓他保持常態，使他成為獨一無二的明珠。離開了塑造他的環境，造就他成為花花公子的諸多因素，分開來看微不足道，合在一起卻璀璨生輝，如今紛紛剝落，暴露出藏在背後的真相。起初，他的光彩似乎並未減退。他的老朋友跨過英吉利海峽前來看望他，專門請他吃飯，在他的銀行帳戶裡留下一小筆錢做為禮物。他則在他的寓所舉行例行的招待會。他慣常地花幾個小時來盥洗、著裝。他用美洲血根草擦拭牙齒，用銀鑷子夾出白頭髮，將領帶打得讓人羨慕不已。四點整，他穿戴整齊出門，似乎皇家大街就是聖詹姆斯街；似乎威爾斯王子正挽著他的臂膀。但是，皇家大街並不是聖詹姆斯街；在地板上吐唾沫的老法國伯爵夫人並不是德文公爵夫人；請他在四點前來吃鵝肉晚餐的殷實中產階級並不是阿萬利爵士。儘管不久他便為自己贏得了「加萊之王」的名聲，但勞工偏偏叫他「成功者喬治」。在加萊受到的讚美是粗俗的，加萊的社交圈是不雅的，加萊的娛樂活動是單調乏味的。這位花花公子不得不退回到他的內心世界，而這裡的資源還相當可觀。用赫斯特·斯坦厄普女士（Lady Hester Stanhope）的話來說，倘若他願意的話，他原本是一個非常聰明的人。當她將這一看法告訴他時，這位花花公子承認他浪費了自己的才幹，因為只有風流倜儻的生活方式「才能夠讓他成為萬眾矚目的中心，才能夠將他從他所鄙夷的凡夫俗子區分開來。」只有過這種生活才有寫詩的激情——他的《蝴蝶的葬禮》（*Butterfly's Funeral*）頗受歡迎；才會有歌唱的閒情；才會有拿鉛筆作畫的雅興。而此時，炎炎夏日漫長而空虛，他發現這些技能幾乎不能消磨時光。於是，他試著寫回憶錄；他買來一架屏風，耗費幾個小時在上面貼上名人和美女畫像——以極高的技巧將象徵他們美德和缺點的鬣狗、黃蜂，以及許多丘比特天衣無縫地黏合在一起；他收集布林（Buhl）家具；他以一種雅致而精巧的古怪風格給女士們寫信。但所有這些事不久就都玩膩了。他內心的資源隨著歲月的流逝而消耗殆盡。後來，這種毀滅的過程又向前進了一步。他的另一個器官——心，也開始虛空起來。多年來他一直在遊戲愛情，同時又能嫻熟地逃避激情。但此刻，他向足以做他女兒的女孩子發起猛烈的情感攻勢。他給卡恩的愛倫小姐寫了激情澎湃的信，弄得她啼笑皆非。她生氣了。這位曾經任意地玩弄公爵女兒的花花公子，絕望中匍匐在愛倫小姐的腳下。但是，一切太遲了——他的這顆心在經過漫長歲月之後已不再有吸引力，甚至不能吸引一個單純的鄉下女孩。最終他只好把他的感情傾注在寵物身上。他為他的小獵犬維克之死傷心了三個星期；他和一隻老鼠建立了友誼；他成了卡恩所有被遺棄的貓和挨餓的狗的保護者。他確實對一位女士說過，假使一個人和一隻狗在同一個池塘裡快淹死了，他會寧願去救那隻狗——當然，要在四周沒人看見的情況下。但是，他依舊相信每一個人都在注視著他。他對儀表的關注賦予他一種不以苦樂為意的堅韌。因此，在就餐時突然中風他會不露痕跡地離開；儘管他債台高築，他依舊踮著腳尖在鵝卵石上行走以保護他的鞋子；當被關進監獄那可怕的一天到來之際，他顯得如此從容不迫而彬彬有禮，彷彿早上出門去會客，使得殺人犯和小偷仰慕不已。如果他要繼續維持他的派頭，有人資助他至關重要——他得有足夠的鞋油，大量的科隆香水，每天得有夠換三回的行頭。他在這些品目上的開銷太大。儘管他的老朋友們慷慨解囊，但禁不住他永無休止地索求，終於到了那麼一天，他從他們那兒再也榨不出一個子兒來了。他註定只能滿足於一天換一次行頭，他的錢只能夠花在生活必需品上。但是，像布魯梅爾這樣的人物怎能只靠生活必需品過活呢？這種要求是荒謬的。可是不久之後，他還是戴上了一條黑色的絲質領巾，表示他已認識到問題的嚴重性。黑色的絲質領巾一直是他所厭惡的。這是絕望的標誌，表示末日就在眼前。從那以後，支撐他、維繫他體面的一切都紛紛解體了。他的自尊消失了，願意跟任何願意付帳的人一起吃飯。他的記憶力衰退了，會顛來倒去反覆講述同一個故事，直到卡恩的市民感到厭煩。接著，他的儀態也變糟了。過去的潔癖先是變得不在意，最後化成極端的骯髒。人們討厭他出現在旅館的餐廳裡。後來，他的精神錯亂了——他以為是德文公爵夫人走上樓來，實際上只是吹來一陣風。最後，在他的諸多特質中只有一個殘存下來——極度的貪婪。為了買蘭斯餅乾，他犧牲了僅存的最貴重的東西——賣了他的鼻菸盒。當年名噪一時的布魯梅爾終於成了老態龍鍾、遭人白眼的老人，除了一大堆丟人現眼的笑柄和下賤墮落的事情，只配讓修女施捨，由瘋人院收容，什麼也沒留下。一位牧師請他祈禱，「『我會試試。』他說，但他又說了些什麼，讓我懷疑他是不是聽懂了我的話。」這位牧師寫道。當然，他還是願意試一試的，因為牧師希望他做，而他又是一個講禮貌的人。他過去對小偷、對公爵夫人、對上帝都彬彬有禮。但對他來說嘗試已沒有用處。此時此刻，除了溫暖的火爐、甜脆的餅乾、再來一杯咖啡（如果他懇求的話）之外，他什麼也不相信了。就這樣，那位曾經是整潔、禮貌化身的花花公子只能像任何一個穿著糟糕、毫無教養、無人需要的老人一樣被推進墳墓。但人們不應忘記，拜倫在他陶醉於花花公子作風時，「總是念叨著布魯梅爾的名字，帶著敬意和妒忌參半的語氣。」

附記：聖詹姆斯街的貝里先生好意地讓我注意到一個事實，花花公子布魯梅爾在一八二二年肯定重返英格蘭。他於一八二二年七月二十六日來到這家著名的酒店，像往常一樣秤了體重。他當時的體重是十英石十三磅。在前一次，一八一五年七月六日，他的體重是十二英石十磅。貝里先生補充說，一八二二年以後沒有他來過的記錄。

（李寄 譯）

三、瑪麗・沃斯通克拉夫特[6]

很奇怪，戰爭的影響總是斷斷續續的。法國大革命衝擊了某些人，把他們的生活撕裂，卻悄然放過了另一些人，沒有擾動他們一根髮絲。據說珍・奧斯汀從未提過法國革命；查爾斯・蘭姆對之置若罔聞；花花公子布魯梅爾絲毫不曾把它放在心上。但是對華滋華斯和戈德溫來說，這場革命乃是曙光，他們從中明白無誤地看到：

> 法蘭西屹立於金色時光之巔，
> 人類的本性彷彿正重逢新生。

一個善於渲染的歷史學家輕而易舉就能把這種壁壘分明的對比並置起來——一面是給契特菲爾德街的布魯梅爾，他的下巴小心地安放在領結上，用絕無粗俗重音而且細加斟酌的腔調討論著外衣翻領應如何裁剪；而另一邊在索默斯城有一伙衣衫不整興奮的年輕人聚會，其

---

6 瑪麗・沃斯通克拉夫特（Mary Wollstonecraft, 1759-1797），英國作家及女權運動先驅之一，《答柏克》（*A Vindication of the Rights of Men, a letter to Edmund Burke*）、《女權辯護》（*A Vindication of the Rights of Woman*, 1792）的作者。一七九七年與英國政治哲學家戈德溫（William Godwin, 1756-1836）結婚，同年生下一女後不久即過世。其女即後來的作家雪萊夫人（Mary Wollstonecraft Shelley）。

中一位腦袋太大、鼻子過長的先生每天都在茶桌上侃侃而談，議論人性臻於完美的可能性、理想的團結統一以及人權等等。在場的人中還有一位婦女，眼睛非常明亮，談吐極為熱切，那些年輕的男人擁有的是些中等階級的姓氏，諸如巴羅[7]，霍爾克羅夫特[8]或戈德溫之類，他們乾脆稱呼她「沃斯通克拉夫特」，就好像她是否已婚無關緊要，就好像她和他們一樣是男性青年。

知識分子當中存在如此鮮明的反差——查爾斯．蘭姆和戈德溫；珍．奧斯汀和瑪麗．沃斯通克拉夫特都是智識高拔的人，表明了環境在怎樣的程度上影響著見解。如果戈德溫生長在倫敦聖殿區，或是在基督慈幼學堂（Christ's Hospital）深受古文物和典籍的濡染，他也許對浮泛地談論人類未來以及人權根本不感興趣。如果珍．奧斯汀幼年時曾被放在樓梯口來阻擋她父親毆打母親，她心中也一定會燃起對暴君的強烈仇恨，她的小說也一定會充滿對正義的呼喚。

而這正是瑪麗．沃斯通克拉夫特對所謂婚姻幸福的最早的體驗。後來她妹妹埃弗琳娜的婚事也很不美滿，她在馬車裡把自己的結婚戒指咬成了碎片。她的弟弟是個累贅，她父親經營農場賠了本，為了讓那個脾氣暴烈、頭髮骯髒、名聲不佳的紅臉漢子能重整旗鼓，瑪麗忍辱負重，到貴族家當了家庭教師。總而言之，她從沒嘗過幸福的滋味，而正因如此，她琢磨出一套信條來對付苦難深重的人類生活。她的信條主旨是：唯有獨立最重要。「同輩施予我們的每個恩典都是新的枷鎖，都削減我們固有的自由，敗壞我們的思想。」女人首先必須獨立；她必須具備的不是高雅風度或迷人魅力，而是精力、勇氣和將意願付諸實行的能力。瑪麗最引以自豪的是能夠說：「凡我決心做的重要的事，我無不貫徹如一。」她的確說到做到。她三十歲剛出頭之時，就已經有資格回首自己頂著強大反對勢力所採取的一連串行動了。她曾費盡心力，為朋友范妮租了一棟房子，哪知范妮改變心意，不再需要房子了。她曾辦了一所學校。她勸說范妮和斯凱先生結婚。她曾拋開學校隻身一人前往里斯本去照料垂危的范妮。在歸途中，她強迫船長救援一艘遇難的法國船，她威脅說如果船長見死不救，她將告發他。她狂熱地愛上了福瑟利[9]，公開表示要和他一起生活，卻遭到他妻子的斷然拒絕；於是她立刻將她的果斷行動原則付諸實行，動身前去巴黎，決心以寫作為生。

因此對她來說法國大革命不是身外發生的一件事，而是湧動在她的血脈中。她一生都在反叛——反對暴君，反對法律，反對習俗。她心中湧動著改革者對人類的熱忱，其中包含的恨和愛一樣多。法國大革命的爆發表達了某些她最深切服膺的理論和信念。在那個舉世震驚的火熱時代裡，她一揮而就，寫出了兩部大膽而雄辯的著作——《答柏克》和《女權辯

7 巴羅（Joel Barlow, 1754-1809），美國詩人兼外交官。

8 霍爾克羅夫特（Thomas Holcroft, 1745-1809），曾先後做過馬夫、鞋匠、演員和作家。他自學成才，是激進的無神論者，堅信人類可以自我改善。

9 福瑟利（Henry Fuseli, 1741-1825），瑞士畫家，一七六四年到英國，後一度去義大利，一七七八年起定居倫敦。

護》，其言確鑿，但今天看來似乎毫不新鮮——它們當年的獨創新穎之論已成了我們的常識。不過，當她隻身在巴黎獨住於一所大宅中時，她親眼看到自己一向蔑視的國王在國民衛隊押送下乘車經過，而且，出乎她的意料，他維持著尊嚴，於是，「說不清由於什麼緣故」，淚水湧進了她的眼眶。「我正要上床睡覺，」她在那封信結尾時說道：「平生第一遭，我不願熄滅蠟燭。」事情畢竟不那麼簡單。她甚至不能明白自己的情感。她目睹自己最珍視的信念付諸實行，她卻淚水盈眶。她贏得了名聲、獨立和按自己意願生活的權利，卻又別有所求。「我不想被人當做女神敬愛，」她說：「我想成為你生活中的不可缺少的人。」因為，她的受信人伊姆利（Gilbert Imlay），那個迷人的美國人，曾經對她很好。她確實熱烈地愛著他。然而她的信念之一是：「愛必須是自由的，相互的，愛戀就是婚姻，一旦愛情死亡——如果愛情死亡的話，婚姻關係就不該維繫下去。」然而，就在她渴求自由的同時，她也祈望著安定。「我喜歡『愛慕』這個詞，」她寫道；「因為它意味著某種慣常的東西。」

所有這些內在的矛盾和衝突都在她臉上表現了出來，她的面容既堅定又恍惚，即性感又聰慧，此外也很美麗，有明亮的大眼睛和濃密的長鬈髮，所以騷塞[10]認為這是他所見過的最富於表情的面孔。這樣一個女人的生活註定要充滿驚濤駭浪。她每天編造出指導生活的理論；她每天都在他人的成見上碰壁。而且，她並不是書呆子，也並非冷血的理論家，每天她都在創新，推開原有的理論又不得不重新構建新理論。她根據理論行事，認為自己對伊姆利沒有法律權利，拒絕和他結婚，但當他扔下她和他們的孩子離去，一星期又一星期仍不歸來，她卻又痛苦得不堪忍受。

她本人是這般意亂心迷，連她自己都難以理解，也就無法苛責背信棄義的伊姆利跟不上她的快速變化，以及她忽而理智忽而非理性的情緒周期。即使一些不持偏見的朋友也常為她的自相矛盾而不安。瑪麗激情洋溢地熱愛大自然。有一夜晚，天空的色彩無比精妙，瑪德琳·史威澤（Madeleine Schweizer）忍不住對她說：「瑪麗，來吧——來呀，愛自然的人——享受一下這奇妙的景象，這變幻莫測的色彩。」可是瑪麗卻一直目不轉睛地盯著德·沃爾佐根男爵。「我得承認，」史威澤夫人寫道：「這種情欲的專注留給我不好的印象，我滿心的愉悅頓時煙消雲散。」如果說這位多情善感的瑞士女人是因瑪麗的情欲而不安，精明的生意人伊姆利則是受不了她的才智。他一見到瑪麗，即為她的魅力所征服，但隨之感到她的敏銳、洞察和毫不妥協的理想主義不斷騷擾著他。她看穿他的藉口，應付他所講的任何理由，她甚至能料理他的生意。和她在一起簡直不得安寧，他只能再一次離開。這時她的信件會追蹤而至，以其真摯和洞見折磨他。那些信都十分坦率，熱切地請求他講真話；還無比蔑視肥皂、明礬、財富和安逸。她曾再三地說，只要他表態，「你就再不會聽到我的消息」，

10 騷塞（Robert Southey, 1774-1843），英國十九世紀初浪漫主義詩人之一，一八一三年受封為「桂冠詩人」。

他擔心事情真會到這地步，他覺得受不了。他本想逗逗小魚，結果釣上隻海豚，這傢伙一下把他拖進水裡，弄得他頭暈目眩，只想逃脫。雖然他也玩票涉獵理論，但到底是個生意人，他得靠肥皂和明礬謀生，「生活中次等的樂趣，」他承認說：「在我來說是必要的享受。」而其中有一項是瑪麗忌妒的追究眼光一直不能猜透的。是什麼使他不斷地離開她？是生意？是政治？還是別的女人？他搖擺不定，他們見面時他很可愛，但不久他又消失了。最後，瑪麗氣急敗壞，疑心重重，以致有點神智失常，終於從廚子口中逼出了真相。她得知，某巡迴劇團的一個小女孩是伊姆利的情人。瑪麗絲毫不爽地貫徹了採取果斷行動的原則，把衣裙浸了個透溼，以確保自己一定下沉，然後從帕特尼橋縱身投河。她被人救了起來。經歷了一番無法描述的痛苦以後，她那「不可征服的偉大心靈」康復了，她那小女孩子氣的自立理論又占了上風。她決定再一次嘗試爭取幸福，並且自己養活自己和女兒，不要伊姆利的一文錢。

正在這個時候，她再次見到了戈德溫，那個長著碩大頭顱的小個子男人。當初他們相識時，法國大革命使索默斯城的青年認為新世界正在誕生。說她遇到了戈德溫，是委婉的說法，事實上是瑪麗登門拜訪他。這是法國大革命的影響嗎？是否她所目睹的街頭流血，以及耳際回響的狂怒人群的吶喊，使她覺得採取哪種方式——是披上斗篷到索默斯城拜會戈德溫還是在賈德西街坐等他來訪——並無關緊要？而激發了那個奇特男人的，又是怎樣不尋常的生活的動蕩呢？他是卑鄙和偉大、冷酷和深情的奇異混合體——因為，如果沒有獨特深切的內心感受，就寫不出關於他妻子的回憶錄。他認為瑪麗做得對，他因她踐踏了種種束縛女性生活的荒謬陳規而尊敬她。他在許多問題，尤其在兩性關係問題上持有極為特別的見解。他認為男女之間的情愛也應受理性引導。他認為他們的關係包含某種精神因素。他曾說過：「婚姻是一種法律形式，是最壞的一種……婚姻是一種財產關係，是最壞的一種。」他相信如果男女兩情相悅，不必舉行任何儀式就可以住在一起，或者住在同一條街上相距二十來個門戶，因為住在一起常常會磨蝕愛情。不僅如此，他還說，如果別的男人喜歡你妻子，「這不成問題。大家可以分享與她交談的樂趣。而且也都會十分明智地把肉體關係看做是區區小事。」不錯，當他寫這些時，他還根本不曾戀愛過；此時他才頭一遭體驗愛的滋味。這感情來得很平靜，很自然，由於在索默斯城的一次次談話，由於他們倆不合禮儀地單獨在他的房間裡議論天下萬事，感情在「雙方的心靈中同樣發展」。「友誼漸漸融為愛情……」他寫道：「自然而然地就到了這樣的時刻，彼此可以傾吐衷腸，雙方都發現其實已沒什麼可向對方吐訴的了。」無疑，他們在那些最根本的問題上是觀點一致的。比如說，他們都認為婚姻是不必要的。他們將繼續分開居住。不過，大自然再一次干預了。瑪麗發現自己懷了孕，這時她想：為一個理論而失去自己看重的朋友，值得嗎？她覺得不值，於是他們結婚了。而另外一種理論——夫妻最好分開居住——難道不也與她的新近產生的情感相矛盾嗎？「丈夫是房中一件便利的家具，」她寫道。實際上，她發現自己原來十分熱衷家庭生活。那麼，為什麼不也修正另外那條理論，搬到一起住呢？戈德溫可以在附近另找一間屋子當工作室；如果他們想的話，可以分別外出用餐——他們應該各有各的工作，各有各的朋友。他們就這麼說定了。這個計劃運轉得十分成功。這種安排兼有「訪問會見的新奇和生動感，以及家庭生活的溫馨情趣」。瑪麗承認她很快樂；戈德溫坦白說：「一個人在哲理思辯中長久浸潤之後，發現有人關心他本人的幸福，實在是莫大的滿足。」由於這新的滿足，瑪麗身心中的各種力量和情感都被解放出來。瑣事給了她妙不可言的快樂——看戈德溫和伊姆利的孩子一起玩；或想到他們的孩子即將出生；或某一天到鄉下遠足等等。有一天，她在新道街碰見了伊姆利，毫無怨恨地跟他打了招呼。戈德溫寫道：「我們的幸福不是疏懶的幸福，不是充滿自私而短暫的歡樂天堂。」不，這也是一種試驗，就像瑪麗的人生從一開始就是實驗，這是使人類習俗更符合人類需要的嘗試。而且他們的婚姻才僅僅是個開端，各式各樣的事情會相繼而來。瑪麗即將要生孩子。她將寫一本名為《婦女的苦難》（*The Wrongs of Women*）的書。她將改革教育。她生孩子那天將下樓來吃晚飯。她在分娩期間將雇一名產婆而不用醫生——不過這成了她的最後一個試驗。她死於生產。她對自己的生存有強烈的感受，即使在不幸的時候她也呼喊說：「一想到死——想到失去我自己——我就受不了。不，我覺得，自己不復存在簡直是不可能的。」然而這樣一個人卻在三十六歲時死去了。但她也回擊了命運。她下葬後的一百三十餘年間有千百萬人死去並被遺忘了。然而，當我們今天閱讀她的書信，傾聽她的論辯，思考她的種種試驗——其中最有成果的即是她和戈德溫的關係，並認識到她曾怎樣慷慨大度、熱血激揚地深入探求人生精髓時，她無疑獲得了某種形式的永生。她活著，積極活躍地活著，她在論爭，在嘗試。現在我們仍然能在活著的人們中聽到她的聲音，辨別出她的影響。

（黃梅 譯）

四、桃樂絲．華滋華斯

兩個迥然不同的人，瑪麗．沃斯通克拉夫特和桃樂絲．華滋華斯[11]，曾經一前一後出外旅行。一七九五年，瑪麗帶著她的嬰兒在易北河上的阿爾托那[12]住過一時；三年後，桃樂絲跟著哥哥和柯立芝也到這裡來了。她們兩人都寫了遊記，兩人遊歷的地方完全一樣，但她們看待這些地方的眼光卻大不相同。瑪麗所看到的一切，促使她思考某種理論，思考政府的效能、人民的狀況以及她自己心靈的奧秘。船槳拍打著水波的聲音使她發出了這樣的疑問：「生命，你究竟是什麼？這呼吸的氣息究竟要飄流到何方？我還是像這樣活著的**我**嗎？在它發出並吸收了新的能量之後，它究竟要融入什麼樣的元素中去呢？」有時候，她只顧盯著沃爾佐根男爵，而忘了觀看夕陽殘照。而桃樂絲卻將她眼前所見之物，用準確細密的文字實實

11 桃樂絲．華滋華斯（Dorothy Wordsworth, 1771-1855），英國日記體作家，詩人威廉．華滋華斯的妹妹，她的《日記》（*Journals of Dorothy Wordsworth*）記錄著她們兄妹觀察自然、人生以及威廉．華滋華斯創作詩歌的艱苦經過。吳爾夫此文即根據這部日記所提供的材料來描寫、評論桃樂絲這個人物。

12 阿爾托那（Altona），德國北部易北河入海處的一個城鎮，在漢堡附近。

在在、原原本本地記錄下來。「從阿爾托那散步到漢堡是非常愉快的。在一大片栽種著樹木的土地上，有一條條砂礫小路穿過。……易北河對岸的地面上看來卻是沼澤泥濘。」桃樂絲從來不去罵那「專制主義的魔鬼」。她從來不提那些關於出口、進口一類的「男人問題」；她也不會把自己的靈魂和天空攪混在一起。「這樣活著的**我**」，對她來說，是無條件地從屬於那些花草樹木的。因為，如果她讓「我」及其是是非非、苦樂悲歡介入到她和客觀事物之間，那麼，她就得把月亮叫做「黑夜的女王」，她就得大談黎明時「燦爛奪目的光芒」，她就要翱翔於夢幻和狂想的飄渺之境，而無心去為湖面上月光粼粼的景色找出確切的詞句加以描繪。還有，「水底的鯡魚」——如果她盡顧著想自己的心事，當然也就無暇去寫了。因此，當瑪麗一次又一次碰壁，高叫著「在這顆心裡一定存在著某種永生不滅的東西——人生絕不是幻夢一場」，桃樂絲卻在阿爾富克斯頓[13]有條不紊地記錄春天到來的腳步：「黑刺李含苞待放，山楂叢發青了，公園裡的落葉松由黑轉綠，這都是在兩、三天之內發生的事。」第二天，即一七九八年四月十四日，她寫道：「黃昏，風狂雨暴，我們閉門未出。收到瑪麗．沃斯通克拉夫特的傳記等書。」次日，他們在鄉紳的空地裡散步，看到「不少為人力損毀得不成樣子的東西正由大自然著意裝點，使之美化——荒廢的房址，隱者的舊居，等等，等等。」對於瑪麗．沃斯通克拉夫特則一字未提，似乎她那充滿暴風雨的一生，用一個簡單的「等等」就打發掉了；然而，下邊的一句話好像是某種不自覺中流露出來的評論：「幸好，我們無權根據個人意志去塑造大山，開闢峽谷。」是的，我們無權去改動什麼，更不去抗拒；我們只能接受並盡量理解大自然發出的訊息。日記就這樣寫下去。

春去，夏來，夏又到秋；冉冉便是冬天，於是黑刺李又開了花，山楂樹又發了青，再一次春回大地了。現在是北英格蘭的春天，桃樂絲和她哥哥住在格拉斯米爾[14]山腰的小屋裡。經歷備嘗艱苦、骨肉分離的少年時代，他們終於在自己的家屋中相聚；現在，他們生活在大自然的懷抱裡，不受干擾地從事一心嚮往的事業，日復一日努力領會大自然的啟示。他們手頭寬裕，足夠維持生活，無需為衣食奔走。既無家務之累，也無職業任務分他們的心。桃樂絲可以成天在山間漫步，晚上和柯立芝談個通宵，沒有舅媽罵她瘋瘋癲癲、沒個女孩子的樣子。日出到日落，時間都屬於他們自己，作息方式可以根據季節變化來加以調整。天氣好，不必待在屋裡；下雨天，可以臥床不起。什麼時候睡覺都行。如果有一隻杜鵑在山頭兀自啼叫，而威廉一直想不出確切的詞句來描寫它，就讓飯菜放涼也沒關係。星期天跟其他日子沒什麼區別。習慣，傳統，一切，都得從屬於那必須全神貫注、付出極大努力、令人疲憊不堪的唯一任務——在大自然的懷抱裡生活、寫詩。那真是把人磨得筋疲力盡。為了尋找一個準確的字眼，威廉絞盡腦汁，累得頭疼。每首詩，他總是推敲了再推敲，所以桃樂絲不敢提什

13 阿爾富克斯頓（Alfoxden）在英國南部撒摩塞特郡（Somerset），華滋華斯兄妹在一七九七至一七九八年曾在此居住。

14 格拉斯米爾（Grasmere）在英格蘭西北部的「湖區」，從一七九九年起華滋華斯兄妹和華滋華斯的妻子在此居住。

麼改動意見。她偶爾說了一句半句話，被他聽見，記在腦子裡，他的心情就再也無法平靜下來。有時候，他下樓來吃早飯，卻坐在餐桌旁，「襯衣的領口不扣，背心也敞開」，寫著一首從她談話中得到構思的詠蝴蝶詩，寫著寫著竟把用餐都忘了，而且對那首詩改了又改，直到又是筋疲力盡為止。

這部完全由隻言片語所構成的日記，竟能使這一切如此活靈活現地重現在我們眼前，想來真有點奇怪，因為任何一個性格文靜的婦女都能像這樣把她花園裡的變化、她哥哥的種種心情和季節的轉換記載下來。她記下雨後的一天，天氣溫暖而和煦。她在田野裡碰見一頭母牛。「那頭母牛望著我，我也望著那頭母牛；我只要稍微動彈一下，那頭母牛就停止吃草。」她還遇見過一個拄兩根棍子走路的老人。一連多少天，除了吃草的母牛、走路的老人，她再也看不到什麼不尋常的事情。而她記這些日記的目的也很平常——「因為，一來，我不想一個人在那裡自尋煩惱；二來，等威廉回家，可以讓他看了高興一下。」只是，漸漸地這部簡括的札記與其他札記的不同之處就顯露出來了：隨著這些短短的日記在我們心中一點一點地展開，我們眼前便呈現出一片廣闊的景象，這才看出那質樸無華的記述緊扣所描寫的事物，只要我們的眼光照著它所指出的方向看去，定可如實地看到她所見到的事物。「月光像雪一樣落在山上。」「空氣一片寂靜，湖水現出亮亮的藍灰色，群山一派蒼茫。灣流沖向那低低的、幽暗的湖濱。羊群在休息。一切都是靜悄悄的。」「一處瀑布之上又有一處瀑布，好像是從天而降的濤聲——天上的聲音。」即使在這樣短短的日記中，我們也可以感覺到那種並不屬於博物學者，而是屬於詩人天賦的暗示力量。這種力量來自抓住最普通的事實，略加點染，那整個景象，寧靜的湖水，壯麗的群山，就以濃鬱的色調、天然的姿態出現在我們眼前。然而，她卻又不是一般意義上善於描寫的作者。她首先關心的是力求真實——優美和對稱都得附麗於真實才行。而真實之所以需要加以探索，又是因為如果在描寫中把微風拂動湖水的景象稍加歪曲，也就有損那生成湖面景象的精神。正是這種精神激勵著她，鼓動著她，使她的才能得到充分的發揮。每一種景象，每一種聲音，只要她有感於心，她總要把這一感覺的來龍去脈進行探索，並以文字把它記錄下來，不管這文字多麼質樸無華；或者把它凝煉為某種意象，不管它多麼生硬拙笨。大自然是一個嚴峻的女監工，她要求：無論是浩浩茫茫、幻影一般的外形輪廓，還是毫髮畢現的平凡細節，都得描摹出來。甚至當夢境般壯麗的遠山在她面前巍巍顫動，她仍然要一絲不苟、原原本本地記下「羊群脊背上那閃閃爍爍的銀白色輪廓線」，並且寫道：「向遠處望去，在陽光下飛翔的烏鴉變成了銀白色；當牠們向更遠處飛時，就像水波蕩漾似地拂過綠色的田野。」由於經常練習、運用，她的觀察力磨練得非常純熟、敏銳；外出步行一天，就能給她那心靈之眼貯存下一大批奇聞軼事，足夠她在閒暇時從容加以揀選。在丹巴頓城堡外，她看見羊群彷彿和士兵混攪一起，是多麼奇怪的現象啊！不知什麼原因，那些羊群看去和實物一樣大小，而那些士兵卻像是木偶；那些羊群的動作姿態自然、無所畏懼，而那些侏儒似的士兵的行動卻是躁亂不安，顯得莫名其妙。這真是奇怪極了。有時候，她躺在床上，仰望天花板，覺得那些上了油漆的屋梁「發出光澤，像是在陽光下一條條冰封著的烏黑岩石。」是的，它們：

相互交叉，使我想起自己見過的一株濃蔭覆頂、風雨剝蝕的大山毛櫸樹——它那枝柯交錯、分歧披離之狀彷彿與這些屋梁近似。……天花板好似我假想中的一個地下洞窟或宮殿，窟頂潮溼滴水，月光曲曲折折瀉入，色調猶如顏色渾然沖淡的寶石。我躺著仰望，直到爐火熄滅。……久久不成眠。

確實，她似乎總是把眼睛睜得大大的，不停地觀察，不僅是受到不知疲倦的好奇心驅使，也是由於崇敬的心情，覺得有某種極關重要的秘密隱藏在事物的表面底下。有時候，由於她盡量控制自己的熱烈感情，她的筆下不免吞吞吐吐，正如德．昆西說的，她說話時因為熱情與羞怯相衝突而有點口吃。但她還是控制住自己。她的脾氣本來是容易感情衝動的，為那幾乎支配她的情感所折磨，她的眼睛常常帶著「狂熱而驚訝的神情」，但她必須控制自己，壓抑自己，不然她就無法完成自己的任務——她就只好停止自己的觀察活動。然而，對於一個能克制自己、能捐棄自己的隱秘激情的人，好像做為報償一樣，大自然就要賜予一種異乎尋常的滿足。她寫道：「萊德爾[15]的景色非常美麗，天空上泛出好像一片片葉子似的發亮鐵灰色條紋。……這使得我的心歸於寧靜。我本來是非常憂鬱的。」因為，柯立芝不是曾經翻山越嶺，深夜來到他們居住的農舍敲門，而她不也曾經把柯立芝的一封信深深藏在懷裡嗎？

這樣，投身大自然的懷抱，接受大自然的恩惠，過著辛勤、刻苦的日子，大自然和桃樂絲之間似乎達到水乳交融般的和諧——這和諧並不是冷淡、呆板、無人情味的，因為在它的核心中還燃燒著對於「我親愛的人」，亦即對於她哥哥的熱愛，而他實際上乃是這一和諧的中心和鼓舞者。威廉，大自然，桃樂絲，豈不就是同一的存在嗎？無論在室內、戶外，他們豈不總是構成一個萬物皆備、無求於人、獨立不羈的三位一體嗎？他們在室內靜坐，這時——

在一個寧靜的夜晚，大約十點鐘左右，爐火搖曳，鐘聲滴答。除了我親愛的人的呼吸之外，我什麼聲音也聽不見。他不時挪動書本，又翻過一頁。

四月裡的一天，他們帶上舊斗篷，到屋子外邊約翰家的叢林裡躺下。

威廉時而聽見我的呼吸聲和衣服沙沙聲，但是我們兩個人都靜靜地躺著，誰也不看誰一眼。他認為如果像這樣躺在墳墓裡，諦聽大地寧靜的聲音，而且知道自己親愛的朋友就在身邊，倒是很美妙的事。湖水平靜；有一隻小船在湖面上。

---

15 萊德爾（Rydale）在英格蘭西北部「湖區」。

這是一種奇異、奧妙的而且幾乎是無聲的愛，好像這一對兄妹生長在一起，不僅語言、連心情也是完全相同的，因此他們簡直不知道兩人之中究竟誰在感受，誰在說話，誰在欣賞水仙花，誰在觀看入睡的城市。不同之處僅在於：桃樂絲以散文儲存這種思緒，然後威廉也沉浸於其中，並把它寫成詩歌。但兩人缺一不可。他們必須共同感受，共同思想，生活在一起。這時正是如此：在山坡上靜躺之後，他們起身回家泡茶；然後，桃樂絲給柯立芝寫信；接著，他們一起播種紅花菜豆；然後，威廉寫他的《採集水蛭的人》（*Leech Gatherer*），桃樂絲為他抄寫詩稿。既是心蕩神移，又能有所控制；既是無拘無束，又能井然有序，這部日記娓娓敘來，既描寫令人迷醉的山間風光，也述說烤麵包、熨襯衣，以及在農舍裡給威廉端晚飯這些家常瑣事。

這所農舍，雖然後園延伸到荒野之中，門前卻臨著大路。從她的起居室窗口向外望去，桃樂絲可以看到路上走過的每一個人：一個高大的女乞丐，在她背上也許還背著嬰兒；一個老兵；一輛華貴的四輪馬車，坐在裡邊遊山玩水的貴婦人好奇地向外窺看。那些有錢有勢的人，她都放過不管——她對於他們的興趣，也不過就像對於大教堂、畫廊和大城市一樣。但是，如果她在門口遇見一個乞丐，她就一定要把他叫進屋裡來，詳細地打聽一番：他從什麼地方來？見過些什麼？他有幾個孩子？她對這些窮人的生活尋根問底，好像其中也像群山一樣隱藏著什麼秘密。一個流浪漢在她的廚房裡一邊烤火、一邊吃著冷鹹肉，就如星光燦爛的夜空一樣神奇；她仔細打量著他，甚至看清楚在他破爛的外衣上「襯補著三塊深藍色、喇叭花形的補丁，那裡原來該是三個扣子」，他半個月沒有刮的鬍子就像「灰色的**長毛絨**」。當這些人信口談著航海呀、強徵入伍呀或有關葛蘭貝侯爵[16]的故事時，她總會捕捉住他們話裡的一言半語，即使那些故事早已被忘懷，還能久久地保留在她的心中：「怎麼，你還要往西走嗎？」「當然，童男子到了天堂就大有出息啦！」「在那些夭折的青年人墳墓旁邊，她才能輕輕鬆鬆地走路呀。」窮人，就像群山一樣，也有自己的詩意。但是，只有走出農舍，到戶外，到路上，到曠野裡，她的想像力才得到最自由的發揮。當他們傍著一匹慢吞吞的馬，在潮溼的蘇格蘭道路上徒步前進，既不知道能不能找到住的地方，也不知道能不能吃上晚飯的時候，她覺得那才是她最幸福的時刻。那時候，她只知道在前方有某個名勝，有一片叢林值得一記，有一個瀑布應該探訪。他們一個小時接一個小時地向前走，大部分時間裡誰也不說話，只有柯立芝（他參加了這次出遊）不定什麼時候突然大聲討論著「威嚴的」「崇高的」和「雄偉的」這三個字眼的真正涵義。他們不得不一步一步艱難地行走，因為那匹馬在一個堤岸上把車弄翻了，斷了的馬具剛剛用細繩子、手絹接了起來。此外，他們還餓著肚子，因為華滋華斯把雞肉和麵包都掉到湖裡去了，又沒有其他東西可以當飯吃。他們路也不熟，不知道該到哪裡去找住的地方；只知道前邊有一個瀑布。最後，柯立芝受不了。他有風溼性關節炎；那輛愛爾蘭式的雙輪馬車根本不能遮風避雨；他那兩個旅伴盡在那裡想自己的

16 葛蘭貝侯爵（Marquis of Granby），十八世紀的一個英國將軍。

心事，不說話。他離開他們，自己走了。但是威廉和桃樂絲只管往前走。此時，他們兩人的模樣就跟流浪漢差不多了。桃樂絲面頰棕紅，像個吉普賽人；她衣服破碎，步子急促，走路的樣子歪歪扭扭。但她不知疲倦，目光炯炯，注意觀察一切。他們終於來到瀑布之下。於是，桃樂絲的精神都集中到瀑布上面了。她以發現者的熱情、博物學家的細心、情人的狂喜探索它的特徵，記下它的外貌，明辨它與眾不同之處。她終於占有了它——把它永遠珍藏在心中。從此，它便形成一個「內心的影像」，她隨時都可以清清楚楚、仔仔細細回想起來。即使多年以後，她老了，記憶力不好了，它還會襲上心頭；它襲上她的心頭，靜定了，純化了，並且與她生平中最幸福的回憶——與她關於瑞思鄧恩[17]、關於阿爾富克斯頓、關於柯立芝朗誦《克麗思塔貝爾》（*Christabel*）、關於她親愛的哥哥威廉的回憶，交融在一起了。它給她帶來的，是無人可以給予、也是一般人與人的關係所無法提供的東西——撫慰與安寧。因此，如果瑪麗·沃斯通克拉夫特那激昂的呼聲曾經傳到她的耳邊：「在這顆心裡一定存在著某種永生不滅的東西——人生不是幻夢一場。」那麼，她的答案也是明確無疑的，她大概會簡單地答道：「我們只要觀察周圍的一切，就會覺得自己是幸福的。」

（**劉炳善 譯**）

---

17 瑞思鄧恩（Racedown）在英國南部多塞特郡（Dorset），華滋華斯兄妹一七九五年曾在此居住。

威廉・赫茲利特[1]

假如我們能跟赫茲利特相識，那麼，根據他自己說的那條原則：「對於任何人，了解後也就恨不起來了。」我們說不定會喜歡他的。但是，赫茲利特死去已經一百年了，我們怎樣才能對他充分瞭解，把他的作品至今還在我們心裡引起的個人的和思想上的反感消除，這仍然是一個問題[2]。因為，赫茲利特——這是他主要長處之一——不是那種說話模稜兩可的作家，在一片迷霧裡躲躲藏藏，一旦死去，無聲無嗅。他的隨筆散文鮮明地代表著他的為人。

---

1 威廉・赫茲利特（Willian Hazlitt, 1778-1830），著名英國散文家和評論家，代表作有《愛情書簡》（*Liber Amoris*）、《時代的精神》（*The Spirit of the Age*）。他從小受法國革命的影響，一生堅持法國革命的理想原則；青年時代曾學繪畫並喜愛哲學，結交文學界的朋友。後來，畫畫不甚成功，他轉向文學，一方面寫文藝批評，一方面寫隨筆散文。

2 赫茲利特身後留下的「反感」跟他生前的「好鬥」脾氣有很大關係。赫茲利特一生堅持擁護法國革命及其原則，在英國大受保守的評論界攻擊；後來，拿破崙戰敗之後，歐洲反動勢力抬頭，赫茲利特的老朋友華滋華斯、柯立芝等政治態度轉為保守，赫茲利特對此不滿，因而雙方反目。所以，公正地說，赫茲利特脾氣誠然不好，但一百多年來積累下來對他的「反感」當中有相當部分是成見，不足為信。

他暢所欲言，毫無顧忌。他向我們吐露的正是他心裡所想的，他有什麼感受都如實告訴我們，而這種膽量並不那麼討人喜歡。他的自我存在意識比一般人都強烈，所以他每天都要感受到某種憎恨或妒忌的痛苦，某種憤怒或快樂的顫慄。因此，我們讀他的作品，不需要很久，就會感到自己接觸到一個具有非凡性格的人物——他遭遇不好但心高氣傲，地位卑下但品質高貴，極端利己主義但又時時受到維護人類正義和自由的純真熱情的鼓舞。

赫茲利特所佩戴的那一層用隨筆編織的面紗是極其稀薄的，他的本來面目很快就顯露在我們眼前。我們看見他正像柯立芝所見到他的那個樣子：「眉毛下垂，像沉思的鞋，一副怪相。」他拖著步子走進屋裡，對誰也不正眼看一眼，拉一拉一條魚的鰭就算握手；偶爾，從他坐著的角落裡射出一道凶巴巴的眼光。柯立芝說：「在他的舉止態度裡，有百分之九十九都是叫人反感的。」然而，不定什麼時候，他的臉上閃出一種理性的美，他的樣子由於同情和理解而變得容光煥發。我們讀他的書，很快明白了他的種種怨恨和不平。我們可以猜想：他多半是住在小旅館裡。女人的身影還沒有點綴過他的餐桌。他跟他所有老朋友都吵過架，也許只有蘭姆例外。然而，他唯一的過錯只是堅持自己的原則，「不做政府的工具」。這麼一來，他就成為惡意迫害的對象——《布萊克伍德愛丁堡雜誌》[3]的評論家把他叫做「滿臉粉刺的赫茲利特」，其實他的面頰就像雪花石膏一樣白。然而，這些謊言都印成了白紙黑字。他不敢去拜訪熟人，因為男僕看過那份報紙，女僕又愛在背後笑他。他有一顆美好的心（這一點，誰也無法否認），又寫得當代第一流風格的好散文。但是，這對於女人來說又有什麼用呢？漂亮的女士並不看重文人學士，侍女也是一樣；因此，他不停地發出不平的吼叫和哀嘆，使我們感到煩躁，使我們感到不快。然而，他自有一種獨立、敏銳、純潔、熱情的性格——一旦能夠自忘，他就耽迷於關於其他種種事物的熱烈思考之中。這時，我們的反感就消失了，化為一種相當溫暖、頗為複雜的同情心。赫茲利特說得對：

> 我們畏懼和憎惡的其實只是人的假面；人本身總會有點人情味的。我們對人從遠方觀察、根據片面的描繪，或憑揣測所形成的看法，都是簡單的、不複雜的概念，往往與實際情況不相符合；而我們從經驗中所得到的概念卻是混合型的，一般來說，它們才是真實而令人贊同的概念。

的確，讀赫茲利特的作品，誰也無法對他得出一個簡單而不複雜的看法。從一開始，他就是一個雙重頭腦的人——一個性格分裂的人，幾乎同樣地愛上了兩種截然相反的事業。意味深長的是：他最初的志趣並不是隨筆寫作，而是繪畫和哲學。畫家那種冷靜而沉默的藝術能為他痛苦不安的靈魂提供庇護。他羨慕地指出畫家的老年是多麼幸福：「他們直到最後仍

3《布萊克伍德愛丁堡雜誌》（*Blackwood's Magazine*），一八一七年創辦於愛丁堡，政治態度和文學趣味保守，對於拜倫、雪萊、濟慈、利．亨特、赫茲利特等都持攻擊態度。

然能夠保持精神勃勃。」所以，他渴望從事這種工作，它把人帶到戶外，帶到田野和森林中，它使人與色彩鮮明的顏料打交道，以結實的畫筆和畫布而不僅僅是以白紙和黑墨水為工具。然而，與此同時，他還受到對抽象的好奇心吸引，使他無法安於對具體的美的思考。當他還是一個十四歲少年的時候，他曾聽到他的父親，那位善良的唯一神教派[4]牧師，在做過禮拜之後，跟信徒中的一位老太太一面走一面辯論著宗教寬容限度的問題。他說：「這件事決定了我未來一生的命運。」它促使他「在頭腦中……形成了一整套關於政治權利和整體法學的想法」。他希望「把種種事物的道理都弄個清清楚楚」。從此以後，這兩種理想一直在他心裡衝突。究竟是做一個思想家，用最明白、最準確的語言把「種種事物的道理」表達出來呢，還是做一個畫家，愛撫地看著一筆一筆藍的、紅的顏色，呼吸著新鮮的空氣，在肉體感官的活動中討生活呢？這是兩種明顯差別甚至互不相容的理想。然而，它們也像赫茲利特的種種激情一樣都很頑強，都想占上風。他時而屈服於這方面，時而又為那方面所俘虜。他到巴黎待了幾個月，在羅浮宮臨摹畫作。回國後，他埋頭苦幹，繪製一個頭戴無邊軟帽的老太太畫像，想藉刻苦勤奮尋找出林布蘭天才的奧秘；但是，他缺乏某種素質——也許是創造才能吧——到最後，他一怒之下，把畫剪成了碎布條，或者在絕望中，把畫翻過去對著牆。與此同時，他還寫著《論人類行為諸原則》[5]，他對這部著作的偏愛甚於其他作品。在這裡，他寫得明白而真誠，沒有華而不實的炫麗，不去討好任何人，也不想賺錢，只是為了滿足他自己的那種迫切追求真理的願望。很自然地，「這本書流產，未付印。」此外，他關於自由時代已經到來、帝王暴政已經結束的政治願望終歸落了空。他的老朋友都投靠了英國政府，只剩他一個人以永久少數的身分來擁護自由、博愛和革命的原則，這可要有極大的自我肯定的力量，才能支撐。

這樣，他是一個興趣不專、抱負受挫折的人，而幸福又消逝得太早。他的思想早早就形成了，而且永遠帶著早年印象的標記。當他心情最高興的時候，他不是向前看，而是向後看——總是回想他小時候在那兒玩耍過的花園，回想什羅浦郡的青山，回想他曾經看過的好景致——在那些時候，他心裡還充滿希望，周圍是一派幽靜，他從自己畫的畫、看的書上抬起頭，看一看周圍的田野和森林，覺得它們彷彿是自己內心寧靜在外界的表現。也頻頻想到的總是自己在那時候讀過的書——盧梭、柏克[6]和《尤利烏斯信札》[7]等等。它們在他年輕的想像中所留下的印象從來沒有消失，也沒有被其他東西所覆蓋；因為，年輕時代一過去，為樂趣而讀書也隨之停止，而青年時期的印象和純潔無瑕、強烈感人的讀書之樂也隨即留在

4 唯一神教派（Unitarianism）是基督教的一派，主張神格只能由一個神代表，反對三位一體說。
5《論人類行為諸原則》（*Essay on the Principles of Human Action*）出版於一八〇五年。
6 柏克（Edmund Burke, 1729-1797），英國政治活動家、演說家和散文家，反對法國革命，其政論文章以語言雄辯、華美著稱。
7《尤利烏斯信札》（*Letters of Junius*），一七六九至一七七二年間在倫敦發表的一組政論性信札，內容諷刺英王喬治三世手下的大臣，作者以「尤利烏斯」為筆名。

記憶之中了。

由於他對異性魅力的敏感，他自然還是結了婚；但又由於他自覺到的「醜陋、令人嘲笑的外貌」，他的婚姻自然不會幸福。莎拉．司托達特（Sarah Stoddart）小姐是他在蘭姆家裡認識的；他之所以看中她，是因為那一天瑪麗[8]精神恍惚，沒有燒水，而她卻找出水壺、把水燒開，顯得很精明的樣子。其實，她並不會持家。她那小小的收入也不足以應付他們婚後的開支[9]。很快，赫茲利特就明白了：他絕不可以在八年裡只寫八頁稿子，而必須做報刊撰稿人，在適當時機寫出適當篇幅關於政治、戲劇、圖畫、書籍的種種評論文章。於是，在約克街密爾頓（Milton）曾經住過的那座古舊房子的壁爐面上，立刻寫滿了文章的構思。據人證明，那所房子說不上整潔，儘管氣氛溫馨、舒服，裡邊還是亂糟糟的。有人發現：赫茲利特兩人到下午兩點才吃早飯，爐子裡沒有生火，窗戶上也不掛簾子。赫茲利特太太是位健步如飛、目光銳利的女人，她對自己的丈夫沒有什麼幻想。他對她不忠實，對此，她以可佩服的通情達理態度面對。但是，她在日記裡寫道：「他說我看不起他，也看不起他的才能。」這就未免精明過了頭。這一場毫無詩意的婚姻一瘸一拐地走到了盡頭[10]。擺脫了家庭和丈夫的累贅，莎拉拉上靴子，立刻動身到蘇格蘭去徒步旅遊；赫茲利特呢，失去了依靠，失去了舒適，從這個小旅館搬到那個小旅館，吃足了屈辱和幻滅的苦頭。但是，他一面喝下一杯又一杯的濃茶，一面跟旅館老闆的女兒調情[11]，同時也寫出了屬於我國最優秀作品之列的隨筆散文。

當然，它們還不能算是登峰造極之作，還不能常常縈繞在人們心中，完整地保存在人們記憶裡，像蒙田和蘭姆的隨筆那樣，這也是真的。他很少能達到這兩位大師那種爐火純青、渾然一體的境界。或許由於這些小品文的本性決定，它們需要完整性和自身的和諧。稍有一點點不和諧，整篇文章就會動搖不穩。蒙田、蘭姆、甚至艾狄生的隨筆作品都具備一種由沉靜氣質所產生的含蓄風格，因為，不管他們如何親切隨便，對於他們想要隱藏的事情絕不會告訴我們。但是，赫茲利特就不同了。即使在他那些最好的隨筆裡，也總有某種分歧、不調和的東西，彷彿總有兩種不同的心靈一起在那裡活動著，除非在極其稀少的時刻，它們怎麼也結合不到一塊。首先，是那個愛追根究底的少年心靈，他要把種種事物的道理都弄個清清楚楚——這是思想家的心靈。在很大程度上，文章題目都是由這位思想家去選定的。他選出某個抽象概念，如妒忌、利己、理性，或者想像，然後給予生動有力、獨出心裁的論述。對他來說，一個題目彷彿是一條山路，他探索它的種種分岔，測量它的條條小徑，覺得這種攀登既是艱難險阻、又令人鼓舞。跟他這種運動家似的旅程比較起來，蘭姆簡直就像一隻率性

8 指瑪麗．蘭姆（Mary Ann Lamb, 1764 - 1847），散文家查爾斯．蘭姆的姐姐，患精神病。
9 在當時，女人出嫁需帶陪嫁財產。
10 赫茲利特與莎拉．司托達拉於一八〇八年結婚，一八二二年離婚。
11 這個旅館老板的女兒是莎拉．沃克爾（Sarah Walker）。赫茲利特和她的來往以挫折失望而告終。他寫了「懺悔錄」式的著作《愛情書簡》以記其事。

遊蕩的蝴蝶：先在花間飄飄飛舞一陣，又在穀倉間停留一下，然後，再落到手推車上，一點路數也沒有。而赫茲利特所寫的每一句話都推動我們前進。他緊盯目標，除非有了什麼意外事件，總是運用他那「洗練的談話式文體」，大踏步直奔主題，就像他指出的，這種文體比華麗纖巧的文字難寫多了。

毫無疑問，作為思想家的赫茲利特是一位好伙伴。他堅強而無所畏懼，知道自己在想些什麼，並且能夠富有說服力而又才氣橫溢地把自己的思想表達出來，這一點並非無關緊要，因為報紙的讀者往往眼光遲鈍，不先用強光把他照得花了眼，他們是不會睜開眼睛看一看的。但是，除了思想家的赫茲利特，還有藝術家的赫茲利特，還有那個既有審美感、又容易動感情的人——他有色感，有觸覺，愛拳擊，愛莎拉．沃克爾——他對這一切情愫的敏感打亂了他的理性，使他常常覺得當世界本身如此堅實、如此溫暖，迫切要求他將它緊緊擁抱在自己心頭的時候，卻把時間都消磨在用理智將事物分割為細小的薄片，這是徒勞無益之事。明白事物的道理不過是親自感受事物的一種可憐的替代品。而赫茲利特是用一個詩人的深情去感受的。哪怕他那些非常抽象的文章裡，只要有什麼東西使他想起自己的過去，也會突然放射出赤熱的或白熱的光來。一旦有什麼景致觸動他的想像，或者哪本書使他回想起第一次讀它的時刻，那麼，他就要放下他那細膩分析的筆，像個畫家拿起飽滿的畫筆那樣，把它優美動人地描繪一番。描繪關於一邊讀《以愛報愛》（*Love for Love*）[12]，一邊用銀壺喝咖啡；一邊讀《新哀綠綺思》（*La Nouvelle Héloïse*）[13]，一邊吃冷雞肉，這些段落都是膾炙人口的。然而，這些段落插入上下文的方式又是多麼奇怪，我們又是多麼突然地從理性一下子被扭轉到狂想曲，更叫人困惑的是，我們這位嚴峻的思想家竟然一下子撲在我們的肩頭上，要求我們的同情！正是這種內在的分歧和兩種力量互相衝突之感，攪亂了赫茲利特一些最佳隨筆作品中的安詳情調，使它們給人不得要領的印象。它們一開頭本想給我們提供什麼論據，但結果只給我們一幅圖畫。我們的雙腳正要踏在QED（證明完畢）的堅固磐石之上，可是，看哪，磐石突然變成了泥潭，我們一下子陷進沒膝深的泥濘、水和鮮花之中。在我們眼前出現了「一些像櫻草花一般的蒼白面孔，披散著風信子似的紫藍色頭髮」；我們耳朵裡聽見了從杜德萊森林中傳出的神秘的聲音。然後，我們醒悟過來，於是這位嚴峻、壯健、帶著冷嘲神氣的思想家又繼續領著我們去分析、解剖、譴責。

這樣，如果我們拿赫茲利特與他同行的其他大師相比，很容易就看出他的局限所在。他的領域是狹小的，他所熱烈同情的東西也不多。他不像蒙田那樣把自己的門戶向一切經驗大開，什麼也不排斥，一切都能寬容，以冷眼靜觀的態度注視著靈魂的活動。相反地，他的心靈以利己主義者的執拗將自己那些早年的印象嚴密封閉、原封不動地凍結起來。而且，他也不像蘭姆那樣任意擺弄他那些親友的印象，根據自己的想像和幻想將它們重新加以塑造。他

---

12 英國王政復辟時代戲劇家康格瑞夫（William Congreve, 1670-1729）所寫的喜劇。

13 盧梭的一部小說。

對於自己筆下的人物，也像對於生活中的人物一樣，總是用那種充滿機敏和懷疑的斜視目光匆匆一瞥。他不利用隨筆作家可以揮灑的自由，兜著圈子隨意閒扯。他的利己主義和堅定信仰把他緊緊束縛於一個時代、一個地方、一種生存狀態。我們不會忘記這是十九世紀初期的英國。實際上，我們覺得自己也跟他一樣曾經住在南安普頓的房子裡，後來又住在溫特斯婁的那個旅館，從它的休息室向外望去，可以俯瞰下面的丘陵和公路。因為，他有一種特殊的本領，能夠使我們覺得自己彷彿跟他是同年代的人。但是，對於他傾注如許大量精力而又如此稀少的筆墨生涯之愛的這些卷帙浩繁著作，我們一本本讀下去的時候，將他與其他隨筆作家的比較也就自然停止了。他這些文章看來並不是獨立的、完整的隨筆作品，而像是從什麼大部頭著作中摘出來的片段——對於人類種種行為原則和人類種種制度本質的探索研究。只是由於偶然，才把它們壓縮得這麼短；只是出於對讀者的尊重，才用華麗的形象、鮮明的色彩將它們加以裝點。赫茲利特有一句話以不同形式頻繁出現，表明他倘若可以不受拘束的話，想要採取什麼樣的作品結構：「我願意在這裡對於這一題目嘗試進行更深一步的研究，並且把我所能夠想到的例子和證明都提供出來。」這樣的話絕不可能出現在《伊利亞隨筆》（*Essays of Elia*）或《羅傑・德科弗利爵士特寫》[14]當中。他愛探索人類心理種種奧秘的深淵，追查種種事物的原理。他擅長於從某一句俗諺或激情的背後找出那隱晦的根源。在他心靈的櫥櫃裡滿滿地貯存著許多例證和論據。他說他曾經努力思考了二十年，並且為此深受痛苦，這話我們可以相信。他還宣稱：「僅僅一天的思考或閱讀，就在心中引起多少概念和一連串深沉而強烈的感情啊！」他說的也是他的親身感受。信仰是他的生命線；概念在他心裡，就像鐘乳石一樣，是成年累月一點一滴形成的。在上千次的獨自散步中，他將這些概念反覆琢磨；在南安普頓的旅館裡，為了等候遲來的晚餐，他坐在自己的角落裡，以冷嘲的神氣觀察四周，在一次又一次的辯論當中檢驗自己的觀點。但是，他的觀點始終沒有改變。他有自己的思想，這種思想是逐漸形成的。

因此，不管那抽象的概念有多麼陳腐——〈熱與冷〉（Hot and Cold）、〈妒忌〉（Envy）、〈人生的行為〉（The Conduct of Life），或者〈形象與概念〉（The Picturesque and the Ideal）[15]——他總有某些實在的內容可寫。他絕不讓自己的腦筋放鬆下來，或聽任他生動描繪的傑出才能讓自己飄浮在一片膚淺的思想上。甚至，從他文章裡那種粗暴而輕蔑的口氣中可以明顯看出他心情煩躁，只有靠著濃茶和純粹意志力才能打起精神趕寫稿子的時候，我們發現他仍然寫得那樣辛辣、深刻、尖銳。他的隨筆透露出激動、不安、活力與矛盾，彷彿他多種天賦之間的相互激盪倒促使他奮發工作。他總是在恨、在愛、在思考、在受苦。他絕不肯向權威退讓，也不肯為了服從輿論而放棄自己的特點。儘管心情煩躁、受到刺激，他的隨筆仍然保持著非常高的水平。不過，它們鮮明形象化的描繪由於追求華麗而常常

14《羅傑·德科弗利爵士特寫》（*Sir Roger de Coverley*），英國十八世紀散文家艾狄生的一組人物散記。

15 這些都是赫茲利特的隨筆散文題目。

流於枯燥，它們一直抑揚頓挫、鏗然鏘然的文腔讀來也稍嫌單調，因為赫茲利特過分相信自己的這句話：「平庸，乏味，缺乏個性乃作文之大忌。」結果，他成了一個不大好懂的作家，他的書很難一口氣讀下去，每篇隨筆都有自己思想的重點、眼力的衝刺和洞察入微的瞬間。他的書裡到處有警句，神來之筆，獨出心裁、與眾不同的說法。「生活中值得記住的東西也就是生活中的詩意。」「假如真相大白，最惹人反感的人倒是最可愛的人。」「坐馬車從倫敦到牛津，一路上所聽到的新鮮有趣的東西，比你在牛津大學和大學生或者院長在一起待上一年，所能聽到的還要多。」不斷遇見諸如此類的話，我們可以存而不論，容後再加考察。

但是，除了赫茲利特的隨筆集，還有他的評論集。做為演講人和評論家，赫茲利特馳騁於英國文學的大部分領域，發表了他對於大多數名著的看法。他的評論敏銳而大膽，但由於寫作環境的關係，也有散漫和粗糙的毛病。他必須涉及很大的範圍，要向聽眾而不是讀者闡明自己的觀點，而且，在全部景觀之中僅來得及指出那些最高大的城堡和最光輝的尖頂。但是，即使在最草率的書評中，我們也能感到他那種抓住要害、指明主要輪廓的才能，而這種才能，學問淵博的批評家往往失去了，信心缺乏的批評家則沒有學到手。他屬於那些稀有的評論家之列，他們思考得很多，所以不必讀書也行。鄧恩的詩歌，他只讀過一首；莎士比亞的十四行詩，他認為不可理解；三十歲以後，他再也沒有把哪本書從頭到尾讀完；實際上，他後來完全不想讀書了，這對於赫茲利特來說，都無關緊要。他讀過的東西，他是熱情地閱讀的。而且，在他看來，既然一個批評家的職責在於「反映出一部作品的色彩、光影、靈魂和肉體」，那麼，嗜好、趣味、欣賞就比精細入微的分析、長期大量的研究重要得多。表達自己的強烈激情才是他的目的。他首先用剛勁有力和開門見山的筆法將一個作家的肖像勾勒出來，並與另一個作家對照比較，然後再大量使用形象和色彩烘托出這部作品在自己心中留下的鮮明印象。這首詩是以熱情的句子再創作的：「從詩裡散發出的芳香，像天才的呼吸一樣，濃郁而精醇；一道金色的彩霞將它圍繞；而詩歌的辭采又為它包一層多蜜的外殼，像報春花甜甜的外皮。」但是，做為分析家的赫茲利特從來沒有離開很遠，他做為畫家的形象描繪隨時受到節制，因為有一種靈敏的判斷力告訴他什麼是文學中堅實而持久的東西、這部作品究竟有什麼意義，以及它應該被擺在什麼地位，這就將他的熱情納入一個規範，為它指明了觀點和輪廓。他還能找出一個作家的特殊才能，並著力突出他的特色。譬如說，喬叟「深厚的、內在的、持續不變的情趣」；「克雷布是試圖寫出悲劇的**靜物畫**而唯一成功的詩人」。在他對於司各特的評論中沒有任何軟弱無力、鬆懈或者僅僅屬於裝飾性的東西——在這裡，理智與熱情手拉手奔跑。即使這樣的評語遠遠不能算是定局，即使它只能算是一種能給人鼓舞的入門，而絕不是什麼全面的結論，但既然它能把讀者送上路，用一句有啟發性的話點燃起讀者的興趣，使他飛奔而去進行自己的探險攬勝活動，那麼，這麼一位批評家也可以說是挺不錯了。如果有人想讀柏克，需要一點鼓勵，那麼，還有什麼比這句話更好：「柏克的風格像閃電，叉手叉腳、變化莫測，又像蛇似地戴著頂飾。」再不然，假如有人看到一部沾滿灰塵的對開本古書就嚇得發抖的話，那麼，下面這一段話足可以鼓起他的興趣、使他欣然開卷：

最大的樂事莫過於沉浸在古人的智慧之中：除了自己姓名的字母簡稱常年張大眼睛瞪著自己以外，還有某位古代名人陪著自己；能夠走出自己的小天地，到迦勒底、希伯來[16]和埃及的個個人物當中見識一番；在書邊的空白上，有棕櫚樹在神秘地招展；隔著三千年的時光，駱駝隊仍在那裡慢悠悠地走動。從乾旱的知識沙漠裡，我們蓄積了力量，學得了耐心，還養成一種對於知識的永不滿足的、奇妙的渴望。那裡還有傾圮的古代遺址，埋藏地下的城市斷磚碎瓦（有小毒蛇在那下面出沒），清涼的泉水、陽光燦爛的綠洲、旋風、獅子的吼聲，還有天使翅膀影子的閃動。

不用說，這並不是評論。這是坐在扶手椅子裡，對著爐火，把自己看書的心得編織成一個又一個形象。這是熱愛和熱愛者的任性活動。這正是赫茲利特。

但是，赫茲利特或許不能存活在他這些講稿、遊記、他的《拿破崙傳》（*The Life of Napoleon Buonaparte*）裡，以及他的《諾思庫特對話錄》（*Conversations of Northcote*）[17]裡，儘管這些書裡不乏生動的文筆、獨特的風格、零星和斷續的光彩，而且還朦朦朧朧暗示一部未寫出的巨著影子。他將會活在一卷隨筆散文之中，將所有他那些分散、浪費在其他方面的種種才能集中起來、加以提煉，並把他複雜而受苦的心靈各部分匯合一起、友好和諧地相處，相安無事。要達到這種圓滿的結果，也許需要一個好天氣，一局牌戲，或者在鄉間一次長時間的散步。身體狀況對於赫茲利特所寫的一切是至關重要的。於是，一種無拘無束的熱情幻夢支配著他，他高高飛翔在帕特摩爾[18]所說的「那麼一種純真、安詳的恬靜心境之中，這時，我們真不想打攪他」。他的頭腦順利而敏捷地活動著，沒有意識到自己在工作；稿子一頁一頁從他筆底流瀉出來，無需任何刪改。他的心靈徜徉在幸福的狂想中，思念著書籍和愛情，回味著往昔的美景，陶醉於當前的安適，還嚮往著未來——未來將要帶來剛從烤爐內端出的一隻松雞，或者剛在平鍋裡煎得滋滋響的香腸。

我向窗外望去，看見剛剛下過一陣雨：雨後，田野一片碧綠，一片玫瑰色的彩霞在山頂出現；百合身著綠白相間的秀麗裝束，展開帶著水氣的花瓣；一個牧童手捧一大把帶著雛菊和青草的草皮，大概是要送給他的小情人，為她的雲雀做窠，免得牠在黎明時用翅膀去蘸那斑斑點點的曙光——看到這些，我的陰鬱念頭退走了，激烈的政治風暴消散了——布萊克伍

16 迦勒底（Chaldee），巴比侖之古稱；希伯來人，猶太人之古稱。
17 諾思庫特（James Northcote），畫家，赫茲利特的朋友，此書記述他們之間的友誼。
18 帕特摩爾（Peter George Patmore, 1786-1855），英國十九世紀的一位作者。下面的話引自他寫的回憶錄《我的朋友們和熟人們》（*My Friends and Acquaintance*）。

德先生[19]，我是你的朋友——柯洛克爾先生[20]，願為你效勞——摩爾先生[21]，我還硬朗地活著。」

這時候，分裂、不和、痛苦都不存在了。他的種種才能和睦相處、一致合作。一個句子接著一個句子，像鐵匠的錘子敲擊在鐵砧上，發出健壯有力、韻調和諧的聲音；文字閃著光，火花在飛濺；然後，火光漸漸暗淡，文章也就結束。正像他的作品中穿插著這樣富有靈感的描寫片段，他的生活中也經歷過非常快樂的時刻。一百年前[22]，他臨終時躺在倫敦蘇活區的一間屋子裡說了一句話，話裡帶著他那一貫的好鬥和信心十足的調子：「好了，我總算快快活活地過了一輩子！」只要讀一讀他的書，就會相信他這話不假。

（劉炳善 譯）

19 指常和赫茲利特作對的《布萊克伍德愛丁堡雜誌》的主編。

20 柯洛克爾（John Wilson Croker, 1780-1857），當時《每季評論》的撰稿人，曾攻擊赫茲利特等人。

21 摩爾（Thomas Moore, 1779-1852），愛爾蘭詩人，拜倫的朋友。

22 本文寫於一九三〇年，為赫茲利特逝世的一百周年。

傑拉爾丁和珍

傑拉爾丁．朱斯伯里[1]肯定沒料到這個時代還會有人理會她的小說。如果有誰從圖書館的書架上把它們取下來的時候讓她撞見了，她會提出忠告。「盡是些胡說八道，我親愛的。」她會說。之後呢，我們猜想她會以自己特有的不負責任、不合傳統的方式衝著圖書館、文學、愛情、生活和其他一切破口罵一句「見鬼！」或「該死！」，因為傑拉爾丁愛罵人。

的確，傑拉爾丁的特別之處在於她把咒罵和鍾愛、理智和激奮、勇敢和衝動融為一體：「……一方面溫柔而無助，另一方面卻力能劈石。」她的傳記作者愛爾蘭太太[2]這樣描述她；還有：「從智能上看她是個男人，但身體裡的那顆心卻和任何一個夏娃的女兒一樣女性化。」即使只看外表，她似乎也顯得有些不協調、古怪而挑釁。她生得矮小卻有男相，非常

1 傑拉爾丁．朱斯伯里（Geraldine Endsor Jewsbury, 1812-1880），英國十九世紀著名女作家，以機敏健談著稱。

2 愛爾蘭太太（Mrs Alexander Ireland）於一八九二年編輯出版了《傑拉爾丁．朱斯伯里致珍．卡萊爾書信選》（*Selections From the Letters of Geraldine Endsor Jewsbury to Jane Welsh Carlyle*），並附了一篇回憶錄。本文的素材顯然來自這一傳記資料。

醜卻又吸引人。她穿著講究，把紅頭髮套在髮網裡，戴一對鸚鵡形的小耳環，說話時耳環搖搖晃晃。在僅有的一幅她的肖像照片中，可以看見她側著臉坐在那裡讀書，顯得溫柔而無助，而非力能劈石。

但是，我們無法知道她坐到攝影師的桌旁讀她的書之前發生了什麼。她生於一八一二年，父親是商人，住在曼徹斯特或那一帶。除此以外，對於她二十九歲之前的事我們幾乎一無所知。在十九世紀前半期，女人到了二十九歲就不算年輕了；她要麼是已經活過了，要麼是已經耽誤了人生。雖然傑拉爾丁的行徑不合乎傳統，可以算是個例外，但毫無疑問仍可斷定，在我們認識她之前的那段朦朧歲月裡發生過什麼重大的變故。在曼徹斯特一定出過什麼事。背景中浮現出某個模糊的男人身影——一個背信棄義卻令人著迷的傢伙，他使她懂得生活是險惡的，生活是艱難的，生活對女人來說就是魔鬼。她的思想深處形成了一個黑暗的經驗之潭，她不時地從中汲取安慰或供他人受用的指示。她時不時會高聲地說：「哦，太可怕了，簡直無法言傳。整整兩年我生活在這黑暗的黑暗中，只偶爾能短暫地擺脫。」有些季節裡，「像在寧靜而乏味的十一月，那些日子裡只有一片雲，但那一片雲卻遮蓋了整個天空。」她掙扎過，「但掙扎毫無用處」。她曾通讀卡德沃斯[3]的著作。她在放棄掙扎之前曾寫了篇文章論唯物主義。因為，雖然她常常被各種激情所俘虜，但她又很奇特地與事物保持距離並喜歡思考。她樂於為「物質和精神和生命本質」之類的問題絞盡腦汁，即使她的心正在流血。她家樓上有個盒子，裡面塞滿了摘抄、提要和結論。不過，一個女人又能得出什麼結論呢？當愛遺棄了女人，當她的戀人對她不忠，有什麼能幫助她呢？不，掙扎沒有用；還是讓浪濤吞沒自己吧，讓烏雲籠罩頭頂吧。她這麼思忖著，常常躺在沙發上，手裡拿件編織的東西，眼上戴個綠遮光罩。她有好多毛病——眼睛痛、不斷著涼、莫名其妙的疲乏；而曼徹斯特郊外的格林黑斯小鎮——她在那裡為哥哥照看房子——相當潮溼。「隔著一層彌漫陰冷的溼氣，可見半融化的髒雪，以及沼地般的草坪。」這就是她窗前的景色。她常常幾乎沒有力氣穿過屋子。但還是不斷有人打攪：突然來了不速之客要吃飯；她就得跳起來跑到廚房親手燒個雞呀鴨呀什麼的。備好了飯，她就會又戴上綠遮光罩，看她的書去了，因為她是很愛閱讀的人。她讀形而上學、遊記，讀老書也讀新書，特別是讀卡萊爾先生[4]的美妙作品。

一八四一年初，她去了倫敦，央人介紹，拜會了那位她對其作品心儀已久的大人物。她因而也見到了卡萊爾太太。她們一定是一見如故。因為沒過幾個星期卡萊爾太太就成了「親愛的珍」。她們肯定無話不談。她們一定暢談了人生，談了過去和現在，以及某些或是在感情上或是不動感情地關心傑拉爾丁的某「幾個人」。卡萊爾太太是那麼都會人的風度、出類拔萃、深通世故，並且看不起招搖撞騙的人，她一定把這個來自曼徹斯特的年輕女人迷住

3 卡德沃斯（Ralph Cudworth, 1617-1688），英國哲學家、神學家，是所謂「劍橋柏拉圖學派」的核心人物。

4 卡萊爾（Thomas Carlyle, 1795-1881），英國著名作家。他的妻子珍・卡萊爾（Jane Welsh Carlyle, 1801-1866）出身於醫生家庭，原姓 Welsh。珍本人是優秀的書信作家，文筆機敏風趣。

了。傑拉爾丁一回到曼徹斯特就開始給珍寫長信，繼續她倆在禪恩巷[5]的知心談話。「有個在女人中受青睞的男人，他的舉止言談恰如你所祈望的那種熱烈而又文雅的戀人，有一次他對我說……」她會這樣開始。或許，她會這樣想：

我們女人被造就成這個樣子，也許是為了讓他們以某種方式使世界豐饒。我們應繼續去愛，而他們（男人）則繼續爭鬥和勞作，不久，我們都將同樣被仁慈地允許死去。我不知你是否贊成這個觀點，我如此議論，卻沒法看清楚，因為我眼睛痛得厲害、視力很差。

可能珍並不贊成這套高論。因為珍比傑拉爾丁年長十一歲。珍不喜歡對生命本質進行抽象思考。珍是最尖刻、最務實、最眼光明晰的女人。但也許值得一提的是，當她最初遇到傑拉爾丁的時候，她正初次感受妒忌的前兆，隨著她丈夫聲名逐漸確立，她不安地意識到舊的關係在變易，新的關係在形成。無疑，在禪恩巷長談的過程中，傑拉爾丁得到了某種推心置腹的信任，傾聽了某些抱怨並得出一些結論。因為她除了敏感多情，還是個獨立思考的聰明詼諧女人，她討厭她所謂的「道貌岸然」，就像珍憎惡「招搖撞騙」。此外，傑拉爾丁從一開始就對珍生出了某種最奇怪的感情，她有「一種模糊的不確定的渴望，希望以某種方式成為你的至親至愛」。「你會讓我成為你的親人並這樣對待我，是吧？」她一次次懇求。「我想你如天主教徒想他們的聖人，」她說：「……你會發笑，但我對你的感情不像女性朋友，更像是出自戀人！」珍無疑真的笑了，但她也不能不被這個小女人的傾慕打動。

這樣，當卡萊爾先生本人在一八四三年初突然提議說，他們該邀請傑拉爾丁來小住，珍以她慣有的率直方式權衡了利弊以後，同意這個建議。她想，來一點傑拉爾丁會「大大地活躍氣氛」，但另一方面，太多的傑拉爾丁又會太累人。傑拉爾丁把熱淚滴到你手上，她盯著你，她圍著你團團轉，她總是激動不已。而且，雖然傑拉爾丁有「種種良好的和了不起的品質」，她卻「天生愛使詭計」，這可能會在夫妻間惹出麻煩，雖然不是通常的情況那樣。因為，珍忖度，她的丈夫「習慣」於喜歡她勝過其他女子，「而對他來說習慣比激情的力量更大」。從另一方面考慮呢，她本人近來在思想上有些懶惰；而傑拉爾丁喜歡談話，喜歡機智的談話；那個被困於曼徹斯特的女人滿心渴念和熱忱，請她來卻爾西[6]未始不是件善事。於是傑拉爾丁就來了。

她是二月一日或二日到的，一直住到三月十一日那個星期六。一八四三年的那些拜訪就是如此。房子很小，僕人很不得力。而傑拉爾丁老是待在那兒。整個早上她都在寫信。整個下午她在客廳的沙發上睡大覺。星期天她穿上胸前開口很低的衣裙接待客人。她說得太多。至於她為人稱道的才智嘛，「她像剁肉斧一樣銳利，也一樣狹窄」。她阿諛奉承。她甜言蜜

---

5 禪恩巷（Cheyne Row），指卡萊爾家。

6 卻爾西（Chelsea），倫敦西南地名，卡萊爾的住所位於此地區，因而他有「卻爾西的聖人」之稱。

語。她不夠誠懇。她賣弄風情。她詛咒罵人。簡直沒辦法讓她離去。對她的不耐煩不斷升高。珍幾乎不得不把她攆出家門。她們終於告別了；傑拉爾丁登上馬車的時候淚如雨下，但珍眼睛是乾的。看到客人終於走了，她確實是大大鬆了一口氣。不過，當傑拉爾丁乘車走遠了，她一人獨處時，卻不那麼心安理得。她知道自己對待邀請來的客人的舉止並非無可挑剔。她表現得「冷淡、不和善，冷嘲熱諷，不肯通融」。最讓她惱火的是自己曾經把傑拉爾丁當做「密友」。「上天保佑這樣做後果僅僅是讓人**厭煩**，而不是**帶來災禍**。」她寫道。很明顯，她非常不高興，既生自己的氣，也生傑拉爾丁的氣。

傑拉爾丁回到曼徹斯特後，心裡明白出了什麼差錯。她們之間疏遠了，也都保持沉默。惡意中傷的流言傳播著，對此她將信將疑。但是傑拉爾丁是最沒有報復心的女人，如珍本人所承認的：「她在爭執中表現得非常高貴。」而且，如果說她憨癡而多情，但至少既不自負，也不高傲。最重要的是，她真心愛珍。沒過多久她就又開始頻頻給珍寫信了，珍多少有點惱怒地評論說，她的「熱忱和無私簡直超乎凡人」。她擔心珍的健康，表示說她並不想得到詼諧俏皮的回信，只要能說明珍的真實狀況，枯燥的信也可以。因為——說不定這就是別人受不了她這個客人的緣故之一——她在禪恩巷待了四個星期，已經得出了一些結論，而且她不大可能會對此完全緘口不言。「你身邊沒有人疼你，」她寫道：「你那麼耐心又堅韌不拔，好得讓我討厭這些德行了。它們給你帶來什麼？幾乎把你害個半死。」。「卡萊爾，」她忍不住說：「他太偉大了，所以不適合過家常日子。把獅身人面巨像放在客廳裡絕不會相宜。」可是她卻幫不上忙。「愛得愈多，就愈覺得無能為力。」她這樣諄諄地說。她只能在曼徹斯特遠遠地觀看她的朋友絢爛的生活，並將它和自己充滿無謂小事的平淡日子做比較。不過，雖然她自己的生活暗淡無光，不知為什麼她不再忌妒珍輝煌的命運。

如果沒有穆迪（Mudy）一家人出現，說不定她們倆會繼續各在一方、有一搭沒一搭地維持通信，儘管傑拉爾丁曾宣稱：「這樣寫信送進茫茫空間，我已經厭煩死了，人們只是因長久別離才寫信，寫給自己，不是給朋友。」傑拉爾丁所謂的穆迪一家和穆迪主義（Mudieism）在維多利亞時代淑女默默無聞的生活中占有重要的地位，雖然這類事幾乎不見經傳。這一次涉及的穆迪是兩個女孩，伊麗莎白和朱麗葉——卡萊爾說她們是「浮華、招眼、自以為是、看去遲鈍麻木的女孩子」。她們的父親曾是唐地的一名校長，他是位可敬的人，曾寫過有關自然史的書，身後留下一個愚蠢的寡婦，幾乎沒有家產可維持生計。穆迪家不知怎麼在很不方便的時間到了禪恩巷，我們不妨設想，正好是在飯菜擺上餐桌的時候。不過維多利亞時代的淑女倒不在乎——她為幫助穆迪家不厭其煩。問題立刻擺在珍面前：能怎麼幫助她們呢？誰知道有什麼職位？誰能說動個闊佬？傑拉爾丁閃進她的腦海。傑拉爾丁總是希望自己能有點用處。應該問問傑拉爾丁在曼徹斯特是否有可以讓穆迪做的事情。傑拉爾丁果然不負期望，迅速地行動起來。她立刻「安置」了朱麗葉。不久後又為伊麗莎白打聽到一個位置。正在懷特島的珍馬上給伊麗莎白備下了束胸、裙子和內衣，徑直趕往倫敦，帶著伊麗莎白穿過全城，在晚上七時三十分時抵達尤斯頓廣場，讓她去照顧一位樣子慈祥的肥胖老人，並查看好給傑拉爾丁的信已經別到了伊麗莎白的束胸上。然後珍就回家了，筋疲力盡，心滿意足，然而，像所有奉行穆迪主義的人常常難免的，心裡也暗自忐忑不安。穆迪姐妹會快樂嗎？她們會感激她所做的這一切嗎？幾天以後，不可避免的臭蟲出現在禪恩巷，並被有理或無理地歸咎於伊麗莎白的圍巾。更糟的是，伊麗莎白本人四個月後又出現了。她證明自己「完全不適合做任何實用的工作」，她曾經「用白線縫黑圍裙」，而且別人只是溫和地責備了幾句，她就「倒在廚房地板上又踢又叫」。「當然，其結果是她立刻被解雇了。」伊麗莎白消失了——去用白線縫更多的黑圍裙、又哭又叫再被解雇——有誰知道可憐的伊麗莎白．穆迪最後怎麼樣了呢？她徹底從世界上消失了，在她姐妹的生活陰影裡被吞沒了。不過朱麗葉還在。傑拉爾丁把朱麗葉當做自己的責任。她又是監督又是勸告。第一個位置不令人滿意。傑拉爾丁便親自出馬去給她另找工作。她出了門，坐到一個想請女傭人的「頑固的老太太」的客廳裡。那位頑固的老太太說她要讓朱麗葉清理、漿洗衣領，熨袖頭，並洗、熨內衣。朱麗葉的心撐不住了。她喊道，她可幹不了這些個洗呀漿呀熨呀的。於是傑拉爾丁大晚上的再次出馬，見了老太太的女兒。說定了內衣「另找人洗」、只有領子和花邊由朱麗葉熨燙。然後傑拉爾丁再去找她的帽商，商定由她教朱麗葉製邊和修飾的手藝。珍和善地給朱麗葉寫信並寄給她一個包裹。如此這般還有更多的位置和更多的麻煩，更多的老太太，更多的面試洽談，直到後來朱麗葉寫了一部小說。有位紳士大力讚賞那本小說，朱麗葉還對傑拉爾丁說，另有一位紳士從教堂跟蹤她回家，讓她不勝苦惱；不過她總還是個好女孩，大家都說她的好話，直到一八四九年情況突然變了，沒有任何解釋，穆迪家碩果僅存的一位就再也不被提起了。毫無疑問，沉默意味著另一個失敗。那小說，那頑固的老太太，那紳士，那些帽子，內衣，漿洗——她毀滅的原因到底是什麼？內情沒有披露。「那些倒楣的直愣愣的木頭腦袋，」卡萊爾寫道：「儘管別人用盡了力氣費盡了口舌，他們還是在劫難逃地走向淪落，消失得無影無蹤。」儘管她再三努力，珍最後不得不承認穆迪主義總是以失敗告終。

然而穆迪主義也有意想不到的後果。穆迪主義把珍和傑拉爾丁又拉在了一起。珍不能否認，「那堆軟蓬蓬的羽毛」——珍曾以她的方式用許多輕蔑的字眼描述傑拉爾丁，以博卡萊爾一笑——「以更勝我一籌的熱情擔起了這事」。傑拉爾丁不只有軟絨毛，也有硬沙礫。因此，當傑拉爾丁將她的第一部小說《佐伊》（*Zoe, The History of Two Lives*）的手稿送到珍手裡以後，後者便發動自己去找出版商（『因為，』珍寫道：「如果她年老時既沒有親友、也沒有生活目標，她會變成怎麼樣呢？」）。珍的嘗試獲得了出乎意料的成功。賈普曼及豪爾（Chapman & Hall）出版社立即同意出版，他們的閱稿人報告說，該書「如鐵爪般牢牢地抓住了他」。那部書醞釀了很久。在寫作的各個階段都曾徵求過珍的意見。她讀最初的草稿時「幾乎懷著驚駭之感！如此巨大的才氣這樣無節制地湧向陌生的空間」。但她也被深深地感動了。

在這裡傑拉爾丁特別顯示出她是一個遠比我想像的更深刻、更大膽的思考者。我想，現時大概沒有別的女人，哪怕是喬治．桑本人，能寫出這本書裡的那些精采的段落……但他們可不能出版這本書——禮數不容！

珍責難說，傑拉爾丁的書中有一種「精神領域內的缺乏節制」或不合規矩，這是可敬的社會人士絕不能容忍的。傑拉爾丁可能同意做些修改，雖然她坦白地說她「不善於對付得體不得體之類的事」；書改寫了，最後於一八四五年二月面世。像往常一樣，紛紜的議論和相左的見解立刻接踵而來。有的人熱烈讚揚，有的人震驚不已。改革俱樂部的老、少登徒子幾乎因它的**不體面**而歇斯底里大發作。出版商受了點驚嚇，但是醜聞促進了銷售，傑拉爾丁成了女名人。

當然了，如今你要是翻翻這三卷紙頁發黃的小書，不免會奇怪當初人們為什麼要贊同或非議它，不明白那些鉛筆劃痕中帶著怎樣的一時迸發的憤怒或讚美，又是怎樣神秘的激情使得如今已經變得像墨水一樣黑的紫羅蘭花被夾進描寫戀愛場面的書頁間。一章又一章文字親切、順暢地滑過。朦朦朧朧中我們瞥見了一個名叫「佐伊」的私生女，看到她那身為天主教神父神秘莫測的父親埃弗哈德；見到鄉間的一座城堡，還有倚在天藍色沙發上的淑女，大聲朗讀的紳士和在絲綢上繡心形圖案的女孩。有火災發生。有林間的擁抱。有不停的長談。佐伊動搖了那位神父的信念，他大聲感慨說「真願從不曾來到世間」，說完揮手把教皇吩咐他編輯一至四世紀早期教會領袖主要著作譯本的信函和裝有哥廷根大學金鏈的小包掃進抽屜裡，那真是個動人心弦的時刻。可是哪裡有讓改革俱樂部的酒色之徒震驚不成體統的內容，何處可見讓珍那樣敏銳的知識者為之心動的卓著才華，我們實在無從猜想。八十年前豔若玫瑰的色彩如今褪得只剩淡淡的粉紅，所有的芳香和氣味都消散了，只留下凋殘的紫羅蘭或陳年髮油的一絲輕微餘韻，到底是哪一種我們也說不準。我們驚呼，短短若干年時光的力量能造就怎樣的奇蹟！但就在我們感嘆之時，我們遠遠地看出了一些他們所指的過分之處或傑出天才的蛛絲馬跡。激情，就從活人口中表達出的激情而言，已經消耗殆盡了。佐伊、克羅蒂爾德和埃弗哈德在他們的位置上朽敗了，然而和他們同在一室的卻還另外有人；一個不負責任的人，大膽而機靈的女性，如果你考慮到她被裙襯和緊身胸衣拖累；她苦苦渴念，絮絮述說，多愁善感到荒唐的地步，但儘管如此仍是獨具一格，生氣勃勃。我們發現不時有個句子大膽地迸出或有某個念頭巧妙地生成。「如果能不藉助宗教而行義事，該有多好！」「啊，如果神父和講道者真的相信他們宣講的每句話，他們中還有哪個人夜能安寢！」「軟弱是唯一沒有希望的狀態。」「恰當地愛是人類所能達到的最高道德。」而且，她是多麼憎恨「男人的那些簡潔精練、頭頭是道的理論」！生命是什麼？為什麼將它賦予我們？這些問題、這些信念仍然掠過那些在各自位置上腐朽的偶人腦海。他們死了，但是傑拉爾丁仍然活著，獨立自主，勇敢無畏，荒唐無稽，她寫了一頁又一頁，也不停下來修改；不論有哪些人聽得到，她只管叨著一支菸滔滔地道出自己關於愛、道德、宗教、兩性關係的種種見解。

在《佐伊》出版之前的某個時候，珍或是忘記了、或是克服了她對傑拉爾丁的不滿，部分是因為後者曾如此古道熱腸地為穆迪家奔走；此外也因為傑拉爾丁的辛苦張羅，使她「幾乎重新相信自己原有的幻覺，認為她對我懷有某種古怪的，熱烈的……不可思議的**眷戀**」。她不僅又捲入書信往來，而且，一八四四年七月裡，她在利物浦附近的西佛斯宅再次和傑拉爾丁住在一個屋檐下——儘管她曾多次發誓再也不幹這種事了。沒過多少天，珍關於傑拉爾丁強烈依戀她的「幻覺」就證明根本不是什麼幻覺，而是可怕的事實。有一天早上兩人鬧了點小小的彆扭，於是傑拉爾丁整整一天拉著臉；晚上她跑到珍的臥室鬧了一場，這「對我來說是個啟示，不僅有關傑拉爾丁，更關乎人類天性！我從來沒有想過，一個女人會為另一個女人生出如此瘋狂戀人般的忌妒心」。珍憤恨、氣惱、心懷輕蔑。她把此事的經過詳細描繪下來款待她的丈夫。幾天後，她公開地羞辱了傑拉爾丁，她說：「她整晚上當著我的面和**另一個男人**談情說愛，真奇怪，她居然還指望我此後仍舊會尊重她！」所有在場的人頓時譁然大笑。傷害必定很嚴重，出醜無疑很痛苦。但是傑拉爾丁是不可救藥的。一年以後她又生悶氣，又發火，並聲稱她有權利發火——「因為她比全世界所有人都更愛我」；於是珍起身回答道：「傑拉爾丁，等你能表現得像個淑女……」並離開房間。然後就是又一次的流淚、道歉和保證悔改。

然而，儘管珍又是責罵又是嘲笑，儘管她們有了隔閡，儘管有一段時間她們不再通信，她們總是再次會面。傑拉爾丁顯然覺得珍在各方面都比她更聰明、更完善、更堅強。她依賴珍。她需要珍幫助她擺脫困境；因為珍從來沒有讓自己陷入困境。雖然珍比傑拉爾丁要聰明機智得多，但有時候出主意提忠告的卻是那個比較愚蠢和不負責任的傑拉爾丁。她問道，你幹嘛要浪費你的時間補舊衣服？幹嘛不做些真正運用你的精力的事？寫東西吧，她向珍進言。因為，傑拉爾丁確信，珍是那麼深刻，那麼深思遠慮，她寫的東西一定能幫助婦女「應付她們錯綜複雜的責任和困難」。珍對女性有責任。這個大膽的女人接著說：「別向卡萊爾先生尋求同情，別讓他給你潑冷水。你必須尊重自己的工作，以及你自己的動機。」其實珍本來是該實行這一勸告的，她曾因害怕卡萊爾先生反對，而不敢接受傑拉爾丁的新小說《異父姐妹》（*The Half Sisters*）的獻詞。在某些方面那個小女人是兩人中更勇敢自立的一個。

傑拉爾丁還具有一種素質——一種詩情，一種神馳八極的想像，而這是才能出眾的珍所沒有的。傑拉爾丁翻閱古書，抄下有關阿拉伯的棕櫚樹和肉桂樹的浪漫段落、並把它們寄出，讓它們很不協調地出現在禪恩巷的早餐桌上。珍的才能自然是截然相反的一種；它是正面的，直接的，實用的。她的想像專注於人，她的書信精采絕倫，是因為她的思維像鷹隼般盤旋並徑直向事實俯衝。沒有什麼能逃過她的眼睛。她透過明澈的水直視底下的岩石。但她抓不住無形的事物；她對濟慈的詩一笑置之；在她身上，蘇格蘭鄉村醫生女兒的某些狹隘拘謹的特徵一直未能消去。傑拉爾丁雖然在機巧精明上略遜一籌，有時思想卻更開闊一些。

她們如此這般相互同情又相互厭惡，以富於彈性的方式永遠地聯繫在一起。她們之間的紐帶可以無限地拉長卻並不斷裂。珍明白傑拉爾丁有多麼蠢；而傑拉爾丁深知珍的舌頭何等刻毒。她們學會了彼此容忍。自然她們還要爭吵；但她們的爭吵也已不同以往了；現在她們的爭吵是明知最終還要修好的吵嘴。傑拉爾丁的兄弟一八五四年結婚後她移居倫敦，依照珍的意思住到卡萊爾家附近。那個在一八四三年看來永遠不可能再是朋友的女人如今是珍世界上最親密的朋友。她的住所在兩條街外；說不定相隔兩條街就是她們之間恰到好處的距離。相距遙遠時情深意切的友誼會生出無數誤會；而住在一起又會彼此不能容忍。如果隔街而居，她們的關係就會拓展並簡化；變成一種自然的交往，友誼的波瀾和寧靜都以深切相知為基礎。她們一起出門。她們一道去聽《彌賽亞》（*The Messiah*），兩人的表現合乎各自的秉性：傑拉爾丁因優美的音樂而落淚；而珍一方面因傑拉爾丁哭泣而想去推她，同時又因合唱隊的女人太醜自己也想哭一場，最後好不容易才控制住了這兩種衝動。她們到諾伍德去遊玩，傑拉爾丁把一條絲帕和一只鋁胸針（「巴羅先生送的愛的信物」）丟在旅社、把新綢傘遺落在候車室。珍還帶著譏諷的滿足感記述道：傑拉爾丁努力節約，買了兩張二等車票，然而回程一等票的價格其實和二等票完全是一樣的。

同時，傑拉爾丁躺在地板上，歸納，玄想，並力圖從自己動蕩的生活經歷中提煉出某些人生哲理。「多麼可恨」（她的用語常常過於強烈，她知道自己經常「違背珍對良好品味的看法」），在許多方面女人的處境是多麼可恨！她自己就曾怎樣精神傷殘、發育不良！面對男人主宰女人的權力她是怎樣熱血沸騰！她很想踹某些紳士幾腳——「那些撒謊虛偽的癟三！當然啦，罵也沒什麼用——不過，我太氣憤了，罵出來能讓我平靜一些。」

然後她的念頭又轉向珍和她自己，以及出色的才能——無論如何珍是才華出眾的——卻沒有產生什麼看得見的成果。然而，除非是在生病的時候，平素：

我不認為，以後會有人說你我是失敗者。我們是尚未被承認的女性發展的標誌。到目前為止，這種發展尚無現成的路可循，但我們還是尋覓並嘗試了，發現那些為女性而設的規矩並不適合我們，我們需要更好的更有力的原則……我們之後還會有別的女人，她們會在更大程度上充分實現婦女天性的發展。我只把自己看做是一個暗淡的標記，一種初步的思想雛形，指向婦女內在更高的品質和潛能，我的所有怪癖、錯誤、不幸和荒唐只是不完美的塑造過程和不成熟的成長發育的結果。

她這樣理論著，思索著；而珍則在一邊傾聽，她無疑要哂笑，要駁斥，但肯定是同情多於譏誚。她可能希望傑拉爾丁更確切些，她可能希望傑拉爾丁的語言更有節制。卡萊爾隨時都可能進來；如果說卡萊爾恨什麼人的話，那就是跟喬治·桑同類意志堅強的女人。但是她不能否認傑拉爾丁的話裡有某些真理；她一直認為傑拉爾丁「生來或將有所摧毀，或將有所創建」。傑拉爾丁絕不是傻瓜，不管外表如何。

然而傑拉爾丁到底想了什麼說了什麼，她的上午怎樣度過，她在倫敦冬日裡漫長的傍晚做些什麼——實際上，構成她在馬克姆廣場生活的所有一切——我們所知甚少，而且這一點點所知也大可懷疑。因為，恰當地說，珍的耀眼之光掩滅了傑拉爾丁較為暗淡的搖曳星火。

傑拉爾丁不再需要給珍寫信。她在卡萊爾家進進出出，有時因珍的手指腫了而代她寫信，有時拿信上郵局去卻又忘了寄出，像她這種心不在焉的浪漫主義者正是做那種事的料。我們翻閱珍的信，感到在這兩個性格不合卻又彼此深深依戀的女性的交往中，升起了某種有如小貓輕叫或壺水低鳴等居家度日的輕柔聲響。這樣過了幾年，在一八六六年四月二十一日星期六那天，傑拉爾丁要幫助珍辦茶會。卡萊爾先生在蘇格蘭，珍希望趁他不在，以應有的禮數回報一些仰慕者。當弗羅德先生[7]突然來到傑拉爾丁家時，她正在為茶會更衣打扮。他剛剛從禪恩巷得了消息說「卡萊爾太太出事了」。傑拉爾丁披上斗篷。他們一道匆匆趕到聖喬治醫院。在那裡，弗羅德寫道，他們看到珍穿得像平時一樣美麗：

就像她是下了馬車後坐在床上小憩，然後躺下睡了……那種精采的嘲諷神情，以及與嘲諷交替出現的溫柔，都已消失不見。面容肅穆安詳而平靜。……（傑拉爾丁）說不出話來。

我們再也無法打破那沉默。緘默日益加深，變成徹底的無言。珍死後傑拉爾丁即搬到塞文歐克斯居住。她在那裡獨自住了二十二年（編按：據她們的卒年推算，此處應為十四年）。據說她失去了活力。她不再寫書。她得了癌症，吃了很多苦頭。臨死之際她開始遵照珍的願望撕毀珍的信，到臨終時她已經把所有的信都毀了，只剩下一封。這樣，就像她的生活曾在幽暗中開始一樣，如今它又在幽暗中結束了。我們僅僅熟悉她一生中間的短短幾年。

不過，我們也別對「熟悉她」太自信。相知是一種艱難的藝術，如傑拉爾丁提醒我們：

哦，親愛的〔她寫給珍〕，如果你我溺水或死去，碰上有什麼更高明的人來寫我們的「生活和錯誤」，我們會成什麼樣子呢？一個「忠實不欺」的人將怎樣把我們寫得一團糟，卻與我們過去和現在的實際情況大相逕庭！

傑拉爾丁不講究語法口語化的冷嘲熱諷像往常一樣包含真理，它的回音從她在布朗敦塋地摩根夫人墓穴中的安息處一直傳到我們耳中。

（黃梅 譯）

---

7 弗羅德（James Anthony Froude, 1818-1894），英國歷史學家，卡萊爾夫婦的朋友，著有《卡萊爾傳》。

《奧羅拉．李》

白朗寧夫婦[1]本身如今大出其名，可能遠比他們歷來在文學上的知名度高。對於時俗的這種嘲弄，他們大概也會會心哂笑吧。一對熱戀的情人，一個滿頭鬈髮，一個兩頰鬍鬚，他們遭受壓制，充滿叛逆精神，最終私奔——這就是千千萬萬從來不曾讀過他們的詩的人所瞭解、所喜愛的白朗寧夫婦。由於我們有撰寫回憶錄、出版信札、拍攝照片等現代風習，作家不像過去只存在於辭句中，本人也存活了下來；如今人們憑藉帽子、而不像過去僅通過詩來辨識他們。於是白朗寧夫婦成了那些生動活躍、名聲顯著的作家中最引人注意的兩位。攝影藝術到底給文學藝術帶來了多大傷害，還有待評估。當大家可以讀到關於某詩人生平的書時，他們還肯讀多少詩人的作品，這是應該向傳記家提出的問題。另一方面，沒有人會否認白朗寧夫婦能引發我們的同情，喚起我們的興趣。在美國的大學，一年裡也許有兩位教授會對《傑拉爾丁夫人的求愛》（*Lady Geraldine's Courtship*）看上一眼；可我們全知道那位斜倚病榻的巴雷特小姐，知道她如何在一個九月的早晨逃離了溫坡爾街黝暗的家；她如何迎接健康、幸福、自由，又怎樣在街道拐角處的教堂裡和羅伯．白朗寧相會了。

但對身為作家而言，命運對待白朗寧夫人卻並不那麼好。沒有人讀她的作品，沒有人討論她，沒有人肯費心把她放到她應有的位置上。只要把她和克麗絲蒂娜．羅塞蒂（Christina

Rossetti）比較一下，就可看出她聲譽衰微。羅塞蒂不容反駁地攀升到英國一流女詩人的行列。而伊麗莎白呢，雖然她生前得到了更為響亮的讚譽，現在卻愈落愈遠了。初級讀本傲慢地將她拒之門外。他們說，現在她的重要性「僅僅是歷史性的。不論是教育，還是和她丈夫的關係，都未能使她懂得文字的價值或獲得某種形式感」。總而言之，在文學大廈中唯一劃定給她的地方是在樓下僕人的場所，在那裡和赫門茲太太[2]、伊萊莎·庫克[3]、吉恩·英吉洛[4]、亞歷山大·史密斯[5]、埃德文·阿諾德[6]以及羅伯·蒙哥馬利[7]之流作伴。她把碗罐敲得叮噹作響，用刀尖扎起青豆大吃特吃。

1 即羅伯·白朗寧（Robert Browning, 1812-1889）和伊麗莎白·巴雷特·白朗寧（Elizabeth Barrett Browning, 1806-1861），均為英國維多利亞時代著名的詩人。

2 赫門茲太太（Mrs Felicia Dorothea Hemans, 1793-1835），一名早慧但作品質量不平衡的詩人，十五歲出版了第一部詩集，其詩作《家庭情愛》一八一二年問世。

3 伊萊莎·庫克（Eliza Cook, 1818-1889），英國作家，自學成才，十七歲時出版了一部詩集，後來還辦過雜誌。

4 吉恩·英吉洛（Jean Ingelow, 1820-1897）為英國十九世紀女詩人。

5 亞歷山大·史密斯（Alexander Smith, 1830-1867）為花邊設計師，其詩集 *A Life Drama*，於一八五三年出版，起先受到讚揚，後來則被人諷刺。

6 埃德文·阿諾德爵士（Sir Edwin Arnold, 1832-1904），英國作家、學者，曾參與編輯《每日電訊報》。其最著名的作品是八卷長詩《東方之光》。

因此，即使我們把《奧羅拉．李》（*Aurora Leigh*）從書架上取下，我們並不是當真想讀它，而是帶著慈悲的俯就之心玩味這往日時髦的代表物，就像把玩老祖母斗篷上的花邊，或者端詳當年裝點她們桌子的印度泰姬瑪哈陵的石膏模型一樣。不過，對於維多利亞人來說，這本書無疑是十分珍貴的。至一八七三年，《奧羅拉．李》共印行了十三版。而且，從題辭看，白朗寧夫人不憚於承認她很重視這本書。她說：「這是我最成熟的作品，其中包含了我關於生活和藝術的最高信念。」她的信件表明該作品曾經過多年的醞釀。當她初次見到白朗寧時就已在琢磨它，這對戀人所欣然共用的創作秘密中就包括她對該詩形式的構思。

……我目前的主要**心願**〔她寫道〕是寫一部詩體小說……觸及我們傳統中一些最根本的東西，深入「天使不敢涉足」的客廳之類；剝去一切偽裝，直面這個時代的人性，明白地道出真相。這就是我的**心願**。

出於後來眾所周知的原因，她心懷這一計劃在出逃和幸福婚姻中度過了不凡的十年。當這本書終於在一八五六年出版時，白朗寧夫人完全有理由覺得她在其中傾注了自己所能提供的最好的一切。也許這長期的積累和隨之而來的浸潤過程與等待我們的意外效果有關聯。不管怎樣，我們只消讀了前二十頁，就不能不感覺自己被那老水手[8]——不知什麼緣故，他在一本書而不是另一本書的門廊前徘徊不去——抓住了。當白朗寧夫人在九大卷無韻詩中滔滔地講述奧羅拉・李的故事時，我們不由得像三歲小兒一樣地傾聽。速度和活力，坦率和完全的自信——這些都是吸引我們的品質。我們瞭解到奧羅拉的母親是義大利人，「當奧羅拉才四歲時，母親絕倫的藍眼睛就已合上，再不能看到她」。她的父親是個「嚴厲的英國人，在家攻讀學院的學問、法律以及和教區居民談話，度過枯燥的一生之後，被不知什麼激情所俘虜」。不過他也死了，於是孩子被送回英國由姑媽撫養。姑媽出身於李氏名門，她身著一襲黑衣，站在鄉村宅邸大廳前的台階上迎接奧羅拉的到來。她的前額不寬，上面緊緊地盤著她那略顯花白的褐色髮辮；她的嘴線條柔和，但金口難開；眼睛說不出是什麼顏色，面頰像是夾在書頁中的玫瑰花，「保留它更多的是出於憐憫，而不是由於歡愛——如果它不再是剛剛盛開，它也不能更枯萎。」這位女士悄然隱居，把她的基督徒的才華運用於織襪子和鉤內衣，「因為我們是血肉至親，需要同樣的衣衫」。在她的手裡，奧羅拉吃足了人們所謂適當的女子教育的苦頭。她學了一點法語，一點幾何；學了緬甸王國的法律、有哪條通航河流會流到拉臘、西元第五年在克拉根福進行了什麼人口普查，以及怎樣畫身披雅致衣袍的海中仙女、怎樣抽玻璃絲、怎樣剝製鳥標本、怎樣用蠟做花等等。因為姑媽喜歡女人有女人樣子。有一天晚上奧羅拉做十字繡，由於選錯了絲線，繡了一個粉紅眼睛的牧羊女。感情衝動的奧

7 羅伯・蒙哥馬利（Robert Montgomery, 1807-1855），英國傳道士，詩人。

8 此語和「三歲小兒」等句的典故出自柯立芝的名詩《古舟子詠》。

羅拉疾呼道：在這種女性教育的折磨下，一些女人死了，另一些憔悴了。少數像奧羅拉一樣「與無形之存在有某種聯繫」的女性活了下來，目不斜視地行路，客客氣氣地應酬表親，聆聽牧師講道並為人們斟茶倒水。奧羅拉本人很幸運，擁有一間小屋子，牆上是綠色壁紙，地上有綠色地毯，床邊有綠色床帷，好像是要和英格蘭鄉村的乏味綠色相匹配。她在那小屋裡躲清靜，在那裡埋頭讀書。「我發現了一個秘密，在一間閣樓裡，滿是寫著我父親名字的箱子，堆積如山，大包大捆，在那裡，出出入入，……像敏捷的小老鼠在古代巨象的骨骼間鑽來鑽去。」她讀了一本又一本的書。事實上老鼠（白朗寧夫人的老鼠總是如此）在插翅高飛，因為，「當我們意氣飛揚地忘卻了自己，全心全意，一往無前地投入書的深處，為其中的美、真理的精華所激勵——這一刻，我們從書中真正得益。」她不停地讀啊讀啊，直到她的表哥羅姆尼來找她去散步，或是畫家文生．卡林頓來敲窗戶。「男人刻薄地認為那位畫家有點癲狂，因為他認為如果畫好了肉體，實際上就是畫出了心靈。」

這樣草草概括《奧羅拉．李》的第一卷自然不能反映其本來面貌；但如果我們像奧羅拉所勸告的，全心全意、一往無前地吞讀原作，就會發現很有必要嘗試將許多紛紜的印象梳理一下。首先產生而且最突出的印象是作家本人的存在。透過奧羅拉這個人物的聲音和故事中的情境，我們聽到伊麗莎白．巴雷特．白朗寧的境遇、特點。白朗寧夫人不會控制自己，也不會掩藏自己，這無疑標誌著一個藝術家尚不完美，表明作家的生活對其藝術的影響超過了應有的程度。我們在閱讀的時候一次又一次地感到，虛構的奧羅拉似乎在揭示真實的伊麗莎白。我們應記得，白朗寧夫人是在四十年代初起念要寫這部詩的，在那個年代裡女人的生活與女人的藝術作品的關係總是超乎尋常的密切。因此，即使是最嚴謹的批評家，在應該專注於作品時也不能不常常涉及作者本人。而且，眾所周知，伊麗莎白的生活經歷必然影響最純正、最有個性的才能。她幼年失母；她曾私下裡大量讀書；她最親近的兄弟溺水而死；她曾長期臥病；她專制的父親以傳統的方式把她禁閉在溫坡爾街的臥室裡。不過，我們最好還是別重複這些熟悉的事實，而來讀讀她本人怎樣描述這些事對她的影響。

我只在內心裡生活，（她寫道），或者，只體驗著**悲傷**這一種強烈的感情。早在疾病造成與世隔離之前，我已經獨自索居。世上很難找出比我更沒見過世面、更耳目閉塞的小女孩，而我現在已不算年輕了。我在鄉下長大——沒有社交機會，一心迷上書本和詩歌，在幻想中獲得經歷。時間就這樣不斷流逝了——後來我生了病……似乎沒有希望（有一度看來就是如此）再踱出房門。於是，我開始覺得不平……我行將離開這人生的殿堂，卻一直被蒙蔽雙眼，一無所見——我不曾見識過人性，我在世上的兄弟姐妹對我來說只是空洞的**名字**，我沒看到過高山和河流，實際上什麼也沒見過。……你知道無知對我的寫作多麼不利嗎？難道你沒有發覺，如果我活下去而不逃離囚牢，我將在極為不利的條件下工作——可以說我是個**盲詩人**。當然，不利條件能得到某種程度的補償。由於自我意識和自我分析的習慣，我有豐富的內在生活，我從整體上對人類本性做了許多猜想。但是，做為一個詩人，我多麼願意拿若干這種笨重的、沉悶的、無助的書本知識去換取一些對生活和人的切實經驗，去換取一些……

她中斷了，打上幾個點，我們可以趁她暫停再來討論《奧羅拉．李》。

白朗寧夫人的實際經歷到底對她做為詩人造成多大傷害呢？無可否認，傷害很大。當我們翻閱《奧羅拉．李》或《書信集》時，可以明顯地看出，兩者常常是彼此呼應的。這部節奏急促、混亂無章的詩作描述了真實的男女，詩裡所自然表達的心靈並不善於從孤獨中得益。一個抒情的、篤學的或精益求精的思想者可能會利用孤獨或隱居完善自身的能力。丁尼生所企望的不過是在鄉村深處獨自與書本為伴。但伊麗莎白的思想是活潑的，世俗的，譏諷的。她不是學者。書本對她來說不是目的，而是生活的替代品。她在對開本中馳騁，是因為不許她到草地上奔跑。她竭力鑽研艾斯克拉斯和柏拉圖，是因為不可能和活著的男人女人討論政治。她生病時最愛讀的是巴爾札克、喬治．桑以及其他「不朽的不守禮法之作」，因為「他們使我的生活多少保持了那種特色」。當她最後打破囚籠之時，最引人注意的是她投身當時生活的那種熱情。她喜歡坐在咖啡館裡看行人走過，她喜歡政治、爭論和現代世界中的爭鬥。歷史及遺蹟，甚至義大利的歷史及其遺蹟都遠遠不像中庸者休謨（Hume）先生的理論或法國皇帝拿破崙的政治那樣令她感興趣。義大利繪畫和希臘詩歌在她那裡引起迂拙的老套熱情反響，這和她關注實際事物時創造性的獨立不羈精神形成奇特的對比。

她的天性既如此，也就不必奇怪，即使深居病室，她的頭腦仍選擇現代生活做為詩的題材。她沒有動筆，明智地等待著，直到出逃使她獲得了某些知識和分寸感。但毫無疑問，做為一個藝術家那孤獨隱居的漫長歲月對她有無可彌補的傷害。她被摒於生活之外，猜想著外界的情況，並且不可避免地誇大了內心的經驗。對她來說，小狗西班牙獵犬活力（Flush）之死有如女人失去愛子。常春藤碰觸玻璃窗的聲響變成了樹木在狂風中的猛烈搖擺聲。病室的靜寂是那麼深沉，溫坡爾街的生活是那麼單調，因此在感受中每個聲音都被擴大，每個事件都被誇張。最後，她終於得以「衝進客廳之類，剝去一切偽裝，直面這個時代的人性，明白地道出真相」時，她已太虛弱了，經不起這種震驚。尋常的陽光，流傳的蜚語及日常的人際交往使她筋疲力盡，興奮無比，頭暈目眩，她所見如此之多，她所感如此豐富，以致她不能確知自己到底見到了什麼或感受到什麼。

因此詩體小說《奧羅拉·李》雖然本來有潛力，卻未能成為一部經典傑作。或者說它是傑作的胚胎，在其中天才起伏漂動，處在某種未出生狀態，等待創造力完成最後的努力使它成形。這部長詩有時激發，有時沉悶；有時雄辯，有時笨拙；既龐大怪異，又精巧細緻；它具備上述特點，時而令人沉迷，時而使人困惑。儘管如此，它仍然喚起我們的興趣和博得我們的尊敬。當我們閱讀它時，便愈來愈明白地認識到：不論白朗寧夫人有哪些缺陷，她是敢於在想像生活中英勇無私地探險的少數作家之一。這想像生活和作者的私生活是不相干的，理應與個人品格分開對待。這樣她的「心願」終於沒有夭折。她的理論確有興味，彌補了其實踐中的許多缺點。簡要地歸納該詩第五卷的闡述，可把這一理論簡述如下。她說道詩人的真正任務，是表現他自己的時代，不是查理大帝[9]的時代。較之羅蘭[10]和他的騎士的龍塞斯瓦列斯村，在客廳裡有更多的激情發生。「躲避現代的虛飾、外衣和荷葉花邊，呼喚古羅馬的寬袍和如畫的景象，這是致命的，而且愚蠢。」因為有生命的藝術表現並記錄真實生活，而我們所唯一真正瞭解的就是我們自己的生活。她問道，但表現現代生活的詩歌可能採取什麼形式呢？戲劇是不可能的，因為時下只有奴性、溫順的戲劇才有可能獲得成功。何況，我們（在一八四六年）想就生活發表的見解已不適合「紙板佈景、演員、提詞人、煤氣燈和服裝那一套，而今我們的舞台就是靈魂自身」。那麼她能做什麼呢？這是個難題，實行必然會力不從心，但她至少把自己生命的血液擠進了每一書頁，至於其他——「讓我少想些形式和外在的東西。相信精神……保持火種不熄，讓那高貴的火焰自己去成形。」於是，火光耀眼，火焰高躥。

以詩表現現代生活，並非巴雷特小姐一人的願望。羅勃·白朗寧也說過，這是他一生的抱負。考文垂·帕特摩[11]的《家庭天使》（*The Angel in the House*）和柯勒夫[12]的《茅舍》（*The Bothie of Tober-na-Vuolich*）都屬這樣的嘗試，而且先於《奧羅拉·李》若干年。這很自然。因為小說家已在散文中十分成功地描寫了當代生活。《簡·愛》《浮華世界》《塊肉餘生錄》（*David Copperfield*）和《費佛洛的磨難》（*The Ordeal of Richard Feverel*）等紛紛在一八四七至一八六〇年間接踵而來。詩人不免會和奧羅拉·李一樣覺得現代生活也不失熱烈，並具有其自身的意義。為什麼這些全都該成為散文作家的囊中之物呢？當今之世，鄉村生活、客廳生活、俱樂部生活和街頭生活中的趣事和悲劇都大聲疾呼著要求被宣揚，詩人為什麼非得被迫去回顧遙遠的查理大帝、羅蘭騎士、古羅馬的袍子和如畫的景象呢？不錯，詩歌用以表現生活的舊形式——即戲劇——的確是過時了，難道就沒有其他的形式能夠替代它嗎？白朗寧夫人相信詩的神聖，她久久沉思，盡可能地擷取實際經驗，最後拋出了她的九卷無韻詩向勃朗特姐妹和薩克雷挑戰。她以無韻詩的形式吟頌肖爾迪奇和肯辛頓、我姑媽和教區牧師、羅姆尼·李和卡林頓、瑪麗安·厄爾與豪爵爺、奢華的婚禮、暗淡的郊區街道、帽子、鬍鬚、四輪馬車和火車。她大聲宣佈說，詩人能夠寫這一切，就像他們能寫騎士、美女、壕溝、吊橋和城堡中的庭院。但他們真的能夠嗎？讓我們來看一看，當一個詩人不再寫史詩或抒情詩，卻侵入小說家的領地偷獵，編寫故事表現維多利亞女王統治中期，許多人的

---

9 查理大帝（Charlemagne 742-814）為法蘭克王，在西元八百年時加冕為神聖羅馬帝國皇帝。

10 羅蘭（Roland）為傳說中伴隨查理大帝的十二騎士中最著名的一個。《羅蘭之歌》為著名的法國中世紀民間長詩。

11 考文垂·帕特摩（Coventry Patmore, 1823-1896），英國作家，其讚美維多利亞時代理想家庭的連載長詩《家庭天使》發表於一八五四至一八六二年間，當時很受歡迎。

12 柯勒夫（Arthur Hugh Clough, 1819-1861）為當時有名的文化人，有不少詩作，其中以蘇格蘭學生讀書會為題材的《陶伯納—傅里克的茅舍》等得到很高的評價。

活動和變化以及受到種種利益和激情驅動的生活時，詩人會遇上什麼樣的情況。

首先的問題是那個要講述的故事。詩人必須設法告訴我們主人公被邀請赴晚宴等一些必要的情況。對此小說家會盡可能平淡地不事聲張地予以處理，比如：「當我正頗為傷心地吻她的手套時，送來了一張便條，說她的父親向我致意，並請我第二天去她家用晚餐。」這樣的敘述倒也無傷大雅。可詩人卻得這樣寫：

我正親吻她的手套，不勝悲哀，
僕人送來佳人的一紙短簡，
說她爸爸吩咐她代為致意，
並問次日可否共進晚餐！

這簡直荒唐。把平常的字句寫得裝腔作勢，還加強語氣，顯得滑稽可笑。其次，詩人該怎樣處理對話呢？白朗寧夫人說過，如今我們的舞台就是心靈。如她所暗示的，在現代生活中唇舌已經取代了刀劍，生活中的精采時刻，一個人物給其他人物帶來的驚愕，都是通過談吐體現的。但詩歌若試圖按口語來寫，便顯得困難重重了。請聽羅姆尼在一個非常激動的時刻，如何和他的舊情人瑪麗安談論她和另外一個男人生的孩子：

願上帝也如此地養育並離棄我像我養育他，
讓他覺得自己是個快樂的孤兒。
我讓孩子分享我的酒杯，睡在我的膝頭，
在我的腳畔高聲地歡跳
在大庭廣眾前牽著我的手……

如此等等。簡言之，羅姆尼像所有伊麗莎白時代的主人公那樣狂呼亂跳，而白朗寧夫人原本曾急切地警告，不許這些人進入現代客廳。事實證明無韻詩是鮮活口語的無情死敵。日常談話被拋到起伏搖動的詩句上，變得高亢激揚、咬文嚼字、感情濃烈；而且，因為情節已經被排除，談話就必須繼續下去，於是讀者的思想在單調的節奏[13]中陷入僵化遲鈍的境地。白朗寧夫人隨著詩行的鏗鏘節奏而不是人物的感情，於是高談闊論，泛泛言說。她所採取的文體形式的性質迫使她忽略了那些較為輕靈微妙或色彩較為不顯著的情感，而小說家正是憑藉這些一筆一劃地描繪出人物來。變化與發展，一個人物對另一個人物的影響——這些都被放棄了。整部詩變成了冗長的獨白，我們所知曉的唯一人物和故事就是奧羅拉·李本人的性格和

13 限於譯者水平，前面引用的兩段詩原文的韻腳和無韻詩的五步抑揚格格律，未能在譯文中充分體現出來。

經歷。

因此，如果白朗寧夫人所設想的詩體小說是要細緻入微地展現人物，揭示眾多心靈間的關係，穩定地展開故事，可以說她徹底失敗了。不過，如果她只是想使當時的一般生活，以及那些確實屬於維多利亞時期並力圖解決時代問題的人物，經過詩之火的焚燒變得更加明亮、強烈、濃縮，她則實現了自己的意圖。奧羅拉．李熱切地關心社會問題，渴望知識和自由，因同時身為藝術家和女性的衝突，確為其時代的女兒。羅姆尼也確是維多利亞中期的紳士，心懷高貴理想，對社會問題殫思竭慮，並很不走運地在什羅浦郡建立了一個傅立葉式的共居團體。那位姑媽，那些椅背套和奧羅拉逃離的那所鄉村宅邸，真實得足以立刻就能在托騰南法院路的交易所賣出好價錢來。詩人準確地抓住了維多利亞時代的人更大方面的感受，並把它們生動地刻印在我們的腦海裡，絲毫不遜於卓勒普和蓋斯可夫人[14]的小說。

實際上，如果我們把散文小說和詩體小說加以比較，散文也並不能盡領風騷。有時候，小說家會抖散開分別寫的十幾個場景在詩中被壓成一個，許多頁細緻的描繪被融為一行，當你一頁頁讀這樣精練的敘述時，不禁會覺得詩人勝過散文作家。詩人的書頁比散文容量大一倍。詩中人物雖然有可能是漫畫式的剪影，是誇張的概括，未能在衝突中徐徐展現，卻包含某種被提高的象徵意義，這是採取漸進手法的散文不能與之匹敵的。詩歌具有緊湊性和省略性，它可以藉此睥睨散文家及其對細節的緩慢積累；也正因此，事物的總體外觀——市場，落日，教堂——在詩中現出輝煌並具有某種連續性。由於這些，《奧羅拉．李》雖有種種缺陷，卻仍然是一部活著並有價值的書。貝多茲或亨利・泰勒爵士[15]的劇作雖然寫得漂亮，卻如僵屍冰冷靜臥，羅伯・布里吉斯[16]的古典主義劇作如今已極少有人問津。如果我們想想這些，就會覺得，當初伊麗莎白衝進客廳，宣佈這個我們活動並工作的場所乃是詩人真正的領地，實在是受到真正的天才之火的激勵。至少，在她的嘗試中這勇氣是有價值的。她不高明的趣味，她苦惱不安的獨創精神，以及她掙扎著滋蔓著迷惘的激烈意緒在這裡得到可以發揮的餘地，又不至於造成致命的損害，而她的耿耿赤忱和豐富情懷，她傑出的描繪能力和敏銳尖刻的幽默感將她本人的熱情感染給我們。我們發笑，我們抗議，我們抱怨——這太荒唐了，這不可能，我們一刻也不能再容忍這樣的誇張——但我們仍被深深吸引，一直讀到結尾。一個作家還能再要求什麼呢？我們對《奧羅拉・李》的最高的讚譽是：我們感到奇怪，為什麼沒有後繼之作跟隨而來？街道和客廳肯定是極有前途的題材；現代生活無愧於繆斯女神。不過，伊麗莎白・巴雷特・白朗寧在從病榻上躍起並衝進客廳之際匆匆繪就的速寫最後

14 卓勒普（Anthony Trollope, 1815-1882），英國小說家，著有《巴契斯特教堂》《我們現在的生活方式》等。蓋斯可夫人（Mrs Gaskell, 1810-1865），英國小說家，著有《瑪麗巴頓》《北與南》等。

15 貝多茲（Thomas Lovell Beddoes, 1803-1849），英國詩劇作家，以《死亡笑談錄》聞名。亨利・泰勒（Henry Taylor, 1800-1886），詩劇作家，以 *Philip van Artevelde* 著名。

16 布里吉斯（Robert Bridges, 1844-1930），英國作家，寫有大量詩歌、八部劇本和一些散文。

未能完成。由於詩人的保守或膽怯，使得現代生活仍然主要是小說家的獵物。在喬治五世[17]的時代，我們沒有詩體小說。

（**黃梅 譯**）

17 即作者生活的時代。英王喬治五世一九一〇至一九三六年間在位。

伯爵的侄女

小說的一個側面，所涉及的事非常微妙，雖然相當重要，卻很少被談論。我們理應裝聾作啞地略過階級差別：照理說任何一個人的出身應該和其他人一樣好。但是英國小說裡卻充斥著社會等級的上層和下層，如果沒有了這些，它簡直就面目全非了。梅瑞狄斯在《奧普勒將軍與坎珀夫人》（*The Case of General Ople and Lady Camper*）中記述道：「他傳話說他馬上就去陪坎珀夫人，隨後趕緊整理自己的行頭。她是一位伯爵的侄女。」所有英國人毫不猶豫地接受這個說法，而且知道梅瑞狄斯寫得正確。一名將軍在這種情況下肯定得額外刷一刷他的外衣。雖然將軍有可能和坎珀夫人社會地位相當，但上述說法使我們明白他實際要低一等。他受到她的級別的震撼，無遮無攔地。沒有伯爵、男爵或騎士等名分保護他。他不過是個英國紳士，而且是個窮紳士。因此，即使對今日的英國讀者來說，他在會見坎珀夫人之前「整理他的行頭」是完全應當的。

假定社會差別的消失是毫無用處的。每個人都可以聲稱自己不覺得受到這類約束，說他所存身的天地很大，使他足以為所欲為。但這是個幻象。在夏日的街巷裡，閒散的漫步者可能親眼看到披著頭巾的打雜女工在成功人士的綾羅綢緞中擠路而行；他可以看到女店員把鼻子貼在汽車的玻璃窗上張望；還可看到容光煥發的青年和威嚴堂堂的老者等待召喚去覲見喬治王。不同階級之間也許並無敵意，但不相往來。我們被圈圍、被分隔、被斷絕。我們一旦在小說的鏡子裡看到自己，立刻認出這就是真相。小說家，尤其是英國的小說家知道，並且似乎很高興地知道，社會乃是由許多彼此隔離的玻璃匣子構成的巢，每個匣子裡住著一個有特殊習俗和品性的群體。他知道世間有伯爵而伯爵還有侄女；他知道世上有將軍而且將軍在拜會伯爵的侄女以前要刷外套。不過這些只是他所知道的入門知識。因為在此後幾頁之內，梅瑞狄斯讓我們瞭解到，不僅伯爵有侄女，將軍也有表親；表親又有朋友；朋友有廚娘；廚娘有丈夫；而將軍的表親的朋友的廚娘的丈夫是木匠。這些人中的每一個都生活在他自己的玻璃匣子裡，都有小說家需要顧及的特殊習性。表面上看來中產階級各群體廣泛平等，其實並不是那麼回事。種種奇特的脈絡和紋理貫穿社會大眾，把男人和男人、女人和女人分割開來；神秘的「特權」和「無能力」常常那麼飄渺，根本不能用名號之類簡陋的東西來標識，它們卻妨礙、打亂人類交流的偉業。當我們小心翼翼地穿過從伯爵的侄女到將軍表親的朋友等一系列社會等級之後，我們還將面臨一道深淵，一條鴻溝赫然展現在我們的面前，對岸則是工人階級。像珍·奧斯汀那樣判斷力和趣味都無懈可擊的作家僅僅對那深溝略瞥一眼；她把自己局限於本身所從屬的特殊階級並發現其中還有無數的層次。然而，對於像梅瑞狄斯這類性情活潑、喜好追究和爭論的作家來說，探索的誘惑是不可抗拒的。他在社會階級上上下下地摸索，敲響一種聲音與另一種聲音相對照；他堅持要讓伯爵和廚娘、將軍和農民各自發言並在極為複雜的英國文明生活的喜劇中出演角色。

他嘗試這麼做是很自然的。具有喜劇精神的作家對這種種差別欣賞不已；這些差別給予他可以把握的東西，可以賣弄的東西。沒有了伯爵的侄女和將軍的表親，英國小說會一派荒涼。它會像俄國的小說。它不得不依仗無限廣闊的靈魂，和人類的兄弟情誼。它會像俄國小說一樣缺少喜劇。不過，我們雖然意識到我們從伯爵的侄女和將軍的表親那裡獲益良多，有時也不免有些懷疑，在這些鈍了的刀鋒上玩諷刺，所得的樂趣是否當真抵得上我們為之付出的代價。因為代價很高。小說家常常不得不勉為其難。梅瑞狄斯在兩個短篇小說中非常英勇地試圖跨越鴻溝，一步邁過許多不同的等級。他一會兒用伯爵侄女的口氣說話，一會兒用木匠妻子的口氣說話。不能說他的大膽嘗試獲得了圓滿成功。你會覺得（這也許沒有根據），伯爵侄女的脾氣恐怕未必像他寫的那麼苛刻嚴厲。貴族恐怕並不總是像他從他的角度所表現的那麼趾高氣揚、唐突古怪。儘管如此，他筆下的大人物要比小人物成功。他的廚娘都太豐滿肥胖，他的農民都太紅潤樸實。他過分地突出精力和元氣，揮拳和拍腿。他離他們太遠了，沒法得心應手地寫他們。

因此，小說家，特別是英國的小說家，有時會顯得無能為力，而其他藝術家卻從沒有受到同樣程度的困擾。他的出身影響他的作品。他註定只可能深切瞭解他這個階層的人並描繪他們。他不可能逃脫自己在其中生長的那個匣子。縱覽小說，就會發現狄更斯的作品中沒有紳士；薩克雷的書裡沒有工人。人們對簡・愛算不算淑女不大有把握。而奧斯汀的伊麗莎白和愛瑪則只能是淑女，不會被當做別的類型。想找出個公爵或清潔工是白費力氣——我們懷疑，這些在階級等級兩端的人在其他地方也進不了小說。因此，我們不免得出黯淡卻誘發好奇心的結論，認定小說比它本來可能達到的水準要貧乏得多，而且這在很大程度上阻礙了我們瞭解社會的高層或底層發生的事——因為小說家畢竟是些了不起的闡釋者。可以藉以猜測世間最高層人物心態的證據幾乎完全沒有。國王怎樣感受？公爵如何思考？我們無從知曉。因為世上的最高階層人士很少寫東西，而且從來不寫他們自己。我們從來不知道在法國路易十四本人眼裡路易十四的朝廷是如何的。看來，很可能英國貴族有一天歸於消亡或和平民百姓融為一體，卻始終未留下任何有關他們的真實畫像。

不過，若是和我們對工人階級的無知相比，我們對貴族的無知就不算什麼了。在各個時期，英國和法國的大戶人家都喜歡在家裡款待名人，於是薩克雷、狄斯雷利[1]和普魯斯特之流對貴族的生活方式和風尚相當熟悉，寫起來也就有充分的把握。然而遺憾的是，按照生活的規則，文學上的成功總是意味著作家的攀升，而從不帶來地位下降，也很少造成廣泛接觸各個社會等級——而這是更值得想望的。管道工夫婦絕不會糾纏發跡的小說家去和他們一道喝酒吃海螺。他的書不會使他和生產貓食的工人打交道，也不會促使他與在大英博物館門口賣火柴和鞋帶的老太太通信。他發財了，有了身分；他買晚禮服並和地位相當的人用餐。因此，成功的小說家的後期作品所表現的社會階級總是略有些上升。我們往往會得到愈來愈多的關於成功者和佼佼者的描述。另一方面，莎士比亞時代的老捕鼠人和老馬夫徹底地退場，或是更讓人難以接受地成了憐憫和好奇的對象。他們被用來襯托有錢人。他們被用來指涉社會制度的弊端。他們不再像在喬叟寫作的時代裡那樣單純地是他們自己。因為，讓工人用自己的語言寫自己的生活似乎已經是不可能的事了。受到教育，能讀會寫，就意味著使人大大加強自我意識或階級意識，或使他們脫離原來從屬的階級。只有中產階級的作家才享有匿名的特權，在它的蔭庇下可以從容地寫作。作家雨後春筍般地從中產階級裡產生，因為只有在中產階級裡寫作活動才像鋤地蓋房一樣自然與熟悉。因此，拜倫成為詩人必然比濟慈難；而一位公爵成為偉大的小說家就像由櫃檯後的買賣人來寫《失樂園》一樣，是不可思議的。

然而，事情總在變化；階級差別並不總是像如今這麼牢固穩定。伊麗莎白時代在這方面要比現在有彈性得多；而我們又不像維多利亞人那麼狹隘守舊。因此，很可能我們正處在某種前所未有的大變化前夕。大約再一個世紀，這些階級差別都可能不再有什麼意義。我們現在所瞭解的公爵和農工可能像鴇鳥和野貓一樣消失得無影無蹤。人與人之間只剩下頭腦和性格等方面的自然差別。奧普勒將軍（如果還有將軍的話）將不必刷外衣（如果那時還有外衣）就去見伯爵（如果還有伯爵）的侄女（如果還有侄女）。不過，如果有一天連將軍、侄女、伯爵和外衣都沒有了，英國的小說會落到何等田地，我們實在無從想像。它可能變得面目全非，讓我們再也無法認識它。它可能會消亡。我們的後代可能很少寫小說，即使寫也不

1 狄斯雷利（Benjamin Disraeli, 1804-1881）出身於皈依基督教的猶太人家庭，一八七四年他出任英國首相，同時也從事小說寫作。

成功，就像在我們的時代裡詩劇創作的情形那樣。真正民主時代的藝術將是——什麼呢？

（**黃梅 譯**）

喬治・吉辛[1]

「你知道在倫敦有人穿街走巷賣煤油嗎？」喬治・吉辛於一八八〇年如是寫道。這句話由於出自吉辛筆下，不禁使人回想起大霧彌漫的世界、四輪馬車、邋遢的女房東、為謀生而掙扎的文人、令人心碎的家庭苦難、昏暗的後街以及寒傖的黃色小教堂。不僅如此，越過這些淒涼的場景，我們還看到綠樹覆蓋的高地、帕特農神殿的柱子以及羅馬的山丘。由於吉辛屬於並不完美的小說家，透過他們的小說，我們還可以看到籠罩在虛構人物之下作者的人生。我們和這些作家建立的是人與人的關係而不是人與藝術的關係，我們閱讀他們的作品便可瞭解他們的生平。當我們捧讀吉辛的信札時——這些信札富有個性，但沒有多少睿智和耀人的光彩——我們可以感覺到我們在填充一個提綱，一個我們在閱讀《狄謨斯》（*Demos*）、《新寒士街》（*New Grub Street*）和《下層社會》（*The Nether World*）時便開始追溯的提綱。

但即便如此，依然有許多縫隙，依然有許多未照亮的黑洞。有許多訊息尚未公開，許多

1 喬治・吉辛（George Robert Gissing, 1857-1903），英國作家，其小說帶有強烈的寫實面對十九世紀的社會弊端。主要小說作品有《狄謨斯》《新寒士街》和《下層社會》等，以及散文集《四季隨筆》（*The Private Papers of Henry Ryecroft*）。

事實必然被忽略。吉辛一家窮困潦倒，孩子們尚在幼年做父親的便故去。孩子眾多，他們不得不節衣縮食，以便盡可能地多受教育。他的姐姐說，喬治對學習有股狂熱。喉嚨裡卡著一根魚刺，他還匆匆忙忙趕往學校，生怕耽誤聽課。他會從一本《自然萬象》（*That's It*）的小書裡抄下歐洲鯉、鰨魚、鯉魚分別產下多少數量驚人的卵，「因為我覺得這是值得注意的事實」。她忘不了他「對知識有無以復加的崇拜」。坐在她的身邊，這位身材頎長、皮膚白皙、高額頭、近視眼的男孩有耐性地幫她學習拉丁語，「一遍又一遍地解釋，臉上沒有露出一絲不耐煩的神色」。

部分原因是由於他尊崇事實，他對印象的把握並沒有天賦（他的語言顯得單薄而不善隱喻）。因此人們會懷疑，他選擇小說家的生涯是不是真的能給他帶來快樂。眼前便是整個世界，有其歷史，有其文學，誘使他將這一切拉進他的腦海中；他孜孜不倦，他富於理解力；可是他不得不坐在租賃的屋子裡，編造有關「在我們的文明新階段呈現曙光之際，一群真誠的青年奮鬥以求改變現狀」的小說。

但是，小說藝術包容萬象。在十九世紀八〇年代，有這麼一位作家，他決心在小說中揭示窮人可怕的境遇，和令人憎惡的社會不公。小說藝術樂意將這麼一位願意做「先進的激進黨喉舌」的作家接納到自己的行列中。換言之，小說界願意承認這樣的書便是小說。但這樣的小說是否有人讀，令人懷疑。史密斯・埃爾德（Smith Elder）的讀者言簡意賅地歸納這種閱讀形勢。他寫道，吉辛先生的小說「充斥著痛苦，難以取悅普通的小說讀者，其場景描寫永遠不能吸引穆迪先生圖書館的捐獻者」。因此，嘴裡嚼著小扁豆，耳中聽著伊斯林頓街小販叫賣煤油的吆喝聲，吉辛只好掏腰包自費出版小說。也就是在這個時候，他養成了五點鐘起床的習慣，以便走過半個倫敦城，趕在早餐之前輔導M先生。然而常常是M先生傳下話來，說他正忙著其他事，於是在我們現在閱讀的《新寒士街》中又增加了描寫慘澹生活的一頁——讀者又面臨文學的另一個問題：與生活貼得太緊。這位作家日常靠吃小扁豆為生；他在五點鐘起床；他步行穿過倫敦；他發現M先生還未起床。於是他挺身而出，以人生代言人的身份宣稱：醜惡即事實，事實即醜惡；並聲言：這就是我們瞭解的一切，這就是我們需要瞭解的一切。但是有跡象顯示，這樣的處理有損小說的藝術品質。利用自己的苦難，譬如鐐銬切進肢體的痛切感受來增強對人生的總體感受，從籠罩在自己童年的陰影中塑造出某個富有光彩的人物形象，如米考伯或甘普太太[2]——狄更斯正是這麼做的，這種做法值得稱道。但是，用個人的苦難來賺取讀者對個人人生經歷的同情和好奇，則會帶來災難性後果。想像，唯其在發揮至極致時才最自由。當它局限於賺取同情心的個例時，它就失去震撼人心的力量，而變得瑣屑無聊，變成完全的個人話語。

同時，把作者和主人公等同起來是一種非常強烈的感情，它會驅使讀者急不可耐地往下讀；它還賦予原本沒有多少價值的書另一種短暫的、也許是更強烈的優勢。我們會聯想到，

2 狄更斯的《塊肉餘生錄》裡的兩個人物。

既然比芬和里爾登[3]晚餐有麵包、奶油和沙丁魚，那麼吉辛一定也會有；既然比芬的大衣典當出去了，那麼吉辛也一定如此；既然里爾登星期天無法寫作，吉辛也同樣不能。我們不知道是里爾登愛貓還是吉辛愛貓，是吉辛愛手風琴還是里爾登愛手風琴。當然，里爾登和吉辛都在一個舊書攤上買了吉本（Gibbon）的著作，並在大霧中將它們一本一本地抱回家。就這樣，我們繼續尋覓相同之處，每一次都獲得成功，時而沉浸在小說裡，時而沉浸在信札中，藉此我們可以獲得一絲滿足，似乎小說閱讀是個猜謎遊戲，讀者從中猜出作家的真面目。

憑藉這種方法，我們可以瞭解吉辛，但我們無法瞭解哈代或喬治·愛略特。當偉大的小說家揮灑著他們筆下的人物，並賦予這些人物以人類的共同特徵時，吉辛依舊以自我為中心獨處一隅。他是一束強光，光柱之外全是蒸氣和幻影。但與這束強光交織在一起的有一道具有獨特穿透力的光。儘管他視野狹窄，感受性貧乏，但吉辛屬於那種極為罕見的小說家——他們相信心靈的力量，讓他們筆下的人物去思考。這些人物跟大多數虛構的男女截然不同，感情的可怕層面做了稍許調換。社會上的勢利習氣不復存在；需要錢財幾乎完全是為了買麵包和黃油；愛情本身退居其次。但是，大腦依舊在轉，僅僅這一點就足以給我們一種自由感。因為只要思考就會變得複雜，就會溢出界限，不僅僅停留在思考「一個個人」，而將其生活融入政治的、藝術的、思想的生活之中，也就是人與人的關係之中——這種關係很大程度建立在它們之上，而不單純依據性欲。在這樣的架構中，人生非個人的生活層面被賦予適當的位置。「人們為什麼不寫人生中真正重要的事呢？」吉辛讓他筆下的一個人物如是感嘆道。就在這出乎意料的感嘆中，小說可怕的重負開始從肩頭滑落。我們能不能談談其他事情，而不只是談論愛情，儘管愛情非常重要；我們能不能談談其他事情，而不只是談論跟伯爵夫人一道就餐，儘管這種場面相當迷人？吉辛這麼說就是隱隱在述說：達爾文曾生活於世；科學在發展；人們閱讀書籍，欣賞圖畫，從前有個地方叫希臘。正是由於意識到諸如此類的事情，使得他的作品讀起來讓人痛苦；也正是由於這一點，使得他的作品不能「吸引穆迪先生圖書館的捐獻者」。這些作品的嚴酷性在於歷經苦難的人傾向於將他們的苦難看做是經過深思熟慮的人生觀一部分。受難的感覺消失了，受難的思想卻留存下來。他們的不幸不僅是個人的厄運，而且象徵某種更為持久的思想，它已變成了人生觀的一部分。因此，當我們讀完吉辛的一部小說，留給我們的就不是一個人物，也不是一個事件，而是一個善於思索的人對於他眼中的人生的評論。

但是，由於吉辛總是在思考，他也就總是在改變。他令我們感興趣大半亦源於此。當他年輕時，他想到他要為揭露「我們整個社會制度醜惡的不公正」而寫作。後來，他的觀點發生了變化。一方面，這個目標不可能實現；另一方面，別的興趣將他拉向另一個方向。他逐漸認為，最終並相信：「我們所知唯一具有絕對價值的是藝術的完美……藝術家的作品……是世界健康的源泉。」因此，如果一個人希望改造世界，他就應當——儘管相當矛盾——隱

3《新寒士街》裡的兩個主要人物。

退下來，在獨處中花盡可能多的時間把文字琢磨得近乎完美。吉辛認為，寫作是一項極為困難的事。或許在他生命即將終結之時，他有可能「寫上一頁文法得體、行雲流水般的文字來」。當然，有些時候，他寫得確實非常成功。例如，他是這樣描寫倫敦東區的一個墓地的：

在這裡，可怖的東區荒地，在墳塋之中徘徊也就是與僵硬的、不長眼睛的死亡象徵攜手並行；在冰冷可怕的命運壓迫下，靈魂失落了。在墳塋中躺著那些生而辛苦勞作的人們，當勞作把他們的血汗消耗殆盡，他們只好咽下最後一口氣，從此湮沒無聞。對於他們，沒有白晝，只有生前與死後的黑夜之間冬日天空短暫昏暗的光。對於他們，沒有渴望；對於他們，希望的記憶早已落入塵埃；他們的孩子已因勞累而被他們忘卻。數以萬計為了生存而勞作的眾生，他們是無法單個分開的。每個人的名字——父親、母親、孩子都只是對溫暖和愛的無聲呼喚，而命運對他們又是如此地吝嗇。狂風在他們狹小的墳地上方呼號，一落下就浸泡在雨中的砂土是大千世界的象徵——這個世界吸納了他們的勞作，又馬上抹去了他們的存在。

一次又一次，這樣的描寫段落像石板一樣，有稜有角，突兀出現在撒滿小說書頁凌亂的文字之中。

確實，吉辛從未停止過教育自己。當貝克街的火車在他窗外噗哧噴著蒸汽的時候，當樓下的房客吵鬧得幾乎要將房間掀翻的時候，當房東太太傲慢無禮的時候，當店主拒絕給他送糖、不得不親自去取的時候，當大霧嗆壞他的嗓子、他得了感冒、連續三個星期不能跟任何人說話但還得筆耕不輟的時候，當他可憐兮兮地承受一個又一個家庭災難的時候——當所有這一切單調乏味地繼續發生，對此他只能責備自己性格的軟弱。帕特農神殿的柱子，羅馬的群山依舊聳立於倫敦城的大霧和尤斯頓街的煎魚店之上。於是他決定赴希臘和羅馬。他確實來到了雅典，他見到了羅馬；在他去世之前，他在西西里島讀到了修昔底德斯的歷史著作。在他身邊，生活發生了變化；他對人生的評價也發生了變化。或許，陳腐污穢、大霧、煤油以及酗酒的房東太太並不是唯一的現實；醜惡並不是全部的真實，在世界上還存在著美。擁有文學和文明的過去充實了現在。無論如何，他未來的作品會是托提拉[4]時代的羅馬，而不會是維多利亞女王時代的伊斯林頓。在他永不停頓的思索中已經達到了某個高點：「一個人應當區分兩種智力的形式」；人不能僅僅尊崇才智。但是他還來不及記下他在思想上達到的那個高點，曾分享了筆下諸多人物的人生經歷的他此時也分享了他賦予埃德溫·里爾登的結局——死亡。吉辛，一位並不完美的小說家，卻是一位受過高度教育的人，他臨死之際對站在身邊的朋友所說的最後一句話是：「耐心，耐心。」

（李寄 譯）

---

4 托提拉（Totila, ?-552），東哥德國王，五四六年占領羅馬。

喬治・梅瑞狄斯的小說

二十年前，喬治・梅瑞狄斯[1]的聲譽正處於巔峰。他的長篇小說克服了各種各樣的困難，終於聲名大振；而且正因為歷史磨難，他的小說的名聲才愈發響亮、愈發獨特。繼而人們又發現這些輝煌作品的創作者本人也是位輝煌的老人。到巴克斯丘陵去的拜訪者報告說，當他們沿著道路走上那棟郊區小巧的房舍時，屋裡傳出的洪亮聲音及其回響令他們激動不已。這位小說家端坐在會客室尋常的小擺設之中，儼然是一尊歐里庇得斯的半身塑像。俊朗的五官由於歲月的侵蝕而滿面滄桑，但他的鼻梁依舊那麼挺拔，一雙藍眼睛依舊炯炯有神，充滿譏誚。儘管他一動不動地坐在扶椅裡，神色依舊透出生機和警覺。他的耳朵幾乎全聾了，但對於一個跟不上自己疾速思維的人而言，這點苦痛算不了什麼。既然無法聽到人們對他說的話，他就可以全心享受獨語的樂趣。他的聽眾素養良好或頭腦簡單都沒關係。原本會把伯爵夫人樂得眉開眼笑的恭維話，同樣可以一本正經地說給一個孩童聽。無論是對伯爵夫人還是對孩童，他都不會用簡單的日常語言來說話。自始至終，他都高談闊論，其間夾雜著具體精當的成語和層出不窮的暗喻，伴隨著一陣陣爽朗的笑聲，從他口中汩汩而出。他的笑聲穿插在語句之間，彷彿他對自己的幽默和誇張十分得意。這位語言大師肆意揮灑、沉溺在自己的語文天地，唯其如此，他便愈發具有傳奇色彩。這位肩上長著一顆像希臘詩人腦袋的喬治·梅瑞狄斯，此時正端坐在巴克斯丘陵郊區的別墅裡，用差不多在馬路上就可以聽到的洪亮聲音滔滔不絕地傾瀉出詩意、譏誚和睿智的話語，他的聲譽使得他輝煌迷人的作品愈發顯得輝煌，顯得迷人。

但這已經是二十年前的事了。時至今日，做為清談高手的他聲譽必然暗淡無光；做為作家的他聲譽似乎也蒙上一層陰影。無論在哪一個追隨者身上，他的影響都不太明顯。當其中一人——他的作品使他有資格讓人洗耳恭聽——碰巧說到這個話題的時候，他的話語裡並無恭維之意：

> 梅瑞狄斯〔福斯特（Forster）先生在他的《小說面面觀》（*Aspects of the Fiction*）中如是寫道〕已不是二十年前偉大的名字了……他的哲學未能經得住時間的考驗。他對耽溺情感的猛烈抨擊使當代人感到厭倦……當他表情嚴肅、擺起高貴神態時，他的話語總是居高臨下，尖銳刺耳，讓人痛苦……可能是由於裝腔作勢，可能是由於枯燥說教——從來就不曾動聽，現在聽來更顯空洞無物；可能是由於他將自己的故園看成是整個宇宙，這就難怪梅瑞狄斯現在被人冷落了。

---

1 梅瑞狄斯（George Meredith, 1828-1909），英國詩人和小說家，著有詩集《幽谷之戀》（*Love in the Valley*）、小說《利己主義者》《費佛洛的磨難》《哈利·里奇蒙歷險記》等。

這樣的批評自然並非定論，但是，以其字裡行間的真誠，它非常準確地概括了時下人們提及梅瑞狄斯時的感受。是的，時下一般的評價似乎是，梅瑞狄斯未能經得住時間的考驗。但是，百年誕辰紀念的價值就在於為我們提供一個將這種輕率印象具體化的時機。各式各樣的談話，與半被抹掉的回憶交織在一起，逐漸形成一團迷霧，使我們難以看得分明。倒不如重新打開他的作品，拋開名譽、附屬品之類的包袱，彷彿第一次閱讀它們，這或許是我們在一位作家百年誕辰之際所能獻給他的最佳禮品。

既然第一部小說差不多總是不設防的，作者是在沒有意識到如何才能最大程度地利用其天賦的情況下展示其天賦的，我們不妨首先翻開《費佛洛的磨難》。不需要多少聰明便可以看出作者是一位新手。小說風格前後極不協調。時而，作者把自己扭成個鐵疙瘩；時而，他又像塊煎餅似地平躺著。他的創作意圖彷彿有兩個，譏誚的評論和冗長的敘述交替出現。他的創作態度也游移不定。確實，小說的整體構造似乎有一點不穩定。裹在斗篷裡的准男爵，縣裡的大家庭，年深月久的祖屋，飯廳裡妙語連珠的叔伯，招搖過市或水中嬉戲的貴婦，樂呵呵地拍著大腿的農夫，所有這一切都要跟來自一個叫「朝聖者香袋」的乾巴巴的警句胡亂地夾雜在一起，就好像不管做哪道菜肴都要胡亂地撒點胡椒粉一樣；這是一個多麼古怪的大雜燴啊！但是這種古怪並不是浮於表層，不僅僅是絡腮鬍、女帽不合時尚。這種怪異在於更深的層面，在於梅瑞狄斯的創作意圖，在於他希望傳遞什麼。顯然，他一直在竭盡全力摧毀小說的傳統模式。他無意去保留卓勒普和珍．奧斯汀的清醒的現實；他毀掉了我們學會向上爬的正常階梯。他之所以故意這麼做是有其目的的。這種對常規的挑戰，這種氣派和優雅，這種先生太太之間對話的拘謹——這一切都是為了營造一種與日常生活截然不同的氛圍，為了開闢一條通向新穎獨特的人生場景的道路。梅瑞狄斯刻意模仿的皮科克同樣是專斷的，但他要讀者接受的虛幻場景的努力成功了；讀者自然而欣然接受了斯基奧納爾先生和其他人物。而梅瑞狄斯《費佛洛的磨難》中的人物跟他們所處的背景則不相協調。放下書本，我們馬上會大呼小叫，他們是多麼虛假，簡直不可能存在！准男爵和大管家，男主人公和女主人公，好女人和壞女人，都僅僅是類型人物。然而，他有什麼理由犧牲掉現實描寫——樓梯、灰牆——的實實在在的長處呢？我們在閱讀過程中逐漸明白了，他擁有敏銳的意識，並不是在於描寫人物的複雜性，而是在於描寫場景的宏大。在第一本書中，他營造了一個接一個我們可以貼上抽象標籤——青春、愛的誕生、自然的力量——的場景。我們駕馭著狂野的文字之馬，越過一個又一個障礙，到達這些場景。試看：

打倒現時的制度！打倒腐朽的世界！讓我們呼吸一下神奇島的空氣！讓草地灑滿金光；讓小溪灑滿金光；讓松枝灑滿金光。

於是，我們忘記了理查德便是理查德，露西便是露西；他們就是青春；世界熱烈而輝煌。這位作家此刻是一位狂熱的詩人，但我們還未竭盡第一部小說的奧秘。我們不得不考慮到作家本人，他的腦子裡充滿了各種思想，渴望進行爭辯。他筆下的青年男女可能正在草地上採摘雛菊，但他們不自覺地呼吸著充滿智力問題和評論的空氣。在許多情形下，這些不協調的因素承受巨大的壓力，有破碎的危險。這部書破裂成無數個碎片，因為作者似乎同時有幾十個想法。但它卻奇蹟般地保持一個整體，這當然不是由於人物描摹的深刻和新穎，而是由於智識的活力和強烈的詩意。

就這樣，我們的好奇心被激發起來。讓他再寫一、兩部作品；讓他駕輕就熟起來；讓他控制自己的粗陋。此刻，我們打開《哈利・里奇蒙歷險記》（*The Adventures of Harry Richmond*），看看情況如何。在所有可能發生的事情中，這無疑是最奇怪的。所有不成熟的痕跡一掃而光，而且那一個躁動不安、東突西進的心境也隨之消失。故事沿著狄更斯嘗試過的自傳式敘述體的路徑順利地進展下去。這是一個男孩子在說話，在思考，在歷險。無疑，作者控制了冗長的敘述，行文更簡潔。通篇風格流暢，沒有一絲纏結。讀者感到斯蒂文生一定從這柔韌的敘述風格中獲益匪淺，遣詞造句精當嫻熟，捕捉外界事物快捷準確。試看：

夜晚，置身於濃綠黝黑的樹林之中，嗅著木柴燃燒的煙味；清晨醒來，世界敞亮起來。於是，你登高望遠，記下次日清晨，又一個清晨，你將登臨的山頂。在一個清晨又一個清晨之後，有一個清晨你在這個世界上最親愛的人就在你醒來之前驚起了你：我認為這就是天堂般的快樂。

小說就這樣文字富麗地敘述下去；可是還有一點自我意識，他聽到他自己在說話。關於人物形象，疑問開始升騰，盤旋，最後才落定（就像《費佛洛的磨難》中一樣）。他筆下的青年不像是現實生活中的青年，一如籃子上面的蘋果樣品未必是真蘋果。他們太單純，太豪俠，太冒險，不是大衛・考柏菲爾一樣的人物。他們是類型青年，小說家的樣本。在此，我們驚訝地發現梅瑞狄斯先前的思維又極端頑固地出現了。他十分大膽（只要有一點可能，什麼險他都敢冒），在許多情況下，一個了無新意的人物就會讓他十分滿足。但是，正當我們認為那些年輕紳士未免太臉譜化，他們的冒險行為未免太老套的時候，我們的大腦開始陷入淺淺的幻覺中，與里奇蒙・羅伊和奧蒂利亞公主一起進入傳奇浪漫的世界；在這個世界裡，我們可以毫無保留地把我們的想像力託付給作者。這樣的託付無論如何總是令人愉快的；它讓我們站得高，看得遠；它使我們擺脫了冷漠的懷疑態度，使這個世界在我們眼前變得清澈純淨起來，這一切不需要證明，用不著分析。梅瑞狄斯能夠給讀者帶來這樣的瞬間，就證明他具有一種特別的才華。但這種才華變幻莫測而又時斷時續。有時，整頁整頁都見作者的掙扎和痛苦，一詞一句地斟酌推敲。然而，正當我們要放下書本的時候，突然間火箭轟然升空，整個場景照得通亮。多年之後，人們想起這本書，想到的便是這突如其來輝煌的一刻。

如果這種間歇性的輝煌是梅瑞狄斯特有的長處的話，那麼就值得更深入地探討了。也許我們首先發現的是那些吸引我們的視線、留在我們記憶中的場景是靜態的；它們是啟示，而非發現；它們並不加深我們對人物的理解。值得注意的是，理查德和露西，哈利和奧蒂利亞，克拉拉和弗農，比徹姆和勒內——他們都被置於精心設計的環境中：在一艘遊艇上，在一棵開花的櫻桃樹下，在一道河堤上。這些場景總是構成情感的一個部分。海洋、天空、樹木都用來象徵人類的感覺或視角。例如：

天空呈青銅色，一個巨大的爐狀的拱頂。極目四望，光和影的褶皺如錦緞般亮麗。……那個下午，蜜蜂嗡嗡似雷鳴，讓人耳目一新。

這是在描寫心態。再如：

冬日的清晨是聖潔的。時間無聲地流淌。大地一片寂靜，似在等待什麼。一隻鷦鷯在細長、溼潤的樹枝上飛來飛去，婉轉地歌唱。山坡一片碧綠，到處都是迷霧，到處都有期盼。

這是在描寫一張女性的臉。但是只有某些心態和一些面部表情才能用意象描述——這些心態和表情精緻得近乎單純，無需再進行分析。這其實也是個缺陷，因為儘管在一瞬間我們能夠看到這些人物光彩照人，但他們不會改變，不會成長。光焰消褪之後，我們便陷於黑暗中。對於梅瑞狄斯筆下的人物，我們缺乏直覺的瞭解，不像我們對斯湯達爾、契訶夫和珍．奧斯汀筆下的人物那樣。事實上，我們對這些大家筆下的人物是如此熟悉親密，以致我們完全可以把那些「大場景」省略掉。小說中某些最令人動情的場景其實是極為寂靜的。九百九十九處細微的潤色之後，第一千處雖然同樣細微，但它到來之時，對我們產生的效果卻是驚人的。而對梅瑞狄斯來說，卻沒有這樣細微的筆觸，只有錘子一般的筆法。所以我們對他筆下人物的瞭解總是部分的，猛烈而短暫的，時斷時續的。

所以，梅瑞狄斯不屬於那些心理描寫的大家，他們從不顯山露水，總是耐心地探索著人物的心靈深處，使一個人物跟另一個人物從細微到整體都截然不同。他屬於詩人，總是將人物與激情、人物與理念等同起來，並採用象徵和抽象的手法。但或許他的缺陷亦在於此，與詩人小說家愛彌麗．勃朗特不同，他不是完全徹底的詩人小說家。他不是以一種情緒浸淫於這個世界裡。他的心靈太自覺，太複雜，無法長時間保持在詩意狀態。他不僅要吟誦，還要解剖。即使在最富詩意的場景中，字裡行間仍帶著譏誚，並嘲笑它們的漫無節制。繼續往下讀，我們還會發現作者的喜劇情緒，當這種喜劇情緒主宰某一場景時，世界便會扭曲變形。不過，這時候，《利己主義者》（*The Egoist*）馬上會出面修正我們的理論，梅瑞狄斯主要是營造場景的大家。在這部作品中，絲毫沒有那種驅使我們越過一個又一個障礙、達到一個又一個情感巔峰的急切和匆忙。這裡的情形是需要辯證；而辯證需要邏輯。威洛比爵士[2]——我們那位見解獨特的大男人——被放在審視和批評的爐火前面慢慢地翻來覆去烘

2 威洛比是小說《利己主義者》的主人公。

烤，不允許受難者抽動一下身子來逃避那堅定的焰火。這位爵士只是一具蠟像，不是有血有肉的人，這麼說或許是對的。與此同時，梅瑞狄斯大大地恭維了我們一番；做為小說讀者，我們幾乎有點不習慣。他似乎在說，我們是文明人，在一起觀看著人類關係的喜劇。人類關係是非常有趣的，男人和女人不是貓和猴子，而是成熟得多、視野寬廣得多的生物。他想像我們對人類本身的行為好奇而無偏見。這是一位小說家對讀者難得的恭維，我們起初感到困惑不解，後來不覺莞爾。一句話，他的喜劇精神比詩意精神更為深刻、更為透徹。正是這種喜劇精神披荊斬棘，為他開闢了一條寫作路徑；正是這種喜劇精神，以其觀察的深度讓我們一再吃驚；正是這種喜劇精神，產生了梅瑞狄斯文學世界的尊貴、典雅和活力。人們不禁想到，假使梅瑞狄斯生活在喜劇居主導地位的時代和國度，他或許永遠不會沾染那些智識的優越感。正如他自己指出的那樣，是喜劇精神糾正了他寫作態度的隱晦和嚴肅。

但在許多方面，這個時代——如果我們能夠評判如此無形事物的話——對梅瑞狄斯是不利的；或者更準確地說，我們今天所處的一九二八年與他的成功是互相敵對。他的教誨在今天看來，未免太刺耳、太樂觀、太膚淺了，而且是強加於人的。當哲學不是蘊涵於小說之中的時候，當我們能夠用鉛筆在這個詞下面劃線、能夠用一把剪刀將那種勸勉剪下來然後黏貼成一個完整體系的時候，我們就有把握地說，要麼是哲學出了問題，或是小說出了問題，要麼是兩者都出了問題。首先，他的教誨太惹人注目了，即使去聽極端秘密的事他也禁不住要發表自己的看法。而對於小說中人物來說，這是最犯忌的了。他們似乎在爭辯說，如果我們的出現僅僅是為了表述梅瑞狄斯先生對宇宙萬物的看法的話，那麼，我們寧願不出現。因此，他們消亡了。一部盡是死氣沉沉人物的小說，即便它充滿了深刻的智慧和高雅的教誨，也不能稱為真正意義上的小說。不過，說到這兒，我們會聯想到問題的另一層面，在這個層面上，我們這個時代有可能對梅瑞狄斯表示更多的理解和同情。他寫作的年代是上一個世紀七〇八〇年代，其時小說的發展已經到了只有繼續發展才能生存的地步。人們可以爭辯說，在《傲慢與偏見》和《阿林頓的小屋》[3]這兩部完美的小說之後，英國小說不得不逃避完美，就像英國詩歌在丁尼生的完美詩作之後不得不逃避完美一樣。喬治·愛略特、梅瑞狄斯、哈代，都不是完美的小說家，在很大程度上是因為他們堅持把思想和詩歌的特徵引入小說，而這些特徵與完美的小說是格格不入的。另一方面，倘若小說依舊是珍·奧斯汀和卓勒普眼中的小說的話，那麼，到了此時此刻，小說也就早該消亡了。因此，做為一位偉大的革新者，梅瑞狄斯值得我們向他表示感激，也應該引發起我們的興趣。我們之所以對他心存許多疑惑，我們無法對他的作品提出明確的闡釋，是因為他的創作還是試驗性的，因而包含了一些無法協調地融合在一起的成分——各特徵相互矛盾的：那個能夠聯結、結合的特質被省略掉了。因此，閱讀梅瑞狄斯要想有最大的收穫，我們就必須有某些讓步，放寬某些標準。我們既不要指望會有傳統風格完美的沉靜，也不要指望耐心的、缺乏想像的揣測會占上風。

3《阿林頓的小屋》（*The Small House at Allington*）為卓勒普於一八六四年寫的小說。

另一方面，他宣稱：「我的方法一直是讓我的讀者去面對人物至關重要的展覽，然後向他們充分展示出他們的熱血和頭腦在嚴酷處境的壓力下的場景。」他的這一說法不斷得到證實。在讀者的內心出現一個又一個火爆激烈的場景。如果我們被這位舞蹈大師般閃避騰挪的作家的矯揉造作文風所惹惱——正是這種文風讓他不用「笑」而用「充分擴展他的胸腔」，不用「縫紉」而用「品味飛針走線的靈巧」——我們就不應忘記這些用語是為「那些嚴酷處境」做鋪墊。梅瑞狄斯營造這麼一種氛圍就是為了讓我們自然而然地過渡到一個情緒激昂的狀態。寫實主義小說家比如卓勒普，容易陷於平淡乏味；而詩意小說家比如梅瑞狄斯，又容易陷於俗麗和虛假。當然，這種虛假不僅比平淡要刺目得多，而且嚴重違反了散文體小說從容不迫的風格。假如梅瑞狄斯完全放棄小說而全心投入詩歌，或許會更合適些。但是，我們必須提醒自己，這也許是我們的錯。我們長期以來一直閱讀俄羅斯小說，這些小說因為經過翻譯而變得平庸乏味；我們長期以來一直沉浸於擅長心理描寫的法國作家錯綜複雜的情節之中，這又可能讓我們忘記英語是自然豐富有生氣的語言，英國人性格是充滿幽默和怪癖的。梅瑞狄斯輝煌華麗的文風背後有一位偉大的祖先——英國作家不可能完全忘記莎士比亞。

當我們閱讀時，這樣的問題和限制便湧入我們的腦海中。這一事實證明，我們距離他既不夠近，可以受他的魔力影響；又不夠遠，可以全方位地審視他。因此，對他進行定評要比在通常情況下更為困難。但現在我們就可以斷言，閱讀梅瑞狄斯，也就是審視一個豐富而強健的大腦，聆聽一個獨特響亮的聲音，儘管我們之間距離太遠，無法清晰地聽到他的話語。

當我們閱讀時，我們還感到我們正坐在一尊希臘神像面前，儘管他的身邊滿是郊區會客室的小擺設。他妙語連珠，即使聾得聽不到低低的說話聲；他奇蹟般地富有活力和警覺，即使四肢僵硬，無法活動。這位傑出而浮躁的人物可以加入偉大的怪人行列裡，而不是與小說大師為伍。人們有理由認為，他時而會被閱讀，時而又被扔到一旁；他時而會被忘記，時而又被重新發現，然後是再被忘記，再被發現，就像鄧恩、皮科克和霍普金斯[4]那樣。然而，只要還有人閱讀英國小說，那麼，梅瑞狄斯的小說就必然時不時地映入讀者的眼簾，他的作品必定無可避免地引起人們的探討與爭論。

（李寄　譯）

4 霍普金斯（Gerard Manley Hopkins, 1844-1889），英國詩人，耶穌會牧師。代表詩作有《德意志號遇難記》等。

「我是克麗絲蒂娜・羅塞蒂」[1]

今年十二月五日[2]，克麗絲蒂娜・羅塞蒂將要慶祝她的百年誕辰。更確切地說，是我們將紀念她的百年誕辰。這在她本人恐怕是件相當窘惑的事。她是位非常靦腆的女性，對她來說，被人議論——而我們少不了要議論她——是極為難堪的。然而這一切無可避免；百年誕辰是鐵面無情的，我們非談論她不可。我們將閱讀她的傳記和書信，端詳她的肖像，猜測她的病症——她害的病可不少——還要把她的書桌抽屜唏哩嘩啦拉出來看看，那裡邊多半是空空如也。讓我們從傳記開始吧，還有什麼比傳記更有趣的呢？人人都知道，傳記的魔力是不可抵擋的。我們一翻開桑德斯小姐的審慎而精采的傳記（《克麗絲蒂娜・羅塞蒂傳》〔*Life of Christina Rossetti*，Mary F. Sandars著，Hutchinson公司出版〕），舊時的幻境就出現在我們眼前。呈現出的是被神奇地封存於魔箱之中的往昔和那時的人們。我們只需看看聽聽，聽聽看看。不一會兒那些小人兒——他們確實小於常人的身量——就會開始講話並活動。他們的行動得服從我們為他們所做的種種安排，但他們卻毫無所知，因為他們活著的時候以為自己想去哪裡就能去哪裡。當他們開口時，我們便賦予他們的話語各種各樣的解釋，他們對此卻渾然不覺，因為他們活著的時候相信自己不過想到什麼就說什麼。不過，一旦你進入傳記，情形就全然不同了。

好了。這裡是倫敦波特蘭地區的哈勒姆街。大約在一八三〇年，這裡住著姓羅塞蒂的義大利人，家裡有父親、母親和四個小孩。街道一點也不繁華，房子也相當破舊。不過貧困倒不大要緊，因為他們是外國人，可以不必理會英國中產階級家庭的風俗和常規。他們過他們自己的日子，靠授課、寫作和別的零星工作維持生計，穿著隨便，還接待義大利的流亡者，其中包括在街頭拉手風琴的以及其他各式各樣落魄的同胞。漸漸的，克麗絲蒂娜脫離了全家人的生活圈子。她顯然是個沉靜而敏於觀察的孩子，腦子裡已經形成了自己生活的想法——她打算寫作——不過她因此而愈加敬重兄長的傑出才能。不久，我們就發現她身邊已經有了兩、三個至友，她自己也顯出某些特點。她鄙視社交晚會，不在乎穿戴。她喜歡哥哥的朋友，以及年輕的藝術家和詩人的小聚會。他們想改造世界，這讓她覺得怪有趣的。因為，雖說她很文靜，卻相當古怪任性，喜歡笑話那些把自己看得無比重要的人。她雖然想成為詩人，卻不像一般年輕詩人那樣緊張、虛榮；她的詩好像是在她的頭腦中完整地自行生成的。她不太在意別人怎麼評議它們，因為她心裡知道它們是好詩。對於人，她具有極高的品賞能力——比如對她沉靜睿智、樸實誠摯的母親，或對她的姐姐瑪麗亞。瑪麗亞不怎麼喜歡繪畫

---

1 克麗絲蒂娜．羅塞蒂（Christina Rossetti, 1830-1894），英國女詩人，畫家加布里爾．羅塞蒂（Dante Gabriel Rossetti, 1828-1882）之妹，作品集有《醜怪市場》《王子的歷程及其他》（*The Prince's Progress and Other Poems*）等。

2 本文寫於一九三〇年。

或詩歌，但正因此在日常生活中更生氣勃勃，切實幹練。比如說，瑪麗亞從不參觀大英博物館的木乃伊展室。她說，復活之日隨時可能突然降臨，如果那些木乃伊不得不在觀眾面前進入永生，豈不太尷尬了。克麗絲蒂娜從來沒想到這點，但對這念頭似乎大為讚賞。這時，我們這些身處魔箱之外的人免不了要開心地笑笑，但克麗絲蒂娜在那魔箱裡頭，身受其中的溫度和潮流所影響，認為她姐姐的行為是極可尊敬的。如果我們更仔細一點地觀察她，就會發現，在她生命的中心已經形成了某種黑暗而堅實的東西，宛如一個內核。

這內核自然是宗教信仰。當她還是個小女孩的時候，靈魂和上帝的關係就開始讓她著迷，後來成為她終生的關注。她一生六十四年表面上看似乎是在哈勒姆街、恩茲萊花園和托靈頓廣場度過的，但實際上她生活在某個奇異的界域中，在那裡靈魂掙扎著要接近看不見的上帝。就她而言，這上帝是陰暗的，嚴厲的，祂宣佈說世間所有的快樂在祂眼裡都是可憎惡的。劇院是可憎的，歌劇是可憎的，裸體是可憎的。她的朋友湯普森小姐畫了一些裸體形象，只好對克麗絲蒂娜說她們是仙女，但克麗絲蒂娜看穿了朋友的謊言。克麗絲蒂娜生命中的一切都是從那糾結著痛苦和激情的內核中煥發出來的。信仰制約著她生活中最微末的細節。它告誡她說下棋是錯誤的，但打打撲克牌卻無傷大節。它還干預她心目中的那些最重要的問題。有一位叫詹姆斯．科林遜（James Collinson）的青年畫家。她愛科林遜，科林遜也愛她。但他是羅馬天主教徒，因此她拒絕和他結婚。科林遜為了順應她，改信了英國國教，她就接受他的求婚。不過他立場不怎麼堅定，游移不定，後來又皈依了天主教，於是克麗絲蒂娜毅然取消婚約，儘管這使她肝腸欲斷，含恨終生。多年以後，幸福的前景再一次出現在她面前，其基礎也似乎較為牢靠一些。查爾斯．卡萊（Charles Cayley）向她求婚了。這位耽於理論的飽學之士心不在焉、身著便裝滿世界跑，把福音書譯成易洛魁族[3]語言，在晚會上詢問漂亮的女士「是否對墨西哥暖流感興趣」，還曾送給克麗絲蒂娜一隻用酒精浸泡著的海毛蟲當禮物。這位先生，不用說是個不信教的自由思想者。他也遭到了拒絕。雖然她「愛他之深，超過世上所有女人的愛情」，可她不能做一個懷疑論者的妻子。儘管她愛那些「長毛皮的傻東西」，愛袋熊、蛤蟆和老鼠，並把卡萊稱做「我那瞎了眼的老鷹，我特別的鼴鼠」，卻不允許鼴鼠、袋熊、老鷹或卡萊進入她的天堂。

我們可以這樣一直看下去，聽下去。封存在魔箱中的過去包含無窮無盡奇特、好玩、古怪的事物。不過，正當我們思量著下一步該探查這奇異的領域中的哪個角落時，主要人物起而干涉了。好像一條魚，我們在牠毫無知覺的情況下看牠環遊，看牠在水草中進進出出，圍繞石頭轉來轉去，現在牠卻突然猛撞玻璃，把魚缸撞破了。起因是一次茶會。由於某種緣故克麗絲蒂娜參加了佛特爾．泰布思太太舉辦的聚會。不知道到底發生了什麼事，也許有人隨便地、漫不經心地、以茶會閒聊的方式就詩歌發表了一點什麼高見。不管怎樣：

3 易洛魁族（Iroquios），美國東部的一個印第安部族群。

一個小個子女人猛然從座椅上站起來，走到屋子中間，鄭重地宣佈說：「我是克麗絲蒂娜．羅塞蒂！」說畢，她又回到她的座位上。

此語一出，玻璃碎裂。是的，〔她似乎在說〕我是詩人。你們這些裝模作樣紀念我的誕辰的人並不比參加泰布思太太茶會的懶散庸人高明。雖然我願意讓你們了解的一切都擺在這裡了，你們盡在那裡瞎扯無聊的瑣事，翻我的書桌抽屜，拿瑪麗亞和木乃伊以及我的戀愛事件開心。看看這本綠皮的書吧。這是我的詩集。標價四先令六便士。讀讀吧。然後她就回到自己的座位上去了。

這些詩人真絕，真不肯通融！他們說，詩歌與生活無關。木乃伊與袋熊，哈勒姆街和公共馬車，詹姆斯．科林遜和查爾斯．卡萊，海毛蟲和佛特爾．泰布思太太，托靈頓廣場和恩茲萊花園，甚至宗教信仰引發的奇行異想都不重要，都是外在的，表面的，不真實的。重要的只有詩。唯一值得關心的問題是詩好不好。但我們不妨指出，為了節省時間，有關詩的這個問題是天底下最難說明白的。自開天闢地以來，對詩的議論中有價值的不多。當代人的評價幾乎總是錯的。比如說，在克麗絲蒂娜．羅塞蒂全集中出現的大多數作品都曾被編輯退稿。很多年裡她寫詩的收入大約為每年十英鎊。與此相對，如克麗絲蒂娜譏諷地指出的，吉恩．英吉洛的詩歌卻一連印了八版。當然了，在她的同代人裡，也有一、兩位詩人、一、兩位批評家的意見是值得認真參考的。不過他們對同一些作品又似乎產生全然不同的印象——

他們藉以評判的標準是多麼分歧！比如說，當史溫朋[4]讀她的詩時曾驚呼道：「我一直認為，在詩歌領域中還沒有人寫出比這更輝煌的詩作了。」進而說她的〈新年頌歌〉（New Year Hymn）：

> 彷彿烘襯在火焰裡，沐浴在陽光下，應和著豎琴和風琴所不能企及的海洋起伏之樂的弦音和節奏，是天上明澈而嘹亮潮聲的回響。

學識淵博的聖茨伯里[5]教授仔細閱讀《醜怪市場》（*Goblin Market*）之後，說道：

> 最恰當地說，主要詩作（《醜怪市場》）的格律可形容為非打油詩化的司格騰體[6]，集自斯賓塞以來各種格律程式的音樂之大成，取代了喬叟的後繼者的沉悶呆板之聲。從該詩中可以辨別出追求不規則詩行的趨向，該傾向在不同時期早見端倪，如在十七世紀末十八世紀

---

4 史溫朋（Algernon Charles Swinburne, 1837-1909），英國詩人，與先拉斐爾派藝術家關係密切。著有詩集《詩與歌謠》（*Poems and Ballads*）等。

5 聖茨伯里（George Saintsbury, 1845-1933），英國文學史家、批評家。

6 司格騰（John Skelton, 1460-1529），英國詩人，為喬叟之後，英國文藝復興之前的詩人。

初的品達體[7]詩歌，以及賽爾斯[8]早期的或阿諾德[9]後期的無韻詩。

此外還有瓦爾特．羅利[10]爵士的意見。

我認為她是目前在世最優秀的詩人。……可惜的是你無法講授真正純粹的詩，就像無法談論純淨的水的成分——容易講述的是兌了水、摻了甲醇的、混有泥砂的詩。讀了克麗絲蒂娜，唯一我想做的事是哭泣，而不是講課。

由此看來至少有三種批評流派：海洋潮音派；不規則詩行派和不批評只哭泣派。這實在令人困惑。如果我們同時追隨他們，到頭來只能以苦惱收場。也許倒不如自己讀自己的，不抱先入之見地接受詩歌，並把它引起的回響錄述下來，儘管它們只是一時之感，並不完善。如果這樣做，我們的感受可能會如下面所述：啊，克麗絲蒂娜．羅塞蒂，我得謙卑地承認，雖然你的許多詩我都背下來了，但沒有從頭到尾讀完你的詩集。我沒仔細研究過你的經歷和發展過程。我很懷疑你的創作到底有多少發展。你是天生的詩人。你總是從同一個角度看世界。歲月、心靈與他人和書本的交流對你絲毫沒有影響。你小心地迴避了可能動搖你信仰的書籍以及可能擾亂你直覺的人。說不定這是聰明的做法。你的直覺是那麼準確、那麼直接、那麼強烈，它所催生的詩像音樂一樣在人們的腦子裡回響——像莫札特的旋律或格魯克[11]的曲調。你的詩雖然均衡對稱，卻是複雜的歌。當你撥動豎琴時，許多琴弦同時響起。像所有天生有才能的人一樣，你對世上的視覺美有強烈的感受。你的詩中處處金砂閃爍，和「濃濃淡淡明媚的天竺葵」；你的雙眼不斷地注意到燈芯草有怎樣的「天鵝絨般的冠頂」，蜥蜴有怎樣的「奇異金屬般的甲鱗」。你觀察事物時帶著先拉斐爾派[12]強烈的聲色之感，恐怕一定曾使英國國教高教會派[13]教徒的克麗絲蒂娜大為吃驚吧。然而你的繆斯的悲哀和執著卻來自你的信仰。至誠信仰的壓力包圍著擠壓著你那些小小的詩歌。也許這些詩的堅實性得自於那信仰，至少可以肯定其中的悲哀源於此——你的上帝是嚴厲的，你天堂的桂冠是由荊棘編成。每當你的眼睛飽餐世間的美，你的頭腦就會立刻告誡你美是虛幻的，美要消逝。死亡、

7 品達（Pindar），西元前五世紀的古希臘抒情詩人，尤以頌詩著稱。英國在十七、十八世紀之交的「品達派」詩人包括考利、德萊頓、波普和格雷等。

8 賽爾斯（Sayers, 1763-1817），英國詩人。

9 可能指英國詩人、批評家兼教育家馬修·阿諾德（Matthew Arnold）。

10 瓦爾特·羅利（Walter Raleigh, 1861-1922）曾先後在利物浦和格拉斯哥任教，一九〇四年出任牛津英國文學教授。

11 格魯克（Christoph Willibald Gluck, 1714-1787），德國作曲家。

12 先拉斐爾派（pre-Raphaelite），十九世紀中葉出現於英國的一個畫派，因認為真正藝術存在於拉斐爾之前，企圖發揚拉斐爾以前的藝術來挽救英國繪畫而得名。代表畫家有加布里爾·羅塞蒂等人。

13 英國國教高教會派（Anglo-Catholics）即英國國教中較為接近天主教的一派。

忘卻和安息用它們黑暗波浪包裹著你的詩歌。有時也會聽到與此不協調的疾走聲和大笑聲。有動物爪腳的叭噠聲，有烏鴉古怪的喉音以及笨手笨腳、毛茸茸動物聞聞嗅嗅的哼哼聲。因為，畢竟你絕不是個聖人。你會拽拽牠們的腿，擰擰牠們的鼻子。你反對一切欺瞞和偽裝。你雖然謙虛，但仍尖銳，相信自己的天賦和眼光。剪裁自己的詩句時你出手果斷，檢驗詩的韻律時你辨音敏銳。沒有任何鬆散的無關多餘的東西拖累你的詩頁。一言以蔽之，你是藝術家。因此，即使你信筆揮灑，好像擺弄鈴鐺自我消遣，你也仍然為駕火的降臨者[14]的到來保持一條通路，祂不時來訪，使你的詩行融合一體，牢不可分：

帶給我充滿催人長眠漿汁的罌粟花
還有窒殺它所纏繞的生命的常春藤
再給我那對著月亮開放的月見草。

事物的構成如此怪異，詩的奇蹟如此輝煌。甚至當愛伯特紀念塔[15]化為泥塵，只留下幾片發光金屬碎片時，你在小小的密室裡塗寫的幾首詩卻仍保持它們均衡對稱之美。我們遙遠的子孫後代將會吟唱：

當我死去的時候，親愛的，

或者

我的心像小鳥啼囀歌唱。

那時托靈頓廣場說不定已變成了珊瑚礁，魚兒在當年你的臥室窗口游進游出；或者，說不定森林會覆蓋你走過的小徑，袋熊和蜜獾將嗅來嗅去，邁著輕柔膽怯的步子穿行那糾纏掩沒了道道圍欄的青青蓁莽。想到這些，再回到你的傳記，倘若佛特爾．泰布思太太舉辦茶會時我也在場，而有一位身著黑衣的小個子的年長女人站起來走到屋子中間，我一定會熱忱而笨拙地做出什麼莽撞的事——折斷裁紙刀或打破茶杯。我會滿懷敬仰地聽她說：「我是克麗絲蒂娜．羅塞蒂。」

（黃梅 譯）

14 指上帝，典出《聖經》。

15 指維多利亞女王的丈夫愛伯特親王（Prince Albert,1819-1861）的紀念塔（Albert Memorial），位於倫敦海德公園內。

托馬斯．哈代的小說

當我們說托馬斯．哈代的去世使英國文壇失去了領袖，我們的意思是，除了他，還沒有哪一位作家，其崇高地位為大家所公認；還沒有哪一位作家，人們對他表示的敬意是如此地合適而自然。當然，沒有人會不同意這一點。這位淡泊名利、生性簡樸的老人對於這一刻人們對他的交口讚譽也許會感到痛苦而尷尬。但是，如果我們說在他活著的那個年代，畢竟還有這麼一位作家，使得小說創作成為一個似乎很尊貴的職業，這麼說倒不算過分。當哈代還活著的時候，誰也沒有理由鄙視他所從事的那一門藝術。這自然不僅僅是他具有獨特天才的結果。另一部分原因還源於他謙遜、誠實的個性，源於他的生活方式——在多塞特郡偏遠之地深居簡出，從不自我炫耀。正是基於這兩個原因——獨特的天才和使用其天賦的嚴肅態度——人們才把他當做藝術家來敬重，當做偉人來愛戴。但本文我們必須評論他的著作，評論他的小說——這些作品創作年代久遠，以致與現時的小說格格不入，正如哈代本人遠離現時的喧囂與偏狹一樣。

如果我們要追溯哈代做為一位小說家的創作歷程，我們就要追溯到一個世代以上。早在一八七一年，他還是個三十一歲的年輕人，已經寫了一部小說《計出無奈》（*Desperate Remedies*）。但他還不是一位有自信的技巧嫻熟的作家。他「正在探索一種方法」，他本人如是說。他似乎意識到自己擁有各種天賦，但並不明白它們的屬性，以及如何盡可能地加以利用。閱讀他的第一部小說其實就是分擔作者的困惑。作者的想像力驚人而蘊涵譏諷，他靠自學博覽群書，他能塑造人物而不能控制他們。他的創作顯然因技巧上的困難而受阻滯；更奇特的是，他認為人類皆受本身之外的各種力量所擺佈，因而他盡可能多地運用巧合，甚至到了離奇的地步。他已經意識到小說不是一個玩偶，也不是爭論的工具，它是真實地表現男人和女人生活的嚴酷與暴力的一種方式。但是這本書最鮮明的特點就是字裡行間回響著瀑布的轟鳴。這種初步展現的力量將在其後的幾部作品中大量地顯示。他已經證明了自己是一個大自然細緻的、嫻熟的觀察者；他明白，雨落在根莖上和耕地上是不一樣的；他明白，風掠過不同樹的枝頭發出的聲響是不一樣的。但他在更深層意義上將大自然視為一種力量來體味；他從大自然體會到一種精神，會對人類的命運表示同情、嘲弄或者做一個無動於衷的旁觀者。此刻，他已經擁有這種感覺了；書中阿爾德克莉芙小姐和西塞雷亞的粗糙故事之所以讓人難忘，那是因為它是透過神的眼光來觀察，在大自然的參與下寫成的。

本質上他是個詩人，這是很明顯的了；但他是不是一位小說家尚不能肯定。到了第二年，《綠林蔭下》（*Under the Greenwood Tree*）問世後，很顯然，「探索一種方法」的嘗試已大部分取得成果。前一本書中頑強的獨創性已經消失，與第一部作品相比，第二部趨於成熟，富有魅力，充滿田園牧歌氣息。作者似乎變成一位優秀的英格蘭風景畫家，在他描繪的圖景中，全是茅屋、花園、年老的農婦，他四處徘徊，留戀著舊有的生活方式，收集、保存那些行將廢棄不用的語彙。而且，這位作家，對古代文明是一位多麼熱切的愛好者；一位口袋裡裝著顯微鏡的博物學家；一位對語言的變化精心考究的學者啊；當他神情關注地聽著附近林中小鳥被禿鷲咬死時的哀鳴，這一聲哀鳴「刺破了寂靜，但並不融於寂靜」。我們再次聽到，從那遙遠的地方，傳來一種陌生又帶有不祥的回聲，就像是寧靜的夏日清晨海面上的槍聲。但我們閱讀這些早期作品時，有一種蒼涼的感覺。人們會感覺到哈代的天才是固執任性，桀驁不馴的。首先是一種天才出現在他身上，然後是另一種天才。但這種種才能很難輕易融合在一起。這確實很可能是一位既是詩人又是寫實主義作家無可避免的命運；他是田野與山丘忠實的兒子，又由於讀書產生的疑惑和抑鬱而飽受折磨；既熱愛古老習俗和質樸村民，又註定要親眼看到他先祖的信仰和精神逐漸煙消雲散。

對於這種矛盾，大自然還附加了另一個可能破壞均衡發展的因素。一些作家與生俱來無所不知，而另一些作家對諸多事物卻無意識。一些作家，如亨利．詹姆斯、福樓拜，他們不但能充分利用他們的天才，而且能在他們的創作過程中加以控制；他們對每一個場合中的每一種可能性都瞭如指掌，從來不會驚慌失措。而對諸多事物並無意識的作家，如狄更斯和司各特，似乎是突如其來地、毫不情願地被故事情節推向浪尖，洶湧向前。當波濤平息後，他們無法說清發生了什麼，為什麼會發生。我們應該把哈代歸入後一類作家之中——這也正是他的優勢和弱點之所在。他自己的話「瞬間幻象」就精確地描述了那些具有令人震驚的美與力的段落，這樣的段落在他寫作的每一本書中都可以找到。隨著一種我們難以預測的力量的迸發——就連作家本人似乎也難以駕馭——一個獨特場景在諸多場景中突顯而出。這個場景似乎獨立存在，永恆存在。我們看到載著范妮屍體的馬車沿著兩旁滴著水珠的樹木的馬路前行；我們看到體態臃腫的羊群在三葉草叢中蹣跚；我們看到特洛伊在芭絲謝芭身邊揮舞利劍，她站在那兒一動不動，特洛伊從她頭上削去一綹頭髮，又將毛蟲似的毛髮吹到她的胸前。這一切栩栩如生，歷歷在目，而且不僅訴諸眼睛，還吸引了所有的感官。這些場景使我們大開眼界，它們的輝煌會長久留在我們腦海。但是這種力量來得突兀去得忽然。我們難以相信「瞬間幻象」之後是長長的白晝，我們也不能相信憑藉任何技巧就可能捕捉到那種狂放不羈的力量，能夠更好地加以描述。因此，他的小說充滿不均衡之處，它們可以是單調乏味的，詞不達意的，但絕不缺乏生機。這些作品中總是有一點撲朔迷離的無意識，正是那個鮮明的光暈，和沒有表達出來的輪廓往往給人最深刻的滿足感。哈代似乎對他本人做了什麼也不甚了了，他的意識之中似乎容納了比他筆下所表達的更多的東西，他讓讀者去捉摸他作品的完整意蘊，並且用他們自身的經歷去加以補充。

由於上述原因，哈代的天才發揮得如何是不確定的，在成就上也是高低起伏的，但當那「瞬間」來臨時，其成就是燦爛輝煌的。那一「瞬間」在《遠離塵囂》（*Far from the Madding Crowd*）中表現得淋漓盡致。題材是正確的；方法是正確的；詩人與農夫，性欲旺盛的男人，鬱鬱沉思的男人，學識淵博的男人，都匯集其中，造就了一部無論時尚如何改變均可以在偉大的英國小說中占一席之地的作品。首先，哈代比任何小說家更能夠呈現自然世界的感覺，這種感覺就是人類生存的狹小空間為自然景觀所包圍——儘管自然景觀單獨存在，但仍給他的作品以深厚的肅穆之美。蒼翠的英格蘭南部開闊土地上，點綴著逝者的荒塚和牧羊人的茅舍，映襯著無垠的天空，像波瀾不興的海面一樣平滑流暢，但堅實而永恆；它向無限的遠處延伸，在它的懷抱中庇護著寂靜的村莊，村莊上白天炊煙嫋嫋，夜晚油燈在茫茫黑暗中燃燒著。加布里爾．奧克在世界的僻靜處照看他的羊群，他是永恆的牧羊人；繁星是不滅的燈塔；多少年來，他就是這樣在他的羊群旁觀望著星星。

但是在下面的山谷裡，大地充滿了溫馨和生機；農場一片繁忙，穀倉堆滿糧食，田野裡回響著牛羊的叫聲。大自然多產而輝煌，雖然充滿欲望但並無惡意，依舊是勞作人們的偉大母親。此刻，哈代第一次充分發揮他的幽默，這種幽默由農夫之口表達出來才算得上是最自由奔放和豐富多彩的。經過一天的勞作，簡．科根和亨利．弗雷和約瑟夫．普爾格拉斯相聚在麥芽作坊裡，一邊呷著啤酒，一邊發揮著他們半是狡黠半是詩意的幽默；這是那些朝聖者跋涉於朝聖之旅以來，一直醞釀於心而終於錘鍊而成的妙言雋語，連莎士比亞、司各特和喬治．愛略特都喜歡聽，然而沒有人比哈代更喜歡聽，更能深切地理解。在以西撒克遜（Wessex）為背景的小說中，農夫並不是以個人角色突顯出來，他們形成了一個共同的智慧源、幽默源，一種永恆生命的寶庫。他們評論男女主人公的行為，但當特洛伊或奧克或范妮或芭絲謝芭來去匆匆的時候，簡．科恩和亨利．弗雷和約瑟夫．普爾格拉斯依舊存在。他們在夜晚喝酒，在白天耕耘。他們是永恆的。我們在哈代的小說中一再碰到他們，他們身上總是有某種典型的東西，更多的是一類人的特質，而非某個個體的特質。農民是精神健全的庇護所，農村是快樂的最後堡壘。他們一日消失，人類就失去了最後的希望。

隨著奧克、托里、芭絲謝芭和范妮·羅賓，我們充分認識了小說中的男男女女。在每一部小說中總有三、四個人物占主導地位，像避雷針那樣豎立著以吸引各種元素的能量。奧克、托里和芭絲謝芭；《還鄉》（*The Return of the Native*）中的尤斯塔西婭、懷爾迪夫和維恩；《嘉德橋市長》中的韓徹德、露塞塔和法弗萊；《無名的裘德》中的裘德、淑·布賴德赫德和菲洛遜。在這些不同的人群中，甚至還有些相似之處。他們以個體而存在，同時又是各不相同的個體；但他們也可做為幾種類型人物，類型之間還有其共同點。芭絲謝芭就是芭絲謝芭，但她同時也是一個女人，尤斯塔西婭、露塞塔和淑的姐妹；加布里爾·奧克就是加布里爾·奧克，但他同時也是一個男人，是韓徹德、維恩和裘德的兄弟。無論芭絲謝芭多麼可愛，多麼有魅力，她依舊非常柔弱；無論韓徹德多麼頑固，多麼執迷不悟，他依舊非常強大。這是哈代觀點最基本的部分，是他許多作品的精華所在。女人是柔弱缺乏骨氣的，所以她要依傍在強者身邊，卻又模糊了他的視野。然而，在哈代更成功的作品中，生活多麼自由地衝破了這固定的框架啊！當芭絲謝芭在她的苗圃中坐在馬車裡，笑盈盈對著小鏡子欣賞著自己的芳顏時，我們或許知道，在小說結束前，她會遭受多大的罪，又會給別人帶來多大的痛苦——我們確實知道這正是哈代的創作力的證據所在。但「那一瞬間」具有生命的輝煌和美麗。正因為如此，它才會一而再、再而三地在作品中重現。他筆下的人物，無論男女，對他來說都是具有無限魅力的人物。對於女人，他比對男人要表現出更多的溫柔和關切；對於女人，他也許有更濃厚的興趣。女人的美貌或許是過眼雲煙，她們的命運或許特別悲慘，但當生命之火在她們身上熊熊燃燒的時候，她們的腳步是輕快的，她們的笑聲是甜美的。她們能夠融入大自然的懷抱，成為大自然寧靜、肅穆的一部分，或者使她們站起來，像舒卷的浮雲一般從容嫻靜，像山花爛漫的叢林一般野性難馴。那些飽受折磨的男人，他們並不像女人那樣是因為依賴他人，而是與命運抗爭，因而獲取我們更堅定的同情。對於像加布里爾·奧克這樣的男人，我們不需要心懷畏懼。尊敬他，我們只能這麼做，儘管我們不可能輕易喜歡上他。他站穩了腳跟，能狠狠打擊別的男人——就像他也可能遭受到的那樣。他對可能發生的一切具有一種預見力；這種預見力與其說是源於後天的教育，不如說是源於天性。他性情沉穩，用情專一，能夠直面苦難而不退縮。但他也絕非一具木偶而已。在一般場合，他是一個普通的不起眼的男人，走在大街上不會讓人轉過身來多看他幾眼。簡而言之，沒有人能否認哈代的魅力——真正小說家的魅力。他能夠使得我們相信他筆下的人物完全是受他們自己的激情和個性所驅使的尋常人，但在他們身上具有某種與我們所有人相通的象徵性的東西，這正是詩人的天賦。

當我們考慮到哈代創造男女形象的能力時，我們強烈地意識到他和同時代作家的巨大差異。我們回顧他筆下的一些人物，然後問自己：他們令人難以忘懷的究竟是什麼？我們回想起他們的激情；我們回憶起他們相愛得多深，結局又常常是多麼慘烈。我們不能忘懷奧克對芭絲謝芭的忠貞不渝；我們不能忘懷維爾迪夫、托里、菲茨皮爾斯一類男子漢狂野躁動但轉瞬即逝的激情；我們不能忘懷克萊姆對他母親的一片孝心，韓徹德對伊麗莎白．珍滿懷妒意的父愛。但是我們不會記得他們是如何相愛的；我們不會記得他們是如何交談、如何改變、如何相識這一類一步一步、一段一段的細節。他們的關係並不是由那些看似瑣細實則深邃的心靈領悟和微妙的直覺所構成。在所有這些作品中，愛是塑造人類生活的重大事實，但它同時又是一場災難，它勢不可擋地突然發生了，對此無需贅言。情人之間的談話，當不在充滿激情之時，是切合實際或理性的，似乎在他們履行日常事務之餘，他們更渴望去探尋生命及其目的，而不是彼此的感情。即使他們能夠剖析自己的情感，人生動蕩無常而不可能給他們時間。他們需要竭盡全力去應付直接的打擊，捉摸不定的計謀，愈來愈險惡的命運。他們沒有氣力浪費在人間喜劇的細微和精緻之處。

因此，此時此刻，我們可以肯定地說，在哈代的作品中我們找不到其他小說家作品所能給予我們最多享受的那些特徵。他既沒有珍．奧斯汀的精緻完美，或梅瑞狄斯的機智風趣，也沒有薩克雷的宏大視野，或托爾斯泰的驚人理智力量。在這些偉大的經典作家的作品中，有一種獨立於故事之外的終極效果，使其中部分場景萬古常新。我們不用去問這些場景與敘述有什麼關係，我們也不必利用這些場景去闡釋處於場景邊緣的種種問題。臉上笑一笑，紅一紅，寥寥數語的對話——這就足夠了。我們的歡樂之源常在。但哈代的作品沒有這樣的集中凝煉和完整圓滿。他的智慧之光並不直接落在人的心上，而是穿越而過，落在歐石南叢生的荒野的黑夜，落在暴風雨中搖曳的枝頭。當我們回首再看客廳時，壁爐邊的人群已經散去。每一位男人或女人都獨自與暴風雨搏擊，在他或她最不為人關注的時刻充分地顯露出他或她自己。我們並不像瞭解皮埃爾、娜塔莎或貝基．夏普那樣地瞭解他們。他們可以暴露在偶爾的來訪者、政府官員、貴夫人或戰場上的將軍面前，但我們並不是對他們裡裡外外周圍各處都瞭解。我們並不瞭解他們心靈深處的複雜、纏結和騷動。在地域上，他們也固定在同一片英格蘭鄉間土地上。哈代難得讓他筆下的自由民或農民去談論社會階層更高的人，即使偶爾這麼做了，結果總是不能令人滿意。在客廳、俱樂部和舞廳裡，那些受過良好教育悠閒的人們待的地方，在孕育著喜劇、展現性格幽微之處的地方，哈代顯得手足無措而窮於應付。但反過來的情形也同樣真實。如果我們不瞭解他筆下的男人和女人之間的關係，但我們知道他們與時間、與死亡、與命運的關係。如果我們看到他們對城市的五光十色和喧囂的人群無動於衷，但我們看到他們對於土地、暴風雨、季節變換所表現出來的情感激盪。我們知道他們對人類面臨重大問題的態度，他們在我們的記憶中占據著無與倫比的位置。我們所看到不是他們的細枝末節，而是放大了的、尊貴了的形象。我們看到黛絲穿著睡袍「帶著一種近乎神聖的尊嚴」讀著浸禮禱告。我們看到馬蒂．索思在溫特博恩的墳前放下一束鮮花，「像一個冷漠地拒絕性愛、尋求更高尚的抽象人道精神的人。」他們的話語有著《聖經》般的莊重和詩意。在他們身上蘊涵著一種難以界定的力量，愛或者恨的力量。這種力量表現在男人身上是對人生反抗的誘因，在女人身上意味著忍受無限苦痛的耐力。正是這些力量主宰人物的性格，我們沒有必要再去窺探隱藏在深處更美好的特質。這是一種悲劇的力量。如果我們要將哈代與他同時代作家相比，我們只能把他稱為英國小說家中最偉大的悲劇作家。

但是，當我們接近哈代哲學的危險區域時，我們得保持警覺。在閱讀一位想像力豐富作家的作品時，沒有什麼比保持適當距離更必要的了。尤其是對一位有著鮮明個性的作家來說，沒有什麼比死抱著某些觀點不放、確信他信奉某種信念、硬說他的視點始終不變更為容易的了。人的大腦最容易接受印象，但又常常最難得出結論，對於這一規律哈代也不例外。浸淫於印象之中的讀者應當提供評說。明白何時該把作者有意識的動機擱置一邊，去把握作者本人可能還沒有意識到的動機，這是讀者該做的事。哈代本人就意識到了這一點，他告誡我們說，小說「是印象，而非說理」。他又說：

未經整理的印象有其自身價值。通向人生真諦之路，似乎在於謙恭地記錄對於人生各種現象的解讀——它們是由於機遇和嬗變而強加給我們的。

至於說，在他最偉大的作品中給予我們印象，在他最薄弱的作品中給予我們說理，那也是千真萬確的。在《林地居民》（*The Woodlanders*）、《還鄉》《遠離塵囂》，尤其是《嘉德橋市長》中，我們捕捉到了哈代對人生的印象，是沒有經過他的意識安排時進入他的筆端的。一旦他開始撥弄他的直覺，他的震撼力就消失了。「黛絲，你說那些星星也是一個一個世界嗎？」當他們載著蜂箱趕著馬車去市場時，小亞伯拉罕這麼問。黛絲回答說，它們就「像我們家粗矮殘枝上的蘋果一樣，絕大多數是完好光潔的，也有一些凋殘的。」「我們住在哪一個上面呢？是完好光潔的還是凋殘的？」「凋殘的。」她回答說，或者更恰當地說是那個戴上黛絲面具的哀傷思想家替她回答。這樣的話冰冷而粗糙，橫插進來像機器上的彈簧一般，而原先我們只看到有血有肉的描寫。我們被粗暴地拉出同情的心緒，直到其後不久小馬車被撞壞時這種心緒才恢復。在這一場景中，我們找到了統治我們這個星球具有諷刺意味的方法的具體例證。

這就是《無名的裘德》之所以是哈代作品中讀來最令人痛苦的一部的原因，也是唯一的一部我們有相當理由斥之為悲觀之作的小說。在《無名的裘德》中，說理被允許凌駕印象之上，結果儘管這本書的悲慘簡直無以復加，但它不是悲劇的。一個災難緊接著另一個災難，我們覺得對於社會的指控並沒有經過公允的論證，對事實的把握也欠深刻。在這部作品中，我們絲毫找不到托爾斯泰批評社會時使他的指控難以被駁倒的那種廣度、力度以及對於人性深切的瞭解。相反地，我們只看到人類本身瑣小的殘酷，而不是諸神的大不公。只要比較一下《無名的裘德》和《嘉德橋市長》，我們就可以看到哈代真正的長處所在。裘德一直悲慘地與學院的院長、錯綜複雜的社會習俗抗爭。而與韓徹德相對抗的並不是另外一個人，是他身外的某種力量，正是這種力量與像他這樣有雄心和才幹的人過不去。並沒有人對他懷有惡意；即使曾受過他委屈的法弗萊、紐森和伊麗莎白·珍都憐憫他，甚至欽佩他性格的力量。

他敢於直面命運，而哈代在支持那位因自己的過錯而毀滅的老市長，讓我們體會到在這場不公平的對抗中我們站在人性這一邊。在這兒，沒有悲觀情緒。縱覽全書，我們始終意識到這個問題的莊嚴崇高，而且它以最具體的形式呈現在我們面前。從小說一開場韓徹德在集市上把他的妻子賣給水手，直到他在埃格頓荒原草棚中孤獨地死去，這部小說的活力何其超群而拔萃，其幽默何其豐富而辛辣，其行文又何其開合有度！浮光掠影的水上漂流，法弗萊與韓徹德的閣樓打鬥，凱克瑟姆太太在韓徹德太太去世時的講話，以及暴徒在彼得芬格的聒噪，這些以大自然為背景或者大自然神秘地主宰著前景的場景，都是英國小說的華采之章。儘管每個人所能體味到的快樂是短暫而有限的，但只要奮鬥——如韓徹德的奮鬥——是與命運的法則而不是與人類的法律的較量，只要奮鬥是在空曠的野外進行，需要的是身體的活動而非大腦的活動，這種奮鬥就有了偉大之處，就有了尊嚴和快樂。破產的穀物商在埃格頓荒原茅舍之死就可與撒拉米斯的將領埃亞克斯[1]之死相媲美。真正的悲劇情感是我們自己的。

在這樣的才華面前，我們只能感到我們用以評判小說的一般標準是徒勞無用的。我們難道非得堅持一個偉大的小說家同時應當是優美的散文大師不可嗎？哈代就絕非如此。他憑藉天生的聰穎和毫不妥協的忠誠，摸索尋找他所需要的字句，而它往往帶有令人難忘的辛辣

1 埃亞克斯（Ajax），希臘神話中的英雄，率領撒拉米斯人（Salamis）參加特洛伊戰爭。他覬覦阿奇勒斯的盔甲，後來此盔甲為奧德修斯所得，埃亞克斯大為失望，憤而自殺。

感。如果不能運用自如，他會湊合使用尋常的、或笨拙的、或老式的語言，時而極為生硬刻板，時而過分雕琢，顯得書卷氣十足。在文學史上，除了司各特之外，還沒有哪一位作家的文體是如此地難以分析。表面上看來，他的文體風格糟糕透頂，但它又是如此準確無誤地達到目的。這就像一個人嘗試著合理地解說泥濘的鄉村道路的魅力，或是嚴冬滿是根莖乏味的土地也富有情趣。這正如多塞特郡的原野一樣，從那些僵硬刻板的文風中，他的表達方式才愈顯其偉大。哈代的文字像雄渾的拉丁語一樣，將要形成磅礴、勻稱的文風，一如他家鄉蒼涼高地的景象。既然如此，我們能再一次要求一位小說家應當遵守概率原理、與現實保持同步嗎？要找到接近於哈代小說情節的騷動不安和錯綜複雜，人們得追溯到伊麗莎白時代的戲劇。但是當我們閱讀哈代作品時，我們會完全地接受他的故事。不僅如此，很顯然，哈代筆下暴力和誇大的情節——當哈代這樣下筆並非出於古怪的農夫似的怪誕癖好時——構成了哈代狂野的詩意文風的一部分。這種文風以強烈的反諷和冷酷表明對人生的任何詮釋都不可能超越人生本體的怪誕；文字無論多麼怪異、瘋狂，都不足以表現我們令人震驚的生存狀態。

然而，當我們考慮到西撒克遜系列小說的宏大結構時，拘泥於各個細微末節——這個人物，那個場景，這句話寓意深刻，那句話具詩意美——似乎顯得無關緊要。哈代饋贈給我們的是某種更偉大的東西。西撒克遜系列小說並不是一部而是多部小說。它們的涵蓋面極廣，不可避免地，它們充滿了不完美之處——有些是失敗之作，另一些僅僅顯示了創作者天才謬誤的一面。但是，毫無疑義，當我們完全地投入其中時，當我們對總體印象做一評判時，其效果確實是懾人心魄、令人滿意的。我們從生命強加給我們的束縛和瑣屑中掙脫出來；我們的想像力拓展了，昇華了；我們的幽默感被激發出來，不禁開懷大笑；我們深深地吮吸著土地的芬芳。與此同時，我們還被引導進入一個憂鬱而沉思的靈魂深處。這個靈魂即使在最痛苦的時候，也能嚴正自持；即使在激動憤怒的時候，也從來不會失去對遭受苦難的男女的深切同情。因此，哈代給予我們的不僅僅是一時一地的生活實錄。這是世界和人類命運展現在一個具有強烈想像力、深邃的詩意天才和溫柔而仁愛的靈魂面前，所展示出來的景象。

（李寄 譯）

我們應當怎樣讀書？1

首先，我想強調一下標題末尾的問號。即使我能夠為我自己回答這個問題，答案也只適用於我而未必適用於你。事實上，一個人能給另一個人提出的關於閱讀的唯一建議，就是不要聽取任何建議，只需依據自己的直覺，運用自己的理智，得出屬於你自己的結論。如果我們可達到這一共識，那麼我覺得我就可以自由地提出一些想法和意見，因為你不會允許這些想法和意見來束縛你個人的獨立性，而這種獨立性正是一位讀者所能擁有的最重要品質。說到底，關於書籍，人們又能夠規定什麼樣的法則呢？滑鐵盧之役當然發生在特定的某一天；但是《哈姆雷特》就一定是一部比《李爾王》更優秀的劇作嗎？沒有人能夠這麼說。對於這個問題只能由自己來決定。假使容許那些權威——無論他們多麼顯赫——進入我們的圖書館，讓他們來告訴我們怎樣讀書，讀什麼樣的書，進而評價我們所讀的東西，這樣做就扼殺了圖書聖地靈氣之所在的自由精神。在其他任何地方，我們可以受種種法律、傳統的約束，只有在這裡，我們不要。

但是，要想享受自由——如果這樣的老生常談可以容忍的話——我們當然一定要能自制。我們不應當愚蠢而徒勞地濫用我們的精力，以致為了給一叢玫瑰澆水而噴溼半座房子。正是在這裡，我們必須精確而有效地培養我們的能力。這也許是我們進入圖書館首先要面臨的難題之一。何謂「正是在這裡」？我們面對的很可能是雜亂無章的一大堆書籍：各種詩集、小說、歷史書、回憶錄、詞典以及官方的藍皮書等等，由各種膚色、年齡、脾氣的男男女女用各種不同的語言寫成，在書架上互不相讓，擠在一起。館外驢子在嘶叫，婦女在井邊喁喁閒話，馬駒歡快地越過田野。面對這一切，我們應當如何著手呢？我們應當怎樣對這個紛繁渾沌的世界加以梳理，以便從我們的閱讀中獲取最深刻、最博大的樂趣呢？

很顯然，既然書籍分成各種不同的類別：小說、傳記、詩歌等等，我們就應當將它們分門別類，然後從每一種類別中汲取該類別應當向我們提供的營養。然而卻很少有人能向書籍索取其所能給予我們的東西。最常見的情況是，我們閱讀時，想法是模糊而視點各異；我們要求小說應當是真實的，詩歌應當是虛幻的，傳記應當是溢美的，而歷史則應當強加進我們自己的偏見。當我們閱讀時，如果我們能摒棄所有預設的想法，那就算得上很好的開端了。不要對你的作者專橫跋扈，而應當嘗試著去適應他，成為他的創作伙伴和助手。如果你一開始閱讀就畏縮不前，持保留和批評態度，那你就是在阻止自己從閱讀中獲取盡可能豐富的東西。但如果你能敞開心扉，那你從一開始就會從跌宕起伏的語句中體味其幾乎難以覺察的精妙之處，並將你帶到一個與其他人都不同的人面前。只要你浸淫其中，把玩個中滋味，很快你就會發現作者正在給予你的，或試圖給予你的，是一些相當明確的東西。閱讀一部三十章

1 本文為作者根據一九二六年在肯特郡一所女子學校的演講修改而成。

的小說——如果我們先來考慮怎麼閱讀小說的話——就像是在審視一座結構複雜而精巧的建築物，但文字要比磚頭更令人難以捉摸。閱讀比之於觀看，是一個更為持久、更為複雜的過程。也許要理解一位小說家的創作過程，最便捷的方法不是閱讀而是寫作，親自品嘗一下遣詞造句的危險與艱難。然後，回想給你留下清晰印象的某個片段——在街道拐彎處，你與兩個正在交談的人擦肩而過；一棵樹在隨風搖曳；一盞街燈在閃爍；說話人的語調亦喜亦悲：一個具體的形象，一個完整的構思，似乎便在那一瞬間形成了。

可是，當你試圖訴諸文字來重現這一場景時，你會發現它卻破碎成千百個相互牴觸的印象。其中一些印象必須淡化處理，另一些則必須強調突出。在此過程中，你很可能會失去當初對情感的一切把握。那麼，將你寫的凌亂蕪雜的手稿扔到一邊去吧，翻一翻像狄福、珍·奧斯汀、哈代這樣小說大師的開篇。此時，你才更能欣賞他們的大家手筆。我們不僅僅站在不同的小說大師面前——狄福、珍·奧斯汀，或是托馬斯·哈代——而且我們就生活在截然不同的世界裡，在《魯濱遜飄流記》中，我們步履艱難地跋涉在開闊的大道上，一個事件伴隨著另一個事件發生，層次分明，有條不紊就足以構成巨篇鴻制了。但如果野外活動和冒險經歷對狄福來說就是一切的話，它們對於珍·奧斯汀來說就毫無意義了。她的世界是客廳，人們在交談，通過人物的交談映照出人物的性格。假如在我們已經熟悉了客廳及其所反射的一切之後，繼而轉向哈代，我們將又一次陷入茫然。四周是一片沼澤地，星星高懸在我們頭頂。此時，心靈的另一面——孤寂中突顯的陰暗面，而不是群聚時顯示的光明面——得以充分暴露出來。這裡展現的不是人與人之間的關係，而是人與自然、人與命運之間的關係。三位大師向我們展示的世界儘管各各不同，但他們的世界卻始終是諧調一致的。每一個別的世界的創造者都小心謹慎地遵循著各自觀察、描述事物的法則。無論這些大師在理解上給我們造成多大困難，但他們絕不會讓我們感到困惑，不至於像一些二流作家那樣，常常在同一本書裡營造兩個截然不同的世界。因此，面對一個個小說大師——從珍・奧斯汀到哈代，從皮科特到卓勒普，從司各特到梅瑞狄斯——就會發生猛烈的衝擊與轉換，一忽兒被拋向這裡，一忽兒又被推向那邊。閱讀小說是一個艱難而複雜的藝術，如果你希望利用那位小說家——那位偉大的藝術家——賜予的一切，你不僅得具備敏銳的洞察力，還得具有大膽的想像力。

但只要瞥一眼書架上的各色書籍，你就會發現它們的作者很少有能稱得上「偉大的藝術家」的；而且通常很多書更難稱得上文藝作品。然而，對於這些書，例如那些與小說和詩歌緊挨在一起，記錄著一代偉人、早已逝去和被人們遺忘的人的生平傳記和自傳，我們能因為它們不夠「藝術」而拒絕閱讀嗎？或者我們應當閱讀，但須以另一種方式、帶著不同的目的去閱讀？難道我們閱讀這些作品，首先就是為了滿足時不時攫住我們的好奇心？傍晚時分，我們在一幢樓房前面徘徊，屋子裡燈光亮了而窗簾尚未拉下，每一層樓房都在向我們展現人類生活不同的面向。此情此景，對於芸芸眾生飲食起居的好奇心占據我們的心靈——僕人在竊竊私語，紳士在碰杯豪飲，少女在為參加聚會而梳妝打扮，老太太則坐在窗前編織毛衣。他們是誰？姓甚名誰？他們的職業是什麼？日常做些什麼？他們有什麼想法？又有什麼奇遇？

人物傳記和回憶錄就回答諸如此類的問題。這一類書籍點亮了千家萬戶這樣的房子，向我們展現了大千世界的眾生相：他們的飲食起居，他們的日常勞作，他們的失敗和成功，憎惡和愛戀，直到最終去見上帝。有時，我們看著看著，房子模糊了，鐵欄杆消退了，我們來到了大海上；我們在狩獵、航行、打鬥；我們與野人和士兵為伍，我們參加重大的戰役。即使我們願意待在原地，就在英格蘭，在倫敦，場景依然在變。街道變窄了，房子變小了，變擁擠了，裝上了菱形窗格，發出惡臭。我們見到一位詩人，名叫鄧恩，從這樣一座房子裡逃了出來，因為牆壁太薄，孩子們的哭叫聲穿透出來。我們能夠跟在詩人身後，穿過寫在書中的路徑，來到特威克納姆，來到貝德福德夫人莊園——著名的貴族和詩人聚會地；然後再轉身到威爾頓去，走向一座建在丘陵地上的華宅，聽錫德尼給他妹妹讀《阿卡迪亞》；或者就在那片沼澤地裡漫步，親眼目睹在那部著名的浪漫史中出現的鷺群。讓我們隨著另一位朋布洛克女士——安·克利福德——再度向北旅行，來到她居住的沼澤荒原；或一頭栽進城市，帶著不可抑制的欣喜，親眼目睹身著黑色天鵝絨西裝的加布里爾·哈維和斯賓塞談論詩歌。沒有什麼比在伊麗莎白時代倫敦城交替出現的黑暗與輝煌中摸索著蹣跚而行更令人神往的了。但是，我們不可能在那裡長時間逗留。鄧普爾和斯威夫特，哈萊和聖約翰都在向我們招手示意哩。我們可以花上幾個小時來解開他們爭論不休的癥結，破譯他們的性格。當我們對他們感到厭倦時，我們可以繼續前行，與一位戴著鑽石的黑衣女士擦肩而過，來到約翰生、高爾斯密和加里克面前；或者，如果我們願意的話，渡過英吉利海峽去見見伏爾泰、狄德羅和德芳夫人。好了，讓我們返回英格蘭和特威克漢姆——一些地名和人名總是要重複地出現——在那裡，貝德福德大人一度擁有自己的莊園，波普後來也曾住過；讓我們再去沃波爾的草莓山莊觀光一番。但沃波爾向我們介紹了一大批新朋友，有許多家要去拜訪，去撳門鈴，以至於我們很可能——比如在貝里小姐的台階上——猶豫片刻，猛抬頭，看到薩克雷走了過來；他是沃波爾所愛的女人的朋友。就這樣，僅僅從一個朋友到另一個朋友，從一家花園到另一家花園，從這一家走到另一家，我們便從英國文學的這一端走到了另一端。從漫遊中醒來時，我們發現我們再度回到了現在，假如我們還能夠區分這一時刻和過去所有時光的話。以上就是我們可以閱讀這些作家生平和書信的方法之一。我們可以用它們來照亮往昔的許多窗口；我們可以看到那些死去的名人在日常生活中有哪些習慣，有時還可以設想我們與他們近在咫尺，可能意外探知他們的秘密；有時候我們可以拿出一本他們寫的一部劇本或一首詩，瞧瞧當著作者的面閱讀是否別有一番情趣。但是這樣做又引發了其他問題。我們一定要問，一本書究竟在多大程度上受作者生平際遇的影響——以生活中的這個人去說明書的作者，究竟有多大的可靠性？我們應該在多大程度上拒絕或接受一個作者在我們心中激起的同情和反感？須知文字是這樣敏感，那麼容易受作者人格的影響！當我們閱讀傳記和書信時壓在我們心頭的問題，對於這些問題我們必須自己找出答案，因為沒有什麼比在這樣一種純屬個人問題上受其他人的偏好誤導更危險的了。

但是我們還可以帶著另外一個目的來閱讀這一類書，不是為了欣賞文學，也不是為了熟悉名人，而是為了磨礪、操練我們的創造力。在書架的右邊不是有一扇洞開的窗戶？放下手中的書，朝窗外眺望，該是多麼愉快！小馬駒在田野裡奔跑，女人在井邊汲水，毛驢扭過頭發出尖聲的嘶叫——置身物外地觀察大自然永恆的運動，那份超然，那份灑脫，又該是多麼刺激夠味！任何圖書館的大部分書籍只不過是男人、女人、驢子這種轉瞬即逝的生活的文字記錄。每一種文學，年深日久，都會出現一批毫無價值的故紙堆，它們不過是用已經老化、顫抖無力的語言對逝去的時光和被忘卻的生活的記錄罷了。但是如果你沉湎於閱讀這些故紙堆，你就會感到吃驚，實際上你就會被業已腐朽的人類生活的遺跡所折服。那也許是一封信——但它描繪出一幕多麼與眾不同的景象！那可能是寥寥數語——但它會使人聯想到什麼樣的遠景！有時候，會碰到一個完整的故事，充滿妙趣和感染力，結構完整，彷彿出自某位小說大家手筆，但實際上只是一位老演員泰特．威爾金森在回憶瓊斯上尉的離奇故事；或只是一位年輕的陸軍中尉，在亞瑟．韋爾斯利麾下服役，在里斯本愛上一個漂亮的女郎；或者是瑪麗亞．艾倫在空蕩蕩的客廳裡任手中的針線活落在地上，嘆息一聲，後悔當初沒有聽取伯尼博士的好建議，與里希一道私奔。上述這一切都沒有任何價值，完全可以忽略不計。但在這小馬駒在田野中奔跑、女人在井邊汲水、驢子嘶鳴之際，時不時從塵封已久的故紙堆中找出幾枚戒指、幾把剪刀以及破舊的壺嘴，然後嘗試著將它們串聯在一起，這該是多麼引人入勝的事啊！

但老是閱讀這些故紙堆我們會感到厭倦。我們會厭倦於搜尋我們需要的東西來填補威爾金森、班伯利以及瑪麗亞．艾倫所能向我們提供的真假參半的空白。他們並不具備藝術家謀篇佈局增刪砍削的能力；他們甚至不能寫出自己生平的全部實情；他們將原來條理清晰的故事弄得面目全非；他們能向我們提供的只是事實，而羅列事實不過是小說的初步形式罷了。因此，我們愈發渴望去除那些不完全的表現，不再探究人性的精微之處，這樣我們便可以欣賞更抽象的文學體式，更純粹意義上的小說。我們只要營造一種強烈而普遍性的情緒，而不必拘泥細節，同時強調一些常規的、不斷重現的節奏——它的自然表達方式就是詩歌。當我們幾乎能夠寫詩時，也正是閱讀詩歌的好時候。

西風啊，你何時吹來？
一片細雨茫茫。
主啊，假使我的愛在我的懷中，
我好安臥在自己的床榻上！[2]

詩歌的衝擊力是如此強烈、直接，以致除了詩歌本身的感動之外，我們暫時別無其他的

2 十六世紀英國無名詩人之作。

感覺了。我們深深地浸淫其中，多麼突然、多麼完全地投入。在這兒，我們的思緒無羈無絆，恣意翱翔！小說營造的幻覺是逐漸形成的，讀者對它的效果是有所準備的。但是，當我們讀了這四行詩，又有誰會掩卷探問究竟是誰寫了這首詩？又有誰會勾起鄧恩的居室、錫德尼的秘書之類的聯想？又有誰會糾纏於錯綜複雜的過去和人事更迭的滄桑？詩人永遠是我們的同時代人。初讀詩時，我們身心集中、緊縮的，就像個人情感受到猛烈衝擊時那樣。隨後，確乎如此，這種情感開始在我們心中漣漪似地蕩漾、開展，觸發更多的情思；於是開始了理性的探詢和詮釋，我們終於聽到了心靈的反饋和回聲。詩歌的精練可以涵蓋形形色色的情感。我們只需比較一下下面詩行的力度和直率：

我會像大樹一樣倒下，我會找到自己的墳墓，
記住我的憂傷。[3]

試看下面詩行的一吟三嘆——

計時的砂漏，度量著分分秒秒。
青春易逝，轉瞬間形容枯槁。
面對墳墓，我們駐足凝思。

歡樂的時光不久長，
所有的生命都以悲傷終結。
厭倦了生命的騷動不安，
每一粒砂子計數著人生的悲嘆。
待到最後一粒砂子落定。
人生的災難終於完結，一切歸於寧靜。[4]

再看看以下詩行的靜穆與冥思：

無論我們年輕，或遲暮，
命運之神總要將我們帶到，那個無邊無涯的國度。
因為只有在那裡，才是人類心靈的家園。
滿懷希望吧，永遠別熄了希望之火。
奮鬥、期待和追求，

3 引自十七世紀博蒙特與弗萊徹合寫的《少女的悲劇》。
4 引自劇作家約翰．福特的劇本《情人的憂鬱》（*The Lover's Melancholy*）中的台詞。

才是永遠的自我。[5]

與以下完整的、永不枯竭的愛相比照：

永不疲倦的月亮，爬上了天空，
從不在任何地方留停。
她輕輕地爬了上來，
陪伴她的是一、兩顆星星。[6]

或許以下詩行的意象更顯奇幻：

他常在叢林中出沒，
沒有片刻閒暇。
偉大的世界在燃燒，
柔和的光焰在升騰——看吧
在他的慧眼中，
那是萬綠叢中一株番紅花。[7]

讓我們思考一下詩人多彩多姿的藝術手法；他能夠讓我們既做演員又做觀眾的能力；他能夠將手探入人的靈魂，彷彿軀體只是一隻手套，既創造出福斯塔夫又創造出李爾王的能力；他能夠濃縮、擴展、敘事狀物的能力——一次或者永遠。

「我們只需比較一下」——這句話便揭示了閱讀的真諦，閱讀真正的複雜性得到了認同。閱讀的第一步——在盡可能理解的基礎上去獲取印象，只構成閱讀過程的前一半；我們要從一本書中獲取全部的樂趣，就必須完成另一半的進程，對紛繁眾多的印象進行評判。我們必須從這些飄忽而過的印象中形成一個確鑿可靠、經得起推敲的東西。但是並非直接去完成，要等到閱讀的塵埃落定；等到印象間的衝突和疑問化解；不妨去散散步，聊聊天，摘去玫瑰上枯萎的花瓣，或者去睡上一覺。然後，突然在不經意間——大自然就是以這種方式轉折過渡的——先前讀過的書就會重新浮現在眼前。但書已不同於前，這一次，讀過的書會以一個整體浮現腦際。而一部完整的書與當時逐字逐句閱讀的書不同，眾多細節此時各歸其位，從頭至尾，我們形成了一個完整的印象。一個糧倉，一個豬圈，或者一座教堂。此時我們可以把書一本一本拿來比較，就像我們比較一幢幢建築物那樣。但這種比較意味著我們態

5 引自華滋華斯的長詩《序曲》。
6 引自柯立芝的長詩《古舟子詠》。
7 作者不詳。

度的變化。我們不再是作者的朋友，而是他的評判者。正如對朋友我們如何富有同情心都不過分，做為評判者我們無論多麼嚴苛都是合理的。那些浪費我們的時間、糟蹋我們的同情心的書，難道不是罪犯嗎？那些壞書、假書，那些散發著頹敗氣息、充滿病毒的書的炮製者，難道不正是社會最陰險的敵人、敗壞者和污損者嗎？因此，讓我們對它們嚴加評判，將每一本書與其同一類書中的上乘之作做比較。銘刻在我們心中的是那些經過我們的閱讀和評判而進一步鞏固其地位的傑作——《魯濱遜飄流記》《愛瑪》《還鄉》。將小說與這些作品做一比較——即使是最近的、最無足輕重的小說都應參照最好的小說來衡量評判。詩歌也是如此。當對節奏的陶醉平靜下來，語詞的輝煌趨於暗淡，一種虛幻的形象會重新浮現在我們腦海中。此時，我們必須將它與《李爾王》《菲德拉》（*Phdre*）或者《序曲》比較；否則，就與同類詩歌中最好的——或者我們認為是最好的——詩歌相比較。這樣，我們或許可以確定，新的詩歌和小說之「新」，只不過是表面膚淺的特徵罷了。對於我們用來評判舊小說、舊詩歌的那些標準，我們僅需略作修正，不必另起爐灶。

因此，要是認為閱讀的第二階段，即評判和比較，也像第一步——敞開心扉去擁抱飄忽而過的無數印象——一樣簡單，那也未免太愚蠢了。拋開眼前的書本繼續閱讀的過程，把腦海中一個幻象與另外一個互相比較，在博覽群書、深入理解的基礎上使這樣的比較鮮活起來而深受啟迪——這並不是容易的事。而進一步探幽尋奧，做出諸如「這本書不僅屬於這一類，而且其價值正在於此」「在這一點上，它成功了」「在這一點上，它失敗了」「這是敗筆」「這裡精采」之類的結論，那就更不簡單了。要履行讀者的這一部分責任，需要極大的想像力、洞察力和學識，恐怕任何人都很難具備這樣的天資。即使對最有自信心的人來說也只能在他們身上找到這些才能的一點點種芽而已。那麼，把這部分閱讀責任推卸給那些批評家、那些冠冕堂皇的圖書館權威，讓他們來為我們評判一本書的最終價值，豈不是更明智嗎？但這又是多麼不可能的事！我們可能強調感情上的認同價值；我們閱讀時可能將自身隱藏起來。但我們明白，我們不可能完全抱有同感，也不可能完全把我們自身隱藏起來。在我們心中，總是有一個搗蛋鬼在耳語，「我恨，我愛」。我們不可能讓他保持沉默。事實上，正因為我們會愛會恨，才使得我們與詩人和小說家之間的關係密切到難以容忍第三者在場的程度，即使結果是令人不快的，我們的評判是謬誤的，但是我們的趣味，那讓我們渾身戰慄的感官神經，依舊是我們主要的照明燈。我們依據感覺來瞭解外部世界，我們不可能既壓抑我們的個人癖好又不損害它。然而，隨著時間的推移，也許我們可以培養我們的趣味，也許我們能夠使之置於某種控制之下。當趣味貪婪地、無節制地吞食各種各樣的書——詩歌、小說、歷史、傳記，然後停止閱讀，久久地凝望著這多姿多彩活生生的世界，這時候，我們就會發現我們的趣味已經有所改變；它不再如此貪婪，它變得更富於思考。它不僅開始給我們帶來對特定的書的評判，而且會向我們昭示某些書共有的特徵。聽著，它會說，我們該怎麼稱呼**這個**？它會讓我們也許先讀《李爾王》，然後也許再讀《阿伽門農》，才能夠瞭解那個共有的特徵。因此，有了趣味引導我們，我們便可以超越一本本特定的書，去尋求把某些書合為一類的那些特點；我們將賦之以名目，並由此構建一個使我們的認識條理化的規則。從這種區分歸類中，我們將獲得更大的、更難得的樂趣。但既然一個規則之存在，正因其與書籍接觸而常被打破——沒有什麼比孤立於事實之外，在一個真空裡制定規則更容易、更荒謬的事了——因此，為了在進行這樣艱難的嘗試時能夠保持鎮定沉著，我們不妨去拜謁少數幾位能就文學這門藝術給我們啟迪的作家。柯立芝、德萊頓、約翰生，他們那些深思熟慮的批評，以及做為詩人和小說家脫口而出的話語，常常貼切中肯得令人吃驚。他們能把在我們心靈深處翻騰的模糊想法加以照亮並固定成形。但是，只有在我們帶著在自己的閱讀過程中實實在在碰到的問題和意見去向他們討教，他們才能對我們有所幫助。如果我們只是聚集在他們權威的陰影之下，像溫順的羊群一樣躺在樹蔭下，他們對我們是無能為力的。而只有當他們的評判與我們的相互衝突並戰勝了這種衝突時，我們才能真正理解他們的評判。

如果是這樣的話，如果按正確的方法去讀一本書需要想像力、洞察力和判斷力等等難能可貴的能力，你也許會得出這樣的結論：文學是一種非常複雜的藝術，即使讀一輩子的書，我們也不可能對文學批評做出有價值的貢獻。我們始終是讀者；我們不需要贏得屬於那些少數批評家的榮光。但是做為讀者，我們依然有我們的責任，甚至有我們的重要地位。我們樹立的標準，我們所做的判斷，會悄然融入空氣中，變成作家寫作時呼吸的氛圍的一部分。於是，一種影響力便由此產生，即使永遠不可能形諸文字，但它實實在在對作家產生了作用。而這種影響力，如果是經過良好的表達——充滿活力、富有特色和真誠坦蕩，有可能具有很大的價值，尤其處於當前這種時期，書籍接受評論，就像射擊場排隊走過的動物一樣，批評家只有一秒鐘時間完成上膛、瞄準然後射擊的全部過程。如果他誤將兔子當做老虎，誤將老鷹當做穀倉大門邊的家雞，或者什麼也沒有打中，卻把子彈浪費在遠處田野裡吃草的某頭性情溫和的母牛身上，那也情有可原。如果除了新聞界炮火不準確的射擊之外，作者感覺到另外還有一種批評，也就是那些只是為了愛讀書而讀書的人們的意見——他們不慌不忙地讀，非專業地讀，他們的判斷有時帶著很大的同情，有時又非常嚴厲——這難道不會幫助作家提升作品的品質嗎？如果通過我們的這種方式，使得書籍變得更充實、更豐富、更多姿多彩，那是值得努力去達到的目標。

然而，又有誰閱讀是為了達到某種目標，無論這個目標是多麼可取？一些活動，我們參與其中，難道不正是由於它們本身值得我們去參與？樂趣，不就是最終的目的？閱讀不正是其中的一種嗎？至少，我有時夢想著，在最後審判的那天，那些偉大的征服者、律師和政治家前來接受他們的獎賞——王冠、桂冠或英名鐫刻在不朽的大理石上，萬能的上帝看到我們腋下夾著書走近時，祂轉過身來，不無欣羨地對彼得說：「瞧，這些人不需要獎賞。我們這裡沒有什麼東西可以給他們，他們一生愛讀書。」

（李寄 譯）

普通讀者：吳爾夫閱讀隨筆集【全新典藏版】

作者／維吉妮亞・吳爾夫（Virginia Woolf）
譯者／劉炳善、石雲龍、許德金、趙少偉、黃梅、李寄
總監暨總編輯／林馨琴
資深主編／林慈敏
行銷企劃／陳盈潔
美術設計／楊啟巽
內頁排版／新鑫電腦排版工作室

發行人／王榮文
出版發行／遠流出版事業股份有限公司
地址：臺北市南昌路二段 81 號 6 樓
電話：（02）2392-6899
傳真：（02）2392-6658
郵撥：0189456-1

著作權顧問／蕭雄淋律師
2021 年 4 月 1 日　二版一刷
定價 新台幣 550 元（如有缺頁或破損，請寄回更換）

ISBN 978-957-32-9007-0

YLib 遠流博識網
http://www.ylib.com
E-mail: ylib @ ylib.com

國家圖書館出版品預行編目（CIP）資料

普通讀者 : 吳爾夫閱讀隨筆集 / 維吉妮亞 . 吳爾夫 (Virginia Woolf) 著 ; 劉炳善 , 石雲龍 , 許德金 , 趙少偉 , 黃梅 , 李寄譯 . -- 二版 . -- 臺北市 : 遠流出版事業股份有限公司 , 2021.04

面 ;　公分

譯自 : The common reader & the second common reader

ISBN 978-957-32-9007-0 (平裝)

1. 英國文學　2. 文學評論

873.2　　110003350